NORA ROTH

Elsinore Jones
Szerelmi baj

novum ⬢ pro

Ez a könyv
e-könyvként
is elérhető

www.novumpublishing.hu

© 2023 novum publishing

ISBN 978-3-99131-697-8
Lektor: Sósné Karácsonyi Mária
Borítókép:
Millena12 | Dreamstime.com
Borító, tördelés & nyomda:
novum publishing

www.novumpublishing.hu

Climate neutral
Print product
ClimatePartner.com/16547-2201-1002

Tartalom

Köszönettel mindazoknak, akik terelgettek, akik bátorítottak, akik inspiráltak, akik lehetővé tették, és akik elvégezték helyettem a házimunkát, amíg az álmaimat kergettem.

Minden kezdet nehéz

Reszkető lábakkal léptem be a fotocellás ajtón. Legalábbis így éreztem, bár pár másodperccel ezelőtt az ajtó által mutatott tükörképen nem ez látszott. Onnan egy magas, vékony, jól öltözött, még akár helyesnek is titulálható, de mindenekelőtt magabiztos fiatal nő nézett vissza. Na, ez úgy hangzott, mint valami elfuserált társkereső hirdetés szövege.

Ez azonban csak a külső máz volt.

Belül összekuszálódtak az érzéseim, a gyomrom egy csomóban volt.

Ez volt az első napom.

Ezernyi gondolat kavargott a fejemben. Vajon hogy menjek be? Mint a magabiztos örökösnő? Vagy csak jó gyorsan suhanjak át az előcsarnokon, hátha senki nem vesz észre? Mit fognak gondolni rólam? Hogy csak játszom a bazári majmot? Vagy van esélyem elfogadtatni magam? Egyáltalán el akarom fogadtatni magam? Mi a fészkes fenét keresek én itt?? Miért akarok én úgy csinálni, mintha tudnám, mit csinálok???

Jesszus, ha nem fejezem be, már a küszöbön agyvérzést fogok kapni. Ez lenne a világ leggyorsabban továbbörökített cége. És vajon a halál az elég nyomós indok a továbbörökítésre, vagy ezzel is megszegem a végrendeletben leírtakat? Megtorpantam egy pillanatra, ahogy kibújt belőlem szarkasztikus énem még egy darabja.

Mély levegőt vettem, és beléptem. Levettem a napszemüveget, és elindultam a lift felé. A recepcióst igyekeztem a magabiztosságommal eltántorítani attól, hogy megállítson, de úgy néz ki, kezdtem kiesni a szerepemből, mert ő mégis megszólított.

– Jó reggelt! Segíthetek? – kérdezte széles mosollyal az arcán.

– Jó reggelt! – válaszoltam, és csak reméltem, hogy amit belülről reszkető hangnak érzékeltem, az kívülről nem olyan. – Elsinore Jones vagyok. A SecuryTech céghez jöttem.

– Természetesen. Harmadik emelet, a folyosón jobbra. Szeretné, hogy felszóljak valakinek?

– Oh, nem, köszönöm – vágtam rá, talán gyorsabban a kelleténél. – Feltalálok egyedül is.

– Rendben. További szép napot kívánok!

– Köszönöm. Viszont!

No, eddig megvolnánk. Nem is volt olyan szörnyű. Persze csak azért, mert ő nem tudja minden cég ügyes-bajos dolgát ebben a hatalmas irodaházban. Elbotorkáltam a liftig, és amíg várakoztam, ismét ellenőriztem a szerelésemet.

Fél napot agyaltam azon is, hogy mit vegyek fel. Mit visel az ember lánya, amikor megy elfoglalni egy frissen örökölt igazgatói széket? Valami hivatalosat. Ez biztos. Tehát kosztüm. De milyen? Olyan, ami határozottságot sugall? Vagy ami azt is kifejezi, hogy szeretnék partnernek tekinteni mindenkit, főleg, mivel itt még a takarító néni is többet tud a cégről, mint én magam?

Már előző este kipakoltam a szekrényem tartalmát az ágyra; rakosgattam a szoknyákat, blézereket, blúzokat, ruhákat, és végül egy kellemes pasztellszínekben pompázó, térd felett végződő, húzott szoknyát, egyszínű blézert és topot választottam, szintén egyszínű, őrülten magas sarkú cipővel.

A magas sarok volt a gyengém. Szó szerint. Ugyanis imádtam őket, bár a járás kihívás volt bennük, és nem egyszer kerültem kellemetlen helyzetbe is miattuk. Mivel az alapmagasságom nem kifejezetten indokolta a magas sarkak viselését, gyakran fordult elő, hogy én magaslati levegőt szívtam, míg mások egy fejjel alacsonyabbról szemlélték a világot. Abba pedig egyáltalán nem akartam belegondolni, hogy nekik ott milyen domborzati elemek helyezkedtek el szemmagasságban. Engem a szimpla magasságkülönbség általában nem zavart, az egész eddig csak néhány helyzetben volt igazán kínos. Leginkább, ha alacsonyabb férfiakkal hozott össze a sors.

Eszembe jutott egyik volt főnököm is. Egyébként nagyon kedveltem, és ahogy egy multinacionális nagyvállalatnál ez elő szokott fordulni, nem egy városban dolgoztunk. Legtöbbször csak e-mailben vagy telefonon tartottuk a kapcsolatot, ő csak időnként jött, ha értekezleteket tartottak. Csak hallomásból ismertem először, mert az állásinterjú is telefonon keresztül zajlott.

Persze amikor híre ment, hogy jönnek a főnökök a negyedéves értekezleteiket megtartani, mindenki igyekezett elővenni a legjobb kosztümjét a szekrény legmélyéről. Máskor farmerban nyomultunk, de ilyenkor flancoltunk mi is. Én is magamra húztam az egyetlen nadrágkosztümömet. Miután megnyugodtam, hogy még rám jön, belebújtam a magas sarkú cipőmbe, majd amikor az irodába besétált szegény főnököm az ajtón, és én életemben először szemben találtam magam vele, nem tudtam, hogy pontosan mit is tegyek. Az üdvözlésnél ugyanis kiderült, hogy több mint egy fejjel alacsonyabb nálam. Én kényelmetlenül fészkelődtem, próbáltam kicsit begörnyedni, leültem az asztal szélére, hátha segít, de igazából egyik sem oldotta meg a helyzetet. Ő egy darabig nézte a kínlódásomat, majd megjegyezte, hogy nyugodjak meg, őt nem zavarja. Próbálta humorral elütni, és ugyan teljesen nem győzött meg, de örömmel vettem, hogy ő kész ezen átsiklani.

Később, amikor elment a cégtől, még párszor beszéltünk telefonon. Elmesélte, hogy megtanult motorozni, és venni akart egy Harley Davidsont. Én ezt valami kapuzárási pánik-reakciónak tudtam be. Már a nyelvemen volt, hogy megkérdezzem, léteznek-e ezek a motorok XS méretben, vagy legalább van-e hozzájuk szériatartozékként vagy extraként dizájnos kettes létra, de aztán inkább visszafogtam magam. Ugyan már nem volt a főnököm, de akkor is jobban tiszteltem annál, minthogy ilyesmikkel megsértsem.

Ebben a pillanatban a liftajtó kinyílt, és ijedten néztem fel álmodozásomból. Gyorsan beszálltam, mielőtt meggondoltam volna magam, és megnyomtam a hármas gombot. A liftajtó becsukódott, és a kabin hangtalanul siklott felfelé. Legalábbis reméltem, hogy ezt tette, mert érezni nem lehetett semmit, és arra nem szívesen gondoltam volna, hogy a földszinten vagyok a beragadt liftben.

Ahogy ez lenni szokott, a lift túl gyorsan ért fel. Egyszer csak kinyílt az ajtó, és egy újabb recepció előtt találtam magam.

9

A hölgy itt is csinos volt, és az arcán feszülő mosoly is legalább annyira megegyezett az előzőével, mintha valami egységes munkaköri leírásban lenne részletezve. Mivel úgy gondoltam, itt sem fogom megúszni a bemutatkozást, megadóan odasétáltam a pulthoz, majd a lenti jelenet eljátszása után elindultam a jobb oldali folyosó felé.

Az egész iroda nagyon elegáns hely benyomását keltette a süppedős, mogyorószínű szőnyeggel, kellemes halványsárga falakkal, gyönyörű tájképekkel és rengeteg cserepes virággal. Nem csak elegáns, de nagyon barátságos is volt. Újabb üvegajtó következett, amire már a SecuryTech név volt kiírva. Megérkeztem.

Az elmúlt pár hétben, mióta az ügyvéd megkeresett és elmondta, mit örököltem, pláne milyen feltétellel, vártam is ezt a napot, és halálosan rettegtem is tőle.

Egyrészt nagyon izgalmasnak tűnt, hogy egy biztonsági cég vezérigazgatója lehetek, másrészt viszont tudtam, hogy a feltételként megszabott gyorstalpaló önvédelmi, stratégiai és harcászati tanfolyam az égadta világon semmire nem készített fel abból, ami itt vár rám. Mert ugye valószínűleg az nem az én feladatom lesz, hogy a kliens gyomrába tartó golyó elé ugorjak, vagy hogy megküzdjek az ellenséggel, az viszont annál inkább, hogy ne döntsem romjaiba a vállalkozást rekordidőn belül. És vagy eltévesztette idős rokonunk a házszámot, vagy úgy gondolta, újabb kihívásra van szükségem, de énrám hagyta a kócerájt, nem a nővéremre. Ez azért is különös, mert én angol szakon végeztem az egyetemen, míg ő közgazdász lett. Eddigi tapasztalataim alapján tinédzserekkel egyszer már sikerült zöld ágra vergődnöm az iskolában, amikor rövid ideig a tanári pályával birkóztam, majd ugyan átnyergeltem a pénzügyi szektorba, de ott én csak az utolsó szürke egér voltam a kóristalányok között, és soha nem kaptam elég nagy jogosultságot ahhoz, hogy bármivel is csődbe tudtam volna vinni a vállalkozást.

Eddig.

Ez most mind megváltozik. Újabb nagy levegő után beléptem az üvegajtón. Ismét kedves arcú fiatal nő fogadott, és esküszöm, ugyanúgy nézett ki, mint a lenti. *Itt mintha klónoznák a recepciósokat vagy titkárnőket* – gondoltam. Ő is udvariasan megkérdezte, miben segíthet.

Most vagy soha – gondoltam, és bedobtam a kézigránátot.

– Elsinore Jones vagyok.

Úgy gondoltam, ezzel mindent elmondtam, ami az én oldalamról szükséges, és az arckifejezéséből ítélve igazam is volt. Egy pillanatnyi sokk vagy ijedtség után azonban újabb mosoly következett, és lelkesen felpattant az íróasztal mögül.

– Üdvözlöm a SecuryTechnél, Miss Jones. Claire vagyok. Claire Smith. Az asszisztense. Hozzám fordulhat, ha bármire szüksége lesz. Bármikor – hadarta olyan sebességgel, amit alig tudtam követni, de továbbra is őszinte lelkesedést tudtam leolvasni az arcáról.

– Nagyon örvendek, Claire. Az első kérésem az lenne, hogy tegeződjünk, és hívj Noree-nak. Azt hiszem, ez nagyban meg fogja könnyíteni a helyzetünket.

– Oh, igen, persze. Noree. Meg is mutatom az irodát.

– Rendben. Köszönöm.

Claire sietősen elindult az egyik mahagóni ajtó felé, és benyitott. Ahogy beléptem, az első dolog, amin megakadt a szemem, az a szemben lévő üvegfal volt, amelyen át lélegzetelállító kilátás nyílt Los Angelesre. Egészen a tengerpartig el lehetett látni. *Ezt meg tudnám szokni* – gondoltam –, *csak kár, hogy én ennek általában háttal fogok ülni.* A folyosókon található mogyoró és halványsárga színkombináció folytatódott itt is, sötétbarna, nagyon ízléses irodabútorokkal, hangulatos festményekkel a falakon, és szintén rengeteg virággal. Mintha csak nekem rendezték volna be. Claire mosolya félszeggé vált, várta a reakciómat.

– Ez gyönyörű! – kiáltottam fel elragadtatva.

Enyhe sóhajt hallottam felőle, majd szélsebesen elkezdte magyarázni, hogy mi minden található az irodában, és mi tartozik még hozzá. Így értesültem róla, hogy külön fürdőszoba és pihenőszoba is a rendelkezésemre áll; hogy az üveg speciális anyagból készült, és a napsütés ellenére a szoba levegője sosem melegszik fel túlságosan, de nyugodjak meg, mert ha mégis, akkor a klímaberendezés pillanatok alatt nagyon kellemessé teszi a helyiség hőmérsékletét, és hogy a többi menedzser irodája is itt van a környéken, rögtön a tárgyalók után.

– Ha szeretnéd, össze is hívom őket.

Erre a gondolatra pánikroham tört rám, de sikerült nagyjából kulturált válasszal elodáznom ezt a találkozót.

– Azt hiszem, előbb egy kicsit körülnéznék itt, és az előkészített dokumentumokba is belelesnék. Majd szólok, ha készen leszek.

– Persze, természetesen. A számítógépedet idetették az íróasztalra. A srác azt mondta, ez az egyik legmodernebb. Az aksija jó sokáig bírja, minden program, amit a cégnél használunk, telepítve van, és a jelszó, amivel be tudsz lépni mindenhova, a „jelszó01". Nagyon fantáziadús. Ezt majd mindenhol meg kell változtatni. Ha gondolod, majd megmutatom őket, és a fiúk is majd segíthetnek benne.

– A fiúk?

– Igen, a menedzserek, a különféle osztályok vezetői.

– Igen, persze.

– Addig is, hozzak valamit? Kávét, teát, üdítőt, ennivalót?

– Ö... igen. Egy kávét kérek, nem túl erőset, sok tejjel. És buborék nélküli ásványvizet, ha lehet.

– Azonnal hozom a kávét. Az ásványvíz pedig itt, alul van, a hűtőben. Szólj, ha elfogy, és feltöltöm újra.

– Oh, ez nagyon praktikus, köszönöm.

– Igazán nincs mit. Itt leszek kívül, az asztalomnál. Ha még valamire szükséged lenne, csak emeld fel a telefont, és tárcsázd a 1111-et.

– Rendben van.

Ezzel Claire kilibbent az ajtón, én pedig beleroskadtam a kipárnázott bőr székembe – ami nagyon kényelmesnek bizonyult –, és igyekeztem a pánikrohamomat mély lélegzetvételekkel elmulasztani.

Próbáltam a papírkupacra összpontosítani, ami az asztalon hevert.

Ugyan volt némi fogalmam a cégről, amit az ügyvéd mondott, de ez messze nem volt elég ahhoz, hogy átlássam a szervezeti felépítést és a folyamatokat. Csak annyit tudtam, hogy híres emberek és nagy események biztosításával foglalkozik a cég, vannak állandó és szerződéses alkalmazottak, és hogy az irodaház ezen szárnyában az alsó két emeleten helyezkedtek el a laborok és raktárak a különböző felszerelésekkel, itt, a harmadikon pedig a cég irányításában részt vevők ültek flancos irodákban. Ez volt az, amit az ügyfelek láttak.

Igazság szerint az irodaházba belépők nem is tudtak máshova menni, mert az alsó két szint csak a harmadik emeletről induló belső lépcsőházon keresztül, vagy egy teljesen elszeparált oldalsó bejárattól megközelíthető. Belelapoztam a papírkupacba. Megakadt a szemem az irodaház tervrajzán. Gondoltam, meg is nézem, hogyan helyezkednek el az irodák. A papír alapján itt, a harmadik emeleten található még a pénzügyi igazgató, a humánerőforrás-igazgató, a beszerzési igazgató, a jogi igazgató, az operatív igazgató, és az én irodám. Volt még két tárgyaló, egy konyha és pihenőhelység, mosdók, és egy könyvtár is ezen a szinten. Huh, még könyvtár is van! Bölcsészként kicsit felvillanyozódtam erre a gondolatra, de aztán hamar eszembe jutott, hogy itt valószínűleg nem Shakespeare, Walter Scott és Jane Austen művei sorakoznak a polcokon, hanem jogi szakkönyvek, gazdasági kalauzok, a Rambo-kézikönyvek első száz kötete, és egyebek, amikből én csak az „és" és a „de" szavakat fogom felismerni.

A harmadik szint után lapoztam a második oldalra, ahol további irodákat fedeztem fel. Itt már több íróasztal volt berajzolva a szobákba. Itt helyezkedtek el a pénzügyesek irodái, személyügyisek, beszerzők, informatikusok, néhány labor, és az úgynevezett – legalábbis ezen a papíron – bevetésvezetők. Ők lesznek a mi saját kommandósaink, gondoltam én. Ők irányítják az állandó alkalmazottakat és a számtalan szerződésest, akik ezeket az eseményeket és embereket biztosítják.

Az első szint az utca szintje volt, illetve részben mélygarázs. Itt az autók álltak a papír szerint, és számtalan raktárnak használt szoba, valamit egy pihenő helyezkedett el az éppen nem bevetésen lévő embereknek. Jutott itt hely öltözőnek és zuhanyzóknak is, és még egy kis edzőterem is volt a sarokban. Nohát, egészen jól felszereltnek tűnt ez a cég. Így, külső szemmel vizsgálva legalábbis mindenképpen. Ezután elővettem a szervezeti ábrát a kupacból. Ez nagyjából azt adta vissza, amit már az alaprajzokból kitaláltam a menedzserekről és az alattuk lévő emberekről. Ezt követte a névsor, amiben meglepődve olvastam, hogy van saját vállalati orvosunk is, nővérkével, akik az egy laboratóriumban honolnak. Kezdtem máris egy kicsit jobban érezni magam. Persze ez mind felületes tudás volt, az igazitól még mindig fényévekre álltam. A vállalat pénzügyeit ugyan már korábban „megnéztem", illetve kedves nővérem orra alá nyomtam – ő mégiscsak jobban ért hozzá. Megnyugtatott, hogy a cég jó állapotban van, a számok nem mutatnak semmi aggasztót; ha nem változnak a dolgok, akkor minden rendben lesz vele. Már csak ezt kellett valahogy összehozni. Fogalmam sem volt ugyanis arról, hogy mit kell ahhoz tennem, hogy ne változzanak a dolgok. Az én pénzügyi ismereteim leginkább arra korlátozódtak, hogy ha több a bevétel, mint a kiadás, akkor talán elkaristolunk.

Tudtam, hogy sokáig nem halogathatom a találkozást az igazgatóimmal, de nem igazán tudtam, hogyan kezdjek hozzá. Valahogy inkább egyenként szerettem volna beszélni velük, de nem tudtam, ők hogyan viszonyulnak a dologhoz.

Ebben a pillanatban halk kopogás után Claire feje tűnt fel az ajtónyílásban.

– Meghoztam a kávét. Remélem, jó lesz így, de ha bármi hiányzik belőle, vagy nem jó, csak szólj, és készítek másikat.

– Oh, egészen biztosan jó lesz – válaszoltam. Az otthoni porból kotyvasztott, kettő az egyben kávé után már bármi jöhetett. Igaz, talán ez is csak az. Ebből a szempontból nem voltam finnyás.

Claire ügyesen letette az íróasztal szélére, és várakozón rám nézett. Nem kerülgethettem tovább.

– Claire, arra gondoltam, hogy egyenként bemutatkoznék az igazgató kollégáknak első nekifutásra. Van ötleted, hogy kivel kezdhetném?

– Ez jó ötletnek tűnik, már nagyon izgatottak. Szerintem Jimmel kezd, ő a jogászunk. Neki reggelente jobb a hangulata, mint később.

– Rendben, akkor vele kezdem. Megkérdeznéd tőle, hogy most lenne-e némi ideje – nem több, mint egy óra –, hogy találkozzak vele?

– Persze. Azonnal visszaszólok.

– Köszönöm.

– A további sorrendről utána döntesz, vagy most megbeszéljük azt is? – kérdezte még az ajtóból visszafordulva.

Így történt, hogy Jim Burrows jogász után megismerkedtem Richard Hawkins pénzügyi igazgatóval, Howard Dent beszerzési igazgatóval, Jonathan Stanford operatív igazgatóval, valamint az eddigi egyetlen női vezetővel, Judy Jones humánerőforrás-igazgatóval. Nagyon kedves emberek benyomását keltették. Mindegyikőjükkel összetegeződtem, és mindenkivel rögtön egy hullámhosszon voltunk. Úgy tűnt, ez a cég tényleg szinte magától működik, mindenki tudja, mi a feladata, és elkötelezett is iránta. Röviden mindegyikük elmondta, hogy milyen feladatokat látnak el, milyen részlegeket vezetnek, hány ember dolgozik alattuk, milyen eredményeket értek el, és hogy ezt milyen formában szokták az elődöm elé tárni. Megegyeztem velük, hogy egyelőre tegyenek mindent úgy, ahogy szoktak, és majd amikor már átlátom a folyamatokat, akkor újra összeülünk és megbeszéljük, hogy ez így jól van-e, vagy vannak olyan dolgok, amelyeken fejleszteni kell. Nagyjából három hónap türelmi időt kértem tőlük, és ők megértően bólogattak.

Ezzel el is telt az első nap, és én teljesen kitikkadva mentem ki a nyári napfénybe délután öt órakor, amikor úgy gondoltam, hogy első munkanapnak elég is lesz ennyi. Utamat a szemben található bevásárlóközpont felé vettem; egyrészt, hogy kicsit kiszellőztessem a fejem és némi bevásárlással kipihenjem a mai napot, másrészt szükségem is volt új ruhákra, mert a mai összeállításon kívül sokkal több elegáns kiskosztüm nem sorakozott a szekrényemben.

Tanárként és az előző munkahelyemen sem kellett senki előtt olyan mértékben parádéznom, hogy indokolt lett volna több ilyen ruha beszerzése, és otthon sem épp ezekben flangáltam. Mindig valami elnyűtt tréningruha volt rajtam, vagy cicanaci hosszú pólóval, vagy egyéb kényelmes cucc. Ha hazamentem a szüleimhez, ott sem igényelte senki a flancolást. Sőt, ott a „minél elnyűttebb, annál jobb" jelzővel ellátható ruhák voltak a legjobbak. Most, visszagondolva a szüleimre, vágytam arra az életformára, amit ők éltek. Ehhez képest békésnek és nyugodtnak tűnt, bár tudtam, hogy ők is megvívják bőven a napi csatáikat.

Szüleim egy nagy farmon laktak, egy Rutherford nevű kisvárosban, a Napa-völgyben, San Franciscótól északkeletre. Vagyis a farm nem volt olyan hatalmas nagy, de ahhoz képest, hogy legtöbbször ketten dolgoztak a szőlőültetvényen, igen. Csak a nagy munkák idejére vettek fel segédmunkásokat, ha a család nem tudott kellő számban megjelenni. Édesapámnak kiterjedt járműparkja volt – természetesen traktorokból –, és a szőlőtőkék is úgy helyezkedtek el, hogy azokat a lehető legkönnyebben meg lehessen művelni. A terület nagyobbik részén kordonos szőlő volt – ez volt a két fajta közül a könnyebben művelhető, mivel a magas tőről fakadó szőlővesszők eleve kifeszített drótkötelek között nőttek, ami kicsit szabályozta őket, illetve kellemes derékmagasságban kellett rajtuk dolgozni, amikor a szükség úgy kívánta. A kisebbik részen, amolyan hobbiszerűen pedig néhány szőlőtőke sorakozott, amiken már bonyolultabb volt a munka. Egyrészt mert alacsonyabban voltak, másrészt mivel ezek nem voltak bedrótozva, itt egyenként kellett őket szelídíteni bizonyos időközönként, amikor túl kócsakká váltak. Ezen kívül persze rendszeresen kellett a környéküket gaztalanítani és permetezni, mert egy egész regimentnyi gombaféle és egyéb kártevő próbálkozott minden idényben, hogy megtépázza a szőlőtermést. Szóval a szüleim sem unatkoztak. De szerették csinálni, és a világért sem cserélték volna fel a vidéki életet a nagyvárosi nyüzsgésért. És be kellett vallanom, én magam sem voltam biztos benne, hogy ezt akartam.

De most itt voltam, és máris megakadt a szemem az egyik butikon. Szép és elegáns ruhákba öltöztetett próbababák álltak a kirakatában, és a ruhák ára is elfogadható volt. Egy „ez kell nekem" felkiáltással beléptem az üzletbe. Imádtam vásárolni; mindig úgy éreztem, hogy új életre kelek, ha vettem magamnak valami új ruhát. Az utóbbi időben egyébként is sokat segítettek ezek a ruhák, hogy a magabiztosságom nőjön, amire, be kell vallanom, szükségem is volt. Így aztán lelkesen vetettem be magam a polcok és fogasok közé. Szándékomban állt szoknyákat, blézereket, topokat, ruhákat vásárolni különböző színekben, együttesként vagy külön, de olyanokat is, amiket variálhattam összevissza. Persze kelleni fog még némi fehérnemű is, harisnyák – most épp a combfix korszakomat éltem –, és cipők. Minél magasabb sarkakkal. Ugyan rengeteg pénzt örököltem, mégis egyelőre az eddigi „tartalékaimból" gazdálkodtam. Nem éreztem magaménak azt a pénzt. Valahol mélyen belül még mindig arra számítottam, hogy egyszer csak felébredek, és megint San Franciscóban találom magam, az előző munkahelyen. Nem is beszélve arról az ismétlődő rémálmomról, amikor megjelenik az ügyvéd, és sűrű elnézések közepette bevallja, hogy rossz örökösnek adta át a céget, házat, autót és vagyont. Igyekeztem ezeket a gondolatokat elhessegetni.

Néhány boltot átfésültem, be is szereztem pár ruhadarabot, amikor hangosan megkordult a gyomrom. Étteremhez nem volt kedvem, bár kétségtelenül az lett volna az egyszerűbb választás, így aztán elindultam haza. Gondolatban végigpásztáztam a hűtő polcait, és elégedetten állapítottam meg, hogy egy salátát össze tudok dobni némi csirkehússal, ami most jól fog esni. Miután bepakoltam a szatyrokat a mélygarázsban lévő autóm csomagtartójába, óvatosan kiaraszoltam a napfénybe, és hazafelé vettem az utam.

Milyen furcsa volt kimondani, hogy „haza"! Mielőtt örököltem – mondhatnám úgy is, hogy az előző életemben –, otthon laktam a szüleimmel, aztán a közeli kisvárosban, Napában béreltem egy minilakást, majd San Franciscóban, a nővéremnél vendégeskedtem. Most pedig a cég mellé örököltem egy házat is Los Angeles előkelő külvárosában, ahol hatalmas villák sorakoztak, és minden másodikban valami hollywoodi nagykutya lakott. Én még ugyan egyikkel sem találkoztam, de láttam a városnéző buszt, ami arra szakosodott, hogy a hírességek rezidenciáit mutogassa a kíváncsi turistáknak, és ebből arra következtettem, hogy lakik pár a környéken. Egy-kettő letűnt csillagra nem pazarolnák az időt és az üzemanyagot. Amint befordultam a ház elé, ismét megcsodáltam az épületet és a körülötte fekvő kertet. Hát igen, ezek itt komolyan gondolták a fényűzést. Otthon nem voltam hozzászokva ilyen pazar környezethez, még akkor sem, ha a szüleim háza is nagyon szép volt a maga nemében. Abban az volt a különleges, hogy viszonylag régi volt, és kis, fehér tornyos kastélyként emelkedett ki a dombok közül. Ez a ház viszont modern volt, és szellős. Hosszan elnyúló üvegfalai voltak, amik olyan érzetet keltettek, mintha a tengerparton lettünk volna, bár az két utcával odébb volt. Első látásra megszerettem a házat a tágas szobáival és hatalmas ablakaival, amelyek a gyönyörű kertre, és a ház mögött található, speciálisan kialakított medencére néztek.

Ez is újdonság volt. Medence. Mióta ideköltöztem, még egy estét sem hagytam ki, mindig úszkáltam benne legalább félórát lefekvés előtt. Most is lelkesen gondoltam rá, hogy újabb köröket róhatok benne. Akár szó szerint is körözhetnék, mivel nem a szokásos téglalap vagy négyzet alakúra készítették, hanem szabálytalan, ovális alakja volt, a túlsó partján igazinak tűnő kis vízeséssel. Imádtam.

Nagy sóhajjal kikászálódtam az autóból – amit szintén örököltem –, és bevittem a csomagokat a nappaliba. Először mindig csak lepakoltam a szerzeményeket valahova egy-egy bevásárlókörút után, majd a kötelező divatbemutató után tettem el őket a szekrénybe. Most az éhség ugyan elhalasztotta a programomból a divatbemutatót, de teljesen nem vettem le a listámról. Gondoltam, vacsora után is jó lesz az.

Gyorsan a konyhába siettem, és kipakoltam a hűtőből zöldségeket a salátához. Már vásárlás után rögtön megmosva tettem el őket, így csak darabolni kellett. Ezzel gyorsan el is készültem, nekifoghattam a hús darabolásának. Most viszonylag apróra vágtam fel, ehhez volt kedvem, és pillanatok alatt a serpenyőben sercegtek a kis csirkedarabkák. Alig negyedóra alatt el is készültem a kedvenc étkemmel, és az ebédlőasztalra kipakolva jóízűen hozzá is láttam a falatozáshoz. A bor persze elmaradhatatlan kísérője volt a vacsorának; ezúttal félszáraz fehérborral öblítettem le a falatokat.

Ahogy ott ültem, úgy éreztem, hogy valami nem stimmel. Nem tudtam megmondani hirtelen, hogy mi, ezért aztán végigvettem az életemet. Volt állásom, házam, autóm – mindet örököltem ugyan –, bankkártyám, amiről nem mostanában fog kifogyni a pénz, de valami akkor is hiányzott. Miközben valamelyik csirkedarabba beleszúrtam a villát, rá is jöttem: egyedül voltam. Itt volt ez a sok minden, és nem volt kivel megosztanom.

Ez lehetett az elhalálozott nagybácsi sorsa is: sosem nősült meg, rajtunk kívül nem volt más rokona. Ezért is hagyta az én családomra a céget, illetve, hogy azon belül miért rám, az még rejtélynek számított. Itt ültem egyedül, és vágyakoztam a családom után.

Eddig sosem laktam egyedül. Most nem volt senki, akihez szólhattam volna. Pedig szerettem volna, de magammal beszélgetni még egyedül is cikinek tűnt. Lehet, hogy vennem kell egy kutyát? Vagy macskát? Vagy papagájt? Melyik viseli el legjobban, ha egész nap dolgozom? Azt hiszem, ezt mindenképpen fontolóra kell vennem. De nem ma – határoztam el.

Hirtelen fáradtság tört rám. Ami nem is volt meglepő, hiszen elég mozgalmas napom volt. Gyorsan bepakoltam a piszkos tányérokat a mosogatógépbe, és a szatyrokat felkapva elszaladtam a hálóba. Felkaptam a fürdőruhát, és szélsebesen elindultam úszni, mielőtt valahol állva elaludtam volna. Az úszás, mint mindig, nagyon jólesett. Az első napokhoz képest már nem is fulladtam ki két forduló után, bár a nyugdíjas kartempóm még nem gyorsult fel. Sok értelmét mondjuk nem is láttam, hogy versenyúszóvá képezzem magam. Nagyjából félórával később, immár fizikailag is kellemesen elfáradva, végül bevonszoltam magam a házba, bezárogattam a külső ajtókat, és elvonultam megtisztálkodni. A hálószobába lépve nagyon hívogatónak tűnt a hatalmas és puha ágy, de a kötelező fürdőszobai köröket még letudtam, mielőtt megadtam volna magam a fáradtságnak.

Rögtön a mély vízbe

Másnap reggel ugyanabban a pozitúrában ébredtem, ahogy emlékeim szerint lefeküdtem. Mivel általában nagyobb fordulatszámon működtem alvás közben, mint a pláza éttermében grilleződő csirke, ezen nagyon meglepődtem. A lepedő is és a takaró is alap pozícióban volt, nem az ágy mellett, illetve lábánál hevertek gombócba gyűrve, ahogy ez nálam megszokott. Tehát jól aludtam. Illetve inkább úgy, mint akit agyonvertek, de a lényeg a végeredmény volt: egészen frissnek éreztem magam. És maga a tény, hogy kávéivás előtt ilyen bonyolult gondolataim támadtak, egészen fellelkesített. Persze csak pár pillanatra, mert ahogy ez lenni szokott, ilyen napokon rendszerint már a délelőtt végére úgy érzem magam, mintha reggel rögtön ellőttem volna az összes puskaporomat.

A fürdőszobába menet megpróbáltam átgondolni, hogy mit terveztem mára. Nem sok minden jutott eszembe azon kívül, hogy meg akartam a nézni az irodaházunk első és második emeletét. Ott tegnap nem jártam. Igazából tegnap sehol sem jártam, egész nap az irodámban fogadtam a pácienseket. Hoppá, biztosan nem tetszene nekik, ha tudnák, hogy így hívtam őket. De hát nem kell nekik mindent tudni.

Ilyen gondolatokkal indultam el otthonról a reggeliként elfogyasztott szokásos joghurtom után, és jókedvűen léptem be az irodaház ajtaján. Ma is elegáns kosztümöt viseltem, egyiket a tegnap beszerzettek közül. Ennek halvány barackszíne volt, bordós mintákkal. Ezt bordó cipő egészítette ki, az elmaradhatatlan sarkakkal.

Claire most is az asztalánál ült, amikor beléptem. Egy pillanatra eszembe jutott, hogy tegnap is itt volt már, amikor ideértem. Azt hiszem, nem ártana kiderítenem, hogy itt mikor szokott a munkaidő kezdődni. Gyorsan üdvözlésemre sietett.

– Jó reggelt, Noree!
– Jó reggelt, Claire! Milyen jó kedved van ma!

– Igen, csodásan érzem magam – mondta szinte ragyogva, vörösesszőke, göndör fürtjei repkedtek csinos arca körül.

– Tényleg? Ez remek. Van valami különleges oka is? – kérdeztem, remélve, hogy egynapi ismeretség után nem veszi tolakodásnak.

– Igen! – kiáltotta hatalmas vigyorral. – Tim tegnap megkérte a kezem, és én igent mondtam!

– Wow! – Hirtelen nem tudtam, mit mondjak. – Gratulálok! Ez igazán jó hír!

– Igen! Nagyon boldog vagyok! – folytatta valósággal extázisban. – Az utóbbi időben olyan furcsán viselkedett, nem tudtam, mi baja van. De kiderült, hogy csak izgult, hogy minden sikerüljön! Meghívott egy gitárost, aki zenélt nekünk a teraszon, ő főzött, és telerakta az egész kertet gyertyákkal! Olyan romantikus volt! – mesélte tovább.

– Ez tényleg nagyon romantikusnak hangzik. És kitűztétek az esküvő időpontját is?

– Nem, azt még nem. Nem akartuk elrontani az estét holmi naptárlapozgatással, meg ilyesmivel.

– Igazad van, jól tettétek – válaszoltam a gondolataimba mélyedve.

– Jaj, de én itt feltartalak a magánéletemmel. Viszek mindjárt kávét, jó? Vagy szeretnél valami mást is?

– Semmi gond, és örülök a boldogságodnak – eszméltem fel én is. – Ja, és a kávé elég lesz, köszönöm.

Ezzel bebotorkáltam az irodába. Hogy irigyeltem én ebben a pillanatban Claire-t! Ő bezzeg azt csinálta, amihez értett, és tudta, mit várnak el tőle; épp eljegyezték, és alapjában véve boldog volt az életével. Én meg itt álltam, egyedül, mint a kisujjam, és még mindig azon filóztam, hogy mit is keresek itt.

Alighogy leroskadtam a székembe és bekapcsoltam a laptopomat, amit a tegnapi nap végére már nagyjából tudtam használni, Claire be is robogott a kávéval.

– Noree!

– Igen, Claire?

– Jonathan azt mondja, jön egy ügyfél tárgyalni tizenegy órára. Szeretnél csatlakozni hozzá a megbeszélésen?

– Máris? Nem hiszem, hogy sokat hozzá tudnék tenni – feleltem heves szívdobogás közben.

Jobban belegondolva, még talán a cég neve sem jutna eszembe egy ilyen tárgyaláson, nemhogy valami más.

– Ugyan már! Majd ő tárgyal, te pedig figyelsz.

Ebben a pillanatban Jonathan feltűnt az ajtónyílásban, és kérdő tekintettel nézett.

– Jó reggelt, Noree! Claire mondta már, hogy ügyfél jön tizenegyre?

– Igen, pont most említette.

– És, lenne kedved beülni?

– Mi lenne a feladatom?

– Mosolyogni kell, és esetleg megnézheted, hogyan szokott menni az ilyesmi. És persze ha bármi kérdésed van, nyugodtan közbeszólhatsz.

– Nos, azt hiszem, valahol el kell kezdeni, nem igaz? Menni fogok – mondtam ki, mielőtt inamba szállt volna a bátorságom.

– Ez remek!

– Tudunk valamit erről az ügyfélről? Szoktunk ilyenkor készülni?

– Persze. Már el is készült a dosszié, amiben az adatok vannak. Claire másol neked egy példányt belőle, és akkor együtt átnézhetjük előtte, hogy mire szoktunk figyelni, és mikről szoktunk velük beszélgetni. Mit szólsz?

– Ez nagyon jó ötlet. Claire?

– Már megyek is – ezzel kikapta Jonathan kezéből a dossziét, és elszáguldott.

– Köszönöm a segítséget, Jonathan. Nagyra értékelem, hogy ilyen kedvesen fogad mindenki.

– Ez csak természetes. Nekünk is az az érdekünk, hogy jól működjön a cég, nem igaz?

– De igen. Milyen igaz! – lepődtem meg ezen az egyszerű és logikus válaszon. Eddigi praxisomban mindig azt hittem, csak nálam működik a parasztlogika.

– Akkor átjövök tíz órakor, hogy megbeszélhessük a szükséges dolgokat. Jó?

– Igen, várni foglak.

– Oké, addig jó munkát!

– Köszönöm, neked is!

No, ez gyorsan ment – gondoltam. Rögtön a második napon ügyféllel tárgyalni. De ahogy tegnap hallottam a különféle igazgatóktól, ez fogja kitenni a munkám nagy részét. Ügyfelek, kimutatások, értekezletek, és még egy kis reklámcélú megjelenés itt-ott. Az elsőt rögtön ki is próbálhatom.

Miután átfutottam a postát – a papír és az elektronikus féléket is –, behívtam Claire-t, hogy egyenként átvegyük, milyen jellegű levéllel mi a teendőm. Nagyon kedvesen válaszolgatott, és mire a végére értünk, tíz óra is lett.

Jonathan halálos pontossággal jelent meg az ajtóban, bár a személyi aktája alapján nem csak ebben volt halálosan pontos. Korábban a hadseregben mesterlövész volt. Ebbe inkább bele sem akartam gondolni. Azok után, amiket a gyorstalpalón megosztottak velünk – egy részét bár ne tették volna –, inkább nem akartam elképzelni, milyen volt mesterlövészként. Most mindenesetre fegyvertelenül jött. Vagy legalábbis én nem láttam nála semmit.

Eddig alaposabban meg sem néztem, de különben jóképű fickó volt. A negyvenes évei elején járt, ha jól emlékszem a kartonjából, kisportolt alakkal, és mégiscsak ő volt az operatív igazgató, szóval intelligenciáért sem kellett a szomszédba mennie. Gyorsan végigpásztáztam az alakját, és egy csillogó karikagyűrűn állt meg a pillantásom. Hohó. Jonathan nős. Akkor az ő élete is rendben van, csak én vagyok ilyen szerencsétlen.

Intettem neki, hogy a fotelban foglaljon helyet, az iroda jobb oldali sarkában, és én magam is odasétáltam. Kiterítettük a doszsziékat és úgy belemerültünk, hogy amikor egy óra múlva Claire hangja hallatszott a telefonból, mindketten összerezzentünk. Megjött az ügyfelünk. Gyorsan összekaptuk magunkat és a papírokat és kisiettünk, mert az első alapszabály az volt, hogy a vendéget nem várakoztatjuk meg.

– Már bekísértem a vendégeket a kisebbik tárgyalóba – mondta Claire, fejével intve az említett helység felé.

– Köszönjük, Claire. Kávét, teát, és egyéb frissítőket szolgálnál fel nekünk?

– Azonnal megyek.

– Rendben. Akkor csatára fel! – mondtam Jonathannak, aki félvigyorral taksálta növekvő idegességemet.

– Nyugodj meg, minden rendben lesz. Csak mosolyogj, és figyelj.

– Oké, ez még talán menni fog.

– Bátorság!

– Köszi – mondtam, tesztelve a mosolyt. – Így jó lesz?

– Remek! – mondta szintén mosolyogva. Ebben a pillanatban nem tudtam elképzelni, milyen lehetett mesterlövészként, és egyben nagyon irigyeltem a feleségét.

Beléptünk a tárgyalóba. Két férfi ült a kényelmes fotelokban, amik a szoba bal oldalát foglalták el, a másik kettő fotelt szabadon hagyva. Halkan beszélgettek valamiről, de amint elindultunk feléjük, elhallgattak, és felálltak az üdvözléshez. Egyikük egy alacsony, köpcös, erősen kopaszodó, piropozsgás arcú férfi volt – ő kérdőn nézett Jonathanra. Valószínűleg már találkoztak korábban, amikor megállapodtak az időpontban, és láthatóan nem számított rám. Jonathan azonnal bemutatott minket egymásnak, de nem tette hozzá, hogy én milyen minőségben veszek részt a megbeszélésen. Ezen a részen inkább gyorsan átsiklott, és bemutatta nekem az ügynököt, Stan Jacksont. Ezután Stan bemutatta ügyfelét, Nick Cassidy színészt, akinek a védelme lenne a mi feladatunk.

A férfi laza testtartással állt a fotel előtt, és most kellemes félmosollyal nyújtotta a kezét kézfogásra. Magas, izmos testével enyhén előredőlt, hogy a köztünk lévő kis asztal felett át tudjon nyúlni. A szemem sarkából elkaptam a karján az izmok játékát, és éreztem, hogy kiszárad a szám, a szívverésem pedig felgyorsul. Majdhogynem levegőt sem mertem venni, és amikor a szemébe néztem, csak halványan regisztráltam, hogy mindhárman várakozva néznek rám.

– Elnézést, mit is mondott?

– Hogy nagyon örvendek! – felelte, miközben a szája sarka árulkodón megrándult, és a szemében valami csibészes villanás tükröződött.

Remek, máris nevetségessé váltam, pedig még meg sem szólaltam – gondoltam. Hoppá, pont ez a probléma.

– Én is … nagyon örvendek! És üdvözlöm önöket a … – jeszszusom, hogy is hívják a céget? – pánikoltam – a SecuryTechnél – fejeztem be gyorsan a mondatot, és úgy döntöttem, hogy itt inkább be is fogom a számat, mielőtt még jobban lejáratom magam, és a céget is.

Jonathan arcára rá sem mertem nézni.

Elbotorkáltam az egyik fotelig, leroskadtam, és hogy javítsak a helyzeten, elkezdtem arra a bizonyos mosolyra koncentrálni, amit előtte megbeszéltünk. Balszerencsémre a színész pont szemben ült le, és amint Jonathan az ügynökével elkezdte a részleteket megtárgyalni, észrevettem, hogy még mindig engem figyelt csibészes mosolyával. Egy darabig az arcomat mustrálta, aztán lejjebb siklott a tekintete. Miközben úgy tettem, mintha jegyzetelnék, óvatosan végignéztem magamon, nem csúszott-e valami félre. Nem. Jól van – könnyebbültem meg, bár a férfi tekintetétől így is pucérnak éreztem magam. Ahogy átvetettem egyik lábamat a másikon, arra is kényesen ügyeltem, hogy a szoknya ne nagyon csússzon fel, de ez sem segített. A szempár így is kitartóan figyelt.

Pár mély lélegzet után megpróbáltam kizárólag arra koncentrálni, amit Jonathan mondott.

– Szóval ismeretlenektől leveleket kapott, amikben megfenyegették. Eddig ennyi történt? – kérdezte Jonathan.

– Igen. Nagyon érzékletesen írják le, hogy mit tennének vele, amennyiben egyedül tartózkodnának vele egy szobában, mindenféle zavaró tényező nélkül – felelte az ügynök homlokráncolások közepette.

– Milyen természetűek ezek a fenyegetések? Szexuálisak… – kezdett volna bele Jonathan, de az ügynök gyorsan félbeszakította.

– Nem! Nem, nem erről van szó. Olyan leveleket is kapott, de azok csak kiéhezett háziasszonyok és fiatal szingli nők felajánlkozásai voltak. Ezek mások. Itt gyilkossággal fenyegetnek, és nem a gyorsaságra helyezik a hangsúlyt – ha érti, mire gondolok.

Itt a beszélgetés tovább folytatódott a levelekben használt kifejezésekről, azok érkezéseinek gyakoriságáról, jellegéről, de én felére sem tudtam odafigyelni, mert igen zavaró képek jelentek meg a szemem előtt ezekről a háziasszonyokról és szingli nőkről, és az ő felajánlásaikról. Éreztem, hogy az arcomat elönti a pír ezekre a képzelgésekre, így gyorsan lesütöttem a szemem és buzgón jegyzeteltem valamit az ölemben lévő jegyzetfüzetbe, remélve, hogy a többieknek nem tűnik fel semmi.

Nevetséges dolog volt, de még így, a harmadik x-hez vészesen közel is úgy el tudtam pirulni, mint az iskolás lányok az első felvilágosító órán. Ez eddig is sokszor okozott kínos perceket, nem volt ez másként most sem. Igyekeztem csendben láthatatlanná válni, mert bármilyen mozdulattal inkább csak magamra vontam volna a figyelmet.

Amikor úgy gondoltam, hogy már maximum enyhe rózsaszín az arcbőröm, megkockáztattam egy sanda oldalpillantást. Nem kellett volna. A színész még mindig engem figyelt, és úgy nézett ki, hogy teljesen tudatában volt annak, mi ment végbe bennem az elmúlt percekben.

Ez volt az a pillanat, amikor úgy döntöttem, hogy megpróbálom kizárni a gondolataimból ezt az embert a megbeszélés hátralévő idejére. Tudtam, ha ez nem sikerül, akkor a „flúgos örökös" jelzővel fogok bevonulni a világtörténelembe, és azt nem szerettem volna semmiképp. Erősen koncentráltam, hogy a beszélgetés maradéka némi nyomot hagyjon bennem, és még jegyzetelni is tudtam. Egyébként érdekesnek találtam a tárgyalást, és örömmel vettem észre, hogy ezt még élvezni is tudnám. Persze nem azt a részét, hogy halálra váró ügyfelek jönnek hozzánk segítségért, bár ezt a velem szemben ülő férfira éppenséggel nem mondhattam, hanem inkább azt, hogy a szakértelmünkkel segíthetünk nekik.

A megbeszélés gyorsan véget ért; Jonathan mindent megtudott, amire szüksége volt, megállapodtak a legfontosabb dolgokról, és ígéretet tett, hogy ügyvédünk előkészíti a szerződést a legrövidebb időn belül, és akkor alá is írhatjuk majd a megállapodást. Azt is elmondta nekik, hogy még ma ki fog menni a színész házába, körülnéz, hogyan lehetne a biztonságát otthon a maximális mértékben garantálni. Megbeszéltük, hogy a szerződést elküldjük az ügynöknek, és utána összeülünk egy újabb alkalommal, megbeszéljük a színész programjait is, és azok biztosítását.

Szerencsére, mint kiderült, mostanában inkább zárt helyszíneken forgat, majd szabadságra megy, így nem fog problémát okozni az őrzése.

Már csak a búcsúzkodás volt hátra, amikor Cassidy felém fordult.

– Miss Jones?

– Igen?

– Ön is tiszteletét teszi nálam ma délután a terepszemlén? – kérdezte, majd még az elmaradhatatlan félvigyorral hozzátette: – aggódnék a biztonságom miatt, ha ön nem jegyzetelne ilyen szorgalmasan. Még a végén valami fölött elsiklik a figyelmük... – majd szemöldökét felvonva, várakozva nézett rám.

Ez volt az a pillanat amikor végképp nem bírtam semmi értelmeset kinyögni, de a menetrendszerű forróságot az arcomon azonnal érzékeltem. *Uramatyám!* – gondoltam. Lehet ez még ennél kínosabb? Jonathan is érzékelhetett a dologból valamit, mert gyorsan a segítségemre sietett.

– Nick, amennyire én tudom, Miss Jonesnak értekezletei vannak ma délután, így nem hiszem, hogy eleget tud tenni a kedves meghívásnak, de biztosíthatom, hogy nem siklik el semmi fölött a figyelmünk.

Cassidyt persze nem lehetett kibillenti a lelki egyensúlyából. Vagy csak ennyire jó színész? Ennek később utána kell néznem. Elvégre legalább azt tudnom kellene, hogy milyen mértékű körülrajongást vár el egyik-másik ügyfelünk. Ő továbbra is kedélyes nyugalommal szemlélt, majd láthatólag csalódottan sóhajtott egyet, és a továbbiakban egyeztetett a többiekkel az időpontról, és az egyéb tudni- és tennivalókról.

Én pedig elgondolkodtam, hogy vajon mindig így fog ez menni? Vagy eljön majd az idő, amikor konkrétan meg is tudok majd szólalni egy ügyfél előtt? Ez így semmiképpen sem lesz jó, ezt magamtól is láttam.

Közben a búcsúzkodás ideje is eljött. Stan gyors kézfogások után el is indult kifelé a tárgyalóból, Cassidy pedig ráérősen szorongatta a kezemet, és reményét fejezte ki, hogy mihamarabb találkozunk. Enyhén remegő hangon kipréseltem magamból néhány udvariassági formulát, és igyekeztem a kezemet visszahúzni, amit nagy sokára el is engedett. Az előcsarnokban megvártuk, míg kimennek a kétszárnyas üvegajtón, és eltűnnek a becsukódó liftajtó mögött.

Ekkor már nem tudtam tovább halogatni, és kétségbeesetten néztem Jonathanra.

– Hát ez borzasztó volt. Azt hiszem, ilyen produkciókkal nem fogom öregbíteni a cég hírnevét.

– Ugyan már! Majd belejössz! – biztatott némi visszafogott nevetés után eddigi kedvenc igazgatóm. – És ha szabad megjegyeznem, eddig egy ügyfél sem próbált kikezdeni az igazgatóval – mondta most már hahotázva.

– Te is észrevetted? Jesszusom! De kínos!

– Jaj, ne izgulj miatta, ezek néha ilyenek. Ha nem akarsz, soha többé nem kell találkoznod vele – mondta, és elindult az irodája felé. Félútról még visszaszólt. – De ha szeretnél, elkísérhetsz délután az oroszlánbarlangba... vagy feljelentheted szexuális zaklatásért – tette hozzá némi hezitálás után.

Nem tudom, milyen képet vágtam erre a javaslatra, de amikor hátranézett, még hangosabban kezdett el nevetni. Komolyan eszembe jutott, hogy ha a főnöki tekintélyemet már a második munkanapomon semmibe veszik, akkor mi lesz itt még később. Aztán mire bevonszoltam magam az irodámba, el is szállt a mérgem.

Visszagondoltam a tárgyalásra. Cassidy tényleg látványosan tehette a szépet, ha még Jonathannak is feltűnt, és be kellett vallanom magamnak, hogy jólesett. Ettől függetlenül nem kellett az etikai kódexet tanulmányoznom ahhoz, hogy tudjam, ebből nem lehet semmi, itt megálljt kell parancsolnom az érzelmeimnek és a fantáziámnak. Legalábbis addig, amíg szerződéses kapcsolatban áll a cégünkkel.

Uramatyám! Már a kiskapukat keresem.

Arról nem is beszélve, hogy valószínűleg csak unatkozott, és szórakozni támadt kedve. Vagy egy filmjéhez gyakorolt. Ki tudja? Én meg már azon agyaltam, hogyan lehetne ebből valami. Teljesen elment az eszem.

Nem gondoltam volna, hogy ennyire ki vagyok éhezve, hogy az első utamba akadó pasira majdnem rávetem magam. Gyorsan megráztam a fejem, és igyekeztem más irányba terelni a gondolataimat. Ránéztem a jegyzetfüzetre, amit még mindig a kezemben szorongattam, és megpróbáltam szakmai szemmel átgondolni a délelőtt történéseit.

Eddig jutottam a gondolataimban, amikor Claire benyitott az irodámba.

– Noree! Elmegyek enni Lisával. Tudod, ő a recepciós itt, a duplaajtónk előtt. Van kedved velünk jönni, vagy rendeljek neked valamit?

Kapva kaptam az ajánlaton, mert azt reméltem, egy kicsit ki tudom szellőztetni a fejem.

– Hova szoktatok menni? – kérdeztem.

– Csak ide, szembe, a plázába. Van itt egy nagyon jó salátabár, isteni finom és friss zöldségekből készítik.

– Pont ez kell nekem! – válaszoltam, elcsodálkozva a szerencsémen. Sokan néztek rám ugyanis furán, de a saláták voltak a gyengéim. – Szívesen veletek tartok!

Ezzel felkaptam a táskámat, és nemsokára Claire-rel, valamint Lisával kiléptünk a napfénybe.

Hirtelen elhatározás...

Ebéd után jóllakottan, de nem kómásan ültem az asztalomnál – salátaimádatom egyik hihető magyarázata volt ez –, és épp a frissen érkezett jelentéseket próbáltam értelmezni, amikor Jonathant láttam meg Claire asztala előtt sertepertélni a nyitott ajtón át. Épp valami időpontokat magyarázott neki amikor leesett, hogy hova készül táskával az oldalán és kocsikulcscsal a kezében. Mielőtt végiggondolhattam volna, mit teszek, már hallottam a saját hangomat:

– Jonathan, az ügyfélhez mész?

– Igen – mondta hátrafordulva.

– Várj meg, én is megyek – mondtam, és ezen a napon már másodszorra kaptam fel a táskámat sietősen.

Egy pillanatra láttam kérdő tekintetét, de aztán nem szólt semmit. Egy pillanatra rajtam is átfutott, hogy fűzök a döntésemhez valami magyarázatfélét, de aztán meggondoltam magam. Én vagyok a főnök. Ha úgy döntök, akkor miért ne mehetnék? Ezzel elindultam vele a hátsó lépcső felé, ugyanis az autóját a mélygarázsban tartotta. Ma már én is ide parkoltam. Ez egy kicsit egyszerűbb volt, mint a bevásárlóközpont mélygarázsában körözni, szabad hely után kutatva. Volt külön a főnöknek fenntartott parkolóhely. Csendben mentünk le a garázsba, mindketten a gondolatainkba mélyedtünk. Egy hatalmas fekete Jeephez irányított. A cég leltárából úgy tudtam, öt ilyen autónk van, ezekkel szoktak úgynevezett „bevetésekre" menni, a sötétített üvegek mögött valóságos fegyverarzenál és kisebb laboratórium rejlett. A színész házához vezető úton az ilyen terepszemlén végzett munkákról beszélgettünk. Úgy gondoltam, még hasznomra válhat, ha nagyjából tudom követni az eseményeket.

Hamar megérkeztünk a külvárosba, és egy hatalmas vaskapu előtt álltunk meg. Jonathan bejelentkezett a kaputelefonon, és amikor a kétszárnyas kovácsoltvas kapu feltárult előttünk, mormogott valamit arról, hogy ezt az elavult rendszert azonnal ki kell cserélni. Megkérdeztem, szeretné-e, ha jegyzetelnék neki, vagy bármi más segítséget igényel-e, de ő csak intett egyet, hogy majd később felírja ezt is a papírra, ne fárasszam magam. Ez ugyan nagyon kedves volt tőle, vagy csak furcsának találta volna, hogy a főnök jegyzeteljen neki, így viszont gyakorlatilag feladat nélkül maradtam a látogatás idejére. Ez egy enyhe pánikot váltott ki belőlem, de reméltem, ennél több nem fog elhatalmasodni rajtam.

Közben elértük a ház bejáratát, amit az úttól hatalmas fák takartak el. Ezt nagyon praktikusnak tartottam, pláne, ha a turistabusz jutott eszembe. Kellemes árnyékot is nyújtottak a nyári forróságban, amíg a bejáratnál várakoztunk a házigazdára. Azonban nem ő, hanem menedzsere nyitott ajtót.

– Áh, jó napot kívánok! Miss Jones, Jonathan! Kérem, fáradjanak beljebb.

– Köszönjük, Stan – mondta Jonathan, és fejével intett, hogy induljak el nyugodtan.

A bejárati ajtón keresztül egy hatalmas helyiségbe jutottunk, és némi szinteltolás után kényelmes nappali tárult a szemünk elé. A törtfehér, barna és zöld voltak az uralkodó színek. A túlsó falon téglából rakott kandalló ragadta meg a figyelmemet, és néhány érdekes festmény lógott a falon. Összességében nagyon hangulatos, lakályos szobának tűnt, egyáltalán nem olyannak, amit az ember lánya egy agglegénytől elvár. Ebben a pillanatban egy szomszédos helyiségből betoppant a ház ura. Végigpásztázta a szobát, felmérte a jelenlévőket, és huncut mosolyra húzódott a szája.

– Miss Jones! De örülök, hogy újra látom! Jonathan, mondja, hol szeretné kezdeni?

– Jó napot, Mr. Cassidy – üdvözöltem udvariasan, de amennyire lehetett, visszafogottan.

– Hello, Nick, azt hiszem, először az udvart járom körbe, aztán majd a végén a házat. Így megfelel? – válaszolta Jonathan egy jegyzetfüzetet elővéve.

– Hogyne. Egészen nyugodtan kezdjen hozzá, Stan mindenben a segítségére lesz.

– Köszönöm. Stan, mehetünk?

Stan kérdőn nézett egy pillanatra Cassidyre, aztán intett a rá várakozó Jonathannek, hogy indulhatnak. Amikor kiértek az ajtón, a férfi odafordult hozzám:

– Nos, Miss Jones. Minek köszönhetem, hogy megtisztel látogatásával? Nem kellene buzgón jegyzetelnie odakint? Vagy valami értekezleten?

– Ne aggódjon, Mr. Cassidy. Nem kockáztatom az állásomat – válaszoltam óvatosan és ködösen.

– Ennek nagyon örülök. Nem szeretném, ha az én lelkemen száradna, hogy nem tud ilyen csinos topánkákban járni.

Erre a megjegyzésre megint elpirultam. Ez pedig láthatóan tetszett neki, mert szélesen elvigyorodott. Úgy gondoltam, megpróbálok inkább kevésbé kényes vizekre evezni.

– Megkérdezhetem, miért a mi cégünket választotta erre a feladatra? – kérdeztem, miközben elindultam az egész falat elfoglaló üveg teraszajtó felé. Reméltem, megpillantom a többieket az üvegen túl, és az ad némi biztonságérzetet – vagy legalább beszédtémát.

– Az ismerőseim ezt ajánlották. De ha tudom, hogy ilyen csinos hölgy vesz kezelésbe, már korábban bejelentkeztem volna – mondta sokat sejtetően.

Igyekeztem nem tudomást venni a pillangókról, amik a gyomrom tájékán vad táncba kezdtek. Ahhoz képest, ahogyan éreztem magam, egészen magabiztos hangon sikerült megszólalnom.

– Valóban? Ezek szerint már régebben kapta ezeket a fenyegető leveleket?

– Igen. Az elsőt pár hónapja – mondta vállat vonva, mintha nem is venné komolyan.

Én sem értettem, miért, de erre a mozdulatra düh öntött el. Szembefordultam vele, és úgy vágtam hozzá a mondanivalómat egy szuszra.

– És magát ez nem is érdekli? Hogy hónapok óta kint mászkál valami őrült, aki adott esetben képes lenne megölni? Mondja, magának nincs családja? Nem gondol arra, hogy éreznék magukat, ha egyszer csak egy rendőrautó állna a házuk előtt a borzalmas hírrel? Vagy még rosszabb: a médiából értesülnének róla? Nincs magában egy szemernyi tisztelet sem feléjük? Mert ha lenne, akkor nem venné ilyen félvállról ezt a dolgot! – és itt kifulladtam.

Én magam sem értettem a reakciómat, de a gondolatra, hogy valaki egyszerűen kiontja ennek a férfinak az életét, és őt ez ennyire nem érdekli, páni félelem és eszeveszett düh töltött el.

Micsoda veszteség lenne!

Délután volt időm egy kicsit az interneten bóklászni, és picit utánanéztem, mit lehet tudni erről a remekbe szabott férfiról. Igen meglepő dolgokat olvastam róla, ugyanis nem a tipikus bájgúnár volt, akit a százwattos mosolyáért szerződtetnek. Igazi karakterszerepekre hajtott, és különféle alakításokért számos díjat tudhatott már magáénak. A filmszerepeken kívül volt saját produkciós irodája is, ahol sok fiatal színész kapott lehetőséget hogy elinduljon a pályán. Az internetes oldalak azt is elárulták, hogy ugyan a férfi remekül alakította Shakespeare darabjainak főszereplőit a színpadon fiatalabb korában, mégsem dráma szakra jelentkezett az egyetemen, hanem a jogi kart végezte el. Összességében nagyon intelligensnek és titokzatosnak jellemezték, és persze minden hozzászólás azzal ért véget, hogy egy ilyen férfiért bárki bevállalná az ajtócsapkodásokat otthon.

Ahogy levegő után kapkodva figyeltem az arckifejezését, a határozott mosolyt egy pillanatra bizonytalanság váltotta fel. Összehúzott szemmel figyelt, és egy pillanatig azt hittem, most páros lábbal rúg ki mindkettőnket, amiért így leordibáltam a fejét. Már pont arra készültem, hogy bocsánatot kérek a kirohanásomért, amikor újfent meglepett.

– Akkor, gondolom, nagy megelégedettségére van, hogy felkerestem a cégét. Most már biztonságban vagyok, nem igaz? – kérdezte, miközben lassan visszatért arcára a jól ismert félmosoly.

– Igen. Vagyis bármelyik céget választhatta volna. A lényeg, hogy feleslegesen ne kockáztassa a testi épségét. – *Egy ilyen testet pláne ne* – tettem hozzá gondolatban.

Mielőtt lesütöttem volna ismét a szemem, még egy pillanatra végigmértem, és valóban szemkápráztatón nézett ki. Életben még jobban is, mint az aktájában szereplő fényképen.

Magas volt, izmos, de mégis karcsú, ha lehet ilyet férfira mondani. Erőteljes arcéle volt, ami markánssá tette az arcát, sűrű, barna, enyhén hullámos haja viszont némi szelídséget adott a vonásainak. Főleg úgy, ahogyan most hordta: bohókásan a nyakába, illetve a homlokába hullva. Erős késztetést éreztem, hogy beletúrjak, és kisimítsam a szeméből, ami szintén nem volt mindennapi. Ha nem figyeltem, a gyönyörű sötétkék szempár rabul tudott ejteni. Olyan volt, mint egy feneketlen tó, telis-tele megoldásra váró rejtélyekkel. És akkor még a hangjáról nem is beszéltem...

– Most hogy tudom, magácska milyen vehemenciával fog védeni. Ígérem, többé nem teszek ilyet – hallottam dallamos baritonját, miközben inkább a padlót fixíroztam.

– Nos, nem én fogom védeni. Én csak azért jöttem... – kezdtem bele a mondatba, amit hirtelen nem tudtam folytatni. Felkaptam a fejem, és még a lélegzetemet is visszatartottam, miközben azon gondolkodtam, mennyit árultam el abból, amiből semmit sem akartam.

– Nos, miért is jött? – vonta fel a szemöldökét. – Ha azt mondja, a jegyzetelési tudományára itt nincs is szükség... A mondat vége függőben maradt. Na, most húztam magam igazán csőbe. Erre mit mondhattam volna? Jó kérdés. Azt mégsem mondhattam, hogy „azért, mert kíváncsi voltam". Megpróbáltam magam kihúzni a lehető legkevesebb információ közlésével.

– Még betanulok. Gondoltam, megnézem, hogy megy az ilyesmi.

– Értem. Szóval még ön is új a szakmában?

– Igen, ez így van.

– És korábban mivel foglalkozott, ha szabad kérdeznem?

– Egy multicégnél dolgoztam. – Ez elég ártatlanul hangzott, és az összes közül ennek volt a legtöbb köze a mostani munkámhoz – gondoltam, elsőre ezt említem meg. De úgy nézett ki, hogy nem ez ragadta meg a figyelmét.

– És miért jött el az előző munkahelyéről? – búgta szinte hipnotikus hangon, és az arca egyre közelebb került az enyémhez, hogy már a leheletét is éreztem.

Egyfajta ködön keresztül próbáltam az agytekervényeimet valami válasz kigondolására serkenteni, rejtett zugaiban kutatni, mit is mondhatnék, amikor az ajtónyílásban Jonathan tűnt fel az ügynökkel, így egy lélegzetvételnyi szünethez juttatva engem. Hangosan beszélgetve beléptek a nappaliba a kert felől, és rögtön oda is fordultak a férfihoz, aki egy centivel sem húzódott távolabb.

– Nick, szeretnéd a házat bejárni, vagy továbbra is rám bízod? – kérdezte Stan.

– Jonathan? Megfelel Stan segítsége, vagy van valami, amit velem szeretne egyeztetni?

Itt megpróbáltam a szememmel jelezni a munkatársamnak, hogy mindenképpen vigye magával a színészt, és bizonyosan sasszemének köszönhetően úgy nézett ki, észre is vette hangtalan jelzésemet.

– Nick, szeretném, ha velem jönne, meg kell beszélnünk, hova lehet plusz kamerákat, érzékelőket felszerelni, és nem szeretném, ha később félreértések adódnának.

- Hogyne. Miss Jones, velünk tart ön is?

- Igen, köszönöm. Csak menjenek előre, én majd hátulról figyelek.

- Rendben. Figyeljen nagyon, és ne maradjon le, nehogy elkeveredjen, és csak éjjel találjak magára amint bolyong a nagy házban egyedül. Vagy mint Aranyfürt, aki elalszik a hálószobában...

- Ne fantáziáljon, Mr. Cassidy.

- Igenis, hölgyem! - mondta katonásan. - Jonathan, mehetünk?

A másik két férfi megdöbbenten nézték szópárbajunkat, de inkább nem szóltak egy szót sem. Sebes léptekkel elindultak az emeletre vezető lépcsőhöz, ami a nappali ellenkező sarkából indult felfelé. Nagyon ízléses, fa borítású korlát szegélyezte, a lépcsőfokok pedig az előszoba padlózatához hasonló járólapokkal voltak kirakva. Az emeletre érkezve egy kisebb pihenőtérbe jutottunk, ahonnan két folyosó indult el a ház két szárnya felé, ajtókkal mindkét oldalukon. Sorban mindet bejártuk; volt számos hálószoba, hozzájuk tartozó fürdőszobák, gardróbok. A legtöbb használaton kívülinek tűnt, bár mindegyik ízlésesen be volt rendezve. A bal szárnyban lévő két szobában néhány személyesnek tűnő csecsebecse sorakozott az éjjeliszekrényen, de a férfi nem fűzött hozzájuk külön magyarázatot. Amennyire a délelőtt olvasottakból kiderült, a férfi egyedül élt, így nem tudtam mire vélni ezeket a tárgyakat. Végül a jobb szárnyban lévő utolsó szobánál Nick megállt, és hátrafordulva bejelentette, hogy már csak az ő hálószobája van hátra. Itt heves szívdobogás jött rám; én sem értettem, miért, hiszen csak egy szobáról volt szó. Biztosan ez is úgy néz ki, mint a többi.

Amint beléptünk, rögtön megcsapta az orrom a férfi kellemes kölnijének illata, ami az egész szobát áthatotta. Lehunyt szemmel lélegeztem be a friss illatot, és egy pillanatra megálltam az ajtónyílásban. Amikor végül kinyitottam a szemem, három férfiszempár nézett vissza.

- Miss Jones, jól érzi magát? - kérdezte Stan.

Rögtön zavarba jöttem, és elöntötte az arcomat a szégyen pírja.

– Egy pillanatra megszédültem – mondtam gyorsan, mielőtt ők maguk találgathattak volna.

Mégsem mondhattam azt, hogy szédítő illata van a férfinak. Inkább hihetőbb magyarázat után kutattam.

– Talán keveset ettem ebédre, vagy keveset ittam ma. Egy perc, és elmúlik.

– Miss Jones, ha gondolja, lekísérem a nappaliba, ott leülhet, és ihat valamit. De ha nagyon rosszul érzi magát, itt is leheveredhet. Nagyon kényelmes az ágy – mondta Nick kaján vigyorral.

Erre pánik tört rám. Gyorsan rávágtam, hogy az első opciót választom, és hanyatt-homlok menekülve elindultam a lépcső felé. Azt sem figyeltem, hogy jön-e valaki utánam, de nemsokára hallottam Nick jóízű nevetését a hátam mögött:

– Óvatosan a lépcsőn, nem szeretném, ha itt érné munkahelyi baleset.

– Ne aggódjon, Mr. Cassidy. Nem fogok pert akasztani a nyakába.

– Ó, egészen nyugodtan tegye meg. Legalább többet találkozunk – mondta még mindig nevetve.

– Azt hiszem, valami innivalóról volt szó – próbáltam viszszaterelni a szót eredeti célunkra.

– Igen. Kérem, kövessen a konyhába. Vagy a nappaliban szolgáljam fel?

– Nem, köszönöm, a konyha megfelel.

– Remek – mondta, és azzal megelőzött, és befordult jobbra, a lépcső alján.

Követtem a konyhába, ami meglepetésre olyannak tűnt, mint amit használnak. Az ablakban helyes kis cserepekben fűszernövények sorakoztak, mellette a polcokon tartókban minden általam ismert és nem ismert fűszer. Férfias, ugyanakkor nagyon barátságos és otthonos benyomást keltett a barna szekrényajtókkal és fém kiegészítőkkel. A színész a hatalmas hűtőszekrényhez lépett, kinyitotta, majd elkezdte sorolni a választékot. Én a legegyszerűbbet választottam, csak hogy haladjunk, mire ő teletöltött egy poharat hűvös és zamatos almalével, majd csípett hozzá két levél mentát. Nagyon jólesett a melegben, és élvezettel kortyolgattam elgondolkodva. Nem vettem észre, hogy a férfi közben engem nézett, és most halkan megjegyezte:

– Magát élvezet nézni, miközben iszik. Ha ezt tudom, már egy órája megkínáltam volna valamivel. Már ki tudja, meddig jutottunk volna az ismerkedésben.

– Mr. Cassidy, tudja nagyon jól, hogy nem ismerkedni jöttem.

– Nos, még mindig nem vagyok biztos benne, hogy tudom, miért jött, de higgye el, előbb-utóbb kiderítem.

– Elhiszem. Maga semmit nem ad fel, ugye?

– Nem, ez valóban nem szokásom.

– Remek, ugyanis én sem.

Közben Stan és Jonathan is visszaértek a földszintre, és hangjuk behallatszott a konyhába. Kérdőn néztem a férfira, és csendbe burkolózva elindultunk a nappaliba, hogy csatlakozzunk a többiekhez.

– Akkor összeírom, hogy hol kellene a biztonságon fejleszteni, és elküldöm az árajánlatot. Mivel mostanában nem vesz részt rendezvényeken, így azt mondta, testőrre nincs szüksége, a filmstúdió a zárt forgatásokon pedig biztosítja a terepet. Ha ezekben valami változás áll be, kérem, szóljanak – foglalta össze Jonathan a szituációt. – Egyelőre akkor a rendszer fejlesztésére írunk szerződést, a többiről pedig még tárgyalunk. Szeretné, ha nyomoznánk is a leveleket feladó személy után? Mindenesetre a rendőrségen feljelentést kellene tennie, hogy ők is nyomozzanak.

– Rendben – mondta az ügynök. – Holnap elmegyünk a rendőrségre. Meglátjuk, ők mit mondanak, és annak fejleményében megbeszéljük a nyomozási kérdéseket. Az árajánlatot pedig várni fogjuk.

– Akkor készen is vagyunk. Majd jelentkezni fogok. Stan, Nick. – Jonathan már el is indult az ajtó felé.

– Viszlát, Miss Jones, Jonathan. Öröm volt önökkel együtt dolgozni – köszönt el Nick.

– Viszlát, Mr. Cassidy, Stan – válaszoltam megkönnyebbülve.

– Viszlát – zárta a sort Stan.

Sietős léptekkel az autóhoz mentem, és beszálltam az anyósülésre. Jonathan kérdőn nézett rám, de nem szólt egy szót sem.

A visszaúton végig igyekeztem semleges témáknál maradni, és kértem, hogy mesélje el a benyomásait. Elmondta, hogy mivel elég kezdetleges biztonsági rendszer üzemel a házban pillanatnyilag, ha beleegyeznek, elég jó üzletet köthetünk, hogy a legmodernebb berendezést szereljük fel. Én lelkesen bólogattam. Hamar visszaértünk az irodához, és meglepődve tapasztaltam, hogy már elmúlt öt óra is. Felmentem az irodába, megnéztem az üzeneteket, és mivel semmi fontosat nem találtam, ismét összeszedtem a táskámat, és elindultam haza. Most nem volt kedvem vásárolni. Arra gondoltam, hogy inkább elsétálok a tengerpartra, és kiszellőztetem a fejem. Egy ilyen nap után jól fog esni.

Otthon gyorsan kényelmesebb ruhába bújtam – egyik kedvenc nyári ruhámba, ami bokáig lengte körül a lábaimat, és szabadon hagyta a vállaimat. Kibontottam a hajam, és elindultam a tengerpart felé.

Még csak egy hónapja laktam itt, de szerettem lesétálni a strandra. Nagyon rendezett volt, puha homokja finoman simogatta a lábam, és gyönyörű pálmafák sorakoztak az út mentén. A víz komótosan nyaldosta a partot, és enyhe szellő fújt az óceán felől. Végigsétáltam a parton, ahogy szoktam, majd leültem a kedvenc sziklámra, ami a strand végén nyúlott be egészen a víz fölé. Az óceán felé fordítottam az arcom, és élveztem, ahogy a hűs szellő simogatja a bőröm, a hajam pedig repked a szélben. A nap már kezdte megközelíteni a horizontot, narancssárgára színezve a vízfelszínt, de még utolsó erejével melegítette a levegőt. Csodálatos látvány volt, és békességet sugárzott. A sirályok hangosan rikoltozva keringtek a part közelében, és le-lecsapva raboltak maguknak vacsorát a fehér habokból. Az én gyomrom is hangosan megkordult. *Itt az ideje hazaindulni, ha már erre a látványra is éhes leszek* – gondoltam.

Leugrottam a szikláról és elindultam visszafelé, amikor egy mozdulatlanul álló alakot pillantottam meg. Felém fordult, kezét a szeme elé tartotta ellenzőként, és amint elindultam, elkezdett integetni, majd felém igyekezett. Nem ismertem a környéken senkit, így óvatosan hátranéztem, hátha mögöttem jelez valakinek, azonban senki nem volt rajtam kívül a strand ezen részén. Kíváncsian elindultam hát, majd döbbenten megálltam, amikor a férfi mozgása ismerőssé vált. Nick Cassidy jött velem szemben ruganyos léptekkel, majd pár lépésnyire megállt, és mosolyra húzta a száját.

– Jó estét, Miss Jones. Micsoda véletlen, hogy ismét összefutunk. És milyen csinos most is.

– Jó estét, Mr. Cassidy. Mi járatban errefelé?

– Egy barátomat látogattam meg itt a környéken, és a családjával leugrottunk a partra, amíg a felesége elkészíti a vacsorát. – Egy férfira mutatott, aki egy éppen totyogó kisfiút próbált a vízből kirángatni miközben egy hatalmas labrador vidáman ugrált körülöttük. – Meghívhatom, hogy tartson velünk?

– Nézze, Mr. Cassidy... – kezdtem volna bele a mondanivalómba, de félbeszakított.

– Kérem, szólítson Nicknek! – mondta lágy hangon.

– Nézze, Mr. Cassidy – folytattam kérlelhetetlenül, mielőtt a gyomromban érzett pillangók túl heves táncba kezdhettek volna. – Nagyon kedves, hogy meghív, de nem hiszem, hogy jó ötlet lenne. Az egyik alapszabály a cégnél, hogy ügyfelekkel kizárólag üzleti kapcsolatot tarthatunk fent.

– Ezek szerint ha nem írom alá a szerződést, és keresek egy másik biztonsági céget, amely telekamerázza a házamat, akkor eljön velem vacsorázni?

– Ezt nem mondtam. És kérem, ne tegye. Ha nincs megelégedve a szolgáltatással, amit nyújtunk, akkor persze nem tudom megakadályozni, hogy máshova menjen, de csak ez alapján, kérem, ne mondja vissza a megbízást. – Már a gondolatra pánik tört rám, ha belegondoltam, hogy magyarázom majd meg Jonathannak, ha a színész látszólag minden ok nélkül kihátrál a szerződésből.

A férfi félrebillentette a fejét, és elgondolkodva nézett egy darabig. Majd egy sóhajtás után nagyon lassan elkezdett beszélni.

– Rendben, Ms. Jones. Egyelőre elengedem, mivel látom, nem jutnánk közös nevezőre. De ne féljen, eljön még az az idő, amikor igent mond majd nekem.

Majd megfordult, és ugyanolyan ruganyos léptekkel, ahogy jött, elfutott a rá várakozó férfi és kutya irányába.

A pillangók őrült táncba kezdtek a gyomromban. Amit a férfi mondott, felért egy hadüzenettel, de hogyan tudom lebeszélni a terveiről anélkül, hogy veszélyeztetném az üzletet? És egyáltalán le akarom én beszélni?

Persze hülyén jönne ki, ha rögtön az első dolog, amihez közöm lenne, az egy meghiúsult üzletkötés, de vonzott a lehetőség, hogy a férfival közelebbről megismerkedjek. Kétségek között hánykolódva indultam el hazafelé, és mire beléptem a kapun, már tudtam, hogy legalább addig megpróbálom magam távol tartani tőle, amíg a szerződést aláírjuk és a munkálatok tartanak a házában. Ez sem lesz egyszerű, de meg kellett tennem.

Ezekkel a gondolatokkal álltam neki elfogyasztani a vacsorámat, majd úgy döntöttem, „szerelmi bánatomat" egy lányos filmmel és némi jégkrémmel enyhítem. Betettem hát a Mamma Mia DVD-t a lejátszóba, besötétítettem a nappalit, ölembe vettem a jégkrémesbödönt, és hangos énekléssel kísérve végignéztem a filmet.

Jaj, de szánalmas!

Kicsit jobban éreztem magam utána, de még így sem volt kedvem a szokásos úszáshoz. Úgy döntöttem, ezúttal kihagyom, és inkább lefeküdtem aludni.

Boldog békeidők

Másnap kicsit félve mentem be az irodába, attól rettegve, mikor jön a hír a szerződés meghiúsulásáról. Egész nap alig tudtam koncentrálni, pedig végre alkalmam nyílt megismerkedni a második emeleten dolgozókkal, és igen kedves embereket ismertem meg. Az ottani vezetők is elmesélték a napi munkájukat, bemutatták a kollégáikat, és kellemesen elbeszélgettünk. Összességében nagyon jó kis csapatnak tűntek, és már nem csodálkoztam azon, hogy ez a cég szinte magától működött.

Az ügyvéd mesélte, mikor aláírtuk a szükséges adatokat a tulajdonosi változásokról, hogy megboldogult nagybátyám is szívesebben töltötte az idejét az óceánon, egy barátja hajóján, mint az irodában, és lényegében az ő jelenléte nélkül is virágzott a vállalat, köszönhetően a nagyszerű embereknek, akik itt dolgoztak. Ez nekem is némi megnyugvást adott.

Lehet, hogy nem én voltam a legmegfelelőbb személy a cég vezetésére, de bármit is gondoltak rólam az alkalmazottaim, ilyesmi nem tükröződött vissza senkinek az arcán. Igyekeztem hát én is jó benyomást kelteni, és meggyőzni mindenkit, hogy legalább annyira a szívemen viselem a cég sorsát, mint ők, és a lehető legrövidebb időn belül megpróbálok beletanulni az itteni feladataimba. Pillanatnyilag úgy tűnt, sikerült mindenkit meggyőznöm, és látszólagos lelki nyugalommal ment vissza mindenki a munkájához.

Ilyen hangulatban teltek a következő napok is, és egyre jobban átláttam a cég ügyes-bajos dolgait és a napi munkamenetet. A különféle területek igazgatói rendszeres tréningeket tartottak nekem a saját szakterületükből, vagy épp fél napokra beültem hozzájuk az irodába, hogy lássam, mivel foglalkoznak, ami szintén sokat segített abban, hogy akklimatizálódjak.

Közben Nick Cassidy is aláírta a szerződést a ház védelmi rendszerének modernizálására, és Jonathan már ki is osztotta a munkát az egyik csapatunknak, akik máris szorgalmasan ügyködtek a színész házán. Őt azóta nem láttam sem az irodában, sem a tengerparton, és bevallom őszintén, egy kicsit hiányzott a pajkos mosolya és a szúrós megjegyzései.

Augusztus elején aztán a szüleim bejelentették, hogy elmennének nyaralni, mégiscsak a harmincöt éves házassági évfordulójukat ünnepelték, és megkérdezték, hogy erre az időre haza tudnék-e költözni, hogy a kutyákat, macskákat etessem, illetve a házra felügyeljek. Közben persze egy kis kerti munka is jutna, de ígérték, hogy semmi komoly. Én egy kis haladékot kértem tőlük, mondván, nem léphetek le csak úgy, alig pár hete vagyok itt.

Mikor előadtam a helyzetet Jonathannak és a pénzügyi igazgatónak, akikkel a legtöbbet érintkeztem, ők megértően bólogattak, és teljesen természetesnek vették, hogy ilyen hirtelen el kell utaznom. Megnyugtattak, hogy korábban is boldogultak, és egyébként is vihetem magammal a hordozható számítógépemet és a mobilt, tehát gyakorlatilag bármikor elérhető leszek így is.

Így történt, hogy két nappal később már a szüleim házában voltam, és hallgattam a tennivalókat az elkövetkező három hétre.

– A kutyát reggel szoktam megetetni, a kutyaeledel a garázsban van. A macska naponta kétszer kap, itt van a tálkája a hátsó bejáratnál – kezdte anyukám szinte levegővétel nélkül. – A veteményt kigazoltam, a legtöbb zöldség már beérett, de lesz még paradicsom, paprika, a kukorica is beérik hamarosan, van már friss újkrumpli is, ha szeretnél főzni, és a sárgarépa és a gyökér is nagyon finom és zsenge. Ha nagyon sok paprika és paradicsom megérik, akár lecsót is készíthetsz. Azt persze nem várom el tőled hogy be is főzd. Majd megcsinálom, ha hazaérünk.

Itt már kezdett zsongani a fejem, de nem mondtam neki, csak továbbra is próbáltam összpontosítani. Persze semmi újat nem mondott: minden évben ez volt a program. Még elsorolta a gyümölcsöket is, és végül úgy tűnt, hogy a lista végére értünk, amikor apukám is csatlakozott hozzánk. Már az arckifejezése gyanús volt, így kérdőn néztem rá.

– Nos, nem nagy dolog lenne... – kezdett hozzá a témához óvatosan –, csak arról lenne szó, hogy valamikor végig kellene szaladni a szőlőt, és bedugdosni a vesszőket a drótok közé, ahol kiszabadultak. Nehogy jöjjön egy nagyobb szél és megtépázza őket.

– Persze, apukám, semmi gond. Végigszaladom – mondtam halk sóhajjal. *Vidám három hétnek nézek én elébe* – gondoltam. Már csak azt nem tudtam, mikor fogok a cég ügyeivel foglalkozni. Bár az is igaz, hogy az igazgatók nagyon jól elboldogultak nélkülem is. Talán túl jól is? – tettem fel magamnak a kérdést, amit aztán gyorsan el is hessegettem. Miközben kifelé néztem a konyhaablakon, eszembe jutott a gyerekkorom. Milyen boldogan kergettük itt egymást a nővéremmel a domboldalon! Az egész környék visszhangzott a nevetésünktől. Persze sokszor sírás lett a vége a játéknak, de hihetetlenül szabadok voltunk. Eltűntünk fél napokra, miközben a környéken barangoltunk a birtokot határoló erdőkben. Egy patak húzódik a szőlőterült déli oldalán, oda is gyakran leszaladtunk az akkori kutyáinkkal, akik nagyon élvezték a fürdést. Iskolába a dombon túli kisvárosba, Szent Helenába jártunk, ami kerékpárral alig negyedórányira volt. Akkoriban ez ugyan egy örökkévalóságnak tűnt, de felnőtt szemmel maga volt a földi Paradicsom.

Ezen az estén békésen és álomtalanul aludtam. Talán a gyerekkori ágyam tette, de teljesen kipihenten ébredtem korán reggel. A szüleim reggeli után akartak elindulni a repülőtérre; Mexikóba igyekeztek. Ott akartak eltölteni tíz napot, majd hazafelé még beugranak egy nagynénémhez, mert már régen találkoztak.

A reggeli vidáman telt, bár én nem nagyon tudtam enni. Ilyen korán mindig csak egy joghurt csusszant le. *Majd később még utánaküldök valamit* – gondoltam. Nem sokkal nyolc óra után aztán a szüleim elindultak a repülőtérre, és pedig egyedül maradtam a hatalmas házban.

Gyerekkoromban mindig kis kastélynak képzeltem a házat, már csak a formája miatt is. Fehér falécek borították, és elölről két kis torony díszítette a homlokzatot. Ezek a tornyok a gyerekszobákhoz kapcsolódtak, és a félkör alakú kiszögellésekben kényelmes, ülésre alkalmas, széles párkányzat húzódott, színes párnákkal teleszórva. Órákat tudtam ott ücsörögni egy regénnyel a kezemben, a tájat bámulva, vagy valamelyik házi feladaton gondolkodva. Még saját gardróbunk is volt, ami fokozta a hercegnő-érzést. Az emeleten helyezkedett el a szüleim hálószobája is, két vendégszoba, és több fürdőszoba. A ház földszintjén szintén nagyon barátságos és hatalmas nappali terpeszkedett kandallóval, és a konyha egy tágas étkezővel. A szüleim is úgy örökölték ezt a birtokot, és a család, akinek a házat annak idején építették, láthatóan nagyobb volt, mint a miénk. Sokszor sopánkodtak is rajta, hogy kisebb ház is elég lenne, de nem volt szívük lebontani és újat építeni.

Úgy döntöttem, a délelőtt hátralévő részét terepszemlével töltöm; jobb, ha felmérem, mennyi munka vár rám, hogy időben neki tudjak mindennek állni. Először a ház körüli virágágyásokat vettem górcső alá. Szerencsére a füves rész több volt, azzal kevesebbet kellett törődni, maximum néha lenyírni. Mondjuk, talán hetente egyszer jó lesz. A virágágyások frissen voltak gazolva, ezernyi színben pompáztak – úgy tűnt, hogy a rendszeres öntözésen kívül mást azokkal nem kell tennem.

Ezután jöttek a zöldségágyások a ház mögött. A paradicsomtöveken valóban pirosan gömbölyödtek a paradicsomok, és számos másik is láthatóan közel állt a teljesen érett állapothoz. Ezeket majd le kell szedni. A paprikák és uborkák is éretten csüngtek a szárakon; itt is várt némi munka rám. A többi zöldséggel, úgy nézett ki, nem lesz munka, azok betakarítása még odébb volt.

Az ágyásokon túl sorakoztak a gyümölcsfák. A barackok is éretten és illatosan lógtak, de tudomásom szerint a befőzés már megtörtént, az ezután érőket már csak közvetlen fogyasztásra kellett leszedni. A szilvák, körték és almák ugyan még nem voltak befőzve, de ezzel nem is kellett számolnom. Úgy néztem, enni már lehetett belőlük, de lekvárnak még nem voltak elég érettek. Már most nem tudtam, mit fogok kezdeni ennyi mindennel, hiszen nem voltam nagy gyümölcsevő. Aztán megjelent lelki szemeim előtt előbb egy kis tál gyümölcs joghurttal leöntve, majd különféle gyümölcsös piték. Gondoltam, arra jók lesznek. Csak azt nem tudtam, ki fogja megenni.

Ezzel el is értem a kert végébe, majd jobbra vettem az irányt, a szőlő felé. Ahogy elnéztem a lankás domboldal felé, örömmel vettem észre, hogy a szőlőtőkék még mindig olyan rendezetten sorakoztak, ahogyan korábbról emlékeztem rájuk. Gyönyörű látvány volt, bár biztosan ilyen tájon kell felnőni ahhoz, hogy az ember ezt értékelni tudja. Elindultam a szélső sorok felé, hogy közelebbről is szemügyre tudjam venni őket. Ahogy megpillantottam az első tőkéket, már láttam, hogy most is majd' kicsattannak, olyan egészségesek. Nemhiába dolgoztak rajtuk annyit a szüleim. Valamelyik évben egy jégeső épp szőlővirágzáskor úgy végigsöpört a tájon, hogy alig maradt belőlük valami. Szívszorító volt látni a tőkéket: mintha golyózápor süvített volna végig rajtuk; a levelek kilyukadva, a karókon és oszlopokon kis pötytyök sorkoztak, ahol a jég megverte őket, a fürtök pedig megbarnulva lógtak az ágakon. Csak álltunk és néztük őket egy darabig, nem tudtuk felfogni, mekkora pusztítást végzett a vihar. Abban az évben a szokásos termés felét sikerült betakarítani, és ezzel még jól álltunk a környékbeliekhez képest.

Most azonban minden rendben volt, bár valóban kicsit kócosak voltak a sorok, de ez csak apróbb igazítást igényelt. Mondjuk, ha elképzeltem, hogy ötven soron kell végigmennem, mindegyikben kb. 50 méteren, már nem tűnt annyira vonzónak a feladat. Úgy gondoltam, majd apránként meglesz. Reggelente, esténként pár soron végigmegyek, és nem is lesz az olyan borzasztó.

Nagy sóhajok közepette visszaballagtam a házhoz. Mire mindent körbejártam és visszaértem a házhoz, már tizenegy óra felé járt az idő. Azt terveztem, gyorsan bekapcsolom a számítógépet és megnézem, mi újság a cégnél. Előbb azonban tettem egy gyors kitérőt a kapu felé. Ilyenkorra ide szokott érni a postás, és be akartam hozni az újságot és a leveleket, ha vannak.

A postaláda ajtaját felnyitva láttam, hogy valóban érkeztek levelek is a szokásos napilap mellé, amire a szüleim előfizettek. Bevittem őket a házba. Az újságot letettem az asztalra, hogy később elolvashassam, a leveleket pedig betettem a konyhaszekrényen található dobozba, ahol a szüleim tárolták őket. Majd megnézik, ha hazaértek.

Ahogy beleejtettem őket, megakadt a szemem egy borítékon, amit nekem címeztek. Már régóta nem kaptam itthon levelet, mindenki a San Franciscó-i címemet, vagy újabban a Los Angeles-it használta. Kíváncsian megnéztem a feladó helyét, de az üres volt, így hát gyorsan kinyitottam a borítékot, ami már korábban fel lett bontva. Egy levél esett ki belőle. Lehajoltam, hogy felvegyem, és már a fejlécről rájöttem, miről is fog szólni. Osztálytalálkozó. Általános iskola. Miért kínoznak engem? Gyorsan átfutottam a szöveget. Két hét múlva lesz a nagy esemény a kisváros egyetlen szállodájának éttermében, ahogy mindig. Szeretettel várnak mindenkit az évfolyamról, költségeket kérik előre kifizetni, bejelentkezés határideje július vége. Még szerencse, hogy már lejárt, így már esélyem sincs, hogy elmenjek. Ha valakivel összefutok a nagy esemény előtt, majd sajnálkozva megjegyzem, hogy lekéstem a határidőt, és jó szórakozást kívánok. Eddig jutottam a levél olvasásában, és már egészen megkönnyebbültem, amikor megláttam a jegyzetet a lap alján anyukám kézírásával: „egy plusz egy fő bejelentve, kifizetve". Elfutott a pulykaméreg egy pillanat alatt. Miért tette ezt? És mi ez a „plusz egy fő"? Oh, anyukám... ne tolj már ennyire ki velem...

Ezzel leroskadtam a legközelebbi székre. Most nem elég, hogy el kell mennem, még válaszolgathatok arra kérdésre is, hogy hol van a plusz egy főm. Kezeim közé fogtam a fejem, és becsukott szemmel próbáltam a vérnyomásomat normális szintre csökkenteni, és a sírást visszafogni.

Nem olyan régen éltem túl egy szakítást San Franciscóban, még örültem is, amikor egészen Los Angelesig futhattam csalódottságomban. Pedig minden olyan jól indult; kedves, szolid férfi volt, a legtöbb dologban remekül megértettük egymást, csak épp a kezdeti rózsaszín felhők eloszlottak, és a mindennapi darálást már nem élte túl a kapcsolatunk.

Kiveszett belőle a tűz.

Vagy inkább belőlem.

Időnk sem volt annyi egymásra, amennyi a kapcsolat ápolására kellett volna, bár azt mondják, mindenkinek arra van ideje, amire szán. Talán ez is jelent valamit.

Akkor úgy gondoltam, hogy az lesz a legjobb mindkettőnknek, ha véget vetek a kapcsolatnak, de utána, amikor magányosan üldögéltem otthon esténként, elátkoztam magam a döntésem miatt. A bibi csak az volt, hogy nem annyira a férfi hiányzott, hanem csak kínos volt azt ismételgetni, hogy szingli vagyok. Mindenesetre a levélre firkantott megjegyzésből azt a következtetést vontam le, hogy anyukám még reménykedik valamiféle kibékülésben. Én nem így láttam a helyzetet. Ahogy San Franciscóban nem volt időm, most sem volt. Csak épp más okból. Akkor egy korábbi munkámon dolgoztam, amit még tanárként kezdtem el, most pedig a céggel voltam túlságosan is elfoglalva. Ezen kívül gondolkodtam, hogy beiratkozom valami tanfolyamra, ahol némi gazdasági ismereteket vernek belém. Jól hangozna az önéletrajzomban is, rögtön az önvédelmi és harcászati kurzus után.

Amint ezen merengtem, még mindig a fejemet ingatva a helyzeten, megcsörrent a mobilom a zsebemben. Olyan váratlanul ért, hogy ijedtemben felugrottam az asztal mellől. Szívdobogva halásztam ki a telefont, és megnyugodva néztem, hogy csak Jonathan az.

– Jonathan, jó reggelt!

– Jó reggelt, Noree!

– Mi a helyzet az irodában?

– Lenne egy kis probléma.

– Nekem mondod? – kérdeztem lemondó hangon, de aztán gyorsan folytattam, mielőtt rákérdezhetett volna, mi a kínom. – Mi történt?

– Van egy kis gond Nick Cassidyvel.

– Oh, jaj, ne! – nyögtem fel. – Mégis visszamondják a munkát?

– Nem, azt nem tudják. Aláírtuk a szerződést. Viszont véget értek a forgatások, és mi még előreláthatóan tíz napig fogunk fúrni-faragni a házában, mire mindent felszerelünk és visszaállítunk az eredeti állapotba, ő pedig nem hajlandó ebben a zajban és káoszban lakni.

– Hát akkor menjen szállodába. Vagy velünk akarja a költséget kifizettetni?

– Nem ez a baj. Hanem hogy ott nem érezné magát biztonságban.

– No de nem kért testőröket, vagy igen?

– De, volt róla szó.

– Akkor jelölj ki mellé valakit.

– Azt mondta, nem szeretné.

– Na jó, feladom. Akkor mit szeretne?

– Azt mondta, esetleg elutazhatna valahova vidékre, amíg lemennek a munkák.

– Remek. Akkor menjen isten áldásával. Vagy könnyes búcsút is szeretne venni valakitől?

– Hmmm... nos, felmerült, hogy mivel te most éppen úgyis vidéken vagy, esetleg addig ellehetne ott veled, a szüleid birtokán... – mondta kicsit vontatottan –, és akkor két legyet üthetnénk egy csapásra.

– Micsoda??? – kiabáltam elcsukló hangon a telefonba. – Kinek támadt ez az elmebeteg ötlete?

– Nos, az úgy volt... – kezdett bele a férfi.

– Jonathan! – szólítottam fel, hogy hanyagolja a mellébeszélést.

– Szóval, miután megtudta, hogy te elutaztál, megtetszett neki az ötlet, és azt mondta, csak így hajlandó elhagyni a házat, és újabb szerződést kötni.

– És ha szabad kérdeznem, honnan tudta meg, hogy elutaztam?

– Itt járt az irodában, és mikor te nem jöttél a megbeszélésre, megkérdezte, miért nem teszed tiszteleted.

– Oh, te jó ég, Jonathan! Nem tudod, mit kérsz tőlem. Különben is. Etikus ez? Vagy szabályos ez? Biztosan találunk a szabályzatban több indokot is arra, hogy miért nem kellene ezt tennünk.

– Igen, de tekintettel arra, hogy van fegyverviselési engedélyed és fegyvered is, részt vettél egy felkészítő kurzuson, és igen csekély a kockázat, vehetjük külső helyszíni őrizetnek. Majd leakasztunk róla ezért is egy csomó pénzt. Mit szólsz hozzá?

– Remek… bár nem gondolom, hogy attól a gyorstalpaló Rambo-kurzustól Frank Farmerré váltam volna – mondtam lemondóan. – És mikorra számítsak rá?

– Nos, az oaklandi reptérre kb. 11 órára érnek oda. Onnan mire autót bérelnek és megteszik a kb. háromnegyed órás utat, szerintem dél és egy óra között fognak odaérni.

– Fognak? Hányan jönnek?

– Ja, csak ő és George. Ő a kísérő. Viszi a fegyveredet is a páncélszekrényből. Ő utána rögtön jön is vissza.

– Remek.

– Ne haragudj, Noree, kényszermegoldás volt. Tudod, hogy itt most mindenki foglalt. A szeptemberi Emmy-díjkiosztó megszervezése, és a jelenlegi munkáink mindenkit lefoglalnak, és most nem sikerült annyi szerződéses embert sem összeszedni.

– Igen, tudom. Csak épp nem rajongok az ötletért, hogy mint valami vadnyugati hős, itt rohangáljak a pisztolyommal. Én leginkább elő sem akartam venni soha.

– Ne félj, senki nem tudja, hogy ott lesz, nem lesz veszély.

– Valószínűleg igazad van.

– De ha valamire szükséged van, vagy valami gyanúsat észlelsz, akkor szólj, és azonnal küldök még valakit oda.

– Köszönöm.

– Én is. Azt hiszem, csak ennyit akartam.

– Az jó, mert azt hiszem, mára ennyi meglepetés elég.

– Történt valami?

– Áh, nem fontos. Tényleg.

– Ahogy gondolod. Akkor jó szórakozást kívánok, és hívjál, ha valamire szükséged van.

– Oké, köszönöm. Te is hívjál, ha lesz valami.

– Persze. Akkor további szép napot.

– Neked is. Szia – köszöntem el, elnémítva a telefont. Most már tényleg sírni támadt kedvem.

Elmúlt tizenegy óra, és nemsokára betoppan az a férfi, aki elől próbáltam kitérni az elmúlt napokban. Eddig sikerrel, de ezentúl nem lesz egyszerű, ha egy fedél alatt fogunk lakni. Már a gondolattól elkezdtek remegni a lábaim. Még szerencse, hogy ültem, mert ha állok, biztosan össze is csuklanak. Szívesen legurítottam volna valami bátorítót – lehetőség szerint minél magasabb százaléktartalommal –, de nem kockáztathattam meg. Mégiscsak én leszek felelős ezért az emberért, nem fogadhatom pityókásan a nap kellős közepén. Oh, édes istenem, mibe keveredtem én! Ennyit a következő három hetemről. Nem elég, hogy reggeltől estig robotolhatok a kertben, most még őt is pesztrálhatom.

És ekkor zseniális ötletem támadt.

Mert ha állandó felügyelet igényel, és védelmet persze, akkor nem lesz más választása, mint hogy velem jöjjön. Így máris leakaszthatok egy munkást magamnak, aki segít kiigazítani a szőlőt, illetve leszedni az érett gyümölcsöket és zöldségeket. Ördögi mosolyra görbült a szám. Most megkapja ez a jóember. Úgy kikészítem estére, hogy legközelebb kétszer is meggondolja, milyen vidéki túrát kíván magának.

Na és persze a szépen eltervezett programjaimat is vagy velem csinálja végig, vagy szobafogságra ítélem. Koslathat utánam a közértben, a jótékonysági vásáron, a zenés esten, vagy épp a strandon. A Penzance Kalózai című darabra, és egy Hitchcock-filmvetítésre is el akartam menni: a programfüzet alapján mindegyik nagyon szórakoztatónak ígérkezett. Augusztusban mindig ellátogattam a Hennessey tóhoz is. Gyönyörű látvány volt. A zöldellő növények, a kristálytiszta kék víz, és egy egész napos heverészés. Ezeket még miatta sem hagytam volna ki.

Ahogy ezt elgondoltam, lelkesen ugrottam fel az asztal mellől. Gyorsan megnéztem a hűtőszekrény tartalmát, hogy elég lesz-e az ebédnek meghagyott hús és krumpli három személynek, majd benéztem a kamrában található mélyhűtőbe is. Ugyan sorakozott némi hús a ládában, de nem akartam a szüleim által vásároltakat elhasználni, így elhatároztam, hogy bemegyek a kisváros egyetlen szupermarketjébe bevásárolni.

Bepattantam hát az autóba, és alig öt perccel később már a bolt ajtajánál voltam. A választék most is megnyugtató volt. Vettem pár kiló csirke- és pulykamellet, pulykanyakat és -szárnyat, sertéscombot, marhahúst, majd jól megpakolva hazafelé vettem az utamat. Hazaérve gyorsan megmostam őket, és porciókra szedve bepakoltam a hűtőládába, a többi közé. A blokkot pedig gondosan egy borítékba tettem, amire ráírtam hogy „Cassidy-ügy – költségek". Majd szépen az újsággal együtt kitelepedtem a terasz árnyékos oldalára.

Persze nem tudtam a hírekre koncentrálni; állandóan a kapu felé tekingettem, hogy látok-e autót felbukkanni. Pár perccel később feladtam, és félretettem az újságot. Amint a kutyák észrevették, milyen tanácstalanul nézek magam elé, odajöttek, és kedves pofijukat a térdemre támasztották. Akaratlanul is elnevettem magam. Olyan kedves kutyusok voltak! Fajtájuk szerint beagle kutyák, középtermetűek, fehér alapon bohókás, világosabb és sötétebb barna foltokkal. Nagyon szerettem őket. Mivel eredetileg vadászatra használták ezt a fajtát, szüleim is nagy hasznukat vették őket a birtokon: tavasszal egy nyúl vagy őz sem kóstolgatta a friss szőlőhajtásokat a domboldalban.

Most elgondolkodva vakargattam a fülük tövét, ők pedig figyelmesen néztek. Amilyen értelmesek voltak, biztosan azt is látták, hogy valami nincs rendben. Gondoltam, hát beavatom őket is a tervbe.

– Kutyusok, vendég érkezik a házba. – Amint belekezdtem a mondanivalómba, rögtön hegyezték a fülüket. – Méghozzá egy híres ember. Persze ettől még idegesítő. De ne harapjátok meg, mert egyrészt úgy beperel, hogy a gatyám is rámegy, másrészt holnapra még Moszkvában a Kreml vécésnénije is tudni fog róla. Szóval viselkedjetek vele szépen. Csak szolid ugatást és farokcsóválást szeretnék látni. Világos? A többit majd én elintézem – tettem még hozzá, ismét felvillantva az ördögi vigyort.

Szegény kutyák továbbra is figyelmesen néztek, bár már lehet, hogy felvillant bennük, hogy kezdek megőrülni. Tovább vakargattam a fülük tövét, amit valóban lelkes farokcsóválással háláltak meg. Milyen könnyű boldoggá tenni a négylábúakat! Persze, a kutyákat. Mert ami a macskákat illeti, azok általában nem elégedtek meg ennyivel. Mintha ő is érezte volna hogy valami történni fog, vagy csak féltékeny lett, Bolyhos macskánk is előbukkant a ház mögül, és egy mozdulattal az ölembe ugrott.

Értelmes kis pofijával kérdőn nézett rám, hogy mi ez az összejövetel, és őt miért hagytuk ki. Itt kezdődött a baj, ugyanis most már három pofira csak kettő kezem maradt. Igyekeztem váltásban vakargatni az állatsereglet, de hol innen, hol onnan kaptam szemrehányó tekinteteket vagy nyöszörgést. Végül autóhang szakította félbe az idillt, aminek már majdnem örültem is, mivel kezdett zsibbadni kezem-lábam a kényelmetlen póztól és a heves vakargatástól. Ahogy ijedtemben felpattantam a kényelmes székből – elfeledve Bolyhos macskát az ölemben –, a hirtelen mozdulattal szegényt kilőttem, és földetérés után rosszalló tekintetekkel bombázott. Bocsánatkérő arckifejezéssel elhessegettem az állatokat, és beszaladtam a konyhába kezet mosni. Már épp a kezemet töröltem, amikor kopogást hallottam a bejárati ajtón. Kisiettem az előszobába. Két férfi állt az ajtó előtt.

– Hello – mondtam, miközben sarkig tártam az ajtót. – Jöjjenek be, mielőtt a kutyák túl izgatottá válnak. – Már most láttam, hogy a kezdeti megilletődöttség után a beagle-ök épp ismerkedni szerettek volna.

– Hello, Miss Jones. Hát újra találkozunk?

– Hello, Mr. Cassidy. George?

– Hello.

– Ugyan! Mondtam már, hogy szólítson Nicknek.

– Valóban mondta, Mr. Cassidy. De a jelen körülmények között maradok az előzőnél.

– Ahogy gondolja.

– Így gondolom – zártam le a vitát, miközben George kíváncsian tekintett ránk. A feje úgy járt kettőnk között, mintha pingpong meccset nézett volna. – Jól utaztak? – kérdeztem, miközben a nappali felé terelgettem őket.

– Nem volt semmi gond – válaszolta gyorsan George –, forgalom is alig. Ezért értünk ide ilyen gyorsan.

– Az remek – mondtam. – Foglaljanak helyet, hozok valami innivalót.

– Óh, én megyek is vissza, köszönöm. Csak átadom a fegyvert és a klienst – hárította el a figyelmességet George, már az ajtó felé nézelődve.

– Ugyan, George, nem marad egy üdítőre és egy ebédre?

– Nem, köszönöm. Biztosan mondta a főnök, hogy most mindenkire szükség van, szóval sietek is. A repülő visszafelé három után indul.

– Nos, persze, akkor jó utat visszafelé is – kísértem a bejárati ajtó felé.

– Köszönöm. Viszlát, Noree, Nick. – Nick a nappaliból intett neki.

– Viszlát – köszöntem el, és George már ki is menekült az ajtón. Nagyot sóhajtottam. Ez sem jött össze. Azt hittem, még húzhatom egy kicsit az időt, és nem kell azonnal kettesben maradnom a színésszel. A fegyvert átmenetileg betettem a konyhaszekrény fiókjába. *Este majd áthelyezem a szobámba* – gondoltam. Nagy nehezen megfordultam, hogy szembenézzek a sorsommal.

Amikor beléptem a nappaliba, a férfi már kényelmesen elhelyezkedve, kezét a kanapé háttámláján nyugtatva ült, és várakozón nézett rám.

– Valami üdítőt említett az előbb. Én szívesen elfogadom.

– Na jó. Akkor tisztázzunk egy-két dolgot.

– Nem lehetne üdítő mellett, kényelmesen tisztázni azokat a dolgokat? – kérdezte pajkosan.

– Rendben. Várjon itt – mondtam, és szélsebesen kirohantam a konyhába, felkaptam két poharat, egy üveg jéghidegre hűtött teát, és visszaszaladtam a szobába. Miközben a teát töltöttem a poharakba, már ömlött is belőlem a szó. – Szóval ne higgye, hogy ez egy szálloda, én pedig a szobaszerviz vagyok. Kiszolgálás nincs. Ha éhes vagy szomjas, akkor kimegy a konyhába és kiszolgálja magát. Szórakoztatni sem fogom. Nem nyaralni vagyok itt, hanem azért, hogy rendben tartsam a házat és a birtokot, amíg a szüleim nincsenek itthon. Ez munkát jelent, tehát nem érek rá azt lesni, hogy maga épp mennyire unatkozik. Vagy itt marad a házban, és nem ugrál, vagy jön velem a kertbe és a birtokra. Hasznossá is teheti magát, ha már itt van. Eddig világos?

– Mint a nap – mondta a férfi, miközben láthatóan jól szórakozott.

– Remek. Azt hiszem, egyelőre ennyi. Ha még valami eszembe jut, majd szólok.

– Szerintem remekül fogunk szórakozni. Nem gondolja?

– Nem gondolom – morogtam magam elé, miközben a konyha felé vettem az irányt. – Éhes? – szóltam vissza a vállam fölött kicsit hangosabban, de összerezzentem, amikor láttam, hogy a férfi hangtalanul, de szorosan követett.

– Igen. Rettenetesen éhes vagyok.

– Akkor megmelegítem az ebédet.

– És, mi a mai menü?

– Hús krumplival. Remélem, nincsenek nagy igényei.

– Oh, én bármivel beérem.

– Helyes – mondtam, és elkezdtem a hűtő tartalmát kipakolni. Egyik lábas, másik lábas, fel a gáztűzhelyre, alágyújt, csak ne remegne így a kezem, na, csak sikerült végre. Ahogy néztem a melegedő ebédünket, éreztem a tarkómon, hogy a férfi figyeli minden mozdulatomat.

– Maga nem kedvel engem, igaz? – kérdezte végül, megtörve a kínos csendet.

Na bumm. Most erre mit mondhattam? Lehunyt szemmel lassan megfordultam, és erősen gondolkodva próbáltam kitalálni, hogyan válaszoljak.

– Nem erről van szó. Maga is tudja.

– Akkor miről van szó? – feszegette tovább a témát.

Miközben az alsó ajkamat harapdáltam, próbáltam valami épkézláb választ kipréselni magamból, ami nem teljesen elutasító, mégis meg tudom vele őrizni azt a három lépés távolságot, ami ebben a kapcsolatban jelenleg szükséges volt.

– Nézze, Mr. Cassidy... – kezdtem bele, de megint félbeszakított.

– Noree. Vagy Elsinore? Melyiket kedveli jobban? És nem gondolja, hogy most már tényleg szólíthatna Nicknek? Mégiscsak itt fogunk élni egy fedél alatt, egy tálból cseresznyézünk...

– A Noree-t használom – mormogtam. – És először is, a cseresznyeszezonnak már vége, és nem élünk itt, csak alszunk. És azt is külön. De rendben van. Legyen. Szóval, Nick... – kezdtem bele újra –, nekem nem magával van problémám. Maga biztosan egy nagyon kedves fickó. De mivel üzleti kapcsolatban állunk,

55

nagy könnyelműség lenne részemről megkedvelni magát. Köztünk nem lehet semmi több. Mivel ebben a városban minden kitudódik – illetve nem csak ebben, hanem Los Angelesben is –, ügyelnünk kell arra, hogy a viszonyunk mindig hivatalos maradjon. De még ha ez sem lenne elég, akkor felhívnám a figyelmét arra a tényre, hogy én nem az ön ligájában játszom – ha érti, mire gondolok. Ebből a kapcsolatból nem lenne semmi. Leginkább, mivel bele sem fogunk kezdeni. Maga híres. Keressen egy színésznőt, aki jól mutat a vörös szőnyegen, és őrá pazarolja a bókjait. Biztosan talál szép számmal olyanokat, akik lelkesen fogadják a közeledését.

– És mi van, ha engem ezek az érvek hidegen hagynak? Úgy, ahogyan a lelkes színésznőcskék is – kérdezte fejét oldalra billentve, mintha erősen koncentrálna.

– Nos, ez már nem az én problémám... – mondtam teljes figyelmemet újra az ebéd felé fordítva.

– Majd meglátjuk – hallottam a hátam mögül.

Ezúttal nem fordultam hátra. Tovább kavargattam a lábasokban az ételt, várva, hogy teljesen átmelegedjenek. A férfi egyelőre csendben maradt, én pedig megkönnyebbülten koncentráltam az ebédünkre. Mivel lassan kellően meg is melegedtek, elkezdtem kipakolni a tányérokat és az evőeszközöket a szekrényből. Ahogy kezembe fogtam őket és megfordultam, hogy megterítsek, halk sikoly hagyta el a szám. A színész közvetlenül mögöttem állt, és ha nem kapja ki a kezemből a tányérokat, azok hangos csörömpölés közepette törtek volna ezer darabba a konyhakövön. Ahogy átvette őket, a keze egy pillanatra hozzáért a kezemhez, és olyan érzést váltott ki mintha elektromos áram futott volna végig bennem. Egy pillanatra egymáséba fúródott a tekintetünk, és éreztem, ahogyan az arcomat elönti a pír. Levegőt sem mertem venni. Amikor a férfi elfordult és az asztalhoz ment, én halk sóhajjal nekidőltem a konyhapultnak, és próbáltam normalizálni a légzésemet. Nem lesz ez így egyszerű.

Némán terítettük meg az asztalt, majd szó nélkül falatozni kezdtünk. Csak néha néztünk fel rövid időre. Nem éreztem kínosnak a csendet, inkább feszültnek. Nem tudtam, mit mondjak.

Nick szólalt meg először.

– Meséljen magáról valamit.

– Nem tudok semmi érdekeset mondani.

– Ugyan már! Például mi van azzal a ténnyel, hogy örökölt egy céget? Hogy én titkárnőnek néztem, maga pedig nem tett semmit, hogy kijavítson.

– Nos, ez igaz – mondtam szűkszavúan.

– Mármint?

– Valóban örököltem, és nem világosítottam fel.

– Észrevettem, köszönöm. És ha szabad megkérdeznem, miért nem tette?

– Nem tartottam fontosnak.

– Én pedig hülyét csináltam magamból.

– Nézze, Nick! Nem romboltam le az imidzsét vele. Senki sem látta, én pedig senkinek sem fogom elmondani. Ami engem illet, az volt a második napom a cégnél. Azt sem tudtam, hol a bejárat vagy a kijárat. Ha eljátszom a vezérigazgatót, akkora pofáraesés lett volna belőle, amit Los Angeles még nem látott. Most elégedett?

Nick némán nézte az arcomat. Egy darabig álltam a tekintetét, majd elkaptam a pillantásomat és a férfi üres tányérjára szegeztem.

– Jóllakott? – kérdeztem, remélve, ha befejezzük az ebédet, akkor ezt a kellemetlen beszélgetést is magam mögött tudhatom.

– Igen. Köszönöm az ebédet. Maga főzte?

– Nem, édesanyám. Ma utaztak el, és még ennyi maradt a tegnapi ebédjükből.

– Remek szakács az édesanyja. Maga is így tud főzni?

– Én is tudok főzni, bár nem mindenben egyezik az ízlésünk. Azért ne aggódjon, nem fog éhen halni.

– Látszott rajtam? – kérdezte hangos hahotázás közben a férfi. – Tudja, ha valamit, akkor enni igazán szeretek.

– És főzni?

– Nos, talán úgy fogalmazhatnék, hogy nem vagyok teljesen használhatatlan a konyhában.

– És van valami, amit semmilyen körülmények között ne tálaljak fel?

– Mindent szívesen megkóstolok – mondta kaján vigyorral.

Ezzel lezártnak tekintettem a gasztronómiai társalgásunkat. Felkaptam a két üres tányért és a mosogatóhoz igyekeztem, miközben azon morfondíroztam, hogy hogyan fogok ezzel az emberrel két hetet kibírni kettesben. Biztosan becsavarodom. Állandóan azt figyelni, hogy mit mondjak, és még úgy is kicsavarja a szavaimat, visszavágni a kétértelmű megjegyzéseire. Ez nem lesz egyszerű.

Megnéztem, van-e még kávé a kiöntőben, és mivel úgy nézett ki, reggel mindet megittuk, tettem fel új adagot főni. Kávé nélkül még annyira sem működtek az agytekervényeim, minden segítségre szükségem volt.

Ismét a színész felé fordultam, nem halogathattam tovább. Ő várakozásteljesen nézett rám.

– Szokott kávézni ebéd után? – kérdeztem udvariasan.

– Oh, igen. Különben menthetetlenül elalszom. Bár néha így is.

– Én is. Ami nem szerencsés, mert utána nagyon nehezen térek magamhoz.

– Ezt megjegyzem.

– Miért jegyez meg mindent?

– Mert érdekel.

– Aha… – néztem bambán. – Mi is érdekli pontosan? – nyögtem ki rosszat sejtve.

– Maga.

– Na jó, én ezt nem bírom. Nem lehetne ezt félretenni? Én így meg fogok őrülni. Hagyja már abba egy kis időre az udvarlást, és fogadja el, hogy köztünk nem lesz semmi.

– Igen, tudom, amíg üzleti kapcsolatban vagyunk. De azért a közelebbi megismerkedést nem zárja ki.

– De igen! – mondtam majdnem kiabálva, majd hosszan mélyet lélegeztem. – Mindjárt lefő a kávé – folytattam kicsit higgadtabban. – Megisszuk. Megmutatom a szobáját, és onnantól szabadfoglalkozás lesz. Comprendes? Maga is megy a saját dolgára, én is megyek a sajátomra.

– Magának mi a dolga? – kérdezte ártatlan arccal.

Kimutattam az ablakon.

– Bánná, ha csatlakoznék? – kérdezte erre Nick. – Azt hiszem, unatkoznék.

A pillanatnyi elmebaj után csodálkozva néztem rá. *Nocsak, nocsak –* gondoltam. Önként ajánlkozik, nem is kell kérnem. Ez egyszerűen ment. Már csak azt nem tudtam eldönteni, mi jobb: kikészíteni, vagy megszabadulni tőle.

– És a biztosítója mit fog szólni, ha veszélyes mutatványokat végez?

– Amiről nem tudnak, amiatt nem aggódnak. Különben milyen veszélyekre gondolt?

– Nos, a gyümölcsfák igen magasak. A talaj helyenként egyenetlen. Vannak különféle állatkák is... – kezdtem, arra gondolva, hogy mégis inkább tisztes távolban kellene tartani.

– Tudta, hogy én is vidéken nőttem fel? – kérdezte Nick szemöldökét felvonva.

– Tényleg? – kérdeztem vissza elkínzottan. – Nem tudtam.

– Pedig így van. Nem most látok először gyümölcsfákat vagy zöldségeket. Bár szőlőnk sosem volt. Csak egy kis konyhakert. Édesanyám szeretett ott tenni-venni. – Elhomályosodott tekintettel nézett fel rám. – Most miért csodálkozik? Nekem is voltak szüleim.

– És még mindig vidéken élnek?

– Nem, már meghaltak.

– Részvétem – mondtam együttérzőn. Én el sem tudtam képzelni, milyen lenne az életem a szüleim nélkül. Bele sem akartam gondolni.

– Köszönöm. Már régen történt – válaszolta. – Szóval, magával tarthatok?

– Felőlem! De aztán ne panaszkodjon, ha nem bírja a tempót!

Közben el is készült a kávé. A színész úgy, ahogy volt, melegen felhörpintette, én mindig szerettem megvárni, amíg langyosra hűlt. Így aztán, amíg számomra is fogyasztható hőmérsékletű lett a kávé, megmutattam a szobáját. Az enyémmel szemben lévő vendégszobába vezettem, aminek az ablaka a hátsó kis kertre és a ház mögött húzódó, erdős területre nézett. A szoba kényelmesen volt berendezve: széles ágy helyezkedett el az ajtótól balra éjjeliszekrényekkel, az ablaknál kis íróasztal székkel, nagy szekrény, amibe a ruhákat pakolhatta. A sarokban volt egy TV és egy kisebb könyvespolc is. Édesanyám imádott olvasni, és a könyveket csak úgy tudtuk elhelyezni, hogy minden szobába jutott belőlük – a vendégszobákba is.

Magára hagytam a férfit, hadd csomagoljon ki, és visszamentem a konyhába. Langyosra hűlt kávém a pulton várt, ahol hagytam, lassan kortyolgatni kezdtem. Közben eszembe jutott a levél, amit délelőtt találtam, és gondoltam, felhívom a szervezőt, és sűrű bocsánatkérések közepette lemondom a részvételt a találkozón. Odafordultam az asztalhoz, ahol emlékeim szerint hagytam, de ott nem volt. Megnéztem a kosárban, hátha visszatettem oda, de ott sem volt. *Ez érdekes* – gondoltam. Pedig mintha itt hagytam volna. Ahogy tanácstalanul álltam a konyha közepén, Nick jelent meg konyhaajtóban.

– Nos, akkor mi a program? – kérdezte lelkesen, miközben én bambán bámultam magam elé.

Megtörik a jég

Hirtelen éreztem, ahogy összerándulnak a tagjaim, és először nem tudtam, hol vagyok. Sötét volt. Aztán zajt hallottam. Hatalmas csattanást. Villámgyorsan felpattantam az ágyról, és előkaptam a pisztolyt a párna alól, ahova este készítettem. Úgy, ahogy voltam, a spagettipántos kis szatén hálóingemben, mezítláb kiszaladtam a folyosóra. Körülnéztem, de nem láttam senkit. Odaosontam a vendégszoba ajtajához – nem szűrődött ki sem fény, sem zaj. Mély levegőt vettem, és feltéptem az ajtót.

Kettő dolgot láttam a beszűrődő holdfényben: az egyik, hogy nem volt a szobában betörő, a másik, hogy a színész a földön feküdt egy szál alsónadrágban, és a lábujjait tapogatta a kezeivel. Egy darabig sem én, sem ő nem tudott megszólalni, aztán lassan lazítottam a testtartásomon.

– Minden rendben? – kérdeztem, miközben leengedtem a pisztolyt tartó kezem.

– Maga ezt annak hívná? Valószínűleg eltörtek a lábujjaim – panaszkodott a férfi, miközben megpróbált felállni.

Letettem a pisztolyt az ajtó melletti kis asztalra, és odamentem, hogy segítsek neki felállni. Ahogy a karjához értem, villámcsapásszerű érzés nyilallt bennem végig. Még a lélegzetem is elakadt, és éreztem, ahogy a szívverésem felgyorsul. Tágra nyílt szemekkel néztem a férfit, aki szintén megállt a mozdulat közepén. Nem tudom, mennyi ideig maradtunk így, de egyszer csak éreztem, hogy zúg a fejem, majd szinte ösztönszerűen éreztem, ahogy hatalmas levegővétellel újra oxigénnel telik meg a tüdőm. Erre a férfi is megmozdult, felállt, és elbotorkált az ágy felé.

– Felszámolhatok veszélyességi pótlékot? – kérdezte, miután fájdalmas képpel leült az ágy szélére.

– Majd levonjuk a közüzemi és egyéb költségekből – válaszoltam ugyanolyan hangsúllyal. Aztán mégis megszántam. – Mindjárt hozok egy krémet a lábára. Én is gyakran belerúgok a bútorokba, nekem szokott segíteni.

Átszaladtam a szobámba, felkaptam a tubust az éjjeliszekrényről, és már ott is álltam a férfi előtt. Nem tudom pontosan, mi szállt meg, de ahelyett, hogy odaadtam volna neki a krémet, letérdeltem az ágy mellé, és elkezdtem letekerni a kupakot. Nyomtam az ujjamra egy kis krémet, majd a kezembe vettem a lábát és elkezdtem belemasszírozni. Nem vagyok ugyan lábszakértő vagy -fetisiszta, de minden mérce szerint nagyon arányos és szép lába volt. Óvatosan beledörgöltem az ujjaiba és a talpába a csodakenőcsöt, majd amikor felnéztem, izzó szempár nézett vissza. A férfi mellkasa hevesen emelkedett, és újra éreztem a szikrákat, amik közöttünk repkedtek. Rabul ejtett a tekintete. Csak bámultam felfelé, és éreztem, hogy ha most megcsókol, nem tudok megálljt parancsolni magamnak. A férfi ajka elindult az enyém felé, de ebben a pillanatban begörcsölt a vádlim, és erre feljajdultam. Megtört a varázs. A férfi tekintete most már nem vágyat, hanem zavart fejezett ki.

– Valami baj van? – kérdezte.

Begörcsölt a vádlim – válaszoltam, miközben kiegyenesedtem és visszafeszítettem a lábfejemet.

– Várjon, majd segítek. Én is bekenjem magának? – kérdezte pajkosan.

Egy pillanatra magam előtt láttam, és már szinte éreztem, ahogyan finom, hosszú ujjai végigsiklanak a lábamon, és könnyű mozdulatokkal simogatnak, de gyorsan megálljt parancsoltam a képzeletemnek, mielőtt elárultam volna magam.

– Nem, köszönöm. Magam is elboldogulok. Ha nem haragszik, ma estére bezárom a rendelőt és elmegyek aludni. Feküdjön le, és ne mozduljon. Csak akkor zajongjon, ha puskát tartanak a homlokához.

– Igenis, asszonyom! – vágta rá katonásan, kezét a homlokához emelve, mint aki tiszteleg.

Szemeimet körbeforgatva kisántikáltam a szobából, a pisztolyt összeszedtem a kis asztalról kifelé menet, majd visszamentem a szobámba. Az ágy szélén ülve, miközben krémeztem a lábam, még egyszer elképzeltem, milyen lett volna hagyni, hogy ő csinálja. Aztán egy „álmodik a nyomor" felkiáltással hanyatt vetettem magam az ágyon, és megpróbáltam elaludni. Egy darabig küzdöttem az ébrenlét és a félálom között, majd valamikor hajnaltájt sikerült végre elaludnom.

Megint zajra ébredtem. Próbáltam összeszedni magam, és megállapítani, hogy ezúttal honnan jöhet. Lassan eljutott a tudatomig, hogy keserves kutyacsaholást és férfihangot hallok. Nagy nehezen kinyitottam a szemem, és felültem az ágyon. Megpróbáltam mérlegelni, hogy milyen sürgős lehet kint a helyzet, de ilyen röviddel ébredés után, ilyen éjszaka után, és ilyen súlyos koffeinhiánnyal nem mentem sokra. Úgy döntöttem, inkább most rögtön utánanézek a zajforrásnak és az okának, majd utána megigazgatom a toalettemet. Ennyit már kibír az imidzsem. Így aztán megint kipattantam az ágyból, feltéptem az ajtót, leszaladtam a lépcsőn az előszobába, majd ki a teraszra.

A két kutyánk hangos csaholással és heves farkcsóválással fogadott. Hát persze – csaptam a homlokomra. Éhesek. A színész a terasz szélén állt, és furcsán nézett rám.

– Jó reggelt, álomszuszék! Nagyon hatásos belépő, meg kell hagyni – mondta, és hangos hahotázásba kezdett.

– Mitől jó egy reggel? – vágtam vissza hunyorogva. – És mi olyan mulatságos? – kérdeztem homlokráncolva, nem kevés neheszteléssel a hangomban.

– Maga. Ha látná, hogy néz ki. Így akárki idejön, hogy engem eltegyen láb alól, meglátja magát, és garantáltan sikítva menekül öt államon keresztül. Bár meg kell hagyni, ugyanakkor nagyon bájos is.

Haragosan néztem rá. Azzal én is tisztában voltam, hogy a hajam össze szokott kuszálódni alvás közben, de hát mit csináljak vele? Aki ilyen fordulatszámon alszik, mint én, annak viselnie kell a következményeket. A fejem felé nyúltam és megpróbáltam lesimítani, de tükör hiányában nem tudtam, hogy javítok vagy rontok az összképen. Mindenesetre a férfi tekintete megváltozott. Már nem nevetett, hanem megint vágytól izzott a tekintete. Nem tudtam, kis hálóingem épp hol csúszott félre és mit villantottam, de nem is akartam tudni. Egy röpke pillanatra

63

belefeledkeztem a tekintetébe, majd pánikszerűen elszakítottam az övétől, és visszarohantam a házba.

Félórával később teljesen szalonképesen jöttem le a szobából, miközben sült tojás illata csapta meg az orrom. A konyha felé vettem az utamat, ahol meglepetésemre a férfit találtam, amint a tűzhely körül szorgoskodott. Az asztal már megterítve várt, friss zöldségekkel, kancsóban tejjel és narancslével. Szóhoz sem jutottam a meglepetéstől, odaragadtam a küszöbre, miközben a férfi széles vállát néztem. Mintha megérezte volna a tekintetemet, megfordult, és mosolyogva beinvitált.

– Jöjjön csak, nem harapok. Esetleg, amíg én elkészítem a reggelit, megetethetné a kutyákat. Ha nem kapnak hamarosan valamit, átrágják magukat a küszöb alatt – mondta vidáman.

Én még mindig szobormereven álltam.

– Jól van? – kérdezte most a férfi, miközben komolyan végigmért.

Erre sikerült kiszakítanom magam a transzból. Megfordultam, és kirohantam a pajtába, ahol a kutyaeledelt tartottuk. A kutyusok megkönnyebbülten követtek, majd éhesen vetették rá magukat a konzervre, amit felbontottam nekik.

– Szerintetek normális vagyok, hogy mindenre így reagálok? Előbb-utóbb hülyét csinálok magamból. Bár, várjatok, hiszen ez már meg is történt! Nem is egyszer – motyogtam a kutyusoknak, akik szokásukkal ellentétben felnéztek a tálkájukból, és szánakozó tekintettel figyeltek. – Megzakkantam. Már a kutyákkal beszélem meg a lelki zűrjeimet. Itt a vég – állapítottam meg.

Gyorsan vizet is öntöttem a tányérkájukba, majd megfordultam, hogy visszamenjek a házba. Megpróbáltam mély levegővételekkel megnyugodni, nehogy megint hülyét csináljak magamból. Ma ez már a negyedik alkalom lenne? Jesszus. És még csak félórát töltöttem ébren. Mi lesz még itt tíz napig?

Beértem a konyhába, ahol a tojás kétfelé osztva már az asztalon várt.

– Remélem, szereti a tojást – mondta a férfi, miközben széles mozdulattal az asztalhoz invitált.

– Igen. Persze – motyogtam zavartan, és majdnem felborítottam a széket lányos zavaromban, miközben leültem.

– Akkor jó. Mondja csak, mindig ilyen morcos reggelente?

– Igen – válaszoltam, és úgy döntöttem, ez nem igényel bővebb magyarázatot.

– Oké – mondta hamiskás mosollyal a férfi. Erre inkább nem reagáltam. Próbáltam szokás szerint arra koncentrálni, hogy minél kevesebbet beszéljek. Tényleg valóságos reggeli morcmedve voltam, ilyenkor minél kevesebbet beszéltem, annál kevesebb embert bántottam meg. Ez volt a maximum, amire kávé nélkül koncentrálni tudtam ilyenkor. Közben pedig kíváncsian kukucskáltam a kávéfőző felé. Vajon kávét is főzött, vagy hagyni fog szenvedni még egy kicsit?

A színész persze észrevette mélázó tekintetemet, és készségesen elém tette a finoman gőzölgő kávéval teli kancsót. Élvezettel szagoltam bele, majd hozzám képest gyors mozdulattal öntöttem a bögrémbe, adtam hozzá némi tejet, belekortyoltam, lehunytam a szemem, és vártam a hatást.

Mikor felnéztem, a férfi vidám szemei néztek vissza a tojás fölött. Kérdő tekintetemre elmosolyodott.

– Még sosem találkoztam senkivel, aki ennyire kávéfüggő lett volna.

– Akkor most jól nézzen meg. Tudja – kezdtem bele némi magyarázkodásba –, ilyenkor jobb, ha nem szól hozzám, én pedig nem szólok senkihez, mert az nem szokott jól elsülni. Majd talán félóra múlva használható és barátságos leszek. Rendben?

Ezzel neki is álltam a tojásnak. Úgy gondoltam, én megtettem, ami tőlem tellett: nagyrészt befogtam a szám, és még extra magyarázatot is adtam.

A reggeli nagyon ízletes volt. Gondoltam, felajánlom békejobbként, hogy elmosogatok utána, hátha javul a közhangulat, de Nick nem engedte, hogy egyedül csináljam, beszállt törölgetni. Ahogy csendben dolgoztunk, a férfi közelségétől megrészegülve igencsak koncentrálnom kellett arra, hogy ne ejtsek el semmit. A szívem a torkomban dobogott, miközben adogattam a tányérokat és evőeszközöket, kínosan ügyelve arra, hogy ujjaink egy pillanatra se érjenek össze.

Végül mikor már csillogott-villogott a konyha, a pultnak támaszkodva, kérdő tekintettel nézett rám. Nem halogathattam tovább a beszélgetést.

– Köszönöm – mondtam.

– Mit? – kérdezett vissza őszinte meglepődöttséggel a hangjában.

– Hogy békén hagyott eddig. Tudom, hogy ez elég furán hangzik, illetve igen nagy gyengeségre vall, de ezen eddig még nem tudtam változtatni. Sőt időnként úgy érzem, egyre rosszabb lesz, ahogy öregszem.

– Ugyan már, ne ostorozza magát. Senki sem tökéletes – mondta lágy hangon.

Ahogy ráemeltem a tekintetemet, elakadt a lélegzetem. Ebben a pillanatban nehéz volt elhinni, hogy például ő nem tökéletes. Itt állt előttem, jóképű volt, okos, kedves, házias, és még sokáig folytathattam volna. Nem nagyon találtam hibát benne.

A pillanatnyi sokkhatás elmúltával elmosolyodtam.

– És, mi a program mára? Folytatjuk, ahol tegnap abbahagytuk? – kérdezte lelkesen.

Nem tudom honnan volt ez a lelkesedése. Tegnap ebéd után ugyanis tényleg kimentünk a szőlő közé, és belevetettük magunkat a munkába. Talán ezért is görcsölt be a vádlim éjszaka. A megerőltetéstől. Neki persze meg sem kottyant. Nem csak hogy lépést tudott tartani, de sokszor előrébb járt, mint én, pedig az én tempómmal sem volt semmi baj. Soronként haladtunk, egyikünk az egyik oldalról, másikunk a másikról dugdosta a szőlővesszőket a drótok közé, ügyelve a növekvő fürtökre, és arra is, hogy ne nagyon találkozzanak az ujjaink a bozótban. Ez persze nem mindig sikerült. Ilyenkor éreztem, hogy ő is megállt egy pillanatra, visszanyerni a lelki egyensúlyát.

Egyre több kérdés fogalmazódott meg bennem, ahogy kétségek közt vergődtem.

Vajon meddig lehet ezt elviselni?

Vagy, ami még fontosabb, vajon kitart addig az érdeklődése, amíg az üzleti ügyeink lezárulnak, és folytathatjuk más vizeken ezt a kapcsolatot? Vagy az olyan előadásaimtól, mint a ma reggeli, addigra végérvényesen kiábrándul belőlem? És egyáltalán, akarom én ezt a kapcsolatot? – tettem fel magamnak az újabb kérdést.

Mert mindennél jobban vágytam ugyan egy férfira az életemben, és valljuk be, ő nem is akármilyen példány volt, de nem gondolhattam, hogy komolyan érdeklődne irántam. Biztosan csak épp én vagyok kéznél neki. Talán csak ártatlan flört a részéről, semmi más, én meg már a fehér ruhás esküvőt tervezem. Tiszta hülye vagyok.

Mielőtt tovább szőhettem volna őrült gondolataimat, inkább ellöktem magam a konyhapulttól és elindultam kifelé.

– Igen, ma is ugyanaz a program. Még mindig van hozzá kedve?

Persze ezúttal is velem tartott. Megkerestük a következő sort, ami nem volt nehéz – a pár rendben lévő után az első kócos –, és újfent nekiálltunk. Ez is egy olyan munka volt, ami a kezeket lefoglalta, de a gondolatokat sajnos nem. Éreztem, ha nem figyelek oda, most is veszélyesen elkalandozhatnak, amit nem szerettem volna. Mégis meglepett, amikor a férfi megszólalt:

– Nem szoktak ilyenkor énekelni a munkások?

– Azt hiszem, a szüretre gondol. Nem? – kérdeztem vissza. – Ha jól tudom, a filmekben olyankor szoktak énekelni. De higgye el, ha egész nap fel-alá mászkál, metszőollóval a kezében vagdossa a fürtöket, ragad mindene a szőlőlétől, vagy éppen az izzadtságtól, vagy mindkettőtől, nehéz vödröket emelget, és állandóan szomjas, akkor nem igazán van kedve énekelni. De a filmeken jól néz ki, és nagyon hangulatos. Esetleg játszott már ilyenben?

– Hmmm... ebbe nem igazán gondoltam bele, de igaza van. Így már tényleg nem olyan romantikus.

– Na látja.

– És miért csinálja mégis?

– Micsodát?

– Miért dolgozik itt, a földön? Miért nem hívott valakit, aki megcsinálja?

– Mert a szüleim rám bízták. És mert amióta az eszemet tudom, mindig mi csináltuk. Maximum a család segített be, ritkán hívtunk extra munkásokat.

– De közben utálja?

– Nem. Miből gondolja, hogy utálom?

– Mégiscsak elköltözött a városba, nem maradt itt.

– Valóban elköltöztem, de ez nem jelenti azt, hogy nem szeretem. Ez csak annyit jelent, hogy ott kaptam állást.

– Örökölni egy céget nem egészen ezt jelenti.

– Az az előtti munkámra gondoltam.

– Mit csinált előtte?

– Egy multinál dolgoztam pénzügyi területen.

– Tényleg, ezt már említette. Akkor nem áll olyan távol magától ez az új szerep.

– Ha tudná – sóhajtottam fel. – Ugyan valóban ilyen területen dolgoztam korábban is, csak éppen olyan munkát végeztem, amihez olyan hatalmas háttértudás nem kellett.

– Ezt hogy érti?

– Úgy, hogy nekem nincsenek pénzügyi ismereteim.

– Tényleg?

– Hát igen. A nővérem közgazdász. Nem én.

– Akkor maga micsoda?

– Angoltanár.

– Angoltanár? – Erre már ő is meglepődve nézett.

– Igen. Angol szakon végeztem az egyetemen. Nem mérlegeket olvastam meg üzleti kimutatásokat, hanem Shakespeare-t és Jane Austent.

– Oh. Akkor miért maga örökölte a céget?

– Na látja, ez egy nagyon jó kérdés.

– Vagy akkor miért nem adta át a testvérének?

– Nehogy azt higgye, hogy nem akartam. Csak épp a végrendelet szerint egy évig nem ruházhatom át senkire, és el sem adhatom. Ezért bohóckodtam ott az irodában.

– Szerintem jól csinálta.

– Hát persze. Csendben ültem. Ez még megy. Ennél több azonban aligha.

– És, meg akarja tanulni?

– Nem is tudom. Tényleg – hezitáltam. – Valószínűleg évekbe telne. Mégiscsak egy egész cég vezetéséről van szó. Persze érdekel, de hogy ezt akarom-e csinálni, azt még magam sem tudom. Hát nem fura? – kérdeztem hirtelen.

– Micsoda? – nézett rám Nick.

– Maga sem azt csinálja, aminek tanult. Csak nem tudom, magánál hogy van ez.

– Nos, ez igaz. A kérdés csak az, hogy kettőnk közül jelenleg melyikünk élvezi ezt jobban.

– Hmm. Jó kérdés.

– És mit szeretne inkább csinálni? – faggatózott tovább.

– Tanítani. Könyvet írni. De hát az élet nem mindig arról szól, hogy mit szeretnénk. Nem igaz?

– De igen. És honnan jött a könyvírás?

– Egyet már írtam. Mikor tanítottam.

– Tényleg? Olvashattam?

– Hát, hacsak nem az elmúlt négy évben tanulta az angolt, mint második nyelvet, és vizsgázott belőle, akkor nem hiszem, hogy összetalálkozott vele. Ez egy tankönyv – nevettem.

– Nahát! Ez nagyszerű! – lelkesedett a férfi. – Maga írt egy tankönyvet?

– Nem olyan nagy dolog ám. Az oktatási hivatal megmondta, mi tartozik a tantervbe, én meg egy kicsit körülírtam – mondtam gyorsan, mielőtt azt hiszi, valami hatalmas dolgot cselekedtem.

– Akkor is nagy dolognak tartom. Nem mindenki lett volna képes erre. Biztosan eltartott egy darabig, mire elkészült vele.

– Igen, valóban. Egészen furcsa is volt, amikor befejeztem. Megjelent, és hirtelen szabaddá váltak az estéim, a hétvégéim. Egészen addig fel sem tűnt, hogy gyakorlatilag nem volt szabadidőm – mondtam, visszaemlékezve arra az időszakra. Egy pillanatra megálltak a kezeim is, miközben nosztalgiáztam egy kicsit. Amikor kiszakítottam magam az emlékezésből, láttam, hogy Nick a szőlőn túlról engem figyel.

– Tényleg szerethette, ha ilyen szívesen emlékszik vissza rá – mondta lágy hangon. – De akkor miért nem teszi ezt újra? Miért nem ír további tankönyveket?

– Nos, nem igazán vagyok biztos benne, hogy lenne piaca. Azzal az eggyel szerencsém volt. Kiadták. De nem biztos, hogy szükség van továbbiakra is. Ezen kívül pedig túl régóta nem dolgozom az oktatásban, már nem is tudnám, mire van szükség.

– Akkor menjen vissza tanítani. Vagy azt nem szerette?

– Dehogynem. Persze, hogy szerettem, de gondolom, maga is tudja, hogy a tanári fizetés csak arra elég, hogy az ember lassan haljon éhen.

– Hát, már hallottam róla. Szóval csak a pénz miatt váltott – vonta le a következtetést.

– Én is abból élek. Valóban a pénz miatt váltottam. Azt a döntést egyértelműen nem a szívem diktálta. Most elítél ezért? – kérdeztem, és hirtelen nagyon fontosnak éreztem tudni, mit válaszol.

– Nem. Persze, hogy nem. Mint mondta, mindenki ebből él. Sőt inkább csodálom, hogy képes volt észérvekre hallgatni és meggyőzni magát, hogy olyasvalamit csináljon, amit nem is kedvel.

– Azt nem mondanám, hogy nem kedvelem, mert ebben is vannak jó dolgok. Az iskola egy nagyon zárt kis közösség volt. Amikor elmentem ahhoz a céghez, hirtelen kinyílt előttem a világ. Nagyon jó érzés volt. Csak épp nem ez volt az álmom – tettem hozzá gyorsan, mielőtt mártírnak gondolt volna. – Ez most úgy hangzik, mintha sajnáltatni akarnám magam, ugye? – nevettem fel ismét.

Könnyű volt a férfival beszélgetni.

– Nem, ne aggódjon – nevetett velem. – Nem sajnálom, inkább csodálom – válaszolta, még mindig rám szegezett tekintettel.

– Maga miért végezte el a jogi egyetemet? – kérdeztem, remélve, hogy el tudom magamról terelni a figyelmet.

– Mert érdekel. Persze most a saját ügyes-bajos dolgaimon kívül nem gyakorlom a hivatást, de nem zárom ki, hogy egy nap majd ezzel fogok foglalkozni. Most azonban tökéletesen kielégít a színészkedés és a produceri munka.

– Maga producer is? Azt hittem, csak van a nevén egy cég, de más végzi a munkát.

– A legutolsó filmemnek én voltam a producere is. És tavaly kettő másiknak is, amikben nem szerepeltem.

– Ezt nem tudtam.

– Ezek szerint mégsem végezte el olyan alaposan a házi feladatát, tanár néni? – kérdezte, miközben rám kacsintott. Ezt olyan kedvességgel és természetességgel mondta, hogy akaratlanul is elnevettem magam.

– Ezek szerint – mondtam szintén mosolyogva, és továbbhaladtam a szőlő mellett.

Úgy tűnt, kezd megtörni közöttünk a jég. Vagy elolvadni ebben a forróságban. És nem csak a kaliforniai nap miatt, hanem attól a szikrázó feszültségtől, ami köztünk uralkodott. Talán most beszélgettünk először úgy, hogy nem forgatta ki minden szavamat, nem voltak kétértelmű megjegyzései, nem akart mindenáron meggyőzni, hogy ugorjunk fejest az ágyba... csak beszélgettünk. Minden hátsó szándék nélkül. Kiderült, hogy a férfi tudott egyszerűen kedves is lenni, nem csak iszonyúan idegesítő. Ezt nagyon üdítőnek találtam. Meg is tudnám szokni.

Egész délelőtt a szőlőtőkék két oldalán menetelve beszélgettünk. Ez olyan szempontból is kimondottan praktikus volt, hogy időnként elrejthettem az arcomat, ha kínomban elpirultam, vagy mert segített megtartani némi távolságot köztünk.

Ebédidőben visszaballagtunk a házhoz a két kutya kíséretében. Míg én a ház felé vettem az irányt, hogy valami ebédet produkáljak, megkértem Nicket, hogy nézzen ki a házhoz vezető bekötőút végénél található postaládához, és hozza be a leveleket és újságot. Ő szíves-örömest elindult, nyomában a két csaholó ebbel. Láthatóan máris összebarátkoztak. Egy pillanatra utánuk néztem, és összefacsarodott a szívem. Milyen szívesen látnám ezt mindennap, tenném ezt mindennap... de nem szabad álmodoznom, mert annál borzasztóbb lesz a kijózanodás, amikor ez a fantasztikus férfi eltűnik az életemből.

Berohantam a házba, és kivettem a hűtőből az előző este odakészített csirkemellet. Gyorsan felapróztam, befűszereztem, és serpenyőbe dobva olajon pirítani kezdtem. Úgy döntöttem, ilyen melegben nem fogok bonyolult, nehéz ebédet készíteni, hanem csak maradok a némi sült hús és friss saláta keveréknél. A hűtőből kivettem a maradék petrezselymes burgonyát is, és odatettem melegíteni a gázra. Kimondottan szerettem ott megmelegíteni, nem a mikróban, és megpróbáltam kicsit ropogósra sütni a külsejét. Miközben rendszeresen kavartam egyet a húson és a krumplin, gyorsan megmostam pár paradicsomot, paprikát, uborkát, és elővettem a tegnapelőtti jégsalátát, majd ezeket is felaprítottam egy salátástálba. Mennyei látvány volt ahogy a piros színű paradicsomdarabok a sárga paprikákkal, a haragoszöld uborkákkal a halványzöld salátalevelek ölelésében keveredtek. Ezért szerettem én a zöldségeket. Ez a színorgia mesés volt. Gyorsan visszafordultam a tűzhely felé, és le is kapcsoltam a serpenyők alatt, mert elkészültek.

Két tányért és poharat tettem az asztalra, evőeszközöket sorakoztattam, majd szalvétákat, és várakozón nekidőltem a pultnak. Nem tudtam pontosan, mennyi időbe telt elkészíteni az ebédet, mivel már annyira rutinosan daraboltam húst és zöldségeket, de úgy gondoltam, a férfinak már vissza kellett volna érnie. Ellöktem magam a pulttól, hogy kinézzek, de ebben a pillanatban hallottam a bejárati ajtót kinyílni.

Csak most jöttem rá, hogy milyen felelőtlenség volt tőlem kiküldeni egyedül a postáért. És ha valaki tudja, hol van, és idejön eltenni láb alól? Én meg csak így hagyom szaladgálni egymagában.

Mikor Nick belépett a konyhába, még mindig igen feldúlt lehetett a tekintetem, mert rögtön odasietett hozzám.

– Mi történt? Miért néz ilyen ijedten? – kérdezte fürkésző tekintettel.

– Csak most jöttem rá, milyen felelőtlen is vagyok. Ne haragudjon! – hadartam alig véve levegőt. Mivel a férfi még mindig kérdőn nézett, folytattam: – Kiküldtem az újságért, és nem is gondoltam rá, hogy nekem vigyáznom kell magára. Rettenetesen sajnálom. Ígérem, többé nem fordul elő.

– Már azt hittem, történt valami – válaszolta megkönnyebbülten a színész. – Ugyan már, ne spilázza túl a dolgokat. Mi történhetett volna velem? Frontálisan ütközöm egy szöcskével?

– Ne viccelődjön. Az, amiért itt van, az semmi? Amit az az őrült leírt a leveleiben? Maga még mindig nem veszi komolyan, igaz?

– Nos, nem gondolnám, hogy közvetlen veszélyben lennék – válaszolta óvatosan.

– Akkor miért ragaszkodott ahhoz, hogy itt pulikutyát játszszak maga mellett?

– Azt hittem, ez elég nyilvánvaló... – mondta sokat sejtetően, és elindult felém.

Tágra nyílt szemekkel néztem, ahogy egyre közelebb hajolt, és igéző tekintete úgy rabul ejtett, hogy mozdulni sem tudtam. Éreztem, ahogy a kezeivel végigsimít a karjaimon, és ettől eszeveszett remegésbe kezdett a gyomrom, és egyéb testrészeim is váratlanul hevesen reagáltak rá. Az ajka már csak milliméterekre volt az enyémtől, amikor megcsörrent a telefon. Láttam, hogy az éles hangra megmerevedett, és lassan kiegyenesedett. Lehunyt szemmel mély lélegzetet vettem, hogy az őrülten dobogó szívemet kicsit lecsendesítsem, és csak reméltem, hogy ha beleszólok a telefonba, nem fog remegni a hangom.

Kikerültem a férfit, és odabotorkáltam a falon lógó telefonhoz.

– Tessék – mondtam, és körülbelül úgy hangzott, mintha a New York-i maratonon most futottam volna át a célvonalon.

– Kislányom, minden rendben? – kérdezte furcsa hangsúllyal anyukám a vonal másik oldalán.

– Persze – válaszoltam gyorsan.

– Talán szaladtál? – folytatta a vallatást.

Azt mégsem mondhattam, hogy csak a szívem lódult meg, de az nagyon.

– Igen – mondtam. Egyszerűbbnek tűnt ráhagyni, mint valami mást kitalálni. – Mi újság felétek? Milyen a szálloda Mexikóban?

– Oh, a szálloda gyönyörű, a tengerre néz a szobánk, nagyon szépen van berendezve, még egy üveg pezsgőt is kaptunk ajándékba.

– Milyen kedvesek! És mi a program mára? Vagy csak pihentek?

– Ma csak pihenünk, és sétálunk egyet a szálloda parkjában, körülnézünk a szálloda területén. Majd holnaptól vetjük bele magunkat a programokba. Kaptunk egy listát, hogy milyen kirándulásokra lehet elmenni, nagyon jónak tűnnek.

– Jól van, anyukám, menjetek csak el, nézzetek meg mindent.

– Úgy lesz. És mi a helyzet otthon? Bírod a kerti munkákat?

– Igen. Eddig minden rendben. Apának is megmondhatod, hogy a szőlőnek egy része már katonás rendben van.

– Jól van. Majd megmondom neki. Azért ne dolgozz ám mindennap. Pihenjél is. Vagy hétvégén ne dolgozz. Ja, és ne hanyagold ám el az irodai munkádat. Ha sok dolgod van, hagyd a kertet.

– Ne aggódj, megoldom. Apropó, a hétvégéről jut eszembe. Megtaláltam a levelet. Az osztálytalálkozó meghívójával.

– Ja, igen. Akartam mondani, hogy befizettem neked két személyre.

– Jaj, anyukám! Miért nem kérdeztél meg? El sem akartam menni. Mindenesetre majd megadom neked.

– Ugyan már, ne butáskodj. Miért ne akarnál elmenni?

– Tudod nagyon jól, miért nem. És pláne így, hogy kettőre fizettél be, mindenki tudni fogja, hogy mostanában szakítottam valakivel. – Ezen a ponton éreztem a férfi tekintetét a hátamba fúródni.

Borzasztóan kínos volt ezt előtte megbeszélni, de ha kiküldöm a konyhából, akkor anyám is rájön, hogy valaki van itt, és az a kérdésözön, amit erre kapnék, még az FBI ügynökeinek is büszkeségére válna.

– Mit foglalkozol vele, hogy mit gondolnak? Biztosan lesz ott más is, aki épp most szakított. De esetleg meg is kérheted Kevint, hogy ide még kísérjen el.

– Hát persze. Az nagyon jól jönne ki, ha odamennék hozzá, és mondanám neki, hogy „te, Kevin, tudom, hogy most dobtalak, de azért az osztálytalálkozóra nem jönnél el velem, hogy ne menjen kárba egy adag kaja, és ne égjek mindenki előtt, mint a rongy?". Ezt nem gondolod komolyan! – kérdeztem mérgesen. Időnként nem tudtam uralkodni magamon, és komolyan felhúztam magam az ilyen megjegyzéseken.

– Szerintem nem olyan szörnyű. Lehet, hogy kibékülnétek – válaszolta ártatlanul a vonal túloldalán.

Ezen a ponton tényleg el kellett számolnom tízig.

– Anya, én nem akarok kibékülni vele. Semmit nem akarok vele. Ejthetnénk ezt a témát?

– Ha akarod – válaszolta könnyed hangsúllyal. Majd mintha semmi sem történt volna, folytatta: – Megtaláltad a fasírozottakat a mélyhűtőben? Mielőtt eljöttünk, akkor készítettem őket. Majd süsd ki valamikor, és edd meg őket.

Huh... A másik, amire allergiás voltam, amikor megfőzött egy hadseregnek való kaját és egy hétig sorolta, hogy mit együnk meg, amíg ő nincs otthon. Kezdtem aggódni, hogy ha tovább folytatjuk ezt a beszélgetést, akkor olyat találok mondani, amit nagyon nem kellene.

– Anya, már számtalanszor elmondtam, hogy én is tudok magamról gondoskodni. Majd megeszitek, ha hazajöttetek. Jó lesz az akkor.

– Ahogy gondolod. Nekem mindegy – mondta beletörődően.

– Jól van. Akkor puszilom apát is, érezzétek jól magatokat, aztán majd hívjál, ha gondolod.

– Mi is puszilunk téged. A nővéreddel beszéltél? Ő nem megy haza hétvégére?

– Beszéltem vele, programja van. Talán jövő héten hazajön.

– Jól van. Akkor majd még beszélünk.

– Aha, jó mulatást.

– Köszi. Neked is.

– Meglesz. – De ezt már csak a süket kagylónak mondtam. Visszaakasztottam a helyére, és megfordultam. A férfi érdeklődve nézett rám a konyhapulttól.

– Ez érdekes beszélgetés volt. Na nem mintha hallgatózni akartam volna... – mondta furcsa hangsúllyal. – Kevin?

– Kevinnel nyár elején szakítottam. Amikor Los Angelesbe költöztem – mondtam, és ezzel lezártnak tekintettem a témát. A férfi viszont nem így gondolhatta.

– Csak a költözés miatt szakítottak?

– Nem, nem csak amiatt szakítottunk, de erről nem szeretnék beszélni.

– Miért nem?

– Nem tudom. Nézze, nem hiszem, hogy olyan izgalmas.

– Szerintem itt nem erről van szó.

Lehunytam a szemem. Erre most aztán végképp nem volt szükségem. Bevetettem az egyetlen mentőövet.

– El fog hűlni az ebéd, ha nem állunk neki – mondtam gyorsan, és az asztalra mutattam. – Üljön le, hozom a húst és a krumplit. Hogy elfoglaljam magam, elkezdtem tüsténkedni a tűzhely körül. Tettem az asztalra alátéteket, odarakosgattam a serpenyőket, kotortam merőkanalakat a fiókból, de közben nem mertem a férfira nézni. Aztán én is leültem, és intettem neki, hogy merjen bátran. Nick nem mozdult.

– Most miért nem vesz? Nem ilyen ebédre számított? – kérdeztem belegondolva, hogy talán nem is ízlik majd neki. – Azt mondta, nem kényes, bármit megeszik – tettem hozzá bizonytalanul, valami megerősítésre várva.

– Ne beszéljen félre. Az ebéddel minden rendben van, ellentétben magával. Ez a szakítás... – kezdte –, még nem jutott túl rajta, igaz?

– Mondtam, hogy erről nem akarok beszélni.

– Pedig lehet, hogy az segítene.

– És miért pont magával beszéljem meg? Nem inkább a legjobb barátnőmnek kellene kiöntenem a szívem?

– Én vagyok itt. És nem úgy néz ki, hogy nyár eleje óta ezt megtette volna a legjobb barátnőjével – vágott vissza éleseszűen.

Erre felszisszentem. Valóban nem beszéltem erről senkinek; nem voltam az a típus aki gyakran kiöntené a szívét másoknak. Még a nővéremnek sem, pedig talán vele álltunk legközelebb egymáshoz. A férfi még mindig kérdőn nézett. Tudtam, hogy innen nem szabadulok, amíg nem mondok valamit.

Miközben kimertem némi ennivalót, azon gondolkoztam, hogyan foglaljam össze minél rövidebben a történetet, hogy végre békén hagyjon.

– Na jó. Egy ideig minden szép és jó volt. Ahogy az a friss szerelem első pár hónapjában lenni szokott. Rózsaszín felhők, meg miegymás. Aztán jöttek a dolgos hétköznapok, este már fáradt az ember, illetve vannak céljai, amik munkát igényelnek, a közösen töltött idő rovására. Aztán a felek rájönnek, hogy egyre kevesebb időt töltenek együtt, és aztán amikor arra is rádöbben valamelyik, hogy ezt nem is bánja, az egy kapcsolat végét jelentheti. Nos, így történt. Elégedett?

– Ez még nem a vége. Mert ha ilyen egyszerű lenne, akkor már nem rágódna rajta – makacskodott a színész. – Fejezze csak be a történetet.

– Maga mikor lett ilyen szakértő a témában?

– Játszottam pár romantikus filmben – mondta mosolyogva. – Ez együtt jár némi karakterelemzéssel.

– Oh, értem. Talán ha befuccsol a színészi pályája és jogászkodni sem lesz kedve, esetleg elmehetne párkapcsolati tanácsadónak. Biztosan imádni fogják.

– Ne térjen ki állandóan a válaszadás alól.

– Mondtam már, hogy rosszabb, mint az FBI? – kérdeztem reménykedve.

– Noree! – mondta most már szigorúan.

– Rendben. Nos, még mindig nem tudom, hogy jól döntöttem-e, amikor kiadtam az útját.

– Ezt hogy érti?

– Kedves, rendes ember volt. És tényleg nem volt rossz a kapcsolat. Talán nem kellett volna olyan gyorsan feladnom.

– Még visszamehet hozzá.

– Nem hinném. Szerintem nagyon megbántottam.

– Lehet, hogy megbocsátaná.

– Lehet, de azt sem tudom, hogy akarnám-e. Nem tudom, hogy pontosan őt akarom, vagy csak próbálnék megfelelni annak, amit elvárnak tőlem. Hogy ebben a korban már férjnél legyek, és legyen gyerekem. Mert ha vele maradok, már biztosan azt terveznénk. Így viszont... – Nem fejeztem be a mondatot.

– Így viszont megint igencsak eltávolodott ettől az álomképtől – fejezte be a mondatot helyettem.

– Igen. És mindezek tetejébe, ha nem lenne elég kínom egyébként, ezt most bevallhatom az összes volt osztálytársamnak, akik már jórészt házasok gyerekekkel, én meg kudarcot vallottam ezen a téren.

– De más téren nem. Más területen viszont sikeres.

– Valóban. De nehogy azt higgye, hogy ez számít valamit. Az ő világukban a házasság és a gyerekek számítanak. Ha én lennék az Egyesült Államok első női elnöke, az sem lenne fontos ezek nélkül.

– Ezt nem hinném.

– Oké, talán nem fejeztem jól ki magam. Nem arról van szó, hogy nem fontos, mert persze az, de úgy néznek az emberre, mint egy földönkívülire. Elmondják párszor, hogy „hú" meg „hű", „micsoda nagy dolgokat tettél", és rövid időn belül úgy érzed magad, mintha kiállítási tárgy lennél a természettudományi múzeum különleges tárgyai között, vagy valami ritka, egzotikus állat az állatkertben. Csak néznek, csodálnak, de nem mernek hozzád nyúlni. Bár, lehet, hogy ennek egy része ismerős magának is – utaltam arra, hogy egy színész is gyakran kerülhet ilyen helyzetbe.

– Valóban. Ismerős a szituáció.

– Na látja. Akkor most már tudja, miért nem megyek el jövő szombaton.

– Szerintem pont ezért kellene elmennie.

– Pont miért? – kérdeztem vissza bambán. Ezt a gondolatmenetet most nem bírtam követni.

– Hogy bebizonyítsa, úgy gondolja, így is teljes életet él, sikeres, boldog, és nem érdekli, mit gondolnak a többiek.

– Mert így gondolom?

– Nem tudom. Így gondolja?

– Hát, ez az, amit én sem tudok. Amióta elköltöztem Los Angelesbe, sokszor ültem otthon esténként tök egyedül a hatalmas házban, és olyan magányosnak éreztem magam, amennyire még sosem. Mindennél jobban vágytam egy társra, egy családra.

– Ez érthető, de ne aggódjon. Ha eljön az ideje, biztosan megtalálja. – Ezt olyan kedvesen mondta, hogy könny szökött a szemembe.

– És maga miért nem nősült még meg? – kérdeztem vissza, hogy leplezzem a könnyeket.

– Még nem találtam meg az igazit – vágta rá. – De már kezdem sejteni mit szeretnék – mosolygott tovább, miközben az arcomat nézte.

Csodák csodája, most nem jöttem zavarba. Bár lehet, hogy csak a meghatódottság győzött.

Gyorsan pislogtam párat, mert tudtam, ha lehajtom a fejem, hogy ne lássa, azzal csak azt érem el, hogy ezek a könnycseppek legördülnek az arcomon, és nem akartam a férfi előtt sírni. Igazából sosem voltam sírós típus, bár az utóbbi időben érzékeltem, hogy sokkal emocionálisabb lettem. És sosem árultam el enynyi mindent magamról senkinek. Még sosem nyíltam így meg. Mikor felnéztem, még mindig engem nézett. Gyorsan beleböktem a villámat egy húsdarabkába, és buzgón a számhoz emeltem. Kicsit már elhűlt, de ebben az volt a jó, hogy még így is finom volt. A férfi újra rám mosolygott, biztatóan, én pedig visszamosolyogtam. Úgy tűnt, ezt a témát egyelőre lezártnak tekintette.

Ennek kimondottan örültem. Nem akartam a sekélyes kis életemmel untatni. Vagy épp a baklövéseimmel. Mondjuk, a kétértelmű utalásairól is szívesen lemondtam volna.

Némán ettük tovább a salátát, néha felpillantva a tányérból. Ilyenkor meglepődve láttam, hogy ő is legalább olyan sokszor felnézett, mint én. Már csak azt nem tudtam, mit gondoljak róla. Talán azt várta, mikor kapok sírógörcsöt, vagy valami ilyesmit. Végül is, amit eddig belőlem látott, az kb. az volt, hogy tegnap egy katonatiszt kedvességével fogadtam, majd délután kihajtottam a birtokra dolgozni, aztán éjszaka őrült fejjel pisztollyal rohangáltam, reggel még őrültebben nem szóltam hozzá egy szót sem, most meg elsírom neki a szerelmi életemet, illetve annak teljes hiányát, és életem egyik baklövését. És mindezt 24 óra leforgása alatt produkáltam. Biztosan azon filózik már, hogy hogyan szabaduljon meg innen. Nem csodálkoznék rajta. Lehet, hogy erre gondolt azzal is, hogy már sejti, milyen párt keres. Mindegy, csak ne ilyen legyen, mint én.

Váratlanul elszomorodtam. A gondolatra, hogy a férfi egyszer csak összecsomagol és eltűnik, üresség töltött el. Hülyeség volt, mert ez elkerülhetetlennek látszott. Elhatároztam, hogy megtartom a három lépés távolságot, mert ha most túlságosan hozzászokom a jelenlétéhez, az elválás rettenetesen fájdalmas lesz majd. Még akkor is, ha tudom, hogy ez csak egy kényszerű együttlét a részéről.

Bűvös harminc

A következő majdnem két hét eseményei egy egész sorozat Norman Rockwell-festményt megihlethettek volna.

Valami különös oknál fogva a beszélgetésünk után nagyon kellemes légkör alakult ki köztünk, és a napjaink is egyfajta békés mederben csordogáltak. Reggelente, amíg én megetettem az állatokat, ő főzött kávét és elkészítette a reggelit, utána általában dolgozgattunk egy kicsit a kertben vagy a szőlővel, majd délután gyakran elmentünk kirándulni a környékre, illetve a szomszédos kisvárosok augusztusi programjait látogattuk.

Először tartottunk tőle, hogy valaki felismeri a férfit, és ezáltal lehetetlenség lesz nyilvánosan mutatkozni, de egy hét és öt különböző rendezvény után még mindig szabadon mászkálhatott, a kutya sem figyelt fel rá. Többek között ez is volt ennek a kisvárosnak előnye. A híres rendező, Coppola szőlészete vonzott ide néha hírességeket, így aztán itt már nem okozott akkora izgalmat, ha valaki felbukkant, hogy odamenjenek aláírást kérni. Ez az állapot nekünk nagyon is megfelelt.

Egyszer egészen a Berryessa-tóig kirándultunk. A Napa-völgyhöz közelebb eső felén egy kemping üzemelt pár évvel ezelőtt, amit mostanra bezártak, de a terület még mindig nyitva állt az ide látogató fürdőzők előtt.

Reggeli után indultunk el, és az ebédet egy piknikkosárban vittük magunkkal. Amikor odaértünk, csak páran lézengtek a tóparton. Egy laza napot akartunk eltölteni az egész heti kerti munkák után. Úgy terveztük, hogy csak heverészünk a kiterített pokrócunkon, dél körül, vagy amikor megéhezünk, megesszük az elemózsiás kosár tartalmát, pihenünk még egy kicsit, majd hazajövünk. A víz hőmérsékletétől függően pedig esetleg fürdünk is egyet.

Gyorsan találtunk is egy helyet, ahol puha fű fedte a partot, nem messze a víztől, egy hatalmas fa árnyékában. Ahogy ott feküdtünk a vakítóan kék eget bámulva, varázslatos nyugalom lengett körül bennünket. Az égen pár hófehér bárányfelhő úszott és én a gyermekkori kedvenc elfoglaltságomat űztem: próbáltam a felhők alakját valamihez hasonlítani. Ahogy csendben feküdtünk, Nick szólalt meg:

– Mire gondolsz most? – kérdezte.

– Erre a nyugalomra. És próbálom a felhőket beazonosítani.

– Nem a csillagképeket szokták? – kérdezte kételkedve.

– De igen – feleltem nevetve. – Gyerekkorunkban a nővéremmel feküdtünk sokat a földön, az eget és a felhők formáját bámulva. Nézd csak – mondtam jobbra mutatva –, annak ott kiskutya-alakja van. Olyan, mint azok a kis hófehér, bolyhos kutyusok. Nagyon édes.

– Tényleg – mondta elgondolkozva a férfi. – Annak pedig vattacukor formája van – mutatott a másik irányba. – Annak idején pont ilyen formájúra készítették abban a kisvárosban, ahol felnőttem – mondta elgondolkodva.

– És milyen íze volt?

– Citromos. Szinte érzem a nyelvemen – mondta. – Meghalnék, ha most meg kellene ennem.

Erre mindketten felnevettünk. A felhőnézegetésben az volt a varázslatos, hogy mivel állandóan változtak, sokáig lehetett szórakozni vele. Találtunk még nyújtózkodó cicát, habcsókot, lombos fát, és sok más vicces dolgot.

Később leóvakodtunk a partra, és megszemléltük a víz hőmérsékletét. A Los Angeles-i fűthető medencém után kissé hidegnek éreztem a tó vizét, de meggyőzött, hogy ha már egyszer eljöttünk ide, úsznunk is kell benne, így lassan araszolgatni kezdtem a mélység felé. Amit ő még nem tudott rólam, az az volt, hogy nekem órákig tartott, mire ilyen hőmérsékletű vízbe bemásztam. Centinként haladtam előre, hozzászoktatva minden testrészemet a vízhez, és ez, tekintve a magasságomat, igen időigényes mutatvány volt. Miután ő beszaladt, fejest ugrott, elúszott jó messzire, és már vissza is ért, én pedig még mindig csak derékig álltam a vízben, fejcsóválva megállt előttem.

– Még ma szándékozol csatlakozni hozzám?

– Igen, persze – feleltem összes méltóságomat összevakarva –, de hideg a víz. Nem lehet csak úgy belegázolni – mondtam. – Mi van, ha szívinfarktust kapok?

– Hát azt tényleg nem akarjuk – felelte a nevetését vissza-
fojtva. – De ha mindent ilyen sebességgel csinálsz, akkor ez a
veszély nem fenyeget.

Na, erre a megjegyzésére elfutott a pulykaméreg. Haragos
tekintettel, felszegett állal néztem rá.

– Ezzel most mit akarsz mondani? – kérdeztem csípőre tett
kezekkel.

– Semmit. A világon semmit – mondta, kezeit mintegy meg-
adóan az ég felé emelve.

– Na, majd én megmutatom… – motyogtam magamnak nagy
levegőt véve, és nyakig merültem a vízben.

Máskor is csináltam ilyet, de most irtózatosan hidegnek
tűnt a víz. Pár karcsapás után újra kiemelkedtem a vízből, hogy
a napsugarak egy kicsit megmelengessék jéggé fagyott tagja-
imat, majd újra lebukva erőteljes csapásokkal úszni kezdtem.
A kezdeti szörnyű hideg után éreztem, ahogy újra élettel tel-
nek meg a tagjaim, és az úszás is kezdett kellemessé válni. A
víz nyugodt volt, hullámok nem nagyon nehezítették a tempó-
zást – pont úgy, ahogy szerettem. Ahogy kényelmesen tempóz-
tam a vízben, egyszer csak a férfi alakja bukkant fel mellettem.

– Mindig így úszol? – kérdezte vigyorogva.

– Na, most meg az úszásommal van baj? – kérdeztem meg-
állva, és csak annyira kapálózva, hogy fennmaradjak a vízen.

– Olyan, hogy is fogalmazzak… nyugdíjas a melltempód –
folytatta. – Már csak egy virágos úszósapka hiányzik rólad –
ugratott tovább.

– Nekem megfelel. Különben is, hová siessek? Nem kerget
egy cápa sem, és nem is az olimpián vagyunk – zártam le a be-
szélgetést, és tovább úsztam.

Nick ismét fejcsóválva reagált, majd elúszott mellettem
gyors tempóban. Egy darabig előttem haladt, láttam, hogy
vissza-visszanézett, majd megfordult, és elindult visszafelé.
Így úszkáltunk fel-alá, amíg el nem fáradtunk, majd együtt
kiballagtunk a partra, és nagy zihálással letelepedtünk a tö-
rölközőinkre.

– Ez jólesett – mondta a férfi. – Rég nem úsztam ennyit.

– Igen, én sem ennyit szoktam keringőzni a medencémben esténként. Bár a víz elég hideg.

– Na igen. Mi ezt hívjuk kétcentisnek – mondta a színész egy kacsintással kísérve.

– Kétcentisenk? – kérdeztem vissza értetlenkedve.

– Tudod, bizonyos testrészek hideg hatására... hogy is mondjam, összeugranak... – kezdett bele a magyarázkodásba a férfi.

– Jól, van, jól van, ne folytasd! Értem – szakítottam gyorsan félbe feltartott kezekkel, mielőtt nagyon belemerült volna az anatómiai részletekbe.

Éreztem ahogy kezdek elpirulni, de reméltem, hogy itt, a tűző napon, ilyen megerőltető testedzés után nem lesz túlságosan feltűnő.

– Jé, megint elpirultál – állapította meg.

Na, ennyit az elméletemről. Erre a megjegyzésre zavaromban persze még inkább felforrósodott az arcom. Behunytam a szemem és úgy tettem, mintha a napozásra koncentrálnék. Nem mintha szükség lett volna rá, de legalább addig sem kellett a színésszel foglalkoznom. Ahogy elmerengtem, egyszer csak arra eszméltem, hogy a vállam rázkódik.

– Noree. Ne aludj el! Bírom, ahogy hortyogsz, de le fogsz égni – szólongatott Nick.

– Te jó ég. Tényleg majdnem elaludtam – kezdtem magamhoz térni, és gyorsan megtöröltem a számat, hátha belekezdtem némi nyáladzásba is. – De ha leégnék, legalább nem lenne olyan feltűnő, ha elpirulok – gondolkodtam hangosan.

– Nagyon vicces – válaszolta a színész. – Azért nem hinném, hogy megérné. És legalább tudom, mikor vagy zavarban.

– Kösz. Ettől most sokkal jobban érzem magam – mondtam, miközben feltápászkodtam és árnyék után kutattam a szememmel.

Letelepedtünk az árnyékba, majd azért a biztonság kedvéért elkezdtem bekenni magam naptejjel. Így, nyár vége felé már egész szép barna volt a bőröm, de ilyenkor is szerettem védeni a káros sugaraktól. Ahogy kenegettem a karjaimat, láttam, hogy a férfi engem figyel a hosszú fekete szempillái alól. Próbáltam úgy tenni, mintha nem vettem volna észre, de megint felerősödött a feszültség köztünk. Éreztem, ahogy emelkedik a pulzusom, a zsibongást a tagjaimban, a pillangókat a gyomromban. A légzésem is egyre hevesebbé vált, lehunyt szemmel próbáltam újra normális szintre hozni a szívverésem.

Tiszta hülye vagyok – gondoltam. Ahogy kinyitottam a szemem, a férfi tágra nyílt, izzó, mélykék szemébe néztem, és már majdnem elindultam, hogy megcsókoljam, amikor valami örült akaraterőt fedeztem fel magamban. Elszakítottam a tekintetem az övétől, és visszafeküdtem a törölközőre. Hallottam a csalódott sóhajt a másik törölközőről, de nem néztem fel. Nem mertem megkockáztatni.

A délutánt további heverészéssel töltöttük, majd néztük, ahogy motorcsónakok szelik a habokat a tavon. Gyönyörű látvány volt, amint a halványkék horizont előtt hófehér motorcsónakok suhantak a sötétkék vizen, szintén hófehér tajtékfodrok között. Vidáman kergetőztek a délutáni napsütésben, pompás látványt nyújtva a parton nézelődőknek. Később összeszedtük a motyónkat, majd hazatértünk.

Vacsorára szokás szerint hideg húsfélét, felvágottat és sajtokat ettünk mindenféle friss zöldséggel, és most kivételesen gyümölcsöt is daraboltam össze. Mennyei ízkavalkád volt, amit ízletes és zamatos félédes fehérborral koronáztunk meg.

– Te aztán értesz ahhoz, hogy hogyan fokozd az ízeket. Milyen egyszerű ez a vacsora, mégis milyen különlegesen finom – jegyezte meg Nick elismerőn, miközben egyenként szúrtuk fel a villánkra a különféle összekockázott zöldségeket, gyümölcsöket.

– Köszönöm – feleltem mosolyogva –, ez a kedvencem. Összedarabolok mindent, ami itthon van, és kész. Nem kell túlbonyolítani – fűztem még hozzá.

– Valóban nem. Mégis isteni. Hiányozni fog, ha visszamegyek Los Angelesbe – tette még hozzá elgondolkodva.

Milyen ártatlan megjegyzés volt, mégis mintha kést döftek volna a szívembe. Eljutott a tudatomig, s ráeszméltem: pontosan az történt, amit nem szerettem volna. Túl közel engedtem magamhoz a férfit. Már tényleg úgy éltünk itt, mintha összetartoztunk volna. Szinte minden percünket együtt töltöttük. Ittam a szavait, elmeséltük egymásnak egész életünket, megismertük egymás titkait. És ha ennek az idillnek vége, el fog hagyni. Épp most erősítette meg, én pedig bolond módon erre nem gondoltam. Elfelejtettem. A sírás fojtogatta a torkomat, de most nem sírhattam. Nem gondolhattam erre. Megint ő szólalt meg először:

– Mi lenne, ha ott is találkoznánk? – vetette fel, észre sem véve lelki vívódásomat.

Vagy éppen azért, mert észrevette?

– Tudod, hogy nem lehet. Ezer okunk van rá, hogy ne tegyük – nyögtem ki maradék erőmet összeszedve.

– És legalább másik ezer, hogy megtegyük!

Ezen az estén ezt a témát már nem feszegettük. Vacsora után kiültünk a verandára, és a lemenő napot nézve békésen borozgattunk, miközben egy-egy kutya okos fejét vakargattuk. Persze ez a nyugalom csak felszíni volt, belül mindketten feszültek voltunk, és féltünk attól, hogy egy újabb elhibázott megjegyzés még mélyebbre taszít minket a kétségbeesésünkbe.

Másnap reggeli után a férfi kiment a postaládához, miközben én a tányérokat mosogattam. Mikor visszatért, széles mosolylyal adott át egy képeslapot.

– Boldog születésnapot!

– Jaj, ne! Azt hittem, csak viccel – mondtam nagyot nyögve, és a képeslap után nyúltam. – Mindig tortát kérek szülinapomra, és eddig együtt laktunk, ez nem volt gond. Most is megoldotta – mondtam magyarázatként, és valóban: a képeslapon egy torta fényképe volt egy harmincas számgyertyával.

– Látom, kerek – mondta a férfi a vadiúj koromra utalva.

– Ne is emlegesd. Bele sem akarok gondolni. Harminc. Pfüüü... Mikor már húszévesen azt hittem, itt a klimax.

Erre hangos nevetésben tört ki.

– Ugyan már! Mit szólnál, ha megünnepelnénk? – vetette fel.

– Megünnepelni ezt? Erről maximum megemlékezni lehet. Csendben. Nem, nem akarok ünnepelni.

– Jó, akkor nem úgy hívjuk. Akkor csak elmegyünk egyet szórakozni. Az jobb lenne?

– Te szórakozni akarsz a koromon? – forgattam ki direkt a szavait, kaptam is válaszként csúnya pillantást. – Na jó. Hova megyünk?

– Mit szólnál egy kicsi kényeztetéshez? Vagy egy fiatalító masszázshoz? – kérdezte egy nagy kacsintással kísérve.

– Nagyon vicces – mondtam szarkasztikusan. – És ki az, aki fiatalabbra masszíroz engem?

– Majd keresünk valami profit. Nehogy félresikerüljön, és maholnap tényleg rád törjön a klimax.

Erre már nem tudtam mit mondani, csak csípőre tett kézzel néztem rá, és vártam, hogy magyarázatot adjon.

– Na, ne legyél már ennyire kíváncsi. Van itt egy wellness hotel a városban. Mi lenne, ha ott töltenénk a napot?

– Úgy érted, az Auberge-ben?

– Igen, azt hiszem, így hívják.

Az agyam őrült munkába kezdett. Anyukám legjobb barátnője ott dolgozott, és igazából nem akartam túlfeszíteni a húrokat. A hétvégi osztálytalálkozó is ott lesz… Nem mintha elmennék, de ha most megjelenek, semmivel sem tudom megmagyarázni, miért hiányzom szombaton. Nem is beszélve arról, hogy a férfival jelenek meg. Bele sem akartam gondolni, mit magyarázkodhatnék. Na és azt sem tudtam, hogy még mindig Carlo masszíroz itt, vagy esetleg már nem.

– Mi lenne, ha inkább a Yountville-i Spa Villagióba mennénk? – vettem fel gyorsan. – Az sincs sokkal messzebb, csak pár kilométer különbség.

– Oké, nekem mindegy. Valami baj van az ittenivel?

– Semmi különös – mondtam tétovázva, de a férfit nem győztem meg. Az agya gyorsan kapcsolt.

– Nem ott lesz holnap az osztálytalálkozód? – kérdezte elgondolkodva.

– De igen – mondtam megadón.

– Jól van, akkor Yountville-be megyünk. Reggeli után indulhatunk? – nézett rám.

– Persze – vágtam rá, miközben azon csodálkoztam, most miért maradtak el a további keresztkérdések.

Reggeli és mosogatás után fel is kerekedtünk. Az utat gyorsan megtettük, hiszen csak a szomszéd kisvárosba kellett átgurulnunk, és már nem sokkal kilenc óra után a recepción álltunk. Nem lehettem biztos benne, de a recepciós hölgy láthatóan megismerte a színészt, mert széles mosollyal üdvözölte, heves szempillacsapkodások közepette. Attól féltem, elszédülünk az általa gerjesztett szélben.

– Jó reggelt kívánok! Miben segíthetek? – búgta a hölgy Nickre meresztve szemeit.

– Jó reggelt! – üdvözölte a férfi, látszólag hasonló lelkesedéssel. – Tudom, hogy korábban kellett volna bejelentkeznünk, de hirtelen ötlet volt részünkről, hogy meglepjük magunkat egy kis kényeztetéssel – mondta bocsánatkérő mosollyal kísérve.

– Nos, igen, általában be kell jelentkezni előre – mondta a recepciós hölgy enyhe transzban.

– És kivételesen nem lenne szabad helyük némi masszázsra, illetve kezelésekre? – kérdezte a férfi mélyen a hölgy szemébe nézve, és így még jobban összezavarva. A nő, úgy tűnt, lélegezni is elfelejtett. Ezt már nem tudtam tovább nézni és a könyökömmel oldalba löktem, de úgy tűnt, semmi hatással nem volt a férfira, mert ő tovább folytatta kis játékát.

– Nos? – kérdezte, amikor a nő még mindig nem mozdult.

– Ja, igen – ocsúdott fel ámulatából. – Azonnal utánanézek, van-e szabad hely – mondta, és belemerült egy nagy bőrkötéses könyvbe.

Közben a férfi kérdő tekintettel nézett rám – valószínűleg az előbbi könyökölés miatt –, én pedig válaszul megforgattam a szememet. Mielőtt tovább folytathattuk volna néma párbeszédünket, a hölgy felnézett a könyvből.

– Hihetetlen szerencséjük van, ugyanis pont tegnap mondtak le pár kezelést, így be tudom írni önöket tíz órától. Milyen masszázsra gondoltak?

– Nos, a hölgynek fiatalító lesz, nekem pedig valami revitalizáló. Kicsit strapás mellette az élet – intett a fejével felém egy kacsintás kíséretében.

Legszívesebben felrúgtam volna, de nem akartam jelenetet rendezni. Helyette mézédes hangon a recepcióshoz fordultam.

– Nincs valami potencianövelő masszázsuk? Azzal talán jobban lépést tudna tartani velem – mondtam, és szorgos szempillaverdesés közepette szélesen rámosolyogtam.

– Jó lesz a revitalizáló is. Köszönöm – mondta a férfi némi torokköszörülés után.

– Ahogy gondolod, szívem – mondtam –, de utána ne panaszkodj! Erre már inkább nem szólt egy szót sem.

– Tehát egy fiatalító és egy revitalizáló masszázs lesz. Még valamit? – kérdezte a recepciós.

– Igen, még további kezelések is lennének – kezdett bele a férfi.

– Valóban? – néztem rá kérdőn.

– Igen. Gondoltam, délelőtt megejthetjük ezeket, esetleg utána valami gyógyvizes fürdőben elmerülnénk, aztán egy könnyű ebédet elfogyasztanánk az étteremben, majd a délutánt a medence mellett töltenénk, később pedig még igénybe vennénk a manikűr, pedikűr és kozmetikusi szolgáltatásokat is, hogy holnap csodaszép legyél – mondta rám pillantva. – Mondjuk, délután öt óra felé, ha ez lehetséges.

– Lássuk csak! – mondta a hölgy újabb fejvakargatás közben. – Igen, úgy nézem, lehetséges. Esetleg fodrászt nem szeretnének igénybe venni?

– Oh, azt hiszem, annak nem sok értelme lenne – mondta Nick. – Holnapra így is, úgy is szénakazal lenne belőle – magyarázta, miközben rám nézett.

Csak legyek vele végre egyedül...

– Nos, akkor az öltözőkben átöltözhetnek, kapnak köpenyt, és fürdőruhát is választhatnak, ha nem hoztak magukkal. Ezután az ötös kabinban lesz a masszázs, ez az egyik páros kabinunk. A masszázs után pedig Sally kikíséri önöket az egyik medence melletti pavilonhoz. Szobát is szeretnének bérelni?

– Nem hinném, hogy arra szükség lenne – nézett rám jelentőségteljesen a férfi. Résnyire szűkült a szemem, de elnyomtam a feltörni kívánkozó mérgemet.

– Rendben. Akkor mindent meg is beszéltünk. Sally fogja magukat kísérni egész nap. Ha pedig valamire szükségük lesz, amíg a medence mellett pihennek, csak szóljanak neki.

– Köszönjük – mondtuk, majd elindultunk a megnevezett hölgy után.

Még nem kiabálhattam vele; nem Sally füleinek szántam volna a tirádámat. *Eljön még az az idő* – gondoltam. Végigsétáltunk egy impozáns folyosón, aminek a padlózata és a falai színes mozaikokkal voltak kirakva, majd külön öltözőkbe irányított minket a fiatal lány. Azt mondta, nyugodtan öltözködjünk, odabent mindent kapunk, ő pedig itt megvár minket.

Odabent újabb nagyon csinos és kedves hölgy fogadott: Jenny. Mutatott pár szolid, de mutatós fürdőruhát, amiből választhattam. Én persze maradtam a fekete színnél, és egy pánt nélküli bikininél. Ezek voltak a legkényelmesebbek. Egy gyönyörű, pihe-puha, krémszínű fürdőköpenyt is a kezembe nyomott, majd diszkréten eltűnt, én pedig átöltöztem.

Sally tényleg ott várt, és már társasága is volt. Most ő domborított a színésznek csinos egyenruhájában, és meg mertem volna esküdni, hogy az imént még több gomb volt begombolva az ingecskéjén, ami most nem sokat hagyott a képzeletre.

– Erre tessék – mondta negédesen, és olyan csípőriszálással indult el előttünk, hogy attól féltem, a folyosó két oldalán leveri a mozaikcsempét.

A folyosó végén jobbra fordultunk, és egy rejtett fényekkel megvilágított előszobába érkeztünk. A falon lógó óra mutatói majdnem tíz órát mutattak.

– Kérem, foglaljanak itt helyet – mutatott a fotelekre. – A masszőrük azonnal itt lesz.

– Köszönjük – mondtuk szinte egyszerre, miközben a kényelmes fotelekbe ereszkedtünk.

Amikor a sarkon befordulva eltűnt a lány, mérgesen a férfi felé fordultam.

– Mi volt ez a színielőadás?

– Ugyan már! Lazíts! – mondta teljes nyugalommal. – Valahogy be kellett magunkat udvarolnom ide, ha már egyszer nem foglaltunk helyet tíz évvel ezelőtt, ahogy ilyen helyeken ezt elvárják. Most pedig ne is gondolj erre. Élvezd a mai napot! Szülinapod van, és ha ilyen morcosan összevonod a szemöldöködet akkor nem fog használni a világ összes fiatalító masszázsa és kezelése sem, és menthetetlenül boszorkányként fogsz kinézni – fejezte be a mondókáját egy kacsintással.

– És mi ez az egész dolog a holnappal kapcsolatban? Már mondtam, hogy nem megyek sehova – jelentettem ki dacosan.

– Jaj, ne hisztizz már! – szólt rám szigorúan. – Naná, hogy elmész. Ha a vállamon kell elvinnem téged, mint egy sós zsákot, akkor is ott leszel.

– Marha vicces... – kezdtem volna bele a szitoközönbe, de ebben a pillanatban kinyílt az ajtó, és két masszőzfiú jelent meg.

Mintha svéd ikrek lettek volna; mindegyik magas, izmos és szőke, csak épp a tévében a svéd masszőz ikrek mindig szexi hölgyikék szoktak lenni.

– Jó napot kívánok! – kezdte az egyik. – Sven vagyok, ő pedig Jan. Mi fogjuk önöket masszírozni. Be is fáradhatnak a kabinba.

– Köszönjük – mondtam, és elindultam a szobába.

A mosolyomat elnyomtam; a nevek alapján úgy nézett ki, eltaláltam a skandináv származást.

Gyönyörű volt a helyiség berendezése. A falak kellemes halványlila színben pompáztak, a szoba telis-teli volt szebbnél szebb növényekkel mutatós kaspóban, és már maga a megvilágítás nyugtatóan hatott az idegekre. A falakon szintén mozaikból kirakott, színes minták szolgáltak dekorációként, a padlót pedig sötét hajópadló borította.

Sven és Jan – már nem tudtam, melyik melyik – az ágyakhoz tessékelt minket, majd lesegítették a fürdőköpenyt. Most jött az egyik kellemetlen pont, mivel le kellett vennem a bikinifelsőt. Ugyan voltam már korábban is masszíroztatni, ez a részlet eddig nem jutott eszembe. Nagy levegőt vettem, és igyekeztem elfelejteni, hogy három férfival vagyok összezárva. Gyorsan kikapcsoltam a felsőt, és lehuppantam az ágyra.

Az elkövetkező majdnem egy órában pihentető zene mellett fürge kezek jártak fel és alá a testem minden pontján, kimasszírozva a letapadt izmokat. Masszőröm finom illatú olajjal tette simábbá és csúszósabbá enyhén kiszáradt bőrömet, amit az gyorsan be is szívott, hidratálódva ezáltal. Nagyrészt csendben voltunk, és csukott szemmel élveztük, csak néha egy-két nyögés hagyta el a szánkat egy-egy erősebb mozdulatnál, vagy részemről pár kuncogás, amikor csiklandósabb területre tévedtek a svéd fiú kezei.

Egy órával később, mikor már olyan lazára relaxáltam magam, hogy nem éreztem egy testrészemet sem, szólt a masszőz, hogy végeztünk, de még nyugodtan feküdjünk egy kicsit, illetve üljünk át a kényelmes nyugágyakba a szoba másik felében. Nem igazán akaródzott felkelni, így én még egy kicsit ejtőztem a masszázságyon kiterülve, de hallottam Nick puha lépteit mögöttem, majd a nyugágy sóhajtását, amint ő ott helyezkedett el. Csendben relaxáltunk még egy kicsit, egyikünknek sem akaródzott megszólalni.

– Megyek, elkészítem a pezsgőfürdőjüket gyógyvízzel. Azonnal itt leszek. Jan itt marad, ha szükség lenne rá.

– Ühmmm... – motyogtam a lepedőbe.

Még vagy negyedórát feküdtem kiterülve az ágyon, lassan megmozgatva az ujjaimat minden végtagomon, csak hogy érezzem, még megvannak, majd ugyanolyan lassan feltápászkodtam. Jan gyors mozdulattal felém nyújtotta a bikinifelsőt, amit magamra is igazítottam. Hihetetlenül jól éreztem magam. Tényleg, mintha megfiatalodtam volna.

– Sven mindjárt elkészül a fürdőjükkel. A masszírozástól és a krémektől most kinyíltak a bőrpórusaik és a vérkeringésük is megindult, így hatékonyabb lesz az ásványianyagfelvétel a gyógyvízből. Jól fog most esni önöknek – szólalt meg Jan először, mióta ikertestvére oldalán kilépett ebből a szobából.

– Köszönjük. Valóban jól fog esni – helyeselt Nick, aki szintén elégedetten ült a nyugágyon a fürdőköpenybe burkolózva.

Ekkor Sven lépett be az ajtón, és látva, hogy már felöltöztünk, kifelé tessékelt minket, hogy a pezsgőfürdőnkhöz kísérjen. Ezek a kádak nem voltak zárt helyiségekbe elszeparálva, csupán paravánok, illetve nem teljesen plafonig érő falak választották el őket egymástól. Itt is mozaikcsempék díszítették a falakat, mindenféle mintákkal kirakva, és minden beugróban más-más színek domináltak. Elhaladtunk barnás-narancssárgás, rózsaszínes-lilás, zöldes-kékes, sárgás-pirosas és zöldes-lilás beugrók mellett.

Majdnem mindben pihent valaki, és élvezte a gyógyvizek jótékony hatásait, míg a másik oldalon lévő üvegfalon keresztül pedig fantasztikus panoráma tárult a szemei elé. Ahogy az egyik beugró mellett elhaladtunk, épp egy idősebb, teltkarcsú hölgy próbált bemászni, miközben hasonlóan kerek idomokkal rendelkező, félmeztelen férjének osztott utasításokat.

– Edgar! – mondta szinte felsikítva. – Nézd ezt a gyönyörű csempét! Ezeket a mozaikokat! És a mintákat! Vedd elő gyorsan a fényképezőt! – fűzte hozzá, miközben a fejére halmozott tökéletes hajcsigák erőteljesen megremegtek.

Eközben szegény Edgar láthatóan nem tudta eldönteni, hogy beleejtse hitvesét a forró vízbe, vagy a fényképező után nyúljon. Az utóbbi mellett döntött a felszólítás hangsúlyosságát hallva, mire újabb sipákolás hangzott el a hölgytől.

– Edgar! Miért engedted el a kezem? Majdnem beleestem a kádba! – mondta felháborodottan.

Edgar homlokán előbukkantak az első gyöngyöző izzadtságcseppek, ahogy asszonypajtás változó kéréseit próbálta követni.

– Na, jól van, Edgar. Akkor most fényképezzél le onnan, úgy, hogy ez a mozaik hal itt mögöttem jól látsszon. Aztán úgy is, hogy a növények itt a jobb oldalamon, aztán pedig kicsit messzebbről is, hogy az egészről is legyen képünk – osztotta serényen az utasításokat, Edgar pedig fel-alá rohangált teljesíteni őket, minket majd' fellökve elhaladtunkban. – Elvégre ha hazamegyünk, meg kell majd mutatnunk Ednának és Florence-nek is, hol voltunk – mormogott tovább. – Ők biztosan nem jártak még ilyen helyen! – fejezte be egy harcias kiáltással.

– Drágám, mi sem lennénk ilyen helyen, ha nem kaptuk volna ajándékba a házassági évfordulónkra – jegyezte meg csendesen Edgar.

– Az mindegy. Akkor sem voltak – zárta le a vitát Edgarné.

Alig bírtam elfojtani a nevetésemet a párbeszéd hallatán, de nem akartam a hahotázásommal a figyelem középpontjába kerülni. Végül elértünk a helyiség másik felébe, és a többihez képest elég jól elszeparált kis beugróra mutatott Sven, akinek az arcáról semmit sem lehetett leolvasni az előbbi közjáték alatt.

– Ez lenne a fürdőjük. Kérem, nézzék meg, megfelelő-e a víz hőfoka – mondta, majd miután némi lábujjbelógatás után bólintottunk, így folytatta: – Egy óra múlva Sally jön majd önökért. Viszontlátásra.

– Viszlát – köszöntünk el a szimpatikus masszőztől, majd elégedetten beleereszkedtünk a kétszemélyes jacuzziba.

– Hmmmm... – motyogtam, miközben a meleg víz körülölelte testem. – Ezt meg tudnám szokni.

– Nem rossz, igaz? Az ügynököm mindig mondja, hogy többet járhatnék ilyen helyekre, de egyedül olyan uncsi.

– Pedig az ilyen Sally-félék biztosan örömmel szórakoztatnának egész nap – jegyeztem meg szarkasztikusan, ügyelve, hogy senki ne hallja a falakon túl.

– Az nem az igazi. Bezzeg a te sikolyaidat hallgatni, na, az már valami – mondta vigyorogva.

– Tudtam, hogy még az orrom alá fogod dörgölni. Nem tehetek róla, hihetetlenül csiklandós vagyok.

– Oh, ne izgulj miatta, nagyon élveztem.

Erre már nem akartam reagálni. Inkább kényelmesen elfeküdtem a kádban, hátrahajtottam a fejem és behunytam a szemeimet. A víz hőmérséklete 36 fok körül lehetett valahol, remek illata volt, és a testem alatt számtalan kis lyukon levegő és vízsugár áramlott be, masszírozva egyébként is laza testemet. Hihetetlenül jó érzés volt.

Már épp kezdtem elfeledkezni a mellettem ülő idegesítő alakról, amikor hirtelen éreztem, hogy a levegő és vízsugarak megemelik a lábaimat, és mielőtt bármiben megkapaszkodhattam volna, feldobták a vízfelszínre, a fejem pedig azzal a lendülettel elmerült. Az ilyenkor szokásos zsongást éreztem a fejem körül, de ijedtemben sajnos levegő után kapkodtam, mire vízzel telt meg a szám és az orrom. Hevesen kapálózva próbáltam megtalálni a kád alját, hogy végre feltornázzam magam és levegőhöz jussak, amikor kutató kezeket éreztem a karomon, és a fejem kiért végre a vízből. Miután a szemeimből sikerült kitörölnöm a vizet, meglepetten néztem körül, mint egy fuldokló kismacska, és rettenetes köhögés jött rám a benyelt vízmennyiség miatt. Miközben egy kézzel stabilan tartott a férfi, a másik kezével a hátamat ütögette finoman, hogy a víz kikerüljön azokról a helyekről, ahova nem való. Percekig fuldokoltam, törölközőbe rejtve az arcom. Részben, hogy a szemeimet szárazra töröljem, részben pedig, hogy eltakarjam szégyenemben. Ez is tipikus: ha arról van szó, képes vagyok belefulladni egy fürdőkádba, mert még nem tettem magam elég nevetségessé.

– Hé, jól vagy? – kérdezte aggódva Nick.

Erre csak egy sor krákogással tudtam válaszolni.

– Tessék, egy kis innivaló – hallottam a törölközőn túlról. – Jót fog tenni, igyál egy kicsit.

Erre már felnéztem. Aggódó arccal nyújtott egy poharat felém. Elvettem, és lassú kortyokkal próbáltam úgy inni, hogy közben már ne krahácsoljak. Nem volt egyszerű, de jó néhány korty után éreztem, hogy abbamarad a köhögésem.

– Köszönöm, hogy kimentettél – mondtam illedelmesen.

– Igazán nincs mit – válaszolt, de megint nem bírta magába folytatni a többit. – Mondd csak! Ennyire nem akarsz elmenni holnap, hogy inkább belefojtod magad a jacuzziba? Délután a nagy medencébe csak úszógumival engedhetlek be?

– Nagyon vicces – morogtam vissza.

– A frászt hoztad rám – mondta most már komolyabban.

– Véletlen volt – próbáltam megmagyarázni. – A vízsugár feldobta a lábam, megcsúsztam és elmerültem.

– Jól van, és már jobban érzed magad?

– Igen.

– Oké – mondta, és mindketten visszafeküdtünk, immáron óvatosabban.

Éreztem, hogy engem figyelt, miközben tovább élveztük a fürdőt.

– Kérdezhetek valamit? – mondtam hirtelen megtörve a csendet.

– Persze – vágta rá Nick.

– Miért lettél színész?

Édesanyám is az volt, csak szinte senki nem emlékszik rá, mivel a születésemkor feladta a karrierjét, és otthon maradt előbb velem, aztán a húgaimmal.

– Nahát! – kiáltottam fel. – És milyen filmekben szerepelt?

– Talán öt vagy hat filmben összesen. Kanadában készültek. Bár tehetséges volt, elég hamar abbahagyta, így nem hagyott mély nyomot senkiben. Én is csak gyerekkoromban láttam őket a tévében, több mint húsz éve. Nem is igazán emlékszem rájuk.

– És nem szerezted be őket később? – kérdeztem.

– Egy ideig próbáltam, de aztán feladtam. Ezek a kérések legtöbbször elkallódnak a nagy filmgyárakban – válaszolta egy grimasz kíséretében.

– Sajnálom.– bólintottam. – Azt meg eddig nem is említetted, hogy vannak húgaid.

– Tényleg?

– Aha. És ők is Los Angelesben élnek?

– Nem, ők Kanadában maradtak. Én is kanadai vagyok eredetileg.

– Igen, azt hiszem, erről olvastam egy életrajzban.

– Ja, persze, neked onnan is vannak információid. Meglep, hogy ezek a részletek nem voltak benne. Manapság már mindent kiderítenek az emberről.

– És hány húgod van?

– Három. Nicola, Naomi és Nadia.

– Wow! Látom, a szüleid kedvelték az n betűs neveket.

– Igen, úgy tűnik.

– És ők mit csinálnak?

– Nicola újságíró, de most éppen otthon van a gyerekekkel, két fia van. Naomi egy laborban dolgozik, gyógyszerkísérleteket végeznek, Nadia pedig könyvtáros. Ők még nem mentek férjhez.

– Szép nagy család.

– Igen. A szüleink halála után kénytelenek voltunk összetartani. Akkor még én is Vancouverben laktam, és ottani filmekben szerepeltem, illetve az ottani színházban léptem fel. Ők akkor még főiskolára jártak, Nadia pedig még csak középiskolás volt.

Nem volt könnyű, de a nagyobb húgaimnak volt részmunkájuk a főiskola mellett, nekem pedig sikerült annyi pénzt keresnem, hogy valahogy megéltünk. Aztán jött az a film John Burgess-sel, engem felfedeztek, onnantól pedig dőlt a lé. Addigra Nadia is befejezte a középiskolát, elment egyetemre, a többiek pedig addigra már főállásban dolgoztak.

– Hmm... nem lehetett könnyű ekkora felelősséget vállalni ilyen fiatalon.

– Lehetett volna rosszabb is. Miután túljutottunk a szüleink elvesztése miatti sokkon, már nem volt olyan szörnyű. A családi ünnepek voltak a legrosszabbak, de együtt átvészeltük.

– Sajnálom – mondtam, és ránéztem.

– Köszönöm.

– És mikor végezted a jogi egyetemet?

– Egy darabig nappalira jártam, de a szüleim halálakor levelezőre váltottam, hogy több pénzt tudjak keresni. Már nem sok volt vissza belőle, bár így egy kicsit tovább tartott, de végül elvégeztem.

– És sosem gondoltál arra, hogy inkább ügyvédként helyezkedj el?

– Nem. Tudod, már általános iskolában vonzott a színpad. Egy darabig a sporttal is próbálkoztam, de végül mindig a drámaszakkörön kötöttem ki.

– Mit sportoltál?

– Kanadai vagyok. Szerinted? – vigyorgott.

– Nem tudom, jégkorong?

– Bingó. Szóval csináltam azt is, meg az iskolai színdarabokban is szerepeltem. Egészen érettségiig. Édesanyám támogatott benne. Azt mondta, tehetséges vagyok.

– És igaza is lett.

– Lehet.

– És mi alapján választod a szerepeidet?

– Hmmm... ez jó kérdés. Szerepeltem már sokféle filmben. Általában szeretem a változatosságot, hogy ne skatulyázzanak be. De valójában minden forgatókönyvben azt nézem, hogy a felszíni akció, romantika, humor alatt van-e mélyebb értelme.

Megszólít-e egyéb témákat. Ha megnézed, minden filmemnek van valami további üzenete is az emberi jellemről, vagy éppen a politikáról, a világról, a természetről stb.

– Szerintem nem láttam mindet, de most, hogy mondod...
– Ne izgulj, másnak sem szokott feltűnni.
– Majd jobban figyelek ezután.
– Oké – mondta nevetve.
– És meddig akarod csinálni?
– Nem tudom. Még egy darabig, gondolom. Egyelőre nem teher. Majd ha már nagyon elegem lesz ebből a hollywoodi légkörből, akkor továbblépek.
– Akkor elmész ügyvédnek?
– Gondoltam rá.
– Mit szeretnél csinálni?
– Olvastad John Grishamtől az Utca ügyvédje című könyvet?
– Igen. Az az egyik kedvencem – bólogattam.
– Na, valami olyasmire gondoltam. A pénzre soha többé nem lesz gondom, szeretnék segíteni azoknak, akik a leginkább rá vannak szorulva.
– Ez szép tőled – válaszoltam meghatottan.
– Kicsit már most is belefolyok ezekbe a dolgokba. Egy hajléktalan nőt személyesen is ismerek. Mindig látom a bevásárlóközpontnál, ahova járok. Sokat beszélgetünk. Újságot árul – magyarázta lelkesen. – Tudod, a hajléktalanokat ellátó szervezet kiad egy újságot. Hajléktalanok a cikkek szerzői is. Verseket is írnak, történeteket. A kinyomtatott példányokat darabonként jelképes összegért megveszik, aztán árulják őket. Nincs fix ára, mindenki annyit ad érte, amennyit gondol vagy tud. Én is mindig megveszek egyet. Érdekes dolgokat lehet benne olvasni.
– Nahát! – mondtam, bár többet hirtelen többet nem tudtam hozzátenni. Meglepett a férfi szociális érzékenysége.
– Rosie-nak hívják. Most épp különféle kezelésekre gyűjt. Sokszor van gondja a gyomrával, van egy idegi alapú betegsége is. Gyakran váltom ki neki a receptjeit is, hogy ne kelljen neki arra gyűjtenie.
– Ez nagyon kedves tőled – néztem rá, teljesen más színben látva őt.

– Szeretnék többet is tenni érte, de tudom, hogy nem csak pénz kérdése a dolog, mert akkor már rég adtam volna. Stan már kapcsolatba lépett egy szállóval, és remélem, hamarosan el is tudunk kezdeni közösen dolgozni egy stratégián, hogy segítsünk Rosie-nak és a hozzá hasonlóknak. Persze egyelőre nem jogi képviseletet látnék el számukra, az teljes embert kívánna, de az anyagi támogatáson kívül mindenképpen szeretnék többet is tenni értük. Illetve leginkább azt szeretném, ha nagyjából saját elhatározásból és erőből újra normális életet élhetnének.

Ekkor Sally lépett elő a fal mögül, és megkérdezte, jól érezzük-e magunkat. Ezzel persze meg is zavarta a meghitt beszélgetésünket, amely alatt a férfi olyan arcát sikerült megismernem, amit rajtam kívül valószínűleg nem sokat láttak.

Furán nézett a még mindig vizes hajamra, amit persze igyekeztem megigazítani, de már mindegy volt neki. Gondoltam, majd kint, a medence mellett megszárad.

Nem tértünk vissza az előző témára, és lassan le is telt az időnk a jacuzziban.

Ebédre lazac steaket ettünk könnyű, friss zöldségekből öszszeállított balzsamecetes salátával, és egy kis finom fehérborral öblítettük le. Nagyon jólesett, utána még egy kis desszertet bevállaltunk a születésnapom alkalmából. Elvégre azért jöttünk, hogy jól érezzük magunkat.

Ebéd után kisétáltunk a belső udvarban lévő medencéhez. A medence kristálykék vizén visszatükröződött a tűző nap. Gyönyörű idő volt, sehol egy felhő, jól is esett, hogy egy pavilon alá kalauzolt minket Sally, ahol két nyugágy terpeszkedett kis aszal mellett, ami roskadozott a frissítőktől, gyümölcsöktől.

– Ez nagyon jól néz ki – mondtam lelkesen, majd a fürdőköpenyt a háttámlára igazgatva nekiálltam leereszkedni a nyugágyra.

Mikor végre mindkét lábam felraktam, és pont kényelmesen dőltem volna hátra, hogy lehunyt szemmel pihenjek egy kicsit, hatalmas reccsenést hallottam, majd megindult alattam az ágy, és a fejem megint lejjebb volt, mint a lábam. Hallottam az ijedt sikolyokat és a napszemüvegemen keresztül a szemem sarkából kalimpáló kezeket is láttam, ahogy igyekeznek felém nyúlni, menteni a menthetőt.

Természetesen a kalimpáló kezek Sallyhez tartoztak, aki az ágyat megkerülve próbált elsősegélyt nyújtani, vagy legalábbis valahogy felsegíteni a medencét körülvevő térkőről, amin landoltam. Maradék méltóságomat összeszedve nagy nehezen beazonosítottam a végtagjaimat és feltápászkodtam. Nick még mindig a nyugágy végénél állt, reszkető szájszéléből arra következtettem, hogy alig bírja visszafogni a nevetést.

Gyakorlatilag ez a mai nap eddig egy tragédia volt. Mindig tudtam, hogy nem szabad betölteni a harmincat.

Sally ezalatt sűrű elnézések közepette belevakkantott pár utasítást a zsebéből előhalászott mobilba spanyolul, majd újabb bocsánatkérések után meg is jelent egy mexikói kinézetű kollégája egy új nyugággyal a hóna alatt. Amíg felállította az ágyat a másik helyére, nekem többször is körbe kellett forognom a tengelyem körül, hogy Sally megbizonyosodjon arról, nem törtem össze magam, és erről mindeközben szóban is próbáltam meggyőzni.

Miután végetért a közjáték és mindenki meggyőzött mindenkit arról, hogy minden rendben van, Sally és kollégája elvonultak, mi pedig végre lefeküdtünk élvezni a kellemes időt. Gyakorlatilag egész nap nem csináltunk semmit, mégis úgy roskadtam le, mintha tíz sor szőlőt kapáltam volna meg. Na, nem mintha olyan sokat kapáltam volna életemben. Marha fárasztó tudott lenni a semmittevés. Kicsit később el is aludtam, legalábbis hirtelen mintha kicsit más lett volna a környezet; több ember napozott, úszott, és a nap is máshol állt az égen. A férfi sem feküdt mellettem; ahogy körülnéztem, a medencében fedeztem fel: rótta a köröket szorgalmasan. A napszemüvegem mögül néztem, ahogy izmos testével szelte a vizet... nem mindennapi látvány volt.

A nap hátralévő része viszonylagos nyugalommal telt el az előzményekhez képest. A délutáni kezeléseket további balesetek nélkül túléltem, mindenféle körmeim és az arcom exkluzív kezelésben részesültek, de a műkörmökre nem hagytam magam rábeszélni. Összeségében szinte tényleg újjászületve hagytuk el a hotelt.

A férfi nagyon okosan nem emlegette tovább a másnapi programot, én pedig még mindig reménykedtem, hogy letesz abbéli tervéről, hogy elcipeljen.

Baklövések

Vajon az ember hányszor követi el ugyanazt a hibát, mire tanul belőle? – tettem fel magamnak a kérdést, miközben Rutherford puccos szállodájának még puccosabb mosdójában bámultam a tükörképemet. Nick egy gyenge pillanatomban megígértette velem, hogy eljövök erre az istenverte osztálytalálkozóra. Még azt is bevetette, hogy eljön velem. Erre három olyan érvet mondott, amire végül nem tudtam nemet mondani.

Először is, közölte, hogy már ki van fizetve a vacsora. A szüleim mindig úgy neveltek, hogy feleslegesen nem szabad pénzt, illetve ételt kidobni. Ebben az esetben mindegyik stimmelt.

Másodszor: ha már kedves anyukám két főt jelentett be, legalább kevésbé lesz kínos nekem. Úgy érvelt, hogy ha ő is eljön, akkor nem kell szégyenszemre egyedül megjelennem. Ezt a megjegyzését a legcsúnyább pillantásommal jutalmaztam.

Harmadszor pedig emlékeztetett rá, hogy az én feladatom az ő személyes védelme, tehát ha én elmegyek valahova, akkor neki is jönnie kell. Ezt persze megpróbáltam kivédeni azzal, hogy inkább én sem megyek el, különben is, egy ilyen rendezvényen jelentősen nőhet a kockázat, de ő ragaszkodott ahhoz, hogy ezt az estét házon kívül töltsük. Ezzel még nem is lett volna semmi baj, de pont itt?

Már amikor megérkeztünk, akkor éreztem a pánikot, ami elhatalmasodott rajtam. És persze az sem segített, hogy a férfi ragaszkodott a „kéz-a-kézben" belépőhöz. Szerinte így illik, ha már anyukám párként jelentett be minket. Tehát az alap pánikomat még a közelsége okozta zsongás is fokozta. Attól féltem, meg sem tudok majd szólalni, vagy még jobb: átesem a küszöbön. Ugyan egyik sem történt meg, de a szokásos elképedt tekintetek most is rám szegeződtek. Eddig csak azért néztek rám, mert földönkívülinek számítottam, most még az ő jelenléte is fokozta a hatást. Így már kettőnket bámultak, dupla annyi ideig.

Persze lefutottuk a kötelező köröket; mindenki elmesélte, mi történt vele – mintha egy ekkora kisvárosban nem tudnák egyébként is. Csak annak a pár embernek okoztak meglepetéseket, akik elköltöztek innen – köztük nekem is. Ahogy azt megjósoltam, szinte mindenki férjhez ment, megnősült, szült számtalan gyereket, és itt véget ért a lista. Ez mind szép és jó is volt, de ennél többet nem is akartak elárulni. Mikor sorra kerültem, próbáltam cenzúrázni a mondanivalómat, és csak a legszükségesebbeket elmondani, de mivel a szüleimen keresztül már kiszivárgott egy s más, mégsem hallgathattam el bizonyos dolgokat. Ami a kapcsolatomat illette – lévén, hogy nem volt –, inkább mélyen hallgattam róla, a kíváncsi tekintetek ellenére. A mondanivalómat szokás szerint döbbent csend követte, majd folytatódott a gyerekek számolgatása. Mielőtt ideértünk, még abban reménykedtem, hogy Rebecca eljön, aki szintén karriert épített család helyett, és akkor nem leszek egyedül az aberráltságommal, de hiába kerestem csinos arcát a tömegben, nem tudtam felfedezni. Ez sem jött össze.

A vacsora viszonylag problémamentesen zajlott, legalább itt nem volt kínos a csend. Végül is evés közben nem lehet beszélni. Én már a belépőnél úgy döntöttem, hogy a gyomrom megnyugtatása érdekében magamba töltök némi százaléktartalommal bíró nedűt. Nick csak felvonta a szemöldökét, de nem szólt semmit. A vacsorához jó minőségű fehérbort kortyolgattam, majd utána még pezsgőt is szolgáltak fel. Itt már kezdtem végre kellemesen érezni magam, oda is fordultam a mellettem ülőhöz, Stephez. Sosem voltunk igazán jóban, de ugyebár az idő mindent megszépít.

– Mesélj valamit, Steph! – mondtam neki, hátha megered a nyelve.

– Nem tudok semmit – válaszolta fura tekintettel.

– A gyerekek hogy vannak? – próbálkoztam egy kérdéssel ezúttal. Neki kettő volt, ha jól emlékeztem a felsorolásból.

– Jól – mondta.

– Már óvodások, ugye? – kezdtem.

– Csak a nagyobbik – jött a válasz.

Na, ezzel így nem megyek semmire – gondoltam. Talán nem eldöntendő kérdésekkel kellene bombáznom. De mindenre, ami eszembe jutott, igennel és nemmel lehetett válaszolni. Nick mentett meg kínos helyzetemből.

– Ajánljon valami szép helyet a környéken, ahova érdemes kirándulni. Már voltunk a Hennessey-tónál, és városba is bejöttünk párszor rendezvényekre. Maguk hova szoktak elmenni időnként?

– Noree is biztosan tud mondani még szép helyeket. Ő is idevalósi.

– De ő már egy ideje elköltözött. Biztosan nem tud minden fejlesztésről.

– Nos... van itt a közelben egy vidámpark Vallejóban, azt tényleg nem olyan régen újították fel, nagyon szép, ott voltunk párszor, elvittük a gyerekeket. És vannak még a tavak, erdővel körülvéve, a Hennessey és a Berryessa. Ott pedig piknikezni szoktunk, vagy a tavon csónakázni. Nekünk legalábbis tetszett – mondta félénk mosollyal Steph.

– Akkor biztosan nekünk is tetszeni fog, igaz drágám? – nézett rám a férfi, aki, úgy tűnt, egészen felvillanyozódott az ötlettől. Persze színész, tehát neki nem nagy dolog eljátszani ezt a szerepet.

Lassan bólintottam egyet.

– Igen, biztosan – válaszoltam.

Ezután elmentünk táncolni, és miközben körbesuhantunk a táncparketten, éreztem, hogy minden szempár ránk szegeződik. Nick hihetetlenül jól mozgott, magabiztosan vezetett, és ha nem kellett volna annyira koncentrálnom a közelében minden lépésemre, biztosan élveztem is volna, így viszont éreztem, hogy kezdenek egészen lemerevedni az izmaim a sok megerőltetéstől.

Ezután jöttem ki a mosdóba, és még mindig az erőt gyűjtöttem ahhoz, hogy visszamenjek. Biztosan nem hiányzom senkinek. Amint pont bementem az egyik fülkébe, hogy megigazítsam a harisnyámat, ami úgy éreztem, hogy lecsúszik rólam, mivel az utóbbi hetekben nem voltam combfixhez szokva, kinyílt a mosdó ajtaja és páran beléptek. Nem tudtam megállapítani, hogy pontosan hányan, de mivel élénk beszélgetésben voltak, egynél többen kellett, hogy legyenek.

– Szerinted hol szedte össze magának ezt a pasit? – kérdezte egyikük, a hangja alapján talán Cindy.

– Nem tudom. Biztosan Los Angelesben valahol. Hallottad, hogy most ott lakik – mondta rá valószínűleg Jessica.

– Ja. Nem semmi. Mindig kitalál valamit, amivel fel tud vágni. De hogy mit eszik rajta ez az ürge, azt el nem tudom képzelni. Olyan unalmas. Ahogy előadja magát, hogy ő mennyit dolgozik. Kit érdekel?

– Ja, biztosan most is csak azért hozta el, hogy ezzel is felvágjon. Eddig egyet sem hozott el, pedig állítólag a legutóbbi találkozókor is járt valakivel.

– Szánalmas.

– Az – egyeztek meg.

Meg sem mertem moccanni a fülkében, igyekeztem levegőt is hangtalanul venni. Egyértelmű volt, hogy rólam beszéltek. Ugyan sosem voltunk barátnők, mégsem tételeztem fel ennyi rosszindulatot tőlük. Hallottam, hogy kimentek a mosdóból, én pedig leroskadtam a vécéülőkére. Kezembe temettem az arcomat. Tényleg ilyen szánalmas alak lennék? És nagyképű? Azt hiszem, ezen el kell gondolkodnom egyszer. De nem most – döntöttem el. Összeszedtem maradék méltóságomat, és kijöttem a fülkéből. A tükörből egy feldúlt ábrázat nézett vissza. Kicsit meglocsoltam az arcom hideg vízzel, óvatosan megtörölgettem, hogy a sminkem maradéka megmeneküljön, és elindultam kifelé.

Mikor kiléptem, csak azt láttam, hogy Nick éppen Cindyt szórakoztatja, és ő kacér pillantásokat vet rá. És itt besokalltam. A pont arra járó pincér tálcájáról lekaptam egy pezsgőt, de amikor továbbhaladt volna, intettem neki, hogy várjon egy kicsit. Felhajtottam a pohár tartalmát, és miközben az üreset visszatettem a tálcára, már nyúltam is egy újabb teli pohárért. Az én idegrendszeremnek is van határa, és most úgy határoztam, ennyi elég volt mára. Tompítani és felejteni akartam.

Ahogy a számhoz emeltem az újabb poharat, egyszer csak Nick bukkant fel mellettem.

– Biztos, hogy ezt is megiszod? – kérdezte.

– Holtbiztos – mondtam, bár kicsit nehezemre esett a hangokat megfelelő sorrendben kiejteni.

Újra kortyoltam egyet. Kezdtem jobban érezni magam, ahogy a hideg pezsgő lefolyt a torkomon, a gyomromban pedig a rég várt nyugalom áradt szét. A terem fényei kicsit elfolytak, elhalványultak, és egyik-másik arcot sem tudtam pontosan kivenni a tömegből. Határozottan jobban éreztem így magam. Rámosolyogtam a férfira.

– Látod, jobban érzem magam.

– Azt látom – mondta, és alaposan végignézett. – Kérdés, meddig – tette még hozzá.

– Miért mondod ezt?

– Mert szerintem ha még egyet kortyolsz abból a pezsgőből, akkor nem fogsz tudni olyan csábosan elbillegni a magas sarkaidon ahogy jöttél.

– Ugyan már! – mondtam nagyot legyintve a kezemmel, bár ezt talán nem kellett volna, mert a hirtelen mozdulattól vészesen kibillentem az egyensúlyomból, és ha nem kap el, bizony pofára estem volna.

– Mondom – jött az egyszerű válasz.

Kikapta a kezemből a poharat, amiben már csak egy korty volt, de hiába néztem rá könyörgőn, nem engedte, hogy megigyam. Letette egy asztalra a poharat, majd még egyszer alaposan megnézett.

– Nálad van a táskád, ugye?

– Igen – kezdtem el büszkén hadonászni vele az orra előtt.

Eltolta a kezem, mielőtt orrba vágtam volna, és derékon kapott.

– Kabátot pedig nem hoztál, ha jól emlékszem? – kérdezte.

– Azt hiszem, nem – mondtam, miközben erősen próbáltam gondolkodni, hogy volt-e nálam a nevezett ruhadarab.

– Akkor megyünk.

– De hát még nem is szórakoztunk. És el sem köszöntünk.

– Nem baj. Azt hiszem, neked mára fellőtték a pizsit – mondta és elkezdett kivonszolni – amennyire lehetett, feltűnés nélkül.

Én közben vadul forgattam a fejem, hogy lássam, kik előtt égek le még jobban, de úgy tűnt, senki sem látta az aulában bemutatott magánszámunkat. Végre kiértünk a szabadba, ahol a kellemes esti levegő simogatta az arcom. Lágy szellő lengedezett, és valahonnan rózsaillatot hozott. Behunyt szemmel élveztem egy pillanatara, de ahogy a férfi elindult, majdnem újfent felbuktam. Éreztem hogy szorít az ölelésén, nehogy négykézláb kelljen elbotorkálnom az autóig, én pedig hálásan dőltem neki. Már az autóban ültünk, amikor odafordult.

– Mi volt ez? – kérdezte.

– Micsoda? – kérdeztem vissza csodálkozva.

– Az édesapádnak szőlőültetvénye van. Ugyan egész héten az esténként elkortyolt egy-két deci bornál nem láttam, hogy többet ittál volna, de az volt a benyomásom, hogy nincs problémád az alkohollal semmilyen tekintetben. Úgy értem, bírod, de nem viszed túlzásba. Akkor most hogy sikerült egy kis pezsgőtől így becsiccsentened? És még kíváncsibb vagyok arra, hogy miért tetted.

– Hát... – kezdtem hozzá –, nem volt az olyan kicsi pezsgő – válaszoltam vontatottan –, és előtte az aperitif is megvolt, és azt hiszem, az sem segített, hogy olyan ideges voltam, hogy nem igazán tudtam vacsorázni – foglaltam össze a helyzetet, amennyire tőlem tellett.

– Hány pezsgőt ittál?

– Nem tudom. Valahol a hatodik pohár után már nem számoltam.

– És az mikor volt? A mosdó előtt vagy után?

– Természetesen előtte.

– Természetesen – mondta Nick rezignáltan, majd nagy sóhajjal elindította az autót. – Kapcsold be az övet – tette még hozzá.

– Oké – mondtam, és hirtelen rettenetesen szégyelltem magam. Lehajtott fejjel kotorásztam a biztonsági öv körül, de a szemeimet ellepő könnyektől nem láttam, mit csinálok, és egy kicsit szédültem is. Mielőtt sikerült volna visszafojtanom őket, már láttam, hogy sorakoznak a könnycseppek a ruhámon, és éreztem, ahogy lefolyik az arcomon. Innen már nem tudtam visszatartani, és keserves sírás tört rám.

– Tényleg szánalmas vagyok! – motyogtam könnyeimen keresztül, miközben éreztem, hogy Nick áthajol és a vállára hajtja a fejem, miközben kitört belőlem a az elmúlt időszak összes feszültsége, és hevesen rázkódtam a zokogástól.

– Nincs semmi baj. Nincs semmi baj – ismételgette bársonyos hangján, miközben a hátamat simogatta.

Nem tudom, meddig ültünk ott, de egyszer csak elfogytak a könnyeim. Már nem rázta a testemet a sírás, nem kapkodtam levegő után sem. Csak a szégyenérzet maradt meg. És egy kis zsongás a fejemben. Lassan elhúzódtam Nicktől, és inkább kibámultam az ablakon. Rettenetesen nézhetek ki. A sírástól biztosan kivörösödtek a szemeim és az orrom, elfolyt a sminkem és összekuszálódott a hajam. Egy tragédia lehet. Már csak haza akartam érni, hogy elbújhassak az egész világ elől.

Az út hazáig nem tartott sokáig, pár perccel később már le is fékeztünk a ház előtt. Nick kipattant az autóból, és miközben én újfent az övvel küzdöttem, kinyitotta az anyósülés ajtaját. Leemelte rólam az övet és segített kiszállni, majd az ajtó felé támogatott. A kinti, kellemesen hűvös nyáresti levegőtől kezdett kitisztulni a fejem.

Az eddigi bódultság helyét egy másfajta érzés vette át. Ahogy éreztem ölelő kezét, meleg leheletét az arcomon, felnéztem. Szemei vágytól izzottak, ahogy rám nézett. Beléptünk a bejárati ajtón, és ajka rögtön lecsapott az enyémre. Olyan szenvedéllyel csókolt, hogy azt hittem, menten elalélok. Nyelvét érzékien végigcsúsztatta az ajkaimon, majd csókja hevesebbé, követelőzővé vált. Mikor elszakadtunk egymástól, mindketten levegő után kapkodtunk.

– Ezt akartam tenni, mióta megláttalak ebben a ruhában – suttogta mély, rekedt hangon a fülembe, amitől a vér csak még gyorsabban száguldott az ereimben, és csak egy nyögéssel tudtam válaszolni.

Én is arra vágytam, hogy megérintsen, hogy megcsókoljon. Hogy megérintsem, hogy visszacsókoljak. Az elegáns öltönyében hihetetlenül vonzó volt.

Nem tudom, hogy az alkohol blokkolta a tiltakozásomat, vagy csak a régóta visszafojtott vágyakozás, de nem is érdekelt. A pillanatnak akartam élni, beteljesülésre vágytam.

Éreztem a kezeit, ahogy kutató mozdulattal simogatták végig a hátamat, a karjaimat, és mindent, amit elértek, ajkaival pedig már a nyakamat barangolta be. Aztán a kezei lejjebb vándoroltak, és nem sokkal később már a combomon éreztem hosszú ujjait végigsiklani. Reszkettek a lábaim. Attól féltem, összecsuklanak. Gyorsan kapaszkodó után kutattam. Karjaimat automatikusan a nyaka köré kulcsoltam, kissé lábujjhegyre emelkedtem, és szenvedélyesen beletúrtam a nyakában göndörödő fürtökbe. Óh, hogy szerettem volna ezt megtenni azóta, amióta először megláttam!

Elindultunk a lépcső felé, de egy pillanatra sem szakadtunk el egymástól. Mint két sivatagi szomjazó, úgy csüngtünk egymás ajkain, a csókokra szomjazva.

Levegő után kapkodva értünk be a szobába. Nick zakóját és nyakkendőjét sikerült útközben lefejtenem róla, és már az inggombokkal serénykedtem, ő pedig a ruha cipzárját próbálta a hátamon lehúzni. Már majdnem arra biztattam, hogy tépje le egyszerűen, mert annyira szerettem volna a meztelen bőrömön érezni simogatását, amikor hallottam, hogy megadja magát a villámzár. Óriási megkönnyebbülés volt érezni, ahogy lágyan lecsúszott a testemről a selyem koktélruha, és a bokám körül megállt.

Már csak fehérnemű volt rajtam.

Láttam, ahogyan a holdfény által bevilágított szobában végigfut a tekintete a majdnem meztelen testemen, és egy kicsit elbizonytalanodtam. Ezt megérezhette, mert kezei közé fogta az arcom, a szemembe nézett.

– Tudod, hogy gyönyörű vagy? Aranyba kellene foglalni annak a nevét, aki kitalálta ezt a harisnyát és ezt a melltartót. Észvesztően szexis vagy benne – mondta, ahogy végigpillantott rajtam, majd újra az arcomat figyelte.

A szemébe néztem, és tudtam, hogy tényleg így gondolja. Tényleg észveszejtőnek találta a fekete, pánt nélküli melltartót és a combfixet.

Gyorsan végiggomboltam az ingét, és alatta kalandoztam a kezeimmel tökéletesre gyúrt izmait felfedezve. Hihetetlenül sima bőre perzselt simogató ujjaim alatt, és mély sóhajok hagyták el a száját, amikor a mellbimbói körül köröztem. Onnan lefelé indultam, és amikor a nadrág derékrészénél húztam el a kezemet, mélyen beszívta a levegőt. Lenéztem, és láttam, hogy már ő is nagyon izgatott, és alig várja a folytatást. Ahogy egy pillanatra megálltam, ő gyorsan kicsatolta az övét, majd a nadrágot elengedte, és az lecsúszott a földre. Csak egy hófehér alsónadrág volt rajta, ami virított a holdfényben, és kiemelte a tökéletes testét és látható izgalmát. Most én következtem a csodálattal.

– Te is gyönyörű vagy – suttogtam elcsukló hangon.

Erre halkan felkacagott.

– Ilyet nem szoktak férfiaknak mondani – mondta évődve.

Zavaromban lehajtottam a fejemet, de amint végigcsókolta a melleimet a melltartó vonala fölött, majd lefejtette rólam, és ajkai közé vette a meredező mellbimbómat, rögtön elfeledkeztem róla.

Először az egyiket becézte, majd a másikat is. Nyelvével és fogaival őrületes köröket írt le körülöttük, és az egekbe korbácsolta a vágyamat. Hátravetettem a fejem, hogy jobban hozzájuk férjen, és közben kéjesen hozzádörgölőztem. Őrületes volt izgalmát a csípőmnél érezni.

Lehanyatlottunk az ágyra, de még akkor sem hagyta abba a becézgetést.

– Észvesztő vagy ebben a harisnyában – mondta, és a kezét már a lábam között éreztem kalandozni.

Először a combjaim belső oldalát simogatta, aztán a harisnya vonalát csókolta végig. Eközben én a lábaimmal igyekeztem hasonló örömökben részesíteni őt is. Éreztem, hogy többször beleremegett, ahogy a lábfejemet a combja belső oldalán végighúztam, egészen fölig, majd vissza. Lassan fejtette le a harisnyát mindkét lábamról, közben végigsimogatva minden négyzetmilliméterüket. Aztán a bugyin keresztül éreztem simogató kezeit. Először rólam hántotta le az alsót, majd engedte, hogy én is letoljam róla. Amikor megláttam nyilvánvaló izgalmát, nem bírtam betelni a látvánnyal. Automatikusan odanyúltam és megsimogattam, mire újabb mélyről jövő sóhaj tört fel a férfiból. Innentől kezdve már nem tudtunk parancsolni a szenvedélynek.

Amikor belém hatolt, olyan elsöprő szenvedély száguldott végig a testemen, hogy egy pillanatra elakadt a lélegzetem. Tökéletes összhangban mozogtunk, majd a csúcsponton egymásnak feszült a testünk és úgy éreztem magam, mintha a csillagos ég szakadt volna rám. Minden egyes porcikám bizsergett a boldogságtól, és kellemes bágyadtságot éreztem. Csak néztem a plafont, és próbáltam szaggatott légzésemre koncentrálni. Éreztem, hogy belül dübörög a szívem. Ahogy a férfi teste az enyémre hanyatlott, még egy dübörgő szívet éreztem. Úgy tűnt, egész súlyával rám nehezedett, de ez egyáltalán nem volt kényelmetlen. Amikor meg akart mozdulni, a lábaimat összekulcsoltam a csípője körül, hogy maradásra bíztassam.

– Várj még! – mondtam halkan. – Maradj! – kértem elvarázsolt hangon, elvarázsolt állapotban.

Felnézett rám, és kicsit megemelte a csípőjét. Éreztem, hogy az előbb még lusta férfiassága új erőre kél. Pajkosan elmosolyodott, és csókra nyújtotta az ajkát. Miközben nyelvünk szenvedélyes kergetőzésbe kezdett, csípőjével újra ritmikus mozgást indított. Sosem gondoltam, hogy létezik ilyen, de rövid időn belül másodszorra jutottunk el a csúcsra. Ismét levegő után kapkodtunk, de most sem engedtem, hogy elhúzódjon. Nick ezúttal szorosan átölelt, majd átfordult a hátára, hogy ne nyomjon a súlyával. Hosszú hajam szétterült izmos mellkasán, ahogy a fejemet lehajtottam. Ólmos álmosság tört rám, és a szemhéjaim lecsukódtak. Még félálomban hallottam a férfi hangját:

– Szép álmokat, gyönyörűm.

De az is lehet, hogy azt már csak álmodtam, ahogy a csókot is, amit a fejem tetejére nyomott, miután ránk terítette a takarót.

Lassan tértem magamhoz. Ahogy fokozatosan visszatért a tudatom, több dolog is feltűnt. Például az, hogy minden porcikám kellemesen bizsergett. Nagyon jó érzés volt, és mosolyogni támadt tőle kedvem. Ez rögtön kérdéseket vetett fel bennem. Én sosem érzek késztetést reggelente arra, hogy mosolyogjak. Akkor most miért? És mitől ez a fene jó bizsergés? Hason feküdtem, de mintha nem a párna lett volna alattam. Ahogy az ujjaimat megmozdítottam, mintha bársonyos bőrt, jól kidolgozott izmokat, bordákat és puha szőrszálakat tapintottam volna, nem pedig a párnahuzat puha pamutszatén anyagát. Kinyitottam a szemem, és egy sötétkék szempár nézett vissza. Gyorsan visszacsuktam, és megpróbáltam összerakni a képet. Hogy kerültünk mi egy ágyba? És miért fekszem a mellkasán? Az még megvolt, hogy a szülői házban vagyunk. Az is, hogy a férfi védelme rám lett bízva. Még a szőlőkötözésre is emlékszem, az együtt elfogyasztott ebédekre, vacsorákra.

És akkor beugrott az előző este.

Az osztálytalálkozó.

A pezsgő.

A hazaút.

Felnyögtem.

Beletemettem a fejem a mellkasába, mintha akkor elbújhatnék. Mintha akkor nem kellene szembesülni a mai reggellel, és azzal, amit tegnap este tettünk. De így nem maradhattam. Már csak azt kellett kitalálni, hogy hogyan keljek fel. Mert azt világosan éreztem, hogy a takaró alatt mindketten mezítelenek vagyunk.

Újra elfogott a kétségbeesés.

Mit műveltem én az éjszaka???

Miközben a férfi ujjai lágyan mintákat rajzoltak a karomra, és a lélegzetétől a hajszálaim vidám táncot lejtettek, próbáltam valamit kitalálni, hogyan keveredhetnék ki ebből a kínos helyzetből.

– Fel kell kelnünk – nyögtem még mindig a mellkasának.

– Neked is jó reggelt! – köszönt Nick illedelmesen, miközben egy hajtincsemet tekergette az ujjára.

Felhorkantam. Nyilvánvalóan nem ugyanúgy gondolkodtunk erről az éjszakáról.

– Csukd be a szemed! Felkelek – mondtam hosszas fontolás után.

– Miért kellene becsuknom? Már láttam a tested minden négyzetmilliméterét – évődött a férfi kedvesen.

– Csak csukd be – válaszoltam makacsul.

– Na jó, bár nem értem, miért kell ez – mondta. Amikor felnéztem, láttam hogy valóban lehunyta a szemeit, és várakozó mosolyra görbült tökéletes ajka. Hatalmas késztetést éreztem hogy megcsókoljam, de visszafogtam magam. Gyorsan felpattantam, és átszaladtam a fürdőbe. Mivel az én szobámban voltunk, nem volt messze a köpenyem. Gyorsan magamra terítettem a pongyolát, és vetettem egy pillantást a tükörbe. A kipirult, boldogságtól sugárzó arc homlokán mély redőkbe húzódtak a ráncok. A hajam szokás szerint leginkább egy széttúrt szénaboglyára hasonlított, így gyorsan összefogtam egy laza kontyban a fejem tetején. Megmostam az arcom, majd kifelé menet odaszóltam Nicknek, aki még mindig az ágyon feküdt elnyújtózva.

– Lemegyek reggelit készíteni. – Válaszra sem várva lerohantam a lépcsőn.

Odalent nekitámasztottam a homlokomat a konyhaszekrény ajtajának, hogy egy kicsit lehűtsem égő arcom. Ebből hogy a pikulába fogok kimászni?

Az előző estére visszagondolva olyan dolgokat műveltem, amiket, azt hittem, már réges-rég kinőttem.

Volt egy időszaka az életemnek, amikor szabadabban éltem; amikor egy megrázó élményt úgy próbáltam feldolgozni, hogy alkalmi szexkalandokba keveredtem. Szerencsére nem tartott sokáig, és szerencsére volt valaki, aki erre rádöbbentett.

Akkor voltam utoljára ilyen bevállalós, és akkor engedtem el magam utoljára ennyire.

De arra az időszakra nem voltam büszke, sőt inkább szégyelltem magam az akkori viselkedésemért.

És annak az időszaknak már rég vége volt.

Akkor viszont hogy jutottam el ide, hogy alig pár hetes ismeretség után, és ilyen bonyolult viszonyban mégis lefeküdjek a férfival?

Ennek az éjszakának nem lett volna szabad megtörténnie.

Mintha még nem követtem volna el elég hülyeséget, most még bővítettem a listát eggyel.

Mit fog szólni Jonathan?

Ezzel elárultam az egész céget. Romba is dönthetem a jó hírnevünket a felelőtlenségemmel, és azzal, hogy képtelen voltam magamon uralkodni. Erre a gondolatra pánikhangulat uralkodott el rajtam.

Remegő kézzel próbáltam a kávéfőzőbe kávét tölteni – persze fele mellé hullott. Meztelen talpam alatt éreztem az őrölt kávészemcséket, de most hidegen hagyott a dolog. Mire a vizet kellett volna beletöltenem, meglepetésemre éreztem, hogy szemeimet könny lepi el, és már azt sem láttam, hogy mit csinálok. Dühösen töröltem le a könnyeimet a köntösöm ujjával.

Ebben a pillanatban megszólalt a mobilom, ami a frászt hozta rám. Hevesen járattam az agyam, hogy hol hagytam tegnap, mire rájöttem, hogy az előszobában felejtettem, a kis táskámban. Igazán nem vágytam rá, hogy most bárkivel beszéljek, de azért kimentem, kikotortam, és ránéztem a kijelzőre. Jonathan volt az. Az előbbi riadalom után a szívem ismét őrült kalapálásba kezdett. Az első gondolatom az volt, hogy tudja, és most rettenetes dolgokat fog a fejemhez vágni. Aztán rögtön az is bevillant, hogy ugyan honnan tudná.

– Halló – szóltam bele végül a kagylóba.

– Jó reggelt, Noree. Hogy vagy? – kérdezte a férfi jókedvűen.

– Hm… – hezitáltam. – Minden rendben. És a cégnél?

– Oh, igen, itt is minden oké, az Emmy-előkészületek rendben zajlanak, pár ügyet le tudtunk zárni, már kimentek a számlák az ügyfeleknek, és a legjobb hírt a végére tartogattam: befejeztük Nick Cassidy házát, úgyhogy hazaküldheted. Illetve George megy érte, akár már ma is.

– Oh, ez tényleg igazán jó hír – leheltem bele a telefonba, bár hirtelen nem is tudtam, hogyan vélekedjek róla.

– Tényleg minden rendben? Olyan fura a hangod – jegyezte meg kérdőn a férfi.

– Persze, csak most ébredtem, még nincsenek bejáratva a hangszálaim – füllentettem. Nem szerettem hazudni, de most szükségesnek éreztem. – Akkor ideküldenéd George-ot? Mire ideér, addigra Nick is össze tud pakolni.

– Persze. Mindjárt fel is hívom. Azért ki lehetett bírni vele ezt a két hetet?

– Igen. Nem volt semmi gond – mondtam fakó hangon.

– Akkor jó. Amit pedig elkövetett, azt kiszámlázzuk neki – mondta Jonathan nevetve.

– Igen. Persze. Kiszámlázzuk – mondtam elgondolkodva.

– Na jó, akkor szólok George-nak. Repülővel megy Oaklandbe, onnan pedig bérel autót. Hacsak nem akarod kivinni a reptérre te.

– Mikor száll le a repülő?

– Fél kettőkor száll fel egy gép, és háromkor le. Addigra odaviszed, vagy mondjam neki, hogy béreljen egy autót?

– Addigra ott leszünk.

– Jól van. És te mikor jössz vissza az irodába?

– Egy hét múlva.

– Akkor majd találkozunk. Addig pedig vigyázz magadra.

– Köszi. Te is vigyázz magadra.

Letettük a telefont. Ahogy megfordultam, Nick sápadt arca nézett vissza a konyhaajtóból.

– Szóval kidobsz? – kérdezte dühtől elfojtott hangon.

– Elkészült a házad. Nem kell tovább itt raboskodnod – válaszoltam, miközben a gyomrom hihetetlen remegésbe kezdett.

– Én nem raboskodásnak tekintettem ezt a két hetet. Viszont úgy tűnik, neked hatalmas áldozat volt.

– Nem... – kezdtem volna bele némi magyarázkodásba, de félbeszakított.

– Nem? És akkor miért dobsz ki anélkül, hogy megbeszélnéd velem? Vagy megvolt a híres színész, kipipálod a listán, és most mehetek isten hírével?

– Tudod, hogy nem így van. Ezt már egyszer kifejtettem. Ennek nem lett volna szabad megtörténnie.

– De hát miért nem? – tudakolta most már kiabálva.

– Mert a mi kapcsolatunknak üzletinek kellett volna maradnia! – kiáltottam vissza.

– A munkák befejeződtek. Ha nagyon megnézzük, már nincs is érvényes szerződés köztünk.

– Akkor sem volt helyes – kötöttem az ebet a karóhoz. – Megszegtem egy rakat üzleti vagy etikai, vagy mit tudom én, milyen szabályt. Tudod te, milyen hatással lehet ez a cégre, ha kitudódik?

– Nem kell, hogy kitudódjon.

– De csak akkor nem fog kitudódni, ha soha többé nem mutatkozunk együtt. És ha egyik volt osztálytársam sem vágyik 15 perc hírnévre. Bármelyik eladhatja a sztorit valami szennylapnak. Így is túl sokat kockáztattunk.

– Akkor pláne találkoznunk kellene még. Nem érted? Ha ezek után elmegyünk valahova együtt, azt már tehetjük, mint két független ember. Erről pedig senki nem fog tudni.

– Nem gondolhatod, hogy az emberek ilyen naivak?

– Kérlek! – fogta könyörgőre. – Vagy ennyire nem jelentett neked semmit ez az éjszaka?

– Még akkor is, ha kicsit elmosódottak az emlékeim – kezdtem, de már csak suttogásra tellett tőlem –, életem legszebb éjszakája volt – tettem még hozzá fejemet lehajtva.

Nick odajött, hosszú ujjaival az állam alá nyúlt, és fejemet felemelve kényszerített, hogy ránézzek.

– Akkor miért akarod az egészet eldobni? Miért akarod tönkretenni azt, ami köztünk van? – kérdezte kétségbeesetten.

– Mert úgysem lesz belőle semmi. Egy napon rájössz, milyen unalmas vagyok, nem nézek ki jól a vörös szőnyegen, vagy mit tudom én, és olyan gyorsan vége lesz, hogy azt sem tudom mondani, fapapucs.

Valójában azonban nem csak ettől féltem.

A saját viselkedésemtől is megrettentem.

– Tévedsz.

– Nem hiszem.

– Akkor szimplán gyáva vagy? – jött az újabb kérdés, de nem hagyta, hogy válaszoljak. Nem mintha tudtam volna erre akármit is mondani. – Hogy adhatsz fel valamit csak azért, mert nem tudod, mi lesz belőle? Képzeld, én sem tudom. De azt tudom, hogy a kapcsolatokért meg kell dolgozni. Azok nem maguktól működnek. Azt is tudom, hogy én mindent megtennék annak érdekében, hogy működjön. De ezek szerint te nem. Te szimplán feladod... már az elején...

– Nick... – kezdtem volna, de félbeszakított.

– Nem értelek. Ha egyszer azt mondod, neked is különleges élmény volt, akkor mi a baj? Azt mondod, magányos vagy, de közben nem engedsz magadhoz senkit közel – tárta szét a kezét. – Tudod mit? Legyen, ahogy akarod. Elmegyek ma, de ezt még messze nem fejeztük be – mondta, és kirohant a konyhából. Elgyötörten kapaszkodtam a konyhapultba. Nem tudtam elhinni, hogy most tettem tönkre ezt a kapcsolatot mindörökre. Pedig tényleg jól éreztük magunkat az elmúlt két hétben. A kezdeti feszült hangulat gyorsan feloldódott, és valóban jól szórakoztunk akár munka közben, akár a különféle rendezvényeken, ahova ellátogattunk. Egész egyszerűen könnyű volt vele lenni. Beszélgetni, szórakozni, és hát a szex, az pedig maga volt a mennyország.

Nagyon sokban egyezett az ízlésünk: szerettük a visszafogott, de színvonalas hangulatú eseményeket, ahol hátra lehet dőlni, a kellemes színházi vagy zenei előadásokat, amelyek alatt kiváló borokat lehet kortyolgatni. Szerettük a csendes éttermeket, a kevésbé felkapott vízparti üdülőhelyeket, ahol az ember nem botlik egyfolytában más turistákba, de ugyanúgy a színes forgatagokat, amit kisvárosi vásárokban élvezhet az ember.

Ez azonban egy álomkép volt. Tudtam, ha visszatérünk a saját világunkba, akkor ez a burok, ami olyan jótékonyan körülvett minket itt vidéken, egy pillanat alatt kippukan, és állandó kereszttűzben fogunk állni a kapcsolatunk miatt. Erre nem voltam felkészülve.

És az újabb csalódásra sem voltam felkészülve. Éreztem, ha folytatjuk, úgy belezúgok, hogy csak még jobban fog fájni, amikor elhagy. Vagy lehet, hogy már késő? – ocsúdtam fel. A gondolatra, hogy elhagy; hogy nem látom többé nap mint nap, nem reggelizünk együtt, nem töltjük együtt a napjainkat mókásan ugratva egymást, nem kortyolgatunk este a teraszon bort, olyan rettegés fogott el, hogy nem kaptam levegőt. Leroskadtam a legközelebbi székre, és a térdemre támasztott kezeim közé fogtam a fejem. Olyan remegés rázta az egész testemet, hogy amennyire csak tudtam, összeszorítottam a karjaimat a fejem körül és összegömbölyödtem, nehogy kiszakadjon a belsőm.

És akkor tudtam, hogy már késő.

Menthetetlenül beleszerettem.

Sok időbe telt, mire annyira összeszedtem magam, hogy oda tudtam tenni a kávét főni. Nem voltam éhes, de kitettem az asztalra reggelihez szükséges dolgokat. Nem hallottam mozgást a házban, de előbb-utóbb le kellett, hogy jöjjön a férfi az emeletről. Tétován néztem fel a faliórára. Az óra másodpercmutatója békésen keringett, nem is sejtve, hogy minden egyes körrel, amit megtesz, közelebb sodor életem legnehezebb pillanatához, amikor búcsút kell mondanom Nicknek.

Ezt akartam, nem?

A későn elfogyasztott reggeli – vagy korán elfogyasztott ebéd – után feszült csendben tettük meg az utat az oaklandi repülőtérig. Rettegtem ettől a háromnegyed órától, amit összezárva az utóban kellett töltenünk. A férfi érezhetően még mindig dühös volt, én pedig kétségbeesett. Nem mertem az előttem álló hetekre gondolni, mert akkor biztosan összeomlottam volna. Legszívesebben ágyba bújtam volna egy besötétített szobában, és soha többé fel sem keltem volna.

Ehelyett itt száguldoztam a sztrádán, hogy minél előbb megszabaduljak attól a férfitól, aki mellett újra boldognak éreztem magam. Nem volt ez így jó, de szerencsére a reptérig nem volt alkalmam sokat morfondírozni, mert a forgalomra kellett figyelnem.

Három óra előtt nem sokkal parkoltam le a repülőtér bejárata előtt. Nick szó nélkül kiszállt, kiemelte a bőröndjét a csomagtartóból és elindult befelé, hogy megnézze, leszállt-e már George gépe. Én kicsit távolabb vittem az autót, és utánaeredtem.

A repülőtéri váróban található tájékoztató tábla szerint George gépe pár perccel azelőtt szállt le, hogy én beértem volna. Nick egy oszlop mellett állt, mereven figyelte a kijelzőt, a bőröndje a lábánál hevert. Odamentem hozzá, de nem igazán tudtam, mit mondhatnék, így aztán némán megálltam. Mindketten az érkező-terminál ajtaját bámultuk meredten, várva, hogy George előbukkanjon, mint valami megmentő sereg. Nem is kellett sokáig várni: egyszer csak egy vörös hajkorona lépett elő a fotocellás ajtó nyílásából. Érezhetően mindketten fellélegeztünk.

George vidáman lépkedett felénk; egyértelműen nem érzékelte még a súlyos viharfelhőket és a feszültséget a levegőben.

– Hello! – üdvözölt minket. – Vége a nyaralásnak? – intézte kérdését a színészhez.

– Hello. Úgy néz ki – válaszolta, miközben jelentőségteljesen rám nézett.

Itt már George arcáról is lehervadt az eddigi lelkesedés, és kérdőn nézett rám. Én alig láthatóan megráztam a fejem, jelezve hogy ejtsük a témát.

– És mikor indul visszafelé a járat? – kérdeztem, hátha semleges vizekre tudom terelni a beszélgetést.

– Ilyen gyorsan meg akarsz szabadulni tőlem? Tulajdonképpen mit érdekel téged? Akár már most is elmehetsz. Idehoztál, innen George-dzsal is elleszünk – zúdította rám a haragját Nick, mielőtt meglepődött munkatársam bármit is mondhatott volna.

– Ö, nos, a gép 40 perc múlva indul. Tehát akár mehetünk is a beszállókapuhoz. Kicsit izgultam, hogy ha késtek, akkor nem érjük el... – mondta George tétován, de Nick megint félbeszakította.

– Ugyan már! Elkésni? Noree alig várta, hogy leadjon, mint valami csomagot. – Csak úgy sütött belőle a megbántottság és a csalódás.

– Nick. Ennek semmi értelme, úgyhogy inkább búcsúzzunk el – mondtam, hátha így rövidre zárhatom ezt az igen kínos jelenetet.

– Még találkozunk! – mormogta a férfi alig hallhatóan, és elindult a terminál felé.

George csak pislogott és kapkodta a fejét, mintha pingpongmeccsen lett volna. Kérdőn nézett, de én csak legyintettem, és a távozó színész felé bólintottam a fejemmel.

– George, legjobb lesz ha utánamész. Jó utat!

– Találkozunk az irodában.

– Igen, majd találkozunk – mondtam, majd vissza sem nézve elindultam a kijárat felé.

Ennyi volt. Vége. De még nem gondolhatok rá. *Előbb haza kell érnem, és ha most elkezdek sírni, akkor nem tudok vezetni* – gondoltam. Így aztán összeszorított szájjal az autóhoz vonszoltam magam, beszálltam, és elindultam haza. Amikor befordultam a ház elé Rutherfordban, akkor tűnt fel, hogy a több mint háromnegyed órás útból semmire nem emlékszem. Mintha egy ködfátyol ereszkedett volna le a szemem elé – vagy inkább a fejembe –, és amióta kiléptem a reptér épületéből, azóta nem érzékeltem semmit. Ez kényelmes volt. Ugyan egy pillanatra átfutott az agyamon, hogy remélem, nem okoztam semmilyen balesetet hazafelé az autópályán, aztán nem bírtam tovább.

Ott, ahol álltam, a nappali közepén leroskadtam a szőnyegre, összegömbölyödtem, és miközben hevesen zokogtam, próbáltam a testem remegését csillapítani. A könnyeim patakokban folytak, s éreztem, hogy a tüdőm és a mellkasom fáj a megerőltetéstől és a rázkódástól, de nem tudtam abbahagyni. Azt hittem, soha többé nem tudom abbahagyni.

Egyszer csak arra ébredtem, hogy sötétség vesz körül és vacognak a fogaim. Nem tudom, mikor aludtam el, csak arra emlékeztem, hogy nagyon sokáig sírtam, és amikor már elapadtak a könnyeim, a testem még akkor is rázkódott. Megpróbáltam megmozdulni, mert még mindig összetekeredve feküdtem. A kemény padlótól és a kényelmetlen testtartástól minden porcikám fájt, ahogy lassan felültem és körülnéztem a szobában. Enyhe szédülést is éreztem. A falióra éjfélt mutatott.

Lassan felálltam, bezártam a bejárati ajtót, majd elgémberedett tagjaimmal kissé reszketve az éjszakai lehűléstől felfelé indultam a lépcsőn. Le akartam feküdni, és soha többé nem akartam felkelni. Nem akartam gondolkodni, érezni – semmit sem akartam csinálni. Csak lebegni egy tudatlan állapotban.

Úgy, ahogy voltam, ruhástól leroskadtam az ágyra, és újra sírni kezdtem. Azt hittem, már nem tudok, de a könnyek újra szaporán záporoztak a szememből. Éreztem, ahogy elázik a párna a fejem alatt, de nem érdekelt. Semmi sem érdekelt.

Másodszor arra ébredtem, hogy a nap besüt az ablakon. Mivel elfelejtettem az ablaktáblát behajtani az este, most a délutáni nap szó szerint a hasamra sütött. Óra nélkül is tudtam, hogy a férfi egy napja ment el. Egy teljes napja. Lassan a hátamra fordultam, és bámultam a plafont. Vártam, hogy újra sírjak, de úgy nézett ki, előző nap elsírtam az összes könnyem. Semmi sem jött. Csak az üresség maradt. A bénító fájdalom.

Azt azért már felfogtam, hogy nem maradhatok így. Dolgom volt, feladataim. Fel kellett kelnem. A ruhák még mindig szanaszét hevertek a szoba padlóján, de nem hajoltam le összeszedni őket. Még nem voltam kész arra, hogy szembesüljek azzal az éjszakával, és azzal, ami azóta történt. Kibotorkáltam hát a fürdőszobába, de a tükörbe nem néztem. Hideg vízzel locsoltam az arcom, hátha egy kicsit felemelkedik a köd az érzékszerveim elől, de nem igazán segített. Talán jobb is volt így. Miután nagyjából megtisztálkodtam, lementem a konyhába, és jobb híján megittam a tegnapi kávé maradékát. Mindegy volt, mikori; úgysem éreztem az ízét.

A kutyák meghallhatták, hogy mocorgás van a házban, mert tappancsaikkal izgatott táncot lejtettek a teraszon. Szegények, tegnap sem kaptak enni. Miközben kifelé igyekeztem a fészerbe az ennivalójukhoz, kicsit megvakargattam a fülük tövét és valami bocsánatkérést mormogtam nekik. Értelmes buksijukat felfelé fordították, és mintha tudták volna, hogy valami nincs rendben, szokatlan nyugalommal várták ki, míg teleborítottam a tálkájukat. Bolyhos macskánk is megjelent; neki is töltöttem a tányérjába, majd elindultam befelé.

Nem tudtam mit kezdeni magammal. A korábbi rutin most nem jött természetesen. Különben is, csütörtökön befejeztük a szőlő rendbetételét, maximum az érett gyümölcsökkel vagy zöldségekkel kezdhettem valamit. Márpedig muszáj volt valamibe belefognom, hogy ne őrüljek meg.

Megfordultam, és a konyhakertbe mentem. Végigjártam a paradicsom- és paprikaágyásokat érett példányok után kutatva, és úgy néztem, van belőlük bőven. Úgy döntöttem, lecsót fogok főzni. Ugyan csak a kezeimet foglalja le a mutatvány, de addig is elfoglalom legalább magamat. Ahogy eldöntöttem, el is kezdtem alaposan végiggondolni, mit milyen sorrendben csináljak. Ez legalább egy kicsit lekötötte a gondolataimat.

Úgy döntöttem, először leszedem a paradicsomokat és paprikákat. Még ha magának a lecsónak nem is ma állok neki, ezeknek nem lesz semmi bajuk holnapig. Kihoztam a fészerből pár vödröt, és az ágyás mellett leguggolva elkezdtem leszedni az érett termékeket. Máskor mindig élveztem a paradicsom- és paprikaszedést és a bokrok illatát, miközben begyűjtöttem az érett darabokat, de most még ezt sem okozott örömet. A frusztráció megint kezdett elhatalmasodni rajtam. Egy pillanatra elfutotta a szemem a könny, de visszatartottam a sírást. Most nem akartam sírni. Féltem, ha elkezdem, megint fél napomba telik, mire elapadnak a könnyeim, és ennyi fájdalmat már nem tudtam volna elviselni egyhuzamban. Vissza kellett térnem a normális kerékvágásba. Valahogy. Folytattam tehát a paradicsom- és paprikaszedést. Mire végigértem az ágyásokon, három vödör megtelt. Ezzel tehát megvoltam. Fogtam a vödröket, és bevittem a konyhába. Ellesznek ezek itt addig, amíg a többi dolgot előkészítem. Újra kimentem a fészerbe, hogy a befőző üvegeket előkotorjam a sarokban lévő polcról. Egy kosárba rakosgattam őket, majd egy régi gyerekkádba vizet engedtem a kinti csapnál, és nekiálltam az üvegeket elmosogatni. A délutáni melegben jólesett a hideg víz, és kicsit magamhoz is tértem.

Éhséget éreztem. Ekkor jutott eszembe, hogy a tegnapi késői reggeli óta semmit nem ettem, most pedig már majdnem esteledett. Úgy döntöttem, befejezem a mosogatást, és csak utána megyek be. Tulajdonképpen már úgyis mindegy volt, és talán hoz némi normalitást az életembe, ha vacsoraidőben eszem, nem összevissza.

Amikor végeztem, bebotorkáltam a konyhába, s magammal vittem a már tiszta befőttes üvegeket is. Letettem a vödrök mellé, és egy pillanatra megálltam. Nick nélkül üres volt a konyha. A vacsorát általában együtt készítettük elő, hangulatos beszélgetések közben. Már nem éreztem éhséget sem, de tudtam, hogy előbb-utóbb kell valamit ennem. A hűtőszekrény tartalmának átvizsgálása után egy joghurttal ültem le az asztalhoz, de nem tudtam ott maradni. Túl sok minden emlékeztetett a férfira. Kimentem a verandára, hogy megnézzem a lemenő napot a dombok felett.

Mint mindig, most is lélegzetelállító látvány volt, mégsem éreztem azt a békét, amit máskor. Lassan kikanalaztam a joghurtot a pohárból és csendben ültem tovább, miközben Bolyhos kinyalogatta a joghurtos dobozt. Nem akartam gondolkodni, próbáltam mindent kiűzni a fejemből. Ez most annyira nem okozott nehézséget, mert még mindig egyfajta kábulatban éltem. Mintha álmodnék, légüres térben. Mintha bábu lennék, és láthatatlan madzagok mozgatták volna a végtagjaimat egész nap. Közben teljesen besötétedett, de nem mozdultam. Csak ültem, bámulva a semmibe. Órák teltek el így. Most nem bántam a tétlenséget. Rettegve gondoltam a másnapra. Egy újabb hoszszú napnak néztem elébe, és tisztában voltam vele, hogy még sok ilyen fog következni.

Valamikor az éjszaka folyamán megint eleredtek a könnyeim, de már csak csendesen folytak le az arcomon, és amikor a ház mögül fény kezdett el derengeni, addigra ismét elapadtak. Egy nap alvás után egy nap ébrenlét jött, és valahogy túléltem. Új nap virradt.

A szokásos kávé után buzgón a paradicsomokra és paprikákra vetettem magam. Elkezdtem összevágni a paprikákat, majd a délelőtt folyamán, amikor végeztem velük, eszembe jutott, hogy hagyma is kell a lecsóhoz. Mivel az csak később érett, ezt a kisváros piacáról vagy a boltból kellett beszereznem. Mikor ezt végiggondoltam, elindultam fel a szobámba, hogy kicsit rendbe szedjem magam.

Már két napja nem fürödtem, a hajam sem látott azóta fésűt, bár ez máskor is előfordult. Ahogy a tükörben magamat mustráltam, megállapíthattam, hogy összességében ramatyul nézek ki. Az arcom elveszítette szép barnaságát, amit az előző két hét kint töltött perceiben sikerült összeszedni, és most fakó és szürke volt. Az átvirrasztott éjszakától a szemeim alatt sötét karikák sorakoztak, a szemem pedig a hajnali sírástól még mindig véreres és vörös volt. Ijesztően néztem ki.

Hétvégéig mindenképpen tennem kellett valamit, hogy ez az állapot javuljon, mert ha a szüleim így meglátnak, biztosan nem szabadulok a kérdéseiktől.

A fürdőszobába menet végre összeszedtem a padlón heverő ruhákat is, de kínosan kerültem, hogy felidézzem magamban a szombat este történteket. Gyorsan begyömöszöltem a szeny-nyeskosárba, hogy még csak ne is legyenek szem előtt.

Tisztálkodás után másik ruhába bújtam, kentem alapozót az arcomra, hogy legalább ne olyan színem legyen, mint egy háromnapos vízihullának, csepegtettem a szemembe egy kis gyulladáscsökkentőt, majd a napszemüveget gondosan az orromra helyezve elindultam a boltba.

Ahogy kiszálltam az autóból a bolt előtt, persze hogy belebotlottam Jane-be. Ő is osztálytársam volt az általános iskolában, nem voltunk ugyan barátnők, de mindig jóban voltunk. Ő is itt ment férjhez, szült két gyereket, és most a helyi postán dolgozott.

– Szia, Noree! – köszöntött őszinte lelkesedéssel. – Nem is tudtunk az osztálytalálkozón beszélgetni. Mire meg akartalak keresni, addigra a többiek mondták, hogy már elmentél. Nem érezted jól magad?

– Szia, Jane – próbáltam lekopírozni a lelkesedését, de csak valami fakó visszhangra tellett. – Én is sajnálom, de valóban nem éreztem jól magam. Nem tudom, mi történt – próbáltam kitérni a téma elől. Csak remélhettem, hogy senki nem vette észre a valódi okot a rosszullét mögött.

– Jaj, de kár! Viszont még mindig itthon vagy. Mi lenne, ha valamelyik délután összefutnánk? – javasolta a nő, mire pánik futott végig a hátamon. Egy dolog öt percig úgy tenni, mintha minden rendben lenne, de egy egész délután?

– Nem is tudom, Jane, elég sok dolgom van. Épp lecsót akarok befőzni, hagymáért jöttem, nekünk még nincs. Aztán lehet, hogy még valami lekvárnak is neki kell állnom.

– Ha gondolod, segítek neked – csillant fel Jane szeme. – A gyerekek egész héten az anyósomnál vannak és ráérek.

– És te nem szeretnél valamit befőzni? – próbáltam elhárítani a segítségét. – Nem akarom az idődet rabolni.

– Én már mindent befőztem, amit akartam. És tényleg szívesen segítek.

Így történt hát, hogy megállapodtunk, hogy a keddi napot baracklekvárfőzéssel fogjuk tölteni. Már előre féltem a másnaptól.

Gyorsan megvettem a hagymát és hazamentem, hogy legalább a lecsót befejezzem. Estére szépen sorakoztak a dunsztban a lecsósüvegek, és jótékony fáradtságot éreztem. Ettem egy kis felvágottat a hűtőből pár szelet sajttal – ennél tartalmasabbra még mindig nem vágytam. Ismét kiültem a verandára, és elkortyolgattam egy pohár bort. Máskor ennyit meg sem érzek, de most a majdnem üres gyomromban kellemes melegség áradt szét, és a fejemben is éreztem az alkohol jótékonyan zsibbasztó hatását. Egy darabig még figyeltem az esti zajokat, majd felmentem a szobámba lefeküdni. Erőt kellett gyűjtenem a másnaphoz, hogy meggyőzően tudjam alakítani a gondtalan, gazdag örökösnőt.

Valószínűleg a fizikai és lelki kimerültség tette, de nyugodtan aludtam. Másnap reggel szokatlanul ébernek éreztem magam, amikor kinyitottam a szemem. Mintha fellebbent volna egy fátyol; mintha először lettem volna igazán magamnál vasárnap óta. Kedd volt. Azért annyira optimista nem voltam, hogy azt higgyem, túljutottam rajta. Valószínűleg soha nem is fogok. Egy szakítást átélni, majd kételkedni az igazamban még csak hagyján, de kettőt? Ez már ijesztő trendnek látszott, és nagyon magányos jövőt vetített elém.

Kezdtem azt hinni, alkalmatlan vagyok a kapcsolatokra.

Kezdtem azt hinni, igaza volt a férfinak, és tényleg gyáva vagyok.

Kiszálltam az ágyból, megmosakodtam, és odatettem a kávét. Amíg az lefőtt, megetettem az állatsereget, és úgy tűnt, a kutyák megnyugodva vették tudomásul, hogy az élet kezd visszatérni a nyugodt kerékvágásba.

Reggeli után kimentem a kertbe és szemügyre vettem a barackfáinkat. Rengeteg volt rajtuk az érett barack, így aztán nem is húztam tovább az időt, hanem kivittem a létrát, újabb vödröket állítottam csatasorba, és nekiálltam leszedni a gyümölcsöt.

Igyekeztem minden gondolatot kizárni a fejemből, és csak a barackokra figyelni.

A délelőtt monotóniáját egyszer csak autóhang szakította félbe. Megjött hát Jane. Egyébként is már végeztem a szedéssel, rengeteg teli vödör sorakozott már a fák alatt. Kettőt felkapva megiramodtam a ház felé, de a volt osztálytársam ütött-kopott régi Volvója helyett egy gyönyörű fekete BMW terepjáró állt a kocsifeljárón. Bambán néztem, ki lehet az, de a sötétített üvegeken nem láttam keresztül.

Egy pillanatra félelem fogott el: mi van ha a férfi haragosa némi fáziskéséssel ért ide, és most akarná elvégezni azt, amit olyan érzékletesen írt le a levelekben? Kinyílt az autó ajtaja, és Nick Cassidy szállt ki belőle. Nem akartam hinni a szememnek. Arra gondoltam, hogy biztosan álmodom, de ahogy a kezeim görcsösen a vödrök fülét szorongatták és a körmeimet a tenyerembe vájtam, a fájdalom nagyon valódinak tűnt.

És nem csak az a fajta fájdalom. Az is, amit a férfi látványa okozott. A szikrázó napsütésben vonzóbb volt, mint ahogy emlékezetemben fel tudtam idézni. Remekül festett szűk farmernadrágjában, ami izgatóan feszült a csípőjére, és egyszerű, fehér, V-kivágású pólójában, ami látni engedte mellkasának kis részét. Olyan heves szívdobogás kerített hatalmába, hogy hirtelen levegő után kellett kapkodnom, hogy el ne ájuljak. Gyorsan letettem a vödröket és nekitámaszkodtam a veranda korlátjának, nehogy elgyengült lábaim összerogyjanak alattam.

A férfi elindult felém. Néhány tétova lépés után megállt úgy két méterre tőlem, és levette a napszemüvegét. Így már rajta is látszott, hogy megviselték az elmúlt napok: neki is sötét árkok húzódtak a szemei alatt.

Némán néztük egymást, egyikünk sem mert megszólalni.

Végül ő törte meg a csendet, amikor a kutyák hangos csaholással odaértek hozzá. Biztosan megint a szőlő között kergetőztek, mert most lógó nyelvvel néztek fel a férfira, és szaporán csóválták a farkukat.

– Legalább valaki örül nekem – mormogta Nick, és lehajolt, hogy megvakargassa az ebek fültövét.

Még akkor sem tudtam megszólalni, amikor felemelte a tekintetét és ismét rám nézett.

– Szia – mondta.

– Szia. – Rekedt hangom még nekem is idegennek tűnt.

– Látom, nagy munkában zavarlak, de beszélnünk kell – kezdte el, de a telefon kihallatszó csörgése félbeszakított a mondanivalóját.

– Ne haragudj, ezt fel kell vennem – mondtam, miközben már az ajtó felé mentem. – Addig gyere be, és ülj le a nappaliban.

– Oké – válaszolta, miközben elindult utánam. Éreztem a hátamon a tekintetét, ahogy bementünk a házba. Én a konyha felé indultam, ő pedig a nappaliba.

Ki tudja, hányadik csörgésre sikerült elérnem a telefont. Jane volt az; sűrű elnézések közepette magyarázta, hogy mégsem tud eljönni lekvárt főzni velem, mert a kisebbik gyereke megbetegedett, és most el kell mennie az anyósához, elhozni a gyerkőcöt. Jobbulást kívántam neki, és persze biztosítottam róla, hogy nem haragszom, és majd egyszer bepótoljuk ezt a találkozást.

Nem tudtam, örüljek vagy bosszankodjak a történések miatt. Jobb lenne, ha Jane betoppan, és esetleg a férfi elmegy, hogy ne zavarjon, vagy jobb így, hogy Jane nem zavar?

Felkaptam két poharat és a teás kancsót a hűtőből, és átmentem a nappaliba.

Micsoda kontraszt volt a férfi mostani testtartása és a között, amikor először érkezett ide! Akkor majd' szétpukkant a magabiztosságtól, most viszont láthatóan feszengett, tele volt feszültséggel. Nem csodáltam. Azt viszont nem tudtam, miért jött ide. Mert ha a céget akarta beperelni valami lógó vezeték miatt, amit a házában hagytak, vagy levert vakolat miatt, azt Los Angelesben is megtehette volna, vagy az ügynökét is küldhette volna. Ez biztosan valami személyes dolog volt, azt pedig nem tudtam, mit nem tisztáztunk még, vagy milyen okból áll még egyáltalán szóba velem.

Némán letettem a dohányzóasztalra poharakat, öntöttem teát, majd én is letelepedtem az ülőgarnitúra szélére, várva Nick mondandóját. Pár percig csak ültünk, és néztük egymást. Mikor már nem bírtam, megszólaltam:

– Mit tehetek érted? – *Huh, ez nagyon bénán hangzott* – gondoltam rögtön utána. Lesütöttem a szemem, hogy elrejtsem zavaromat.

– Szeretném, ha még egyszer megbeszélnénk a kapcsolatunkat – mondta Nick vontatottan, láthatóan minden szót átgondolva, mielőtt kimondta volna őket.

Valahogy sejtettem hogy ez lesz belőle, és szokás szerint most is kettős érzelmek viaskodtak bennem. Most, amikor már túljutottam az első sokkon és nem éreztem magam úgy, hogy minden pillanatban elsírom magam, nem éreztem azt, mintha kés forogna bennem, idejött, és feltépte az éppen csak gyógyulófélben lévő sebeket.

Vagy inkább úgy kellett volna fogalmaznom – gondoltam keserűen –, *hogy most, amikor már száműzni tudtam a gondolataimból legalább kis időintervallumokra, és ebben a békés, gondolatok nélküli létben tudtam lebegni, idejött, és felkavarta az állóvizet.* Pedig már kezdtem megint belejönni abba, hogyan tegyek úgy, mintha minden rendben lenne. Hogyan ne gondoljak bele abba, mennyire boldogtalan és magányos is vagyok.

Ezzel együtt viszont alig tudtam leplezni a boldogságomat, hogy visszajött. Még akar valamit tőlem. Folytatni akarja azt, amit elkezdtünk, nem akarja feladni ilyen egyszerűen, és azt sem engedi, hogy én ilyen egyszerűen feladjam.

– Tudom, hogy azt gondolod, te nem illesz bele az én életembe – kezdte –, de hidd el, az én életem nem sokban különbözik attól, amit az elmúlt két hétben itt csináltunk. Persze azzal a különbséggel, hogy máskor eljárok dolgozni. Nem vagyok az a típusú színész, aki egyfolytában a rivaldafényben él. Nem rohangálnak utánam megvadult fotósok, és hormontúltengéses kamaszlányok sem. Kérlek, adj még egy esélyt nekünk. Nem kell most döntened, megteheted akkor is, ha visszajössz a városba. Csak gondold át.

Még mindig nem tudtam elhinni, hogy visszajött. Hogy még mindig engem akar. Mindazok ellenére, amit tettem vele. Némán bámultam rá, és nem tudtam, mit mondjak.

Még mindig rettenetesen bizonytalan voltam.

El sem tudtam képzelni, hogyan fog ez közöttünk működni. Hogyan fognak a hétköznapjaink kinézni?

Rengeteg gondolat, kérdés, kétely fogalmazódott meg bennem, de most az egyszer úgy döntöttem, bátor leszek. Elhessegettem a kisördögöt, ami a fülembe suttogta, hogy talán hibát követek el, ha az érzéseimnek engedek és a gondolkodást félreteszem. Megadtam magam. Boldog akartam lenni. Egyszerre éreztem, hogy könnyek gördülnek le az arcomon. Ezek azonban a változatosság kedvéért tényleg a boldogság könnyei voltak.

Mielőtt megszólalhattam, közelebb húzódott hozzám a kanapén, kinyújtotta a kezét is, és olyan hevesen ölelt át, hogy azt hittem, összeroppant. Megint úgy kapaszkodtunk egymásba, mint két fuldokló. Ajkaink egymásra találtak és heves csókban forrtunk össze, majd levegő után kapkodva váltunk szét, és csak néztük egymást, mintha legalábbis ezer év után találkoztunk volna ismét. Fejemet széles mellkasára hajtottam, és hallgattam heves szívdobogását. Végigsimítottam azon a helyen, ahol a szíve dobogott, és éreztem, hogy remegés fut rajta végig. Felnéztem és láttam, hogy az ő tekintete is elhomályosodott. Ismét lecsapott az ajkaimra, újabb őrült kergetőzésbe kezdett nyelvünk, a másik szájának minden zugát átkutatva.

Kisvártatva kifulladva ültünk a kanapén, miután a fejemet visszaigazítottam a mellkasára. Isteni érzés volt így összefonódva ülni és érezni testének melegét, hallgatni szívdobogását, és fokozatosan egyenletessé váló lélegzését. Egy darabig így ültünk ott csendben, élvezve a pillanat varázsát, amit egyikőnk sem akart beszélgetéssel megtörni. Egyébként is féltem, hogy olyat mondanék, ami félbeszakítaná ezt a tökéletes együttlétet. Végül ő törte meg a csendet.

– Ezt a reakciót akkor igennek veszem, ha nem bánod – mondta mosolyogva. – Különben vártál valakit? – kérdezte, utalva a telefonbeszélgetésre.

– Igen, Jane-t – mondtam, miközben mintákat rajzoltam izmos mellkasára, de az első megjegyzésére nem reagáltam.

Én sem tudtam, hogy ez most egy igen, vagy egy talán, vagy csak egy „teljesen összezavarodtam".

– Ismernem kellene? – kérdezte Nick.

– Ő is osztálytársam volt. Ő viselte azt a helyes, zöld ruhát szombaton – folytattuk a teljesen semmitmondó beszélgetést. – Lekvárt főztünk volna, de megbetegedett a kisfia.

– Azt hiszem, emlékszem. Szegény. De remélem, nem komoly – jegyezte meg együttérzőn.

– Nem, azt mondta, valami sima megfázásnak tűnik, de ilyenkor nyűgösebb, és nem akarja az anyósára hagyni. Így viszont főzhetem egyedül a lekvárt.

– Majd én segítek – ajánlkozott fel rögtön.

– Biztosan? Tudod, ez elég macerás – kezdtem bele a magyarázkodásba. – A pucolás, darabolás, főzés, kevergetés. Meg minden – néztem fel rá kétkedőn.

Vidám tekintettel nézett vissza rám, és pajkos puszit nyomott az orrom hegyére.

– Persze, butuska. Gondolod, hogy hagylak egyedül kínlódni? Különben is, előbb végzünk, ha segítek, és jobban is el tudom képzelni az estét – mondta.

Erre már felültem. A gondolat egészen felcsigázott, de még mindig nem voltam biztos benne, hogy helyesen cselekszünk, aminek végül hangot is adtam.

– Nick. Még mindig nem tudom, helyesen cselekszünk-e. És még mindig rettegek attól, hogy vissza kell mennünk Los Angelesbe. Valahogy mélyen a gyomromban érzem, hogy nem fog simán menni. Azóta is itt kárál a fülemben a kisördög.

– Ne aggódj. Minden rendben lesz – mondta komoly arccal.

– Azért szeretném, ha lassan közelítenénk meg a témát, ha visszamentünk.

– Mit értesz azon, hogy „lassan"?

– Hát... hagyjunk időt, hogy kialakuljanak a dolgok, hogy öszszeszokjunk, és ne akarj elvinni az év filmpremierjére, ha lehet.

– Akkor az Emmyre sem együtt megyünk? – kérdezte pajkosan, és csalódottságot színlelt.

– Kérek némi komolyságot – dorgáltam meg, és még néhány szemrehányó pillantást is vetettem rá.

– Oké, szóval lassan. De csak jövő héttől, ugye?

– Igen – fészkeltem magam vissza az ölelésébe. – Csak jövő héttől.

– Rendben. És mi lesz azzal a lekvárral?

Bodicsek

Furcsa volt újra kosztümben járni. Szombaton hazaértek a szüleim a nyaralásból és a rokonlátogatásból, elmentünk egy utcabálba, majd vasárnap visszatértünk Nickkel Los Angelesbe. Még maradhattunk volna, de jobbnak tartottam elmenekülni a szülői tekintetek elől. Így is számolnom kellett vele, hogy egyszer utolér a kérdésözön. Így csak anyukám szemmeresztgetései kísértettek, és azt ígérte: MAJD BESZÉLÜNK TELEFONON. Hangsúlyosan. Már előre rettegtem.

Amióta visszatértünk, nem találkoztam a férfival. Be kellett mennie a stúdióba a legutóbbi filmjének utómunkálatait elvégezni, nekem pedig az irodában volt jelenésem. Mindenképpen meg akartam nézni, minden rendben zajlik-e odabent, illetve a közelgő Emmy díjkiosztó szervezését is szerettem volna közelebbről követni. Nem annyira ellenőrzés céljából, hanem inkább tanulási célzattal. Egyszer talán tevékenyen is részt vehetek ezekben a dolgokban, de most csak valami gyakornoknak éreztem magam.

Napközben még csak rendben is mentek a dolgok; elfoglaltam magam, rengeteg volt a tennivaló, az új információ, de esténként túl sok idő maradt a merengésre. Még mindig nem tudtam felfogni, mi történt otthon. Visszajött. Az a négy nap pedig maga volt a mennyország. Napközben persze elintéztük, amit kellett, illetve megfőztük a lekvárt. Aztán sokkal több hasonló jelegű akcióra nem maradt sem idő, sem energia, mivel az éjszakák a gyönyör jegyében teltek, és valamikor aludni is kellett.

Most viszont megint magányosan eszegettem az esti salátámat, róttam a köreimet a medencében, és tértem nyugovóra.

Azt mondta, majd jelentkezik.

Három napja jöttünk vissza, és még csak nem is telefonált. Igyekeztem magam meggyőzni, hogy csak elfoglalt, de kezdett bennem a kisördög előbújni. Amitől mindig rettegtem: a szürke, munkás hétköznapok mégiscsak kettőnk közé álltak. Vagy valami színésznőcske mégis elcsábította.

Megráztam a fejem. Ennyire nem lehetek hülye. Vagy bízom benne és elhiszem, hogy dolga van, vagy megint elüldözöm magam mellől. Nagyot sóhajtottam, és kimásztam a medencéből. Ahogy megfordultam, hogy a törölközőt felemeljem a nyugágyból, ahol hagytam, nagyot sikoltottam. Nick ült az ágyon, a legcsábosabb mosolyával az arcán. A szívem hevesen dobogott, már három okból is.

– Hogy jöttél be? – kérdeztem levegő után kapkodva.

– Ahhoz képest, hogy biztonsági céged van, nagyon könnyen – mondta könnyedén.

– Nem engem kell védeni – válaszoltam ugyanolyan stílusban, miközben elkezdtem megtörölközni.

– Egy ilyen testet mindenképpen védeni kellene – mondta, miközben két keze közé fogta a derekamat, majd ajkával lecsapott az enyémre.

Nem tudtunk betelni egymással. Kezeink végigjárták egymás testének minden hajlatát, nyelveink vadul kergetőztek. Csak hosszú idő után váltunk szét, mellkasunk hevesen emelkedett. Néztük egymást, és nem tudtuk a tekintetünket elszakítani a másikról.

– Nem hívtál – vetettem a szemére lebiggyesztett szájjal, mire a férfi elnevette magát.

– Mondtam, hogy dolgom lesz. De most itt vagyok – mondta, ismét csókra nyújtva a száját.

Úgy döntöttem, megbocsájtok neki, és visszacsókoltam.

A vizes bikini még kint a teraszon lekerült rólam, amit nem is bántam.

Lassan bearaszoltunk a hálószobába, de közben sem szakadunk el egymástól egy pillanatra sem.

Nickről is lesimogattam minden ruhadarabot; időnként ő is besegített, hogy gyorsabban haladjunk. Végül róla is lekerült minden akadályozó tényező és leült az ágy szélére, én pedig elé álltam. Miközben én a hátát simogattam és a hajában kalandoztam a kezeimmel, ő forró csókokat lehelt a hasamra, kényeztette a köldökömet, ujjaival pedig a lábaim között szította tovább a szenvedélyt. Éreztem, hogy sokáig már nem leszek képes álló helyzetben maradni: a térdeim rogyadozni kezdtek.

Felnézett, majd az ölébe húzott és egyesültünk.

Lassan mozogtam, ő a kezeivel irányította a csípőm mozgását, én pedig a vállaiba kapaszkodva kerestem támaszt, miközben csókokkal borítottam az arcát.

Mikor úgy éreztem, hogy a combjaim már nem bírják, éreztem, hogy elemelkedem a talajtól, majd a férfi az ágyra fektetett, és így ő került felülre.

A lábaimat előrehúzta maga elé, és a mellkasához támasztotta, így még mélyebben magamba tudtam fogadni, amitől majdnem elállt a lélegzetem.

Már nagyon vágytam az édes kisülésre. Még egy kicsit hol felgyorsulva, hol lelassulva kínozott, majd újra felgyorsult a mozgása, és szinte egyszerre kiáltottunk fel a csúcson.

Utána még sokáig simogattuk, kényeztettük egymást. Újra és újra felcsiholtuk egymásban a vágyat és a szenvedélyt, majd őrületes finálék után pihegve feküdtünk a másik karjaiban, miközben nem tudtunk betelni egymás érintésével, egymás simogatásával, egymás csókolgatásával.

Amikor közben egyszer kiszaladtunk, hogy pár falatot bekapjunk vacsora gyanánt, bevillant, hogy nem a férfi rajongói itt a hormontúltengéses és szexőrült kamaszok, inkább mi tűntünk annak – vagy bagzó nyulaknak.

Minél többször lettünk egymáséi, annál jobban kívántuk egymást. A színész szenvedélyes és nagyon találékony szeretőnek bizonyult; olyan módokon korbácsolta a vágyat fel bennem, amikről nem is tudtam, hogy léteznek; olyan testrészek érintésével is orgazmusközelbe juttatott, amikről nem is gondoltam, hogy közük lehet hozzá.

Elég volt egy finom érintése, csókja vagy simogatása, és rögtön az egész testem a beteljesülés után remegett.

Az éjszaka szűnni nem akaró vággyal telt, és már számolni sem tudtam, hányszor jutottunk el a csúcsra, mielőtt egymást átölelve végül elaludtunk.

Ebbe előbb-utóbb bele fogunk rokkanni – gondoltam, amikor reggel rövid alvás után csörgött is a vekker, és alig bírtam a szemeimet kinyitni.

A színész persze frissen és üdén jelent meg az ágy mellett, a zavar minden jele nélkül, kezében egy bögre kávéval, aminek már az illata is életmentőnek bizonyult.

– Mmmmm… kávé – motyogtam, miközben félig-meddig ülő helyzetbe kínlódtam magam.

– Jó reggelt, tündérem – mosolygott Nick.

Erre a mosolyra csak bamba nézéssel tudtam válaszolni.

– El sem tudom mondani, milyen csodás volt az éjszaka. Remélem, te is úgy érezted, ennél jobb már nem lehet – búgta a fülembe, miközben én arra koncentráltam, hogy ne borítsam a kávét az ágyneműre.

– Ühüm… – nyögtem lányos zavaromban, majd amikor a színész végre messzebb húzódott, bele is kortyoltam a kávéba.

– Zavarban vagy? – incselkedett, de pontosan tudta, hogy igaza van.

– Ühüm… – sütöttem le a szemeimet, és inkább a kávémra koncentráltam.

– Éjjel nem voltál zavarban, amikor… – kezdett bele, de a mutatóujjamat a szájára tapasztottam, jelezve, hogy nem akarom meghallgatni, mi mindent műveltem az éjjel.

Válaszul csak nevetett.

Ha csak belegondoltam, már attól éreztem, hogy úgy elpirulok, hogy a világ összes sminkje is kevés lesz ahhoz, hogy ma értelmes arcszínt varázsoljak magamra.

– Na, jól van, nem kínozlak tovább – mulatott a színész a reakciómon, ahogy próbáltam összemenni és bebújni a paplan alá. – Még be kell mennem a stúdióba, de délután szabad vagyok. Elmehetnénk valahova – vezette fel a másik kényes témát, én pedig hálás voltam, hogy ejtette az előzőt.

– Tudod a feltételeimet – figyelmeztettem nagy sóhajjal, egyik mutatóujjamat felmutatva.

– Igen, nem mehetünk semmi extra helyre, és lehetőleg egy hamburger áránál többet nem költhetek rád.

– Úgy van – dicsértem meg, mint az elsőosztályost, aki hibátlanul felmondta a leckét.

– És úgy is lesz – ígérte sejtelmesen.

– Hova megyünk? – kérdeztem igazi kíváncsisággal.

– Azt nem mondom meg – nevetett Nick.

– Ez nem ér! – mondtam tettetett felháborodással. – Hogy válasszak megfelelő ruházatot, ha azt sem tudom, hova megyünk? – forgattam a szememet igazi nőhöz méltón.

– Ha nem költhetek többet egy hamburger áránál, akkor valószínűleg nem kell farmernél puccosabbat magadra venned – válaszolta hasonló stílusban.

– Szóval farmer. Jól van. És mikorra legyek készen? – próbáltam még több információt kicsikarni belőle.

– Hét órakor itt vagyok érted. Megfelel?

– Igen – válaszoltam, és máris egy örökkévalóságnak tűnt az idő, amit addig ki kellett bírnom.

–Akkor én most megyek is. Este találkozunk. – búcsúzott Nick egy hosszú, szenvedélyes csókkal.

– Igen, találkozunk – lihegtem utána, miközben a távozó férfit néztem.

Az irodába menet is azon gondolkodtam, vajon hova visz este. Lehet, hogy több dolgot is ki kellett volna kötnöm, nem csak az anyagi részét a randiknak. Nem voltam oda a meglepetésekért. Aztán gyorsan le is torkolltam magam. Együtt töltöttünk majdnem három hetet, ennyi idő alatt eléggé kiismert, és én is őt. Megbízhattam benne. És különben is, ha vele lehetek, akár a városszéli szeméttelep látványosságait is megnézhetjük.

Zsúfolt napnak néztem elébe. Még júniusban, a cég átvételénél megállapodtunk az igazgatókkal, hogy havonta összeülünk összegezni az adott hónap történéseit, átböngészni a statisztikákat, meghatározni a stratégiákat, és az augusztusi értekezletet erre a szerdai napra ütemeztük be. Ez azt jelentette, hogy nagyjából egész nap a tárgyalóban fogunk ülni, és az összes terület eredményeit kivesézzük.

Egyrészt rendkívül izgatott voltam, mert már júliusban is nagyon hasznosnak bizonyult ez az értekezlet, és meglepően sokat tudtam én is hozzátenni, másrészt viszont a gyomromban repkedő pillangóktól alig tudtam koncentrálni. Egyfolytában a férfi pajkosan mosolygó arcát láttam magam előtt, csak bársonyos hangjára és könnyed érintéseire tudtam koncentrálni. Amikor kiléptem a liftből, megráztam a fejem és igyekeztem a magánéletemet kizárni a fejemből. Claire szokás szerint nagy lelkesedéssel üdvözölt, és máris elszaladt kávét főzni. Nem sok megválaszolatlan levél várt az asztalon, mert azokat is Claire szortírozta, és a távollétem alatt is elosztogatta a különféle osztályoknak. Bekapcsoltam a gépet, és vártam, hogy a képernyő élettel teljen meg. Ahogy felvillant a háttérkép – egy jamaicai strand kristálytiszta kék vízzel és hófehér homokkal –, elindítottam a levelezőprogramot, majd a többit is, ahonnan a riportokat és kimutatásokat szoktam elérni. Még volt félórám az értekezletek előtt, annyi pont elég lesz, hogy egy kicsit tájékozódjak az általános dolgokról, megigyam a kávémat, és átcuccoljak a tárgyalóba.

Az értekezletek roppant érdekesnek bizonyultak, ahogy a területek igazgatói beszámoltak a havi munkájukról, és így gyorsan el is telt a nap nagy része. Utána már csak a folyó ügyeket beszéltük végig, különös tekintettel a közeledő Emmy díjkiosztóra, ahol számos ügyfelünk is fellépett, illetve egy másik biztonsági céggel együtt mi biztosítottuk a rendezvényt. A terv már készen volt az egy héttel későbbi eseményre, a létszám rendelkezésre állt, és már a technikai eszközöket szerelték fel és be a helyszínen.

Gyorsan eljött a munkaidő vége. Elköszöntünk egymástól, és én egyenesen hazaszáguldottam. Gyorsan elrágtam pár zöldséget, mert nem emlékeztem, hogy vacsorát beszéltünk-e meg, majd feltúrtam a szekrényemet a farmerjeim után. Mostanában nem nagyon hordtam itt ezeket a ruhadarabokat, így aztán mélyre kellett nyúlnom. Sikerült is megtalálnom az egyiket; ez egy viszonylag szűkebb fazon volt. Ehhez szoktam magas sarkú cipőt is hordani, de mivel ma nem voltam biztos az úticélban, így nem erőltettem a magas sarkakat, inkább egy balerinacipő után nyúltam. Ez keményebb terepen is megfelelő volt, és még kicsit elegánsnak is tűnt. Felülre pedig fekete, háromnegyed ujjas pamut felsőt vettem, ami kicsit hosszított fazonjával jótékonyan slankította a csípőmet.

Nem mintha a férfi nem látott volna már anyaszült meztelenül is, de szerettem a fekete ruhákat az optikai tuning miatt.

Mielőtt Los Angelesbe költöztem volna és lehetőségem lett volna minden nap úszással karban tartani a karosszériámat, kicsit elpuhultam az irodai munkában, és a középső területeim enyhén kigömbölyödtek. Ezen már sikerült egy kicsit faragnom, de még messze nem értem el kívánt versenysúlyomat – még várt rám néhány hossz a medencében. Biztos ami biztos, kikészítettem a maci kardigánomat is. Azért hívtam így, mert vastag fonalból kötötték, és ha felvettem, úgy néztem ki benne, mint egy grizzli. Ennek ellenére szerettem, mert hűvös estéken jó meleget tartott.

A hajam egész nap fel volt kötve, most kiengedtem, és csodák csodájára szép hullámokban ereszkedett alá. Nick szerette, ha kiengedve hordtam, de az irodában praktikusabb volt összefogva. Még ellenőriztem a sminkemet, illetve annak majdnem teljes hiányát, aztán úgy ítéltem meg, készen is vagyok, már csak a férfit kellett megvárnom. Reméltem, semmivel nem fogtam mellé.

Várakozás közben bekapcsoltam a TV-t, és elkalandozó gondolatokkal lépkedtem a csatornák között. Semmi izgalmasat nem találtam, csak a szokásos kora esti sorozatok mentek, hírműsorok, kvízműsorok. Nem vérzett a szívem egyik miatt sem, hogy itt kell őket hagynom. Már jócskán elmúlt hét óra, amikor Nick végre megérkezett.

Természetesen most is lélegzetelállítóan jól nézett ki, és amikor észrevettük, hogy összeöltöztünk, egymásra nevettünk.

– Szia – mondta egy puszi után. – Jól nézel ki.

– Szia – nyögtem rekedt hangon. – Te is nagyon jól nézel ki. Úgy látom, megfelelő a toalettem.

– Ennél nem is lehetne jobb. Kardigánt is készítettél? Jól tetted, később hűvösebb lesz.

– Ezek szerint kültéri mókát találtál ki? – próbáltam tippelni.

– Igen is, és nem is. Majd meglátod – beszélt rébuszokban a férfi.

- Na jó. Meg sem próbálom kitalálni – sóhajtottam fel megadóan.

- Helyes. Annál nagyobb lesz a meglepetés. Vacsoráztál? – kérdezte utána.

- Nem, csak elrágtam pár zellerszárat és répát – mondtam a férfi elképedt arcát nézve.

- Ezt sosem fogom megérteni, hogy csinálod – mondta fejcsóválások közepette. – Azt hiszem, nem sokáig húznám.

- Megszokás kérdése, de csak azért ettem, nehogy felforduljak addig, amíg ideérsz és kiderül, hol vacsorázunk.

- Ja, így már mindjárt más. Az autóban van a piknikkosár. Abból fogunk vacsorázni, ha megfelel – mondta most már megkönnyebbülve.

- Igen, persze. Jól hangzik.

- Kicsit ugyan izgi lesz, mert félig sötétben kell megoldanunk – mondta tétovázva.

- Félig sötétben? Hmmm... – kezdtem tanakodni. Most már tényleg érdekelt, hova megyünk, de semmi értelme nem volt faggatni: meglepetésnek szánta.

- Na, mindegy. Indulhatunk? – pattant fel Nick, az ajtó felé indulva.

- Persze. Bezárok.

Bepattantunk az autóba, és dél felé, a Santa Monica sugárútra kanyarodtunk, majd kelet felé vettük az irányt. Eddig tudtam követni az utunkat, mert hamarosan egyik mellékutcából a másikba fordultunk, majd egy nagy kapu előtt álltunk meg. Itt Nick az ablakon kihajolva pár bankót nyomott a fiatal suhanc kezébe, aztán behajtottunk az udvarra. Egy hatalmas filmvászon elé értünk, ami előtt már sorakozott pár autó. Autós moziba jöttünk. Mikor végre leesett a tantusz, széles mosolyra húzódott a szám.

- Te autós moziba hoztál engem? – kiáltottam fel izgatottam.

Kicsit ugyan hangos lehetett, mert Nick ijedtében majdnem nekiment az előttünk parkoló autónak. Szemrehányó tekintettel nézett rám, majd kicsit visszatolatott.

– Igen, de nem szeretném, ha mi szolgáltatnánk a műsort – mondta, miután nagy levegőt vett.

– Bocsánat – mondtam kicsit megszeppenve. – Nem akartalak megijeszteni. Csak olyan izgatott lettem hirtelen. Még sosem jártam autós moziban.

– Tényleg nem? – nézett rám meglepődve. – Akkor nagyon hiányos a műveltséged.

– Nos, akkor bevallom, hogy ilyen műveletlen vagyok. És, mit nézünk? – kérdeztem, mert ez eddig eszembe sem jutott.

– A Casablancát. Remélem, nem baj, hogy egy klasszikusra hoztalak el.

– Nem, dehogy is! – lelkendeztem. – Most valljam be, hogy még azt sem láttam? – kérdeztem nyakamat behúzva.

– Nem mondod! – nézett most már tényleg hitetlenkedve. – Nem gondoltam volna, hogy létezik ember Amerikában, aki még nem látta a Casablancát.

– Jól van, na. Egyszer, azt hiszem, felvettem videokazettára, csak sosem jutottam el odáig, hogy megnézzem. Ez számít? – kérdeztem félénken, mire a férfi nagy hahotázásban tört ki.

– Én is majdnem megettem gyerekkoromban a spenótot, csak mégsem. Az számít?

– Oké, feladom. Műveletlen vagyok. Viszont James Bond-filmekben nem tudsz olyat kérdezni, amire ne tudnám a választ. Ehhez mit szólsz?

– Az is valami. De ne félj, majd mellettem még jobban kiművelődsz – kacsintott Nick.

– Állok elébe – adtam meg magam.

Ezután kipakoltuk az elemózsiáskosarat és vidáman falatoztunk, amíg el nem kezdődött a film. Nick még kérdezett pár alapfilmnek számító műalkotást, amiben nem James Bond volt a főszereplő, és persze kiderült, hogy egyiket sem láttam, mire közölte, hogy majd kiszabadít engem ebből a homályból, és megmutatja nekem az igazi művészetet. Próbáltam utalni rá, hogy remélem, másfajta művészetre is fog azért jutni időnk és energiánk, de megnyugtatott, hogy arra is gondja lesz.

Nyolc órakor aztán teljesen besötétedett és el is kezdődtek a reklámok, majd a Casablanca nyitó képsorai következtek a hatalmas vásznon. Szerencsére volt gondja rá, hogy a szélvédőt lemossa a mozi előtt, így remek élményben volt részünk. Alighogy elkezdődött a film, fel is kellett vennem a macit, mert kezdett hűvös lenni a levegő, majd kicsit később odaaraszoltam az ülésben a férfi oldalához, hogy némi extra meleghez jussak. Szerencsére nagyon hatékony radiátornak bizonyult, csak épp a filmre nem tudtam koncentrálni a bizsergéstől, amit a testemen, és a zsibbadástól, amit az agyamon érzékeltem. Amikor pedig az ajkát éreztem a fejem tetején, teljesen elvesztem. Szívem őrült kalapálásba kezdett, és mire felocsúdtam, már a betűk futottak a film végén.

– Imádom ezt a filmet – hallottam a férfi hangját, ahogy a fülembe suttogott, majd a nyelvét éreztem végigsiklani a fülcimpámon. Csak nyögni tudtam. – Neked is tetszett? – kérdezte utána.

– Mmmm... – próbáltam valami értelmes gondolatot összekaparni. – Igen. Tényleg nagyon jó volt.

Nagy nevetés közben maga felé fordította az arcomat. Teljes képzavaromat látva megcsóválta a fejét.

– Valld be, hogy semmi nem rémlik belőle – mondta még mindig nevetve.

– Ö... azért valami az elejéről megmaradt – mondtam maradék becsületemet mentve. – De majd egyszer talán még megnézem, hogy biztosan értsem az utána következő fordulatokat is.

– Hihetetlen vagy! – nézett rám a férfi a könnyeivel küszködve.

– De hát hogy figyeltem volna rá, amikor végig elvontad a figyelmem? – kérdeztem felháborodva. – Örülök, hogy levegőt venni nem felejtettem el lányos zavaromban – tettem még hozzá, csak hogy kellőképpen érzékeltetni tudjam vele a helyzet súlyosságát.

– Hát persze. Ne bánkódj miatta. Majd megnézzük még egyszer. Külön fotelból.

– Most kinevetsz?

– Nem. Vagy legalábbbis nem úgy, ahogy gondolod.

– Köszi szépen. Ezzel most nagyon megnyugtattál – mondtam sértődést színlelve, és visszakucorodtam az anyósülésbe.

– Jól van, na! – kiáltott, majd áthajolva könnyed csókocskát lehelt sértődötten összecsücsörített számra. – Nem úgy gondoltam – tette hozzá cuki félmosollyal.

– Most megint teljesen hülyét csináltam magamból, vagy csak félig? – kérdeztem enyhén lehajtott szempillám alól felnézve.

– Egyáltalán nem – mondta viszonylag meggyőzőn, de mégiscsak színész volt. Hogy hihettem neki?

Hazafelé kicsit oldódott a hangulat, miközben megbeszéltük kulturális hiányosságaimat, és a férfi ígéretet tett arra, hogy pótoljuk ezeket. Én hevesen bólogattam. Bármi, ami azzal járt, hogy több időt tölthettem vele, beleillett az elképzelésembe.

Furának tartotta azt is, hogy amíg az átlagos ismereteim hiányoztak, addig a Bond-filmekről mindent tudtam, de hát végül pironkodva azt is bevallottam, hogy az egyik gyengém a macsó angol titkosügynök.

Utána hétvégén tartották az Emmy díjkiosztót. Mindketten ott voltunk, de nem szórakozással töltöttük az estét. Nick délután felvonult a vörös szőnyegen mivel tőle ezt várták: ő volt a producere egy sorozatnak, amit több díjra is jelöltek. Én pedig a hátsó bejáraton közlekedtem, és az egész ceremónia alatt a szolgálati helyiségekben maradtam. A férfit csak monitoron keresztül láttam. Hihetetlenül vonzó volt fekete szmokingjában, ahogy csibészes mosollyal válaszolgatott a riporterek kérdéseire. Ennél többre azonban nem volt időm. El kellett szakítanom magam a látványtól, és a feladatokra koncentrálni.

Jonathannal óramű pontossággal vezényeltük az embereket, figyeltük a monitorokat, szerveztük a cseréket, és jártunk utána a felmerült problémáknak. Nem unatkoztunk, de úgy tűnt, nem lesz semmi olyan esemény, ami komolyabb beavatkozást igényelne. Csak a szokásos aktivisták sorakoztak fel, akik vagy egyik-másik műsor témája vagy költségvetése ellen tiltakoztak, vagy maga az esemény csillogása ellen. Ezt errefelé már megszokták, senkinek még csak a szeme sem rebbent. A tévében pedig még látszani sem fognak.

Az este gyorsan véget ért, főleg mivel egy pillanat időnk sem volt unatkozni, majd a színészek és egyéb hírességek siettek, hogy megünnepeljék a szobrocskáikat különféle luxusbulikon. Nick előre mondta, hogy ezen az estén nem fog tudni eljönni, hiszen mint producernek, le kell futnia a kötelező köreit, akár nyernek, akár nem, de mivel a sorozata több díjat is elnyert, gondoltam, egy kis ünneplés is belefér neki. Nem sajnáltam tőle. Amennyire láttam az elmúlt pár hét alatt, nagyon komolyan vette a munkáját, és semmi kétség, meg is érdemelte az elismerést. Ez pedig ünneplést kívánt.

Az én részemről pedig alvást. Hihetetlenül kifárasztott az este. Végig oda kellett figyelni, hogy minden flottul menjen, de az eredmény magáért beszélt. Idén senki nem tudott cikkezni botrányokról, szervezési hiányosságokról, legalábbis nem a mi részükről. Ha pedig a pezsgő meleg is volt, az már nem a mi gondunk volt.

Másnap láttam a színészt újra. Vagy mivel éjfél már elmúlt, még aznap. Én természetesen alig tudtam magam kivakarni az ágyból, ő pedig frissen, fitten, fiatalosan állt az ajtóban, jól szórakozva a kótyagos fejemen. Mindketten szabadok voltunk egész napra, így aztán úgy döntöttünk, heverészéssel töltjük el a medence mellett.

Az ezt követő több mint két hét maga volt az álom. Mintha rózsaszín felhőkön sétáltam volna, egyfajta transzban. Napközben az irodában tevékenykedtem, értekezleteket tartottunk, új ügyfelekkel tárgyaltunk – az Emmy díjkiosztó hibátlan szervezése sok embert meggyőzött a cégünk kapacitásáról, és új megbízásokkal borítottak el minket –, esténként pedig szenvedélyesen simultunk egymás karjába, hogy másnap reggel megint ólomnehéz végtagokkal induljunk el otthonról. Este legtöbbször házon belül maradtunk, mert a díjkiosztó óta a férfi megint a média kereszttüzébe került, és nem akartuk, hogy a fotósok ránk szálljanak.

Már szeptember második felében jártunk, amikor egyik nap Nick azzal állt elő, hogy este elmegyünk valahova. Automatikusan némi feszültséget éreztem, és a gyomrom is ideges lett. Ezt nem szerettem. A gyomrom hihetetlen pontossággal érezte a zűröket, és ez a kirándulás is ilyennek ígérkezett.

– Hova megyünk?

– Majd meglátod – mondta a félmosolyával, amit annyira szerettem, hogy legszívesebben lecsókoltam volna az arcáról.

– Ja, ne csináld már! Tudod, hogy ettől meg tudnék őrülni! Nem szeretem a meglepetéseket! – reagáltam idegesen, és próbáltam rávenni arra, hogy mégis árulja el.

– Ha az izgat, hogy mit vegyél fel, akkor öltözz úgy, ahogyan az autós moziba jöttél. Az tökéletesen jó lesz.

– Nem csak ez izgat, de rendben. És mikorra legyek készen?

– Hétre?

– Oké. Hétre.

Ezzel mindketten elindultunk a dolgunkra, de a rossz érzés egész nap nem tűnt el a gyomromból. Régen is voltak ilyen megérzéseim, illetve sokszor kerültem olyan helyzetbe, amit mintha már láttam volna korábban álmomban. Próbáltam a sötét gondolatokat elhessegetni magamtól, de teljesen nem sikerült. Még akkor is feszült voltam, amikor a férfi este megérkezett értem, és ezen a helyzeten az sem igazán segített, hogy nem tudtam, mi lesz az úticélunk vagy a program.

Amíg meg nem pillantottam a Staples Center impozáns épületét, fogalmam sem volt, hova tartunk. Még akkor sem voltam teljesen biztos benne, mert eddigi ismereteim szerint a csarnokban kosárlabda- és jégkorongmeccseket is tartottak. Mostanság a foglalkozásom miatt jobban követtem a városban zajló eseményeket, de mintha a kosárszezon még jóval később kezdődött volna. Kétkedve néztem a volán mögött ülő férfira.

– Hokimeccs?

– Felkészülési meccs a Colorado ellen. Ingyenes belépés – kacsintott rám. – Voltál már hokimeccsen?

– Nem – mondtam –, élőben még sosem láttam, csak TV-ben.

– És, az hogy tetszett? – kérdezte érdeklődve.

– Amennyire emlékszem, pár évvel ezelőtt volt, korábbi évek döntőiből mutattak részleteket. Azt hiszem, az egyik csapat piros mezben játszott, a másik pedig fehérben – próbáltam visszaemlékezni. – Pont akkor kapcsoltam oda, amikor egy alacsonyabb játékost úgy letaroltak, hogy mozdulatlanul feküdt egy darabig a jégen. Csak azért nem kapcsoltam el, mert érdekelt, mi lesz vele. Talán nem lett különösebb baja.

– Akkor szerintem pont a 2003-as évi Stanely Kupa döntő hatodik meccsét láttad az Anaheim Mighty Duck és a New Jersey Devils között. Az Anaheim az egyik helyi csapat, most pont a másikakat, a Los Angeles Kings-t fogjuk látni. Ők a regnáló bajnokok. Előző idényben megnyerték a Stanley Kupát. Akit pedig azon a meccsen leterítettek a kacsák közül, az Paul Kariya volt, hajdani kanadai válogatott játékos, és valóban visszatért utána jégre, még gólt is lőtt. Ő volt az est hőse, és mellesleg a kedvenc játékosom. Az egy nagyon emlékezetes meccs volt – lelkendezett a férfi.

– Hát, én nem igazán tudtam követni a játékot. Inkább csak a testi épségéért izgultam.

– Őt párszor tényleg kiütötték, de egy idő után megtanulta kivédeni ezeket. Legalábbis a legtöbbet – mondta, miközben leparkolt az autóval. – Na, gyere – mondta, és kiszállt az autóból.

Szezonkezdet előtt még nem lehetett a jegyeket és a bérleteket megváltani, így mindenki oda ült le, ahova csak akart. Mivel ez csak edzőmérkőzés volt, úgy tűnt, csekély érdeklődés mellett játsszák le, mi pedig a pályához elég közel, a cserepadokkal szemben foglaltunk helyet. Remekül beláttuk a pályát, és a cseréket is jól nyomon tudtuk követni.

Nem sok fogalmam volt a jégkorongról, de azt tudtam, hogy körülbelül félpercenként komplett sorok cserélődtek le a jégen, és hogy egyszerre a kapuson kívül öt mezőnyjátékos tartózkodott a jégen, kivéve, ha valamelyiküket valamilyen kisbüntetéssel sújtották, és kettő vagy több percre kiülni kényszerült a büntipadra.

A bemelegítésre értünk oda, és tágra nyílt szemekkel bámultam, ahogy óriási sebességgel cikáztak a játékosok a pálya számukra kijelölt részén körbe-körbe. Csodálatos látvány volt, és úgy magával ragadott, hogy az idegességemet egy kis időre elfelejtettem.

A mozdulataik hihetetlenül könnyednek és elegánsnak tűntek, pedig biztos voltam benne, hogy ez nekik bizonyos erőfeszítésbe kerül, hogy ilyen sebesség mellett ilyen kunsztokat is végrehajtsanak.

Rövid pihenő után el is kezdődött a mérkőzés, a csapatok nagy elánnal vetették be magukat a harcba. Kemény ütközésekkel és sok kiállítással tarkított találkozó volt, így a szabálykönyv nagy részével megismerkedhettem. Olyannal is, mint a *tilos felszabadítás*, amit a hangzavarban először piros felszabadításnak értettem, és nem is jártam messze az igazságtól, mivel egy piros vonal is szerepet játszott benne. Nick mindig kommentálta az eseményeket és a bírói karjelzéseket, így a második harmadra már egészen jól tudtam követni a meccset.

Úgy nézett ki, ez alatt a találkozó alatt nem csak az új taktikai repertoárt akarták bejáratni. A harmadik harmadra az új kivetítőberendezés is életre kelt, és az operatőrök elkezdték az addigra szép számú közönséget az úgynevezett csókkamerával pásztázni. Ezt az egyébként vicces dolgot már volt szerencsém a tévében látni, de arra egyáltalán nem gondoltam, hogy itt ránk találnak.

Már a meccs végéhez közeledtünk, amikor az egyik játékmegszakításnál magunkat fedeztem fel a hatalmas kivetítő képernyőjén. Egy pillanatra lemerevedtem. Olyan jól elbújtunk a Napa-völgyben, aztán pedig itt, a városban is az elmúlt több mint egy hónapban, és valahogy reméltem, hogy egy darabig ez még így is marad. Persze a közönség rögtön felismerte Nicket, és a nevét kezdte skandálni valami produkció reményében.

A férfi egy pillanatra kérdőn nézett rám, de mivel semmi reakció nem érkezett részemről, így közelebb hajolt, amit én csak valami ködön keresztül éreztem, annyira kalapált a szívem az ismeretlen helyzettől.

A csók csak egészen rövid ideig tartott, de még az utána következő üdvrivalgás is csak valami hangtompítón keresztül jutott el hozzám. Még azt is éreztem, hogy az arcomat megint forróság lepi el, de moccanni továbbra sem tudtam.

Egy vaku villanására tértem magamhoz. Még láttam ahogy Nick keze lendül az arcom elé, hogy eltakarja a kíváncsi fotós elől, de valószínűleg elkésett vele, mert a fotós elégedett mosollyal hagyta el a lelátót.

– Ne haragudj – mondta –, nem láttam, mire készül.

– Semmi gond – válaszoltam élettelen hangon meredtségemből felocsúdva.

– Minden oké? – kérdezte, miközben végignézett és védelmezőn átölelte a vállam.

– Persze – válaszoltam továbbra is kissé robothangon.

Még a meccs végét jelző dudaszónál sem voltam teljesen magamnál, és a kifelé vezető utat is transzban tettem meg az autóig.

– Ez mindig ilyen? – kérdeztem az autóajtó előtt megtorpanva.

– Micsoda? – kérdezett vissza.

– Nem is tudom, mintha meglopna. Mint amikor betörnek az ember házába, úgy betörnek az életébe is... – magyaráztam, de nem igazán találtam a szavakat, amelyekkel pontosan viszsza tudtam volna adni az érzést.

– A fotósra gondolsz? – rakta össze a képet.

Némán bólintottam.

– Egy idő után hozzá lehet szokni. Egy idő után azt sem keresed, melyik magazinban jelenik meg a fotód. Ha fontos, úgyis megtudod, ha nem, akkor meg úgyis mindegy.

– Haza szeretnék menni – mondtam sírással küszködve.

– Noree. Kérlek, nézz rám! Nem lesz semmi baj. Minden rendben lesz – mondta nyugtató hangon a férfi.

– Nick. Haza szeretnék menni.

– Rendben – mondta pengevékony ajkakkal, és elindította az autót.

A hazautat csendben tettük meg.

– Itt maradnál velem ma éjszaka? – kértem, amikor láttam, hogy el akar búcsúzni.

– Persze, ha szeretnéd – mondta.

Feszültnek éreztem magam ahogy lefekvéshez készültünk, és féltem, hogy nem fogok tudni aludni, de nem sokkal azután, hogy bevackoltam magam Nick ölelésébe, be is borított a jótékony sötétség.

Rémálmok éjjel-nappal

Egyszer csak egy férfi alakját láttam kibontakozni a sötétből. Nem tudtam kivenni, hogy ki az, nem is tűnt ismerősnek. Fenyegető alakja azonban egyre közeledett, én pedig nem tudtam semerre sem futni. Mintha gúzsba kötöttek volna, nem mozdultak a lábaim. Sikoltani akartam, de arra sem voltam képes. Amikor már csak egy fél méterre volt tőlem, hallottam hogy a nevemen szólít. Ismert. Én viszont még mindig nem láttam, ki ő, csak azt tudtam, hogy el kell innen menekülnöm. Kétségbeesetten küzdöttem a béklyóimmal, az időm egyre fogyott. És akkor kinyitottam a szemem és Nick aggódó arcát láttam magam előtt és hallottam, ahogy a nevemet ismételgeti.

– Sssss... csak egy álom volt. Csak egy álom volt – kántálta a fülembe, miközben a hátamat simogatta nyugtatóan.

Éreztem, hogy gyorsan veszem a levegőt, és a szívem is majd' kiugrott a helyéről. Olyan valóságos volt az egész.

– Már jobban vagy? – szólalt meg kicsit később, amikor már némileg normalizálódott a légzésem.

– Nem tudom – válaszoltam, mivel fogalmam sem volt, hogy túl vagyok-e rajta.

Számtalanszor előfordult, hogy hiába ébredtem fel egy rémálomból, amikor utána visszaaludtam, az álom folytatódott. Most is ettől rettegtem. Nem akartam visszaaludni, de még csak hajnali két óra volt. Mi az öreg ördögöt kezdjek magammal ilyenkor? És másnap – illetve aznap – egyébként is dolgoznom kellett.

– Na, gyere. Aludjunk tovább – mondta a férfi. – Vagy hozzak neked valamit inni?

– Majd én megyek. Fel kell ébrednem teljesen.

– Várj meg, én is megyek veled – ajánlotta fel, amiért most nagyon hálás voltam. – Mit álmodtál egyébként?

– Öhmm... egy alakot láttam, sötét volt. Féltem tőle és egyre közeledett, én pedig nem tudtam mozdulni. Nem tudtam menekülni – idéztem vissza zaklatottam az álmomat. – Aztán pedig a nevemet ismételte, végül felébredtem.

– Nem lehet, hogy a nevedet én ismételtem, ahogy próbáltalak felébreszteni, és csak beleszőtted az álmodba?

– Nem tudom, de akkor is olyan valóságosnak tűnt.

– Már vége van.

A konyhába menet minden lámpát felkapcsoltam, minden sarkon benéztem; még a férfival a nyomomban sem éreztem magam biztonságban. Közben eszembe jutott az is, hogy valódi okunk is van a félelemre, hiszen Nicknek volt egy rosszakarója.

– Tényleg, mi van a fickóval, aki a leveleket küldözgeti neked? – kérdeztem. – A rendőrség mondott valamit?

– Azt mondták, nyomoznak. Nézegették a leveleket, próbáltak DNS-mintát, ujjlenyomatot venni, de nem találtak semmit.

– És nem akarsz valami magánnyomozót megbízni?

– Ugyan már! Amióta idejöttem és a nevem ismert a szakmában, azóta kapok ilyen leveleket. Ezek csak üres fenyegetések. Nem lesz semmi baj. Te pedig csak rosszat álmodtál. Ha megittad a tejet, akár vissza is fekhetünk.

– OK – mondtam, de még mindig nem sikerült megnyugodnom.

Ez az egész kapcsolat túl szép volt, hogy igaz legyen. Még mindig attól féltem, hogy egy nap felébredek, csak azt nem tudtam eldönteni, hol és mikor. Az örökségem is köddé válik, vagy csak a férfi? Bár be kellett vallanom, az örökségemet messze nem bántam volna annyira, mint azt, ha a férfi tűnik el hirtelen. Arról nem is beszélve, hogy az utóbbi napokban egyre erősödött bennem az az érzés, hogy valami nem stimmel, és valami történni fog.

Visszafeküdtünk, de reggel úgy éreztem magam, mintha egész éjjel csak vergődtem volna, a pihentető alvás messzire elkerült. Az irodában szerencsére semmi fontos dolog nem várt.

Hasonló módon sikerült még pár hétköznapot kibekkelni, majd a hétvégét is.

A gondolataim folyton elkalandoztak, illetve még ezt sem mondhattam, mert ahhoz kellett volna valami téma. A valóságban inkább csak kikapcsolt az agyam, és gondolatok nélkül bámultam magam elé. Szerencsére Nicknek sok dolga volt, csak villámlátogatásokra volt ideje, így nem tűnt fel neki a szétszórtságom.

Persze nekem sem volt fogalmam arról, hogy mi okozhatta. A találgatásokkal nem mentem semmire. Lehetett a fotós okozta sokk, a félálomban töltöttök éjszakák, vagy a rémálmok, amik azóta is kísértettek. De biztos nem voltam benne.

Volt egy érdekes telefonbeszélgetésem anyukámmal is. A fotós incidens után pár nappal felhívott és enyhén zaklatottan újságolta, hogy már a fél kisváros az egyik pletykamagazinban megjelent cikken csámcsog, amiben beszámoltak erről az estéről, és a képet is leközölték.

Persze úgy nézett ki, arra az éjszakára pár lesifotós a környéken maradt, ugyanis még arra is kitért a cikk, hogy reggelig senki nem ment sehova a házból.

Persze nem hagyhatta ki a szokásos keresztkérdéseit sem. Ha eszembe jutott ez a beszélgetés, még mindig a fogaimat csikorgattam dühömben.

– Ugye ő az, aki a múltkor itt volt? – villant fel bennem ismét az egyik kérdése.

– Igen, ő az – próbáltam nyugodt maradni, de nem ment. Akkor is éreztem, ahogy felszökik bennem a pumpa.

– És akkor ti most együtt vagytok? Vagy hogy nevezik ezt?

– Valami olyasmi.

– Mi az, hogy valami olyasmi?

– Anya, ez nem olyan egyszerű. De tényleg sok időt töltünk együtt.

– Értem. És ezt nem tudtad volna elmondani? Én itt halálra izgulom magam, erre az újságból kell megtudnom.

– Anya. Min izgulod magad tulajdonképpen halálra?

– Hát... tudod – hezitált –, hogy boldogtalan vagy.

– Emiatt nem kell aggódnod. Akkor sem, ha van kapcsolatom, és akkor sem, ha nincs. Jó?

– Ahogy gondolod.

– Írják a nevemet is?

– Igen, és azt is, hogy hol dolgozol.

– Remek. Tényleg gyorsan dolgoznak. És mit írnak még?

– Semmi izgalmasat, inkább csak találgattak. Illetve azt, hogy a te céged csinálta a riasztót vagy mit a házában. Arra következtetnek, hogy ott ismertétek meg egymást. Ja, és azt is írták, hogy a meccs után a te házadba mentetek vissza, és onnan reggelig már senki nem ment el.

– Huh. Hát, tulajdonképpen már csak a bugyim színét nem írták meg. Ezt nem gondoltam volna. Mindenesetre ne izgulj miattam, itt minden oké.

– Jól van. Azért vigyázz magadra.

– Rendben, ti is. Ja, és ha kiderítik a címeteket is, nehogy bárkit beengedj, vagy nehogy nyilatkozz. Csak hajtsd el őket a fenébe. Érted? Nem kell, hogy titeket is zaklassanak.

– Jól van, majd megoldjuk.

– Sajnálom.

– Ugyan már. Nincs semmi baj, csak vigyázz magadra.

– Majd igyekszem. Tényleg – jutott még valami eszembe –, szüret mikor lesz?

– Ja, igen. Akartam mondani, hogy a szüret jövő hét végén lesz.

– Rendben, majd megyek.

– Minden kézre szükségünk lehet, jó sok van rajta idén.

– Rendben, értettem. Majd megkérdem, velem jön-e.

– Jó. Akkor még beszélünk addig.

– Persze. Szia.

– Szia.

Utólag be kellett vallanom magamnak, hogy rosszabbra számítottam. Bár arról már nagyon nem kellett értekezni, hogy mi közöm van Nickhez, miután a szennylapok lehozták a csókolózós képet, ennyit még anyukám is összerakott. És most hivatalosak vagyunk szüretre, ahol majd megjelenik a fél rokonságunk. Ha ezt elmondom neki, garantáltan sikoltva menekül az ellenkező irányba.

A hétvége után a következő hétfő sem javított a hangulatomon, sőt ha lehetett, még kómásabb voltam. Most már ráadásul

151

nem csak az zavart, hogy rossz sejtésem volt, hanem az is, hogy még gondolkodni is képtelen voltam, mi okozhatta.

A délelőtt során aztán kimentem a mosdóba, hogy egy kis hideg vízzel felfrissítsem magam, mert néha úgy tűnt, hogy esik lefelé a fejem. Ahogy a használt papírtörlőt dobtam ki a szemetesbe, rájöttem, mi zavart ennyi ideig. Mi az, ami nem stimmelt, de nem figyeltem rá, mert annyi minden máson járt az agyam. Láttam a tükörben ahogy elfehéredik az arcom, ujjaim görcsösen szorították a mosdókagyló szélét, nehogy elvágódjak. Elkezdtem őrült módon gondolkodni, számolgatni, de az egyébként is szelektív memóriámmal nem sokra mentem. Villámgyorsan visszaszaladtam az irodába, levetettem magam a székembe és magam elé kaptam a naptáramat. Amennyire vissza tudtam idézni, a nyaralásom előtt még normálisan megvolt a ciklusom. Az augusztus végit már kissé véleményesen lehetne normálisnak nevezni, de azért valami akkor is volt. Most viszont már meg kellett volna jönnie két napja, de semmi nem volt. Máskor mindig olyan pontos volt, hogy a svájci órákat is leköröztе volna. *Oh, te jó ég. Csak ezt ne!* – gondoltam. Ha most kiderül hogy terhes vagyok, annak nem lesz jó vége. Heves pánik tört rám, a tenyerem izzadni kezdett, kapkodtam a levegőt, és az arcom is hol átforrósodott, hol a hideg rázott.

Ami a „hogyan történhetett?" című kérdést illette, arra sajnos szinte teljes biztonsággal tudtam a választ. Hiába szedtem bogyót, már korábban is problémáim voltak belőle, hogy egyet-egyet elfelejtettem, és a háromhetes időszak végén még kósza kis fehér tabletták néztek vissza a levélről, de mióta az utolsó kapcsolatom véget ért, még ennyire sem figyeltem rá. Persze már figyelmeztetett a korábbi orvosom, hogy ez így nem működik, és még problémákat is okozhat, de eddig mindig csak legyintettem rá. Nem értem rá ezzel foglalkozni.

Kezembe temettem az arcom. Most lehet, hogy megbosszulja magát a nemtörődömségem. Éreztem, hogy a szívem hevesebben kalapált, amikor arra gondoltam, hogy ezt el kell mondanom Nicknek. Mit fog szólni, ha valóban terhes vagyok? Hangosan felnyögtem.

És akkor beugrott a szüreti meghívás, és az egész rokonság is. Lány létemre ugyanis elég jó részt szoktam vállalni a szüretekben; cipeltem eddig én is a nehéz vödröket, hordtam a szőlőt a darálóba, és tovább. De ha most visszafogom magam, mert mondjuk kiderül, hogy tényleg terhes vagyok, azt meg kell magyaráznom.

Oh, te jó ég! Én ezt nem fogom túlélni.

Eddig sem voltam a csúcson, de ez a lehetőség teljesen betette az ajtót a koncentrációmnak.

Azon gondolkodtam, hogy el kellene menni egy nőgyógyászhoz. A probléma csak az volt, hogy egyet sem ismertem Los Angelesben. Most mit csináljak? – tettem fel magamban a kérdést. Nézzem ki az elsőt a telefonkönyvből, vagy kérdezzem meg Claire-t? És a második esetben hogyan kérdezzem meg úgy, hogy ne gyanakodjon semmire?

Pár perc tépelődés után, és jó néhány kör után, amit a süppedős szőnyegen fordultam, az utóbbi mellett döntöttem. Már csak azt nem tudtam, hogyan fogalmazzam meg. Aztán arra gondoltam, mivel háromhavi adagokat írtak fel a dokik a bogyóból, én pedig nagyjából ennyi ideje voltam itt, mondhatnám simán, hogy elfogyott. Ez elég ártalmatlanul hangzott. Már csak kellően le kellett nyugodnom ahhoz, hogy ezt értelmesen elő is tudjam adni.

Mivel egyéb gondolkodásra továbbra is képtelen voltam, így inkább elővettem egy riportot az asztalról, és úgy tettem, mintha belemélyednék. A valóságban azonban azt is csak percek múlva ellenőriztem, nem fejjel lefelé tartom-e.

Ebédre még csak gondolni sem tudtam, ezért úgy döntöttem, megvárom, míg a lányok visszajönnek, aztán majd csak akkor támadom le Claire-t. Semmi szükség nem volt arra, hogy kikérdezzem, aztán meg egész ebédszünet alatt azt találgassa az épület összes recepciósa, hogy miért van szükségem nőgyógyászra. Még a gondolattól is kirázott a hideg.

Szerencsére nem sokat kellett várnom, már így is kezdtem tiszta idegroncs lenni. Mikor Claire bejött és hozta az ebéd utáni kávémat, ránéztem, olyan nyugodt arckifejezéssel ahogy csak tudtam, majd nagy levegő után belekezdtem a mondandómba:

– Claire! Kérdezhetnék valamit tőled? – kezdtem bele.

– Persze. Mondjad csak – válaszolta, miután letette a csészét az asztalra, majd mosolyogva rám nézett az asztal túloldaláról.

– Tudod, nagyjából három hónapja költöztem ide és most vettem észre, hogy elfogyott a... tudod, milyen bogyóm. Elintézhettem volna múlt hónapban, mikor otthon voltam, mert az utolsó nőgyógyász, akinél jártam, San Franciscóban rendel, de persze elfelejtettem, és most nem szívesen mennék el odáig. Nem tudsz egy jó orvost itt a városban, aki felírná nekem a következő adagot? – hadartam el egy szuszra. Reméltem, hogy eléggé ártatlannak tűnt az előadásom.

– De, persze. Ha gondolod, megadom az enyémnek a telefonszámát. Egy nagyon rendes pasi. Biztosan tudnak neked időpontot adni.

– Ó, az remek lenne – kezdtem el lelkendezni, bár egy pillanatra bepánikoltam, hogy pont egy pasihoz kell elmennem. Mindig gyanúsnak találtam, ha egy férfi többet tud az ember vaginájáról, mint ő maga. Brr... kicsit kirázott a hideg, de igyekeztem nem mutatni.

– Várj egy pillanatot! – mondta, kirohant a szobából, de mielőtt megszólalhattam volna, már megint ott volt a noteszével. – Odaadom ezt a névjegykártyát, jó? Nekem megvan a száma a telefonomban. Az asszisztense fogja felvenni a telefont, Sam.

– Köszönöm, Claire. Nagyon rendes vagy.

– Jaj, ugyan már, mi, lányok, tartsunk össze, ha már egyszer ezzel vertek meg minket, nem igaz? – mondta, miközben legyintett egyet.

– De igen.

Claire kiment az irodából, én pedig egy ideig farkasszemet néztem a kártyával. Tudtam, hogy meg kell tennem, fel kell hívnom, és a halogatással nem megyek semmire, de egyszerűen nem mertem. Még egy pillanatra átvillant az agyamon, hogy először tesztet kellene csinálni, de aztán meggyőztem magam, hogy az eredménytől függetlenül is el kellene mennem, mert a bogyóim valóban el fognak fogyni. Persze magamban megfogadtam, hogy ha most az egyszer megúszom, akkor ezután egyet sem fogok elfelejteni bevenni.

Kicsit később, újabb nagy levegő után, felhívtam a rendelőt és időpontot kértem. Az asszisztens valóban kedves hangon válaszolgatott a kérdéseimre, és előjegyzett négy nappal későbbre vizsgálatra. A gyanúmról nem világosítottam fel; úgy döntöttem, addig tényleg csinálok egy tesztet, hátha nem kell zombiként mászkálnom az idegességtől. Már csak azt nem tudtam, hol vegyek ilyet. A legkézenfekvőbbnek a szomszéd pláza látszott, ott volt szupermarket, drogéria és gyógyszertár is. Csak nehogy összefussak valakivel.

Miután sikeresen túléltem a munkaidőmet – bár érdemleges munkavégzésre képtelen voltam –, utam a plázába vezetett. Ahogy elsétáltam a drogéria kirakata előtt, a szemem sarkából láttam, hogy szinte semmi mozgás nincs bent, így oda mentem be beszerezni a terhességi tesztet. Végigfutottam a polcok között, villámgyorsan meg is találtam őket, találomra lekaptam három különböző márkájúból egyet-egyet – biztos ami biztos alapon –, majd ugyanilyen gyors fizetés után távoztam is a boltból. *Ezzel megvolnánk* – gondoltam. Már csak haza kellett menni, és megcsinálni. Ahogy rágondoltam, enyhe remegésbe kezdtek a lábaim, de nagy levegők után kicsit megnyugodtak.

Otthon a fürdőszobában némileg tanácstalanul álltam. Az első teszt használati utasítása ugyanis azt mondta, hogy ha negatív, akkor egy csíkot kell látnom a kis ablakocska bal oldalán, ha pedig pozitív, akkor kettőt egymás mellett, egyenletesen elrendezve és betöltve kis ablakot. Rajzokkal is illusztrálták. Én ehhez képest csak valami pacát láttam az ablakban, de pálcikákat nem. A másik színekre alapozott, de a kék vagy piros csík helyett valami lila jött elő. Kezdtem totálisan megőrülni. A harmadikat már meg sem mertem próbálni.

Még hogy megspórolom a háromnapi idegeskedést!

Most lettem csak igazán idegbeteg.

Legszívesebben legurítottam volna valami bátorítót a torkomon, de a helyzetre való tekintettel inkább lemondtam róla.

Később Nick felhívott, hogy most nem tudunk találkozni valami újabb stúdiómunkálatok miatt, sőt lehet, hogy másnap sem. Áldottam a szerencsémet, és megpróbáltam biztosítani, hogy elleszek magamban is, de láthatóan aggódott értem az elmúlt éjszakai rémálmom miatt. Nem mondtam neki, hogy inkább szembenézek száz ilyen alakkal álmomban mint azzal, amivel péntek délután kell az orvosnál. Egyáltalán nem is említettem neki az orvost, csak abban állapodtunk meg, hogy ha előbb nem, akkor szombaton találkozunk, addigra ő is végez a dolgaival. Legalább ezt megúsztam. Elég nehéz lett volna négy napig megjátszani, hogy minden rendben van. Még telefonban is nehezemre esett.

A másnapot is sikeresen végigalibiztem az irodában – konkrét munkavégzésre még mindig képtelen voltam. Étvágyam sem nagyon volt, és igazából az is aggasztott, hogy az étel gondolatától is rosszul voltam néha. Igyekeztem elhessegetni a gondolatot, miszerint ez is a terhesség miatt van, és megpróbáltam magam meggyőzni, hogy csak az idegesség ment a gyomromra, és ezért nem tudok enni. Tiszta ördögi kör.

Egy újabb nap után még mindig csak szerda este volt, és a péntek délután roppant messzinek tűnt. Próbáltam elterelni a gondolataimat egy filmmel, így aztán hirtelen ötletből megvettem a Casablancát. Elhatároztam, hogy az elejétől a végéig megnézem, és szigorúan odafigyelek rá, minden mást kizárok a gondolataimból. Be is vackoltam magam a nappaliba egy adag finom csokis keksszel és elkezdtem nézni a filmet, amikor kopogtattak. Úgy megijedtem, hogy az ölemből kirepült a kekszes doboz, de szerencsére nem szóródtak szét a darabok a szőnyegen.

Felálltam, és miközben az ajtó felé igyekeztem, azon filóztam, ki jöhet ilyenkor, pláne, hogy nem sokan tudják, hol lakom. Az ajtó előtt persze Nick állt – ki más? – széles mosollyal. Bármikor máskor felragyogtak volna a szemeim, ha meglátom, elállt volna lélegzetem vonzó kinézetétől, de most csak a meglepetéstől történt ugyanez. Elkínzottan gondoltam arra, milyen hosszú is lesz ez az este így.

– Szia, Nick – üdvözöltem visszafogottabban, mint máskor. – Azt hittem, nem érsz rá – tettem hozzá, miközben beinvitáltam. – Szia. Úgy is volt, de aztán kicsit átszerveztük a dolgokat, és mégis kaptam egy szabad estét. De mintha nem örülnél – fogott gyanút a férfi.

– Jaj, dehogynem, csak valahogy nem érzem magam túl jól. Lehet, hogy bujkál bennem valami. – *Szó szerint* – gondoltam –, *és lehet, hogy nyolc-kilenc hónap múlva elő is bújik*. Huh, ezt abba kell hagynom. Koncentrálnom kell, különben még kitör belőlem valami hisztérikus nevetés.

– Te szegény – mondta Nick, és éreztem, ahogy alaposan végigmér. – És mi a baj?

– Hát, olyan gyenge vagyok. Nincs étvágyam sem. Nem tudom.

– Nem erőlteted túl magad? – kérdezte.

– Aztán miben? Most jöttem vissza az irodába nem olyan régen, és azért nem mondanám, hogy halálra dolgozom magam. Gyakorlatilag dísznek tartanak, mindent megcsinálnak helyettem.

– Nem lehet, hogy csak te érzed így? Talán ez a belső feszültség okozza.

– Már semmit sem tudok – mondtam a fejemet csóválva. Hirtelen tényleg nagyon kimerültnek éreztem magam.

– Na gyere, ülj le! – húzott a kanapé felé. – Bújj ide hozzám – mondta, és a karjaiba vett.

Ez nagyon jó érzés volt. Egy pillanatra úgy éreztem, minden jóra fordul, de aztán eszembe jutott, mit titkolok előle, és ismét elkezdett a pánik úrrá lenni rajtam.

– És, mit csináltál, mielőtt ideértem? – kérdezte.

– Megvettem a Casablancát, azt akartam megnézni még egyszer – mormogtam a mellkasába.

– Megnézzük együtt? – kérdezte, puszikat lehelve a hajamba.

– Akkor megint nem fogom tudni, miről szól – figyelmeztettem, kis híján elalélva a kedves pusziktól, amik továbbra is érkeztek.

– Akkor szeretnéd, hogy elmenjek?

– Nem. Ne menj el. Csak maradj így.

– Oké. Akkor csak pihenj – mondta, és tovább cirógatott.

Jólesett a kényeztetés. Nem akartam neki elmondani miért vagyok így kikészülve, de a csendes együttérzése többet ért a világ összes kekszénél. Csak még két napig szerettem volna, ha nem utál. Pénteken úgyis eljön a világvége, úgyis kidob, de legalább addig élvezni akartam a vele töltött időt. Éreztem, hogy könnycseppek gördülnek le az arcomon. Még szorosabban bújtam hozzá, nehogy észrevegye.

Nem értettem, miért nem tudok mozogni. Áh, biztosan csak elzsibbadtam, ahogy Nick ölében feküdtem. Megpróbáltam megmozgatni a karjaimat, lábaimat, de nem tudtam. Kezdtem pánikolni. Közben a végtagjaimat már éreztem, de azt is, hogy minden mozdulatnál éles fájdalom hasít beléjük. Kinyitottam szemem, de csak sötétséget láttam. Tovább erőltettem a szemeimet, és sikerült kivennem, hogy egy széken ülök, kezeim lábaim kikötözve a széklábakhoz és karfákhoz. Megint itt voltam a sötétben, megkötözve, és tudtam, mi fog következni. Megint jönni fog a férfi, megint fenyegetni fog. Megint fájdalmat akar okozni.

Eszeveszetten elkezdtem rángatni a kezeimet, hátha ki tudom őket szabadítani, de nem ment. Ekkor kinyílott egy ajtó szemben, és a gyér fényben láttam, ahogy valaki belép a szobába. Ugyanaz a férfi volt, aki a múltkor. Ahogy közelebb ért, a derengésben láttam izzó szemeit és őrült vicsorgását. Próbáltam rájönni, hogy ki lehet, de nem sikerült. Egyre közelebb jött, és a kezében megláttam egy hosszú pengéjű kést. Megfagyott a vér az ereimben: rájöttem, hogy nem tudok menekülni, menthetetlenül ki vagyok szolgáltatva ennek az őrültnek. Tovább rángattam a kezeimet és a lábaimat valami csodában reménykedve, miközben egyre közelebb jött és a nevemet ismételgette.

Aztán kinyitottam a szemem és láttam, hogy a szobámban vagyok, félhomály van, még mindig az este viselt tréningruha van rajtam furcsán megtekeredve, és Nick néz velem szembe. Megint csak álmodtam az egészet. Nem értettem, miért kísértenek ezek az álmok, de kezdtem ezektől is kikészülni. Mintha nem lenne elég bajom nélkülük is.

– Noree? Ébren vagy? – hallottam Nick aggódó hangját.

– Igen – lihegtem még mindig az erőlködéstől.

– Megint ugyanaz volt? Ugyanazt álmodtad? – kérdezte, miután látta, hogy lassan magamhoz térek.

– Igen – mondtam magam elé meredve. Még mindig láttam a férfi arcát magam előtt.

– Korábban is álmodtad ezt? Máskor is előfordult?

– Nem, eddig nem. Csak most, a hokimeccs óta.

– Ez érdekes.

– Az – mondtam még mindig levegő után kapkodva.

– Nem voltál valami ilyesmi helyzetben korábban? És esetleg most újra eszedbe jutott, vagy valami a felszínre hozta?

– Huh, kitört belőled a pszichológus?

– Ne poénkodj. Ez nem vicces.

– Nem, tényleg nem vicces. De még sosem kötöztek egy székhez. Fogalmam sincs, honnan jön.

– Jól van. Majd csak vége lesz egyszer, nem igaz?

– Remélem – mondtam enyhe éllel. Különben tuti megőrülök. Bár ez így is fenyegetett.

– És szeretnél most is inni valamit?

– Nem, szerintem elmegyek lezuhanyozni és felveszem a hálóinget. Úgy nézem, ruhában aludtam el este.

– Igen, egyszer csak hortyogást hallottam, és áthoztalak ide. Gondoltam, itt mégiscsak kényelmesebben alszol.

– Igen, köszi. Nem is érdemlek ennyi törődést – motyogtam. – Nem érdemellek meg téged.

– Dehogynem. Miért mondod ezt? – kérdezte újra az arcomat vizsgálva.

– Nem is tudom. Mindig azt várom, hogy meglátod, milyen unalmas, szánalmas, vagy mit tudom én, milyen ember vagyok, és hanyatt-homlok elmenekülsz.

– Azt hittem, ezen már túlvagyunk. Miért gondolsz magadról ilyeneket?

– Hát, van aki egyetértene velem.

– Ne hallgass rá. Nagyszerű ember vagy, és én nagyon örülök, hogy találkoztunk és hogy együtt vagyunk.

Ezt olyan kedvesen mondta, hogy hirtelen nem tudtam mit tenni, és kitört belőlem a sírás. Annyira rázott a zokogás, hogy nem tudtam mit mondani. Láttam, hogy nem tud vele mit kezdeni, de magához vont és a hátamat simogatta nyugtatásként.

– Jól van, na. Ha tudom, hogy ilyen reakciót váltok ki ezzel belőled, akkor nem mondok efféléket.

Mikor végre csillapodott a zokogásom, azon morfondíroztam, hogy elmondjam-e neki, mi foglalkoztat mostanában, és mi az oka a részleges megzakkanásomnak. Persze az álmokra még ez sem adott magyarázatot, legalábbis nem tudtam róla, de legalább kicsit könnyítenék a lelkemen. Persze ezzel a maradék két boldog napomat is kockáztatnám. Úgy döntöttem, ideje elindulnom zuhanyozni.

Ahogy kibújtam az ölelésből és Nickre néztem, láttam a ki nem mondott kérdéseket a szemében. Már majdnem kibukott belőlem minden; közel álltam hozzá, hogy bevalljam azt is, amit nem követtem el, de aztán némán megráztam a fejem és elvonszoltam magam a fürdőszobába. Még láttam a tükörből tanácstalan arcát, ahogy utánam nézett, de úgy döntöttem, hallgatok.

Ezen az éjszakán megint megkértem, hogy szorosan öleljen át, és ne engedjen el. Reméltem, hogy még egy éjszakára távol tudom magamtól tartani a démonokat. Lesz elég időm megküzdeni velük később.

A csütörtök is a szerdához hasonló hangulatban zajlott; halálosan ideges voltam, figyelni persze nem tudtam semmire, így inkább bezárkóztam az irodába és meghagytam, hogy senki ne zavarjon. Claire-nek említettem, hogy pénteken délután megyek majd az orvoshoz, így ebéd után már nem jövök vissza. Megértően bólintott, és láttam, ahogy beírta az asztali naptárába, hogy házon kívül leszek.

Csütörtök este Nick megint eljött – feltételeztem, azért, hogy ne legyek egyedül. Valamit biztosan sejtett, de mivel nem mondtam neki semmi konkrétumot, gondolom, csak ki akarta várni a pillanatot, amikor végre beavatom a dolgokba. Én viszont még nem álltam erre készen. Ha nem lettem volna ideges, még mulatságos is lett volna helyzet, mert a kapcsolatunk kezdetén tapasztalt szenvedély helyett most inkább csak összebújtunk minden este, mint a nyugdíjas házasok.

Péntek délelőtt már azt sem tudtam igazából, hogy minek mentem be az irodába. Már annyira ideges voltam tíz órakor, hogy inkább szóltam Claire-nek, hogy elmegyek. Átmentem a pláza parkolójába, és úgy döntöttem, mászkálok egy kicsit a boltokban, hogy elüssem az időt. Benéztem pár butikba, felpróbáltam a fél árukészletet, hogy elvonjam a figyelmemet, de nem igazán sikerült. Eredetileg ebédelni is akartam, de két nap koplalás után már igazából fel sem tűnt hogy éhes lennék, csak a gyomoridegemet éreztem.

Lementem inkább a parkolóba, bepakoltam a szatyrokat az autó csomagtartójába, majd megkerülve a járművet a vezetőülés felé indultam. Amikor a hátsó ajtónál tartottam, hirtelen zajt hallottam magam mögül, de mire hátranézhettem volna, már csak azt éreztem, hogy hatalmas lökés ért, a homlokom nekicsapódott az oldalablaknak. Még hallottam, ahogy megreped az üveg, aztán minden elsötétült.

Mit tenne Bond?

Egy sötét szobában tértem magamhoz. Kinyitottam a szemem, de nem láttam semmit, olyan sötét volt. A fejem hasogatott, az sem használt neki, ahogy erőltettem a szemem, hogy lássak valamit. Sosem szerettem, ha fájt a fejem, bár gondolom, másnak sem ez a volt a kedvence, de sajnos elég sokszor birkóztam vele. Ha éjszaka tört rám, általában erőm sem volt, hogy kimenjek a fürdőbe és bevegyek valamit. Most azért erőt vettem magamon, és próbáltam megmoccanni. A kezeimet és a lábaimat meg tudtam mozdítani, de tovább nem ment. Ahogy próbáltam tovább erőltetni, rájöttem, hogy lekötöztek. Méghozzá egy székhez. Nem volt kimondottan kényelmes, az ülőke kemény volt és hideg, a támla szintén kemény, a karjaim és lábaim pedig olyan szorosan le voltak kötözve, hogy elszorították a vérkeringésemet: éreztem hogy zsibbadtak az ujjaim.

Megint álmodom – gondoltam. Bár az furcsa volt, hogy fájt a fejem; eddig ilyet nem álmodtam, és a zsibbadást sem, de az összes többi megegyezett. A rémálmaim alapján biztosan mindjárt megjelenik a férfi, vicsorog egy nagy konyhakéssel hadonászva, aztán elkezdi ismételgetni a nevem, majd felébredek, és rájövök, hogy Nick szólongatott csak.

Ahogy hátradőltem a széken, újra belehasított a fejembe a fájdalom. Ez némileg elgondolkodtatott. Túl valódinak tűnt. Újra elgondolkodtam, hogy szoktam-e fejfájásról álmodni. Nem tudtam rá válaszolni. Vagy szoktam szagokról álmodni? Mert itt határozottan többféle szag is keveredett. Volt valami olaj-, gumi- és festékszag a levegőben, amitől felfordult a gyomrom. Ez sem rémlett a korábbi álmaimból. Ahogy még jobban kitisztult a fejem, kezdtem egyre inkább úgy érezni, hogy nem álmodom. Túl valódinak tűnt minden.

Próbáltam rájönni, hol vagyok, illetve visszaemlékezni, hogy kerültem ide, de egyelőre csak nagy ürességet találtam a fejemben.

Az utolsó, amire emlékeztem, az volt, hogy a plázában ruhákat vásároltam, és halálosan ideges voltam.

De miért is voltam olyan ideges? – törtem tovább a fejem, és amikor rájöttem, megállt bennem az ütő.

Orvoshoz készültem, hát persze! Közel egy hete rettegek miatta, most meg ilyen egyszerűen elfelejtettem? De vajon eljutottam oda, és utána kerültem ide? Vagy nem? És akkor még mindig nem tudom, mi a helyzet? Hát lehet ez ennél szánalmasabb?

Ekkor kinyílt az ajtó – pont úgy, ahogyan álmomban –, és a gyér fényben egy nagydarab férfi körvonala rajzolódott ki. Lassan elindult felém, és én még mindig reméltem, hogy mindjárt felébredek.

Most kellene ismételgetnie a nevemet – gondoltam, és vártam.

Egyre közelebb jött, gonosz vigyorral az arcán, jobb kezében egy kést szorongatott, de nem szólt egy szót sem.

Még mindig vártam.

Mindjárt elkezd szólongatni. Biztosan így lesz – nyugtatgattam magam. Közben a férfi egyre csak közeledett. Már csak pár lépésre volt tőlem, de nem szólt.

Egy pillanatra teljesen elöntött a kétségbeesés.

Ez volt az a pillanat, amikor rájöttem, hogy nem álmodom.

A szívverésem őrült sebességre kapcsolt, de közben meglepő módon az agyam kitisztult, a gondolkodásom felpörgött.

Ez biztosan az adrenalin műve volt.

Közben odaért a férfi, megállt előttem, és az arcomhoz emelte a kést. Levegőt sem mertem venni. Megállt a mozdulat közepén, majd jobbra-balra ingatva a fejét egy darabig szótlanul nézett. Borzasztóan féltem. Nem tudom, miért voltam itt, mit követtem el, és főleg mik voltak a szándékai velem, de a késből és az arckifejezéséből ítélve sok jóra nem számítottam. A gyomrom, ami már így is napok óta egy csomóban volt, fájdalmas görcsbe rándult.

Érdekes módon vak pánik helyett kristálytiszta elmével néztem farkasszemet az őrülttel.

Nem igazán tudtam eldönteni, hogy mennyire lehet elborulva. Azt sem tudtam, mi jobb; ha simán őrült és nem igazán tudja, mit csinál, vagy ha teljes mértékben tudatában van a tetteinek, és hidegvérrel intéz el.

– Nem tudod, miért vagy itt, ugye? – kérdezte megvető hangon az idegen.

– Nem – mondtam rekedten.

– Hát, majd rájössz – vágta oda foghegyről. – Ribanc!

Végigfutott a hátamon a hideg. Eddig ilyet csak filmekben láttam. Illetve a Rambo-tanfolyamon mondtak valamit a túszejtésekről, sok biztatót nem, de ott nem a túsz szemszögéből vizsgálták ezeket a szituációkat, hanem a rendőrségéből. Az egy kicsit más volt. Az a tény sem nyugtatott meg, hogy hirtelen beugrottak a statisztikai adatok is, amik cseppet sem voltak rózsásak. A legtöbb esetben vagy meg sem találták az áldozatokat, vagy csak évek múlva, porladó csontvázként kerültek elő.

Hirtelen kitört belőlem a szarkazmus és arra gondoltam: így legalább elkerültem, hogy Nick kirúgjon. Vissza kellett fognom magam, hogy hisztérikusan fel ne röhögjek. Főleg azért is, mert a kés éle még mindig az arcbőrömhöz feszült; ha hirtelen mozdulatokat tennék, biztosan megvágna. Bár erre valószínűleg nem is kell sokat várnom.

Ekkor a férfi megfordult, és elhagyta a szobát. Nem tudtam, hogy örüljek ennek, vagy inkább sírjak elkeseredésemben.

Még mindig fogalmam sem volt, hogy hol vagyok, miért vagyok itt, mit akar tenni velem.

Különféle gondolatok szárnyaltak a fejemben... az is, vajon mit tenne Bond – hah! –, és még vagy ezernyi más kérdés, de válaszok nem jöttek.

Megint megpróbáltam lazítani a kezeimet gúzsba kötő madzagokon, de most sem jártam sikerrel. Mindenesetre próbáltam mozgatni az ujjaimat, hogy a zsibbadás elmúljon. Reméltem, hogy nem lilulnak, de látni nem láttam rendesen.

Ahogy a szemem kezdett hozzászokni a sötétséghez, egyre jobban ki tudtam venni a tárgyakat a helyiségben. Valami garázs vagy tárolóhelyiség lehetett: autógumik hevertek az egyik sarokban, festékesvödrök a másikban, a falra rendszertelenül polcokat szereltek, amik roskadásig voltak mindenféle szeméttel – bár lehet, hogy ezek valakinek hasznos dolgok voltak. A szoba másik felében egy rossz heverő terpeszkedett, pléddel letakarva. Ablak sehol, ajtó is csak egy. Próbáltam felidézni, hogy amikor a férfi bejött, mit láttam mögötte, hogy ez egy egyedülálló kis házikó, vagy egy nagyobb épület része lehet. Úgy tűnt, mintha egy ház garázsa, vagy hozzá csatlakoztatott hátsó épületrész lenne. Kifelé pedig a házon keresztül vezet út. Próbáltam a széket megmozdítani, hátha székestől el tudok araszolni, de nem mozdult az sem. Ahogy lenéztem, láttam, hogy vaspántokkal a beton aljhoz erősítették. Remek. Ez sem jött össze. Menekülésre még csak nem is gondolhattam, bár azt sem tudtam, hogy egyébként hol vagyok. Lehettem akár a semmi kellős közepén is, mérföldekre a legközelebbi lakott területtől. Akár kint a sivatag közepén is, ahol odakint még veszélyesebb is, mint itt, az őrült kezei között.

Közben azon is próbáltam gondolkodni, hogy ismerem-e valahonnan a férfit. Abszolút nem rémlett. Próbáltam mindenféle kategóriákat végiggondolni: volt osztálytársak, évfolyamtársak, ex-pasik – na nem mintha olyan sok lett volna belőlük –, tanítványok, kollégák, alkalmazottak, de még mindig nem jöttem rá. Vagy nagyon megváltozott, vagy én tényleg nem ismerem ezt az embert.

Próbáltam azt is felidézni, hogy a cégnél foglalkoztunk-e mostanában olyan üggyel, ahol zaklatástól kellett valakit megvédeni. Ahogy végigfuttattam az agyam a mostanában lezárt vagy éppen futó ügyeken, csak egy akta tartalmazott ilyen mozzanatot. Nick Cassidyé.

Jesszusom. Én most tényleg Nick Cassidy üldözőjének garázsában vagyok megkötözve? Vagy van még elmebetegebb magyarázat erre az egészre? És milyen minőségben vagyok itt? Mint a cég vezérigazgatója, vagy mint a férfi szeretője? Ez így bonyolult lesz, és az elrablóm eddig nem tűnt túl közlékenynek.

Vajon akar váltságdíjat?

Vagy játszadozni akar velem?

Vagy csak megölni?

Azt hiszem, jobb lesz, ha nem töröm tovább a fejem, mert ez csak egyre rosszabb lesz –gondoltam. A szívem egyre hevesebben vert; nem kellene tovább feszíteni a húrt. Bár egy szívinfarktus biztosan humánusabb halál, mint bármi, amit ő tervez velem – tért vissza a szarkazmusom.

Azt is meg kellett állapítanom, hogy eddig végül is nem csinált semmit. Bár a tény, hogy minden megismétlődött, amit álmomban láttam, és ott nagyon féltem, valamit sejtetett.

Összegezzük tehát: arról nincs információm, hogy én személy szerint úgy keresztbe tettem volna valakinek, hogy ezzel kiprovokálhattam volna egy elrablást.

Persze nem voltam én sem egy szent, de ilyen érzelmeket csak nem váltottam ki senkiből sem.

Az egyetlen olyan személy, akit ismerek és ellenségei vannak – legalábbis a fenyegető levelek alapján –, az Nick. Ő az egyetlen kapocs. De ez az őrült vajon mitől pöccent be rá? És miért pont most rabolt el? És miért éppen engem, ha őrá van berágva?

Már megint ezek a kérdések, amikre egyedül úgysem tudok válaszolni, azt pedig nem tudhatom, hogy az elrablóm hajlandó-e rá. A rövid idő alatt, amit együtt töltöttünk, annak ellenére, hogy eddig különösebben nem bántott, nem úgy nézett ki, hogy ezeket a dolgokat meg lehetne beszélni vele egy ötórai tea mellett, finom vajas keksszel.

Tovább filozofáltam magamban jobb híján, de mindig ugyanoda jutottam vissza: további információk nélkül nem jutok ennél előrébb. És még mindig nem lehettem biztos abban sem, hogy egyáltalán jó nyomon indultam-e el. Mi van, ha ezekhez semmi köze, és teljesen mellétrafáltam?

Tovább nézelődtem a helyiségben. Most jöttem rá, hogy azt sem tudom, milyen napszak van. Az még megvolt, hogy valamikor dél körül kapott el a parkolóban, de meddig nem voltam magamnál? Még egy nyamvadt ablak sincs itt, hogy legalább azt lássam odakint mennyi fény van. Ez borzasztó.

Közben az is bevillant, hogy mikor fog egyáltalán valakinek feltűnni, hogy eltűntem.

Logikailag először az orvosnak, mert nem jelenek meg a megbeszélt időben. De vajon veszik-e a fáradtságot, hogy bárkit értesítsenek, vagy csak elkönyvelnek, mint bunkót, aki meggondolta magát, de még arra sem vette a fáradtságot, hogy lemondja az időpontot, ha nem tud menni. Próbáltam visszaemlékezni, említettem-e bármit, ami alapján be tudnak azonosítani. A baj az volt, hogy az elmúlt napokban olyan ideges voltam, hogy nem sok mindenre emlékszem, de mintha az asszisztensnek mondtam volna Claire nevét. Persze ettől még nem feltétlenül fog extra nyomozni, hogy én miért nem vagyok ott.

A következő, akinek feltűnhet, az Nick, de vele csak szombatra beszéltük meg biztosan a találkát. Vajon van már szombat? Vagy esetleg péntek este is átmegy hozzám, ahogy az előző két este tette, abban a reményben, hogy végre elmondom neki, mitől zakkantam meg?

Egyáltalán hol lehet a táskám és a telefonom? Elhozta a pasi, amikor engem elvonszolt, vagy otthagyta, ahova leesett? Mert akkor az is lehet, hogy valaki már azt is lenyúlta. Jesszus. Ez egyre bonyolultabb lesz.

És az autómat mikor találják meg? Homályos emlékeim szerint amikor nekicsapódtam az oldalsó ablaknak, mintha hallottam volna, ahogy az üveg megrepedt az ütődéstől. Csak feltételeznek valami bűncselekményt és értesítik a rendőrséget! Ahogy továbbgondoltam, eszembe jutott: mi van, ha az őrült férfi az én autómmal hozott ide? Akkor nem tudják megtalálni.

Oh, te jó ég! Ha még sokáig kell itt tépelődnöm, tuti megőrülök. Bár inkább elfilozofálgatok itt magamban, mint hogy a pasikám visszajöjjön és itt hadonásszon a konyhakésével. Közben persze azt sem tudtam, mennyi idő lehet, de éreztem, hogy az előző napok izgalma és a mai napok történései után ragadnak le a szemeim. Ez a fejfájás sem nagyon akart csillapodni. Ismét beborított a sötétség.

Egy rándulást éreztem, de nem igazán tudtam, mi történt. Kinyitottam a szemem, de még mindig sötét volt. Kezdett derengeni, hogy hol vagyok. Még mindig a székhez voltam kikötve, az elrablóm előttem állt. Ahogy kezdett kitisztulni a fejem, több dolog is feltűnt: még mindig rettenetesen fájt a fejem, sőt már a nyakam is elgémberedett, furán homályosan láttam – már amit a félhomályban egyáltalán lehetett –, és a sípcsontom is borzasztóan sajgott.

A férfi őrült módjára vicsorított, és megint a konyhakést lóbálta az arcom előtt.

– Na, most játsszunk egy kicsit! Ribanc! – ordította, és a késsel elindult a lábam felé.

Erős kétségbeesés futott rajtam végig; el sem tudtam képzelni, mit akar csinálni velem.

– Kérem! – fogtam könyörgőre. – Ne bántson! Mondja meg, mit követtem el maga ellen!

– Nem tudod, mi?

– Nem. De ha bármin változtathatok, ígérem, megteszem! Csak adjon egy esélyt! – próbáltam tovább húzni az időt, és beszédre fogni.

– Esélyt? Ezen már nem tudsz változtatni! – üvöltötte viszsza, és éreztem, ahogy a kés éle végigfut a lábamon.

Mivel a térdemig érő szoknya alatt a lábaimat csak vékony combfix fedte, éreztem a kés hideg élét, majd az azt követő fájdalmat is. Amikor lenéztem, megláttam a lábamon lecsurgó vért is. Megdermedtem a félelemtől. Ahogy a férfi arcára néztem, azon csak beteges élvezetet láttam. Végem volt.

A kezdeti dermedtséget pánik váltotta fel. Ki akartam szabadulni. Vadul rángattam a kezeimet, de csak azt értem el, hogy a madzagok még mélyebben vágtak bele a karomba. A férfi elégedetten nevetett fel, ahogy a vergődésemet látta.

– Innen nincs menekvés, ribanc! Az enyém vagy! – hörögte. – És azt csinálok veled, amit csak akarok!

Ördögi nevetése betöltötte a helyiséget.

Ekkor kényelmesen a másik kezébe vette a kést, és a másik lábam felé közelített vele.

– Tudod, jobbkezes vagyok. Ballal nem vagyok olyan ügyes. Ez lehet, hogy jobban fog fájni – mondta vigyorogva.

A pániktól a szívem már dübörgött a mellkasomban, és kapkodva lélegeztem. Tudtam, hogy mindjárt újra fájdalmat fogok érezni, mégis váratlanul ért, a mikor a másik lábamon is éreztem a kés élét végigfutni. Felordítottam kétségbeesésemben.

– Kérem! Árulja el, hogy hívják!

– Gondolod, a nevem mondana valamit?

– Nem tudom, de megpróbálhatnánk... – hagytam a mondat végét függőben.

– Majd én megmondom, mit próbálunk meg – válaszolta.

– Miért csinálja ezt? – próbáltam más vizekre evezni.

– Csak visszaadom, amit kaptam – mondta halálos nyugalommal, a lábaimról lefelé folyó vért figyelve.

– Mit kapott? Kérem, mondja el! – könyörögtem tovább, hátha használ valamit.

– Hogy mit kaptam? – nézett fel izzó szemekkel. – Fájdalmat! Azt kaptam! És mind miattad!

– Miattam? Az hogy lehet? Ismerjük egymást?

– Nem, még nem – mondta lassan, vontatottan. – De itt majd lesz időnk egymást megismerni – mondta, majd megfordult, kiment a helyiségből és becsukta maga után az ajtót.

Hatalmas megkönnyebbülést éreztem. Legalább egy kis időre megint megszabadultam tőle, bár nem tudtam, egyáltalán milyen nap és mennyi idő van. Azt sem tudtam, mikor jön vissza legközelebb.

Ahogy egy kicsit csillapodott a szívverésem és a légzésem, a fájdalom is kissé alábbhagyott – vagy csak jobban hozzászoktam –, és egy kicsit jobban tudtam gondolkodni, feltűnt, hogy nem emlegetett semmi váltságdíjat. Csak annyit, hogy majd lesz időnk összeismerkedni.

Vajon tudja már valaki, hogy eltűntem? Keres valaki? Nagyon reméltem. Ha nem mentem haza – márpedig ezt meg tudtam erősíteni –, Nick csak felhívta már az irodát, hogy hol vagyok. És akkor biztosan elkezdtek keresni. Végül is ez a dolguk. Nem tudtam, a szüleimet értesítették-e. Szegényeknek már éppen csak ez hiányzott. Biztosan magukon kívül vannak az aggodalomtól. És a nővérem is. Talán már ide is utaztak. Eszembe jutottak azok a jelenetek, amikor a rendőség kitelepszik a családokhoz, bedrótozzák a telefonokat, és várják a telefonhívást az elrablóktól. Nem tudom, ez történik-e éppen, vagy mivel eddig senki nem próbálta őket kontaktálni váltságdíj miatt, nem így tettek.

Ettől függetlenül biztosan mászkáltak valami rendőrök arrafelé. Talán épp ők is listázzák az összes embert, akivel valaha találkoztam vagy találkozhattam. Csak jutnak valamire. Bár én sem jutottam semmire. Hogy fognak a férfi nyomára bukkanni, ha tényleg nem hozzám van köze? Nick remélhetőleg megemlíti, hogy itt ő is lehet a helyzet kulcsa. Bár még mindig nem értettem, hogy akkor miért mondta azt a pasi, hogy én ártottam neki.

Amikor arra gondoltam, hogy az őrült eldugott egy ablaktalan helyiségben és nem az a célja, hogy megszabaduljon tőlem, hanem hogy hosszú időn át kínozzon és megfizessen valami miatt, amit még csak nem is sejtettem, mi lehet, sírógörcs kerülgetett. Egy darabig küzdöttem ellene, de aztán az idegeim valószínűleg felmondták a szolgálatot, mert keservesen kitört belőlem. Egyedül maradtam.

Sokáig rázott a sírás, majd utána már csak hangtalanul folytak le a könnyek az arcomon. Fáradt voltam. Éhes voltam. Szomjas voltam. Egyéb szükségleteim is voltak, és egy zuhanyt is elviseltem volna. A fejem fájt – valószínűleg az ütés következtében, amit az autóablakkal való találkozás okozott. A lábaim égtek, ahol a késsel felsértette a bőrömet. A karjaim és a lábam pedig szintén fájtak ott, ahol meg voltak kötözve. A hátam is majd' beszakadt a folyamatos üléstől.

Ahogy ott ültem, elnyomhatott az álom, mert megint mintha kimaradt volna egy kis idő. A férfi újra előttem állt, de mintha a szokásosnál is homályosabban láttam volna. Rájöttem, hogy cigaretta lóg ki a szájából, onnan a homály és a füst. A szemei viszont még mindig őrülten izzottak, miközben engem figyelt.

– Nos? – vette ki a szájából a cigarettát. – Készen állsz a következő körre? – mondta, és a cigarettával a kezem felé közelített.

Amikor a lábamat karcolta fel a kés élével, azt ugyan éreztem, de legalább nem láttam. Most viszont végig is nézhettem, ahogy egymás után többször is a pucér karomhoz közelít, és az égő cigarettacsikket erősen hozzányomja. Minden egyes alkalommal felüvöltöttem a kíntól, amit a parázsló csikk okozott. Mikor már az ötödiknél tartott, nem bírtam tovább és ismét kitört belőlem a zokogás.

– Kérem, mondja meg, miért csinálja! – hörögtem kínjaim között.

– Attól jobb lesz talán? – üvöltötte az arcomba.

– Ha tudom, mit követtem el, talán megértem – próbálkoztam tovább.

– Elvetted tőlem az én Cassie-met! – üvöltött tovább, de itt megállt. Fájdalom futott át az arcán, megfordult, és dübörgő léptekkel kiment, becsapva maga mögött az ajtót.

Megkönnyebbülten hunytam be a szemem.

Egyelőre megúsztam a további kínzást, de nem tudhattam, meddig. A sebek továbbra is sajogtak, és még mindig nem tudtam, mennyi idő telt el, amióta itt voltam. Főleg, mivel már többször el is aludtam.

Az agyam is egyre nehezebben forgott. Fáradt voltam. Még ha el is aludtam rövidebb időkre, nem adtak megnyugvást ezek az időszakok. Mindenem fájt a kényelmetlen üléstől. Azt sem tudtam, mennyi ideig lehet étlen és szomjan kibírni. A szám rettenetesen ki volt száradva. Arra gondoltam, ha legközelebb bejön, megpróbálok kérni némi vizet, hátha lehet vele értelmesen beszélni.

Közben eszembe jutott, amit mondott. Vagy inkább üvöltött. Cassie. Ki lehet az a Cassie? Járattam az agyam, amennyire tudtam, de sehogy sem rémlett egy Cassie sem. Pláne nem az, hogy elvettem volna tőle. Egyáltalán, hogy gondolta ezt? Mit tehettem én vele, hogy elhagyta? Nem tudtam. Újabb zsákutca volt. Azt sem tudtam, lehet-e Cassie-nek valami köze Nickhez. Nem ismertem mindenkit a közelében. Csak pár barátjával találkoztam néha, és az ügynökével. Akárki is lehetett. Azt sem tudtam, ők tudnának-e ezzel az információval valamit kezdeni. De kár is volt ezen filozofálgatni, mivel úgysem tudtam velük kommunikálni. Ezzel sem jutottam előrébb. A sötétben kivehető tárgyak körvonalai egyre homályosabban látszódtak.

171

A fejem hátracsapódott. Iszonyú fájdalmat éreztem az arcomon, mintha megmozdult volna az egész koponyám, az orrom pedig valahol a fejem hátuljából dudorodott volna ki. Könny szökött a szemembe a fájdalomtól. Ahogy magamhoz tértem; úgy éreztem, mintha az orrom visszatért volna előre, ahova tartozik, de mintha kétszer akkora lett volna, mint eredetileg. Nem tudtam, mi történt. A gyér fényben pislogtam, hogy a könnyektől lássak, de így meg a kosz kezdte el csípni. Még jobban könnyezni kezdtem. A fejfájásom, ami az elrablásom óta megvolt, most már egy általános fájdalommá változott. Már nem tudtam, azt érzem, vagy az orrom miatt hasogat a fejem.

Ahogy a szemem kicsit kitisztult és lenéztem láttam, hogy a blúzomra vér folyik. *Az orromból* – gondoltam. Megint elfutotta a szemem a könny. Csendben sírtam. Nem tudtam, mi van még a repertoárjában, de sejtettem, hogy rengeteg kínszenvedés vár rám, mielőtt vagy megtalálnak, vagy eljön a vég.

– Na, ehhez mit szólsz? – vicsorgott a pasi, de csak homályosan láttam a szédüléstől, a fájdalomtól és a könnyektől.

Válaszolni nem tudtam. Lehajtottam a fejem; nem is akartam tudni, mit tervez még.

– Na, mi van? Már nem könyörögsz? Ilyen gyorsan feladod, ribanc? – folytatta a verbális kínzást. Nem tudtam, melyik volt rosszabb. – Keményebbnek gondoltalak – vetette oda megvetőn.

– Kérem, adjon egy kis vizet – suttogtam, miközben felnéztem, de csak elmosódva láttam az alakját előttem tornyosulni.

– Vizet? Jó lenne, mi? – kiabálta, miközben fel s alá szaladgált előttem, időnként idegesen a fejéhez kapkodva.

Láthatóan nem tudta eldönteni, hogy adjon vagy ne. Nem értettem a konfliktust, és már úgy éreztem, erőm sincs, hogy találgassak. Csak ültem és vártam. Vártam, hogy valami történjen. Kezdtem úgy érezni, hogy már mindegy is mi, csak legyen valami. Legyen vége. Nem akartam szenvedni. Nem akartam úgy elaludni a kimerültségtől, hogy nem tudom, legközelebb milyen szörnyűségre, milyen fájdalomra ébredek. Nem akartam az újabb kínzásait átélni. Biztosan volt még a listáján olyan, amit eddig nem próbált ki, de nem akartam tudni. Ha mindenképpen meg akart valamit bosszulni, hát tegye meg. Csak hagyjon már békén. Már az éhséget sem éreztem. A fájdalom annyira elhatalmasodott, hogy nem tudtam szétválasztani, honnan jött. Szédültem is. Tudtam, hogy előbb-utóbb elnyel megint a sötétség, de bármennyire féltem is tőle, már nem volt erőm hadakozni ellene.

Valami furcsa volt, amikor kinyitottam a szemem. Nem ugyanazt láttam, amit eddig. És nem is ugyanolyan helyzetben voltam. Most is fájt mindenem, de most feküdtem. Furcsa volt, de már azon a ponton voltam, ahol édesmindegy volt. Nem értettem, mire véljem a változást, és azt sem tudtam, mikor tett az elnyűtt heverőre.

Menekülni persze innen sem tudtam – a kezeim és a lábaim most is ki voltak kötve az ágy négy lábához. Micsoda boldogság. Vajon ez a pozitúra meddig tart. És mi lesz a következő? Fellógat fejjel lefelé?

– Hello, cicám. Hoztam megint valamit – mondta mézesmázosan.

Nem tudtam, mikor jött be... vagy eddig is itt volt? Azt sem tudtam, mire ébredtem fel.

A feje megjelent a látóteremben, és furán imbolygó fény vette körül. Biztosan csak szédülök. Az éhségtől. Vagy a fájdalomtól. Összefolyt minden a szemem előtt.

Aztán valami megégetett. Nem tudtam először, mi. Azt hittem, megint cigarettacsikkel éget. De füstöt nem éreztem.

Ahogy újra kinyitottam a szemem, és a szoba forgása is lelassult, megláttam a gyertyát a kezében. Viaszt csöpögtetett rám. Felnyögtem. Hát már sosem lesz vége?

Nem tudtam, mennyi idő telt el péntek dél óta. Nekem egy örökkévalóságnak tűnt, de ez csak a kínok miatt lehetett. Vajon közelebb vannak már a megoldáshoz azok, akik keresnek? Mert reméltem, hogy keresnek. Csak találjanak már meg! Nagy levegőt vettem és összeszorítottam a fogaimat, hogy fel ne üvöltsek. Ezt a szívességet nem teszem meg ennek az állatnak. Még egy kicsit kitartok, még egy kicsit bírom, de nem sokáig. Ha hamarosan nem történik valami, megadom magam a sötétségnek.

Valami csattant. Megrándultam. Kinyitottam a szemem – megint az őrült nézett vissza. Most is az arcom fájt, égett. Talán pofon vághatott, ettől ébredtem fel. Lassan körülnéztem, most milyen kínzóeszköz van nála, de nem láttam semmit. Ez egyrészt megnyugtató is volt, másrészt így még annyira sem tudtam, mire számítsak. Rettegtem.

– Na, így kényelmesebb? – kérdezte, miközben a keze mozgott felettem.

Egy darabig nem értettem, mit hadonászik, nem is éreztem semmit, majd hallottam a szövet szakadását, ahogy a szoknyát feltépte rajtam. Kezdett egy szörnyű sejtés erőre kapni bennem. Csak azt ne tegye! Bármit, csak azt ne! Azt nem fogom kibírni! Azt nem fogom túlélni!

Repedt a blúzom is. Riadtan néztem rá.

– Ne! – szakadt ki belőlem, de már csak suttogásra tellett.

– Óh, dehogynem. Majd meglátod, hogy élvezni fogod – röhögött ördögien.

A szívem már a torkomban dobogott, a dobhártyám dübörgött, miközben kapkodtam levegő után. Elfolyt a szemem előtt a szoba.

Megint csattanást hallottam. Megint égő fájdalmat éreztem. Nem tudtam, mi történt. Aztán eszembe jutott, hogy a férfi letépte rólam a ruhákat. Amennyire az erőmből futotta, elkezdtem vergődni, a testemet összevissza rángattam az ágyon, hogy ne tudjon rám feküdni. Láttam elborult arcát; gonoszan vicsorgott, miközben a maradék ruhadaraboktól is megszabadított. Egy pisztoly csöve csillant meg a kevés fényben, ami behatolt a szobába. Egy darabig hadonászott azzal is, majd a halántékom felé közeledett őrült sebességgel. Bummm... Ez meggyőzött. Nem vergődtem tovább. Ahogy hatalmas lapáttenyereit a mellkasomra tette, hogy lefogjon, vagy megtámaszkodjon, nem tudom, újabb reccsenést hallottam, majd éles, szúró fájdalmat a mellkasomban. Próbáltam levegőt venni hogy a fájdalom elmúljon, de csak tovább erősödött. A szemeimet megint elborította a könny, majd sötét pontok kezdtek táncolni előttük.

Aztán durrogás hallatszott. Mintha villámlott volna, aztán éles fájdalom járta át a vállamat. Utána kiabálás hallatszott. Valahonnan messziről. Mintha a nevemet is hallottam volna. Kiabálni akartam, hogy „itt vagyok", de nem tudtam megszólalni. Megijedtem, hogy nem találnak meg. Küzdöttem a sötétség ellen, azt akartam hogy megtaláljanak, de megint elnyelt.

Fájdalom. Szűnni nem akaró fájdalom vett körül. Minden levegővétel kínszenvedés volt. Vissza akartam süllyedni abba az öntudatlanságba, ahol eddig voltam. Ott legalább a fájdalmat nem éreztem. Megpróbáltam kinyitni a szemem, de nem tudtam. Megpróbáltam megmozdítani a fejem, de őrült szédülést éreztem. Forgott körülöttem a sötétség. Csendben feküdtem tovább, hátha elmúlik. Már úgysem éreztem semmit. Illetve már így is annyira fájt a puszta lét is, hogy ennél több fájdalom csak megkönyörülne rajtam és visszalökne a sötétségbe. Vártam a megváltást.

Egyszer csak világos lett. Nagyon világos. Valami villogott. Nem tudtam, mi történik. A testem enyhén rázkódott. Szólni akartam, hogy ez fáj, nagyon fáj, de nem tudtam. Nem tudtam megszólalni. Azt is akartam mondani, hogy ez az erős fény bántja a szemem, még ha nem is tudom kinyitni. Bár úgyis mindegy volt, mert ha még mindig az őrült kezében vagyok, úgysem segítene. Aztán jött a békés sötétség.

Hangok. Valaki suttogott. Mintha többen lennének. Több oldalról jöttek a hangok. Többen is akarnak bántani? Még mindig fájt a fejem, és minden más is. A fény már nem volt olyan zavaró, de a hangokkal együtt sok volt. Mondani akartam, hogy hallgassanak, és kapcsolják le a villanyt. Hagyjanak aludni. Megmozdulni nem mertem; még egyszer sem származott belőle semmi jó. Viszont a levegővétel könnyebben ment. *Legalább ez* –gondoltam, mielőtt megint értem jött a sötétség.

A pókok vonulása

– Megmozdult a keze! – hallottam valahonnan a távolból. – Szerintetek magához tér?

– Nem tudom – válaszolta valaki a hangnak.

– Noree? Hallasz engem? – jött a hang határozottan közelebbről.

Nem akartam válaszolni. Nem láttam értelmét. Nem is akartam felébredni. Az utóbbi időben kellemes dolog nem történt velem, amikor ébren voltam. Legalább ha alszom, akkor nem tudom, mit művel velem ez az állat. Csináljon amit akar, nem érdekel. Na, várjunk csak! Eddig nem szólított a nevemen. Már ezt is tudja? És eddig inkább vagy üvöltött, vagy hörgött. Most meg milyen kedvesen szólt. Mi történhetett? Még mindig vacilláltam álom és ébrenlét között, hogy akarom-e tudni, mi okozta ezt a változást.

– Noree? Hallasz minket? Nick vagyok. A szüleid is itt vannak – hallottam ismét a bársonyos hangot.

Így már mindjárt több értelme volt. Nick eljött értem, hogy megmentsen. De miért ő jött, és nem a rendőrök? És mit keresnek itt a szüleim is? Most mindenki itt van az őrült házában? És ő hol van? Ugye nem fogja őket bántani?

Próbáltam kinyitni a szemem, de mintha ólom nehezedett volna szemhéjaimra. Mindenesetre legalább már van itt velem valaki. Most már biztosan minden rendben lesz. Már nem kell félni. Ezzel megint elnyelt a sötétség.

Megint hangokat hallottam. Valakik beszélgettek a szobában halk, visszafojtott, de dühös hangon. Nem értettem, miről.

Megpróbáltam megmozdítani a kezemet; az ujjaim engedelmeskedtek a parancsnak, a fájdalom minimális volt. Ez már nem olyan rossz – futott át az agyamon. Ahogy a kezemet is megemeltem, az már okozott némi fájdalmat, de a korábbiakhoz képest az sem volt olyan szörnyű. Óvatosan kinyitottam a szemem, de abban a pillanatban félelem kerített hatalmába, mert egy sötét, fenyegető alak jelent meg a szemem előtt. A szívem heves dobogásba kezdett, valami fülsiketítő hangon sípolt mellettem, ettől a fejfájásom is erősödött. A fejemhez kaptam a kezem, védekezni próbáltam. Erős karok ragadták meg a karjaimat, amiket próbáltam magamról lesöpörni, de a kapálózásom hiábavalónak bizonyult.

– Noree, ébren vagy? Nick vagyok. Ne ijedj meg. Minden rendben – hadarta az egyik hang közben. – Ne kapálózz, még sérülést okozol magadnak, vagy kirántod az infúziós tűt. Hallod? Nézz rám! – mondta a hang határozottan.

Megálltam, a mellkasom még mindig hevesen emelkedett az erőkifejtés okozta lihegéstől. Kinéztem a kezeim mögül, de hunyorítanom kellett, hogy a fura fényben lássam az alak arcát. Egy darabig próbáltam kivenni a vonásait, amikor elvakított valami fény. Megint a szemem elé rántottam a kezeimet. Ez fájt.

– Ne kapcsold fel a lámpát! Bántja a fény. Kapcsold le! – mondta a hang. – Noree! Semmi baj. Kinyithatod a szemed. Nem kapcsoljuk fel a lámpát újra. Csak nézz rám. Nick vagyok – búgta megnyugtató hangon.

Megint kinyitottam a szemem; valóban kellemes félhomály volt ismét a szobában. Lassan leengedtem a karjaimat, és tényleg Nick nézett vissza. Biztatást véltem leolvasni az arcáról, és némi bizonytalanságot is. Szólni akartam, de nem tudtam. Valami nem volt rendben a torkommal. Odakaptam, és pánik öntött el. Mi bajom van? Miért nem tudok beszélni? Láthatta rajtam a kétségbeesést, mert újra nyugtató hangon beszélt.

– Mindjárt itt lesz az orvos is. Most nem tudsz beszélni, mert a lélegeztetőcsövet még nem vették ki. De minden rendben lesz. Megígérem. Csak nyugodj meg. Jó? – Megpróbált egy biztató mosolyt küldeni, de nem volt túl meggyőző.

Amennyire a homályos látásommal ki tudtam venni, fáradtnak tűnt. A szemei alatt az olimpiai öt karika díszelgett, a haja csapzott volt, arca borostás, a ruhája pedig gyűrött. Összességében nem az ünnepelt filmsztárnak tűnt, csak egy nagyon fáradt ember benyomását keltette, de akkor is itt volt. Mellettem. Nem tudom, mióta ült itt az ágyam mellett, és azt sem, előtte mennyi ideig rettegett, hogy soha többé nem lát viszont. Rengeteg kérdés tört fel bennem most, hogy kissé sikerült megnyugtatnom kalapáló szívemet, de közben fáradtságot is éreztem, így behunytam a szemeimet.

– Megint elalszik? Nem sok ez egy kicsit? – kérdezte a másik hang tulajdonosa.

Erre a megjegyzésre nem tudtam nem reagálni, és ismét kinyitottam a szemem.

A nővérem állt az ágy másik oldalán. Kifogástalanul, mint mindig.

– Ennyi idő után altatásban, és az azelőttiek után nem gondolnám, de majd az orvos megmondja – válaszolt Nick, még mindig a kezemet szorongatva.

– Itt is vagyok. Lássuk, csak mi a helyzet – hallottam egy harmadik hangot ajtónyitás és -csukódás után.

Újabb férfialak közeledett, ezúttal fehér köpenyben.

– Szóval felébredtünk? – szólalt meg ismét a fehérköpenyes. – Dr. Gruber vagyok. A kezelőorvosa. Örülünk, hogy ismét körünkben üdvözölhetjük. Már azt hittük, száz évig fog aludni, mint Csipkerózsika – mondta, jót vigyorogva saját poénján.

Mivel beszélni nem tudtam, csak egy szemforgatásra tellett tőlem.

– Ja, persze. Rögtön ki is vesszük a csövet. Arra kérném, hogy lazítson, vegyen mély lélegzetet, és tartsa bent addig, amíg kihúzom a csövet. Rendben? – kérdezte.

Bólintottam. Nagy levegőt vettem, aminek a mellkasom nem örült, majd égető érzés követte a torkomban, mintha smirglit húztak volna végig rajta, aztán iszonyú köhögés tört rám. Éreztem ahogy kicsit feltámasztja a hátamat és a fejemet az orvos, hogy könnyebben tudjak köhögni, majd egy szívószál közelített a szám felé.

– Lassú, kis kortyokban igyon egy kicsit. Meglátja, jól fog esni – mondta.

Igyekeztem megfogadni a tanácsát; lassan szopogattam a szívószálon keresztül a vizet, csillapodott is a köhögésem rövid időn belül. Kimerülten hanyatlottam hátra a párnán.

– Jól van. Remekül csinálta – dicsért meg egy félmosoly kíséretében. – Minden rendben lesz. A sebei szépen gyógyulnak, semmi maradandó károsodást nem szenvedett. Szeretné, ha most részletezném, vagy később térjünk vissza rá? – kérdezte megértő tekintettel.

– Később – nyögtem ki iszonyú rekedt hangon, mire újabb köhögőroham jött rám. A mellkasom megint őrülten szúrt – odakaptam a kezem, mintha ezzel csillapíthatnám, de természetesen nem használt.

– Igyon még egy kicsit – közelített megint a szívószállal. – Most ki van száradva a torka. Nem is csoda, de majd elmúlik. Csak kortyolgasson szorgalmasan.

– A mellkasom... szúr – nyögtem ki nagy nehezen.

– Áh, igen. Van néhány törött bordája is, illetve olyan is, ami csak megrepedt. Ezek még egy darabig nagy levegővételnél, köhögésnél, tüsszentésnél fájni fognak.

– Remek. – Többre nem voltam képes. Újra visszahanyatlottam, a fájdalomtól becsuktam a szemem, igyekeztem egyenletesen lélegezni.

– Ha megengedi, néhány egyszerű kontrollvizsgálatot elvégeznék, aztán hagyom is pihenni. Nem fog sokáig tartani – hallottam, mire kinyitottam a szemem.

– Persze – motyogtam. – Mit kell tennem? – eszméltem fel, hogy esetleg tőlem vár valami kunsztot.

– Csak nézzen egyenesen előre, kicsit belevilágítok a szemébe – mondta, és már jött is az erős fénysugár. Erre megint beléhasított a fejembe az ismerős fájdalom. Felszisszentem, mire hümmögés volt a válasz. – Még érzékeny a fényre, igaz? – kérdezte.

– A fénytől fáj a fejem – nyekeregtem, és már megint kiszáradt a torkom. – Ihatnék megint egy kicsit?

– Persze – és már jött is a szívószál.

– Kicsit megnézzük a refelxeket is. – Éreztem, hogy a térdeimnél matatott, amit egy-egy rándulás követett mindkét lábamban.

Majd a jobb vállam fölé hajolt, és hűvös ujjaival óvatosan végigtapogatta.

– Meg is volnánk – mondta végül. – A sebek szépen gyógyulnak. Még az agyrázkódás miatt mindenképpen itt kell maradnia pár napig, a továbbiakat pedig majd meglátjuk.

– Oké – mondtam reszelős hangon, mintha bármin is változtatott volna, hogy én hogyan vélekedem erről.

Abban sem voltam biztos, hogy fel tudnék állni innen az ágyról.

– Akkor a legközelebbi viszontlátásra – búcsúzott az orvos kedvesen, és mintha Nickkel összevillantotta volna a szemét.

Nem értettem, minek az egyezményes jele volt ez, de azt gyanítottam, néhány dolgot elhallgatnak előlem. Közben az orvos ki is ment a szobából, és ismét Nick hajolt fölém.

– Minden rendben? – kérdezte. – Kérsz még inni?

– Igen – mondtam. – És közben elmesélheted, hogy miről nem tudok még… – mondtam, miközben reméltem, hogy elég szigorúan nézek.

– Mire gondolsz? – kérdezett vissza, de ezt még ilyen tompa érzékekkel is hallottam, hogy a hangja megremeg.

– Hány napig voltam… Mennyi ideig… mikor találtak meg? – futottam neki a kérdésnek többször is, mire meg tudtam fogalmazni. Nem akartam ugyanis nevén nevezni a dolgot. Még nem álltam készen erre.

– Öt napig kerestek – mondta lassan, végig a reakcióimat figyelve, amit a szívmonitor sípolásának felgyorsulása jelzett is neki. – De most már biztonságban vagy. Nem kell félned – tette hozzá gyorsan.

– Öt napig? – bámultam magam elé üveges tekintettel. – Egy örökkévalóságnak tűnt – suttogtam magam elé.

– Nekünk is annak tűnt. De már nem számít. Már itt vagy, biztonságban – mondta újra.

– És mennyi ideje vagyok itt, a kórházban? – kérdeztem újra.

– Kicsit több, mint egy hete – tette hozzá, majd félőn a monitorra pillantott és várta a hatást, ami nem is maradt el.

– Egy hete? – néztem fel hirtelen. – De hát mi történt, ami miatt egy hétig altattak? Vagy kómában voltam? – eszméltem fel a monitor éles sípolása mellett.

– Nem, nem voltál kómában – jött gyorsan a megerősítés –, de a sérüléseid miatt az orvosok jobbnak tartották, ha altatnak egy darabig. Azt mondták, úgy jobban gyógyulnak a sebek.
– De milyen sebek? – néztem vissza, majd megpróbáltam a takarót félretolva megbizonyosodni, hogy minden végtagom megvan.
– Ne kapálózz. Rengeteg zúzódásod volt, pár égési seb, de nem olyan komolyak; néhány vágás, ilyesmik. Ezeknek kell egy kis idő, de mind el fog múlni, ne aggódj.
– Ezek miatt altattak? – néztem rá kérdőn.
– Nem, az agyrázkódásod miatt. A fejed is azért fáj – magyarázta.
– Aha. Az tényleg fáj – mondtam, és visszadőltem. Megint elfáradtam.
– Aludjál csak, biztosan elfáradtál. Én itt leszek akkor is, amikor felébredsz. Jó?
– Ühüm – motyogtam még, és éreztem, hogy már csak nagyon nehezen tudnám újra kinyitni a szemem.
– Huh, ez nem volt egyszerű – hallottam még valahonnan a messzeségből, aztán betakart a csend és a sötétség.

Amikor legközelebb felébredtem, némi fény derengett a lehúzott rolók között. Nappal lehetett. Eddig azt sem tudtam, milyen napszak volt. Most már csak azt nem tudtam, milyen nap. A kórházi szoba egész kellemesen volt berendezve, de még így is félelmetes volt számomra. Nem szerettem a kórházakat. Ahogy tovább szemlélődtem, elkezdtek visszajönni azok a dolgok, amik az utóbbi napokban történtek. Valamikor egyszer már ébren voltam, és elmondták, hogy mindenféle sérüléseim vannak.

Felemeltem a kezem, hogy megnézzem, de az egészet kötés borította. Ahogy néztem, egyszer csak bevillant egy kép, amin a karom koszos, vérnyomok vannak rajta, és égő cigarettacsikkek nyomai. Egyik a másik mellett. Sok kis apró égésnyom. Elkezdtem a géz szélét keresgélni, hogy letekerjem, és megnézzem, mi van alatta. A légzésem ismét felgyorsult, ahogy erőlködtem, a szívverésem is egyből megugrott. Ekkor egy kéz elkapta a karomat.

Felsikoltottam, majd összegörnyedtem, ahogy a mellkasomban szúró fájdalmat éreztem.

– Hé, ne piszkáld a kezed! – mondta Nick. – Ne szedd le a kötést.

– Csikkek. Megégetett – zihált, és kapálóztam a karjaiban. – Megégetett. Látni akarom!

– Ssss.... – próbált nyugtatni, majd az ágy szélére ülve magához ölelt, hogy a két kezem ne érjen össze. – Nyugi. Meggyógyulnak. Hidd el.

– De megégetett! – kiabáltam vissza.

– Igen, tudom – simogatta a hátamat, miközben a fülembe duruzsolt –, de nem lesz semmi baj. Meg sem fog látszani. El fog múlni. De ne tépd le a kötést. Türelmesnek kell lenned, jó? Ahogy kezdtek visszatérni az emlékek a cigarettacsikkekről, a késről, a viaszról, az ütésekről és a többiről, kitört belőlem a sírás. Leperegtek a szemeim előtt azoknak a napoknak a borzalmai, és hiába voltam már biztonságban, újra rettegés fogott el. Féltem. Féltem szembenézni a múlttal. Féltem szembenézni a jövővel.

Peregtek a könnyek lefelé az arcomon, és én kétségbeesetten kapaszkodtam Nick ingébe. Nem tudtam abbahagyni. Nem volt hozzá erőm. Minden feszültség, ami felgyülemlett bennem abban az egy hétben, amíg fogva tartott az az őrült, kitört belőlem. Hangtalanul rázott a sírás, miközben a testem minden porcikája reszketett, a mellkasom pedig hihetetlenül hasogatott. Minden egyes levegővételnél, szipogásnál újra és újra emlékeztett arra, miért is vagyok most itt, miért is vagyok így kétségbeesve.

Nick türelmesen várta, hogy elmúljon a roham, de csak nagy sokára tudtam abbahagyni. Amikor már nem rázott a sírás, óvatosan visszafektetett a párnára, de a hajamat továbbra is simogatta. Jólesett lefeküdni, mivel ilyen helyzetben kisebb nyomás nehezedett a mellkasomra. A fájdalom enyhülni kezdett, és éreztem, ahogy visszatér a fáradtság. A szemeim kezdtek lecsukódni.

Az elkövetkező napok a kórházban hasonló hangulatban teltek.

Akárhányszor felébredtem, eszembe jutott valami. Vagy olyan, ami már előtte is, és akkor újra és újra átéltem a borzalmakat, vagy valami újabb részlet ugrott be. Akárhányszor Nick rákérdezett arra, hogy mi bánt, elhárítottam a kérdést. Legtöbbször csak megráztam a fejem, és elnéztem a másik irányba. Vagy becsuktam a szemem és alvást színleltem. Persze legtöbbször el is aludtam. Gyanítottam, hogy annyi nyugtató és altató van az infúzióban, hogy bármikor el tudok aludni, nem is kell nagyon akarni.

Egyébként is még kimerítettek ezek az ébrenléti szakaszok. A fejem még mindig fájt, a fény még mindig zavart, és az orvosok, nővérek is egyfolytában zaklattak. Mindig volt valami kötés, amit le kellett cserélni, vagy épp valami belőlem kiálló cső, amit meg kellett igazgatni. Mivel utáltam a kórházakat, igyekeztem csendben elviselni ezeket, és inkább nem tudomást venni róluk.

Ahogy az ébrenléti szakaszok egyre hosszabbak lettek, egyre több idő jutott töprengésre, és ezt nem szerettem. Nem akartam órákig gondolkodni azon, hogy mi történt. Nem akartam magam előtt látni, mint valami rossz film kockáit, amit nézel, mert beragadtál a moziba, csak épp elfogyott a pattogatott kukorica. Nem akartam tovább szenvedni.

De azt sem tudtam, hogyan tovább. Ahogy megpróbáltam valami visszautat találni régi életembe, eszembe jutott egy újabb probléma, mire hangosan felnyögtem. Azt ugyan gondoltam, hogy nem vagyok terhes, de azt nem tudhattam, nem voltam-e az, még mielőtt a szörnyűségek történtek. Semmiképp sem akartam Nick előtt megkérdezni az orvost, aki láthatólag magától nem nyilatkozott róla, bármit is jelentsen ez. Bár azzal is tisztában voltam: bárhogy is volt, Nick többet tud arról, hogy mi minden történt velem, mint én magam.

Egy pillanatra elgondolkodtam, mi lenne jobb. Ha egyáltalán nem is voltam terhes, és csak beképzeltem magamnak az egészet, vagy ha az voltam, de már nem vagyok. Erre a gondolatra megint eleredtek a könnyeim. Csendesen a párnába fúrtam az arcom, és úgy könnyeztem meg a talán soha nem is létezett kisbabámat.

Nick persze itt ült az ágy mellett most is, és amikor észrevette csendes gyötrődésemet, megint megpróbált vigasztalni, de ettől igazából csak még inkább kitört belőlem a bánat. Megint hosszú pityergésbe kezdtem. Néha már úgy éreztem, soha nem fogom tudni abbahagyni. A napok pedig csak teltek egyforma egyhangúságban.

Nick szinte mindig ott volt az ágy mellett, de ha neki máshol volt dolga, mindig odaszervezett valakit. Sosem voltam egyedül. A nővérem is szabit vett ki a munkahelyén, sokszor ücsörgött az ágyam mellett és próbált valami beszélgetést kezdeményezni, de nem voltam alkalmas ilyen üres csevegésekre. Ilyenkor inkább csak hallgattunk.

A szüleim is eljöttek pár napra. Állítólag akkor is voltak itt, amikor még kerestek, aztán haza kellett menniük a birtok miatt, most is csak pár napra tudtak jönni. Ez az őrült nagyon rosszul időzített. Bezzeg télen, a holtszezonban simán ráértek volna fogni a kezem, miközben a sarkot fixírozom és követem a pókok vonulását, de szüret idején még a pár nap is csak csücskösen jött össze. Én nem bántam. Láttam rajtuk, hogy látják rajtam, mennyire nincsenek rendben a dolgok, ami persze nem csoda, csak hát éppen mindenki azt várta, hogy ez valamerre mozduljon. Hogy a helyzet változzon. Kitalálják valahogy ebből a letargikus, katatón állapotból.

Én is erre vártam, csak épp nem tudtam, ez hogyan – és pláne mikor – fog bekövetkezni. Nem igazán tudtam, mit kellene tennem, hogy változzon valami. Azt sem tudtam, hogy van-e erőm ehhez.

Inkább azt gyakoroltam, hogy ébrenléti állapotban hogyan tudom üresben járatni az agyam. Eddig azt hittem, ez lehetetlen, mindig ezerrel pörgött, de most megkönnyebbülten vettem tudomásul, hogy erre még képes vagyok. Csak néztem magam elé, vagy a sarokba, és nem gondoltam semmire. Legalább ez vigasztalt. Hogy nem kell gondolnom semmire.

Már pár napja gyakoroltam az agyi üresjáratot, amikor dr. Gruber azzal az örömhírrel jött be, hogy hamarosan hazamehetek.

Már egyébként is kivették a csöveket, amik mindenféle helyekről lógtak ki belőlem, párszor felkeltettek, hogy mozogjak, ne csak feküdjek, bár a fejfájás és szédülés miatt ez nem volt nagy élmény, de legalább bebizonyosodott, hogy már önállóbb vagyok, nem szorulok állandó ápolásra.

Több mint egy héttel azután pedig, hogy felébredtem, haza is engedtek. Előtte még dr. Gruber benézett egy kis csevejre.

– Nos, hogy érzi magát? Boldogulni fog otthon? – kérdezte, meleg tekintetét végighordozva rajtam. Kedves ember volt; édesapámra emlékeztetett.

– Köszönöm, megvagyok. Nem lesz semmi baj – mondtam, valószínűleg nem túl nagy meggyőződéssel.

– Mire emlékszik abból, amit az a fickó tett magával? – fordította komolyabbra a beszélgetést.

– Mire céloz? – kérdeztem vissza óvatosan.

– Mert a sebeit látta, ahogy a nővérek cserélték a kötéseket rajtuk. Gondolom, emlékszik, hogyan keletkeztek? – próbálta tovább szőni a gondolatot.

– Nos, emlékszem, bár nem mindenre.

– Közben néha elájult, igaz?

– Elájultam vagy elaludtam? Én magam sem tudom – mondtam csendesen. – De kellemes változatosság volt – tettem hozzá egy szarkasztikus félmosoly kíséretében.

– Értem. És, ha jól értesültem, a sajnálatos eset előtt tervezte, hogy felkeres egy nőgyógyászt – próbált átevezni egy másik témára.

– Igen – mondtam elkínzottan, mert sejtettem, mi fog következni.

– Volt valami különleges oka, vagy csak egy általános vizsgálatot szeretett volna elvégeztetni? – érdeklődött tovább.

– Volt. Azt hittem... – megint elakadtam –, azt hittem, terhes vagyok – böktem ki végül.

– Nos, nem tudom, melyik adna nagyobb megnyugvást, vagy melyik lehetőség kavarja fel jobban, de szeretném, ha tudná, hogy nem volt állapotos.

– Értem. – Az viszont érthetetlen volt, hogy ez miért keserített el. Hiszen ha az lettem volna, valószínűleg a jelen szituáció akkor is hasonló lenne. Azt a hetet úgysem élte volna túl.

– De ne aggódjon, teljesen egészséges, bármikor teherbe eshet, ha abbahagyja a védekezést. Úgy tudom, szed tablettát.

– Igen – mondtam, bár a részletekről nem világosítottam fel. – És a családom mit tud erről az egészről? Gondolom, a sebek alapján összerakták a képet. Vagy a rendőrök elmondtak nekik mindent?

– Nos, ami a családját illeti, igen, valóban tudják a legtöbb dolgot. Főleg, mivel a rendőrségi akta miatt teljes orvosszakértői vizsgálatot kellett végeznünk. Attól tartok, mindent tudnak – mondta az arcom minden rezdülését figyelve. – Kivéve esetleg azt, aminek fizikai nyoma nincs, de maga emlékszik rá. Van ilyen?

Mivel nem válaszoltam, csak félrefordítottam a tekintetemet a vizslató szemei elől, folytatta:

– Esetleg érdemes lenne beszélnie róla egy pszichológussal. Biztos vagyok benne, hogy tudna segíteni feldolgozni ezeket a szörnyű élményeket.

– Tényleg? – kérdeztem vissza szkeptikusan. – Hát fel lehet ezeket valaha dolgozni?

– Vagy legalábbis megtaníthatja, hogyan tud együtt élni velük – vetett fel egy másik opciót.

– Majd meglátom.

– Rendben – mondta, és mivel megszólalt a személyi hívója, így gyorsan biztosított róla, hogy a papírmunkát elintézi, és még aznap haza is enged a kórházból.

Persze ahogy ez lenni szokott, még ezek után sem ment minden egyszerűen. Meg kellett várnom az elbocsájtó szép üzenetet, még búcsúzóul dr. Gruber megvizsgálta a sebeimet. A legtöbbről már lekerültek a gézkötések, állítólag szépen gyógyultak. Én erről nem voltam ugyan meggyőződve, mert még mindig elég csúnyának tartottam őket, bár ezeken sem voltam hajlandó sokat filozofálni. Nem nagyon akartam leltárba venni őket, mert azzal az is eszembe jutott volna, hogyan szereztem őket.

Mielőtt elhagytam volna a kórházat, még elláttak mindenféle kenőcsökkel, amelyekkel az égési és egyéb sebeket kellett kenegetnem, nyugtatókkal, altatókkal, és azzal a bizonyos névjegykártyával.

Már az ébren töltött tíz nap alatt a kórházban is rendszeresen meglátogatott egy pszichiáter, de mint ahogy a többiek sem jártak sikerrel, ő sem tudott túl sokat kihúzni belőlem. Nem álltam készen a nagy vallomásra. Nem akartam kiönteni a szívem, mert az azt jelentette volna, hogy újra visszapörgetem a szalagot és végignézem a horrorfilmet.

Persze látták, hogy nem vagyok jól, és gondolom, ez törvényszerű is volt, így arra kértek, ha készen állok, nyugodtan keressem meg az orvost, és ő bármikor szívesen meghallgat és segít. Biztosítottam róla, hogy ő lesz az első, akit beavatok a brutális részletekbe, és ezzel sikerült is leszerelnem, mint ahogy mindenki mást is. Ezt is akartam. Azt akartam, hogy mindenki békén hagyjon.

Dolgozni még nem tudtam visszamenni; a törött és repedt csontjaim még nem gyógyultak meg teljesen, és egyébként is ijesztően néztem ki, ahogy a zúzódások és sebek a szivárvány minden színében pompáztak, a gyógyulás stádiumától függően.

Amit egy darabig nem is tudtam, az az volt, hogy az orromat is kis híján betörte az, akit nem emlegettem magamban, de mivel csak kicsit megrepedt, miután helyretették, fájdalmat már nagyon nem okozott, bár az agyrázkódásos fejfájástól úgysem éreztem volna, viszont a szemeim környéke szép lilára változott. Mire elhagytam a kórházat, már hajlott a zöldes-sárgás színbe, így aztán nagyon nem akartam mutatkozni sehol.

Persze arra a felvetésemre, hogy hazamegyek és majd nyalogatom a sebeimet csendes magányomban, heves tiltakozás jött minden oldalról. A szüleim nem tudtak tartósan ideköltözni, a nővérem is az állását kockáztatta a sok fizetés nélküli szabadsággal, amit kért, így aztán megint Nick volt a nap hőse, aki felajánlotta, hogy hozzám költözik, amíg gyógyulgatok. Az a verzió is felmerült, hogy menjek én hozzá, de mivel az ő háza kétszintes volt, az enyém pedig csak egy, és nem volt kedvem annyit lépcsőzni, így maradtunk az enyémnél.

Október második felében tehát Nickkel az oldalamon kibotorkáltam a kaliforniai napsütésbe, persze hatalmas napszemüveggel az orromon több okból is, majd a férfi kellemesen lesötétített terepjárójával hazakerekeztünk.

Üres bébiszatyor

Megint sötét volt, és már ki tudja, hányadszorra néztem szembe a közeledő sötét alakkal. Megint kés volt a kezében, és őrülten vigyorgott. Egyre közeledett. A szájában cigaretta füstölgött, a másik kezében pedig egy gyertya fénye pislákolt. Egyszerre ugrott be az összes emlékkép, hogy ennyi mindennel mire képes, és rettegés fogott el. Elkezdtem vergődni a széken, amire lekötözött; menekülni próbáltam, de egyre közelebb jött. Amikor már szinte éreztem a gyertya melegét az arcomon és a kés élét a nyakamon, valaki megragadta a kezeimet és megrázott. Nem igazán értettem, hogyan csinálta, hiszen minden keze foglalt volt. Uramatyám! Már ketten vannak! Már ketten bántanak! Még nagyobb pánik uralkodott el rajtam, még jobban igyekeztem kiszabadulni a vasmarkokból, amik szorítottak.

– Noree! Nyisd ki a szemed! Nick vagyok. Nyisd ki a szemed! – hallottam nagyon messziről.

Követni akartam a hangot, de nem tudtam, honnan jött. Forgattam a fejem mindenfelé, hogy meglássam, honnan érkezik a segítség, de még mindig nem láttam. Ekkor a halántékomon kemény ütést éreztem. Oda akartam kapni, hogy védekezzek, de a vasmarkok nem engedtek.

– Noree, ébredj már fel! – hallottam ismét. – Nyisd ki a szemed! Hallod?

Nem értettem, miért mondja a hang, hogy nyissam ki a szemem, amikor most is nyitva volt. Hiszen láttam az őrültet magam előtt; még mindig itt vigyorgott a hülye késével és a gyertyájával. Nem vagyok én földönkívüli, mint a sötét zsarukban, hogy két pár szemhéjjal pislogjak! Azért megpróbáltam azt csinálni, amire utasítottak.

Nick arca jelent előttem, de mintha fájdalom suhant volna át rajta. Én még mindig lihegtem a megpróbáltatásoktól, csuklóimon Nick kezeit láttam, ahogy szorosan tartotta őket.

– Na végre! – mondta, miközben egyik kezével elengedte a csuklómat és megvakarta az állkapcsát. – Azt hittem, sosem ébredsz fel. Megint rosszat álmodtál?

– Igen. Megint ugyanaz. Vagyis majdnem – motyogtam mély levegővételek közepette. – Mi van az álladdal?

– Lefejelted. Neked nem fájt? – kérdezte, miközben az arcomat vizslatta.

– Ja, de, azt hiszem, én is éreztem valamit.

– A kórházban mintha nem lettek volna ilyen rémálmaid. Csak itthon. Nem lehet, hogy átok ül ezen a helyen? – nézett körbe valami szellem után kutatva.

– Ne légy nevetséges! – mondtam a halántékomat tapogatva a szabad kezemmel. – Elengedheted a másik kezemet is – tettem még hozzá, mert a szorítástól elkezdett sajogni.

Ez volt az egyik repedt tagom a sok közül, és még nem teljesen gyógyult meg.

– De ott tényleg nem voltak, ugye? – tért vissza kérdéséhez, miután elengedte a kezem.

– Nem, ott nem voltak – válaszoltam, de tudtam, hogy nem fogja annyiban hagyni.

– Vajon miért? – tűnődött hangosan. Nem igazán tudtam, hogy csak költői kérdésnek szánta, ő maga kereste rá a választ, vagy tőlem várt valamit. Hallgattam. – Nem tudod? – ragaszkodott a témához.

– Mióta hazajöttem, nem szedem a nyugtatókat és az altatókat, amiket ott valószínűleg az infúzión keresztül adagoltak. Szerintem ezért van – vontam meg a vállam a konklúzióm végén. – Ott simán kiütöttek minden alkalommal, nem is álmodtam semmit – adtam meg az egyetlen alternatívát, ami bennem is felmerült.

– És nem gondoltál arra, hogy kicsit fokozatosabban hagyd abba a szedésüket? – kérdezte óvatosan.

– Nem – válaszoltam határozottan, remélve, hogy ezzel le is zárhatjuk ezt az éjszakai eszmecserét.

– Oké. De ha mégis meggondolod magad... – kezdett hozzá, de nem hagytam, hogy befejezze.

– Nem fogom. Nem akarok rászokni egyikre sem.

– Rendben.

Az igazság az volt, hogy megrémített az, amit a kórházban éreztem. Persze azon kívül, ami valószínűleg természetes volt ilyen trauma után. Az, ahogy egész nap képes voltam gondolatok nélkül létezni; az, ahogy éreztem, mennyire roszszul vagyok, mennyire rettegek, mennyire nincs rendben velem semmi – mert ezt mind éreztem, csak éppen nem érdekelt. Mert semmit nem tompított az érzéseimből vagy a fájdalomérzetemből, csak azt a részét kapcsolta ki a folyamatnak, amikor ezek ellen tettem volna valamit. Csak léteztem. Teljesen letompított akarattal.

Ami pedig az alvást illette, túl sokat aludtam. Ez persze nem volt rossz, aludni mindig is szerettem, de ezek is inkább a fejbekólintásszerű alvások voltak, nem az igazi pihentetők. Persze magyarázzák én pihentető alvásról, ha altató nélkül meg háromóránként felsírok, mint a csecsemők.

Komoly dilemma volt, de úgy döntöttem, inkább vagyok magamnál az álmaimmal együtt, mint hogy egyszer azt vegyem észre, hogy csorog a nyálam lefelé az államon.

Közben persze Nick is próbált visszatérni a régi kerékvágásba, időnként magamra hagyott pár órára, amíg elintézett egy-két dolgot, vagy bevásárolt, aztán sietett vissza. Próbáltam utalni rá, hogy meglennék egyedül is, de nem tágított.

– Tudod jól, hogy nem jelent semmi plusz megterhelést nekem – mondta egyik nap, amikor – ki tudja, hányadszor – próbáltam utalni arra, hogy nyugodtan egyedül hagyhat hosszabb időre. – Addig itt maradok, amíg szükséged van rám.

Ez a mondata megkondított bennem egy vészharangot. Mert miközben ugyan lelkesen tovább tartotta bennem a lelket, azért meg is változott valami. Kicsit olyan volt, mintha ő lett volna a bátyám, vagy maximum a legjobb barátom, ugyanis egyáltalán semmilyen módon nem közeledett hozzám.

Persze ennek számos magyarázata lehetett.

Például esetleg félt attól, hogy a törött bordáim tovább recs-csennek egy-egy hevesebb mozdulat hatására, vagy valami akrobatikus elem közepén, miközben a horizontális mambót gyakoroljuk.

Aztán ott volt az a lehetőség, hogy az orvos tiltotta meg neki. Azzal is számolnom kellett, hogy az őrült fickó ténykedési után nem igazán volt gusztusa rám. Erre a gondolatra kis híján sírva fakadtam.

Majd egy lehetőségként a lilában, sárgában, zöldben pompázó képem is valószínűleg igen lelombozó hatással lehetett rá. Vagy még esetleg gondolhatta azt is hogy én nem kívánom. Bár igazság szerint én magam sem tudtam, hogy akarnám-e. Hogy ebben a zaklatott állapotban mennyire élveztem volna. De hát mégsem kérdezhettem meg, hogy a fentiek közül mégis melyik is volt a valódi ok. Na nem mintha én most egész éjszakás vad orgiákra vágytam volna – bár az kétségkívül megkímélt volna az őrült álmoktól.

Miután idáig jutottam a gondolataimban, megráztam a fejem. Elég hülyén hangzott ez így mind. Mint valami feleletválasztós teszt. Már kezdek becsavarodni is.

A nappaljaim elég unalmasan teltek. Általában próbáltam ébren maradni, ami nem volt egyszerű vállalkozás. Mivel az éjszakáim elég rövidre sikerültek – legalábbis az alvással töltött részek –, így nappal is kicsit holdkórosként mászkáltam. A szemem alatt a lila foltok már nem az ütésektől sötétedtek, hanem a kialvatlanságtól. A sebeimet szorgalmasan kenegettem, és valóban kezdtek halványulni, de még mindig nem láttam, hogyan fognak ezek teljesen elmúlni.

Mindkét sípcsontomon hosszú vágásnyom éktelenkedett. Most még pirosak voltak, de állítólag hamarosan elhalványulnak egészen fehérré. Még ha hátul lennének, olyan lenne, mint a díszítőcsík a harisnyán, de elöl? Elég rosszul néztek ki.

Különféle végtagjaimon a zúzódások nyomai még megvoltak. Szabálytalan alakban sebhelyek mutatták az egykori horzsolásokat, színes foltok az ütéseket, kis vonalak pedig a vágásokat.

A vállamon érdekes módon kívülről semmi nem látszott, ennek ellenére a jobb kezemet még elég nehezen mozgattam, kicsit mintha berozsdásodott volna minden a vállamban. Azt mondta az orvos, kiugrott a helyéről, de azt nem igazán tudták, mikor történt. Valószínűleg a végén, amikor az ágyon fekve próbáltam ficánkolni alatta és elkerülni azt, ami akkor elkerülhetetlennek tűnt.

Ami a karjaimat illette, ott is zsugorodtak az égésnyomok. Már csak borsószem nagyságúak voltak, nem annyira fájtak, mint inkább húzódtak. Ezért is kellett őket szorgalmasan kenegetni. Ezekre is azt mondták, hogy elmúlnak. Ha nem tudtam volna, mitől vannak, még mókásan is néztek volna ki, ahogy sorakoztak a karjaimon, de ismerve valódi származásukat, nem volt kedvem nevetni.

Az orrom a helyén volt, a foltok is eltűnőben voltak. Már érintésre nem volt érzékeny, csak ha orrot kellett fújnom, akkor homályosodott el a tekintetem.

Összességében a szarkazmusom is visszatért, csak az életkedvem nem.

Azt még nem döntöttem el, mikor megyek vissza dolgozni. Persze így, hogy napközben szinte egyfolytában az álmossággal küzdöttem, éjszaka meg az álmokkal, jobb is volt, hogy nem garázdálkodtam a cég közelében. Ilyen állapotban az ember csak ne hozzon döntéseket.

A másik ok az volt, hogy nem nagyon akartam senkivel sem találkozni. Valahogy el tudtam képzelni a tekinteteket, hogyan néznének rám, ha bemennék; ahogy összesúgnának a hátam mögött, és erre nem nagyon vágytam. Érdekes módon az együttérzésükre vagy a sajnálatukra sem. Inkább csak arra vágytam, hogy egyedül legyek. Nem tudtam, miért.

Ezzel együtt igen lassan teltek a napjaim, és minden nappal egyre nehezebb lett.

Nem akartam semmit csinálni, nem volt kedvem semmihez. Nem motivált semmi. Csak voltam. Reggel felkeltem, mert Nick noszogatott. De ez csak annyit jelentett, hogy nem az ágyban gubbasztottam, hanem a kanapén. Nick jött, ment, én meg néztem ki a fejemből.

Este pedig lefeküdtem az ágyba és vártam a borzalmakat, amikről tudtam, hogy eljönnek. Másrészt viszont ahogy egyre inkább kijött rajtam a kialvatlanság, úgy kezdtem bezavarodni. Folyamatosan gyűlt bennem a feszültség, Nick minden ártatlan megjegyzése úgy csapódott be, mint a bomba. Robbanni tudtam volna mindegyikre. Elfogyott a híresen sok türelmem. Pattanásig feszültek az idegeim. Másképp érzékeltem a zajokat, a hangokat, a fényeket, az ízeket, az illatokat is. Minden sokkal hangosabbnak tűnt, a fény bántotta a szemeimet, pár nap után úgy égtek, hogy legszívesebben kikapartam volna őket. Az ételek íze is más volt. Rossz. Egy idő után étvágyam sem volt. Sokszor már az evés gondolatától is rosszul voltam.

A környezetemet sem nagyon érzékeltem. Annyira elbambultam időnként hogy nem vettem észre azt sem, hogy Nick megjött vagy elment, vagy épp körülöttem mászkált. Szinte semmit nem vettem már észre. Aggasztó élmény volt, de nem tudtam vele mit kezdeni.

Az is számtalanszor előfordult, hogy Nick hirtelen felbukkanása pánikrohamot hozott rám. Próbáltam leplezni, mennyire megrémített, amikor megjelent a látókörömben párszor. Így is valószínűleg őrültnek tartott, de ez is csak az amúgy is szűkében lévő energiakészletemet apasztotta.

Tudtam, hogy aludnom kellene, de nem mertem. Nem akartam a szemeimet lehunyni, mert mindig ugyanaz volt a vége: eljött értem a férfi, hogy tovább kínozzon.

Sokszor álltam a fürdőszobában a szekrény előtt és fogtam a kezembe a nyugtató és az altató dobozát, mert megtartottam őket, és kacérkodtam vele, hogy egy kicsit kiütöm magam, de végül mindig elvetettem. Tudtam, hogy nem vehetek be egyet sem. Nem szokhatok rájuk.

Ahogy teltek-múltak a napok, Nick egyszer csak azt mondta, várhatóan sok dolga lesz a stúdióban, és mivel nem szeretett volna egyedül hagyni, szervezett mellém egy bébicsőszt. Persze ő nem ezt a szót használta, de a lényege ez volt.

Így aztán egyszer csak ott állt egy hosszú szőke hajú, Barbie baba külsejű lány, Cindy, és kíváncsian pislogott, miközben örvényt kavart maga körül a kilométer hosszú szempilláival.

Úgy döntöttem, ignorálom.

Több okból is.

Egyrészt nem érdekelt.

Másrészt nem volt szükségem dajkára.

Harmadrészt nem kerestem barátokat.

Negyedrészt őrülten idegesített.

A lehető legrosszabb időpontban találkoztunk össze.

Jó formámban valószínűleg mulattatott volna a személyisége, a stílusa, és az egész megjelenése, illetve az, ahogy a mínuszba csapó IQ-szintjét próbálja a külsejével és kedvességgel kompenzálni.

Most azonban nem voltam jó formában.

Sőt fényévekre voltam tőle.

Így aztán amikor első reggel Nick bekísérte a nappaliba és bemutatta, majd láttam, milyen szemeket meresztett a kis csitri az én pasimra, kis híján ráugrottam és letéptem az arcát.

Ehelyett inkább csak bámultam magam elé.

Persze a megpróbáltatásoknak közel sem volt vége.

Szegény pára nagy igyekezetében, hogy összebarátkozzon velem, véget nem érő bájcsevejbe kezdett, amivel villámgyorsan kihúzta a gyufát.

Még igen korán volt, amikor kitipegett a konyhába, majd visszaérve a következőt adta elő heves homlokráncolás közepette.

– Mr. Cassidy mondta, hogy készítsek reggelit. Mit szólnál egy hari zsömihez fini parizerrel, és valami iszivel?

Itt nálam megállt a tudomány.

Alapban tompa voltam a kialvatlanságtól és az egyebektől, de ehhez konkrétan tolmácsra lett volna szükségem.

A jó öreg módszerhez folyamodtam és ismét csak ignoráltam.

Ebédnél nagyjából ugyanezt játszottuk el.

– Izé, Noree. Mi a helyzi? Ebédre fincsi husi levi pogival?

Itt megint megszakadt a kettőnk közti kommunikáció.

Délután, amikor Nick hazaért, szerencsére már nem nekem adta elő ezeket az agymenéseit, bár úgy vettem észre, Nick is elég gyorsan elköszönt tőle.

Sóhajtottam.

Egy napot túléltem vele.

Nem akartam bunkó lenni, így inkább csendben maradtam, minthogy a fejéhez vágjam a szitokszavakat, amik felmerültek bennem.

Szegény Nick próbált lelkesnek látszani és megkérdezte, jól kijöttünk-e egymással, én csak bólintottam egyet, és visszasüppedtem a katatón állapotomba.

Nem akartam, hogy lelkiismeret-furdalása legyen, amiért itthon hagyott. Elvégre valakinek dolgoznia is kellett. Ha már én nem voltam rá képes.

Az újabb zaklatott éjszaka után, még rosszabb idegállapotban leledzve, reggel Cindy megint ott állt mellettem.

Mély levegővétel után próbáltam minden zen-tudásomat bevetni és nyugodt maradni, de nagyon érett a kitörés.

Pláne, mivel Cindy némileg taktikát váltott.

Nem tudtam, hogy ezt ő gondolta ki ilyen ügyesen a kis fejében, vagy esetleg még tippet is kapott Nicktől, de mindenképpen érett az idő egy kis hajtépésre.

A kis tündér letelepedett mellém a kanapéra, és mialatt én szokás szerint a levegő részecskéit számolgattam a bevetődő nap sugaraiban, ő bekapcsolta a tévét, és miután rátalált a pletykacsatornára, amin vég nélkül hírességek életét boncolgatták, hangos rágócsámcsogás és heves hajtincstekergetés közepette még kommentálta is a bemutatottakat.

– Fúj. Ez a pasi hogy úszta meg a börit?

Odapillantottam. Charlie Sheen arca nézett vissza. Mondjuk, ez jó kérdés volt.

– De szupcsi telcsije van! Nekem is kell olyan. Majd szólok az édi pasimnak.

Én speciel telefont sem láttam a képernyőn, de biztosan bennem volt a hiba.

– Azt hittem, ezek öri barik! Nemá'! Erre kiderül, hogy öri hari van? Mi van??

Már oda sem néztem.

És a szenvedés tovább folytatódott.

Megpróbáltam kikapcsolni, de néha csak-csak visszacsöppentem a jelenbe, és újra meg újra bekúsztak a fülembe a véget nem érő monológjai.

– ...és akkor egyszer csak azt láttam, hogy az a vén szatyor egy bazi miniszoknyát húzkod magára. És az még nem elég, de neonzöld színben, pedig mindenki tudja, hogy az most nem is divat! Dehát hogy tehetnek ki ilyeneket a polcokra?? És különben is, annak a múmiának nincs szeme? Még kilógna valami a szoknya alól. Borzasztó, milyen ízlésficakja van egyeseknek...

Csak a végét kaptam el, de azt hallottam, hogy szókincsfejlesztés-órán nem lehettek nagy sikerei.

Aztán sikerült egy időre megint száműznöm a fejemből, de rettenetesen idegesítő módon megint csak az ő hangjára eszméltem.

– ...és akkor az én kis Cuncimókusom elfutott előlem, és olyan gyorsan szaladt az apró lábain, hogy utol sem értem. És az a ronda nagy kutya kergette. És nem láttam sehol a gazdáját. Szegény kis blökinek biztosan halálfélelme volt. Nem is értem, hogy lehetnek emberek ilyenek, hogy csak úgy hagyják szabadon az ilyen vérengző ebeket. És akkor végre valaki fütyült annak a rusnya dögnek, és akkor végre lelassított, aztán meg is fordult. Szegény kis Csimbókom már ájuláshatáron volt...

És ez így ment tovább egész nap.

Aztán kínkeserves lassúsággal végre eljött az este.

Olyan kimerültnek éreztem magam, mire Nick hazaért és Cindy végre elbúcsúzott, hogy nem bírtam tovább.

– Nick! Én ezt nem csinálom tovább. Vagy ő megy, vagy én! – néztem rá haragosan.

– Drágám. Tudod, hogy jót akarok. Valami baj van vele? Megbántott? – kérdezte fáradtan.

Egészen megsajnáltam, de a dühömet nem tudtam csillapítani.

– Vagy ő, vagy én! – ismételtem, amikor eszembe belém hasított a tudat – Várj! Én itthon vagyok. Én nem megyek sehova.
Ő megy! – mondtam dacosan, remegő hanggal.

– Noree – kezdett volna bele, de félbeszakítottam.

– Nem, Nick! Én még egy napot nem vagyok hajlandó vele tölteni. Ehhez a nőhöz értelmező kéziszótár kell. Csak éppen nem jöttem még rá pontosan, milyen fajtából. Valami infantilis nyelven löki a sódert egész álló nap, amitől kihullik a hajam. Nem bírom. Esküszöm, hogy levegőt is a seggén vesz. Baromira idegesítő. Biztosan egyébként elbűvölő, de az én pulzusszámomat az egekbe nyomta. – Még most is éreztem azt a belső remegést, ahogy visszafojtottam kétnapi dühömet.

– Oké. Majd valahogy megoldom – jött lemondó sóhajjal a válasz. – Itthon maradok.

– Nem. Nem kell itthon maradnod. Megleszek egyedül is – győzködtem. – Nem kell bébiszatyor.

– És fogsz önállóan enni? – nézett rám.

– Akkor sem ettem, amikor Barbie kisasszony biztatott. Nem tökmindegy? – feleseltem.

– Nem! Nem tökmindegy! Hogy akarsz így meggyógyulni?? – Éreztem, hogy már ő is dühös.

– Mit tudom én! – kiabáltam vissza. Már nem tudtam visszafogni magam. – De ha te vagy bárki más tudja, hogyan kell meggyógyulni őrült kínzásokból és mege... – itt elakadtam. Még ebben a zaklatott, irracionális állapotomban sem bírtam kimondani a szót, így inkább gyorsan folytattam – ...akkor szóljon! Mert marhára szeretnék! De sajnos nem így megy! – mondtam, és csettintettem az ujjaimmal. Még a dühömön át is éreztem, hogy nem fair, amit Nickkel művelek, de nem tudtam visszafogni magam. – Elegem van, hogy mindenki gülüszemmel lesi, hogy mikor leszek jobban, de ez nem segít! Csak hagyjatok békén! Csak hagyjatok békén! – kiabáltam, miközben felpattantam és kirohantam a szobából, szegény magába roskadt Nicket magára hagyva a kanapén.

A hálószobába érve egy pillanatra megtorpantam, majd továbbmentem a fürdőszoba felé.

Attól, hogy újra eszembe jutott néhány részlete annak a bizonyos hétnek, mocskosnak éreztem magam. Úgy, ahogy voltam beléptem a zuhany alá, majd könnyáztatta arcomat a vízsugár felé fordítottam.

Egy darabig így álltam, a testemet hangtalan zokogás rázta, majd éreztem, hogy a kimerültségtől összecsuklanak a lábaim, és bedőlök a sarokba.

Összegömbölyödve feküdtem a zuhanytálca alján.

Sírtam.

Sírtam a fájdalomtól, a szégyentől, és a reménytelenségtől, ami áthatott.

Biztos voltam benne, hogy a férfi éppen csomagol, vagy még inkább mindent itthagyva már el is tűnt.

Nem ezt érdemelte.

Sosem fogja megbocsátani, de már mindegy is volt.

Úgysem tudtam neki semmit sem nyújtani.

Ez már régen is így volt, de most méginkább.

Már régen sem illettünk össze. Ő ünnepelt sztár volt, én pedig egy senki. Most pedig egy zakkant senki.

Erre a gondolatra még a tompaságon keresztül is éreztem, hogy fájdalom járja át a szívemet.

Elveszítettem azt, aki sosem volt igazán az enyém.

A felismerésre újabb, az előzőnél még keservesebb sírás tört fel belőlem, és már majdnem fuldoklásszerűen próbáltam levegő után kapkodni kínjaim között.

Aztán egyszer csak szitokáradatot hallottam magam mellett, majd elállt a vízcsobogás és felemelkedtem a zuhanyzóból.

Tiltakozni akartam.

Azért, mert neki már régen itt kellett volna engem hagynia.

Azért, mert megérdemeltem volna, hogy még tovább feküdjek ott.

Azért, mert csak összeviztem.

De nem tudtam beszélni.

Tovább kapkodtam levegő után és markolásztam a pulóverét, miközben peregtek a könnyeim és reszkettem a nedves, hideg ruhákban.

A férfi beburkolt egy plédbe és úgy ringatott percekig, mire kicsit alábbhagyott a reszketésem és a zokogásom.

Aztán amikor már félig-meddig megnyugodtam, lerángatta rólam a vizes ruhákat, bedugott az ágyba, a számba nyomott egy bogyót, ami ellen már nem volt erőm tiltakozni, és nem sokkal később el is nyomott az álom.

Már több mint két hete otthon voltam, túléltem két nap Cindyt, a veszekedést Nickkel, és a másnap reggelt, majd pár napot egyedül, amikor először látogató érkezett.

A nővérem.

Leutazott San Franciscóból hétvégére azzal a fal szöveggel, hogy egy kicsit együtt legyünk. Azt mondta, megünnepelhetnénk Halloweent, hátha az felvidít. Azt nem mondhattam neki, hogy semmi kedvem hozzá, és különben is tudom, hogy csak azért rendelte ide Nick, hogy amíg ő hétvégén is dolgozik, nehogy felügyelet nélkül maradjak, így inkább megpróbáltam humorral elütni a dolgot. Arra a megjegyzésemre, hogy már sokat nem kell dolgoznom a jelmezemen, a zombikülsőt csípőből produkálom, megkönnyebbülten nevetett fel.

– Na látod! – kiáltott fel erre, szemöldökét csinos kis félkörívbe húzva. – Kezd visszatérni a humorod!

Nem lomboztam le a lelkesedését, hogy ez nem a humorérzékem, csak a szarkazmusom, és egyébként se ordítson, mert fejbe verem. Inkább csendesen elszámoltam tízig, nagy levegőt vettem, és produkáltam valami elcsúszott félmosolyt. Még mindig borzasztóan ingerlékeny voltam.

– Bulizunk egyet, mit szólsz hozzá? – folytatta egyre nagyobb lelkesedéssel. – Meghívhatnánk pár embert. Vagy inkább Nick házába, az nagyobb. Mondjuk a cégedtől? Biztosan örülnének, ha újra láthatnának.

Biztosan – tettem hozzá magamban. Valójában egészen megrémítettek a gondolatai, de inkább hagytam, hadd tervezgessen. Addig is elfoglalta magát, és nem engem vizslatott. Ha nagyon tiltakoznék, azzal csak a zombi-belsőmet tárnám fel, és felesleges izgalmakat is okoznék. Hadd higgyék csak, hogy már jobban vagyok. Már vagy két napot túléltem egyedül, és még az ebédemet is megettem, mint valami bátor kiscserkész. Próbáltam emberi külsőt ölteni, mert tudtam, hogy ezzel megspórolok egy csomó problémát.

– Szóval akkor szombat estére, mondjuk hétre, odahívom az embereket. Persze, ha te is egyetértesz. – Már nem nagyon figyeltem rá, csak automatikusan bólintottam egyet. – Rendelek salátákat, szendvicseket és ilyesmiket egy cégtől, ja, és innivalót is. Már csak a jelmezekről kell gondoskodnunk. Mit szólsz hozzá?

– Remek lesz – válaszoltam fahangon.

– Hát persze, hogy az lesz. Ja, jut eszembe, valami zene is kelleni fog. És fények. Szerinted Nick mit fog szólni hozzá? Remélem, nem bánja, ha nála csináljuk.

– Nem hinném.

– Oké. Majd megbeszélem vele. Na de most mesélj. Mi a helyzet?

– Semmi. Mi lenne? – válaszoltam meglepődve.

– Hogy vagy?

– Jól – próbáltam minden színészi teljesítményemet bevetni, de a reakcióból úgy néztem, az alakításom még nem érett meg az Oscarra.

– Most komolyan. Nem úgy nézel ki, mint aki jól van.

– Pedig már elmúlóban vannak a sebek. Látod? – húztam fel a pulóver ujját. – A bordáim is egészen jók. Már nem fájnak annyira, csak ha köhögök.

– Én nem erre gondoltam.

Persze tudtam, mire gondol.

– Ja, csak az a baj, hogy nem tudok rendesen aludni. Különben jól vagyok.

– Miért nem veszel be altatót?

– Egyik este vettem be egyet, de ezt már egyszer megbeszéltük. Nem akarok rászokni semmire sem.

– Azt én sem akarom. De attól még aludnod kellene. Kikészülsz, ha nem tudsz rendesen pihenni.

Ezt persze én is tudtam. Nem akartam kifejteni neki, hogy máris a legjobb úton haladtam afelé. Már előző nap éreztem némi szédülést, ha hirtelen mozdultam, ami persze csak akkor fordult elő, ha valaki felbukkant a közelemben és megijedtem. Különben leginkább mozdulatlanul ültem a kanapén.

– Ugyan már! – torkoltam le. – Jól vagyok.

Láttam, hogy nem győztem meg, de nem feszegette tovább. Közben Nick hazaért a stúdióból, és láthatóan nagyon megkönnyebbült a nővérem látványától. Amíg egymással beszélgettek, visszadőltem a kanapé sarkába. Csak félig-meddig követtem a párbeszédüket; Nick elmesélte, hol tartanak egy filmmel, aminek ő a producere, Lia pedig beszámolt San Franciscó-i élményeiről, az otthoni szüretről – amiről ugyebár mi lemaradtunk –, és a legutóbbi, New York-i üzleti útjáról.

Közeledett a vacsoraidő, és gondoltam, megpróbálom meggyőzni őket arról, hogy mennyire nem kell aggódniuk miattam, és felajánlottam, hogy amíg beszélgetnek, addig készítek valami vacsorát. Láttam a tekintetükön, hogy minden mozdulatomat kielemzik – itt is összenéztek, majd mindketten nagy lelkesedéssel bólogattak erre az ötletemre.

Kimentem hát a konyhába. Egy pillanatra összezavart az éles fény, így inkább csak a szagelszívó felett kapcsoltam fel a fali lámpát. Ahogy a pulton támaszkodtam és próbáltam a fényhez hozzászokni és a gyenge szédülést legyőzni, egy pillanatra komolyan el kellett gondolkodnom azon, hogy miért jöttem ki a konyhába. Ja, persze, a vacsora.

Szép lassan odaaraszoltam a hűtőhöz, kinyitottam, majd széttnéztem benne. Nem tűnt ismerősnek a tartalma. Máskor mindig én vásároltam be, én pakoltam be, csukott szemmel is tudtam, hogy mi van benne és melyik polcon. Most csak néztem, és rájöttem, hogy fogalmam nem volt, mi van otthon. Mostanság Nick vásárolt, ő is főzött. Egy idegen házban is lehettem volna, annyira nem rémlett semmi.

Ahogy a hűtő tartalmát nézegettem, megakadt a szemem egy csomó zöldségen. Saláta. Az menni fog. Csinálok salátát.

El is kezdtem kipakolni őket szép sorban. Úgy néztem, már megmosva kerültek a hűtőbe, úgyhogy azzal már nem bajlódtam. Kisorakoztattam őket a pultra, majd még széttnéztem, van-e valami húsféleség is. Ahogy jobban körülnéztem, megláttam egy darab egyben sült pulykát. Persze, hiszen ez volt tegnap a vacsora. Gondoltam, majd felszeletelem a saláta mellé. Tegnap úgyis krumplival ettük. Azt hiszem. Bár kicsit elmosódottan emlékeztem rá. Elővettem egy tálat a salátának, egy deszkát, majd egy nagy kést. Elkezdtem szeletelni a paradicsomot, paprikát... egészen jól szaporodott a tálban a zöldség. Pont a retket szeleteltem, amikor Nick nevetése egészen közelről hallatszott, és ahogy a zajra felkaptam a fejem, elsötétült előttem minden. Próbáltam nem mozdulni. Nekitámaszkodtam a pultnak és vártam, hogy a szédülés elmúljon, hogy újra kitisztuljon a látásom.

– Jézus! – hallottam Nick hangját közvetlen közelről. – Hiszen te vérzel!

Éreztem a kezeit a karjaimon, ahogy megfordított és elvezetett a pulttól. Nem tudtam, meg tudok-e állni, de szerencsére erős karjai tartottak.

– Noree. – Még mindig csukott szemmel dőltem az oldalának, de a hangjából sütő aggódás így is átjutott tompa érzékeimen. – Ne szorítsd ennyire a kést. Add oda nekem, jó? Hallasz?

Nagy nehezen kinyitottam a szemeimet és a tisztuló feketeségen keresztül láttam, hogy elfehéredő ujjakkal szorítottam a kést, miközben a másik kezem csupa vér volt. Nem értettem, mi történt: nem éreztem fájdalmat. Lazítottam a kést szorító ujjaimon, és az csörömpölve a mosogatóba hullott. A zajra összerezzentem. Még mindig nem értettem, mi történt, de közben Nick megengedte a vízcsapot, és gyengéden a vízsugár alá tolta a véres kezemet. Némán bámultam, ahogy a pirosra színeződött víz végigfolyt a kezemen, le a mosogatóba, majd eltűnt a lefolyóban.

A hideg víz kicsit segített magamhoz térni. Felemeltem a fejem, küzdve a szédüléssel, s Nick aggódó arcába néztem.

– Mi történt? – kérdezte, miközben továbbra is szorosan tartott.

– Nem... – kezdtem bele, de elcsuklott a hangom. – Nem tudom. Megszédültem, azt hiszem. Nem tudom.

– Jól van, semmi baj – mondta, miközben felemelte a kezem, hogy jobban megnézze a mutatóujjamon lévő vágást. – Teszünk rá ragtapaszt, jó?

Csak bólintani tudtam, de aztán rájöttem, hogy ez sem volt kimondottan jó ötlet, mert megint megszédültem. Ahogy Nick érezte, hogy nem tudom megtartani a saját súlyomat, egyszerűen felkapott és elindult velem a nappali felé. Mivel sokat fogytam az utóbbi időben, ez nem okozott számára komoly megerőltetést, és különben is gyakorolta már a héten. Megkönnyebbülten hunytam le a szemeimet, hogy ne is lássam a forgó szobát, és a vállára hajtottam a fejem. Miközben erősen koncentráltam arra, hogy a szoba abbahagyja a forgást Nick letett a kanapéra. Megkapaszkodtam a szélében, amennyire tudtam. Annyit már megtanultam, hogy ha valami szilárd dolgot fogtam, akkor előbb elmúlt a szédülés.

Éreztem hűvös tenyerét a homlokomon, ami nagyon jólesett, majd lefejtette a kezemet a kanapé szélről.

– Hadd ragasszam be. Jó?

Villámgyorsan az ujjamra simította a tapaszt, majd egy puszit lehelt rá. Erre könny szökött a szemembe. Édesapám is mindig megpuszilta a bibis kezünket, lábunkat gyerekkorunkban, hogy gyorsabban gyógyuljanak a sebek.

– Így ni. Már jobban érzed magad? – kérdezte, miközben végigsimított a hajamon.

– Igen. Azt hiszem – mormoltam, miközben lassan kinyitottam a szemem.

– Aggódom érted – mondta. – Nem eszel rendesen. Nem alszol rendesen. Kikészíted magad. De ha megkérhetlek, most ne üvölts, amiért ezt mondtam.

Szégyenemben lehajtottam a fejem. Én is tudtam, hogy igaza van, de mit tehettem. Nem láttam a kiutat a helyzetből. Étvágyam nem volt, aludni pedig még mindig nem mertem igazán.

– Majd elmúlik – próbáltam valamit hozzátenni, bár én is tudtam, hogy semmire sem megyek vele.

– Ha így folytatod, visszaviszlek a kórházba – mondta komoly hangon Nick, és a tekintetéből is elszántság tükröződött.

– Arra semmi szükség – vágtam rá gyorsan, és próbáltam úgy tenni, mintha jobban érezném magam.

Ahogy ülő helyzetbe verekedtem magam – ami reszkető karokkal egyáltalán nem volt könnyű mutatvány –, láttam, hogy a nővérem elkerekedett szemekkel figyeli az eseményeket a konyhaajtóból. Ő sem ehhez a látványhoz szokott.

– Látjátok, már sokkal jobban vagyok. Ha eszem valamit, még ennél is jobb lesz – tettem hozzá biztató mosollyal, remélve, hogy elterelem egy kicsit a figyelmüket arról, hogy megint kétségbeesetten szorongattam a kanapé szélét, némi egyensúly után kutatva.

Ezután némileg fellélegezhettem, mert Lia kiment a konyhába kicsit összetakarítani a pultot, és megmenteni a vacsorát. Szerencsére az ételt nem véreztem össze, csak a pultot kellett lepucolni, Nick pedig sűrű pillantásokat vetve rám megterített a nappali melletti étkező nagy asztalán három személyre.

Ezen az estén már nem sokat beszélgettünk. Leerőltettem némi húst és salátát a torkomon, mivel ketten is azt figyelték, hogy mennyit eszem, majd fáradtságra hivatkozva elbotorkáltam a szobámig. Csak reméltem, hogy nem látták, ahogy a fal mellett végigaraszoltam, de megfordulni nem mertem az iszonyatos szédüléstől. Amennyire tudtam, gyorsan megmosakodtam, majd óvatosan ledőltem az ágyamra.

Mikor már az ágyban feküdtem és a plafonra koncentráltam, Nick lépett a szobába.

– Noree. Ugye tudod, hogy Lia is komolyan aggódik érted?

– Igen, tudom. Mindenki borzasztóan aggódik értem, de fölösleges – mondtam kissé monoton hangon.

– Nem hinném. Nézd – folytatta, miközben leült mellém az ágy szélére és kisimította a hajamat a homlokomból –, neked rendes alvásra van szükséged. Majdnem egy hete nem aludtál istenigazából. Sőt mondhatnám alig. Vegyél be a kedvemért egy altatót. A múltkor is segített – nézett rám könyörgő tekintettel. – Kérlek.

Tudtam, hogy igaza van, de még küzdöttem. Magammal is, a szédüléssel is. De azt is tudtam, hogy ha nem javul az állapotom, tényleg visszavitet a kórházba, amit még annyira sem akartam, így belegyeztem.

Némi megkönnyebbült sóhajt véltem kihallani a hangjából, amikor felajánlotta, hogy idehozza a bogyót. Kezdtem azt hinni, hogy már minden mindegy volt. Vagy ebbe hülyülök bele, vagy abba. Végül is mindegy. Mikor visszaért, megkértem, hogy egy pirulát törjön ketté, majd bevettem az egyik fél gyógyszert. A múltkori egésztől még másnap is kótyagos voltam. Nick most is az ágy szélén ült, a kezemet simogatta, miközben éreztem, hogy a szempilláim egyre jobban elnehezültek.

– Nick? – motyogtam még az álmossággal küzdve.

– Igen? – hallottam a hangját nagyon messziről.

– Ne hagyj magamra! – próbáltam könyörögni neki, de már nem forgott a nyelvem.

– Itt vagyok. Aludj csak nyugodtan. Nem megyek sehova – hallottam még, miközben hűvös ajkak érintették a homlokomat – vagy már csak álmodtam, mert ekkor elnyelt a sötétség.

Amikor felébredtem, fény szűrődött be a hálószoba ablakának zsalugáterén keresztül. Odakint valószínűleg hét ágra sütött a nap. Valahonnan sült tojás illata szállt felém, és mintha kávéillatot is éreztem volna. Ahogy körülnéztem a szobában, láttam, hogy egyedül fekszem az ágyon. A másik oldalon már csak az összezilált ágynemű jelezte, hogy valaki ott is feküdt. Ezek szerint Nick már felkelt.

Megmozdultam az ágyon, tesztelve, hogy még mindig szédülök-e. Nem éreztem. Óvatosan az oldalamra fordultam, majd lecsúsztattam a lábaimat az ágyról. Felültem. Még mindig rendben volt minden. A fejem tompaságától eltekintve egészen jól éreztem magam. Vagy legalábbis jobban, mint előző nap. Óvatosan felkeltem, és kimentem a fürdőbe. Az utóbbi időben már leszoktam arról, hogy tükörbe nézzek. Olyan rémisztő volt a látvány, hogy inkább nem erőltettem.

Ahogy most óvatosan felemeltem a tekintetemet, egy zilált arc nézett vissza. A szemem alatt sötét árkok húzódtak, az arcom beesettnek tűnt. Emlékeim szerint nem volt ilyen csontos az arcom, ennél mintha kicsit kerekebb lett volna. Az ajkaim cserepesek voltak – alul ki is repedt, nem volt valami szép látvány. A hajam pedig csapzottan, koszosan és kócosan lógott a vállamra. Ahogy odáig ért a tekintetem, meglepődötten láttam, hogy a kulcscsontom is hogy kiállt. Alaposabb szemlélődés után láttam, hogy rettenetesen lefogytam az utóbbi időben. Mennyi is volt ez az idő? Majdnem egy hét elrabolva, nagyjából két hét kórház, és két hét itthon. Kicsit több, mint egy hónap. Beálltam a zuhany alá, hogy kicsit tisztuljon a fejem. Gondoltam, a hajamat is megmosom, hátha azzal javítok valamit az összképen. Ha belegondoltam, hogy ezt az ijesztő arcot nézegeti Nick már egy ideje, a nővérem pedig még annyira sem volt hozzászokva, nem csodáltam, hogy tegnap úgy megijedtek. És még Halloween sincs.

A zuhany után felfrissülve, kényelmes otthoni nadrágba és pólóba öltözve sétáltam ki a konyhába, vizes hajamat simán hátrafésültem. Nick sürgött-forgott a tűzhely körül, rántottát készítve.

– Jó reggelt álomszuszék! – köszöntött mosolyogva. Némán nézte a külsőmben bekövetkezett változást, miközben kétfelé osztotta az ínycsiklandóan illatozó tojást.

– Jó reggelt – motyogtam még az alvástól rekedten.

– Készítettem egy kis reggelit. Jól aludtál? – kérdezte, miközben tovább pakolt az asztalra mindenfélét.

– Azt hiszem. Mint akit agyonvertek – mondtam elgondolkodva. Most tűnt csak fel, hogy ezen az éjszakán sem riadtam fel egyszer sem, és nem kísértettek rémálmok sem. Csakúgy, mint a múltkor, amikor bogyóval aludtam.

– És már nem is szédülsz? – nézett rám, miközben intett, hogy üljek le az asztalhoz.

– Nem, most nem szédülök – mondtam, miközben óvatosan leereszkedtem a székre.

– Ez nagyszerű! – derült fel az arca. – Látod? Mondtam, hogy segíteni fog, ha veszel be altatót.

– Igen – motyogtam. – Lia hol van? – kérdeztem, hogy kicsit elteréljem a témát. Nem akartam elkeseríteni, hogy ennek ellenére nem fogom lelkesen kapkodni a bogyókat esténként.

– Elment előkészíteni a bulit. Holnap már Halloween.

– Ja, persze. Remélem, nem bánod, hogy nálad akarja megtartani.

– Nem, persze. Rábíztam a szervezést. Mondd csak, te milyen jelmezt szeretnél?

– Hogy én? – néztem rá meglepetten. Eddig erre nem is gondoltam.

Ahogy néztem magam elé, megpróbáltam az agyamra telepedett ködön keresztül a jelmezre összpontosítani. Úgy emlékeztem, amikor ideköltöztem Los Angelesbe, elcsomagoltam az előző évben viselteket, amik még a San Franciscó-i lakásban voltak. Ezek szerint kellett itt valamelyik szekrényben lennie egy kalózkosztümnek, pompomlány-ruházatnak, és mintha három évvel ezelőtt pedig Vilmának öltöztem volna a Flinstone család című rajzfilmből. Mivel semmi kedvem nem volt új jelmez után kutakodni, ezekkel kellett beérnem.

– Igen. Elmenjünk venni neked valamit? Vagy hozzak haza a stúdióból? – kérdezte.

– Áh, nem szükséges. Azt hiszem, valahol vannak valami jelmezeim.

– És milyenek? – érdeklődött félrefordított fejjel.

– Pompomlány, kalóz és Vilma – mondtam vontatottan. – Csak meg kell keresnem őket, és megnézni, melyik milyen állapotban van.

– Segítsek keresni?

– Persze. Köszi. Reggeli után körülnézhetünk.

– Oké – egyezett bele, és láttam némi lelkesedést rajta az iránt is, hogy hosszú idő után először viselkedtem viszonylag normálisan.

Persze a keresés nem volt egyszerű feladat. Miután felforgattuk a hálószoba mellett található gardróbot, a komódot, és a vendégszoba két szekrényét, elkeseredetten láttuk, hogy a jelenleg nem használt dolgozószobában tornyosuló számtalan dobozt is át kell vizslatnunk.

Nick egymás után emelgette le őket, majd ugyanilyen tempóban is tettük őket félre, mivel egyikben sem találtuk a kosztümöket. Végre-valahára, mikor már csak három doboz volt hátra, rátaláltunk a karácsonyi és egyéb díszek között a jelmezekre is.

Halloween valódi szörnyekkel

Emlékeim szerint az előző Halloweenek másmilyenek voltak, bár mostanság nem nagyon szerettem a múltban vájkálni, nehogy rémképekkel fussak össze. A jelmezbe öltözött emberek most is megvoltak; némelyik vicces, némelyik ijesztő, buli is volt, a nővérem igazán kitett magáért. Na nem mintha buli nélkül nem létezett volna Halloween, de valahogy az utóbbi években mindig sikerült valamit összehozni. Általában barátokkal, kollégákkal jöttünk össze, nevetgéltünk, ettünk, ittunk, és jól éreztük magunkat egy estére. A szituáció most is hasonló volt. Nick háza kitűnő helyszínnek bizonyult: a földszinten lévő nappaliban sokan elfértünk, és a díszítés a kiegészítő fényekkel nagyszerű miliőt teremtett. Mármint annak, aki megfelelő hangulatban volt hozzá. A zene is jó volt, és úgy tűnt, a kollégák a cégtől remekül érezték magukat, és Nick ismerősei is vidáman vetették be magukat a színes forgatagba. A többség önfeledten ugrált a zene ütemére a nappali közepén kialakított táncparketten a sejtelmes fények ölelésében, míg páran kitartóan ostromolták a kandalló két oldalán felállított büféasztalokat, amik az enni- és innivalóktól roskadoztak.

A kanapékat átmenetileg a teraszajtóval szembeni falhoz, a lépcső mellé tolták, hogy megnöveljék a helyet. Én is innen szemléltem a vidám kavalkádot. Figyeltem, és vártam, hogy engem is magával ragadjon a fergeteges hangulat, de ez csak nem akart megtörténni. Néha lehuppant mellém valaki egy pillanatra, hogy kifújja magát, váltottunk pár semmitmondó szót arról, hogy milyen jól érezzük magunkat, aztán ők mindig továbbmentek, én pedig maradtam gubbasztani.

Nick tökéletesen alakította a házigazda szerepét; mindenkihez volt pár kedves szava, és a nővérem is igyekezett a hangulatot fenntartani. Legalább ők jól érezték magukat, bár láttam, hogy sűrűn pillantottak a kanapé felé, így aztán igyekeztem én is a délután elpróbált, félig természetesnek gondolt mosolyomat gyakran felvillantani.

– Olyan jó téged újra látni! Nagyon aggódtunk miattad. Jól érzed magad? – kérdezte a következő kanapétárs nagy lihegések közepette.

A jelmez miatt először meg sem ismertem, de aztán a hang alapján rájöttem, hogy Claire az, a titkárnő az irodából. A vőlegényével, Timmel szédületes kalózpárként érkeztek a buliba.

– Köszönöm, Claire, titeket is jó látni. Megvagyok – válaszoltam. – És ti? Tetszik a buli? – kérdeztem vissza, hogy ne nekem kelljen beszélni.

– Fantasztikus ez a party! A nővéred aztán tud szervezni! – lelkesedett csillogó szemmel. – Nem jössz táncolni? – pattant fel ismét a táncparkett felé indulva.

– Áh, köszi – legyintettem egyet. – Azt hiszem, most nem – hárítottam el a meghívást valami értelmes indok után kutatva. – Talán inkább eszem valamit.

– Oké, ahogy gondolod! – mondta, és már el is szökellt a zene ütemére.

Ezt megúsztam – gondoltam magam elé nézve, nagyot sóhajtva. Nem tudtam, hány óra lehet, csak azt éreztem, hogy iszonyúan kezdek fáradni ettől a tettetéstől. A szimpla napi ücsörgés és magam elé bámulás is kifárasztott az utóbbi időben, de ez az erőlködés, úgy néz ki, még az utóbbi két napban némileg feltöltött elemeimet is vészesen merítette.

Csak most tűnt fel, milyen visszafogottan viselkedett velem szemben mindenki az est folyamán. Megkérdezték, hogy vagyok; örültek, hogy látnak, de semmi egyéb megjegyzést nem tettek. Mintha valaki megmondta volna nekik, hogy bizonyos dolgokat ne is emlegessenek. Mintha az elmúlt másfél hónap meg sem történt volna.

Gyorsan megint a büféasztalra próbáltam koncentrálni, mert tudtam, hogy ha így itt maradok egyedül a kanapén, nemsokára lecsukódnak a szemeim.

Felemeltem a tekintetemet, hogy felmérjem, milyen messze is van az asztal, amikor elállt a lélegzetem.

A villódzó fényben, ami a táncparkett fölötti lámpából pulzált, egy magas alakot pillantottam meg. Farmer, kapucnis pulóver volt rajta, a csuklya a fejére, mélyen az arcába húzva, és lassú léptekkel felém tartott. Ahogy egy pillanatra megint megvilágította a fénycsóva, a kezében tartott hatalmas kés pengéjén megtört a fénysugár. Kimerevedett szemekkel néztem, még levegőt sem mertem venni. Megint itt volt. De hát hogyan?? Azt hittem, meghalt! Akkor hogy jött vissza?? Mozdulni akartam, de nem tudtam. Lenéztem a kezeimre, de nem voltak megkötözve. Akkor miért nem tudom mozgatni őket? Ahogy újra felpillantottam, láttam, hogy közben a férfi még közelebb ért, és már láttam a gonosz mosolyt is az arcán. Hideg futott végig a gerincemen, ugyanakkor éreztem, hogy nyirkos tenyérrel markolászom a kanapé karfáját. Kétségbeesetten néztem körül s láttam, hogy az emberek továbbra is a táncparketten szórakoztak, a büfénél beszélgettek, már amennyire ebben a hangzavarban lehetett.

Uramatyám! – gondoltam. Ennyi ember szeme láttára fog kinyírni ez az alak? Hát senki nem veszi észre mi történik?

Kerestem a szememmel Nicket vagy Liát, hátha nekik feltűnik, hátha ők a segítségemre sietnek, de nem találtam őket.

A szívem már a torkomban dobogott, olyan hangosan hallottam a fülemben, hogy szinte túltett a magnóból szóló zenén, miközben a férfi tovább araszolt felém az arcán húzódó sátáni vigyorral.

Mivel mozdulni továbbra sem tudtam, eszembe jutott, hogy talán ha sikítok, akkor észreveszik. Ezzel egyidőben sikerült nagy levegőt vennem, és amennyire a tüdőmtől tellett, kieresztettem a hangomat.

Miközben minden ízemben reszkettem, a veríték patakokban csurgott rólam, és a torkom is kellemetlenül megfájdult a sikítástól, több dolgot vettem észre magam körül.

A férfi megállt úgy két méterre tőlem, és leeresztett karokkal, döbbenten nézett rám. Bizonytalan mozdulatokkal lefejtette a csuklyát a fejéről, majd egyik lábáról a másikra állva várta a további történéseket.

Miközben a zene tovább bömbölt a hangszórókból, a táncparketten mindenki megállt és szintén döbbent arckifejezéssel bámultak rám. Némelyik arcról irritációt olvastam le; volt, aki elnéző mosollyal bámult, s volt, aki szánakozó tekintettel nézett a kanapé felé, ahol ültem.

Aztán pedig két alakra lettem figyelmes a szemem sarkából, akik a lépcső felől futottak felém. Lia és Nick. Amikor odaértek, Nick figyelmesen végigmért, majd az arcomat a két keze közé fogva próbált az én döbbenetemen áthatolni.

– Noree! Mi a baj? – kérdezte, miközben a fejemet gyengéd erőszakkal úgy fordította, hogy a szemébe nézzek.

Nem tudtam, mit mondjak. Még nem is igazán fogtam fel, mi történt. Csak azt tudtam, hogy egy perccel ezelőtt azt hittem, visszajött értem az a férfi, aki elrabolt.

– Én... – kezdtem volna bele, de nem tudtam a gondolataimat mondatokba foglalni. Még szavakat sem tudtam formálni.

A feszültség lassan oldódott, és a mély levegővel a sírás is kezdett rám törni. Tudtam, hogy a könnyek szorgalmasan gyülekeztek a szemembe, mivel Nick arcát egyre elmosódottabban láttam, és le is gördült az első csepp az arcomon. Már nem tudtam visszatartani, a sírás hatalmas hüppögésekkel kitört belőlem.

Nick valamit odaszólt a nővéremnek, aki szintén aggódó tekintettel térdelt a kanapé mellett, majd felkapott a karjaiba. Azt sem néztem, hova visz, csak belefúrtam az arcomat a mellkasába, hogy ne is kelljen látnom az emberek tekintetét, akik mellett elmegyünk, és reméltem, hogy gyorsabban csillapodik majd ettől a zokogásom.

Csak akkor emeltem fel a fejem, amikor hűvösebb levegő lengte körül az arcom. A teraszon voltunk. Nick leült az egyik nyugágyra, továbbra is az ölében tartva, és felszabaduló kezével a hátamat kezdte simogatni. Ahogy halk szavakkal próbált nyugtatgatni és a homlokomra időnként leheletnyi puszikat adott, lassan kezdtem megnyugodni. Kezdtem visszanyerni az önuralmamat a légzésem felett; már nem éreztem, hogy kiszakad a tüdőm, és a könnyeim is elapadtak.

– Semmi baj – hallottam továbbra is a gyönyörű hangot, ahogy a fülembe suttogott, és próbáltam elhinni, hogy tényleg így van. Lassan felemeltem a fejem és körülnéztem. A kert sötétbe borult, csak a terasz szélein lévő lámpák világítottak, illetve a dekorációként szolgáló tökökben lévő mécsesek. Mély lélegzeteket vettem, hogy a szívverésem is lecsillapodjon, mert a pulzusom még mindig száguldott.

– Jobban vagy? – kérdezte Nick, ahogy lenézett az arcomra.

– Igen. Azt hiszem – válaszoltam torokköszörülés után. – Tönkretettem a bulit? – kérdeztem, de még mindig nem mertem az üvegajtó felé nézni. Attól rettegtem, hogy mindenki ott áll majd engem bámulva, vagy épp az üres szoba néz vissza, mert mindenki elmenekült haza.

Nick egy pillanatra hátrapillantott, majd visszafordulva válaszolt.

– Úgy nézem, a vendégeink a kis közjáték után visszataláltak a táncparkettre. Odabent minden rendben.

– Akkor jó – könnyebbültem meg.

Utáltam volna, ha tönkreteszem, mikor Lia úgy igyekezett, hogy tökéletes bulit szervezzen és felvidítson vele. Ezek szerint az első felét megúsztam, de a második ponton még dolgoznom kellett.

– Mi történt? – érdeklődött Nick aggódó hangon.

– Nem is tudom. Claire leült mellém egy pillanatra, és mikor elment, rám tört a fáradtság. Épp el akartam indulni a büfé felé, hogy egyek valamit, de amikor felnéztem, megláttam magam előtt a férfit, ahogy gonoszan vigyorogva közelített felém a késsel. Azt hittem, mégiscsak elnyomott az álom, de mikor lenéztem a kezeimre, nem voltak megkötözve – mondtam egyre jobban hadarva, ahogy megrohantak a nyomasztó emlékek és ismét rettegés futott végig a testemen. – És láttam, ahogy az emberek ott táncolnak, ez a férfi pedig csak közeledik, és tudtam, hogy itt, mindenki szeme előtt meg fog ölni, és senkinek nem fog feltűnni.

A végén már csak suttogni tudtam. Megint beletemettem az arcom Nick kabátjába, ő pedig szorosabban ölelt magához.

– Már vége van. Ne félj, senki sem fog bántani – motyogta a fülembe. – Azt hiszem, Patricket láttam valami késsel rohangálni – folytatta elgondolkodva.

– Patrick? – kérdeztem vissza bambán, mivel nem rémlett, hogy ismertem volna ilyen nevű vendéget.

– Igen, ő volt a társproducer a legutóbbi filmemben. De ha tényleg ő ijesztett így rád, esküszöm, kitekerem a nyakát – csikorgatta a fogait.

– Nick, az én hibám volt. Túlreagáltam a dolgot. Ne bántsd szegényt. Lehet, hogy ő jobban megijedt, mint én – hadartam egy szuszra. Nem akartam további botrányt, vagy hogy Nick összevesszen valakivel az én hülyeségem miatt.

A férfi egy pillanatra figyelmesen nézte az arcomat, ahonnan azt olvasta le, hogy komolyan gondolom.

– Jól van. Nem fogok az életére törni – mondta aztán nagy sóhajjal kísérve. – Szeretnél még itt maradni egy kicsit?

– Igen – mondtam kicsit kiegyenesedve.

Végigsimítottam az arcomon, letörölve az utolsó könnycseppeket, és a hajamon is, mert az is kicsit összekócolódott Nick ölében.

– Borzalmasan nézhetek ki. De legalábbis a sminkem nem ehhez a pompomlány-öltözethez illik, igaz? – kérdeztem, hogy kicsit enyhítsem a hangulatot.

– Gyönyörű vagy, ahogy mindig – mondta Nick a szemembe nézve.

Lélegzetelállítóan nézett ki, mint a focicsapat kapitánya, és a ruhája még színben is passzolt az enyémhez. Nem tudom, hogy csinálta, de ebben a pillanatban nem is érdekelt. A tekintete rabul ejtett. Régóta nem nézett rám így. Vagy csak nem vettem észre az utóbbi időben. A szívverésem megint felgyorsult, de ő is kapkodva kezdte szedni a levegőt. Már csak centiméterekre voltak az ajkaink egymástól, amikor torokköszörülést hallottam az ajtó felől, a varázs pedig megtört.

Nick hátranézett, én pedig visszahanyatlottam a vállára.

– Minden rendben idekint? – érdeklődött Lia a nyitott ajtóból, ahonnan zene szűrődött ki. Érdekes, a torokköszörüléséig a zene fel sem tűnt.

– Igen, minden oké, Lia – felelte Nick. – Mindjárt visszamegyünk. És bent mi a helyzet?

– Ott is minden rendben – mondta, majd valószínűleg viszszament, mert a zene megint elhalkult.

– Oké – mondta Nick visszafordulva. – Készen vagy? Visszamehetünk? – nézett rám várakozó tekintettel.

A katasztrofális Halloween-buli után még annyira sem volt kedvem a munkatársaim előtt mutatkozni, mint előtte. Igyekeztem magam meggyőzni, miszerint normális, hogy még mindig otthon gubbasztok. Persze nem nagyon sikerült.

Nick egyre gyakrabban ment el hazulról, hogy a filmjein dolgozzon, így aztán sokszor voltam egyedül, de nem bántam. Így egy kicsit tartalékolhattam az erőmet az estékre, amikor meg kellett győznöm a világot arról, hogy egyre jobban vagyok.

Az egyedül töltött idő arra is jó volt, hogy miközben egyre inkább tudomásul vettem a környezetemet, arra is rájöjjek, hogy ez a helyzet valóban nem maradhat így. Eddig igazából annyira tompán érzékeltem mindent, hogy ez fel sem tűnt. Mióta azonban kicsit sikerült kipihennem magam az altatókkal eltöltött éjszakákon, rájöttem, hogy valamin változtatnom kell, hiszen nem maradhattam kanapé- és altatófüggő az egész hátralévő életemre. Nem zárkózhattam be, hogy egyedül éljem le az életemet.

Közben az is szöget ütött a fejembe, hogy így a férfi sem fog kitartani mellettem hosszú ideig. Nem hinném, hogy egy ilyen flúgos nőre lenne szüksége, amikor a legszebb, legintelligensebb nők sorban álltak a hátam mögött, és a helyemre pályáztak. Vagy legalábbis így gondoltam. És bár ettől még nem gyötörtek rémálmok, ami késik, az nem múlik – gondoltam. Az én szerencsémmel, ha egyszer megszabadulok a késes-cigarettás-gyertyás elrablóm képétől, akkor kapok helyette valami törtető cafkát.

Nagyot sóhajtva felálltam a kanapéról. Talán el kellene mennem sétálni.

Az utóbbi napokban már eljutottam odáig, hogy a kertben körbesétálgattam, és egyszer már a strandra is lementem, ami csak pár percre volt a háztól. Novemberben már kevesebbet mászkáltak a parton, így simán eljutottam a kedvenc helyemig a sziklán, és teljes magányomban élvezhettem a kellemes őszi időt. Kicsit büszke is voltam magamra, hogy mindenféle sikoltozás nélkül elértem odáig.

Mikor először elmeséltem Nicknek, hogy lesétáltam a tengerpartra, igencsak elcsodálkozott. Egy darabig csak nézett tágra nyílt szemekkel, majd láttam, ahogy megkönnyebbült sóhaj hagyja el az ajkait, amelyek azután széles mosolyra húzódtak. Akkor jöttem rá, milyen régen láttam így mosolyogni, és éreztem, hogy rám is átragadt a lelkesedése és én is elmosolyodtam.

November közepe felé már naponta tettem sétákat, Nick pedig egyre gyakrabban hívott meg ismerősöket, barátokat, hogy ne töltsünk minden estét kettesben, és hogy szokjam az emberek társaságát.

Úgy tűnt, a napi rutin lebonyolítása már nem állított akkora próbatétel elé, és ezen a téren kezdett visszatérni az optimizmusom. De csak ezen.

Az álmok nem tűntek el. Még most is minden éjjel verejtékező homlokkal ébredtem, és sikoltozva, és még mindig rettegve aludtam vissza, de már kezdtem hozzáedződni. Már annyira nem pánikoltam. Tudomásul vettem hogy ez most része az életemnek, és megpróbáltam valahogy együtt élni vele. Hetente egyszer altatót vettem be, hogy a minimális alvásigényemet kielégítsem, de ennél többre nem voltam hajlandó.

Ami még aggasztott, az az volt, hogy bár Nick is elégedett volt a bennem végbement változásokkal, még most sem közeledett felém. Minden este átölelt, amikor lefeküdtünk, lágy puszikat lehelt a homlokomra vagy a hajamba, míg el nem aludtam, de ennél sosem ment tovább.

Sokszor elmerengtem, mi lehet ennek az oka. A sebeim már begyógyultak. Maximum halvány foltok emlékeztettek rájuk. A zúzódások nyom nélkül eltűntek. Így november közepére már a repedt csontjaim is összeforrtak.

Akkor mi volt a baj?

Már nem talált vonzónak? De hát a múltkor már újra éreztem a szikrát közöttünk.

Vagy még mindig kímélő üzemmódban voltunk?

Nem igazán találtam a választ ezekre a kérdésekre. És arra sem, hogy az álmaimtól hogyan tudnék megszabadulni. Időközben azonban már eljutottam egy olyan szintre, hogy meg akartam szabadulni tőlük. Vissza akartam kapni az életemet. Már csak azt kellett kideríteni, hogyan tehetném ezt meg.

Pont esedékes volt egy kórházlátogatás, mivel a különféle töréseimet és repedéseimet ellenőrizni akarta dr. Gruber, illetve, hogy az eltelt idő alatt megfelelően begyógyultak-e a sebekkel együtt. Úgy gondoltam, ez jó alkalom lesz arra is, hogy elbeszélgessek a pszichiáterrel, mit lehetne tenni a rémálmaimmal. Nick vitt el reggel a kórházba. Azt mondta, ott maradt volna velem végig, de valami fontos elintéznivalója volt a stúdióban, így aztán kitett az épület előtt és sietősen elhajtott. Őszintén szólva nem is bántam. A dilidokival egyébként is egyedül akartam megdiskurálni megőrülésem részleteit.

Ahogy az várható volt, dr. Gruber teljesen gyógyultnak nyilvánított – fizikailag, úgy tűnt, minden rendben.

A másik menet már nehezebb volt.

Dr. Rodriguez mosolygósan fogadott és kedvesen hellyel kínált, amikor beléptem az irodájába.

– Miben segíthetek? – kérdezte, látva a szorongásomat.

– Ismeri a kórtörténetemet, mivel napokon keresztül látogatott, amikor bent feküdtem – mondtam, miközben ránéztem, hogy a reakciójából kiolvassam, emlékszik-e.

– Így van. Mit tehetek most önért? – válaszolta továbbra is kedvesen.

– Tanácsra lenne szükségem – mondtam nagy sóhajjal kísérve.

– Bármiben szívesen állok a rendelkezésére – válaszolta előrehajolva, és kezeit az asztal tetején összekulcsolva.

– Rémálmaim vannak – kezdtem bele. – Újra és újra megjelenik előttem a fickó. De nem is ez a legnagyobb baj, hanem hogy miután nagy nehezen ebből felébredek, nem merek visszaaludni. Nem is tudom megmondani, mikor aludtam utoljára jól, és ez kikészít. Olyan agressziót érzek magamban néha, amit előtte soha. A hangulatom úgy hullámzik, mint a hullámvasút a vidámparkban. Van, amikor pedig szédülés jön rám. És még sorolhatnám – mondtam kifulladva, és kétségbeesetten néztem rá.

– Nyugodjon meg. Nincs semmi baj, semmi olyan, amit ne lehetne megoldani. A tünetek, amiket elsorolt, nagyrészt a kimerültségtől vannak, amit az alváshiány okoz, illetve az idegi leterheltség – mondta, miközben megkerülte az asztalt, hogy mellettem üljön le a másik fotelbe. – Ez nem meglepő ilyen trauma után. Teljesen normális reakció. És lehet is segíteni rajta.

– Mit kell tennem? – kérdeztem, már előre félve a választól.

– Meg kellene nyílnia végre valakinek. Tudom, hogy ez fájdalmas, de sajnos a történtek felidézése nélkül nem fogja tudni feldolgozni.

– Azt nem tehetem – suttogtam magam elé meredve.

– Teljes biztonságban lenne. Higgye el, minden rendben lenne – próbált megnyugtatni, de ekkorra már a szívem a torkomban dobogott a rám törő pániktól. Ezt nem tudtam megtenni. Miközben szaporán kapkodtam a levegőt, elfehéredő ujjakkal markolásztam a fotel karfáját. – Nyugodjon meg, Noree! Nem kell most megtennie. Csak ha készen áll erre – próbált nyugtatni.

Úgy, ahogy évekkel ezelőtt sem álltam készen arra, hogy szembenézzek a problémáimmal, most sem tudtam elképzelni, hogy megnyíljak.

– És addig? Addig mit lehet tenni? – kérdeztem, miután újra meg tudtam szólalni.

– Addig esetleg próbálkozhat alternatív módszerekkel – mondta a pszichiáter elgondolkodva.

– Miféle módszerekkel? – pillantottam újra az arcára, miközben éreztem, hogy a szívverésem lassan csillapodni kezdett.

– Nos, itt elsősorban az a probléma, hogy az agya képtelen feldolgozni az eseményeket a megemelkedett adrenalinszint miatt. Emiatt nem képes ellazulni sem, és aludni sem. Talán különféle stresszoldó technikákkal enyhíthetünk ezen.

– Gondolja, hogy működne?

– Átmenetileg talán igen. De mindenképpen a pszichoterápiát javasolnám végleges megoldásnak.

– És milyen stresszoldó módszerekre gondolt? – hagytam figyelmen kívül az előző megjegyzését.

– Rengeteg módszer létezik. Attól függ, mit szeretne. Van például az akupunktúra, ami a test különféle pontjaira gyakorolt nyomással az energiaáramlást befolyásolja és az idegvégződésekre hat. Ezzel például elérhető az ellazulás.

– Nem biztos, hogy a szurkálás lenne az én esetemben a megfelelő megoldás.

– Ahogy gondolja. Lehet jótékony hatása a különféle masszázsoknak is, vagy a reflexológiának.

– Ez már kicsit jobban hangzik.

– A reflexológia hasonló az akupunktúrához, csak tűk nélkül, de például elérhető az ellazulás jógával is, vagy Thai Chi gyakorlásával. Próbálta már ezek közül valamelyiket? Talán a mozgás sem tenne rosszat.

– Még egyiket sem próbáltam. De valószínűleg tényleg nem ártana mozognom egy kicsit – hagytam rá.

Ugyan a rengeteg leadott kilót nem híztam vissza, de a kondícióm a béka segge alatt volt. Nem csak a zsírpárnák tűntek el rólam az utóbbi hetekben, de az izmaim is elpuhultak. Még a strandra tett rövid sétáimtól is kifulladtam. Ebbe belegondolva talán még jó is, hogy Nick nem erőltette a szexet. Valószínűleg a mutatvány közben időkérésre lenne szükségem, mert még azt sem bírnám szuflával. Ez egy kicsit elgondolkodtatott, és be kellett vallanom, hogy extra motivációt is adott.

– Aztán itt van a meditáció is – folytatta a doktornő, kiszakítva a gondolatmenetemből talán pont azelőtt, hogy elpirultam volna –, és az már csak egy lépésnyire van attól, amit esetleg gyakorolhatna, amíg megoldódnak a problémái.

– És mi lenne az? – kérdeztem vissza kíváncsian.

– A tudatos álmodás – válaszolta egy biztató mosollyal.

– Létezik olyan? – néztem rá kicsit csodálkozva. Sosem hallottam ilyenről.

– Igen, létezik. Vannak fokozatai is. El lehet érni azt, hogy az ilyen álmokból minél gyorsabban felébredjünk, de sok gyakorlással azt is, hogy megnyugtassuk magunkat, miközben rosszat álmodunk, vagy tudatosítsuk, hogy ezek csak álmok, de még akár meg is tudjuk őket változtatni.

Eléggé leesett állal nézhettem rá, mert halkan felnevetett.

– Ez most komoly?

– Igen. Tudom, elképesztő, de létezik.

– Nos, ez tényleg jól jönne nekem. Hol, vagy hogyan lehet megtanulni? – kérdeztem, miközben a doktornő felállt és odaballagott a könyvespolcához. Egy vékony kis füzetkével jött vissza.

– Itt le van írva – mondta, miközben átnyújtotta –, viszonylag egyszerűek az instrukciók. Próbálja ki.

– Köszönöm.

– Ezeken kívül még léteznek nyugtató hatású gyógyteák, illóolajok is, akár azok is segíthetnek.

– Igen, az nem rossz ötlet – bólogattam lelkesen.

Bármi, csak ne kelljen átélnem egyben az összes borzalmat. A felvillanó képek és a viszonylag rövid idejű álmok is kikészítettek. Ha csak egy kis részlet jutott eszembe, apró epizód, az is elég volt hogy égnek álljon minden szőr a hátamon, hogy kontrollálhatatlan reszketésbe kezdjek, és pánikroham törjön rám. Bele sem mertem gondolni, ha mindent fel kellene idéznem, mit okozna.

Ezek után megköszöntem a tanácsokat és azzal az ígérettel búcsúztam, hogy mihelyt készen állok, újra jelentkezem. Tudtam, hogy ez nem fog egyhamar elkövetkezni.

Mikor Nicknek elmeséltem, mit beszéltünk a pszichiáterrel, először szkeptikusan nézett rám, de miután látta, hogy a hagyományos „elsírom a bánatomat a válladon" módszer nálam egyelőre nem tartozik a lehetséges verziók közé, így beleegyezően bólintott. Még azt is felajánlotta, hogy elvisz ezekre a helyekre, ha szeretném. Ezt a felajánlást udvariasan visszautasítottam, mivel egyrészt sejtettem, hogy sok a dolga, másrészt pedig egyedül akartam elintézni.

El is kezdtem felhívogatni különféle helyeket hogy időpontot kérjek, és a Hálaadás előtti hetet sikerült is betábláznom magamnak. Hétvégére elígérkeztünk a Napa-völgybe anyuékhoz, így legalább lesz miről beszámolni nekik, hogy milyen nagy igyekezettel léptem a gyógyulás útjára.

Első körben beszereztem minden olyan gyógynövényt és illóolajat, aminek valami köze volt a nyugtatáshoz, altatáshoz, és szorgalmasan iszogattam és szagolgattam őket esténként. A hálószoba jobban bűzlött, mint egy drogéria, amiben kiborultak a kencék, de Nick nem szólt egy szót sem, csodálatra méltó türelemmel viselte a kísérleteket, és azt is, amikor éjszaka mindezen előkészületek ellenére megint sikoltozva ébredtem.

Nem adtam fel, csak gondoltam, rásegítek egyéb módszerekkel, így be is jelentkeztem az egyik szépségszalonba relaxáló és lazító masszázsra. Ez is viszonylag ártalmatlannak tűnt, és a masszázsokat ugyebár mindig is kedveltem. Egyeztettem időpontot ugyanott a reflexológushoz is. Gondoltam, ártani nem árt, ha ennyit igyekszem lazulni.

Ezen kívül még erősen gondolkodtam azon a bizonyos tudatos álmodáson, illetve hogy el kellene kezdeni dolgozni rajta, csak valahogy nem igazán tudtam elképzelni, hogy a gyakorlatban hogyan kivitelezhetném.

Na nem mintha olyan iszonyúan bonyolultnak tűnt volna a dolog, csak éppen a kis füzetke szerint esténként lefekvés előtt olyanokat kellett kántálnom, mint:

„Azért fekszem le, hogy álmodjak. Tudom, hogy álmodom, így tudatosan, akarattal fogok álmodni annak teljes tudatában, hogy ez az én kívánságom, az én szándékom, az akaratom."

Illetve azt, hogy:

„Tisztában vagyok vele, hogy visszatérő álmaim vannak. Szeretném megoldani az álom mögött rejtőző problémát. Azonban most én fogok irányítani. Bármikor megváltoztathatom az álmot, ha akarom. A megoldás egyben élvezetes, szórakoztató és egyértelmű lesz. Teljes részletességgel fogok emlékezni az álomra és a megoldásra, mikor felébredek."

Nem is beszélve az olyanokról, mint:

„Tudom, hogy álmodom, és az álmok nem bánthatnak. Szabad akaratomból hozom létre a saját álmaimat, és úgy változtathatom őket, ahogy kedvem tartja."

Ahogy elképzeltem magam az ágy mellett ácsorogva, ezeket a mondatokat ismételgetve, már előre láttam Nick arcát, ahogy azon morfondírozik, hogy az őrület milyen fokára sikerült eljutnom, és hogy most azonnal hívja a szakembereket a muszájdzsekivel, vagy ráér reggel is. Szegény már eddig is valami elképesztő türelemmel viselte minden hülyeségemet, de azért azt nem igazán tudtam elképzelni, erre hogyan reagálna. Az biztos, hogy aki ezt kitalálta, nem volt pasija, vagy valami nagyon bejáratott kapcsolat volt, mert a kezdeti szakaszban senki nem engedheti meg magának, hogy ilyen elmeroggyantságokat műveljen.

Ilyetén gondolataim közben azon is tovább morfondíroztam, hogy ha ezeket csak magamban motyogom el, vagy még fogmosás közben a fürdőben, vajon akkor is olyan hatásosak lesznek-e. Nem is beszélve arról a részről, hogy ébredés után rögtön írjuk le az álmunkat. Mondjuk, csináltam én már mindenfélét éjszakánként, a főzéstől kezdve a takarításig, eggyel több eszement dolog már nem fog sokat rontani a helyzetemen.

Ezeken kívül pedig még egy Thai Chi-oktatóval beszéltem, aki vállalt oktatást háznál is. A mozgásra valóban szükségem volt, de nem akartam több emberrel együtt végezni. Annyira azért nem voltam jól, hogy egy rakás idegen között tudtam volna ellazulni.

Mire a hét végére értem, zsongott a fejem.

Elszoktam attól, hogy szinte mindennap normálisan összeszedjem magam és elhagyjam a házat, így ez mostanság igényelt némi időt. Az elmúlt két hónapban annyira elhanyagoltam magam, hogy most komolyan el kellett gondolkodnom azon is, hogy beiktassak a lazulások közé egy fodrász-, kozmetikus-, és legalább egy manikűrös-látogatást.

Ezen kívül pedig ezek a relaxálási kísérletek valószínűleg megmozgatták az agyam olyan részeit, amiket az utóbbi időben ugyanúgy nem használtam, mint a hajsütővasat, és valami hasonló indokból: nehogy megégessem magam.

Néhány emlékkép előtört.

Eddig tudatosan sosem firtattam azt a bizonyos időszakot, mindenféle gondolatot próbáltam elhessegetni a fejemből, ami arra emlékeztett volna. Mindig csak addig mentem el, hogy megpróbáltam az elrablás előtti időre emlékezni, aztán egy hetet akkurátusan kihagytam, és az azutáni idővel folytattam. Bár mondhatjuk azt is, hogy egészen Halloweenig a tevékenységeim nem hagytak mély nyomot bennem, így nem is nagyon volt mire visszaemlékezni.

Most viszont, hogy megbolygattuk az agysejtjeimet, vagy valamit, mindenféle képek jelentek meg időnként a szemeim előtt. Be kellett vallanom magamnak, a rémálmaim ehhez képest tündérmesének tűntek. Ott ugyanis a férfi csak közeledett felém, de mielőtt elért volna, mindig sikerült felébrednem – persze nagyrészt Nick hathatós segítségének köszönhetően. Most viszont már olyan emlékképek villantak fel, ahol ki is élte rajtam perverz vágyait, és mindezt nem álmomban, vagy legalábbis nem csak ott, hanem napközben is.

Először csak a kezelések alkalmával rohantak meg ezek az emlékek, de aztán később észrevettem, hogy ha egy pillanatra elbambultam – vagyis hivatalosan ellazultam –, akkor is kéretlenül bekúsztak a látómezőmbe. Ez nem volt jó. Nem igazán tudtam, hogy ezzel hogyan lépek előre, ezektől hogyan fogom magam jobban érezni. Pillanatnyilag inkább rosszabb volt a helyzet.

Attól is rettegtem, hogy esetleg ezek a képek beleszövődnek az álmaimba, és megváltoztatják őket. De leginkább a bizonytalanságtól féltem.

Az elmúlt időszakban már hozzászoktam az eddigi rémálmaimhoz. Nem szerettem, de lassan elfogadtam őket. Változást akartam, de nem egészen így. Azt akartam, hogy eltűnjenek, nem azt, hogy már ébren is lássam őket. Bár a pszichiáter is azt mondta, hogy fel kell dolgoznom őket, de nem voltam benne teljesen biztos, hogy most az történik-e. Mindenesetre időm nem nagyon volt, hogy megdiszkusszáljam vele, mert utaztunk a szüleim birtokára.

Játsszunk normálist!

Ami a napközbeni normális viselkedést illette, azt már egész profin űztem. Felszínes figyelőnek talán már fel sem tűnt, hogy valami nem stimmel velem. Mentális listákat készítettem magamnak olyan témákról, amiket bármilyen körülmények között felvethettem annak érdekében, hogy egy párbeszéd akadálytalanul folyjon, és úgy tűnt, már egészen sikeresen alkalmaztam is. Tudtam, hogy a nővérem is ott lesz a hétvégén, és még egyéb rokonok is befuthatnak, de ők kevésbé voltak tisztában a körülményekkel. Ők a piszkos részletekről nem értesültek, csak a történet főbb vonalairól.

Autóval vágtunk neki az útnak; Nick úgy gondolta, jobb így, mint repülővel. Nem bántam, hiszen ezzel is telt az idő, és kicsit kevesebbet kellett az Oscar-díjra minden bizonnyal esélyes alakításomat produkálnom.

Péntek reggel gyönyörű napfényes, kellemes időben indultunk el a Napa-völgy felé. Gyakorlatilag kirándulásra találták ki ezt a napot. Enyhe szél lengedezett a tenger felől, és a szikrázó kék eget csak fehér bárányfelhők tarkították.

A több órás út alatt kétszer álltunk meg, hogy kinyújtóztassuk a végtagjainkat. Közben a rádiót hallgattuk, ahol a rendszeresen bemondott hírek között napjaink slágerei hangoztak fel egymás után. Korábban viszonylag otthon voltam a zene világában, általában tudtam, melyek az éppen aktuális menő énekesek, zenekarok, illetve zeneszámok, de az utóbbi időben elveszítettem a fonalat. Most is rengeteg ismeretlen előadó trillázott általam sosem hallott dallamokat, amit persze nem bántam. Nem ártott a változatosság.

Útközben nem nagyon beszéltünk. Igazság szerint az elmúlt egy hónapban nem is nagyon beszéltünk. Azon kívül, hogy Nick rendszeresen érdeklődött a hogylétem iránt, amit én egy semmitmondó „köszi, jól vagyok"-kal mindig el is intéztem, nem is tudtam megmondani az idejét annak, hogy mikor beszéltünk utoljára. Azt sem tudtam, mi történik mostanság az ő életében. Mert ugye az enyémben semmi, ezzel tisztában voltam. Mielőtt még tovább juthattam volna a gondolataimmal, már ki is bukott belőlem a kérdés.

– Mi újság a stúdióban? – kérdeztem, miközben feléje fordultam az anyósülésen.

– Tessék? – kérdezett vissza egy pillanat szünet után meglepett tekintettel.

– A stúdióban. Most min dolgoztok? – ismételtem el készségesen.

– Öhhh... – kezdett bele zavarodottan –, semmi különös nem történik. Épp a nyáron forgatott film utómunkálataival vagyunk elfoglalva. Vágás, zene, színek, speciális effektusok, ilyenek. Miért kérded? – nézett rám még mindig felhúzott szemöldökkel.

– Csak úgy. Ne haragudj. Úgy el voltam foglalva magammal, hogy azt sem tudom, veled mi van – mondtam egy bocsánatkérő mosollyal kísérve.

– Semmi baj. Ez érthető. De nyugi, nem maradtál le egy világeseményről sem. A Golden Globe és az Oscar díjkiosztó még odébb van. Majd időben szólok előttük – mondta egy kacsintással, és felvillantotta szívdöglesztő mosolyát.

Erre nem tudtam másképp reagálni, mint szívből felnevettem. És milyen jólesett! Nem is tudtam az idejét, mikor nevettem utoljára. Lehetett vagy két hónapja. Hirtelen mintha egy kis fájdalom elröppent volna, mintha a bizonytalanságom, a félelmeim is visszaszorultak volna. Mintha az alagút végén megpillantottam volna újra a pislákoló fényt, a reményt, hogy még helyre jöhetnek a dolgok.

– Hálás köszönet. A világ minden kincséért sem szeretnék lemaradni róluk – mondtam enyhe szarkazmussal a hangomban, és még mindig kicsit kuncogva.

– Igen, tudom. Ezért is tartom őket így számon – válaszolt hasonló stílusban, és éreztem, hogy végre elindult valami a jó irányba. – Mondd csak, ilyenkor a szüleidnél mi szokott lenni a program? – kérdezte, mivel már csak pár percre voltunk a birtoktól.

– Semmi extra igazából. Csak mindenki idegyűlik, aztán eszünk és iszunk – mondtam elgondolkodva.

– Jól van, az menni fog – mondta, miközben bólintott egyet.

– Persze, hogy menni fog. Kettőnk közül én vagyok az antiszoci mostanság. Téged mindenki kedvel.

– Neked is menni fog. Hidd el, minden vissza fog térni a régi kerékvágásba.

Szerettem volna hinni neki, de a kételyeim teljes mértékben nem váltak köddé. Fogok én még valaha rémálmok nélkül aludni? Le tudom majd valamikor úgy hunyni a szemeimet, hogy nem látom magam előtt a férfi arcát? Tudok majd úgy emberek közé menni, hogy nem nézek állandóan a hátam mögé valami támadástól tartva? Éreztem, hogy a torkomat a sírás szorongatja a frusztráltság miatt.

– Megígéred? – kérdeztem suttogva, az inge ujjába kapaszkodva, mint egy fuldokló a mentőövbe.

– Megígérem – mondta ünnepélyesen, görcsös ujjaimat biztatásként megszorítva.

Erre nem tudtam mit mondani. Jólesett, hogy ennyire bízott bennem, de tudtam, hogy ezt most csak azért mondta, hogy megnyugodjak.

Közben bekanyarodtunk a birtokra vezető útra; össze kellett szednem magam, hogy a színjátékot hitelesen tudjam előadni.

Mély lélegzetet vettem, és gondolatban megint a semleges témák listáját ismételgettem, miközben magamat győzködtem, hogy menni fog ez.

Amikor megálltunk az autóval, Nick felém fordult.

– Készen állsz, vagy forduljunk még egy kört? – nézett rám átható tekintettel. Valószínűleg azt vizsgálta, hogy a hisztéria most fog kitörni, vagy esetleg még van pár percünk az üdvözlésekre.

Újabb mély lélegzet után feltettem magamnak ezt a kérdést. Készen állok? Próbáltam lazítani, végiggondolni, hogy mi is fog történni, és arra jutottam, hogy semmi különös. Hiszen csak a családommal fogok találkozni, akik szeretnek, támogatnak, és nem akarnak semmi rosszat. Biztonságban leszek, nincs mitől tartanom.

Ahogy ezt átgondoltam, egy halvány mosollyal konstatáltam, hogy a szívverésem is kicsit lenyugodott. Készen álltam.

– Igen – feleltem a töprengésem után. – Mehetünk.

Anyuék persze tárt karokkal fogadtak minket, a szokásos puszik és ölelések után betereltek minket a nappaliba. Ahogy beléptünk, mindenféle emlékképek rohantak meg. Úgy látszott, ez volt mostanság a sorsom.

Ezek között volt kellemes is – amikor Nickkel itt élveztük az esti bort vagy valami mást, illetve egymást –, de eszembe jutott az is, amikor a fájdalomtól összegörnyedve feküdtem itt fél napot, miután a férfi visszament a városba. Az egyéb részletekbe nem akartam belegondolni.

Igyekeztem a kellemetlen emlékeket elhessegetni és azzal nyugtatni magam, hogy most nem egyedül vagyok. Itt van, nincs mitől tartanom. Biztos, ami biztos, azért megragadtam a kezét, és belecsúsztattam meleg tenyerébe az enyémet. Érezni akartam, hogy itt van, hogy nem hagy el, hogy nem csak egy hallucináció.

Kérdőn nézett rám egy pillanatra, amikor megfogtam a kezét, mivel nem szoktam ezeket kezdeményezni, mire én egy mosolylyal jeleztem, hogy minden rendben van, nincs semmi baj. Megszorította a kezemet és bólintott egyet. Megértett.

Leültünk a kanapéra, anyu pedig teát öntött az asztalra készített poharakba.

– Mi újság Los Angelesben? – kérdezte bizonytalanul, csak hogy valamivel elindítsa a beszélgetést, és talán remélve, hogy valaki azért mond majd erre valamit.

El tudtam képzelni, hogy szegény azt sem tudja, mit kérdezzen. Tulajdonképpen ha a nővéremmel beszélt utoljára, akkor körülbelül azt tudhatja, hogy a legjobb úton vagyok a teljes megzakkanás felé. Ez egy anya számára, akinek két teljesen normális lánya volt, igen riasztó gondolat lehet.

– Semmi különös – válaszoltam. – Voltam a héten a kórházban, dr. Gruber megvizsgálta a csontjaimat és gyógyulttá nyilvánított.

Ez a teljesen normális megnyilvánulás meglepte a hallgatóközönséget. Úgy tűnt, szóhoz sem jutottak, csak a fejük járt jobbra-balra, mintha pingpongmeccset néztek volna, ahogy hol rám, hol Nickre néztek, miközben nem tudták hova tenni a válaszomat. Ezek szerint tényleg az volt az utolsó információ, hogy lassan kiteljesedik a zombulásom.

– Ez remek! – vágta végül apu rá, hogy túljussunk a kínos pillanaton.

Úgy döntöttem, ha már sikerült meglepnem őket és most épp nyitottak a részletek megtárgyalására, nem árt, ha a többiről is tudnak. Mégsem hozhattam fel az idei szőlőtermés részletei közepén, hogy „ja, és mellesleg még sikoltozom éjszakánként, de már dolgozom rajta".

– Voltam a pszichiáternél is – kezdtem bele újra.

Újabb pillantások repkedtek Nick felé, de úgy tűnt, ő hagy engem beszélni, nem akar beleszólni a nagy pillanatomba. Hagyott érvényesülni, hogy valami pozitívumról számolhassak be aggódó szüleimnek és megbizonyosodhassak arról, hogy ifjabbik leányuk mégsem fog teljesen megzizzenni.

– Beszéltem vele, mert mióta a kórházból hazamentem, rémálmaim vannak. Minden éjszaka kísértenek, és emiatt nem is tudok rendesen pihenni. – A többit szerintem maguktól is látták, nem részleteztem tovább az olimpiai karikákat szemeim alatt, vagy a beesett arcomat. – Azt javasolta, hogy menjek el terápiára. Ez abból állna, hogy fel kell idéznem a történteket, illetve amire emlékszem belőle, és együtt kielemeznénk, hogy fel tudjam dolgozni őket. – Egy kis szünetet tartottam, mivel még beszélni sem volt egyszerű róla. Ittam egy korty teát, majd kissé reszkető hangon sikerült folytatnom: – Én erre még nem vagyok készen, ezt mondtam is neki. Így alternatív módszereket ajánlott, amikkel megtanulok relaxálni, ellazulni fizikailag és mentálisan is. – Megkockáztattam egy futó pillantást a szüleim arcára: a feszültség szinte lerítt róluk, még levegőt is elfelejtettek venni, annyira figyeltek. – Szóval a héten voltam pár helyen. Elmentem egy relaxmasszázsra, fogadtam egy tanárt, aki megtanítja a Thai Chi alapjait, vettem mindenféle gyógynövényeket, teákat, illóolajokat. Ja, és voltam fodrásznál, mert már iszonyú madárfészek volt a fejemen – fejeztem be a mondókámat kicsit könnyedebb stílusban.

– Látom, nem unatkoztál akkor – jött az újabb bizonytalan válasz.

– Nem, nem unatkoztam – helyeseltem.

– És van valami hatása ezeknek, vagy csak hosszú távon fogod érezni? – kérdezte apu.

– Jó kérdés. Az biztos, hogy a hálószoba jobban illatozik, mint egy ezoterikus bolt, illetve kicsit jobban érzem magam napközben, nem rettegek egyfolytában. Kicsit kibillentett a bambulásomból is, de éjszakánként még nem vettem észre semmi javulást. Majd előbb-utóbb, remélem, ott is használ.

– Persze. Nem kell siettetni, biztosan beletelik egy kis időbe, de feladni sem szabad – vágta rá anyukám, hogy fenntartsa a lelkesedésemet, vagy valami ilyesmi okból – gondoltam.

Úgy véltem, ezzel el is jött a témaváltás ideje.

– Igen, én is így látom. Idővel majd jobb lesz – zártam le a témát. – És, milyen volt a szüret? Még nem is kérdeztem. Sok szőlő termett idén? – néztem apura.

– Ja, jó volt a termés. Jó év volt ez – mondta elgondolkodva. – Tele lettek a hordók. Már meg is forrtak, és némelyik már tisztul. Megkóstolhatod, ha szeretnéd, pont a héten hoztam be egy kisebb üveggel. Kicsit még szúr, de lesz még ideje alakulni – mondta egy fanyar mosollyal.

– Biztosan jó lesz az idén is. Majd később megkóstolom. Vacsorához, mondjuk.

– Persze. Ha gondolod, hozok fel frissebbet.

– Változhatott már azóta megint?

– Valamennyit biztosan tisztult még.

– Tényleg, nem vagytok éhesek? – szúrta közbe anyu. – Van fasírozott krumplival, salátával. De készíthetek még mást is, ha valami egyéb óhajotok lenne – tette hozzá gyorsan.

Ránéztem Nickre. Utoljára reggel ettünk. Ez nekem nem okozott problémát: az elmúlt két hónapban az étkezési szokásaim is igencsak megváltoztak, illetve az étkezéseim megritkultak.

Mostanság simán végigvegetáltam egész napokat minimális kajabevitellel, de azt el tudtam képzelni, hogy Nick rövid úton felfordul, ha nem kap ebédet.

– Bekaphatunk pár falatot – néztem, miközben vártam a reakcióját, hogy ő is így gondolta-e. Újabb bólintás volt az összes reakciója. – Tényleg, Lia nem mondta, mikor jön?

– Azt mondta, csak estefelé, mert dolgozik délutánig – válaszolta anyu, miközben felpattant a fotelból és megiramodott a konyha felé. – Akkor gyertek is. Kirakom nektek az ebédet.

– Megyünk – mondtam, és én is feltápászkodtam.

A délután hátralévő része eseménytelenül telt el. Miután megettünk annyi fasírtot, amennyi belénk fért – ez persze nálam egyet jelentett, míg Nick esetében hármat –, kicsit el akartam szabadulni a vizslató tekintetek elől, így megkérdeztem Nicket, lenne-e kedve elmenni egyet sétálni a birtokon, amíg megérkezik a nővérem is.

Nem csak menekülni akartam a kíváncsi tekintetek elől, tényleg vágytam egy sétára.

A tengerparti séták is már az életem részévé váltak, és ami az erőnlétemet illette, valóban rám fért a mozgás. A Thai Chi órákon világossá vált, amit már előtte is sejtettem: elpuhultak az izmaim, és a legkisebb fizikai megerőltetéstől is kifáradtam.

A két kutya persze lelkes csaholással csatlakozott hozzánk, ahogy a szőlőtőkék között a birtokot határoló patak felé vettük az irányt.

– Valami baj van? – kérdeztem a férfit, miközben sandán rápillantottam, le tudok-e valamit olvasni az arcáról.

– Miből gondolod? – kérdezett vissza, ahogy réveteg tekintete visszatalált a jelenbe.

– Olyan szótlan vagy – mondtam, hátha valamit ki tudok csikarni belőle.

– Nincs semmi baj. Csak elgondolkodtam – válaszolta ködösen.

– És miről? – ütöttem tovább a vasat.

– Arról, amiket mondtál. Tudod, hogy nagyon bátor vagy? – nézett rám, és megállt a szőlő kellős közepén.

– Hogy… én? Bátor? – néztem rá felhorkanva. Ezt nem tudtam összerakni. – Szerintem akkor lennék bátor, ha elmennék arra a nyamvadt terápiára, és ha fel merném idézni a történteket. Most csak behúzott farokkal körözök a probléma körül, hátha valahogy megoldódik magától.

– Én nem így látom. Már az bátorságra vall, hogy beismerted: arra még nem állsz készen. Néha ahhoz kell a legnagyobb bátorság, hogy beismerjünk valamit magunknak és másoknak, nem a megoldáshoz.

– Tényleg így gondolod? – néztem rá összezavarodva, hogy ezzel mit akar mondani.

– Igen.

– Hát… – kezdtem bele elbizonytalanodva –, akkor köszönöm a biztató szavakat. Remélem, rászolgálok.

– Biztos vagyok benne. Te mindent megoldasz – mondta, újabb rejtvény elé állítva.

Mit akar ezekkel a kijelentésekkel? És közben miért vág ilyen világvége-pofát? Mintha feszült lenne. Mintha félne ettől. Vagy valami mástól. De miért?

– Nick. Látom, hogy valami baj van. Eddig biztosan nem vettem észre, tényleg sajnálom, de mondd el. Hátha segíthetek. Szeretnék segíteni. Te is mellettem álltál az elmúlt időszakban.

Egy pillanatra árnyék suhant át az arcán, majd összeszorította az ajkait.

– Nincs semmi. Hidd el. Csak aggódom miattad. Mondtad, hogy most rosszabbak az álmaid, és hogy gyakrabban kísért a fickó. Csak nem szeretném, ha többet kellene szenvedned. Ennyi – mondta, majd elnézett a patak felé.

Jó színész volt, de nem vert át. Ennél többről volt szó, de sejtettem, hogy nem fogok tudni további magyarázatot kicsikarni belőle.

– Én jól vagyok. Most ugyan tényleg rosszabb a helyzet egy kicsit, de majd csak javul, nem igaz? Igazából az a legrosszabb, hogy most olyan képek is felvillannak, amik eddig nem. Tudod, eddig tudatosan kerültem ezeket az emlékeket, és most jönnek vissza. Ez egy kicsit riasztó.

– Hogy érted azt, hogy új emlékek jönnek vissza? – kérdezte visszafojtott hangon.

– Olyanok, amikre eddig nem emlékeztem. Annyira elnyomtam, hogy mintha el is felejtettem volna őket. Az apró részleteket – mondtam, de nem voltam meggyőződve arról, hogy ez értelmesebb magyarázat volt az előbbinél. – Például eddig is tudtam, hogy cigarettacsikkekkel megégetett, vagy hogy késsel megvágott, de ezek csak üres fogalmak voltak eddig, mert a hozzájuk tartozó képeket elnyomtam. Most viszont ezek meg is jelennek a szemeim előtt. Már tudom, hogy ezeket átéltem. Már nem csak egy lista elemei a kórlapomon. És olyan képek is bevillannak, amikre eddig nem is emlékeztem, hogy megtörténtek. Érted? – néztem rá kérdőn.

– Igen. Azt hiszem. Csak azt nem, hogy ez mennyiben segít.

– A doktornő azt mondta, hogy ezeket újra kell élni kontrollált körülmények között, hogy az agy feldolgozhassa. Szerintem most is valami olyasmi történik, csak lassabban, részletekben.

Erre már nem jött válasz, csak újabb feszült tekintet, de nem tudtam rájönni, mi lehet az ok mögötte.

Azt mondta aggódik. Nem akarja hogy még többet szenvedjek. Ez végül is egy teljesen érthető magyarázat lenne, ha nem lenne a gyomromban már megint valami hülye gombóc. A gyomoridegeim még sosem csaptak be. Szerintük valami nem teljesen kerek, és kezdtem úgy érezni, hogy soha többé nem hagyhatom figyelmen kívül a jelzéseiket.

Csendben baktattunk tovább, igyekeztem elhessegetni magamtól a kellemetlen gondolatokat.

A táj lenyűgöző volt, mint mindig. A szőlőtőkéken ugyan már nem lógtak a zamatos fürtök, de a levelek ezer színben pompáztak, arra várva, hogy lehulljanak. A fák szintén magukra öltötték őszi színeiket, és az örökzöldekkel együtt csodálatosan tarka képet alkottak. A nap bearanyozta a tájat, mielőtt átváltott volna késő délutáni szürkületbe, ami még gazdagabbá tette az amúgy is elképesztő látványt.

– Hát nem gyönyörű? – kiáltottam fel, ahogy felétünk a domboldalba és lepillantottunk a völgybe.

– De, igen, az – válaszolta Nick. – A szüleid biztosan nagyon boldogok, hogy itt élhetnek.

– Igen, azok. Nagyon szeretnek itt. És meg is tudom érteni. Ez a nyugalom és béke páratlan.

– Na, az biztos – mondta egy fanyar mosollyal. – A mókusok ritkán zavarnak, nem igaz?

– Oh, igen, a mókusok. Gyerekkorunkban imádtuk őket lesni.

– Mi is a húgaimmal. Órák hosszat ücsörögtünk valahol, csak hogy nézhessük, ahogy fel-alá rohangáltak a faágakon.

– És a nyulak! Azokból is sok szokott errefelé futkározni. Azok is édesek tudnak lenni.

– Ezek szerint nem nyúlpaprikásként végezték.

– De nem ám. Sosem tettünk volna velük ilyet – válaszoltam. – Bár apu néha rájuk ijesztett a légpuskával. Nem nagyon szereti, ha lerágják a friss hajtásokat a szőlőről.

– Ezt valahogy meg tudom érteni – mondta könnyed nevetéssel kísérve.

Közben a nap még tovább ereszkedett a horizonton, kicsit csípősebbé téve a levegőt. Az egyik fuvallat után borzongva öszszehúztam a kardigánt magamon.

– Fázol? – nézett rám rögtön, majd közelebb húzott magához, és egyik kezével átölelte a vállamat.

Boldogan simultam az oldalához.

– Kicsit. Elindulhatunk vissza? – néztem fel rá, ami nem is volt olyan könnyű ilyen közelről.

– Persze – mondta, majd hozzám igazította a lépteit, ahogy elindultunk.

Mire a házhoz értünk, egészen leereszkedett a szürkület. A kutyák még kaptak egy utolsó fültővakargatást, majd sietősen beléptem az ajtón.

A házban kellemes meleg volt; még ugyan nem fűtöttünk, de a nappali kandallójába be volt készítve a fa, ha este szükség lenne rá, és arra az esetre, ha az egész nap beszűrődő napsütés és meleg nem lenne elég. Szerencsére jó nagy és sok ablak volt a házon, ami ilyenkor kimondottan jó szolgálatot tett.

Hallottam, hogy anyu a konyhában ténykedik, a nappaliból pedig valami focimeccs hangjai szűrődtek be.

– Nick, én megyek, segítek anyunak a vacsorát elkészíteni. Nem bánod, ha egyedül hagylak apuval addig? – néztem rá kérdő tekintettel.

– Persze, hogy nem – mondta, és futó csókot nyomott a homlokomra. – Menj csak. Szerintem elleszünk.

Ezzel a konyha felé indultam.

A nappaliból továbbra is a tévé hallatszott ki, és a férfiak elfojtott hangja. Nem tudtam, miről beszélgetnek, de biztos voltam benne, hogy találnak valami közös témát. Amennyire viszsza tudtam idézni, már a kórházi tartózkodásom alatt egészen jól összebarátkoztak.

Közben beértem a konyhába, ahol a vacsora hozzávalói beterítették az egész asztalt.

– Szűzanyám! Egy hadsereg jön enni? Mit terveztél vacsorára? – kérdeztem anyukámat elképedve.

– Oh, csak gondoltam, legyen legalább kétféle hús, és több köret is. Ja, és desszert is lesz.

– Azt látom – mondtam. – És mit segítsek?

– Nem tudom, mihez lenne kedved. Krumplidaraboláshoz, vagy inkább a húsokat szeretnéd beleforgatni ebbe a tésztába és kisütni?

– Azt hiszem, a húsokat vállalom – mondtam, amikor felrémlett bennem a múltkori esetem a konyhakéssel.

– Oké. Ebbe a palacsintatésztába forgasd bele, mielőtt a forró olajba dobod.

– Jól van. Már sütjük is?

– Igen, a nővéred most telefonált, hogy nemsokára hazaér.

– Akkor a krumplit is elkezdhetjük sütni, nem? – kérdeztem, miközben a serpenyőt a gáztűzhelyre emeltem.

– Igen, ahogy összevágtam az első adagot, már lehet is bedobni az olajba. Feltennél annak is egy serpenyőt?

– Persze. Akkor mindegyiknek alá is gyújtok – mondtam a másik után kutatva a konyhaszekrényben.

– Rendben – mondta anyu, majd rövid hezitálás után folytatta: – És, tényleg jól vagy? Vagy jobban vagy?

– Na igen. Azt azért nem mondanám, hogy fütyörészve telnek a napjaim, de alakulnak. Mindenesetre amióta Lia utoljára látott, azóta már jelentősen javultak a dolgok. Talán az volt az utolsó információ rólam? – kérdeztem a szekrényből felpillantva.

– Majdhogynem. Nem akartalak hívni, nehogy úgy érezd, hogy nyomás alatt vagy, vagy ilyesmi. Általában Nickkel beszéltünk.

– Tényleg? – egyenesedtem fel a serpenyővel a kezemben.

– Igen. Majdnem mindennap beszéltünk vele – nézett fel a krumplidarabolásból. – Nagyon kedves ember. És nagyon szeret téged – mondta némi célzással, valószínűleg arra utalva, hogy ezt most ne baltázzam el úgy, mint a Kevin-történetet.

– Majd igyekszem – feleltem a ki nem mondott figyelmeztetésre. – És még miről maradtam le? – kérdeztem, miközben próbáltam úgy tenni, mintha nem rázott volna meg az iménti közlése, és miközben próbáltam a dühömet kordában tartani. Attól tartok, a hangom így is igen fojtottra sikerült

– Hogy érted? – nézett rám megint.

– Mi olyan történt még, ami a katatón állapotomban nem tűnt fel? Talán el is ígértetek neki húsz kecskéért?

– Jaj, kislányom! Ne mondj ilyeneket! Persze, hogy nem. Csak aggódtunk érted, és Nick olyan kedvesen vigyázott rád.

– Igen – mondtam, de nem akartam tovább ragozni.

Nem is igazán értettem, hogy mitől gurultam így dühbe. Attól, hogy a hátam mögött diskuráltak? Mondjuk velem sokra nem mentek volna, ez tény, de azért néha legalább próbálkozhattak volna. Persze én is megtehettem volna – szólalt meg bennem a kisördög.

Vagy attól, hogy Nick sem szólt ezekről a beszélgetésekről? De hát igazából nem is nagyon beszélgettünk az elmúlt időben. És különben is, mikor mondta volna? Amikor majdnem négykézláb közlekedtem, mert olyan kimerült voltam, hogy forgott körülöttem a világ? Vagy amikor sikoltoztam mindentől? Esetleg amikor üveges szemekkel bámultam a falakat naphosszat?

El volt ez az egész szituáció szúrva úgy, ahogy volt. És azt is be kellett vallanom magamnak, hogy a legfőbb okozója én voltam. Végső soron minden tőlem indult ki. Első körben én okoztam a fájdalmat a családomnak, amikor miattam aggódhattak napokig. Egy bevillanó emlékkép szerint az elrablóm is engem okolt. Nem véletlen áldozat voltam, hanem én voltam valami okozója. Nem derült ki ugyan számomra sosem, mit tettem, de valamit tettem, amivel ennyire magamra haragítottam a férfit. Rémlett, hogy kérdeztem is tőle, de nem válaszolt.

Most, hogy ez eszembe jutott, el is gondolkodtatott. Arcra nem volt ismerős a férfi, a nevét pedig nem tudtam. A környezetemben lévők biztosan tudják, a rendőrök csak-csak felvilágosították őket a nyomozás valamelyik pontján, de én sosem kérdeztem. Mással voltam elfoglalva. Vagy inkább semmivel, de ezzel semmiképp sem.

Mondjuk az furcsa volt, hogy a férfi meghalt, de tőlem nem kérdezte soha senki, hogy miért rabolhatott el. Vagy valahogy ők összerakták a képet, vagy az elhalálozása után ez már nem volt fontos. És az is furcsa, hogy a családom sem hozta sosem szóba. Bár az utóbbi időben valószínűleg háromszor is meggondolták, mit emlegessenek a jelenlétemben.

Miközben a húst forgattam a tésztába, egyre csak járt az agyam.

Most kezdtek feltűnni azok a részletek, amik fölött eddig elsiklottam.

Most, hogy tudtam, szembe kell néznem a dolgokkal, már láttam a homályos foltokat is.

Vajon ha utánajárok ezeknek a részleteknek, akkor könnyebben fel tudom dolgozni az eseményeket?

Ha választ kapok pár kérdésre, akkor könnyebben túljutok rajta?

Azt szokták mondani, a bizonytalanság rosszabb, mint megismerni a kegyetlen igazságot.

Tudnom kell – határoztam. Akkor is, ha a rémálmaim százszor rosszabbak lesznek, akkor is tudom kell, mi történt. Miért raboltak el? Miért akart megkínozni? Illetve nem csak akart, meg is tette. Kin akart bosszút állni?

Már csak azt nem tudtam, hogy hogyan.

Megkérdezhettem volna a családomat is, de valahogy előttük annyira nem akartam szóba hozni.

Látszott, hogy ők is legalább olyan kényesek a témára, mint én. Talán nem ugyanabból az okból, de valahogy őket is kényelmetlenül érintette a történet.

De ha nem őket kérdezem meg, akkor kit?

Keressem meg a nyomozót? Ő vajon mennyit fog elárulni a részletekből?

Engem, mint fő áldozatot, megillet a jog, hogy mindenről tudomást szerezzek?

Ezekre a kérdésekre nem tudtam válaszolni.

Viszont eszembe jutott egy korábbi eset. Lezárt rendőrségi aktához sikerült hozzájutni Claire-en keresztül, mivel ismert ott valakit, aki kikereste az irattárban nekünk.

Én is megkérhetném, hogy szerezze meg nekem az aktát.

Ahogy érett bennem a gondolat, egyre izgatottabb lettem.

Első gondolatom az volt, hogy rögtön fel is hívom az asszisztensemet, hogy intézkedjen, de aztán el is vetettem az ötletet.

Először is, Hálaadás hétvégéje volt. Ezt még tőle sem kívánhattam, hogy ilyenkor akárkit is ugráltasson.

Másodszor, hétvége volt. Ha most felhívom, tuti biztos, hogy felhív valakit – mondjuk Jonathant –, és mire én hétfőn bemegyek az irodába elhozni a dokumentumokat, addigra mindenki miattam fog megint aggódni.

Titokban akartam tartani. Nem akartam, hogy akárki is értesüljön erről az akcióról, tehát Claire-t is meg kellett lepnem.

Ahogy tovább forgattam a húsokat a tésztában és dobáltam az olajba, egy terv kezdett kibontakozni a fejemben.

A vacsorakészítés alatti morfondírozásomból anyukám szerencsére semmit nem vett észre. Valószínűleg csak arra gondolt, hogy lejárt bennem az elem, ennyi normál viselkedésre vagyok egyelőre hitelesítve, és hagyott csendben elmélkedni.

Később megérkezett a nővérem is. Szokás szerint jól nézett ki; neki valahogy minden igyekezet nélkül sikerült a sikeres üzletasszony benyomását kelteni. Még laza öltözetben is lerítt róla, hogy a városból jött, és magas pozíciót tölt be valahol.

Ugyan nem volt olyan magas, mint én, de ő ezt is az előnyére tudta mindig kihasználni. Például neki sosem kellett aggódnia, hogy a kosztümök nadrágjai elég hosszúak-e, ennek megfelelően számos ilyen darab gazdagította a ruhatárát. Az ingekkel is nagyobb barátságban volt, mint én, tehát minden adva volt az elegáns megjelenéshez.

Odaültünk a vacsorához, és úgy nézett ki, oldott hangulatban tudjuk élvezni az elmúlt egy óra terméseit.

A húsok hihetetlenül puhák, omlósak és kellemes fűszerezésűek voltak, a krumpli és a saláta pedig kitűnő köretnek bizonyult. Én szokás szerint csak csipegettem; az elmúlt időben az étvágyam jelentősen csökkent. A többiek viszont kétszer is mertek maguknak, mindent megkóstoltak.

A desszert, ami valamilyen új recept szerint elkészített sütemény volt, mindenkinek nagyon ízlett. Ahogy ott ültünk az asztalnál teli gyomorral az esti bor után, éreztem, ahogy az utazás és az egész napos alakítás után a fáradság hullámokban rám tört.

– Nem bánjátok, ha én elmegyek lefeküdni? Nagyon fáradtnak érzem magam – kezdtem bele a búcsúzkodásba. – Egyáltalán tudja valaki, hány óra van? – tekeredtem körbe, hogy lássam a falon lévő órát. Meglepetésemre fél tízet mutatott.

– Jé, tényleg! Hogy repül az idő! – kiáltott fel anyukám. – Persze, menjél csak. Majd Lia és én elpakolunk.

– De addig maradhatok, annyit még kibírok.

– Menjél csak – szólt közbe Nick is –, majd én segítek. Te pedig addig fürödj meg. Azután majd megyek én is.

Na, ezt már végképp nem tudtam hova tenni.

Nem akartam paranoiásnak tűnni, de úgy látszott, hogy az egész családom titkol valamit előlem, vagy meg akar szabadulni tőlem.

Nem volt mit tenni: felálltam, és elindultam a lépcső felé.

– Akkor jó éjszakát mindenkinek.

– Neked is – jött több helyről is.

Ahogy felfelé baktattam, nem tudtam az összevillanó tekinteteket nem észrevenni.

Vagy tényleg megőrülök, vagy valamire készülnek. Vagy valamit titkolnak.

Most jutott eszembe a délutáni séta is, és hogy Nick milyen feszült volt. Eddig ezt nem vettem észre, de nem tudtam hogy ez azért volt, mert eddig nem volt ilyen, vagy csak mert semmit nem vettem észre.

Ilyen gondolatokkal léptem be a hálószobámba, ahol már be voltak készítve a bőröndjeink, szépen egymás mellé, az ágy végébe.

Kinyitottam az én táskámat és kibányásztam belőle a hálóingemet és a tisztálkodószereimet, majd bevonultam a szobámhoz tartozó fürdőbe. Úgy döntöttem, fürödni már nem állok neki, csak egy gyors zuhanyt veszek jó forró vízzel, hogy ellazuljanak az izmaim.

Ahogy álltam a vízsugár alatt, nem tudtam szabadulni a gondolataimtól.

Az egyetlen vigaszom az volt, hogy bármit is titkolnak, azt szeretetből teszik, nem pedig azért, hogy bántsanak vele. Ezt kellett hinnem. A paranoia még nem volt olyan fokú, hogy mást hittem volna, de tudtam, hogy ha csak egy kicsi jel is másra utal, elveszíthetem a kontrollt, és visszasüllyedek egy olyan fokú rettegésbe, amit a kórházban tapasztaltam. Akkor akárki megjelent a kórteremben, azon nyomban halálos rettegés fogott el és azt hittem, bántani akar. Rengeteg nyugtató és idő kellett hozzá, hogy alapjában egy ember közeledését ne fenyegetésnek érzékeljem. Még most is koncentrálnom kellett, hogy emberek közelében ne sikoltsak fel lépten-nyomon, de már sokkal jobb volt a helyzet. Más kérdés, hogy nem sűrűn mentem olyan helyekre, ahol sok ember lett volna a közelemben. De a fokozatos visszaszokás barátságosabb módszernek tűnt, mintha beálltam volna a pláza közepére a karácsonyi rohamban.

Zuhanyozás után még gyorsan fogat is mostam és bekencéztem magam levendulás testápolóval, majd bemásztam az ágyba.

Égve hagytam egy kisvillanyt, hogy Nick is betaláljon a szobába, ha feljön, de éreztem, hogy nem fogom tudni ébren kivárni.

Szerencsére anyuék sem gondolták úgy, hogy külön hálószobát utalnak ki neki, bár lehet, hogy a rémálmok és a sikoltozás jobban meggyőzte őket a közös szoba előnyeiről, mint a huszonegyedik századi nézetek.

Ahogy a fejem letettem a párnára és befészkeltem magam a puha takaró alá, rám is tört az egész napos feszültség okozta fáradtság, és még mielőtt megbeszélhettem volna magammal, hogy bármit álmodom is, az nem valóság, már el is sötétült körülöttem minden, és mély álomba merültem.

Kinyitottam a szemem és sötétség vett körül. Csak a jobb oldalon, egy függönnyel eltakart ablakon keresztül szűrődött be némi fény. Lenéztem a kezeimre, és szokás szerint meg voltak kötözve. Tudtam, hogy jönni fog a férfi. Tudtam, mégsem lehetett felkészülni rá. Akárhányszor szembenézek vele, mindig ugyanaz a terror fut végig rajtam.

Ebben a pillanatban kinyílt a szemközti ajtó, és valóban megjelent. Már a gondolat hatására, hogy fájdalmat fog okozni, pánik tört rám. Ahogy felém közeledett, kétségbeesetten rángattam a kezeimet, hátha el tudok szabadulni, de most sem ment.

– Noree! Ébredj! Csak álmodsz! Nyisd ki a szemedet! Hallod?

Amikor kinyitottam a szemem, Nick ült az ágy szélén felöltözve. Nem igazán értettem, mi történt.

– Nick? – néztem rá bizonytalanul a fényben hunyorogva.

– Én vagyok. Nincs semmi baj. Csak egy rossz álom volt megint – mondta, miközben a karjaimat dörzsölte.

– Te még ruhában vagy? Vagy már? Hány óra van? – néztem rá összezavarodva.

– Még. Késő van, elpakoltunk odalent, aztán még beszélgettünk egy kicsit. Körülbelül éjfél lehet.

– Éjfél? Még olyan sok idő van reggelig? – motyogtam magamnak.

Mi van, ha addig még egyszer rosszat álmodom?

– Hozzak neked valamit? Tejet vagy valami mást? – kérdezte, továbbra is kedvesen vigasztalva.

Nem igazán tudtam, mit akarok. Csak a vállára dőltem, és hagytam, hogy egy kicsit tovább simogassa a hátamat. Ez most jólesett.

Nem igazán tudtam eldönteni, hogy használna-e valami. Ilyenkor tényleg szoktam tejet inni, de most annyira nem kívántam. Esetleg igyak valami gyógyteát? – merült fel bennem egy pillanatra.

Felnéztem, egyenesen bele Nick aggódó tekintetébe.

– Lehet, hogy iszom egy olyan nyugiteát. Talán használ – mondtam bizonytalanul.

– Hozzak forró vizet egy bögrében? – ajánlotta fel rögtön.

– Én is megyek veled – mondtam, mert nem akartam egyedül maradni.

Tudtam, hogy hülyeség, de inkább kibújtam a meleg ágyból, minthogy itt maradjak egymagamban.

– Ahogy gondolod. Nem fogsz megfázni? – kérdezte a kis spagettipántos hálóingemre pillantva.

Egy pillanatra ismét felizzott a régről ismert vágyakozó tekintete, amikor megpillantotta a hűvös levegő miatt megmerevedő és a vékony anyagon átsejlő mellbimbókat, de ahogy jött, ugyanolyan gyorsan el is tűnt, ahogy félrenézett.

– Felveszem a fürdőköpenyemet – mondtam a fürdőszobaajtó felé pillantva, ahol a kérdéses ruhadarab lógott.

Nick felpattant az ágy széléről, két lépéssel átszelte a szobát, leakasztotta a köpenyt az ajtóról, majd fordultában megpillantotta a benti mamuszomat is. Lehajolt azokért is, és az ágy mellé érve letette őket a földre, hogy belebújhassak, a köpenyt pedig a hátamra kanyarította.

– Így ni – mondta a művét szemlélve. – Így már nem fogsz megfázni. – Azt már nem tette hozzá, hogy így neki sem fogok fölösleges és kellemetlen perceket okozni.

– Köszönöm – mondtam a papucsok felé irányítva a lábaimat.

Óvatosan leszálltam az ágyról, majd elindultam a bőröndöm felé, ahol a teafilterek voltak. Los Angelesből hoztam őket magammal arra az esetre, ha úgy érezném, szükség van rájuk. Ez pont egy ilyen eset volt. Nick közben a nyitott ajtóban várakozott. Amikor megtaláltam végre a filtert, elindultam utána.

Ahogy az ajtóba értem, megláttam a folyosón közlekedő anyukámat, aki tágra nyílt szemekkel nézte Nicket.

– Jó éjt! – mondta sietősen, és belépve a szobájukba becsukta maga mögött az ajtót.

Nem igazán tudtam mire vélni a viselkedését, amíg le nem esett, hogy ő még nem hallott engem éjszaka sikoltozni. Nick biztosan mesélt róla, de az teljesen más lehetett, mint saját fülével végighallgatni. Szegény. Igazán nem akartam, hogy most emiatt is szenvedjen, de ha nem jöttünk volna el erre a hétvégére, valószínűleg jobban aggódott volna, mint így.

Elindultunk lefelé a lépcsőn, majd a konyhába fordulva Nick egyenesen a vízforralóhoz ment, én pedig leültem az egyik székre az asztal mellett.

– Mikor lesz ennek vége, Nick? – tettem fel a kérdést, amire tudtam, hogy nem képes válaszolni.

– Nem tudom. De előbb-utóbb egészen biztosan megszabadulsz az álmoktól.

– Tényleg, valami eszembe jutott délután – kezdtem bele mondanivalómba, mivel úgy döntöttem, valahogy előhozom a kérdéseimet. – Kiderült annak idején, hogy ki volt az, aki elrabolt? – *Ez elég hülyén hangzott* – gondoltam. – Mármint, hogy mi oka volt rá?

Ahogy háttal állt a konyhapultnál, látszott, hogy megmerevednek a hátizmai erre a kérdésre. Egy darabig mozdulatlanul állt háttal nekem, majd lassan megfordult, miközben elfehéredő ujjakkal szorította a pult szélét.

Ahogy megfordult, az arcáról is ugyanezt a feszültséget lehetett leolvasni. Az ajkai pengevékonyságúra préselődtek öszsze, a homlokát összeráncolta, és a szemöldökét is összevonta.

Hosszú másodpercekig így szemlélt, mielőtt megszólalt volna.

– Ez hogy jutott most eszedbe?

– Nem most. Már délután feltűnt, hogy igazából nem is tudok róla semmit. Azt sem, hogy ki volt. Vagy, hogy miért csinálta.

Emlékszem, hogy kérdezgettem is tőle ezeket, miközben próbáltam jobb belátásra bírni, de sosem válaszolt egyik kérdésemre sem. Csak annyit mondott, hogy bosszút akar állni, de nem mondta meg, miért. És talán ha meglennének ezek a részletek, könnyebb lenne megemészteni is. Mit gondolsz?

Látszott, hogy minden egyes szót alaposan átgondolt, mielőtt válaszolt volna erre.

– Azt gondolom, hogy ne most rágódj ezen. Éjszaka van, épp most ébredtél fel egy rémálomból. Nehogy újabbat okozzon, ha ilyenekről beszélünk – nézett rám.

Ezt mind nagyon határozottan mondta, de láttam a bizonytalanságát, mert most is enyhén felvonta a szemöldökét, ahogyan ilyenkor szokta.

– Talán igazad van – hagytam rá, mert valóban eszement ötletnek tűnt mindezt éjfélkor megtárgyalni.

Ez a válasz láthatóan megkönnyebbüléssel töltötte el, mert tartásán lazítva újra hátat fordított, és kitöltötte egy pohárba az időközben felforrt vizet.

– Tessék. Kész a forró vized. Kérsz még bele valamit? – nézett a bögrét felém nyújtva.

– Nem, ennyi – mondtam, miközben belelógattam a filtert –, mehetünk.

– Oké. Óvatosan a lépcsőn, nehogy leforrázd magad. Vagy vigyem a szobáig? – ajánlotta fel.

– Nem, köszönöm. Menni fog.

Csendben baktattunk vissza a szobába. Én törökülésben viszszaültem az ágyra, Nick pedig egy darabig a táskájában matatott, majd amikor úgy tűnt, megtalált mindent, amire szüksége volt éjszakára, egy pillanatra kérdőn nézett rám.

– Elmegyek, lezuhanyozom. Addig megleszel?

– Persze – mondtam nem túl nagy meggyőződéssel.

– Nyitva hagyom az ajtót. Jó? – kérdezte, miközben elindult az említett helyiség felé.

– Jó – mondtam, miközben némi meghatódottságot éreztem, és a szemembe egy könnycsepp lopózott.

Hihetetlen, hogy ezt ki lehet bírni.

Hihetetlen, hogy még mindig van türelme hozzám.

Csak tudnám, mi volt az oka annak, hogy olyan feszült lett, amikor szóba hoztam az elrablómat. Ez is egy olyan rejtély volt, amire éreztem, hogy rá kell jönnöm ahhoz, hogy megnyugodjak. A gyomoridegeim jelezték, hogy itt valami nem stimmel.

Szép lassan kortyolgattam a nyugiteámat, aminek borzasztó íze volt, de reményeim szerint legalább használt. Megpróbálkoztam a meditációs gyakorlataimmal is. Egyenletesen lélegeztem, és arra gondoltam, hogy biztonságban vagyok. A fürdőszobából kiszűrődő vízcsobogás is nyugtatólag hatott rám: merev izmaim kezdtek ellazulni.

Úgy döntöttem, egy kicsit dolgozom azon is, hogy befolyásolni tudjam az álmaimat. Mondogattam magamnak a jelmondatokat, miszerint tudatosan álmodom, és én irányítom az álmaimat. Eddig még nem is lett volna baj, de inkább kívántam a másikat – miszerint fel tudjak ébredni belőle –, így ezt is elmondogattam magamnak párszor.

Miután ezzel megvoltam, ittam rá egy kis teát.

Közben Nick is elkészült, és kíváncsian nézte, ahogy mamuszban és köpenyben ülök törökülésben az ágy tetején, a börgével a kezemben.

– Még nem feküdtél vissza? – kérdezte a fürdőből kifelé jövet.

– Iszogattam a teát – válaszoltam.

– És, még sok van belőle? – kérdezte, miközben elérte az ágy szélét.

Szédületesen nézett ki a tengerészkék rövidnadrágban és a pólóban, amit éjszakánként viselt. Illetve Los Angelesben csak a nadrág szokott rajta lenni, de, gondolom, a szüleim miatt most még a pólót is felvette.

– Nem – mondtam nagyot nyelve. – Csak pár korty.

Gyorsan a számhoz emeltem a bögrét és kiittam a maradékot, majd a lábaimat az ágy mellé lendítve megszabadultam a lábbelimtől, a köpenyt pedig hanyag mozdulattal a sarokban álló fotelbe dobtam.

– Készen vagyok – mondtam, és gyorsan bebújtam a takaró alá.

Nick lekapcsolta a villanyt, majd ő is a takaró alá siklott.

Kicsit közelebb csúsztam hozzá, hogy érezzem a teste melegét és a biztonságot a karjaiban, majd újra elnyomott az álom.

Pechemre persze hajnaltájt újabb rémálomra ébredtem. Ugyan még csak hajnali öt óra volt, de nem volt kedvem visszaaludni. Miután Nick megnyugtatott, úgy tettem, mintha elaludtam volna. Amikor hallottam az egyenletes lélegzését, felkeltem, összeszedtem a ruháimat és lementem a földszintre. Levegőre vágytam. Ahogy kiléptem a teraszra, megcsapott a csípős levegő, de tudtam, hogy eléggé fel vagyok öltözve, így nekiindultam a kert felé. A nap még nem kelt fel, de a hajnali derengésben ki lehetett venni a körvonalakat. A két kutya kíváncsian nézett; valószínűleg még sosem láttak ilyen korán, nem tudták ők sem eltalálni, hogy mi történt. Megvakargattam a fülük tövét, majd intettem nekik, hogy jöjjenek velem. Vidám farkcsóválások közepette futottak utánam.

Kicsit gondolkodni akartam. Kiszellőztetni a fejem. Rendezni a gondolataimat.

Az utóbbi időben feltűnt, hogy megváltoztak az álmaim.

Eddig mindig ugyanaz a kép volt. Sötét szoba, jön az emberem a késsel vagy valami mással, és a mögötte lévő, nyitott ajtóból szűrődő fényben az arcát, akármennyire próbáltam, nem tudtam kivenni.

Most viszont voltak részletek, amik megváltoztak.

A tegnap esti álmomban például már nem az ajtónyílásból jött a fény, hanem egy lefüggönyözött ablakból. Nem tudtam, ez mit jelent, de interneten már bármilyen információhoz hozzá lehetett jutni manapság, és tudtam is valakit, aki foglalkozott álomfejtéssel.

Temetői kaland

Hétfőn reggel idegesen ébredtem. Szerencsére Nick viszonylag korán elment otthonról, így enyém volt a terep. Gondolkodtam, hogy iszom egy nyugiteát, de aztán lemondtam róla, nehogy altatóként hasson. Inkább megpróbáltam az előttem álló feladatokra koncentrálni.

Először is be akartam menni az irodába.

Ez már kissé erőt próbáló mutatvány volt, mert be kellett autóznom a városba, de mivel az elmúlt héten már párszor elmentem itthonról és akkor sem történt semmi baj, így ezt a részét már a kevésbé problémásak közé soroltam.

Utána rá kellene vennem Claire-t arra, hogy szerezze meg nekem a rendőrségi aktát, és ne szóljon róla senkinek.

Persze használhatnám hozzá a főnöki tekintélyemet, és akár kirúgással meg is fenyegethetném, de nem szerettem volna ilyen eszközökhöz folyamodni. Utálnám magamat, ha csak így tudnám elérni azt, amit akarok. Nagyon reméltem, hogy eddig a pontig nem jutunk el. Nem is beszélve arról, hogy illegális dologgal akartam megbízni, szóval eléggé hülyén jönne ki, ha még fenyegetném is közben.

Ami az ezutáni dolgokat illette, még én magam sem tudtam, mi lesz.

Mert ha minden jól megy, ott lesz a kezemben az akta, és remélhetőleg választ ad arra a rengeteg kérdésre, amik felmerültek bennem.

De aztán mi lesz?

Megnyugszom, vagy nem?

Ezt sajnos nem tudhattam, és ez idegesített.

Gyógyulásom eme szakaszában nem igazán volt szükségem ekkora bizonytalansági tényezőkre, de nem tehettem ellene semmit.

Enni szokás szerint nem tudtam. Persze ehhez már hozzászoktam. Egy joghurtot sikerült leszuszakolni a torkomon, és a kávét, utána feladtam.

Felöltöztem egy kényelmes, de mégis elegáns halványszürke gyapjúruhába, megkerestem hozzá a fekete kabátkámat és sálamat, majd elindultam.

A forgalom meglepően kicsi volt, sokkal több autóra számítottam az utakon. Viszonylag simán eljutottam az iroda mélygarázsáig és beparkoltam a helyemre, ami már két hónapja üresen tátongott.

Egy sóhajtással egyenesen a lifthez mentem – nem igazán akartam senkivel összefutni. Nem feltétlenül kellett tudniuk, hogy itt vagyok. Amikor felértem a harmadikra és kilestem a liftből, megkönnyebbülten konstatáltam, hogy az előtér üres. Csak Claire ült az asztala mögött, az összes többi ajtó csukva volt.

Még egy utolsó pillantást vetettem a liftben lévő tükörbe – a megjelenésem megfelelő volt –, és nagy levegő után benyitottam a cég előszobájába.

– Noree! – fogadott óriási sikítással Claire. – De jó téged itt látni! Hogy vagy? Nem is mondtad, hogy bejössz – hadarta az izgatottságtól, miközben felpattant a helyéről és odasietett megölelni.

– Szia, Claire! Köszönöm, már jobban vagyok – mondtam visszafogottan, miközben próbáltam kiszabadulni a viharos ölelésből.

– Jobban is nézel ki. Tényleg – mondta kicsit messzebbről megszemlélve, és már kezdett a dolog kicsit kínossá válni. – Visszajössz dolgozni? – kérdezte.

– Még nem tudom. Egyelőre csak ma jöttem be, van egy kis dolgom. A többit majd meglátom.

– Persze, persze. Nem kell elsietni, igaz?

– Így van – helyeseltem.

– És, vihetem a szokásos kávét az irodádba? – kérdezte, visszazökkenve a szerepébe.

– Igen, köszönöm – mondtam.

Ez kapóra is jött, hiszen nem itt, a folyosón akartam letámadni a kérésemmel, és egyébként sem akartam a szükségesnél tovább itt tartózkodni, potenciális látnivalót biztosítva az erre járó kollégáknak.

Ezzel én el is indultam az irodám irányába, Clair pedig a konyha felé igyekezett. Ekkor jutott eszembe valami.

– Claire! – szóltam utána. – Megtennéd, hogy nem szólsz senkinek arról, hogy itt vagyok?

Claire megtorpant, felhúzott szemöldökkel visszapillantott rám, majd szó nélkül bólintott.

A lényeget elértem, a véleményét pedig inkább nem akartam tudni.

Beléptem az irodába, és ahelyett, hogy ismerős lett volna a terep és otthon éreztem volna magam az én saját birodalmamban, inkább idegennek tűnt a szoba. Igaz, ami igaz, olyan sok időt nem is töltöttem itt.

Körbejárattam a szemem a bútorokon; még mindig gyönyörűek voltak. A mahagóni íróasztal; a karfás bőrfotel mögötte; a hatalmas, süppedős, hívogató fotelek; az ülőgarnitúra oldalt, és a könyvszekrény az aljában található minibárral, a fal mellett.

Leültem az asztalom mögé, és az ablak felé fordítottam a forgószéket. Hiába, a kilátás is páratlan volt. A fél város a lábam előtt hevert, de most még ezt sem tudtam kellőképpen élvezni.

Ideges voltam.

Tudtam, miért jöttem, és ez a pulzusszámomat az egekbe emelte.

A tenyerem izzadt, és a szívverésemet is minden porcikámban éreztem. Mintha az egész testem lüktetett volna tőle, mint egy egekig feltekert hangfal. Meg mertem volna esküdni, hogy mindez kívülről is látszik.

Az ajtó nyílására megpördültem a székkel.

Claire szokásához híven tálcán hozta a kávét az elmaradhatatlan csokoládéval bevont mézes puszedlivel és a tejszínnel. Imádtam. *Ha másért nem, már ezért érdemes volt ezt a céget megörökölni* – gondoltam egy kis szarkazmussal.

Figyeltem ahogy leteszi az asztalra, várva a megfelelő pillanatot, hogy előálljak a kérésemmel.

Azt azért nem akartam, hogy megrökönyödése kellős közepén magára vagy rám borítsa a forró italt.

Amikor a tálca biztonságosan az asztalon hevert és a titkárnő várakozásteljesen felegyenesedett, nagy levegőt vettem.

– Szeretnék kérni valamit – kezdtem, figyelmesen szemlélve a reakcióját.

– Mondjad csak! – vágta rá a szokásos szorgalmastitkárnő-arckifejezéssel.

– Becsuknád az ajtót? – kértem, mivel az nyitva maradt, amikor behozta a kávét.

Erre már láttam, hogy a homlokán elkezdtek megjelenni a finom ráncok, amelyek nála a nemtetszés jelei voltak, de engedelmesen az ajtóhoz ment, és egy határozott mozdulattal belökte.

– Nos? – kérdezte, miután az ajtó halk kattanással bezárult.

– Óriási szívességre szeretnélek kérni – kezdtem felvezetni a témát. – Jól emlékszem, hogy egy ismerősöd a rendőrségen dolgozik? – néztem rá érdeklődve.

– Igen – mondta összeszűkülő szemekkel, nyilvánvalóan azt találgatva, hogy hova is akarok kilyukadni.

– Szeretném, ha megkérnéd, hogy szerezze meg nekem az aktámat – mondtam, végig az arcát figyelve.

– Az aktádat? – nézett vissza kicsit bambán.

– Az elrablásomról – pontosítottam.

– Ja, igen – vált számára világossá a dolog.

– Úgy gondolom, ez már egy lezárt akta, hiszen a tettes meghalt. Így nem jelenthet olyan nagy problémát, illetve kockázatot, ha lemásolja. Nem igaz?

– Persze – mondta még mindig hezitálva. – Majd megkérdem, mikorra tudná megszerezni.

– Nos, igen. Igazán nagyra értékelném, ha a lehető legrövidebb időn belül megkaphatnám. Mondjuk, még ma délelőtt – mondtam, mire újabb homlokráncolások következtek. Nem tudtam, meddig erőltethetem a dolgot, és a szerencsém meddig tart ki.

– Rendben. Megkérdem. Ennyi? – indult el kifelé bizonytalanul.

– Nem. Az istennek sem jut eszembe a férfi neve, aki elrabolt. Te emlékszel rá? – néztem rá ártatlanul, remélve, hogy gyatra színészi előadásomból nem jön rá arra, hogy én soha nem is tudtam ezt a bizonyos nevet.

– George Conrad.

– Persze. Tényleg – mondtam színtelenül és elgondolkodva, mintha szíven ütött volna az emlékezés.

– Még valami? – kérdezte még egyszer rám pillantva.

– Ja, igen. Természetesen erről sem szólhatsz senkinek.

– Természetesen – válaszolta összeszorított ajkakkal.

Láttam rajta, hogy harcol saját magával, mivel legszívesebben kihívta volna az első pszichiátert, hogy kényszerzubbonyban vigyenek el, de legalább valakit itt a cégen belül sürgősen a nyakamra küldött volna, hogy lebeszéljen a tervemről, bármi is legyen az.

– Köszönöm, Claire.

Erre már nem reagált.

Nagyot sóhajtottam, amikor az ajtó becsukódott.

Eddig megvolnánk. Már csak ki kell várni, amíg meglesz az akta.

Addig viszont akár hasznosan is eltölthetem az időt – gondoltam, és előkotortam a kulcscsomómat a kézitáskámból.

Ahogy a fiókot zártam ki, hogy elővegyem a laptopomat, eszembe jutott, milyen régen volt, hogy utoljára ezt csináltam.

Kicsit szégyelltem is magam, hogy a cég folyó ügyeiről semmit sem tudtam mostanság. Ami azt illeti, az Emmy díjkiosztó volt az utolsó esemény, amin én is jelen voltam, utána fellendült az üzlet, de hogy azóta mi történt, arról semmi információm nem volt.

Kinyitottam a laptopot és vártam, hogy életre keljen.

Közben megint körbehordoztam a szemem a bútorokon, és ahogy elértem a bárt, eszembe jutott, mi van mellette.

A széf.

Annak idején még viccelődtem is magamban rajta, hogy a kulcsfontosságú dugi-helyek a különféle „értékekkel” egymás mellett vannak, nehogy összetévesszem a bejáratokat.

Ebben a széfben azonban nem pénzkötegek, ékszerek vagy értékpapírok voltak, hanem egy pisztoly.

Még amikor a gyorstalpaló Rambo-tanfolyamot végeztem, akkor tanultam meg lőni, és szereztem meg a fegyvertartási engedélyt. Ezt a fegyvert is akkor vásároltam, de azóta is a széfben hevert. Kivéve persze azt a három hetet, amikor a szüleim birtokán Nickre vigyáztam. De elsütve sosem volt.

Odaballagtam a szekrényhez és beütöttem a kódot. Erre még emlékeztem.

Kinyílt az ajtaja, és ott feküdt a fekete automata pisztoly, mellette a töltények.

A kezembe vettem, és elgondolkodva forgattam.

Emlékezetem szerint töltény nélkül tettem el annak idején, s ahogy kivettem a tárat, láttam, hogy ez valóban így is van. Kivettem a dobozból egy darab töltényt, és betettem a tárba. Ahogy felhúztam a pisztolyt, hallottam, ahogy a töltény a csőbe ugrik. A pisztoly lövésre készen állt.

Visszaballagtam az íróasztalomhoz, és a táskámba tettem a fegyvert.

Közben a számítógép már elindult, és az ismerős tengerparti csendélet nézett vissza a képernyőről.

Ez egy régi kép volt, még amikor fiatalabb voltam és álmodoztam, akkor találtam az interneten. Egy jamaicai strandot ábrázolt egy bohókásan színes, és igencsak megviselt csónakkal. Gyönyörű volt, békés és nyugodt. Páratlan a maga nemében, ahogyan a smaragdzöld tenger találkozott a hófehér homokkal, majd pár méterrel odébb a legsűrűbb haragoszöld növényzet burjánzott.

Valamikor ez volt az álmom, hogy egyszer az életben egy ilyen helyre eljussak. Illetve egy bizonyos helyre eljussak Jamaicán, de mivel nevetségesnek tűnt, és lehetetlennek, soha senkinek nem említettem.

Mostanra nem voltak álmaim. Illetve voltak. De csak rémálmaim.

Mostanában nem tudtam elképzelni a jövőmet.

Sokszor úgy éreztem, az a férfi mindent elvett tőlem. A múltamat, a jelenemet, és a jövőmet is.

Hiszen a múltról nem mertem elmerengni, nehogy az elrablás képsoraira bukkanjak valahol.

Jelenem nem volt, bizonyos értelemben csak vegetáltam. Abban pedig végképp nem voltam biztos, milyen jövőm lehetne ezek után.

Megint eszembe jutott a táskámban heverő pisztoly.

Talán egyszerűbb lenne, ha a férfi bevégezte volna, amit elkezdett ott, abban a helyiségben annak idején.

Ahogy ez a gondolat végigfutott az agyamon, el is szégyelltem magam.

Nekem talán könnyebb lenne, de sok embernek annál nagyobb fájdalmat okozott volna.

A kezembe temettem a fejem és küzdöttem a könnyek ellen. Nem akartam sírni. Most nem. Most dolgom volt.

Ezzel az elhatározással fel is emeltem a fejem, mély lélegzetet vettem, vártam, amíg elhomályosult szemem kitisztul, majd rákattintottam az internetböngésző ikonjára a képernyőn, és beírtam a keresőbe a kulcsszavakat: Los Angeles-i temetők.

Már az ötödik temető gondnokával beszéltem a telefonon, amikor valami eredményre jutottam.

– Szóval azt mondja, kedveském, hogy most szeptemberben halt meg az unokatestvére.

– Igen – válaszoltam, és reméltem, hogy a hangomból nem hallatszott ki a feszültség.

– És úgy hívták, hogy George Conrad.

– Így van.

– Egy pillanat. Mindjárt megnézem a nyilvántartásban – mondta, és némi billentyűzetkopogás szűrődött bele a telefon hallgatójába.

– Köszönöm – mondtam, és igyekeztem palástolni az idegességemet.

– Meg is van! – kiáltott fel hirtelen a férfi a vonal túlsó végén olyan hirtelen, hogy ijedtemben majdnem eldobtam a telefonkagylót. – Valóban itt temették el, nálunk. Ha a Washington sugárút felől közelíti meg a temetőt, akkor a bejáratnál menjen be egyenesen, majd forduljon jobbra. Az út egy idő után elkanyarodik balra, ott menjen arra tovább. Jobb oldalon lesz. Ott vannak az újabb sírok. De ha szeretné, oda is kísérem.

– Oh, nem, köszönöm – mondtam sietve. – Magam is megtalálom.

– Rendben. És részvétem – tette hozzá a férfi.

– Igen. Viszonthallásra – nyögtem ki óriási gombóccal a torkomban.

Miután letettem a telefont, gyorsan lefirkantottam az utasításokat az asztalomon lévő jegyzettömb felső papírjára, majd a székemben hátradőlve próbáltam rendszerezni a gondolataimat. Már csak az aktára volt szükségem, és nemsokára szembenézhetek a férfival, aki romba döntötte az életemet. Vagyis azzal, ami maradt belőle. Egy sírkővel. Úgy éreztem, látnom kell. Látnom kell, hogy a férfi már nem él. Már nem létezik, nem lélegzik, nem járkál közöttünk. Talán ha meggyőződöm róla, hogy ez így van, akkor az álmaimból is száműzni tudom.

Azt is tudni akartam, hogy mik azok a dolgok, amiket a tudatalattim olyan mélységeibe süllyesztettem, hogy nem tudom felidézni, de a családomnak aggodalmas pillanatokat okoz.

Volt valami, amit ők tudtak, és rettegtek attól, hogy én is rájövök.

Talán az akta erre is választ ad majd.

Észre sem vettem, mennyi idő telt el. Egyszer csak Claire lépett be az ajtón.

Szó nélkül odajött és letett egy vaskos mappát az asztalra, majd megfordult, hogy ugyanígy el is hagyja az irodát.

– Claire – szólítottam meg, hogy megállásra kényszerítsem, mire meg is fordult és rám nézett. – Köszönöm.

– Azt tudnod kell, hogy nem értek egyet vele – mondta. – Nem biztos, hogy ez a legjobb gyógymód.

– Az lehet, de kifogytam az alternatívákból.

– De hát ott van a pszichiáter! Miért nem mész el hozzá és kérsz segítséget?

– Aztán legombol rólam több száz dollárt, miközben én kínlódom? Ezt egyedül is meg tudom csinálni – mondtam egy félmosollyal, de Claire nem nevetett. Régebben jó voltam az ilyen szarkasztikus megjegyzésekben. – És tőle egyébként sem tudok meg semmit, amit én magam sem tudok.

– Mire gondolsz? – kérdezte a lány elkerekedő szemekkel.

– Tudod, hogy régebben mennyit beszéltünk az álmokról – mondtam kis szünetet tartva. – Nos, azokból nekem mostanában bőven kijut. És ezek az álmok változnak. Ezt csak nemrég vettem észre. A lényegük persze mindig ugyanaz, de a kis részletek...

– Ezt hogy érted? – vágott közbe.

– Nos, nem igazán emlékszem a helyiség minden részletére, ahol fogva tartott az az őrült, de ott nem volt ablak, ez biztos. Mostanában viszont látok egy elfüggönyözött ablakot is. Láttam, ahogy elakad a lélegzete. Mint gyakorlott álomfejtő, pontosan tudta azt, amit én csak pár napja, mióta utánanéztem az interneten. Ez a szimbólum állítólag arra utalt, hogy egy titok nyitjához nem tud az álmodó személy hozzájutni. Azután hogy az én esetemben erről volt-e szó, vagy nem, azt nem tudtam, de egy próbát megért. És egyáltalán, ez is kérdéses volt, hogy ezek az álomfejtések mennyire valóságos információt szolgáltatnak.

– Szóval olyan érzésem van, hogy van valami fontos dolog, amiről nem tudok. Ennek szeretnék a végére jutni.

– Értem – mondta, és láttam a pánikot a szemében. – Tehetek még érted bármit?

– Nem, Claire, ennyi volt. Köszönöm. El is megyek lassan, de a szabály még mindig él. Erről nem szólhatsz senkinek. Rendben?

– Rendben – mondta kínzottan, és látszott, hogy komoly küzdelmet vívott önmagával, miközben elhagyta az irodát.

Nem sokat morfondíroztam, felkaptam a kabátkámat és a táskámat az aktával együtt, és elindultam kifelé. Még a laptopot sem zártam el. Minek? Nincsenek rajta államtitkok.

A lifttel lementem az alsó szintre, ahol az autót hagytam, de nem szálltam be. Inkább kiléptem a napfényben fürdő utcára és átsiettem a pláza elé, ahol taxik várakoztak, majd feltéptem a legelső szabad autó hátsó ajtaját.

– Jó napot! Kérem, vigyen az Angelus Rosedale Temetőbe. A Washington sugárúton lévő bejárathoz – mondtam, miközben bevágódtam a hátsó ülésre.

– Si, senorita – válaszolt a mexikói kinézetű taxis, és sebességbe tette az autót.

Nem is figyeltem az útra, a mappát stíröltem feszülten, hangosan dobogó szívvel.

Kinyissam? Illetve a kérdés az volt, hogy most nyissam ki, vagy csak a temetőben. Ha most kinyitom, lesz még erőm, hogy megkeressem azt a sírt, és hogy tovább kutassak a titok után? Feszülten, hangosan dobogó szívvel morfondíroztam, miközben tovább bámultan meredten a dosszié borítóját.

Alighogy ezeket végiggondoltam, a taxi már fékezett is a célnál. Kifizettem a fuvardíjat, majd beléptem a temető kapuján. Ahogy a gondnok korábban magyarázta, jobbra fordultam az úton, és követtem annak vonalát. Rengeteg sírkő mellett mentem el, mire az út balra kanyarodott.

Letértem, és az újabb síremlékek felé vettem az utam.

Némi keresgélés után egy viszonylag egyszerű sírkövet vettem észre, amely előtt friss virág díszelgett. A síremléken két név szerepelt: Cassie Jordan és George Conrad. A sírkő szerint Cassie alig pár héttel George előtt halt meg.

Ahogy a neveket és dátumokat figyeltem, egy hangot hallottam a múltból. Azt mondta, *Cassiért kapom.*

Egy titok tehát megoldódott. Cassie meghalt, és ezt akarta megbosszulni. Már csak azt nem tudtam, mi közöm van nekem ehhez. Ki volt Cassie Jordan?

Egy darabig meredten bámultam a sírt, de nem jutottam tovább. Mikor eszembe jutott, miért vagyok itt, éreztem, hogy a térdeim reszketésbe kezdenek. Egy darabig megpróbáltam harcolni ellenük, de mikor a reszketés már a kezeimre is átterjedt és a levegőt is kapkodva szedtem a pániktól, leroskadtam.

Ott ültem a földön – illetve füvön – a neveket bámulva, és tudtam, hogy itt az idő. Most ki kell nyitnom a mappát, hogy megtudjak mindent, amit eddig homály fedett.

Óvatosan felemeltem a borítót, és az első oldalról rögtön a férfi fényképe nézett vissza.

Nagy levegőt vettem, és próbáltam a szédülésről megfeledkezni, amit hirtelen éreztem. Megragadtam magam mellett egy fűcsomót, és becsukott szemmel próbáltam megállítani a körülöttem forgó világot. Egy idő után a forgás szelídült, majd abbamaradt, és már ki tudtam nyitni a szemem. Továbbra is igyekeztem módszeresen lélegezni, miközben elkezdtem olvasni a mappa tartalmát.

Az információ szerint George és Cassie együtt éltek, és a férfi édesanyja szerint jegyesek is voltak, amikor a lány öngyilkos lett. Búcsúlevelet nem hagyott maga után, de a naplója szerint nagy rajongója volt egy bizonyos színésznek. Amikor megláttam a nevet, még a lélegzetem is elállt. A lány boncolási jegyzőkönyve szerint nyugtatókat, altatókat és fájdalomcsillapítókat vett be, és a vőlegény vallomása alapján a naplójába azt írta: úgy érezte, megcsalták. A rendőrségi akta szerint az öngyilkosságot azután követte el, miután a magazinok beszámoltak arról, hogy a színészt egy hölgy társaságában látták, és a kapcsolat nagyon mélynek tűnt. Utólag skizofréniára gyanakodtak. A lány valószínűleg két személyiségként létezett: egyik a férfi menyasszonya volt, a másik a színészre vágyott.

Alig hittem el, amit láttam, amit olvastam. Ilyen létezik? – kérdeztem magamtól. Vannak emberek, akik ilyen mértékben rajonganak közszereplőkért?

Így már világos volt, miért okolt engem a férfi Cassie halálá-ért. A napló utolsó bejegyzése tartalmazott egy újságkivágást, ahol a saját arcomat láttam viszont. A hokimeccs volt az. Eszembe jutott, hogy már akkor tudtam: baj lesz belőle. Persze ez biztosan botorság, de soha többé nem hagyom ennyire figyelmen kívül az akárhányadik érzékemet – fogadtam meg magamban.

Ahogy visszagondoltam, már akkor este rosszul éreztem magam, miután az a fotós lekapott minket. Persze nem tudhattam, mi fog történni, de a rémálmaim is akkor kezdődtek.

Milyen egyszerű is a magyarázat! És milyen gyorsan megtaláltam...

Nick tehát ezért volt ilyen ideges mostanság. Ettől félt. Azt gondolta, ha megtudom, miért raboltak el, majd őt okolom. Bűntudatot érzett.

És akkor rádöbbentem még valamire, és megint elállta a lélegzetem. Éreztem, ahogy a felismerés fojtogatni kezdett, és a temető lassan elsötétült körülöttem.

Hirtelen hűvös levegő áramlott a tüdőmbe, ahogy reflexszerűen, fuldokolva újraindult a légzésem.

Amint kitisztult a tudatom, a gondolataim is tovább fonódtak.

Mi van, ha csak a bűntudata tartotta mellettem eddig? Mi van, ha csak azért volt még mindig velem, mert úgy gondolta, ha már miatta kerültem ebbe a helyzetbe, akkor segít is kimászni, de csak ennyit akart tőlem, és ezért nem is közeledett hozzám azóta sem? Borzasztó gondolat volt, de nagyon is lehetséges.

Éreztem, ahogyan a tekintetem elhomályosult, majd az első könnycseppek legördültek az arcomon.

Reszkető kézzel letöröltem őket, majd továbblapoztam a mappában. A háttértörténetet tehát már tudtam. Vagyis a *miért*re már megvolt a válasz.

Már csak a *hogyan* volt kérdéses.

Továbblapoztam, és a következő, amit megpillantottam, az egy köteg fénykép volt.

Egyenként végignéztem őket.

Először a szobáról találtam jó párat, ahol fogva tartott.

Valóban nem volt ablaka, az csak az álmaim szüleménye volt. A berendezés épp olyan szegényes volt, ahogy emlékeztem. Egy pincéhez vagy garázshoz hasonlított.

Láttam a helyiség közepén a széket, a sarokban az ágyat.

Ami a legjobban megdöbbentett, az a vér mennyisége volt.

Szinte minden véres volt.

A szék, illetve körülötte a padló, az ágy, és még a falak is vérrel voltak körbespriccelve.

Ahogy behunytam a szememet, magam előtt láttam, ahogy a késsel felszakította a bőrt a lábaimon és vér serkent ki. Még a fájdalmat is érezni véltem. Ahogy azonban odakaptam és viszszahúztam a kezem, nem volt véres.

Többre nem emlékeztem. Arra sem, hogy az ágyon mi történt. Próbáltam még jobban koncentrálni, amikor hirtelen öszszerázkódtam egy éles fájdalomtól.

A vállam reccsenése, amikor kifordult. Ez volt az utolsó emlékem. Ez és a vakító fény, de azt már nem tudtam, hogy mi okozta.

Tovább néztem a képeket.

Ezután nőket ábrázoló képek jöttek.

Az egyikről egy fiatal nő élettelen arca nézett vissza.

Sötétbarna haja lágy hullámokban övezte szép, szív alakú arcát, lehunyt szemei alatt sötétlila árkok húzódtak, szája sápadt vonalként húzódott helyes álla fölött. A képek hátulján található írás szerint ő volt Cassie Jordan.

Még néztem egy darabig képeket, s megpróbáltam elképzelni, milyen volt Cassie, amikor még élt. Amikor még vidáman rebegtette a szempilláit, kezeivel beletúrt dús, hosszú hajába, mosolyra húzódtak az ajkai. Úgy képzeltem, gyönyörű nő lehetett.

Ahogy a képeket forgattam, találtam is egyet, ami korábban készült, és a kertben, egy nyíló rózsabokor mellett ábrázolta. Vidáman kacagott a fotón.

Ahogy felpillantottam, hihetetlennek tűnt, hogy ez az életvidám nő most itt fekszik, két méterrel a föld alatt, egy fadobozban. A torkomat megint sírás fojtogatta.

Miért ilyen kegyetlen a sors? – kérdeztem magamtól némán.

Itt van például Cassie. Biztosan nem ártott a légynek sem, és mégis ez lett belőle. Együtt élt egy férfival, de egy álomképért rajongott, majd egy rossz döntés következtében mindent elveszített, és a körülötte lévőket is romlásba sodorta. Ha pedig valóban két személyisége volt, arról sem tehetett.

Ahogy a mappában tovább lapoztam, egy másik nő képeire bukkantam.

Onnan tudtam, hogy nőről van szó, mert hosszú haj lógott csapzottan, koszosan, véresen az arcába, de ezen kívül a felismerhetetlenségig zúzódások, égésnyomok, lila foltok és vér borította a teste minden négyzetcentiméterét, a ruhája pedig cafatokban lógott körülötte.

Szánakozva néztem a képeket, amik minden szögből megmutatták a nyomorúságát.

Az első néhány képen fekvő helyzetben volt egy ágyon, majd később sterilebb környezetben közelebbi felvételek következtek az egyes sérülésekről.

Amikor a képek elfogytak, egy kórházi kórlap követte, majd a zárójelentés, Elsinore Jones névre kiállítva.

Ahogy egyik kezemben az utolsó képet tartottam, a másikban pedig a zárójelentést, szörnyű felismerés tört rám. A nő a képeken... én voltam.

Ahogy ezt felismertem, olyan mértékű reszketésbe kezdtem, hogy a képek vadul hullámozni kezdtek a kezeimben. A gyomrom, ami eddig egy gombócba zsugorodott, most hangos morgásba kezdett, majd heves rosszullét tört rám. A földön elfekve, kezeimet a gyomromra szorítva próbáltam úrrá lenni rajta, de nem nagyon sikerült. Ezután a sírás valamiféle hörgésekkel keverve tört ki belőlem, és a tüdőm majd' kiszakadt a helyéből. Tér és idő megszűnt körülöttem létezni, ahogy átadtam magam a fájdalomnak, és gombócba görnyedve vártam, amíg a roham elmúlik.

Nagyon sokára egyszer csak azt éreztem, hogy felemelkedem a talajról.

A testem hirtelen könnyűvé vált, és a föld felett lebegni kezdtem, majd kellemes meleg levegő vett körül.

Ahogy a gondolkodásom némileg kitisztult, egy pillanatra átfutott az agyamon, hogy meghaltam és a mennyben vagyok. Hol máshol érezne meleget és lebegést az ember? Aztán hangokat is hallottam, és az arcomon csattant valami.

Ez valahogy nem illett a képbe.

Igaz, nem voltam szent életű, biztosan tettem olyasmit életemben, ami idefönt nem fog tetszeni egyeseknek, de nem úgy képzeltem hogy ezért megpofoznának.

Ahogy próbáltam az arcomat elfordítani a pofonok elől, megint valami hangok törtek át a fátyolon.

– Szívem! Térj magadhoz! Mindjárt kórházba viszünk, rendben? – kiabált valaki valakivel, de nem értettem, nekem mi közöm van ehhez, és miért nem tudják valahol máshol intézni a zűrös családi ügyeiket. *Hihetetlen, hogy még itt a mennyben is vannak ilyen perpatvarok* – gondoltam fejcsóválás közben.

– Noree! Hallasz engem? Vettél be valamit? – harsogta megint a hang.

Nagyon idegesített a hang. Gondoltam, most már rá is szólok, hogy ne zavarjon, miközben arra koncentrálok, hogy belépjek a menny kapuján. Úgy rémlett, ilyenkor kérdeznek az embertől dolgokat, és nem akartam elbaltázni már az elején azzal, hogy nem értem a kérdéseket és esetleg összevissza beszélek.

– Ne... üvölts! – préseltem ki magamból nagy nehezen.

– Te jó ég, hogy rám ijesztettél! – mondta a hang, és ekkor kellemes illatot éreztem. Próbáltam megfejteni, milyen virágok vesznek körül, és már előre örültem, hogy a mennyországban ilyen jó illat van. – Nyisd ki a szemed. Hallod? Nézz rám! – mondta a hang, de én nem akartam szót fogadni.

Már jól láttam a fehérséget, és az illatok alapján fehér jázminbokrok voltak körülöttem.

– Nézz rám! – mondta a hang még sürgetőbben.

Erre már úgy gondoltam, ha ilyen fontos neki, vetek rá egy futó pillantást, biztosan nem sértődnek meg idefönt, ha pár pillanatot késem.

Kinyitottam a szemem, és egy mélykék szempár nézett vissza.

– Hála a jó égnek! – hallottam, és újra éreztem a kellemes virágillatot.

Ahogy lassan tudatosult bennem a környezetem, éreztem, hogy rettenetesen szédülök, és a testem összevissza dülöngél. Ilyet korábban még nem éreztem, pláne, hogy mindezt fekve sikerült produkálnom.

Ahogy tovább szemlélődtem, láttam, hogy egy autó hátsó ülésén fekszem Nick ölében, és az autó vadul cikázott valamerre. Így már érthető volt a fekve szédülés és dülöngélés. Ez egy kicsit megnyugtatott.

Már csak azt nem tudtam, mi történt, és hova megyünk ilyen irgalmatlan tempóban.

– Hova megyünk? – kérdeztem bizonytalanul, mikor tekintetem visszaért a férfi feszült arcára.

– A kórházba – mondta, és a tekintete tovább vizsgálta az arcom.

– Miért? – néztem rá vissza. – Valaki megsérült?

Egy darabig nem kaptam választ a kérdésemre, csak Nick döbbent arckifejezését láttam magam előtt, amelyen az érzelmek széles palettája futott végig. Irritáció? Megkönnyebbülés? Düh? Öröm? Még túl kába voltam hozzá, hogy mindet tudjam regisztrálni, ez csak egy-kettő volt a számtalan közöl.

– Megőrjítesz. Tudod? – nézett rám, és mintha a nevetőráncait láttam volna a szeme környékén sokasodni. – Menjünk viszsza az irodához – mondta egy kicsit hangosabban, de a tekintetét egy pillanatra sem vette le rólam.

– Rendben – válaszolta egy férfihang az első ülésről – feltételeztem, az őrült sofőrünk –, és éreztem, ahogy az autó lassul, és felveszi a forgalom normál tempóját.

Ekkor ismertem fel a hang tulajdonosát.

– Szervusz, Jonathan – üdvözöltem kedvenc munkatársamat, akit már igen rég láttam utoljára.

– Szia, Noree. Jobban vagy? – tekeredett hátra, hogy szemügyre vehessen.

– Igen. És a forgalomra figyelj.

– Igenis, főnök! – mondta katonásan, és visszafordította tekintetét az útra.

Közben kezdett egy kicsit kényelmetlenné válni ez a fekvő testhelyzet, így aztán rövid kapálózás után Nick elengedett, illetve még segített is feltápászkodni, hogy ülő helyzetbe keveredjek mellette.

– Mit csináltok ti itt? – támadtam nekik az első kérdéssel, ami eszembe jutott, de aztán rájöttem, hogy így nem helyes a megfogalmazás. – Illetve én mit keresek itt? Miért nem vagyok a temetőben?

Láttam, ahogy összevillantották a szemeiket a visszapillantóban, majd hosszas torokköszörülés után Jonathan szólalt meg.

– Nos, nem érezted jól magad, és úgy gondoltuk, hogy inkább elhozunk onnan és elviszünk egy orvoshoz. Remélem, nem bánod – mondta egy reménykedő mosoly kíséretében.

– Honnan tudtátok, hogy hol vagyok? Senkinek nem mondtam, hova megyek – tettem fel az újabb keresztkérdést.

– Valóban, de tudod, a laptopodat nyitva hagytad az utolsó weboldallal, amit néztél. Így találtunk meg.

– És nem gondoltátok, hogy egyedül akarok lenni? Hogy azért nem szóltam senkinek, mert nem akartam, hogy más is ott legyen? Hogy olyasvalami miatt mentem ki oda, ami csak rám tartozik, és senki más nem láthatja? – hajtogattam, és egyre jobban belelovalltam magam a dühbe.

Észre sem vettem, hogy egyre jobban kiabáltam, miközben Nick kezeit próbáltam távol tartani, aki mindenáron magához akart ölelni.

Valahol a dühkitörésemen át hallottam, ahogy Nick megkéri Jonathant, hogy álljon meg az autóval, majd feltépte mellettem az ajtót, és a két karomnál fogva kiráncigált belőle.

Rögtön éreztem, az autóhoz képest mennyivel hűsebb odakint a levegő, és az időközben eleredő és az arcomba szitáló esőt is, de a zaklatott idegállapotomban még egy darabig küzdöttem a haragommal, a kétségbeesésemmel, és Nick karjaival is.

Mikor elfogytak a szitokszavaim és a mondanivalóm, és a dühöm is csillapodott, éreztem, ahogy kissé kitisztul a fejem, s a lila köd, ami elborította az agyam, felemelkedik.

Pár mély levegővétel után a fejemet felfelé fordítva már nem tudtam, hogy a késő őszi kaliforniai eső vagy a könnyek áztatják, de megkönnyebbültem tőle, és már nem éreztem szükségét, hogy kiabáljak és Nick mellkasát püföljem.

Csak álltam az út szélén mélyeket lélegezve, és amikor a szívem dübörgése is abbamaradt. A fejemet Nick vállára hajtottam, és élveztem, ahogy szokás szerint a hátamat simogatva vigasztalt.

Miután megnyugodtam, ólmos fáradtság kerített hatalmába. A szemeim lecsukódni készültek, és a térdeim is megrogygyantak alattam. Nick szorosan átölelt, amikor észrevette, hogy alig állok a lábaimon, majd felkapott és betuszkolt az autóba. Itt már mindenfelé nyeklett a fejem, és mire ő is beszállt, már csak ahhoz volt erőm, hogy a vállára hajtsam a fejem, majd elnyelt a sötétség.

Meglepetés

Vakító fény szűrődött át a vidám citromsárga és világoszöld függönyön, ami a hálószoba ablakát borította. Hányszor gondoltam már, hogy le kellene cserélni, mert sötétet, azt nem tartott, egyáltalán, maximum dísznek volt jó.

Azon kívül, hogy ezt végiggondoltam, elég kábának tűnt a fejem. Ahogy körbefordítottam először a tekintetemet, majd az egész fejemet, nem éreztem szédülést. *Ez is valami* – gondoltam.

Emlékeztem rá, hogy miután hazaértünk, egy pillanatra felébredtem, amikor is Nick bevetetett velem valami bogyót és megitatott velem egy pohár vizet, aztán utána újabb filmszakadás következett. Ehhez képest viszont a takaró alá kukkantás után döbbenten láttam, hogy hálóingben vagyok.

Hogy ezt mikor vettem fel, azt nem tudtam. Talán Nick adta rám? Fura lehetett neki. Gondolom, az eddigi praxisában a levetkőztetés többször fordult elő, mint a felöltöztetés.

Óvatosan felültem az ágyban. Még mindig nem szédültem. Letettem a lábaimat az ágy mellé – továbbra is minden oké volt.

Nagy levegőt vettem, majd felálltam. Egyetlen kicsi bizonytalankodás után elindultam a fürdőszoba felé.

A tükörbe nézve kicsit nyúzott, de alapjában véve normális arc nézett vissza. Na igen, az altató néha csodákat tud művelni – futott át az agyamon.

Megengedtem a zuhanyzóban a vizet, majd elkezdtem ledobálni magamról a ruhákat. Ahogy áthúztam a fejemen a hálóinget és megfordultam, egy szempár nézett rám a tükörből.

A szívverésem is megállt és vérfagyasztó sikoly tört ki belőlem, miközben már láttam, hogy csak Nick az, és ő is legalább úgy megijedt az én reakciómtól.

Amint levegőhöz jutottam, nem győztem bocsánatot kérni.

– Jaj, Nick, ne haragudj! – hadartam őrülten. – Ahogy megláttam, hogy valaki áll mögöttem, kitört belőlem. És már sikítottam is, mielőtt láttam volna, hogy te vagy az.

– Nem tesz semmit. Csak gondoltam, megnézem, mi van veled, amikor láttam, hogy nem fekszel már az ágyban, és itt elkezdett folyni a víz – mondta elnéző mosollyal.

A legszebb mosoly volt, amit most magam elé tudtam képzelni, és a legjobb gyógymód is. A pulzusom meglódult, de most más okból.

– Lezuhanyozom – mondtam, aztán csak néztem magam elé. Ez elég ostobán hangzott.

– Persze. A konyhában leszek – válaszolta Nick, és mire pont újra elcsüggedtem volna, egy kis puszit lehelt az ajkaimra.

Ettől persze sokkal jobb kedvvel léptem be a zuhany alá, és majdhogynem dudorászva tartottam az arcom a vízsugár alá, amikor felrémlett az előző nap ehhez hasonló mozzanata.

A jókedvem rögvest elszállt és döbbenten nyitottam ki a szemem, amitől persze belefolyt a szappan és rettenetesen csípni kezdte.

Szitkozódva a fülke tetejére készített törölköző után nyúltam és megdörzsöltem a szememet, hátha ettől csillapodik az égető érzés.

Gyorsan befejeztem a zuhanyozást, megtörölköztem, majd a fürdőlepedőt magamra tekerve átsétáltam a hálószobába. Guberáltam magamnak valami tréningnadrágot és pólót a gardróbból, majd a fürdőben félig szárazra töröltem a hajam és kifésültem. Így már embernek éreztem magam.

Kicsit ismerős volt a szituáció, ahogy a konyha felé baktattam, és magamba szívtam a rántotta és a frissen sült zsemlék csodálatos illatát.

Amikor befordultam az utolsó sarkon, hangokat hallottam. Belestem a konyhába és megpillantottam Nicket, amint a nővéremmel diskurált a konyhapult felett.

– Jé, Lia, te is itt vagy? – torpantam meg a küszöbön egy pillanatra.

– Halihó. Itt vagyok. Hallottam a tegnapi kalandodról, és idejöttem felmérni a terepet – mondta egy jelentőségteljes pillantás után.

– Én is örülök, hogy látlak. Itt minden oké – mondtam legalább ugyanolyan pillantásokat visszaküldve, és helyet foglaltam az asztalnál. – Mi a reggeli? – folytattam, hogy ne én legyek a legfőbb téma.

– Rántotta, füstölt lazac, paradicsom, és friss zsemle – mondta Nick, miközben a napsárga sült tojást a tányéromra kotorta.

– Ez jól hangzik – mondtam, és jóízűen nekiálltam a finom reggelinek.

Most jöttem csak rá, hogy tegnap reggel óta nem ettem, és az a joghurt sem volt épp sok. Pár falat után úgy döntöttem, itt az ideje megszólalni.

– És szólhatok még az utolsó szó jogán, mielőtt elvitettek muszájdzsekiben, vagy ennyi volt? – kérdeztem várakozón rájuk nézve.

– Persze. Eldöntheted, hogy a csipkés vagy a fodros köntösödet csomagoljuk be neked – válaszolta a nővérem ugyanolyan hangsúllyal. – Mégis mi a fenét képzeltél, hogy ellopattad azt az aktát?

– Jut eszembe. Hol van most az akta? – néztem Nickre, elegánsan ignorálva az előbbi kérdést.

– Az íróasztalodon – mondta csendben tovább falatozva.

Erre csak bólintottam. Annál azért éhesebb voltam, hogy most rögtön érte szaladjak, és különben is láttam már mindent, amit látni akartam. Vagy legalábbis egyszerre biztosan többet láttam, mint amit el bírtam viselni.

Miközben tovább eszegettük a reggelit, kezdett kicsit kínossá válni a csend.

– És, meddig maradsz? – kérdeztem a nővéremet.

– Nem sokáig. Csak még van itt egy kis dolgom. Utána viszsza is megyek San Franciscóba – mondta, miközben eltakarította az utolsó falatokat a tányérjáról.

– És anyuék tudják, mi történt tegnap? – kérdeztem némi remegéssel a hangomban.

Nem igazán akartam, hogy értesüljenek erről a kis fiaskóról, mikor már úgy fellélegeztek, hogy a dolgok kezdtek visszatérni a normális kerékvágásba.

– Nem, természetesen nem tudják – mondta Lia, és további szemrehányó pillantásokat lövellt felém.

Közben szerencsére én is befejeztem a reggelimet, de ha nem így lett volna, akkor ezektől a pillantásoktól garantáltan elment volna az étvágyam.

– Jól van, jól van. Elszúrtam – mondtam felemelt kezekkel, megadást szimulálva. – De akkor is meg kellett tudom pár dolgot, amit, úgy néz ki, rajtam kívül mindenki tudott, de valamiért senki nem akart elárulni – lövelltem vissza harcias pillantásokat.

– Igen, mert sejtettük, hogy valami ilyesmi következménye lesz – mondta Nick ezúttal, de neki sokkal elnézőbb volt a tekintete. Úgy döntöttem, inkább erre koncentrálok.

– De előbb-utóbb meg kellett tudnom! – vágtam vissza.

– És reméltük, hogy utóbb következik be, amikor már készen állsz arra, hogy feldolgozd – válaszolta halálos türelemmel – És azt is, hogy megbocsájtod nekünk, hogy eddig elhallgattuk – hajtotta le a fejét.

Látni akartam a tekintetét. Nem tudtam mire vélni, hogy most nem néz rám.

– Nick? – szólítottam meg, hogy rám nézzen. – Ez volt az, amit nem árultatok el? Hogy miért rabolt el? Hogy ki volt ő?

– Igen – mondta, de még mindig nem nézett rám.

– Értem – bólintottam. – De már tudom. Nem kell, hogy emiatt kellemetlenül érezd magad.

– Tényleg? – nézett most rám izzó tekintettel. – És szerinted hogyan érezzem magam? – emelte fel a hangját. – Mert én iszonyúan érzem magam. Ha belegondolok, hogy ez mind miattam történt, hogy miattam kellett szenvedned, és még most is miattam kínlódsz.

Láttam, ahogy egyre inkább belelovallja magát a haragba. Amikor nagy levegőt vett, felpattant a székről, és rohangálva folytatta:

– Tudod, hogy szeptember vége óta micsoda lelkiismeret-furdalásom van? Először is, éreztem, hogy valamit elhallgattál előlem, de nem tudtam, mi az. Aztán egyszer csak eltűntél és nem jelentkeztél, és senki nem tudta, hol vagy, majd valami szemtanú bejelentése után megtalálták az autódat a pláza mélygarázsában, vérfolttal az ajtón, összetört üveggel, és a táskáddal alatta, de te sehol nem voltál – hadarta egy szuszra, és én hagytam. Eszméletlen belső feszültség gyűlhetett fel benne is, és azt akartam, hogy kiadja magából. Hogy megkönnyebbüljön ő is.

– Napokig nem aludtunk, mialatt a rendőrség próbálta kideríteni, hogy mi történt. Aztán a nyomok alapján kezdett összeállni a kép, de még mindig nem találtak. És már majdnem egy hét eltelt, amikor egy kis reménysugár támadt. Amikor meghallottuk a rádión keresztül, hogy megtaláltak, hatalmas kő gördült le a szívünkről – egészen addig, amíg meg nem hallottuk az elfojtott beszélgetéseket arról, hogy milyen állapotban voltál. Súlyos vérveszteség, kiszáradás, törések, zúzódások, égési sérülések. Amikor betoltak a kórházba a hordágyon, meg sem ismertünk. – Itt elcsuklott a hangja, de folytatta. – Amikor betoltak a röntgenszobába, azt hittük, soha többé nem fogunk élve látni. Aztán valami csoda folytán javult az állapotod. Mi pedig rettenetesen boldogok voltunk egészen addig, amíg fel nem ébredtél, és rájöttünk, hogy a fizikai sebek sokkal könnyebben fognak begyógyulni, mint a lelkiek. És akkor elkezdődött a kálvária, és még sokkal jobban gyűlöltem magam, mint előtte. Azért, mert végig kell néznem a szenvedésedet azzal a tudattal, hogy ezt én okoztam, és ebbe majd' beleőrülök.

Itt végképp elcsuklott a hangja, és leroskadt az egyik székre.

Döbbenten hallgattam a vallomását, de láttam, hogy a nővérem is megdermedt a másik széken.

Lassan felálltam és odasétáltam a székhez, ahol Nick magába roskadva ült, arcát a tenyerébe hajtva.

Lefejtettem a kezeit az arcáról, és az álla alá nyúlva kényszerítettem, hogy rám nézzen.

– Miért gondolod, hogy téged hibáztatnálak érte? – kérdeztem lágyan, elveszve kétségbeesett tekintetében. – Nem vagy felelős minden idióta tettéért.

– De ha én nem akaszkodom rád, és nem ragaszkodom ahhoz, hogy eljárjunk itthonról, akkor sosem fényképeznek le, és akkor nem kerülsz ilyen helyzetbe... – Ekkor a mutatóujjamat az ajkaihoz emeltem, hogy csendre intsem.

– És akkor sosem élhettem volna át életem legboldogabb heteit a Napa-völgyben, aztán itt, Los Angelesben – fejeztem be a gondolatait.

– De... – kezdte volna újra, de közbevágtam.

– Nincs „de". És ne gyötörd magadat ezzel. Nem akarom, hogy te is kínlódj – mondtam, miközben magamhoz vontam és a fejét a mellkasomhoz szorítottam, ő pedig átölelte a derekamat.

Így ringatóztunk egy darabig, míg megnyugodott a zaklatott légzése, és amikor felpillantottam, a nővérem homályos tekintetébe pillantottam.

– Oh, elnézést, én nem akartam megzavarni a meghitt pillanatot, csak épp elfelejtettem kimenni – mondta zavarodottan.

– Semmi baj – jött ki belőlem rekedt hangon. Nick is mély lélegzetet vett, majd felegyenesedett a székről.

Egy pillanat csend következett, amíg mindenki rendezte a gondolatait, majd várakozva megálltunk, és egymást vizslattuk a tekintetünkkel. Nick szólalt meg először, immáron a megszokott kedves hangján, de némi feszültség most is sugárzott belőle.

– Nem tudom, a megfelelő alkalom vagy sem, de azt hiszem, nem várhatunk tovább – mondta, majd várakozón Liára nézett, aki rövid töprengés után bólintott egyet.

– Oh, te jó ég! Mi van még? – kérdeztem hol az egyikre, hol a másikra nézve. – Mit nem tudok még?

Szerencsére mielőtt teljesen elöntött volna a pánik, megszólalt a nővérem, és minden balsejtelmemet eloszlatta. Ezúttal jó dologról volt szó.

– Nos, már hétvégén meg akartunk lepni vele, de nem tudtuk addigra lefixálni, csak tegnapra sikerült megszervezni – nézett rám széles mosollyal az arcán, amitől én is roppant izgatottá váltam egyszerre.

– Mi az? – kérdeztem felváltva nézve rájuk, mint egy pingpongmeccsen, azt várva, melyik árulja már el, mi történik.

– Mit szólnál hozzá, ha elutaznánk egy kicsit, csak mi ketten, valami szép helyre? – kezdett bele Nick. – Egy házikóba, amelynek saját strandja van, és senki nem háborgatna minket, és pihennénk egyet távol ettől az őrülettől. Egy kis kikapcsolódás talán jót tenne mindkettőnknek – mondta, majd feszülten várta a reakciómat.

– Wow! – sikerült kinyögnöm. – Elutazunk? – kérdeztem még mindig döbbenten. – És hova?

– Jamaicára. Remélem, tetszeni fog. Liával még előtte elmentek egyet vásárolni is, úgy hallottam. Aztán pár nap múlva indulunk.

– Jamaicára? – néztem továbbra is bambán.

– Igen. Három hétre megyünk. Mit szólsz?

– Szóhoz sem jutok – válaszoltam. – A meglepetéstől, úgy értem.

– És, örülsz neki? – nézett rám a nővérem.

– Persze! – vágtam rá talán gyorsabban is a kelleténél.

Kicsit elmerengtem rajta. Próbáltam feldolgozni az információt. Persze, hogy örülök. Vagy nem?

Annyira én sem voltam biztos benne.

Készen állok egy ilyen utazásra?

Ezt még annyira sem tudtam.

De hát végül is mi fog történni? Járattam az agyamat, előre lejátszva a várható eseményeket.

Gondolom, felülünk egy repülőre és elrepülünk a szigetre, ahol lesz egy tengerparti ház saját stranddal, és egészen három hétig ott leszünk.

Ez csak menni fog.

Mondjuk, rögtön az elején az a repülőút az nem hangzik olyan jól, de biztosan túl fogom élni. Majd valahogy átverekedjük magunkat a zsúfolt reptereken, a gépben pedig talán már nem lesz semmi baj. Vihetek nyugtatót is. Vagy altatót. Vagy mindkettőt.

Menni fog.

Aztán meg ott leszünk Jamaicán. Egy tengerparti házban, csak mi ketten. Ha addigra nem marad nyugtató vagy altató, vagy egyik sem, az sem baj.

Menni fog.

Mi az, hogy!

Mire idáig jutottam, a szkepticizmusom kezdett valamiféle optimizmusba átcsapni.

Ja, és ha eddig azt még nem regisztráltam volna: *ketten* megyünk!

Az első, ami beugrott, az volt, hogy talán végre történni is fog valami, mert nagyon reméltem, hogy nem sakkozni fogunk ennyi ideig. Erre a gondolatra már az én arcomra is mosoly húzódott. Reméltem, hogy csak az, és az ilyenkor szokásos pír nem öntött el.

– Szóval elutazunk! – kiáltottam fel lelkesen.

Hosszú idő után valóban úgy éreztem, végre valami iránt tudok lelkesedni. Végre valami boldog izgatottsággal töltött el. Végre volt valami, aminek örülhettem.

Nem is beszélve arról, hogy pont Jamaicára mentünk! Titkos vágyaim helyszínére. Már ettől a gondolattól is izgatott lettem.

– Jól gondolom, hogy nem ártana egy kicsit felújítani a ruhatáradat? – kérdezte a nővérem széles mosollyal az arcán, félbeszakítva a gondolataimat.

– Nem tudom. Hány estélyi ruhát vigyek magammal? Mert most, azt hiszem, csak egy van, vagy kettő – néztem várakozón Nickre.

– Egyet sem. Rövidnadrágos-pólós-strandruhás nyaralás lesz. Nem estélyi ruhás – válaszolta egy kacsintással kísérve.

– Oké. Ettől függetlenül, azt hiszem, elnézhetünk pár boltba. A ruháim egy része kinőtt engem, a többi pedig valószínűleg kiment a divatból. Az itteni szekrényem leginkább kosztümökkel van tele, illetve cicanacikkal. Tényleg, az még divat, vagy közben már lemaradtam pár körről? – néztem fel, miközben felmerült bennem, hogy fogalmam sincs, hogy mászkálnak mostanság az emberek.

Amennyire magamnál voltam az utóbbi időben, ha a naturizmus jött volna divatba, az sem tűnt volna fel.

– Mértékkel még divat. De már inkább csak az edzőteremben, vagy esetleg az oda-vissza úton – felelte Lia, miközben Nick felemelt kézzel kivonult a konyhából, jelezve, hogy a cicanacik nem az ő specialitása.

– De kár. Pedig szerettem őket, erre átaludtam a mostani fellángolást. Most várhatok megint három évet, mire újra divatba jönnek! – mondtam tettetett felháborodással.

Ez már a nővéremnek is tetszett, mert harsányan felkacagott.

– Szóval, mikor menjünk? – kérdezte, amikor megint meg tudott szólalni.

– Akár ma is mehetünk. Megszárítom a hajam, átöltözöm, és már indulhatunk is.

– És mit szólnál, ha közbeiktatnánk egy masszázst is valahol? – nézett most óvatosan a szeme sarkából.

– Hmm. Masszázs – néztem vissza magamban morfondírozva. – Most, hogy mondod, egészen biztosan jólesne. Mindjárt meg is kérdezem Lindát, hogy van-e még náluk szabad időpont. Ha jól emlékszem, Leslie-nek nagyon fürgék voltak az ujjai a múltkor. Talán beférünk hozzá.

– Ki ez az fürgeujjú Leslie? – jelent meg az ajtónyílásban Nick felhúzott szemöldökkel.

– A masszőr – mondtam.

– Oda is mentek?

– Ha van hely, igen – feleltem.

– Jól teszitek – válaszolta, majd felém közeledett. – Akkor, ha a hölgyek megbocsájtanak, most elmegyek, benézek a stúdióba. Még van egy kis dolgom arrafelé, mielőtt elutazunk.

Gyors csók után már ki is viharzott az ajtón, és onnan intett vissza Liának.

A nap gyorsan elszállt. Végül is azt szokták mondani: gyorsan telik az idő, ha az ember jól szórakozik, és én már egy jó ideje nem szórakoztam ilyen jól.

Persze azért be kellett vallanom, hogy a felszínes „próbáljunk fel egy csomó ruhát és költsünk rengeteg pénzt" a szórakozásnak nem éppen legszofisztikáltabb módja volt, de nekem jelen pillanatban épp megfelelt.

A tarka ruhák, a remek ebéd – természetesen saláta a kedvenc plázás büfémben –, és a frissítő masszás mind felvidított.

Kellett is, hiszen ha belegondoltam, mi vár otthon az íróasztal tetején, illetve éjszaka az altató nélkül, akkor mindjárt enyhe remegésbe kezdtek a lábaim.

Mert azt több száz dolláros óradíjú pszichológus számlája nélkül is tudtam, hogy a tegnapi kis kalandom nem fog következmények nélkül maradni.

Előbb vagy utóbb vissza fognak köszönni a dolgok, amiket olvastam; a képek, amiket láttam; és mindaz, ami még eszembe fog jutni, ha egy kicsit is elmerülök az emlékeimben.

Már szürkült, mire Liával hazaértünk, és úgy döntött, hogy este már nem indul vissza San Franciscóba, csak másnap reggel. A szabadságába ez is belefért, így aztán folytattuk a lányos napot azzal, hogy felpróbálgattuk a friss szerzeményeket a hálóban.

Úgy nézett ki, jól fogok kinézni a nyaraláson; sikerült számtalan csinos ruhácskát vásárolni, hosszabb-rövidebb nadrágokat, szoknyákat, trikókat, felsőket, illetve néhány csábosabb fehérneműt is, hogy ne a nagymama stílusú, sátorlap méretű pamut alsóneműmben kelljen elcsábítanom életem férfiját a trópusi szigeten. Bár, ha belegondoltam, ennyi önmegtartóztatás után arra is be kellett volna indulnia. Reméltem, csak gondolatban pirultam el, bár a nővéremre vetett pillantás nem ezt igazolta.

– Hogy kipirultál a lelkesedéstől! – mondta. – Végre van egy kis színed.

Oh, ha tudnád! – gondoltam magamban.

– Hmmm… – motyogtam zavaromban.

Hazudni nem akartam, így az arany középutat választva inkább csak hümmögtem egy kicsit.

Később lementünk a konyhába, hogy valami vacsorát összeüssünk. A mélyhűtőben kotorászva felfedeztem pár szelet marhahúst, amit úgy döntöttem, meg is sütök egy kis krumplival, ha Nick hazaér, de mivel ezeket frissen kellett elkészíteni, így ezzel nem kellett tovább bíbelődni.

Eszembe jutott az akta az íróasztalomon, de ezen az estén már nem kísértettem a sorsot tovább.

Nem sokkal később hazaért Nick, elkészítettük a vacsorát, majd felbontottuk az egyik környékbeli pincészet testes vörösborát, ami kitűnően illett a marhahúshoz, és jókedvűen fogyasztottuk el a vacsoránkat hármasban.

Vacsora után még jól felöltözve kiültünk egy kicsit a medence mellé meginni a maradék borunkat, majd elvonultunk lepihenni. Liának a hálószobától legtávolabbi vendégszobában ágyaztam meg, hátha így nem zavarom az éjszakai előadásommal, és végül viszonylag későn nyugovóra tértünk.

Elmaradt katarzis

Másnap reggel olyan fáradtan ébredtem, mintha egy szemhunyásnyit sem aludtam volna egész éjjel. Az álmomban megint furcsaságok jelentek meg, de most nem volt kedvem velük foglalkozni. Persze a szokásos rémálom-kiabálás-nagy nehezen felébredés most sem hiányzott az éjszakai programból. Valószínűleg ettől éreztem magam olyan kimerültnek.

Kibotorkáltam a konyhába, kitapogattam a kávé kellékeit, és remélve, hogy nem sóval és mosogatószerrel ízesítettem, belekortyoltam a meleg nedűbe. Hatalmas kő esett le a szívemről, amikor az érzékelőbimbóim normális kávéízt regisztráltak. Kicsit bambultam és vártam a hatást, mert ennél többre jelenleg nem voltam képes.

Nicket nem láttam sehol, de aztán felrémlett, hogy előző nap mintha említette volna, mennyi dolga lesz ma, és milyen korán el is megy itthonról. Ezek szerint már késő van.

A nővérem már szintén korábban felkelhetett; épp a nappali kanapéján ült és üzleti ügyeket magyarázott valakinek vég nélkül a telefonba, így aztán a dolgozószobám felé vettem az irányt. Úgy gondoltam, ideje megint belepillantani abba a bizonyos dossziéba, ami állítólag az asztalon feküdt.

A dosszié valóban ott feküdt.

Egy darabig álltam a szobaajtóban azon tanakodva, hogy bemenjek-e, kinyissam-e, megnézzem-e az iratokat.

Végül a kíváncsiságom győzött.

Tudva, hogy már nem lesz újdonság, felütöttem a mappát, és az előzőleg már látott papírok tárultak a szemeim elé.

Immáron ismerve minden részletet megint végigfutottam az információkon.

Az elkövetőt már ismertem, illetve a családi hátterét is.

Utána következtek a fényképek.

A helyszín is ismerős volt; ismét megbizonyosodtam, hogy a helyiségnek nem volt ablaka, az már csak az álmom szüleménye volt.

Majd az orvosszakértői képek következtek a sérüléseimről. Figyelmesen végignéztem és próbáltam összehasonlítani a sérüléseket azokkal, amiket én később láttam magamon. A cigarettanyomok, a vágások, a horzsolások, de a rengeteg elkenődött vér miatt nem lehetett tisztán kivenni, hogy hol is voltak. Így is túl sokat számoltam össze belőlük, és egy idő után inkább abbahagytam.

Majd következett a kórlapom.

Persze telis-tele volt orvosi szakkifejezésekkel, amikből egy mukkot sem értettem, de volt egy olyan érzésem, hogy talán jobb is. Azért nem adtam fel olyan gyorsan, szép lassan olvasgattam, hátha összetalálkozom olyan szavakkal, amik legalább valamit elárulnak, ha már az angol nyelv egy része a latinból származik, de aztán mégis feladtam.

Az orvos biztosan elmondott mindent, amikor kiengedtek, itt már nem bukkanok újabb rejtélyekre.

Visszatettem az aktát az asztalra, és a mozdulat közben végigpillantottam a karomon. Már csak halvány foltok emlékeztettek az égési sérülésekre. A fényképeken tényleg sokkal roszszabbul néztek ki.

Immáron nem tagadhattam le magamban sem, mi minden történt abban a pár napban.

Eddig igyekeztem elkerülni, hogy ezekre kelljen gondolnom, bármennyire is emlékeztettek rájuk az álmaim, mindig elnyomtam őket magamban. Nem akartam elismerni őket, hogy ne kelljen velük szembenéznem.

Leültem az íróasztal előtti székre, és kinéztem az ablakon a reggeli napsütésbe.

Vajon hogy megy a gyógyulás azon része, amikor elfogadjuk magunkban a múlt történéseit? – kérdeztem magamtól.

Miből fogom észrevenni, hogy jó úton járok?

Abból, hogy egyszer csak eltűnnek a rémálmaim?

Vagy a szorongásom megszűnik?

Nem tudtam rájuk válaszolni, de nagyon reméltem, hogy valahogy így lesz.

Megpróbáltam felidézni, milyen is volt az, amikor még nem éltem át ez ezeket a szörnyűségeket. Kellett referenciának, hiszen oda igyekeztem visszajutni. Az volt a cél, hogy megint úgy érezzem magam, mint akkor.

Behunytam a szemem, és felidéztem azt az időt, amit Nickkel töltöttem szüleim birtokán.

Persze eleinte leginkább csak idegesített a közelsége, a rámenőssége és a gőgös magabiztossága. Előtte minden eszközzel próbáltam magamtól távol tartani. Fabrikáltam remek kifogásokat, amik a maguk módján valós és jó alappal bírtak, de már tudtam, hogy csak arra kellettek, hogy magamnak hazudjak. Mert bennem volt a hiba, nem a körülményekben, és nem benne. Én voltam az, aki rettegett a kapcsolatoktól, a kötődéstől, attól, hogy lemondjak az irányításról és olyanba kezdjek, aminek nem tudtam a végeredményét. Ami bizonytalan volt. Hogy megbízzak valakiben, és rábízzam magam valakire. Hogy kitárjam a lelkem és felfedjem a hibáimat.

Aztán valami megváltozott.

Megadtam magam.

Tudtam, hogy örökre nem menekülhetek a kapcsolatok elől, bele kell vágnom, meg kell bíznom benne, és a félelmeimet le kell győznöm, és így is tettem. Vagy legalábbis megpróbáltam. Ennek köszönhetően átéltem életem legszebb egy hónapját.

Tényleg szinte rózsaszín szemüvegen keresztül láttam a világot. Minden gondolatom a férfi körül forgott. Alig vártam, hogy nap mint nap végezzek az irodában, és este vele lehessek. Gyönyörű időszak volt.

Ahogy csendben elmerengtem, éreztem, milyen távol vagyok érzelmileg ettől, és ez igencsak elkeserített. Megint csak az jutott eszembe, hogy ez az alak mi mindentől fosztott meg. Csak azt reméltem, a jövőmtől nem.

Dacosan letöröltem a könnyeimet, amik észrevétlenül kibuggyantak, felálltam, és elhatároztam, hogy az utazásig tartó napokat a lehető leghasznosabb módon fogom eltölteni ahhoz, hogy végre megtegyem a következő lépést gyógyulás felé.

A nővérem még mindig a kanapéról osztotta az utasításokat valakinek a vonal másik oldalán, így én visszamentem a konyhába, és az üres kávésbögrét a mosogatóba tettem.

Még vacilláltam, hogy visszamenjek a pszichiáterhez, vagy a többit folytassam, de már eltökélt voltam abban, hogy valaminek történnie kell. Lehunytam a szemeimet és mélyeket lélegeztem. Mindig ezt csináltam, amikor olyan döntést kellett hoznom, amit nem kimondottan szerettem. Kinyitottam a szemem, és eltökélten magam elé néztem. Pszichiáter.

Nem akartam túl sokat morfondírozni rajta, mert biztosan meggyőztem volna magam arról, hogy nem is annyira sürgős vagy fontos ez, és találtam volna száz indokot, hogy mégse menjek el. Inkább elkezdtem tervezni, hogy mikor is menjek. Időpontot a múltkor sem kértem; reméltem, most sem lesz rá szükség.

Gyorsan akartam cselekedni, mielőtt inamba szállt volna a bátorság, szóval még a mai napon kellett nyélbe ütnöm a dolgot.

Aztán eszembe jutott Lia, akit mégsem dobhattam ki, tehát meg kellett várnom, amíg elmegy. Na, bumm. Ennyit a hirtelen tervemről. Kezdtem lelombozódni és kétségek gyötörtek, hogy vajon kitart-e addig a bátorságom, amíg ő elmegy.

Engedtem egy kis vizet a bögrébe, hogy ne száradjon bele a kávé, aztán amint megfordultam, majdnem felsikoltottam, mert ott állt mögöttem. Már régebben is rettenetesen meg tudtam ijedni, ha valaki váratlanul felbukkant a közelemben, és ez az utóbbi időben – érthető okokból – nem változott. Sőt.

– Lia! Jesszus! Nehogy infarktust kapjak, mielőtt eljutok Jamaicára! Sosem bocsátanám meg neked, és életed végéig kísértenék körülötted, ezt jól jegyezd meg! – mondtam hangosan lihegve az ijedtségtől, és a mellkasomat tapogatva.

– Bocsi, bocsi. Tudom, de harisnyában nem tudok csatazajjal közeledni! – mentegetőzött, megadást jelezve a kezével.

A másik kezében még mindig a telefont tartotta.

– Mi a helyzet? Zűr az irodában? – kérdeztem, békítőleg a
telefonra pillantva.

– Ja, egyszer még sírba visznek. Úgy néz ki, vissza kell men-
nem San Franciscóba. Már foglaltak is jegyet a délelőtti járat-
ra. Nem haragszol?

– Már miért haragudnék? – néztem rá értetlenül.

– Elmehettünk volna ma is vásárolni, vagy valahova.

– Áh, hagyjad csak. Majd elintézem egyedül, ami még kell.
Tényleg.

– Biztosan menni fog? – kérdezte kételkedve, mire elfutott
a pulykaméreg.

– Lia. Nem vagyok teljesen zakkant. Azt hiszem, menni fog.

– Jól van, jól van. Értettem. Azért még felhívlak, mielőtt elre-
pültök – mondta békítőleg, és elindult kifelé, a nappali irányába. –
De most tényleg mennem kell. Add át Nicknek az üdvözletem.

Még az ajtóban körbecsókoltuk egymást, ahogy szoktuk,
biztatóan átölelt, és mosolyogva elindult a bérelt autója felé.

No, ez könnyebben ment, mint gondoltam. Becsuktam a be-
járati ajtót és rögtön a hálószobába nyargaltam, mielőtt tényleg
lebeszéltem volna magam a terveimről.

A fürdőben villámgyorsan megmosakodtam, megfésülköd-
tem, és minimális sminket tettem az arcomra. A szemceruza,
szempillaspirál és a rúzs volt az, amit nagyjából tudtam kezelni,
a többihez nem igazán értettem, így aztán nem is nagyon hasz-
náltam egyebet. Mikor már nagyjából emberi arc nézett vissza
a tükörből és a szemeim alatti sötét foltokat is púder fedte, el-
indultam felöltözni.

A gardróbba pillantva egy cseppet elbizonytalanodtam. Mi-
lyen ruhában megy az ember pszichiáterhez? Az ilyen emberek
még abból is kiolvasnak valamit, ahogyan felöltözünk. Mi az,
ami elszántságot mutat?

Persze fogalmam sem volt. Claire, a titkárnőm, biztosan tud-
ta volna, de nem volt bátorságom felhívni. Szerintem egy életre
elvágtam magam nála.

Erről jutott eszembe, hogy vele is kellene beszélnem. Bo-
csánatot akartam kérni tőle, és még lehetőleg az utazás előtt.

Belegondolva kicsit muris volt a helyzet: mintha meghalni készültem volna, és azelőtt akartam volna elrendezni a dolgaimat. Pedig az ellenkezőjéről volt szó. Arra készültem, hogy újjászülessek.

Ahogy álltam a gardróbban a tükör előtt, elnevettem magam. Ez úgy hangzott, mint valami huszadrangú szappanopera egyik sora. *Már melodramatikus is vagyok* – gondoltam. Jeszszusom, mi jöhet még? Valamit nagyon elállított bennem ez az őrült. Ilyen szavakat korábban sosem használtam. *Mindenesetre amíg nem mondom ki hangosan, addig talán nem lesz baj belőle* – gondoltam, bár felmerült bennem, hogy amennyire lefogytam, még akár ki is hallatszhat belőlem.

Még kicsi korunkban ugrattak ezzel a szüleink, amikor majd' elvitt minket a szél, hogy senkiről ne gondoljunk semmi rosszat, mert kihallatszik belőlünk. Akkoriban el is hittük, én legalábbis igen, és igyekeztem is tartani magam hozzá. Felnőtt fejjel persze már nem hittem el, vagy legalábbis erősen győzködtem magam, hogy ez lehetetlen.

Körbepillantva megláttam a piros ruhámat. Szerettem ezt a ruhát; mindig felvidított, és a szőkésbarna hajamhoz is jól állt. Úgy döntöttem, azt veszem fel.

Gyorsan kerestem egy harisnyát, ami nem volt egyszerű, ugyanis bár rengeteg volt a fiókban, de szinte mindegyiken futott a szem, vagy valami egyéb bajuk volt.

Már ezerszer ki akartam őket válogatni, és a rosszakat kidobni, de valahogy sosem jutottam el odáig.

Hosszas turkálás után találtam egyet, ami még a dobozában volt. Úgy döntöttem, biztosra megyek: nem mertem sokáig húzni az időt harisnyaválogatással.

Mikor ez is megvolt, kikerestem a fekete kis kabátkámat és a fekete tűsarkúmat, kötöttem egy kackiás kis kendőt a nyakamba, és készen is voltam.

Pár órával később némileg csalódottan ültem a kórház parkolójában az autómban.

Nem is tudom, mire számítottam, de nem erre, az biztos. A doktornő szerencsére ráért, és úgy tűnt, nem haragudott, hogy csak úgy rátörtem bejelentkezés nélkül.

Fel is idéztem becsülettel mindent, a legdurvább részleteket is elmondtam, de nem éreztem hatalmas megkönnyebbülést. Inkább csak óriási ürességet.

Azt sem igazán értettem, hogy most hogy lehettem ilyen közömbös. Pedig előtte még aggódtam, hogy majd elmaszatolom a sírással a szemfestéket. Ehhez képest egy könnycseppet sem ejtettem.

Eddig akármi történt, akármit felidéztem, rögtön szinte öszszeomlottam a fájdalomtól, az átélt szörnyűségektől.

Most meg úgy felidéztem mindent, mintha nem is velem történtek volna meg, csak a tévében láttam volna, egy filmben. Ez az egész nem állt össze. Azt hittem, valamiféle katarzisszerű élmény lesz, és új emberként távozom.

Persze megmondta a doktornő, hogy azért ez nem ennyiről szólna.

Sok szempontból végig kellene beszélnünk ezeket a dolgokat, de én elhárítottam a több alkalomra szóló meghívást: megkértem hogy sűrítse a lényeget a ma délelőttbe, és amennyire meg tudtam állapítani, meg is tett mindent.

Miközben felidéztem a történteket, beszéltünk az érzéseimről; arról, hogy milyen hatalma volt fölöttem annak az őrültnek, és megpróbáltuk bevésni, hogy ezek már nem állnak fenn. Hogy ezek mind megszűntek. A többit pedig majd meglátjuk.

Nagyot sóhajtottam, és a slusszkulcsot az autó indítójába toltam. Mégsem tölthettem az egész napot a kórház parkolójában.

Mivel már dél felé közeledett az idő, úgy döntöttem, a plázába megyek vissza. Meg is ebédelek, és még a maradék kellékeket is beszerzem a nyaralásra. Hiányoztak még a piperecuccok, és a könyvesboltba is be akartam menni, hogy némi olvasnivalóm is legyen erre a három hétre. Azért azt én sem gondolhattam, hogy végig a horizontális mambó gyönyöreit élvezzük. És nem is voltam olyan kondiban, hogy azt bírjam. Szóval, marad a könyv.

Ahogy a plázában a salátámat ropogtattam, most először néztem a körülöttem elsuhanó embereket úgy, ahogyan régen. Hiányzott ez is.

Korábban szerettem nézni, ahogy mindenki sietett a maga dolgára, intézte az ügyeit vérmérsékletétől függően, rendezgette a családi életét nyilvános helyeken a telefonon keresztül, vagy másként. Ezek a dolgok mind sokat elárultak az emberekről, és engem mindig is mulattatott az emberi sokszínűség. Örültem, hogy megint ezt láttam bennük, már nem feltétlenül a potenciális ellenséget. Ez kicsit megnyugtató volt. Amint befejeztem az ebédemet, a könyvesbolt felé vettem az irányt. Még nem volt igazi elképzelésem arról, hogy milyen könyvet is szeretnék, de valami szórakoztató irodalmi művet tudtam leginkább elképzelni. Vaskos, nehéz és mélyértelmű drámák, vagy száraz értekezések nem illettek a karibi tengerpartra.

Beléptem a boltba és éreztem, hogy izgatottság fut rajtam végig. Imádtam a könyvesboltokat. Órákat tudtam böngészni a polcokon sorakozó könyvek között, és sosem távoztam üres kézzel. Imádtam idegen nyelven is olvasni, számtalan regényt vásároltam már spanyolul, hiszen ha az ember nem használja az ilyen tudását, az rohamosan kopik, és nagyon mérges lettem volna, ha a több évi munkám után elveszett volna mindaz, amit nagy nehezen a fejembe vertem.

Most először az angol nyelvűek felé vettem az utamat. Láttam itt mindent. Krimit – amit most érthető okokból nem preferáltam –, kalandregényt – *az még esélyes lehet* – gondoltam –, tudományos-fantasztikust – ezt még a kalandom előtt sem olvastam volna a földönkívüliekkel és az egyebekkel –, valamint romantikus regényeket. Ez lesz a nyerő!

A klasszikus romantikusokat már olvastam, így inkább valami újabbakat kerestem.

Ahogy végignéztem a könyvek gerincén látható neveket, felfedeztem ismerteket és újakat is.

Megnéztem néhányat az ismertek közül: Helen Fielding, aki a *Bridget Jones naplójá*val vált híressé, Elizabeth Gilbert, akitől az *Ízek, Imák, Szerelmek*et kapták föl, az ír Maeve Binchy, akinek szintén volt pár befutott könyve, Joanne Harris, a *Csokoládé* megalkotója, és így tovább.

Sorban vettem le a polcról ezen írók eddig számomra ismeretlen könyveit, nézegettem meg az ajánlókat a hátuljukon, és olvastam beléjük próbaképpen.

Mikor már vagy öt könyvet egyensúlyoztam a bal karomban, úgy gondoltam, ennyi már elég lesz. Javarészt szirupos történetek voltak, humorral teletűzdelve, éppen ezekre volt most szükségem, a nevek pedig valószínűleg a színvonalra is garanciát jelentettek. Mielőtt még többet magamévá tettem volna, inkább elindultam a pénztár felé. Ez a mennyiség is le fog foglalni egy ideig, bár azt is be kellett vallanom, hogy ha elkezdtem egy könyvet, ami érdekesnek bizonyult, akkor akár az alvás rovására is inkább tovább olvastam, amíg a végére nem értem, mert nem volt türelmem letenni és később folytatni. Nos, senki sem tökéletes.

Persze az is igaz, hogy ez inkább régebben fordult elő. Mostanság már meg tudtam állni, hogy egyszerre csak húsz-harminc oldalakat olvassak, és elhúzzam az élvezetet hosszabb ideig. *Hiába, ahogy öregszik az ember, már nem eszi olyan forrón a kását* – gondoltam.

A könyvesbolt után az illatszerbolt felé bandukoltam. Egy papírbolt mellett vezetett el az utam, és a kirakatban mindenféle csiricsáré borítós füzetet vettem észre. Úgy néztem, most éppen valami ráncos sárkány volt a sláger, bár fogalmam sem volt, hogy ez mit takar.

Eszembe jutott, hogy korábban, ha mentem valahova, mindig vettem jegyzetfüzetet, és naplót írtam a nyaralásaimról. Ezeket azóta is szívesen olvasgattam; a fényképekhez remek kiegészítő volt, ami segített felidézni a humoros sztorikat, amiket átéltem barátok társaságában.

Hirtelen gondolattól vezérelve bementem a boltba és egyenesen a füzetek felé vettem az irányt. Ahogy megálltam előttük, megakadt a szemem egy borítón, amin a korábbi korokat idéző füzet és egy lúdtoll kompozíciója volt. Ahogy kinyitottam, még a lapok is halványsárga színűek voltak, kellemes hangulatot árasztva.

Egy hirtelen ötlettől vezérelve felkaptam a füzetet és ezt is megvettem. Talán még jól fog jönni, de ha nem is használom, a bőrönd aljában el fog férni.

Később, ahogy a piperedolgok között válogattam, felötlött bennem, hogy meg sem kérdeztem, miért éppen Jamaicára megyünk nyaralni. Úgy értem, biztosan lettek volna közelebb is a tengerparton álló, bérelhető házak. Főleg úgy, hogy a szigetre nincs is közvetlen repülőjárat a nyugati partról. Ezt még egyszer korábban néztem meg, amikor arról álmodoztam, hogy egyszer majd ott nyaralok. Valahol mindenképpen át kellett szállni a keleti parton. Azon filóztam, mi vajon hol fogunk. Atlantában, vagy Miamiban? Ezeken kívül csak Chicagón vagy New Yorkon keresztül mehettünk volna, de az eléggé valószínűtlen volt.

Miközben ilyen gondolatok suhantak át az agyamon, gyorsan bepakoltam a kosárba tusfürdőt, sampont, balzsamot, testápolót, arckrémet és számtalan egyéb női dolgot, amikor eszembe jutott, hogy talán Nicknek is szüksége lehet valamire. Előkotortam a mobilt a táskám aljáról, és beütöttem a számát. Pár csörgés után fel is vette.

– Tessék – szólalt meg.

– Szia, Nick, Noree vagyok – kezdtem bele, de nem hagyta, hogy folytassam.

– Valami baj van? – kérdezte aggódó hangon.

– Miért lenne baj? – álltam meg a mozdulat közben magam elé nézve. Nem értettem.

– Mert sosem hívsz különben – mondta, de aztán valószínűleg kapcsolt, és visszakérdezett: – Mi a helyzet?

– Oh... hmm. Szóval, itt vagyok a plázában, az illatszerboltban. Venni akartam pár dolgot az utazás előtt. Neked kell valami? Tudod, esetleg elfogyott valami, amire szükség lesz ott? – Ha most őszinte akartam lenni, nem is nagyon tudtam, milyen piperedolgokat használt. Csak azt tudtam, hogy nagyon jó illata volt.

Milyen önző és ignoráns vagyok!

Le mertem volna fogadni, hogy ő bezzeg tudja, én miket használok. De nekem fogalmam sem volt.

Ezen változtatnom kell.

A doktornő azt mondta, ha megint találok magamnak célokat, amikért érdemes küzdeni és értelmet nyer az életem, akkor sokkal könnyebb lesz. Nem muszáj visszamennem dolgozni, de kell valami, ami értelmet ad a napjaimnak. Elhatároztam, hogy ez lesz az egyik. Ezután jobban odafigyelek a körülöttem élőkre.

Most, hogy elmerengtem, azt sem tudtam, Claire hogy halad az esküvői előkészületekkel. Vagy hogy mi volt Jonathannal. Nem tudtam, a testvérem életében mik történtek az utóbbi időben, mert sosem kérdeztem rá. Csak magammal voltam elfoglalva. Nem tudtam még azt sem, Nick milyen tusfürdőt használ, pedig egy fedél alatt laktunk és egy fürdőszobát használtunk.

Rettenetes ember vagyok!

Igaza volt a volt osztálytársaimnak!

– Noree! Ott vagy? – hallottam a vonal másik végéről.

– Igen... igen... itt vagyok – dadogtam első döbbenetemből lassan feléledve, amit a felismerés okozott. Éreztem hogy felváltva hol a hideg rázott, hol forróság öntött el.

– Hallottad, mit mondtam? – Megint az aggódás hallatszott ki a hangjából, mire könny szökött a szemembe.

– Ne haragudj, megismételnéd? Elvonták itt a figyelmem – lódítottam.

– Már mindent beszereztem korábban, nem kell venned semmit.

– Oh – nyeltem egyet. – Rendben. Persze – mondtam.

Hogy is gondolhattam, hogy arra várt volna, miszerint majd én beszerzem az ő dolgait, amikor még abban sem voltak biztosak, hogy a sajátjaimat meg tudom-e venni?

Sírás fojtogatta a torkomat.

Használhatatlan vagyok. Csak egy púp mindenki hátán.

– Noree! Ne mondd ezt! Ez nem így van! – jött a túloldalról a tagadás, és csak akkor jöttem rá, hogy hangosan kimondtam a gondolataimat.

Könnyek peregtek le az arcomon, és hangtalanul nyeltem őket. Nem akartam nagyobb feltűnést kelteni, mint amit már esetleg sikerült.

– Ott vagy még? – hallottam a telefonból. – Odamenjek érted? Tudod mit? Ne mozdulj a boltból. Rögtön indulok. Vagy megkérjek valakit az irodádból, hogy szaladjon át? – Mintha darázs csípett volna meg, olyan gyorsan magamhoz tértem erre.

– Itt vagyok – hebegtem, majd némi torokköszörülés után folytattam: – Nem kell idejönnöd. Boldogulok egyedül is. Köszönöm.

– Biztos?

– Igen – mondtam eltökélten, és úgy is gondoltam. – Persze. Csak még beszerzek pár dolgot, és megyek utána haza.

– Rendben. Ahogy gondolod. Ha mégis kellenék, akkor csörgess meg – ajánlotta fel még egyszer.

– Oké. Akkor este találkozunk.

– Igen. Este – mondta, majd kinyomtam a telefont.

Még egy pillanatig álltam a polc mellett a néma telefont bámulva és mélyeket lélegezve, majd elszántan felnéztem.

Rendbe teszem az életem.

Ahogy körbenéztem, két kuncogó tinédzsert pillantottam meg magam mögött, amint rám mutogattak, aztán a tenyerük mögött sugdolóztak valamit egymásnak.

Remek – gondoltam. Most vagy felismertek, vagy nem ismertek fel, csak simán egy idegösszeroppant tyúknak gondolnak, vagy nem is tudom. Azt sem tudtam, mi lenne jobb.

Visszanéztem a polc felé, majd belőlem is kitört a nevetés. Sikerült megállnom és előadnom a nagy drámát az előtt a polc előtt, amin több tucatnyi különböző márkájú, mintájú, formájú, és valószínűleg ízesítésű óvszer sorakozott, és az egyéb kvalitásokba bele sem mertem gondolni.

Képzelem, hogy hallatszott ez a beszélgetés kívülről, és a reakcióim hátulról egy felületes megfigyelőnek.

Annyira rázott a nevetés, hogy ismét kibuggyantak a könnyeim. Még gyorsan összekapkodtam pár dolgot, ami eszembe jutott, aztán úgy ítéltem meg, mindent sikerült összeszednem és indulni készültem.

Ahogy a pénztár felé közeledtem és még mindig az arcomat törölgettem, egyszer csak érintést éreztem a könyökömnél.

Hátrapillantottam, és Claire aggódó arcába néztem.

– Helló, Claire! – villantottam rá egy hatalmas mosolyt, mire némi megrökönyödést véltem kiolvasni az arcvonásaiból.

– Helló! – Úgy tűnt, csak ennyit tudott kinyögni.

– De jó, hogy látlak! Be akartam menni az irodába, hogy beszéljek veled. Véletlenül jártál erre? – ömlött belőlem a szó, miközben nem igazán értettem, mitől van a titkárnő úgy megrökönyödve.

– Öhh... én... – kezdett volna bele, de ekkor sorra kerültem a pénztárnál.

– Tudsz várni egy pillanatot, amíg fizetek? – kérdeztem, miközben az árucikkeket pakoltam a szalagra, hogy a pénztáros le tudja olvasni a vonalkódokat.

Amikor végeztem a boltban, újra a lány felé fordultam.

– Köszi, hogy megvártál. Van valami sürgős tennivalód az irodában, vagy megengeded, hogy meghívjalak egy sütire a cukrászdába? – kérdeztem a karjaimon elosztva a könyvekkel és a piperedolgokkal teli lévő szatyrokat.

– Azt hiszem, ráérek – mondta lassan tagolva a szavakat. – De várjál, segítek – nyúlt az egyik szatyor felé.

– Hagyd csak, elbírok velük. Vettem még pár dolgot, mielőtt elutazunk. Ja, tényleg, talán nem tudod, de Nickkel Jamaicára megyünk három hétre kikapcsolódni – ömlött belőlem a szó idegességemben. Sosem voltam jó bocsánatkérésben.

– Igen, hallottam róla – jött a válasz, miközben a cukrászda felé baktattunk.

– És előtte mindenképpen beszélni szerettem volna veled. De milyen buta vagyok. Biztos te is akartál valamit venni, ezért vagy itt, ugye? – jutott eszembe.

– Nem, igazából nem... – kezdett bele, de nem folytatta a mondatot.

– Jesszusom, csak nem Nick szólt, hogy gyere át és nézz rám? – esett le a hungarocell tantusz.

– De igen – mondta vékony hangon.

– És te csapot-papot hátrahagyva átrohantál? – kérdeztem a szemébe nézve.

– Igen.

Megint könny szökött a szemembe. Nem gondoltam volna, hogy a múltkori eset után megbocsátana.

– Köszönöm, de jól vagyok. És köszönöm, hogy átjöttél.

– Nincs mit – mondta a cipője orrát bámulva.

– Gyere, üljünk le – noszogattam, amikor a cukrászda elé értünk. – Van néhány dolog, amiért bocsánatot kell kérnem, és úgy érzem, valami tejszínhabos süti mellett sokkal jobban menne – kacsintottam rá.

Erre már ő is elmosolyodott.

– Erre semmi szükség nincs. Nem haragszom – válaszolta.

– Oh, dehogyis nincs – válaszoltam, és beléptem a cukrászda ajtaján.

Később, otthon ülve, mosolyogva gondoltam vissza a beszélgetésre. Úgy nézett ki, hogy tényleg megbocsátott a lány. Miután elsoroltam minden bűnömet és elnézését kértem az elmúlt időszakban mutatott viselkedésemért, nagyon jót beszélgettünk.

Elmesélte, hogy már a finishben jár az esküvőszervezéssel. A férfi ugyan csak valami egyszerű ceremóniát és vendégséget akart pár emberrel minél előbb, de Claire végül rábeszélte egy nagyobb horderejű eseményre. Ideje így sem maradt sokkal több: még karácsony előtt meg is tartják.

Elmondta, milyen bonyolult dolog esküvőt szervezni, hogy mi mindenre kell odafigyelnie, és hogy már kis híján az őrület szélére került, főleg így, hogy ilyen rövid idő áll rendelkezésére.

Élvezettel ittam a szavait; jólesett már igazi beszélgetést folytatni. Az utóbbi hónapokban legtöbbször csak a hogylétemről érdeklődtek, amire nem igazán akartam kitérni, így nem is tudtam megmondani, mikor vettem részt utoljára igazi eszmecserében.

Claire-rel ez is könnyű volt. Annyira kedves és jó lélek volt, és nem mellesleg olyan boldog, hogy mellette az ember kivirult.

Mire elfogyott a tányérunkról a hatalmas habos süti, addigra már mindent tudtam az esküvőszervezésről, és nem győztem sajnálkozni, hogy a karácsony előttre kitűzött esküvőről sajnos lemaradunk a jamaicai út miatt.

Annyira mondjuk nem bántam.

Amikor pedig arra utalt, hogy majd ő is segít nekem, ha aktuális lesz a kérdés, akkor egy pillanatra elpirultam, és ezzel egyidőben félre is nyeltem az üdítőt, és percekig fuldokoltam tőle...

Most, itthon, a kanapén ülve ismét végigondoltam a cukrászdai beszélgetésünket.

Eddig a házasság kérdése nem merült fel bennem.

Eddig nem jutott eszembe, hogy Nickkel való kapcsolatunk következő lépése valóban ez lenne.

Ebben a kapcsolatban annyira nem volt semmi szokványos, hogy nem tudtam megítélni, ez valóban így fog-e történni.

Arról nem is beszélve, hogy a házasság gondolatától kellemetlenül kezdtem magam érezni.

Vajon teljes szívemből igent tudnék mondani, ha megkérné a kezem?

Boldogság töltene el, vagy pánik?

Megint eszembe jutottak azok a dolgok, amikről az utóbbi időben gondolkodtam. A kapcsolatoktól, kötődéstől való félelmeim.

Hiszen ha őszinte akartam lenni magamhoz, el kellett ismernem, hogy csak azért éltünk egy fedél alatt, mert nem voltam képes magam ellátni bizonyos történtek után, és a férfi ideköltözött, hogy vigyázzon rám.

Ha szabad akaratomból kellett volna döntenem az összeköltözésről, tuti, hogy nem ment volna ilyen simán. Vagy meg sem történt volna. Akármilyen boldogok voltunk egymással, biztosan megtartottam volna a függetlenségemet. Elvégre volt már erre példa a múltban.

Bárcsak tudnék teleportálni!

Péntek reggel nyolc óra volt, egy óránk volt még a gép indulásáig. Kiszálltam a taxiból a repülőtér indulási termináljának bejáratánál. Mielőtt elindultunk otthonról, még egyszer ellenőriztem, hogy az altató és a nyugtató benne van-e a kézitáskámban, hogy szükség esetén tudjak bevenni valamelyikből.

Megvoltak.

Ettől függetlenül ideges voltam.

Nick a taxisofőrrel kipakolta a bőröndjeinket a kocsi csomagtartójából, kifizette a fuvardíjat, majd biztató mosolyt küldve felém elkezdte tolni a bőröndöket befelé az épületbe.

Otthon igencsak elkerekedtek a szemei, amikor meglátta, hány bőröndöt pakoltam tele a ruháimmal és egyéb kellékekkel, amikkel utazni szándékoztam, de végül nem szólt egy szót sem.

Ha valamit nem tudtam jól csinálni, az a pakolás volt. Na nem mintha ez lett volna az egyetlen dolog, amihez nem értettem, ez csak egy volt a sok közül.

Mindig körülbelül kétszer annyi cuccot vittem magammal utazásokra és nyaralásokra, mint amennyire valójában szükségem volt, mivel reggelente aszerint öltöztem, amilyen kedvem volt. Azt pedig nem kockáztathattam meg, hogy mondjuk rózsaszín blúzos kedvemben ne legyen nálam az említett ruhadarab, és ez elrontsa az egész napomat. Így inkább vittem magammal szinte az egész ruhatáramat mindenhova.

Mivel én még mindig nem mozdultam, Nick megállt és a fejével intett, hogy kövessem.

Erre már elindultak a lábaim.

Persze reszkettek, mint a nyárfalevél, de azért működtek.

Nem tudtam, mitől féltem annyira, de jó adag feszültség gyűlt össze bennem.

A repüléstől általában nem szoktam félni, de azért mindig bennem volt a frász ha nem éreztem szilárd talajt a lábaim alatt.

A tömeg sem vonzott, ami odabent várt, és amin keresztül kellett verekednünk magunkat, de valahogy majd csak azt is túlélem – biztattam magam.

Amitől azonban talán a legjobban féltem, az az előttem álló három hét volt.

Most ugrik a majom a vízbe – gondoltam.

Most végérvényesen eldől, hogy alkalmas vagyok tartós párkapcsolatra, vagy vénkisasszonyként, macskákkal a hónom alatt fogok megöregedni. Aztán eszembe jutott, hogy még az sem fog menni, mert némileg allergiás vagyok a macskákra. Bolyhost is csak limitált ideig és távolságból tudtam elviselni. Ez ám a totál szívás.

Államat dacosan felvetve elindultam befelé.

Hát nem ez volt, amit elhatároztam? – kérdeztem magamtól. Rendbe teszem az életem.

A csomagfelvételnél időztünk egy keveset a rengeteg kuffer miatt, és azt meg sem mertem nézni, hogy a plusz súly miatt menynyit kellett fizetnie Nicknek, de végül megszabadultunk tőlük.

A szokásos biztonsági macerák következtek, amiket mostanság nem gyengén adtak elő.

A múltbeli mindenféle terroresemények és egyéb körülmények miatt extra szigorú biztonsági intézkedéseket vezettek be, amit a sorban előttünk állókon meg is figyelhettünk.

Legutóbbi repülésem óta ugyanis láthatóan mindenkit teljes motozásnak vetettek alá.

Először egy lánycsoport esett át ezen a műveleten. Ez még annyira nem is keltette fel a figyelmemet, mivel éppen azzal voltam elfoglalva, hogy személyes tárgyaimat műanyag rekeszekbe osszam szét.

Ahogy ezzel végeztem, egy idős hölgyre lettem figyelmes, aki épp átsétált az ellenőrzőkapun, ami fájdalmas visításba kezdett, megadva a jelzést a matatószemélyzetnek, hogy újabb páciens érkezett.

Az ezután következő művelet felért egy tornamutatvánnyal.

A hölgynek oldalsó középtartásban kellett tartania mindkét kezét igen hosszú ideig, amíg a matatás zajlott. A matatószemélyzet szorosan a test körvonalát követve először a karokat simította végig, majd a hónaljaktól kiindulva a melltartó alsó vonalánál vízszintesen haladt előre a csöcsörészéssel, amivel valószínűleg nem arról akart meggyőződni, hogy a jelentős mellmérettel rendelkező néni vajon implantátumokkal jutott-e hozzá a gigászi méretű dinnyékhez, vagy sem. Ezután a has és a hát következett, majd miután a felsőtestet végigtaperolta, lefelé indult tovább. Először a pulóver felemelésével a deréktájékról szerzett alapos ismereteket. Ott sem volt szégyenlős; mint valami fogyireklámban a nadrág dereka alá nyúlva végigsimította a nadrág passzérészét, majd a tompor vonalának szoros követésével arról is megbizonyosodott, hogy a sátorlap bugyi nem rejt tömegpusztításra alkalmas vegyi vagy egyéb típusú fegyvert.

Ezután jöttek a lábak. Többször egymás után végigsimított egészen a combok tövétől a bokákig, majd vissza, és utána megkérte a hölgyet, hogy foglaljon helyet a mellette lévő széken, és zoknis lábát számtalanszor végigsimogatva még azt is megnézte, hogy esetleg hosszúra növesztett lábkörmei alkalmasak-e terroristacselekmény elkövetésére valamelyik gép fedélzetén. És ha azt hittem, hogy ezt nem lehet tovább fokozni, ezek után a nénit felállítva előadta ugyanezt a pantomimmutatványt egy kézi fémkereső csipogó szerkentyűvel is.

Ezt mind elkerekedett szemekkel néztük végig, és már kezdtem magam felkészíteni a ránk váró izgalmakra, amit egy ilyen motozás okozhat, amikor megpillantottam a hölgy mellett türelmesen várakozó egyéb matatószemélyzetet. Volt köztük egy igen megnyerő külsejű úriember is, és már kezdtem megfogalmazni magamban a kérést, hogy engem inkább ő matasson végig, tekintettel gyatra szerelmi életemre, de aztán bevillant, hogy ezt inkább a mellettem álló díszpéldánynak kellett volna felemlegetnem. Bízva abban, hogy ezen a csúf állapoton hamarosan változtatni fogunk, megadtam magam és elindultam a kapu felé, ahol a női biztonsági őr már ropogtatta ujjacskáit a friss husit látva.

Ezután szürreális dolog történt.

Átsétáltam a kapun, ami meg sem nyikkant, majd mindenféle atrocitás nélkül tovább intettek, és már szedhettem is a dolgaimat a szennyeskosarakból. El sem hittem, milyen szerencsém volt. Visszanéztem pakolás közben, vajon Nick is ilyen mázlista lesz-e, és csodák csodájára nála sem visított egyik szerkezet sem.

Amint összekapkodtuk a motyónkat, el is iszkoltunk a helyszínről, mielőtt meggondolják magukat, vagy esetleg bebizonyosodik, hogy a kapu pont nálunk romlott el.

Miután megtaláltuk, hogy melyik terminálról indul a gépünk – és igazam volt, Miamiban szállunk át –, elindultunk a megfelelő terminál felé.

Még rengeteg időnk volt, így én tettem egy kétbetűs kitérőt, Nick vett pár magazint és újságot, majd leültünk két kényelmetlen székre, hogy a hátralévő félórát a beszállásig eltöltsük.

Egyszer csak izgatott hangokat hallottam valahonnan, majd idegesen vigyorgó fiatal lányok egy csoportja állt meg előttünk.

– Mr. Cassidy! – szólalt meg az egyikük. – Kérhetünk autogramot és fényképet? – folytatta, mutogatva a kezében lévő fényképezőt.

Ekkor jutott eszembe, hogy a világ egyik legszebb helyére tartunk, és még csak eszembe sem jutott fényképezőt csomagolni. Van nálam minden, a mini varrókészlettől kezdve a csavarhúzóval felszerelt svájci bicskáig, de a fényképezőt bezzeg elfelejtettem. Ezerrel járattam az agyamat, hogy vajon mi lesz a legközelebbi alkalom, ahol beszerezhetünk egy ilyet, de mivel hiányosak voltak az ismereteim az úticélt illetően, így nem jutottam messze a morfondírozásban. Legfeljebb marad a telefon.

Miközben én ezt így végiggondoltam Nick serényen osztotta az aláírásokat és a vaku is szorgalmasan villogott, mire mindenkivel külön-külön, majd csoportokban kettesével, hármasával, jobbról, balról, mosolyogva, nem mosolyogva lefényképezkedtek. A végére már kezdett muris lenni a dolog, de Nick – a tökéletes úriember és még tökéletesebb színész – arcáról bezzeg csak az udvariasság sütött.

– Ön is Miamiba tart? – kérdezte valamelyikük, és utána mélyen elpirult.

No igen. Fogas kérdés, ha a Miamiba tartó gép kapujánál várakozunk – gondoltam, de aztán rögtön el is szégyelltem magam. Mindig mondták, hogy gonosz tudok lenni, és úgy néz ki, ez sem változott az utóbbi időben.

– Igen, ott szállunk át – hallottam Nick válaszát.

Annak azért örültem hogy nem újságolt el mindent az utunkról, de aztán eszembe jutott, hogy ő valószínűleg jobban tudja, mikor mit érdemes elmondani vagy elhallgatni.

– Milyen kár! – mondta valamelyik másik lány. – Pedig milyen izgi lett volna összefutni valami buliban! – tette hozzá vadul rágózva, miközben a haját csavargatta és sanda pillantásokat vetett a férfira.

– Sajnálom, hölgyeim! – jött a válasz széles mosoly kíséretében. – Talán legközelebb – mondta bocsánatkérő tekintettel, majd amikor a hangosban bemondták, hogy a Miamii gépre megkezdik a beszállítást, a táblára pillantva az utolsó reménysugarat is eloszlatta. – És most, ha megbocsájtanak, mennünk kell.

– Persze, persze – csiripelték a lányok. – Örültünk a találkozásnak.

– Hát még én! – válaszolta a férfi, és láttam, hogy remeg a szája a széle, így gyorsan okot adtam neki, hogy elforduljon a csitriktől.

– Drágám! – fuvoláztam a legsziruposabb hangon, amit produkálni tudtam. – Hova tettük a fényképezőt? – kérdeztem, miközben ugyebár abban sem voltam biztos, hogy van nálunk.

– Itt van a hátizsákomban – mondta, és megkönnyebbülten lehuppant mellém, amint a lányok továbbálltak. – Szeretnél te is egy fotót velem? – tette hozzá egy kacsintással kísérve.

– Azzal még ráérünk – válaszoltam. – Csak már aggódtam, mert gőzöm nem volt, hoztunk-e magunkkal. A világ egyik legszebb helyére megyünk, nekem meg teljesen kiment a fejemből. Nem röhejes?

– Nem hinném. Én is biztosan elfelejtettem valamit – válaszolt, majd elkezdte összeszedni a motyónkat. – Mehetünk Miss Jones? – állt fel, felém nyújtva szabad kezét, hogy felsegítsen.

– Mehetünk, Mr. Cassidy.

A majdnem ötórás repülőút Miamiig eseménytelenül telt, köszönhetően valószínűleg nagyban annak, hogy első osztályon utaztunk, így más már nem környékezte meg a híres színészt aláírásért vagy fényképért. Az időeltolódás miatt helyi idő szerint már késő délután volt, mire Floridában leszálltunk, de a repülőn elfogyasztott ebéd után egy cseppet sem voltam éhes, és Los Angeles-i idő szerint pedig egyébként is még csak háromnegyed kettő volt. Három óránk volt a másik gép indulásáig, így kényelmesen átballagtunk a másik terminálra, ahonnan a kingstoni járat indult. Végignéztük a vámmentes övezet boltjait, vettünk még pár újságot, ittunk egy kávét, majd megint letelepedtünk két kényelmetlen székre.

Első osztály ide vagy oda, az a majdnem öt óra, amit a gépen töltöttünk, igencsak hosszúnak érződött, így aztán kimondottan örültem, hogy a második már csak egy és háromnegyed óra lesz.

Persze a Miamii reptér várócsarnokában újabb rajongók fedezték fel a férfit, így amíg én csendben olvasgattam és figyeltem a jelenetet, ő serényen firkantgatta a nevét számtalan papírra, és a vakuk is lelkesen villogtak. A mázli az volt, hogy csak a rajongók találták meg, nem pedig szenzációhajhász újságírók, mert akkor valószínűleg engem sem kíméltek volna. Így viszont – egyértelmű okokból – én nyugodtan ülhettem a borzalmas műanyag széken.

Megnyugtató volt látni, hogy kimondottan udvariasak voltak, lazán állták körbe a férfit, nem nyomultak, és elég visszafogottak voltak.

Volt alkalmam látni néhány tinisztárt mostanság, aki nem tudott úgy kilépni az utcára, hogy a nyakába ne ugrott volna egyszerre legalább tíz rikoltozó kislány. Borzalmas élet lehetett, és szegényeknek biztosan nem ez a kép villant be annak idején, amikor belefogtak az éneklésbe vagy színészkedésbe.

Szerencsére Nick esetében ez nem így volt. Úgy nézett ki, ő szabadon tudott közlekedni, és a rajongói is visszafogottabbak voltak. Valamit jól csinált, és én ezért kifejezetten hálás voltam. Így is üldözési mániám volt, hát még akkor mi lett volna, ha valóban üldöztek volna a férfi miatt.

Az újabb roham után megint megkönnyebülten ült le mellém, amikor elfogytak a lelkes követői a közelünkből.

– Ne haragudj a közjátékért – mondta, mire félig értetlenül néztem rá.

– Nem haragszom. Miért kellene? – kérdeztem vissza.

– Azt hittem, kellemetlen volt számodra ez a fajta figyelem – nézett még mindig furán rám.

– Nem volt az. Úgy értem, nem rám figyeltek, hanem rád. Engem békén hagytak – mondtam, hátha ez megmagyarázza a teljes közömbösségemet.

– Tudom, de már számtalanszor előfordult ebben a szakmában, amikor féltékeny férjek és feleségek rontottak be forgatásokra és szóltak bele, ha a házastársukat sikamlós jelenetben látták valaki mással, vagy éppen amikor rajongók túlságosan lelkesen gyűjtöttek aláírást és egyéb mementót – magyarázta még mindig engem nézve.

– De hát itt nem történt semmi – vontam meg a vállam. – Ők nagyon szelídek voltak.

– Ez igaz – mondta, és elnézett a nagy óra felé a falon.

Még félóra volt a gép indulásáig, így lassan várható volt, hogy felszólítanak minket a beszállásra.

Most, hogy szóba hozta, én is elgondolkodtam a reakciómon. Azt hittem, az a helyes viselkedés, ha nem különösebben akadok fent a dolgon, de ezek szerint nem egészen. Azt hittem, akkor viselkedem felnőttként, ha hagyom, hogy végezze a munkáját, hiszen ez is annak a része, és nem avatkozom bele, nem rendezek jelenetet, és egyáltalán, a háttérbe húzódom.

Ehhez képest ő ezen meglepődött, tehát valami nem volt rendben.

Párszor oldalra pillantottam; vacilláltam, hogy rákérdezzek-e, mit tettem rosszul.

Azt sem tudtam, hogy csak általában reagáltam furán, vagy az egyéb pszichoszomatikus zűrjeimbe nem illett bele.

– Nick? – Úgy döntöttem, bátor leszek, és inkább rákérdezek. Az utóbbi időben túl sok elméletet gyártottam mindenről, és volt egy olyan érzésem, hogy nem mindig jutottam helyes konklúzióra. – Valami baj van?

– Tessék? – nézett most rám ő értetlenül.

– Meglepődtél a reakciómon. Valami baj van vele? – fejtettem ki kicsit bővebben.

Látszott, hogy a férfi hezitál. Ezek szerint cenzúrázza a mondanivalóját. Nem tudtam, ezt jó jelnek tekintsem-e.

– Nem, nincs semmi baj. Csak meglepődtem, hogy milyen jól kezelted az egészet – mondta végül.

– És mi az, mit kihagytál ebből a válaszból? – kérdeztem elkínzottan, mert most már biztos voltam benne, hogy van valami.

Megint éreztem a gyomoridegeimet, és megfogadtam, hogy többé nem hagyom őket figyelmen kívül.

– Ezt nem értem – mondta szemöldökét összeráncolva a férfi.

Lehunytam a szemem, és nagy levegő után kimondtam a gyanúmat.

– Úgy érzem, ez nem a teljes válasz volt, hanem csak egy cenzúrázott verzió. Jól érzem? – néztem rá tágra nyitott szemmel, figyelve az arcának minden rezdülését.

Láttam, hogy tétovázott; még mindig nem merte kimondani, amit akart.

Ha őszinte akartam lenni, én sem voltam biztos benne, hogy hallani akartam, de már nem volt visszaút.

– Noree… – kezdett bele, amikor a hangos bemondta hogy Kingston Jamaicába a beszállás megkezdődik. Felpillantott a pult felé, majd összeráncolt homlokkal csak annyit mondott: – Ezt most ne itt beszéljük meg, jó?

Ezzel persze nem nyugtatott meg.

– A csengő mentett meg? – néztem rá fanyar mosollyal, utalva egy régi sorozatra, amiben a karaktert mindig a csengő mentette meg a kényes szituációktól.

Ekkor kezeivel megragadta a karjaimat, maga felé fordított és kényszerített, hogy a szemébe nézzek, majd úgy mondta, minden egyes szót külön hangsúlyozva:

– Minden a legnagyobb rendben van. Ettől függetlenül biztosan van megbeszélnivalónk, meg is fogjuk beszélni, de azok nem változtatnak azon a tényen, hogy szeretlek. Ezt vésd jól az agyadba, mielőtt az őrületbe kergeted magadat is és engem is Jamaicáig. Oké?

– Oké – hebegtem heves szívdobbanások közepette.

Wow! Nick szerelmet vallott a repülőtér kellős közepén! Alig bírtam elhinni.

Erre nem számítottam.

Olyannyira nem, hogy azt sem tudtam, erre most nekem kell-e mondanom valamit, vagy nem.

Gondolom, illene.

Például én is mondhatnám neki, hogy szeretem. Legalábbis a filmekben így szokott lenni.

De képes vagyok ezt kimondani?

Pláne úgy, hogy fogalmam sem volt, így érzek-e.

Csak néztem magam elé szoborrá dermedve, miközben a férfi a csomagjainkat kapkodta össze.

Mintha egy fátyolon keresztül érzékeltem volna a körülöttem lévő világot. A vér dübörgött a füleimben, kapkodva szedtem a levegőt, ahogy tovább realizáltam a helyzetet.

Szeret.

Bármilyen hihetetlenül is hangzott, ezt mondta.

Próbáltam visszaemlékezni, mondta-e már ezt korábban, de nem igazán tudtam felidézni.

Persze mindig kedves volt, és gyengéd, elhalmozott minden jóval, mellettem állt, támogatott, biztatott, de ezt a szót szerintem még sosem mondta ki.

Aztán ahogy az első döbbenet elmúlt, és meggyőztem magam, hogy nem kell feltétlenül nekem is szerelmet vallanom, röhögőgörcs kezdett el fojtogatni. Mire a szám elé kaptam volna a kezem, hogy elrejtsem, vagy még megemberelhettem volna magam, ki is tört belőlem. Gurgulázó nevetés hallatszott a hatalmas várócsarnokban, mire többen felkapták a fejüket, és Nick is kérdőn nézett rám.

Egy mozdulattal intettem neki, hogy most képtelen vagyok elmagyarázni, miért őrültem meg. Percekig rázott a nevetés, még a légiutaskísérő is furán nézett rám, amikor a helyünkre kísért a repülőn.

Nick, szegény, már csak csóválta a fejét, de nem szólt semmit. Amikor már a helyünkön ültünk és a nevetésem is csillapodott, odafordultam hozzá.

– Ne haragudj, de olyan szürreálisnak tűnt az egész szituáció – mondtam még mindig mosolyogva.

– Milyen szituáció? – nézett.

– Az egész, ahogyan a reptér kellős közepén szerelmet vallottál – mondtam, és nem igazán értettem, miért olyan boszszús a tekintete.

– Olyan furcsa ez? – kérdezett vissza.

– Hát, eléggé. Nekem legalábbis – mondtam, de kezdett valami derengeni. – Tudod, az utóbbi időben elég sok időm volt gondolkodni, és mióta ezt aktívan gyakorlom, rájöttem pár dologra. Gondolom, ez is az egyik azok közül, amiket meg kell majd beszélnünk – néztem rá bizonytalanul. – Nem vagyok hozzászokva, hogy az érzéseimről beszéljek, vagy hogy mások irántam mutatott érzelmeit fogadjam. Biztosan rosszul vagyok bekötve, de nekem az fura, ha valaki azt mondogatja, hogy szép vagyok, vagy valami hasonlót. – Itt már komolyan zavarban voltam, nem is tudtam tovább a szemébe nézni, inkább lesütöttem a szempilláimat.

Óriási zavaromban az ujjaimat morzsolgattam az ölemben.

– Hé – mondta a férfi felemelve az államat, hogy a szemébe nézzek. – Mondtam, hogy ne izgulj. – A szemeiből csak melegség sugárzott; úgy tűnt, előbb tudta, hogy defektes vagyok, mint én.

– De te ennél jobbat érdemelnél – motyogtam, miközben a sírás fojtogatta a torkom.

– Ne beszélj butaságokat – mondta, miközben magához vont és átölelt, már amennyire a becsatolt biztonsági övek engedték.

– Komolyan gondolom – válaszoltam a válla gödrébe suttogva.

– Én is – mormolta a fülembe válaszul.

Erre már nem volt mit mondani.

Ezek szerint a defektjeimmel együtt szeretett. Sírni támadt kedvem.

Ahogy belegondoltam... ha nem tudnám, hogy nem vagyok terhes, azt hinném, az vagyok. Ilyen érzelmi hullámvasúton legalábbis azóta nem voltam, mióta utoljára azt hittem, hogy az vagyok, csak éppen akkor sem voltam az. Mármint terhes. Lehet hogy mégiscsak megőrültem, csak nem vettem eddig észre?

Az előbbi gondolatmenetem alapján szinte biztos voltam benne.

Aztán megembereltem magam. *Ha ilyeneket képzelek, előbbutóbb be is fog következni* –gondoltam, így aztán megpróbáltam leállítani magam.

Szóval hol is tartottam? Ja igen, nem tudtam mire vélni a hangulatingadozásaimat.

Csak tudnám, akkor mi váltotta ki ezt belőlem. Vagy hogy most mi okozta.

Ahogy felpillantottam Nick öleléséből, úgy döntöttem, ezt sem most fogom megfejteni.

Inkább belesimultam a repülő ülésébe és a felszállásra koncentráltam, amit a pilóta bejelentett.

Ebben a pillanatban érezni is lehetett, ahogy a gép begyorsul, majd a levegőbe emelkedik.

Számtalanszor repültem már, de erre a pillanatra mindig oda kellett figyelnem, mert ha nem tettem, elfelejtettem levegőt venni. Ahogy a sebességtől belepréselődtem az ülésbe, olyan nyomás nehezedett a tüdőmre, hogy a természetes, reflexszerű légzésem leállt, és külön kellett szuszognom ahhoz, hogy ne ájuljak el. Ez nálam szimpla fizika volt, nem ijedtség, bár abban nem voltam biztos, hogy a fizikusok ismerték-e ezt a jelenséget, vagy csak én akartam magam ezzel nyugtatni.

Fél tízkor szállt le a gép Kingstonban, és mivel már teljesen sötét volt, így tökéletes pompájában megcsodálhattuk a lagúna túloldalán lévő város éjszakai fényeit. A pilóta vicces kedvében lehetett, mert landolás előtt fordult még kettőt, hogy a repülőgép mindkét oldala megcsodálhassa a látványt, és csak azután ereszkedett le az aszfaltra.

A szokásos formaságok után elmentünk a csomagjainkat megkeresni, Nick ügyesen kapkodta le őket a futószalagról. Mikor az összes megvolt, elindultunk kifelé az érkezési épületből. Ekkor jutott eszembe, hogy innentől fogalmam sincs, hogy hova megyünk, így inkább most kellene még egy kétbetűs kitérőt tennem; ki tudja, milyen hosszú út vár ránk.

– Nick? Hogyan jutunk el a szállásra? – kérdeztem további információ után kutatva.

– Elvileg kint vár minket egy autó. Remélem, jó nagy csomagtartója van – biccentett a csomagok felé –, különben lehet, hogy érted vissza kell jönnie – kacsintott egyet mosolygós szemmel.

– Ha! – horkantam fel. – Nagyon vicces. Én mindenesetre elmennék még a mosdóba, ha nem bánod. Tényleg, meddig fog tartani ez az autóút?

– Azt hiszem, körülbelül két óra. De lehet, hogy ez forgalomfüggő, és éjszaka gyorsabban is megtehető – vagy éppen lassabban. Nem tudom.

– Jesszusom! Két óra autókázástól leszaladunk a szárazföldről. Az egész szigeten nincs annyi út hogy eddig lehessen autózni rajtuk! – kiáltottam, és sajnáltam, hogy a repülőről nem csórtam el a mentőmellényt.

– Ne izgulj. Utánanéztem; ennyi út még éppen van. De fel akartál frissülni kicsit, nem? – nézett vigyorogva.

– Ja igen. Mindjárt jövök – kaptam magamhoz a kézitáskámat.

– Oké. Itt megvárlak.

Megfordultam, és a csarnok másik felében fel is fedeztem a mosdókat, így arra vettem az irányt. Most, hogy ideértem, már tényleg kíváncsi voltam, hogy hol is fogunk kilyukadni. Amennyire tudtam, a sziget nyugati sarka volt a legnépszerűbb a nyaralók körében. Ott volt Negril és a Montego-öböl, aminek – ha jól emlékeztem – kilenc mérföld hosszú strandja volt számtalan szállodakomplexummal, ami kiszolgálta a nyaralókat.

Arra viszont nem terjedt a kutatásom, hogy nagyjából két óra alatt autóval hova lehetett elérni Kingstonból. Negrilbe illetve a Montego-öbölbe valószínűleg nem. Akármennyire aprócskának is tűnt a sziget a térképeken, azért ennél a valóságban

valószínűleg nagyobb volt. Csak azt sajnáltam, hogy éjjel értünk
ide, így nem fogok belőle semmit látni az úton.

Reméltem, hogy a három hét alatt teszünk kirándulásokat
valamerre, hogy látunk a szigetből valamit, hiszen az interne-
tes oldalak szerint gyönyörű hegyei, vízesésekkel szabdalt fo-
lyói, ember által nem háborgatott tengerpartjai, és igen egye-
dülálló növény- és állatvilága volt.

Közben elértem a mosdót, és ahogy benyitottam, egy gyö-
nyörű, hosszú hajú, babaarcú nő nézett vissza mosolyogva a
tükörből. Visszafogottan odamotyogtam egy *hellót*, és elsiet-
tem a fülkék felé.

Nem nagyon figyeltem a külső zajokra, így igencsak meg-
lepődtem, amikor az előtérbe visszaérve még mindig ott volt.

– Helló! – köszönt barátságosan. – Maga is az Államokból jött?

– Igen. Én is – válaszoltam meglepetten. – Ennyire nyilván-
való lenne?

– Láttuk, hogy a Miamiból tartó gép is most szállt le. Mi a
New York-ival jöttünk.

– Ja, értem. Már megijedtem, hogy emlékeznem kellene ma-
gára a repülőről – sóhajtottam fel kis megnyugvással.

– Nem. Kerry vagyok – nyújtotta a kezét.

– Én pedig Noree – ráztam meg bemutatkozásképp.

– Milyen érdekes neve van. Mintha a férjem egyszer említet-
te volna, hogy ismert valakit, akinek hasonló volt.

– Tényleg? – néztem rá meglepetten. Valóban nem volt szok-
ványos név. Mondjuk, én egy tóról kaptam, ahol a szüleim jár-
tak korábban, és megtetszett nekik. Egyéb alternatívákról nem
szólt a fáma, és igazából nem is akartam tudni. – Nyaralni jöt-
tek? – kérdeztem.

– Nászútra! Életem párja épp most intézi az autókölcsönzést.
Azt hiszem, megyek is, mert még azt hiszi, hogy elvesztem va-
lahol. Nagyon örültem, hogy találkoztunk.

– Én is örültem. És gratulálok! – köszöntem el tőle, de már
csak a becsukódó ajtó válaszolt.

Kedves nőnek tűnt, pár évvel talán idősebb lehetett nálam,
de fiatalos bája megmaradt.

Nászút.

Anyám. Hogy mindenhol ez jön szembe! Az elmúlt időszakban mindenhol ezzel találkozom. Mindenki férjhez megy körülöttem. Egyértelműen ez másnak nem okozott ekkora problémát, csak nekem.

Nagyot sóhajtva én is kiléptem a mosdóból, és a tömegben Nicket kerestem a szememmel. Persze rögtön kiszúrtam férfias alakját, ahogy magas termetével kitűnt a körülötte lévők közül. Milyen remekbe szabott férfi volt! Még mindig nem hittem el, hogy engem szeret.

Ahogy néztem, éreztem, hogy a pulzusom kicsit megemelkedik. Azon gondolkodtam, hogy ez jelentené azt, hogy én is érzek valamit iránta? Vagy ez csak a szexuális vonzerő? Mert ugye arra nem lehetett panasz.

Vajon mikor lehetünk biztosak abban hogy szeretünk valakit? Hogy soha el nem múló szerelemmel szeretünk valakit?

Egyáltalán, létezik ilyen érzelem? Vagy egyáltalán, lehet ezt tudni?

Attól féltem, a lehetetlent kívánom.

Megindultam Nick felé, hiszen már tíz óra elmúlt, és ha még két órát autókázunk, akkor talán nem kellene tovább húzni az időt, különben sosem érünk oda.

– Mehetünk? – kérdeztem, mikor odaértem mellé.

– Oké – mondta, majd lenyúlt a lábához, ahol már csak kettő bőrönd feküdt. – Laurel már bepakolta a többit az autóba.

– Laurel? – néztem kérdőn rá.

– A sofőrünk – válaszolt, miközben elindult a csomagokkal.

– Áh, értem. Sofőrünk is van. Flancolunk.

– Majd később bérelhetünk autót, hogy mászkáljunk a szigeten, de kényelmesebbnek gondoltam, ha érkezéskor értünk jönnek.

– Persze. Tökéletes – mondtam, miközben kiértünk a váróból és egy vigyorgó, sötét bőrű fiú arcába néztünk.

– Áh, asszonyom biztosan az úr neje. Isten hozta Jamaicán! – üdvözölt lelkesen, kikapva Nick kezeiből a két csomagot.

– Köszönöm. Maga pedig biztosan Laurel – vontam le a következtetést.

– Igen. Én leszek sofőr. Kb. két óra, és ott is van.

– Rendben. És hol is van az az „ott"? – próbáltam puhatolózni.

– Óh, az úr mondta, meglepetés lesz, nem árul el – vigyorgott még jobban, miközben ezt elhadarta.

Ez nem jött össze – gondoltam. Utolsó esélyként gyorsan végigfuttattam a pillantásomat az autón, amibe bepakolta a csomagokat, hátha meglátom az oldalán a hotel feliratát, de pechemre ott sem volt semmi.

– Imádom a meglepetéseket – mondtam kényszeredett mosollyal az arcomon, miközben bemásztam az autó hátsó ülésére, és hallottam Nick kacagását kívülről.

Már megint az én káromra szórakozik ilyen jól. Megőrülök. Nem tudhattam, hova megyünk, de attól felvidultam, amit a kirándulásokról mondott. Ezek szerint bárhol is kötünk ki, még lehet esélyem, hogy eljutunk a Bond strandra. Attól a strandtól nem messze áll a hajdani Ian Fleming-villa, ami manapság nyaralóként funkcionál. Amennyiben éppen foglalt, akkor nem hinném, hogy megnézhetnénk, de legalább elmondhatom, hogy jártam a közelében.

Korábbi álmodozásaim során tulajdonképpen véletlenül sikerült erre az információra szert tennem, és azóta is megragadt a fejemben, hogy a híres író ezen a szigeten írta a regényeit, és az egyik filmet is itt forgatták. Tulajdonképpen nem is tudtam, hogy a filmek izgatták jobban a fantáziámat, vagy maga a hely, ahol a történetek megszülettek. Pláne, ha belegondoltam abba, hogy elvileg még mindig Fleming hajdan használt bútorai állnak a házban, az íróasztal, rajta az írógéppel. Vonzott az elképzelés, hogy egy ilyen helyre elmenjek.

Nem voltam persze őrült Bond-rajongó, de ha kijött egy rész a mozikban, mindig megnéztem, és a régieket is láttam. Akárki is játszotta éppen a főszerepet, mindig volt a főhősben valami csibészes ravaszság és nyers férfiasság, ami nagyon izgalmassá tette a karaktert, és persze a filmeket is. Igaz, amikor nem olyan régen Daniel Craig bemutatkozott Bond szerepében, az első gondolatom az volt, hogy nagyon elrontották a szereplőválogatást, hiszen egy skót már csak genetikailag sem nézhet ki így sosem, nem létezik, hogy azon a szigeten ilyen kigyúrt izomzata legyen bárkinek, de aztán megbékéltem vele is, mint az előzőkkel. Egyébként sem voltam az fajta, aki sokáig vacillált volna ilyeneken.

Az autóban karibi zene duruzsolt halkan, és hamarosan azon vettem magam, hogy csukódnak lefelé a szempilláim, miközben őrült tempóban hasítottunk a körülöttünk lévő sötétségben.

Ahogy egyre inkább elnehezültek a pilláim, fejemet Nick vállára hajtottam, és hallgattam, ahogy mindenféléről diskurálnak a férfiak, aztán a hangok mintha egyre messzebbről jöttek volna, majd teljes filmszakadás következett.

Az éjszaka folyamán egyszer még érzékeltem, hogy valaki lefektet egy ágyra, aztán újra sötétség vett körül.

Amikor kinyitottam a szemem, sötétben feküdtem és nem tudtam mozdulni. A szívem a torkomban dobogott, mert valahonnan mintha kopogó lépéseket hallottam volna. *Megint jön az őrült* – gondoltam. Most vajon mit fog tenni velem?

Vadul forgattam a fejem, amerre tudtam, kiutat keresve, de nem találtam. Mozdulni egyébként sem tudtam, így menekülésre nem is gondolhattam. Kinyílt az ágy végénél lévő ajtó, és a férfi megjelent az ajtónyílásban. Ezúttal valami láncot szorongatott, miközben sátáni vigyorral bámult.

Legszívesebben sírni támadt volna kedvem, vagy inkább újra elájulni, hogy ne kelljen éreznem, amit újra művel fog velem. Ehelyett utolsó erőmmel inkább megint ficánkolni kezdtem, hátha eloldódik valamelyik kezemen a kötél, ami fogva tartott.

– Szívem! Ébredj. Megint rosszat álmodsz – hatolt el az agyamig egy bársonyos hang.

Kinyitottam a szemem, és félhomály fogadott egy idegen szobában. Az egyetlen ismerős a mellettem fekvő férfi volt, aki álmos szemmel nézett vissza rám.

– Hol vagyunk? – kérdeztem körbepillantva, de nem sokat láttam a szürkeségben.

– Jamaicán. Emlékszel? Nyaralunk. Az éjjel érkeztünk – motyogta, miközben valószínűleg már rutinból cirógatta a hátamat.

– Ühüm – motyogtam, miközben visszabújtam hozzá. – Megvan.

– Még korán van. Aludjunk – folytatta.

Ekkor jutott eszembe a kopogás.

– De valaki jön – kaptam fel a fejem, és vadul próbáltam kivenni a félhomályból, hogy honnan jön a zaj.

– Csak az eső esik. Ne aggódj. Nem jön senki – húzott viszsza Nick a mellkasára, és egy puszit nyomott a fejem tetejére.

– Biztos? – kérdeztem egyenletes szívverését hallgatva.

– Igen. Csukd be a szemed. Én majd vigyázok rád. Nem fog bántani senki – mormolta tovább a fülembe, amitől ismét elálmosodtam és elkezdtek lecsukódni a szemeim.

– Rendben – motyogtam még, azután újra körbevett a sötétség.

Aranyló szemek

Erős fényt éreztem a csukott szemhéjamon keresztül, amikor reggel felébredtem. Még nem nyitottam ki a szemem, csak élveztem, hogy fekhetek. Imádtam lustálkodni, és szerencsére kényelmes volt az ágyam is.

Nick persze észrevette, hogy már ébren vagyok, és elkezdte cirógatni a hátamat, ahogyan nyáron, még a szüleim birtokán tette párszor, amikor reggelente nem siettünk sehova és ráértünk időzni.

Ahogy kinyitottam a szemem, Nick mellkasa fölött valami furcsa függönyt vettem észre, és a szoba sem a szokásos sárgás-zöldes színben pompázott, ahogy reggelente szokott.

Hirtelen mozdulattal felültem az ágyban, és bambán bámultam körbe az idegen helyiségben.

Nick kezét éreztem a karomon, ahogy próbált visszahúzni magához, miközben igyekeztem befogadni a látványt, ami körülvett.

Még a reggeli kávé nélküli homályos tekintetemmel is világosan láttam, hogy egy mindenféle luxusdolgokkal berendezett szobában vagyunk.

Hatalmas baldachinos ágy kellős közepén feküdtünk – illetve én momentán ültem – sötétkék anyaggal szegélyezett hófehér ágynemű között, ami puhán ölelt körül minket és simogatta bőrömet. *Ezt hívják királyi méretű ágynak* – gondoltam.

Az ágyat szegélyező négy bambuszoszlopról finom hófehér muszlinfüggöny ereszkedett alá, amin keresztül sejtelmesen látszódtak a szoba további berendezési tárgyai. Szemből pedig spalettákon át szűrődött be a reggeli napsütés.

Ahogy visszapillantottam Nickre, olyan édesen feküdt a hatalmas párnák közt, hogy legszívesebben egy hatalmas csókot nyomtam volna az arcára.

– Jó reggelt! Emlékszel, hol vagyunk? – nézett rám vidáman.

– Jó reggelt – fordultam felé törökülésben. – Jamaicán – mondtam, és éreztem, hogy a gondolatra izgalom fut el.

– Csak úgy sugárzik belőled a boldogság. Azt hiszem, már ezért érdemes volt téged elhozni ide, hogy ezt lássam – mondta, és megint megcincálta a kezemet, hogy visszafeküdjek mellé, de a mellkasán megtámaszkodtam, és nem hagytam magam. Az érintésre persze rögtön reagáltunk mindketten, de most nem hagytam, hogy ez elvonja a figyelmemet.

– De ugye még nem megyünk haza? – néztem rá ijedtséget tettetve.

Kuncogás hallatszott a párnák közül, majd a kezek határozottam megragadták a derekamat és máris fekvő helyzetbe kerültem.

Ekkor tűnt fel, hogy csak egy trikó és bugyi volt rajtam, de nem emlékeztem, mikor vetkőztem le előző este, illetve éjszaka.

– Te vetkőztettél le? – néztem rá, mikor végre ki tudtam szabadulni ölelő karjai közül, és feltámasztottam magam a két könyökömmel.

– Igen. Szívesen továbbmentem volna, de olyan lelkesen hortyogtál, hogy nem volt szívem felkelteni, és nélküled mégsem lett volna olyan izgi.

– Oh. Hát igen. Biztosan nagy önuralmat kívánt. És hálásan köszönöm, hogy az ilyen jellegű élvezetekből nem hagysz ki – kuncogtam most én is egy sort. – És, mikor értünk ide?

– Azt hittem, azt fogod kérdezni: „és mikor folytatjuk?"... de mindegy – sóhajtott nagyot vigyorogva. – Éjfél körül. Olyan mélyen aludtál, hogy Laurel csak bepakolta a csomagokat a hálóba, és már magunkra is hagyott minket. Azt mondta, a menedzser reggel felkeres minket és körbevezet a birtokon.

– A birtokon? – néztem fel ismét.

Hol is vagyunk? Most jutott eszembe, hogy még mindig nem tudom.

– Igen. A birtokon – vigyorgott szemtelenül a férfi.

– Milyen birtokon? – kíváncsiskodtam tovább.

– Hát ezen – tárta szét a karjait.

– Hihetetlen vagy – motyogtam, miután a párnába fúrtam az arcom. – Feladom.

– Helyes. Kávé nélkül egyébként sem megy neked a gondolkodás – mondta, miközben magához húzott.

Imádtam, amikor reggelente hátulról magához ölelt, és belesimulhattam az ölébe amolyan kiskifli-nagykifli formában. Most viszont, ha meg tudtam volna fordulni, biztosan kikapirgálom a gyönyörű szemeit.

– Gonosz vagy. Tudod? – kérdeztem megfogva a kezeit, amik vándorútra indultak hasamtól felfelé, miközben éreztem, hogy a hátam mögött is mozgolódik valami.

Még szorosabban hozzásimultam, és rájöttem, hogy most valami egész máson járhat az agya, nem a birtokon és ilyen prózai dolgokon. Persze engem is hihetetlen izgalom töltött el, és a pulzusom is az egekben száguldozott, amikor megéreztem, hogy nyelvével valahol a fülem mögött jár.

Már olyan régen éreztem ilyen fokú izgalmat, hogy azt hittem, felforr a vérem ez alatt a rövid idő alatt – és még el sem kezdtük igazán.

Ahogy a kezei tovább vándoroltak bizonyos testrészek után kutatva, egyszer csak mintha kotkodácsolás hallatszott volna valahonnan, majd kopogás.

Felkaptam a fejem, hátha látom, mi folyik odakint, de a függönytől semmi nem látszott.

– Mi az? – kérdezte Nick, aki – úgy nézett ki – semmit nem érzékelt a zajokból.

– Valaki van odakint – suttogtam tovább, leállítva továbbra is kutató kezeit.

– Nincs ott senki – mondta a férfi, és megpróbált magához visszahúzni, de nem hagytam.

– Nick! Ez nem vicces! – adtam némi nyomatékot a hangomnak, ahogy tovább suttogtam.

– Na jó, megnézem – mondta, majd nagy nehezen felkászálódott az ágyról és elhúzta a baldachinról lelógó függönyt, hogy kilessen.

A résen megpillantottam az ágytól balra egy spalettás ajtót. Nick kiment egy nappalinak látszó helyiségbe, majd egy férfi hangja hallatszott.

– Áh, jó reggelt, Mr. Cassidy! Üdvözlöm a Go… – Itt az illető elhallgatott, ami felettébb kíváncsivá tett, így én is lemásztam a hatalmas ágyról, magamra kanyarítottam a tegnapi kardigánomat, ami egy széken hevert, és Nicket követve egy gyönyörű nappaliban találtam magam.

– Hello – köszöntem az ismeretlen férfinak, aki a bejárati ajtóban állt. Legalábbis úgy gondoltam, ez lehet a bejárati ajtó. Ötven felé járhatott, de nagyon jól tartotta magát. Még az elöl ritkuló haja és az ezáltal magas homlok is csak markánsabbá tette az arcát, és szemmel láthatóan remekül érezte magát a birtokon, és örült annak, hogy itt dolgozhatott. Vékony vászonnadrágjában és világoskék, rövid ujjú ingében lezseren álldogált.

– Üdvözlöm, Miss Jones! Remélem, jól utaztak. Én Rick Simmonds vagyok, a birtok igazgatója.

– Remekül utaztunk. Köszönjük – válaszoltam. – Szóval, hol is vagyunk? – néztem rá, várva, hogy most már tényleg megtudjam, mi a titkolózás oka.

– Mr. Cassisdy? – nézett kérdőn Nickre.

– Oh, igen. Azt hiszem, itt az ideje, hogy eláruljam, hol vagyunk. Igaz? – mondta izgatottan vigyorogva.

Cuki volt, ahogy boxerben állt a nappali kellős közepén és úgy vigyorgott, mint egy kisgyerek karácsony napján.

– Szóval? – nevettem el magam izgatottságomban.

– Isten hozott a Goldeneye birtokon, a Fleming-házban – mondta, és látszott, mennyire feszülten várja a reakciót.

Azt sem tudtam, mit mondjak meglepetésemben. Csak kinyitottam a szám, majd becsuktam, de egy hang sem jött ki rajta.

Nem rémlett, hogy valakinek említettem volna Jamaicát, nem is beszélve a Fleming-házról.

Egy álom vált számomra valóvá ebben a pillanatban.

Ahogy a ködön keresztül lassan felfogtam, hol vagyok, vékony sikoly tört ki belőlem, és hirtelen lendületet véve Nick nyakába ugrottam.

Szerencsére jó erőben volt, így nem döntöttem le a lábáról. Szorosan ölelt magához, ahogy a nyakába suttogtam, mennyire hálás vagyok neki ezért.

Amikor letett a földre, könnyektől csillogó szemekkel néztem körül a házban. A menedzser is széles mosollyal konstatálta, hogy a vendéget mekkora boldogsággal tölti el az ittlét.

A bútorok, amiket eddig nem is igazán néztem meg, egyre ismerősebbnek tűntek.

Gyönyörű volt minden. A fehér falak, a sötétbarnára festett, spalettás fa ajtók és ablakok, a túlméretezett, bambusz vázú bútorok Afrikára emlékeztető színvilágú párnákkal, melyek hívogatták az embert, hogy süppedjen bele, a szintén afrikai hangulatot teremtő faszobrok és festmények a falakon. Akármerre néztem, haragoszöld cserepes pálmák és egyéb növények népesítették be a sarkokat, közel hozva a természetet még a házon belül is.

A hálószoba bejárata mellett ott állt a már igencsak kopott, de annál gyönyörűbb nagy íróasztal a fiókos résszel, ami valami régi fotóról rémlett is, és a tetején ott sorakoztak a Fleming-regények, valamint a falon az íróról és a birtokról készült fekete-fehér, hangulatos fényképek.

Csodálatos volt.

– Miss Jones. Kellemes itt tartózkodást kívánok – folytatta a menedzser. – Amennyiben kívánják, körbevezetem önöket itt a ház körül és a birtokon. Természetesen ha szeretnének felöltözni vagy reggelizni előbb, akkor szívesen megvárom, vagy később visszajövök.

– Felöltözni mindenképpen szeretnék – válaszoltam a szimpatikus igazgatónak –, de reggelire beérem egy tejeskávéval. Talán majd később eszem valamit. Jut eszembe, mennyi az idő?

– Fél tizenegy, azt hiszem – mondta Nick, még mindig ragyogva a sikertől.

– Akkor szerintem elég is lesz az a kávé, aztán majd ebédet eszem. Nick? – néztem rá kérdőn. – Szeretnél reggelizni?

– Azt hiszem, én is kibírom egy kávéval – jött a válasz, de nem voltam biztos benne, hogy tényleg így gondolja, vagy csak nem akar engem megvárakoztatni.

– Akkor javaslom, hogy öltözzenek át, és mire elkészülnek, addigra meglesz a kávéjuk is. Mit szólnak hozzá? – kérdezte a menedzser.

– Jól hangzik. Esetleg kérhetem olyan bögrében, amit magammal tudok vinni? – kérdeztem, remélve, hogy nem lehetetlen.

– Természetesen – válaszolta a férfi.

Ahogy visszamentünk a hálóba, láttam, hogy a bőröndök ott sorakoznak egy ajtó mellett. Az ajtó persze egy tágas gardróbba nyílott, de nem most akartam megtölteni a ruháimmal; most túl izgatott voltam, és mindent látni akartam a birtokból. Csak álltam a háló közepén, és azt sem tudtam, hova legyek a boldogságtól.

Ez a helyiség is gyönyörűen volt berendezve. Megtaláltam a másik íróasztalt is; itt állt az ablak mellett a hajókormányra emlékeztető, kör alakú, küllőkkel ellátott háttámlájú székkel együtt. Megcsodáltam teljes pompájában a baldachinos ágyat és a széles spalettás ablakot is ami a réseken beszűrődő fény alapján a tengerre nézett.

Egyszer csak két kéz ölelt át hátulról.

– Remélem, eltaláltam, hogy mire vágysz – mondta bársonyos hangján a színész.

– Oh, igen! – sóhajtottam, és a meghatottságtól elcsukott a hangom. – Nem is tudom, mit mondjak. Honnan tudtad egyáltalán? Nem beszéltem róla senkinek.

– Láttam a számítógépeden a háttérképet. És egy igazi James Bond-rajongónak mi más lehetne a szíve vágya?

– De a képen az csak egy homokos strand! Honnan tudtad, hogy melyik strand?

– Nos, az részben véletlen volt – mondta nevetve. – Most van a felújítás utáni megnyitó, és a stúdió kapott egy reklámfüzetet. Abban ismertem rá a strandodra.

– Hihetetlen vagy, hallod-e – válaszoltam. – És köszönöm, hogy elhoztál ide.

– Nagyon szívesen. Ha akarod, máskor is elhozlak – ringatott a szoba közepén karjaiban.

– Még jóformán ide sem értünk és már arról beszélsz, hogy mikor jövünk legközelebb? – kuncogtam, de nagyon tetszett az ötlet, pedig még szinte semmit nem láttam sem a házból, sem az azt körülvevő helyből.

– Ühüm. Ha mindig így reagálsz, akkor akár évente többször is elhozlak – mondta Nick lelkesen.

– De legközelebb már nem lenne ekkora meglepetés – vágtam vissza.

– Persze azért, ha igényled, akkor is a nyakadba fogok ugrani.

– Majd edzek. De most szerintem öltözzünk fel, mert ha így folytatjuk, az igazgató úrnak meg kell várnia azt is, hogy előbb felavassuk az ágyat Bond-stílusban – nézett jelentőségteljesen a hívogató bútordarabra.

– Oh – nyeltem egy nagyot, mert az ötlet nem is volt olyan rossz.

– Na, gyerünk! – engedett el a férfi, és egyet legyintett a hátsó felemre. – Öltözzünk fel.

– Oké. Öltözzünk – mondtam a fenekemet simogatva, mert az előbbi legyintése kicsit megcsípte. Reméltem, nem marad árulkodó piros folt a helyén. – Tényleg, milyen idő lehet odakint? Úgy értem, reggel még esett az eső.

– Otthon utánanéztem. Ebben az időszakban minimum 26-28 fok szokott lenni napközben. Nyugodtan vehetsz rövidnadrágot és pólót, vagy trikót.

– Jól van. Mindjárt feltúrom a bőröndöket. Fogalmam sincs, melyikben vannak.

– Szóljak Mr. Simmondsnak, hogy jöjjön vissza estefelé? – kacsintott Nick.

– Ne szemtelenkedj! – mondtam tettetett felháborodással, miközben büszkén kiráncigáltam a megfelelő ruhadarabokat az egyik kofferból. – Hah! Meg is vannak! Hol van a fürdőszoba? – néztem tanácstalanul körül a szobában. Láttam az ágy mellett jobbra és balra két sötétbarna faajtót, és egy harmadik is nyílott oldalra egy ablak mellett. – Melyik lesz a fürdő? – mutattam rájuk.

– Hmm. Jó kérdés – pislogott bizonytalanul. – De ha jól emlékszem, a brosúra alapján kettő fürdőszoba tartozik mindegyik szobához és egy gardrób, plusz néhány meglepetés az ajtók mögött.

– Két fürdőszoba is van? Meglepetéssel? – álltam meg félúton.

– Ühüm. Nézd csak meg.

A csomagokhoz legközelebbi ajtó mögött a gardróbot találtam. Helyes kis helyiség volt, telis-tele polcokkal, akasztókkal. *Ide ráérünk később is bepakolni* – gondoltam.

Ahogy megkerültem a hatalmas ágyat, először az ablak melletti ajtót nyitottam meg. Úgy tűnt, a szabadba vezet – kicsit meg is zavarodtam, hiszen a leltár szerint ennek is fürdőszobának kellene lennie... ekkor észrevettem a „berendezést". Soha életemben nem láttam még ilyen fantasztikusat. A haragoszöld pálmákkal és egyéb növényzettel sűrűn benőtt oldalsó kertben ott állt a mosdótál kis asztalkán, fölötte a tükörrel, kissé távolabb egy pódiumon zöldre festett, zománcozott, ódivatú kád állt aranyozott oroszlánlábacskákon hívogatóan, egy hatalmas fa finom ölelésében. Mellette pedig zuhanyrózsa lógott a magasból, banánfához hasonló, nagy levelű növény szomszédságában.

Csak álltam a küszöbön, és nem tudtam betelni a látvánnyal. Ilyet még soha, sehol nem láttam, de rögtön beleszerettem.

– Nick! Ez csodálatos! – sikoltottam fel, mire ő is megjelent az ajtónyílásban, hogy szemügyre vegye ezt a kis földi Paradicsomot.

– Nem rossz – hümmögte mögöttem.

– Nem rossz? Ez fantasztikus! – lelkesedtem továbbra is a látványtól. – Nekem is kell egy ilyen fürdőkád otthonra! – mutattam a négy lábon álló, antiknak tűnő darabra.

– Jópofa, tényleg – méregette az említett berendezési tárgyat Nick –, de azt hiszem, abba ketten nem férnénk bele, és ez bizony problémát jelentene – kacsintott.

– És mi van, ha csak egyedül fürdőznék benne? – néztem rá szemtelenül.

– Az még nagyobb problémát jelentene! – mondta nevetve. Értette a poént.

– Na, jól van. Ha visszaértünk Los Angelesbe, majd megnézzük az antik fürdőkádválasztékot és a fellelhető méreteket is – mondtam békítőleg. – Hátha találunk olyat, amibe mind a ketten belepasszolunk.

– Így már mindjárt más – válaszolta csillogó szemekkel.

– No, de most aztán húzzunk bele, mert szegény igazgató úr elunja az életét a nappaliban – mondtam, és gyorsan lepakoltam a pipereszütyőmet a mosdótól melletti asztalkára és gyors mosakodásba kezdtem. Nem mintha reggelente órákig sminkeltem volna magam, de még a minimális tisztálkodásom is igényelt némi időt. Szerettem alaposan megsikálni a fogaimat, öblögetni, arcot mosni, bekrémezni, masszírozgatni. Így harminc felett már el kellett gondolkodni a ránctalanítókon és egyebeken, amihez azért idő kellett, mire az összes fajtát felkente magára az ember, és akkor az egyéb vakolásról még nem is beszéltem.

Jó pár perccel később elégedetten szemléltem a frissen radírozott majd hidratált bőrömet, ami sugárzott az izgatottságtól. Ezen kívül csak egy kis testápolót kentem a mindig száraz karjaimra és lábaimra, majd készen is voltam.

Az elmúlt időszakban nem túl sok időt tartózkodtam a szabadban, és mivel a nyári barnaságom már lekopott, így igencsak sápadtnak tűnt a bőröm, de úgy gondoltam, majd ez alatt a három hét alatt itt a tengerparton visszanyeri az egészséges színét.

Kis spagettipántos trikóban és rövid sortban léptem be a nappaliba, ahol a férfiak elmélyülten tárgyalták a sziget gazdasági helyzetét és az örömteli trendet, miszerint a bauxitbányászat ismét fellendülőben volt, és ezáltal a gazdaság is szemmel láthatóan fejlődött és egyre több alumíniumiparban érdekelt vállalatot tudtak kiszolgálni, és nem csak a foglalkoztatottságot, de az exportot is növelni.

Hajdanán én magam is ebben az üzletágban tevékenykedtem. Ugyan alumíniumot nem sokat láttam az irodában, de tudtam, hogy Jamaica sokat szenvedett attól, hogy egyik pillanatról a másikra ezek a vállalatok kivonultak a szigetről, és amíg az üzlet újra fel nem lendült, bizony keményen visszaesett az itt élő emberek életszínvonala.

A másik, amitől jelentős fejlődést vártak, az a turizmus volt, és a mellékelt ábra szerint ezen is serényen dolgoztak. Ha a többi nyaralóhely is ilyen volt, nem tudtam volna elképzelni, hogy az emberek miért ne akarnának ide jönni. Az igazgató elmondása szerint az infrastruktúra is sokat fejlődött az elmúlt évtizedben, valamint a tömegkommunikáció is. És még csak az elején tartottak.

Jó volt nézni a lelkesedését, és látszott, hogy ő is elszántan próbálja a szigetet fellendíteni bármivel, amit csak hozzá tud tenni.

– Nos, Miss Jones, készen áll arra, hogy megismerkedjen a Goldeneye birtokkal? – nézett rám az igazgató, buzgón felpattanva az egyik túlméretezett fotelból.

– Igen. Azt hiszem – álltam megilletődve a nappali közepén, a karjaimat izgatottan lóbálva.

– A kávé ott várja az asztalon, akár mehetünk is.

– Köszönöm – néztem hálásan, és gyorsan magamhoz vettem az italt, ami egy hőtartó, eldobható pohárban volt.

A poháron keresztül is érezhető volt, hogy még forró, így csak az orromhoz emeltem és beleszippantottam. Nem is csalódtam az illatában, és már ettől kicsit éberebbnek éreztem magam.

A házból kilépve az igazgató haladt elöl, mutogatott jobbra-balra, miközben összeismertetett minket mindennel.

Rögtön a bejárati ajtón kívül hatalmas cserepekben két pálmafa burjánzott, amelyek egy süllyesztett kertecskébe vezető lépcsőt fogtak közre. Mindössze három lépcsőfoknyi mélységben helyezkedett el a kőfallal körbevett, füvesített terület, melynek végében, két mandulafa árnyékában hívogató kerti bútorok álltak.

– Ez volt itt Fleming kedvenc helye – mutatott a menedzser a fehérre festett fa asztalra és székekre. – Imádott itt kint reggelizni, miközben a tengert nézte és a víz felől lengedező szellőt élvezte.

Ahogy megálltunk a kőből épített kis fal mellett, ami a víz felett magasodó terület szélét szegélyezte, valóban langyos tengeri levegő simogatta az arcunkat. A látvány csodálatos volt innen fentről, ahogy az alattunk elterülő kis strand két oldalán sziklák nyúlnak be a vízbe, középen pedig aranyszínű homokos strand nyújtózott.

– Fantasztikus! – tört ki belőlem, mert ilyen látványra nem is számítottam.

Ezerszer szebb volt, mint ahogyan az interneten látott képekről korábban elképzeltem, és emlékeztem rá.

A ház felé sétálva szemből is megcsodálhattuk Fleming egykori nyaralóját, aminek óriási ablakai biztosították a lélegzetelállító látványt a ház belsejéből is. Barnára festett spalettái most harmonikaszerűen összecsukva az ablakok két oldalán nyugodtak, és most tűnt csak fel, hogy nem is voltak üvegezve.

– De hiszen nincsenek beüvegezve az ablakok! – néztem kérdőn a menedzserre.

– Valóban nincsenek – bólintott. – A helyi klíma lehetővé teszi, hogy üveg nélkül maradjon a ház. Már Fleming idejében is így volt, és ezen azóta sem változtattunk.

Ahogy jobbra fordultunk, egy medencét pillantottam meg.

– Medence? De hát itt van a strand alattunk! – kiáltottam fel, mert ekkora luxusra aztán végképp nem gondoltam volna.

– Igen, furcsának tűnik, de nagyon romantikus tud lenni esténként, gyertyákkal kivilágítva. Majd meglátják – mosolygott az idegenvezetőnk.

– Ebben biztos vagyok! – válaszoltam, és futó pillantást vetettem Nickre, hogy mit szól az ötlethez. Úgy tűnt, ő sem ellenezné.

A vese alakú medence mellett elhaladva egy hatalmas ackee fa alatt a menedzser egy újabb épületre mutatott, ami a fő háztól külön állt.

– Ez volt valamikor Fleming garázsa. Azóta átalakítottuk médiaszobává. Van egy óriási vetítővászon, és az összes Bond-film elérhető DVD-n. Hátul található egy bár teli hűtőszekrényekkel.

– Jól hangzik – vidultam fel a gondolatra, hogy bármelyik filmet megnézhetem. Na nem mintha ez lett volna az egyetlen dolog, amivel elüthettük volna az időnket errefelé.

Továbbsétáltunk a medence mellett a kertben, ahol grillezőhelyet pillantottam meg.

– Ha kedvük támadna sütögetni, azt itt megtehetik. Szóljanak, és biztosítunk mindent hozzá.

– Hmmm. Egészen biztosan igénybe fogjuk venni. Imádok grillezni – lelkesedtem tovább a kávémat szürcsölve, ami időközben kezdett ihatóvá hűlni.

A kert széléhez érve egy kiskaput láttunk, ami a menedzser elmondása szerint a többi villához vezetett, de ezen az úton lehetett a ház mögötti recepciót, illetve a kert további részét elérni, ahol kisebb-nagyobb fák növögettek kis névtáblákkal ellátva, amiről leolvashattuk, melyik híresség ültette őket. Innen lehetett eljutni a kissé távolabb fekvő bárhoz és a parányi öbölhöz is, ahol a vízi sportokat élvezhették a nyaralók. Azt mondta, majd arra is elsétál velünk, de először a ház környékét nézzük meg, mi pedig szívesen beleegyeztünk.

A kis kapun így egyelőre nem mentünk át, hanem előtte éles jobb kanyart vettünk, és egy kővel kirakott lépcsőn vezetett az utunk meredeken lefelé. Egy kis idő múlva a lépcső megszakadt és egy természetesnek tűnő sziklateraszra érkeztünk, melyen bohókásan színesre festett fa pihenőszékek sorakoztak, mind a tenger felé nézve.

Erről a teraszról kétfelé vezetett út: az egyik balra, egy még eldugottabb szikla felé, ami mögött még barlang is volt, a másik pedig jobbra, újabb lépcsőkön lefelé a homokos strandra.

A barlangok felé csak egy pillantást vetettünk; úgy döntöttünk, majd később alaposabban felfedezzük azt a részt, és inkább a víz felé vettük az utunkat. Már nagyon vágytam arra, hogy a papucsomból kilépve megfürdessem a lábaimat a Karib-tenger vizében.

Amint a krémszínű homokfövenyre léptünk, le is rúgtam a pacskerokat, hogy a talpam alatt érezhessem a finom szemcséjű homokot, és nem is csalódtam: kellemesen simogatták a bőrömet, ahogy a lábujjaim belemélyedtek. A kávésbögrémet Nick kezébe nyomtam, és egy kisgyermek lelkesedésével rohantam a partot lustán nyaldosó hullámok felé, hogy érezhessem a langyos tengert, amint körbenyalogatja a bokámat. Mennyei érzés volt, amikor végre bokáig gázoltam a habokba, majd csukott szemmel arcomat a végtelen horizont felé fordítottam, és élveztem, ahogy a langyos fuvallat körbefutja a szemeimet, orromat, ajkaimat, és finoman meglegyinti hajtincseimet, amik így lágyan simogatták a nyakamat és vállaimat. A tengeri szellő kellemesen sós és a környező fák fűszeres illata izgalmas egyveleget alkotott, amit most megpróbáltam teli tüdővel beszívni, és az emlékezetembe jól belevésni.

A már majdnem déli nap fentről tűzött le ránk, de a szellőben nem is éreztem, hogy égetett volna, egész egyszerűen csak melegséget sugározott, örömet és békét.

Élveztem, ahogy az arcom fürdött a napfényben, és arra gondoltam, hogy soha többé nem szeretnénk elmenni innen, ebből a földi Paradicsomból.

– Hmmm. Mr. Simmonds, nagyon irigylem önt – mondtam még mindig csukott szemmel.

Az igazgató erre felnevetett öblös hangján, majd elismerte, hogy ilyen munkahelye még valóban nem volt.

Amikor megfordultam, mindkét férfi elnéző mosollyal figyelt. Nick szemében még valami más is látszott, de sajnos napszemüveg nélkül ilyen fényáradatban nem igazán tudtam megállapítani, mi is.

Gyorsan visszaszaladtam hozzájuk, majd lassan továbbindultunk. Elvégre van még három hetem, hogy kiélvezzem a partot. A strand túlsó felén másik sziklaterasz terjeszkedett. Ez nagyobb volt, mint az előző oldalon lévő, és itt nyugágyak hívogatták a pihenni és napozni vágyó vendégeket. Még egy szinttel feljebb pedig újabb grillezéshez kialakított hely és asztal székekkel biztosított remek helyet egy bulihoz.

Ahogy az utunk ennél is feljebb vezetett a kőlépcsőn, mielőtt visszaértünk volna a ház elé, még láttunk egy zuhanyzót is a fal tövében, ahol a fürdőző a tengervízből rárakódott sótól szabadulhatott meg anélkül, hogy a házhoz vissza kellett volna mennie.

A ház elé felérve újból megállapítottam, hogy az izmaim bizony elpuhultak az utóbbi időben, mivel a férfiak egy mukkanás nélkül felértek, én pedig igencsak kapkodtam a levegőt a túránk végén.

A házba érve láttuk, hogy már dél felé járunk; nem siettük el a kis túránkat, így a menedzser felajánlotta, hogy ha van kedvünk, elkísér minket a távolabb lévő parti házikóba, ahol a bár és az étterem működött, és ha nem bánjuk, csatlakozik hozzánk ebédre.

Mi kapva kaptunk az alkalmon, hiszen egyrészt ráértünk, másrészt éhesek is lettünk a körúton, harmadrészt pedig nagyon kellemes társaság volt és rengeteg érdekes dolgot mesélt a szigetről, a birtokról és az íróról is.

Gyorsan felkaptam a napszemüvegemet, összecopfoztam a hajam, kentem egy kis napkrémet a vállaimra és az orromra, nehogy a déli napon leégjenek, és már tovább is indultunk.

Ami nem megy, ne erőltessük

Ezúttal a kis kapu felé mentünk, és a kőösvényen haladva az igazgató jobbra mutatva magyarázta, hogy még milyen villák várják a nyaralni vágyó vendégeket itt a birtokon.

Az egy-, két- és háromszobás kis házikók hálói természetesen Bond-karakterek után kapták a nevüket, így volt itt Vesper, Solitaire és Honeychile nevű vityilló is. Azt mondta, a nyitás óta szinte állandóan foglaltak a villák, nem panaszkodik a forgalomra, de még csak másfél hónapja tart a próbaüzem, majd az elkövetkező egy-két évben derül ki, hogy mennyire népszerű a nyaralóhely hosszú távon.

Őszintén szólva azt hallgatva, milyen vendégek jártak már itt – és egyáltalán a birtokon körülnézve –, nem tudtam elképzelni, hogy ne kapkodnának az emberek érte, de a kedves arcú menedzser bármennyire is próbálta megőrizni pókerarcát, azt látni lehetett, hogy egy árnyék suhant át az arcán, amit nem igazán tudtam mire vélni. Mi lehetett a bibi, ha az ember a földi mennyországban élt és dolgozott?

Hamarosan elértük a bárt és éttermet, amit egy faszerkezetes házban helyeztek el, szintén kilátással a tengerre. Pár méterre itt is a hullámok nyaldosták a partot, és nem messze, a kikötőben lebegtek a hajók is, amik a birtok vendégeit vitték rendszeresen kisebb-nagyobb kirándulásokra.

A parttól nem messze egy kis sziget zöldellt a vízben, ezen is volt strand, és dús növényzet burjánzott.

Amint helyet foglaltunk egy asztalnál a korlát mellett, rögtön helyes, magas, fekete bőrű fiú állt meg mellettünk, és szívélyesen üdvözölt minket a birtokon. Lassan úgy éreztem, hogy engem is áthat ez a mindenhonnan jövő jókedv, és akaratlanul is azt vettem észre, hogy szinte egyfolytában mosolygok. Ez persze az utóbbi hónapok nyomasztó hangulata után már rám is fért.

Nemsokára persze még több okom támadt a vigyorgásra.

Amellett, hogy az étteremben vidám karibi zene szólt – ami, mint tudjuk, már magában garancia a jókedvre –, még meg is kaptuk a Bond elnevezésű üdvözlőitalt, ami minden itt nyaralónak járt. Állítólag titkos recept alapján készült, de nem kellett sokáig fűzni a menedzsert, hogy elárulja a titkát.

– Kétféle rumból, némi keserűből, szirupból, citrusfélék levéből keverik, rengeteg jéggel – mesélte miközben felszolgálta a fürge pincér.

Sima vizespoharakat tett le elénk, amelyekben halvány sárgás nedű pompázott hatalmas jégkockákkal, valamint lime- és narancsszeletekkel díszítve.

Szokatlan volt már délben betankolnom százalékokból, de a nyaralás alatt az ember könnyebben rábólint olyan dolgokra, amikre máskor nem, így minden lelkiismeret-furdalás nélkül szopogattam az ízletes nedűt a rózsaszín szívószálon keresztül, és élveztem, ahogy a hatására a gyomromban jópofa bizsergés támad, az izmaim pedig elernyednek.

Eredetileg nem akartam semmi komolyat ebédelni, de az alkoholt fel kellett itatni valamivel, így aztán a szintén helyi specialitásnak számító currys kecske mellett döntöttünk. A kecskehús olyan omlós volt ebben a pörkölthöz hasonló fűszeres ételben, hogy szinte szétolvadt a szánkban, és a szintén helyi piros csíkos sörrel öblítettük le. Micsoda ízkavalkád!

Ahogy a főétel végeztével elégedetten és jóllakottan lapogattuk a hasunkat, a menedzser mosolyogva bólintott a kedves pincér felé, aki máris újabb tányérokkal egyensúlyozva suhant felénk, és az ebéd zárásaként különböző rétegekből és lapokból álló csokoládés süteményt tett le elénk.

Ahogy a csokis süteményt ízlelgettük, megérkezett az elmaradhatatlan kávé is, amit a helyi Blue Mountain fajtából főztek. Elsőre a Tia Maria nevűt kóstoltuk meg, amit némi csokilikőrrel bolondítottak meg.

– Mr. Simmonds, ha így folytatjuk, a visszaúton nem csak a csomagjainkra kell túlsúlyt fizetnünk a repülőn, de magunkra is – mondtam, ahogy levegőért kapkodtam a bőséges ebéd után.

– Ugyan már! – mért végig az igazgató. – Le merném fogadni, hogy imádnak sportolni, szóval nem lesz semmi baj. Élvezzék csak a helyi konyha specialitásait.

– Rendben. Majd igyekszünk mindent kipróbálni.

– Azt jól teszik – mondta mosolyogva, majd elnézést kért, amint Bob Marley egyik nótája felharsant.

A zsebéhez nyúlt, és egy apró mobiltelefont kapott elő, majd pörgő nyelvvel utasításokat osztogatott valakinek.

– Ha most megbocsátanak, üdvözölnöm kell az újabb vendégeinket. Kérem, élvezzék tovább nyugodtan a kilátást, és fogyasszanak bátran a bárban. Clayton a szolgálataikra lesz.

– Köszönjük. És a túrát is – válaszoltam, és a távozó férfi után néztem.

– Nos, mihez lenne kedved? – kérdezte Nick, aki eddig csendesen szemlélte a tengert.

– Azt hiszem, egy kicsit még ücsörögnék itt, mivel most képtelen lennék felállni, aztán pedig szívesen sétálnék. Akár szépen komótosan visszafelé a villába. Később pedig csobbannék a tengerben. És te? – mondtam a lábaimat kényelmesen elnyújtva az asztal alatt.

– Igen. Én is valami ilyesmire gondoltam – bólogatott a színész, és ő is hasonlóan helyezkedett a széken, miközben az asztal alatt a lábaink egymáshoz simultak.

Jó érzés volt, ahogy a finom szőrszálai csiklandozták a lábamat, és az árnyékban ülve egy pillanatra ki is rázott a hideg.

– Fázol? – kérdezte, és úgy tűnt, minden rezdülésemet észreveszi.

– Nem, csak kirázott a hideg egy picit. Majd ha kimegyünk a napra, elmúlik. És még lehet, hogy egy kicsit fáradt is vagyok – néztem rá. – Az elmúlt napok túl mozgalmasra sikeredtek. Legalábbis az azelőttiekhez képest.

– Hmmm... az biztos. Melletted nem unatkozik az ember.

– Nem tudom, mire gondolsz – mondtam, és dacosan a tenger felé emeltem az állam, mire a férfi felnevetett és a kezem után nyúlt.

– Mintha vonzanád a veszélyes helyzeteket, vagy éppen drámaiakat. És már az is kiderült, hogy képtelen vagy vigyázni magadra – hallottam, mire kénytelen voltam felé fordulni.

Szikrázó szemekkel néztem rá és már vettem a mély levegőt, hogy ellentmondjak, amikor megláttam a pajkos szikrákat a szemében.

– Ugh... ne mondj ilyeneket. Nem direkt csinálom. És érdekes módon régebben kiválóan elboldogultam egyedül is, tehát nem vagyok biztos benne, hogy én vonzom a bajokat – mondtam végül nagy levegőt véve, hogy lecsillapodjak.

– Hmm. Ez elgondolkodtató – vakarta meg az állát, amin kiütközött némi borosta. – De olyan aranyos vagy, mikor felhúzod magad, hogy nem hagyhatom ki az ilyen magas labdákat – nevetett, és belecsókolt a tenyerembe, mert még mindig a kezemet szorongatta.

Erre persze rögtön más okból kapkodtam fürgén a levegőt.

Az a szenvedély, ami körülöttünk szikrázott a nyáron, illetve ma reggel, újra itt volt – talán még erősebben, mint akkor. Ahogy a szemeibe néztem, láttam, hogy ő is pontosan ugyanazt érezte, amit én.

Csak néztük egymást minden másról megfeledkezve. Az addigi zajok, a tenger susogása, az összeverődő poharak csilingelése, a zene hangja a rádióból mind távolinak tűntek, mintha valami szappanbuborékban léteztünk volna, kizárva a külvilágot.

Csak a férfit láttam, az ígéretet, a szenvedélyt a szemében, gyönyörű ajkait, amint felém közeledtek, és aztán a vér szinte felrobbant az ereimben, amikor végül ajkaimon éreztem az övét. Csókjával nem tudtam betelni, nyelvünk őrült kergetőzésbe kezdett és úgy éreztem, közelebb kell kerülnöm hozzá. Túl messze volt tőlem. Érezni akartam a testének minden négyzetcentiméterét.

Közelebb akartam húzódni hozzá, hogy érezzem, ahogyan a testünk összesimul, de csak a karfát éreztem, midőn fájdalmasan az oldalamba fúródott, és ez némiképp kijózanított.

Levegő után kapkodva távolodtam el tőle, és kaptam észbe, hogy ha nem állunk meg, bizony itt a bár kellős közepén olyat műveltünk volna, amihez a tizennyolcas karika is kevés lett volna.

Pironkodva és szemlesütve pillantottam körbe a bárban, de a vigyorgó pincéren kívül szerencsére senki nem volt.

– Nem tudom, mit tettek a koktélba, de azt hiszem, legjobb lesz, ha megyünk – mondta Nick rekedt hangon, és mélyeket lélegzett, hogy ő is kicsit lecsillapodjon.

– Szerintem is – vágtam rá gyorsan, hogy minél előbb elillanhassunk a pincér tekintete elől.

Ahogy kézen fogva visszaindultunk a villába, azon gondolkodtam, hogy vajon folytatni fogjuk-e amit elkezdtünk? Eddig valami mindig közbejött. Pedig nagyon kívántam, és láthatóan Nick is.

Ezek szerint amitől Los Angelesben tartottam – hogy már nem szeret –, az nem volt igaz.

– Min jár az agyad? – kérdezte, ahogy egy hatalmas fa alatt sétáltunk el.

– Sok mindenen – válaszoltam.

Nem igazán tudtam, hogy mit mondjak. Mégsem mondhattam, hogy „nem tudom, le akarsz-e még feküdni velem".

– Noree. Emlékszel, miről beszélgettünk a repülőtéren? – torpant meg, és engem is megállásra kényszerített.

Közben elértünk a villa előtti kőfalhoz, ahova leültem, ő pedig szemben velem az egyik székre ült, és a lábszáramat simogatta.

– Igen – válaszoltam, bár nem voltam biztos benne, hogy pontosan mire céloz.

– Hogy őszinték leszünk egymással? – mondta, s mélyen a szemembe nézett.

– Persze – vágtam rá.

– Akkor ki vele. Mi a baj? – kérdezte, miközben szorosan tartott és nem engedte, hogy elforduljak.

– Nincs semmi baj – mondtam, ám a szívem hangosan dübörgött és némi pánik fogott el.

– De igen, látom, hogy van. Mondd el bátran! – biztatott.

– Én nem is tudom – sütöttem le a szemeimet, mert nem bírtam tovább nézni a kétségbeesett tekintetét.

– Dehogynem tudod. Csak próbáld meg megfogalmazni – mondta hipnotikus hangon, és éreztem, hogy már nem sokáig tudom magamban tartani. Csak abban nem voltam biztos, hogy valóban használna-e, ha én kimondanám ezeket a dolgokat.

– Nem tudom, tudni akarom-e a választ a kérdésemre – néztem rá.

Egy darabig csendben ültünk, emésztettük a szavaimat.

– Hát, attól tartok, erre nem tudok válaszolni – dőlt végül hátra a széken a fejét rázva.

– Tudom – húztam el a számat.

– Azt azért szeretném, ha tudnád, bármit elmondhatsz és bármit megkérdezhetsz, én kíváncsi vagyok rá. És igyekszem is válaszolni. Mindenre. De amíg nem akarod megosztani velem, azt is tiszteletben tartom – zárta le egy nagy sóhajjal a mondandóját.

– Rendben. Nem fogom elfelejteni – villantottam meg egy bátortalan mosolyt.

– És most? Úszkálunk? – biccentett a tenger felé.

– Igen, az jó lenne – bólintottam, majd elengedte a lábam. – Átöltözöm.

– Privát strandunk van. Fürödhetünk meztelenül is – kacsintott egyet Nick, de engem már a gondolattól is kirázott a hideg.

– Megyek a fürdőruhámért. Nem kockáztatok, hogy holnap anyu a hófehér, meztelen popómat bámulja valami szennylapban – mondtam a fejemet csóválva.

– Azt hiszem, igazad van. Én is előkotrom a gatyámat – indult el mellettem a villa felé.

Visszatért közénk a béke, ahogy baktattunk az épület felé, aminek kifejezetten örültem.

Bár meg kell hagyni, nekem ez mind újdonság volt.

Az is, hogy a problémáimról beszélgessek, és az is, hogy az esetleges konfliktusok felett napirendre térjek.

Mondjuk abban sem voltam biztos, hogy ez valóban konfliktus volt. Nem veszekedtünk, csak épp megbeszéltük, hogy még nem tudok megnyílni előtte.

Tiszta mázli, hogy nem volt féltékeny vagy bizalmatlan típus. Hogy lehet benne ennyi bizalom mások iránt? Főleg a foglalkozásából kiindulva. Mikor a showbusinessben minden arról szólt, hogy egymás háta mögött mindenki kikotyogott mindent, csak hogy a figyelem középpontjába kerülhessen. Mégis úgy nézett ki, hogy bennem teljes mértékben megbízott. Ez jó érzés volt, de nem tudtam, hogy csinálja.

– Nick! Kérdezhetek valamit? – bukott is ki belőlem, miközben beléptünk az épületbe.

Persze kérdezni sem kellett volna, hiszen most mondta, hogy igen, de automatikusan jött a számra.

– Bármit – válaszolt rögtön, miközben beértünk a hálóba és elindult a bőröndök felé.

– Hogy csinálod azt, hogy teljesen megbízol bennem?

– Ezt nem értem – pillantott fel, és félbehagyta a bőrönd kipakolását.

– Úgy értem, ahonnan jössz, biztosan előfordult, hogy valaki nem magadért vágyott a társaságodra, hanem azért, mert híres vagy és gazdag. Velem kapcsolatban ez sosem jutott eszedbe?

– Nem – nézett rám, mint egy elmebetegre. – Kellett volna?

– Nem – vágtam rá gyorsan, miközben eszembe jutott, hogy tényleg tiszta hülye vagyok. – Csak érdekelne, hogyan csinálod.

– Nem tudom. Érzem, hogy te más vagy. Sőt nem csak érzem, mélyen belül tudom is és látom is. Hogy neked nincsenek hátsó szándékaid. Abból, ahogyan viselkedsz, amit teszel, ahogyan gondolkozol, ahogyan másokkal viselkedsz. Egyszerűen kívül-belül jó vagy. Eszembe sem jutna ilyeneket feltételezni rólad. Pláne, mióta jobban ismerlek. Mióta ismerem a szüleidet. Te nem olyan környezetből jössz, ahol ez lenne a divat, ha mondhatok ilyet. És ezt imádom benned. Azt, hogy bármennyire is megbonyolítasz dolgokat, mélyen belül viszont olyan letisztult és csodálatos a lelked.

Hallgattam a szavait, és próbáltam befogadni őket. Próbáltam megfejteni, hogy ez hogyan is zajlik le az ember fejében, de túlságosan lekötött az a része, hogy elállt a szavam attól, milyen szép dolgokat mondott.

– Nick, olyan gyönyörű dolgokat tudsz mondani. Nem is értem, hogy csinálod... – mondtam, még mindig sűrűket pislogva az elhomályosodó tekintetemtől.

– Csak kimondom, amit érzek – nevetett fel. – És amit tudok. Nem nagy ördöngösség, bár őszintén szólva bizonyos fokig nekem is furcsa ezekről beszélni. Én is régen fogalmaztam meg az érzéseimet valaki iránt ilyen mélységekig.

– Neked mégis könnyen megy – válaszoltam.

– Nem biztos, hogy ez a helyes kifejezés. Nem mindig megy könnyen – mosolygott. – Annyira különleges vagy, annyira különleges a kapcsolatom veled, hogy néha nehéz megtalálni a megfelelő szavakat, hogy kifejezzem, mit érzek irántad.

– Mégis sikerül – mosolyogtam vissza.

– Mitől félsz? – nézett mélyen szemembe.

– Attól, hogy nekem nem sikerül megtalálnom a megfelelő szavakat – suttogtam lélegzetvisszafojtva. – És esetleg valamivel megbántlak. A szavak kegyetlenek tudnak lenni.

– A hallgatás is – figyelmeztetett, miközben egy hajtincset kedvesen a fülem mögé gyűrt.

– Tudom – sóhajtottam nagyot. – És köszönöm, hogy ilyen türelmes vagy – bújtam hozzá.

– Örökké – válaszolta egyszerűen, és pár pillanatig a karjaiban ringatott. – Már eddig is tudtam, hogy ez része a csomagnak, és még nem szaladtam el.

– Ez igaz. De nem szeretném túlfeszíteni a húrt.

– Nem tudod. Hidd el – mondta, majd kicsit eltolt magától. – És egyébként szavak nélkül is elárulnak a tetteid – kacsintott. – Pontosan tudom, hogyan érzel irántam – folytatta, mire nekem kis híján elállt a lélegzetem. – Elárul a szemeid csillogása, az álmodozó arckifejezésed, ahogyan rám nézel, a testtartásod, ahogyan keresed a közelségemet, és még milliónyi apró dolog – mosolygott. – Úgyhogy nincs miért aggódnom – nyomott egy apró csókot most az orrom hegyére. – És amikor erre te is rájössz, akkor majd el is mondhatod. Addig pedig ezekből a jelekből olvasom ki.

Szóhoz sem bírtam jutni, csak a mosolygó szempárt néztem akadozó lélegzettel.

– Na, most megdöbbentettelek? – kérdezte nevetve.

– Nem is kicsit – ziháltam, majd megráztam a fejem, hogy egy kicsit kitisztuljanak a gondolataim. – Nem hoztam magammal nehéz olvasmányt, mert egy trópusi, napsütötte strandra az nem való, erre ilyen beszélgetésekbe bonyolódunk folyamatosan.

– Beszélgetni kell – emelte fel a fejem, és mélyen a szemembe nézett. – Ez is része egy kapcsolatnak, és örülök, hogy ezek is szóba kerülnek köztünk. Meglátod, hamarosan belejössz te is, hogy jobban kifejezd az érzéseidet. Addig viszont remélem, nem csak olvasgatni és pszichoanalizálni szeretnél – mondta, és újra felvillant a szenvedély szikrája a szemében.

– A könyveket csak végszükség esetére hoztam, mint „ZS" opció. De az elsődleges terveim nekem sem tartalmazzák őket.

– Ezt örömmel hallom – nevetett, és egy puha csókot nyomott a számra. – Akkor mehetünk úszni?

– Mehetünk – válaszoltam, bár már most úgy éreztem magam, mintha egy tóátúszáson vettem volna részt.

Fizikailag és szellemileg is lefárasztott az elmúlt pár perc.

Elengedett és felkapta az apró fürdőgatyót, majd hosszú léptekkel átszelte a szobát és eltűnt a fürdőben.

Némi fejcsóválások közepette én is nekiestem a bőröndömnek, és hamar meg is találtam a pánt nélküli fekete bikinimet, amit nagyon kedveltem az egyszerűsége miatt.

Gyorsan elszaladtam a másik fürdőbe, kipattantam a ruháimból, bele a fürdőruciba, felkaptam a naptejet és egy törölközőt, és már nyargaltam is vissza a hálóba.

Nick már ott állt megint a bőrönd mellett és szorgalmasan pakolgatta a pólóit a gardróbba, de amikor meghallotta, hogy odaérek, felállt, és láthatólag készen állt arra, hogy úszkáljunk.

„ZS" terv elvetve

A víz finom melegnek tűnt, bár halovány emlékeimben úgy derengett, azt olvastam valahol, hogy errefelé mindig kellemesen langyos volt a tenger.

Ahogy belegázoltunk, egy pillanatra sem kellett megállnom vagy hozzászoknom a víz hőfokához. Isteni volt. Gyorsan el is merültem nyakig, majd lendületet véve elkezdtem úszni befelé. Nick lazán tempózott mellettem, láthatóan most sem volt meghatva az úszótudományomtól.

– Én gyorsan úszom pár kört közel a parthoz, amíg te itt lötyögsz egy kicsit, jó?

– Nyugodtan. Csak nehogy rád uszítsak valami cápát, ha még egyszer ilyet mondasz.

– Azt hiszem, errefelé nem divat a cápa – mondta, miközben gyorsan távolodott hátúszós tempóival.

Megcsóváltam a fejem, és a saját tempóimra koncentráltam.

Ahogy szépen, komótosan tekertem a vizet magam előtt, láttam, hogy alattam színes halak úszkálnak rajokban, közel a vízfenékhez. Gyönyörűek voltak. Volt köztük kék, sárga, zöld; a szivárvány minden színében pompáztak, mindenfajta mintákkal és mindenféle méretben.

Megnyugtató érzés volt a víz tetején lebegni, onnan nézni az apró és mozgékony kis halacskákat, ahogy odalent cikáztak. Órákig el tudtam volna nézegetni őket, és úgy tűnt, a jelenlétem nem nagyon zavarta meg őket. Már pont azon kezdtem gondolkodni, hogy talán beszerezhetnék egy akváriumot odahaza és otthon is figyelhetném őket, amikor hátulról valami súrolta az egyik lábamat.

A szívem persze rögtön majd' kiugrott a helyéről, hatalmas sikoly hagyta el a számat és őrült csapkodásba kezdtem magam körül, hogy minden irányba elnézhessek, mi akar felfalni, és amikor megláttam a színész vigyorgó képét felbukkani a vízből elfutott a pulykaméreg.

– Jesszusom! Szívinfarktust is kaphattam volna! Azt hittem, épp egy cápa készül kiharapni egy darabot a legbecsesebb felemből! – kiabáltam, miközben próbáltam visszanyerni a lélekjelenlételemet.

– Azt nem hagynám – mondta Nick. – Megküzdenék vele!

– No, csak nem szerepeltél a Cápa hatodik részének negyedik feldolgozásában? – vágtam vissza gúnyosan.

– Nem, abban nem – nevetett a férfi –, de a Baywatchban majdnem.

– Oh, így már mindjárt más – mondtam, és már a nevetés környékezett, ahogy elképzeltem piros nadrágban fel-alá futkározni a mentőbólyával. – És végül mi tartott vissza?

– Nem engem választottak – válaszolta könnyedén.

– És ez nagyon összetört?

Gondolhatod – hahotázott. – Valójában inkább örültem neki. Helyette kaptam egy sokkal jobb szerepet. De már régen volt. Viszont te itt egyhelyben úsztál? Mintha itt is váltunk volna el egymástól.

– Igen, egyhelyben úsztam, mert a halakat figyeltem – magyaráztam lelkesen. – Nagyon cuki halak úszkáltak itt, de úgy nézem, elijesztetted őket a magánszámoddal – néztem le magam alá, de már semmi nem úszkált ott.

– Az én magánszámommal? Nem tudom, ki csapkodott a legjobban – feleselt a színész.

Erre már csak csúnyán nézni tudtam, bár a napszemüvegen keresztül valószínűleg nem érvényesült.

– Jól van na. Majd megnézzük azokat a halakat máskor. El is mehetünk búvárkodni, ha szeretnél – ajánlotta fel békítőleg.

– Még sosem búvárkodtam – vallottam be félszegen.

– Nem hinném, hogy gond lenne. Kezdhetjük könnyűbúvárkodással is. Csak egy szemüveggel és egy pipával lebegnénk a víz tetején. Mit szólsz?

– Az jól hangzik. De azt nem tudom, hogy olyan palackkal meg mindennel menne-e – folytattam.

– Majd addig még eldöntjük. De szerintem szemüveg és pipa van a házban is, mintha láttam volna valahol.

– Még nem is igazán néztünk körül – jutott eszembe, hiszen reggel sietve távoztunk, hogy az igazgató körbe tudjon minket vezetni mindenhol.

– Azt hiszem, arra is lesz még időnk – mosolygott a férfi. – Elég sokáig itt leszünk.

– Igen. De már most látom, hogy el fog repülni az idő, és már menni is kell haza – szontyolodtam el.

– Ne is gondolj rá. Az még odébb van. És bármikor visszajöhetünk – vigasztalt Nick, miközben letörölt egy vízcseppet az arcomról.

– Igazad van. Inkább élvezzük, amíg itt vagyunk – sóhajtottam mélyet, és elkezdtem a part felé úszni. – De most, azt hiszem, kimegyek egy kicsit.

– Várj, én is jövök – szólt utánam, de mire befejezte ezt a rövidke mondatot, már ott is volt mellettem.

– Jó vicc. Inkább nekem kellene ezt mondanom – húztam el a szám, de közben csodáltam, hogy ilyen jól tudott úszni. – Nagyon jól úszol.

– Sokáig úsztam fiatal koromban. Már egész kicsi gyerekként megtanultam, aztán a hoki és a színjátszás mellett kicsit elhanyagoltam, de később, amikor épp nem játszottam egy amatőr hokicsapatban sem, sokszor eljártam uszodába. De te is sokat úszol, nem?

– Úsztam. Igen, mióta Los Angelesbe költöztem. Jólesett esténként lazítani a medencében. De én sosem a sebességre mentem rá.

– Azt látom.

– Hé! – háborodtam fel ismét, de mivel közben kezdtem kifogyni a szusszból, ez már csak egy fuldokló kismacska nyávogására hasonlított.

Kiértünk a partra, és megkönnyebbülten álltam két lábra a puha homokos tengerfenéken. Ahogy lefelé néztem, hogy kikerülgessem az esetleges korallokat, egyszer csak Nick kezét éreztem a karomon, ami megállásra késztetett.

Nem sokat teketóriázott, és ahogy felnéztem az arcába, ajkai villámgyorsan lecsaptak az enyémekre, és olyan szenvedéllyel ölelt, hogy egészen beleszédültem.

Kezeit minden porcikámon éreztem, nyelvünk őrült kergetőzésbe kezdett, és nemsokára éreztem, hogy egy bizonyos testrész is mozgolódik, én pedig izgatottam mozgattam a csípőmet, hogy még jobban érezzem, mennyire kíván.

Karjaiba kapott és két határozott lépéssel kigázolt velem a vízből, majd gyengéden a homokra terített gyékényre fektetett és fölém hajolt. A napszemüveg közben leesett az orromról, de egyébként is csak zavart volna.

A szenvedély, ami végigsöpört bennem, minden mást kikapcsolt, a vér a fülemben dübörgött és már csak a férfi kezeire tudtam koncentrálni, ahogy elkezdte lerángatni a bikinifelsőt. Úgy éreztem, nem tudja elég gyorsan csinálni, így én is beszálltam, és gyorsan kipattintottam a csatot hátul. Amikor ajkaival a mellbimbómat kezdte izgatni, azt hittem, elalélok a gyönyörtől. Mivel reggel nem ért rá borotválkozni, a borosta izgatóan dörzsölte a bimbókat, és azok még többre vágyva meredtek az égbe.

Közben persze a kezeink sem álltak meg egy pillanatra sem, és egyre inkább zavart a maradék ruha, ami még köztünk állt.

Úgy éreztem, nem tudok betelni a szenvedéllyel, nem tudok elég közel lenni hozzá, mindig többre vágytam. Türelmetlenül húzkodtam a nadrágját, de ahogy a csípőjével rám nehezedett és vizes is volt, nem jutottam vele semmire, így azon keresztül simogattam, mire mély sóhaj tört fel a férfiból.

Perzselő tekintettel nézett rám, majd vadul megcsókolt.

Ekkor távolról nevetést hallottam, ami egy pillanat alatt kijózanított, és fadarabbá változtam Nick ölelő karjaiban.

– Oh, elnézést kérünk, azt hittük, nincs itt senki – hallottam egy ismerős férfihangot, de hirtelen nem tudtam hova tenni, miközben Nick vállába fúrtam az arcom. Még mindig rajtam feküdt, hogy engem is takarjon a kíváncsi szemek elől, és egyéb dolgokat se tárjon mások elé.

– Már itt sem vagyunk – hallottam egy női hangot utána, majd amikor végre fel mertem emelni a fejem, addigra már eltűntek a lépcsőfordulóban.

– Ezt nem hiszem el – nyögtem Nick vállába.

– Én sem. Úgy néz ki, ez nekünk már nem jön össze – csóválta a fejét, miközben hangosan fújtatott.

– És még azt mondtad, a házam van megátkozva. Hát akkor ez a hely? – hanyatlottam hátra, miközben megcirógattam az arcát. A borosta hangosan sercegett az ujjaim alatt.

– Ez a hely nincs megátkozva. Ne beszélj butaságokat – dörgölte az orrát az enyémhez. – Csak éppen valaki mindig félbeszakít minket.

– Lehet, hogy nem is baj, különben meztelenül virítanánk az interneten vagy valami magazinban holnap – mondtam, és közben éreztem, hogy a férfi vágyai kezdenek újraéledni.

– Nem hinném, hogy bárki is lesben állna – mondta, és a csípőjét közelebb nyomta az enyémhez. – De ha gondolod, felmehetünk a házba – hintett minden szó után csókot az arcomra. Nagyon izgató volt, ahogy vágytól duzzadó férfiassága a combomnak feszült, és éreztem, hogy többet akarok.

– Inkább csókolj meg – döntöttem.

Fene essen a meggondoltságba!

Bennem is újra felizzott a szenvedély. Nem gondoltam, hogy ilyen gyorsan vissza tudok zökkenni, de pillanatok alatt újra csak arra tudtam gondolni, hogy magamban érezzem a férfit.

Ahogy lefelé haladt és végigcsókolta minden porcikámat, mintha égő tűzkígyót hagyott volna maga után. Lángolt a bőröm, bizsergett minden testrészem.

Közben végre lekerültek az utolsó ruhadarabok is, és a legérzékenyebb testrészemnél éreztem a kezét, ahogy a szenvedélyt még tovább szítja, holott nem is képzeltem, hogy ez még lehetséges volna.

Már csak vergődtem a karjaiban megváltásért könyörögve, amikor végre óvatosan rám nehezedett. Egy pillanatra meg is állt – talán, hogy ne okozzon fájdalmat, hiszen már egy ideje nem űztük a horizontális mambót, de én csak elsöprő szenvedélyt éreztem.

Először lassan és óvatosan mozgott bennem, újra és újra visszavonulót fújva, amivel csak még jobban kínzott, és amitől csak még jobban kívántam a folytatást. Csípője köré kulcsoltam a lábam; nem akartam elengedni, magamban akartam érezni, teljesen körül akartam ölelni. A csípőmet újra és újra felemeltem, hogy teljesen magamba fogadjam, de mindig egy kicsit elhúzódott, hogy az édes kínomat tovább fokozza.

Már csak nyöszörögni tudtam a karjaiban, amikor végre nagy sóhajtással közelebb hajolt hozzám, mélyen a szemebe nézett, megcsókolt, és végre teljesen elmerült bennem.

Ezután még párszor lassan újra és újra eltávolodott majd a legbelsőmig hatolt, én pedig az arcát a kezeim közé fogva elmerültem szenvedélytől perzselő sötétkék szemeiben.

Olyan mérhetetlen vágy forrongott bennem, amiről nem is tudtam, hogy létezik. Minden porcikám bizsergett, a bőröm minden négyzetcentije perzselt az érzéstől, a vér száguldott az ereimben, és a testem majd' szétfeszült.

A szenvedély hullámai egyre magasabbra csaptak, ahogy egyre gyorsabban mozgott, és mikor már azt hittem, az egész univerzum szétrobban, egy sikoltással elértem a csúcspontot, majd hallottam, ahogy ő is felkiált.

Utána percekig úgy éreztem, hogy lebegek.

Szokás szerint Nick a hátára gördült, én pedig rajta feküdtem. Ha a szeretkezést nem számítjuk, ez volt a kedvencem. Imádtam így feküdni utána, amikor a testünk még mindig öszszefonódott, és csak pihegtünk. Olyan bensőséges és békés volt.

Amikor nagyjából már magamhoz tértem és nem röpködtek kis csillagocskák a fejem körül, felemeltem a fejem és a kezeimre támasztottam a férfi mellkasán.

– Azt hiszem, őrült hibát követtünk el – mondtam komoly arckifejezéssel.

– Mire gondolsz? – nézett a szemembe, miközben kezeit a tarkója alá tette.

– Hogy ezt nem tettük meg sokkal előbb! – mondtam, és közelebb húzódtam, hogy csókot tudjak lehelni az enni való ajkaira.

– Hmmm... – búgott Nick sejtelmes mosollyal. – De ez a fergeteges élmény mindért kárpótol.

– Fergeteges? – kérdeztem vissza.

– Neked nem volt az? – vonta fel a szemöldökét.

333

– De igen. Sosem éreztem még ilyet – vallottam be szemlesütve, és megadóan vártam, hogy elpiruljak a fülem tövéig.

– Akkor megérte – simított végig a karomon –, és legalább nem kell többet hideg vízzel zuhanyoznom – válaszolta vigyorogva.

– Hideg vízzel? Mikor zuhanyoztál te hideg vízzel? – döbbentem meg.

– Mikor nem? Az elmúlt egy hónapban állandóan. Csoda, hogy nem kaptam tüdőgyulladást – mosolygott a férfi.

– De hát akkor miért nem... – Nem tudtam befejezni a kérdést, csak néztem az arcát.

– Ugyan már! – mondta, és egy csókot lehelt az ajkaimra. – Tudtam, hogy várnom kell. Amíg készen állsz. És ez egyáltalán nem okozott problémát – csókolgatott tovább.

– De nem szóltál egy szót sem – értetlenkedtem tovább.

– Persze, hogy nem. Neked kellett rájönnöd, hogy mit akarsz.

– De... – kezdtem volna bele ismét, ám egy határozott mozdulattal oldalra gördített és megint ő volt felül, miközben a testünk még mindig nem vált szét.

– Fogd be, vagy én fogom be – nézett szigorúan, miközben lassú mozgásba kezdett a csípőjével, és valóban képtelen lettem volna megszólalni.

Csak egy halvány nyögés jött ki belőlem, miközben újra bizseregni kezdett minden porcikám.

– Ezt már büntetni kellene – motyogtam a nyakába, és mindenhol simogattam, ahol értem, ami lehet, hogy felért egy teljes testradírral, mert a nedves bőrére némi homok tapadt.

Még egyszer eljutottunk a csúcsra a parton, és amint hevesen lélegezve feküdtünk a szokásos pozitúrában, a tökéletes megelégedettség érzése töltött el, és nem tudtam nem mosolyogni.

Most ő simogatta az én hátamat, én pedig az államat a kezeimre támasztva figyeltem átszellemült arcát.

– Mivel érdemeltelek ki? – kérdeztem végül.

– Hmmm... – mondta csukott szemmel. – Azzal, hogy olyan vagy, amilyen. De ezt én is kérdezhetném.

– Te? – néztem továbbra is rá csodálkozva. Erre már ő is kinyitotta a szemét és rám nézett.

– Igen. Tudom, hogy neked ez szokatlan, de már a jelenléted bearanyozza a napjaimat. Csak attól, hogy mellettem vagy, boldogság tölt el. És tudom, hogy te is így érzel, és ez normális, ha két ember szereti egymást.

Egészen meghatódtam attól, amit mondott. Végigfutott a hátamon a hideg, és egy picit megremegtem, mire rögtön felnézett.

– Fázol? Felmenjünk a házba? – simított végig újfent a hátamon, én pedig csak bólogatni tudtam.

Ahogy óvatosan szétváltunk és felálltunk, vettem csak észre, hogy a nap már kezdett a horizont felé közeledni. Szinte hihetetlen volt, de el is ment a délután a fürdéssel és szeretkezéssel.

Ilyen lehet a Paradicsomban – gondoltam, amint elindultunk a lépcső felé.

Nick hozta a fürdőruhákat, mivel mindenhol homok borított minket, nem akartuk felhúzni őket, de ahogy félúton jártunk, megpillantottuk a kinti zuhanyt és elég volt egymásra nézni, máris megindultunk mindketten felé.

– Tudod, hogy még sosem zuhanyoztunk együtt? – kérdezte Nick, ahogy a hajamból kiszedegetett egy-két falevelet.

– Tényleg. Pedig milyen jó – mondtam, és felnézve elakadt a lélegzetem.

Vajon mikor fogok hozzászokni ahhoz, hogy milyen jóképű ez a férfi? Lehet, hogy soha. De az is lehet, hogy nem is kell. Talán az segít a szenvedélyt ilyen hőfokon tartani, ha sosem szokom hozzá; ha minden alkalommal megdöbbenek ezen a tökéletességen.

– Mit nézel? – kérdezte, ahogy rám nézett a csöpögő víz alól.

– Téged – mondtam mosolyogva. – Olyan tökéletes vagy.

– Akkor jól összepasszolunk, mert te is az vagy – csókolta meg az orrom hegyét.

– Szóval ez ilyen érzés?

– Micsoda? Milyen? – kérdezte.

– A szerelem. Ilyen egész testet bizsergető, hogy legszívesebben mindig mosolyognék.

– Ja, igen. Az ilyen – válaszolta teljes természetességgel.

Ebben a pillanatban magamhoz tudtam volna ölelni az egész világot. A boldogság átjárta az egész testemet. A gyomrom zsibongott, a fejemben mintha valami köd szállt volna le, a szívem kalapált, én pedig legszívesebben vigyorogtam volna mindenre. Mintha megrészegültem volna, pedig ebéd óta nem is ittam semmit, és az már régen volt.

Amikor kiléptünk a zuhany alól, libabőrös lett az egész testem. Ez lehetett az érzelmek özönétől is, ami megrohamozott, de attól is, hogy már tényleg hűvösödött, és a nap ereje is csökkent – vagy mindkettőtől.

Nick persze azonnal észrevette a borzongástól meredező mellbimbóimat és tüzes tekintettel nézett, de aztán csak kézen fogott és sietős léptekkel felszaladtunk a kőlépcsőn, vissza a házba. Már a szürkület kezdődött, és még mielőtt beléptünk a házba, a szemem sarkából derengő fényt vettem észre.

Ahogy futó pillantást vetettem a medencére, földbe gyökerezett lábam a csodálatos látványtól. Megtorpantam, és ez Nicket is megállásra kényszerítette. Ahogy ránéztem, döbbent arccal láttam, hogy kérdőn néz rám, mire a medence felé mutattam. A ház sarkainál és a medence körük fáklyák égtek, és a lángjuk vidáman táncolt az egyre fogyatkozó nappali világosságban, a körülötte lévő növényeket pedig sejtelmes fénybe borította.

– Gyönyörű! – suttogtam, és újra borzongás futott rajtam végig.

– Az, valóban, de gyere, mielőtt megfázol – mondta Nick egy kicsit megrántva a kezem, hogy kövessem a házba.

Ott aztán a hálószobában kerestünk magunknak pólót és hosszúnadrágot, majd a nappali felé vettük az irányt.

Az asztalon sorakoztak a mobiltelefonok és az egyéb, otthonra emlékeztető tárgyak, amiket most mindketten végigkattintgattunk, de szerencsére nem várt minket semmi életbevágóan fontos üzenet, és nem fogadott hívásaink sem voltak, így megkönnyebbülten tettük őket vissza az asztalra.

Este hat óra volt, és úgy éreztem, hogy csukódnak le a szemeim. Pedig ilyenkor még nem szoktam lefeküdni, de most biztosan el tudtam volna aludni. Ahogy letelepedtünk a kanapéra és Nick vállára hajtottam a fejem, a szemhéjaimat ólomsúlyúnak éreztem.

Pillanatnyilag az is hidegen hagyott, hogy ebéd óta nem ettem semmit.

– Hé, el ne aludj! – hallottam Nick hangját, és éreztem, ahogy az oldalamnál matat.

– Hmmm… – nyögtem, de nem volt kedvem kinyitni a szemem.

– Kellene vacsorázni. Mit szólsz? – próbált meg Nick ismét felébreszteni, de már csak valami ködön keresztül hallottam, mielőtt belevesztem volna a sötétségbe.

Zajt hallottam, ami nem igazán illett bele a környezetbe, ahol voltam. Egy nagyon szépen berendezett szobában ültem, afrikai hangulatot idézett. Ja, persze – villant az agyamba –, Jamaicán vagyunk, nyaralunk. Vidáman néztem körül a szobában, Nicket kerestem a szememmel, de nem találtam. Nem ijedtem meg; gondoltam, csak valamelyik másik szobában van. Aztán újra feltűnt a zaj, amire felébredtem.

Először az egyenletes susogás tűnt fel, de aztán eszembe jutott az első reggelünk, amikor ugyanezt hallottam, némi kopogással együtt. Esett az eső.

Felálltam a kanapéról, ami az ablakkal szemben helyezkedett el a szobában, és elindultam az ablak felé.

Nem volt beüvegezve, csak a spaletták voltak behajtva, így nem láthattam, mennyire esik az eső, csak az egyenletes kopogást hallottam.

És még valami mást is.

A kopogáson kívül egy másik egyenletes zaj is feltűnt.

Erősebb az előzőnél. Hangosabb. Erőszakosabb.

Határozott mozdulatokkal az ablak felé mentem, majd kilöktem a spalettát, hogy megnézzem, mi okozza a zajt odakint.

Sötét volt a házon kívül, először nem is láttam semmit. Aztán ahogy balra néztem, a ház sarkánál fáklyák égtek, még az eső sem tudta eloltani őket. A fényük félelmetes árnyékokat vetett a környezetükben lévő fákra és bokrokra.

Ahogy a szemem kezdett hozzászokni a gyér fényhez és beazonosítottam a zaj forrását is, a fák között egy mozgó ember alakját vettem ki.

Fekete férfi volt, csupán egy térdig érő nadrágot viselt, a felsőteste csupasz volt, a kezében fejszét tartott és fát vágott.

Bámultam, és épp azon törtem a fejem, mit kereshet ott, és remélhetőleg nem a hírességek által ültetetteket vágja ki, amikor felnézett a favágásból, egyenesen a szemembe. Ilyen ijesztő arcot még életemben nem láttam. Fehér festékkel vonták be, a szeme körül pedig csíkokban lefolyt, mintha könnyek barázdálták volna, a szája szintén fehérre volt mázolva, fekete, függőleges vonalakkal.

Mintha egy síró halálfej nézett volna vissza a sötétből, belőlem pedig hatalmas sikoltás szakadt fel.

– Noree! Drágám! Ébredj! – hallottam a sikolyon túlról. – Megint rosszat álmodsz.

Kinyitottam a szemem, és ugyanabban az afrikai hangulatú szobában voltam, mint az előbb. Rémülten hallgatóztam, de nem hallottam az előbbi zajokat. Ahogy az ablak felé pillantottam, a spaletták nyitva voltak.

Csak álmodtam.

Nincs veszély.

Nincs itt az az ijesztő ember.

Nick a szemben lévő fotelben ült és egy könyvet tartott az egyik kezében, a másikat felém nyújtotta.

– Megint az az álmod volt? Az elrablásodról? – kérdezte aggódó arccal.

– Nem – mondtam, miközben felültem, és lassan kezdett kitisztulni a fejem. – Nem, most nem arról álmodtam.

– Hát akkor miről? – kérdezte Nick, és odatérdelt a kanapé mellé, megfogva a kezemet.

– Itt feküdtem, és zajokat hallottam. Felálltam, odamentem az ablakhoz, de a spaletták be voltak csukva – magyaráztam zaklatottan. Nem voltam biztos benne, hogy jó ötlet még egyszer elismételni az egészet, inkább el akartam felejteni.

– És azután mi történt? Mitől ijedtél meg? – faggatott tovább.

– Kinyitottam a spalettákat, odakint sötét volt, csak fáklyák égtek a ház sarkánál, és esett az eső.

– Ennyi? – nézett rám meglepődve Nick.

– Nem – suttogtam. – Nem csak ennyi. Volt ott egy férfi az esőben. Fát vágott itt, a medence mellett, a bokrok között.

– Fát vágott? – szólalt meg Nick kétkedve. – De nem ez ijesztett meg, igaz? – kérdezte.

– Nem, tényleg nem – folytattam. – A férfi felnézett, és az arca be volt mázolva. Úgy nézett ki, mint egy halálfej – fejeztem be, és éreztem, ahogy a testem megremeg a félelemtől és a hideg végigfut a hátamon.

– Ssss... – mondta Nick, és magához ölelt. – Nincs itt senki, és senki nem fog bántani, megígérem.

– Oké – motyogtam a vállába.

– Na, gyerünk – bontakozott ki az ölelésből a férfi –, itt az ideje, hogy együnk valamit.

– Egyáltalán mennyit aludtam? – néztem fel rá, ahogy felállt, és elindult a nappali hátsó felébe.

– Nem sokat. Talán egy félórát – nézett vissza.

– Nahát. Az tényleg nem sok. Nem is tudom, mi ütött belém, hogy úgy elnyomott az álom. Nem is értem – motyogtam magam elé, ahogy a lábaimat letettem a földre és elindultam a férfi után.

– Ugyan már! – mosolygott. – Hosszú és eseménydús napunk volt. Elfáradtál, ennyi az egész.

– Igen – bólintottam –, de ilyet még sosem éreztem. Mintha húzott volna lefelé a sötétség. Esélyem sem volt ellenállni. Nem fura? – néztem rá kérdőn, és már a nagy étkezőasztal mellett álltunk.

– Nem hinném. Biztosan csak a sok testmozgás okozta. Ennyit már rég végeztél, nem igaz? – kacsintott, miközben továbbment a konyha felé.

– Van benne valami. És most farkaséhes vagyok – mentem utána. – Mi lesz a vacsora? – léptem be a szintén szépen berendezett konyába.

– Nem tudom. Lássuk csak! Van itt sült hús a hűtőben, saláta, krumpli, kenyér. Mit szeretnél?

– Húst és salátát – válaszoltam rutinból.

– Oké. Én, azt hiszem, eszem egy kis krumplit is. Te nem akarod megkóstolni?

– De, most, hogy mondod, egy pár falatot én is eszem belőle – mondtam, miközben tányérokat és poharakat szedtem elő a szekrényből.

Úgy döntöttünk, nem rendezünk nagy vacsorát, éppen csak leültünk, bekapkodtuk az ízletesen fűszerezett húst a körettel, leöblítettük némi borral a bárszekrényből, és már indultunk is a hálószoba felé.

Hiába aludtam el korábban, megint álmosnak éreztem magam, és Nick is elég szótlan volt. Gyors zuhany után bevackoltuk magunkat az ágyba, és nem sokkal később már a férfi egyenletes szuszogását hallottam magam mellett, majd engem is elnyomott az álom.

Milyen üldözési mánia?

Másnap reggel úgy ébredtem, mint akit kerékbe törtek. Természetesen az elmaradhatatlan éjszakai közjáték megvolt: rémálmodtam, sikítottam, Nick felébresztett, aztán visszaaludtunk. Ez már olyan rutin kezdett lenni, mint a reggeli fogmosás. Feküdtem a hátamon, Nick keze keresztben a mellkasomon, ahogy az oldalán aludt, álmos szemekkel bámultam a plafont.

Az is fából volt; gyönyörű sötétbarna fagerendák húzódtak felettem, de igencsak erőlködnöm kellett, hogy az álmosságon és egészen biztosan a csipákon keresztül tisztán lássam a mintázatukat.

Nem tudtam, mi van.

Jó, sosem voltam egy gyorsan ébredő típus, de ennyire fáradtnak sem kellett volna lennem.

Mintha lefutottam volna a maratont az éjjel, vagy küzdöttem volna valakivel.

A tagjaimat ólomnehéznek éreztem. Igaz, hogy Nick karja nyomott lefelé, de gyanítottam, hogy nem amiatt nem tudtam semmimet megemelni.

Egészen egyszerűen nehezek voltak a tagjaim.

Meglepő, hogy a tegnapi úszás és az egyéb testmozgás úgy lefárasztott – gondoltam gondolatban elpirulva. Bár, ki tudja, lehet, hogy nem csak gondolatban.

Persze a kondim kritikán aluli volt, de akkor is elgondolkodtató volt. Kivéve, hogy kávé nélkül képtelen voltam rajta elgondolkodni.

Mivel Nicket nem akartam felébreszteni, olyan békésen szuszogott, úgy döntöttem, bámulom tovább a plafont.

Minden nyugtalanító gondolatom ellenére volt valami megnyugtató ebben, ahogy itt feküdtünk egymás mellett. Úgy éreztem, nem érhet semmi baj. Akármi is van, együtt vagyunk.

Hallgattam a tenger moraját kívülről; a halk szellőt, ahogy a fák ágait lengette; a sirályok távoli rikoltozását. Láttam lelki szemeim előtt a paradicsomi kis birtokot, és halványan elmosolyodtam. Jó volt itt lenni.

Ahogy elmerengtem, már majdnem újra elnyomott az álom, amikor éktelen rikoltozás hallatszott be kívülről.

A testem összerándult a váratlan zajra, és Nick is úgy fordult meg az ágyon, mintha megcsípték volna.

A hirtelen és váratlan mozdulattól mindketten enyhén kifulladva és rémült arccal néztünk össze, majd szemünk a szobát pásztázta.

A baldachinos ágy leeresztett függönyein keresztül a szobában semmi rendkívülit nem tudtunk felfedezni, így aztán Nick óvatosan leereszkedett az ágyról, és némán, lábujjhegyen a nappali felé óvakodott.

A rikoltozás közben folytatódott odakint, Nick pedig – jobb híján – egy faszoborral felfegyverkezve közelített az ajtóhoz. A szobor komor arccal nézett vissza rá, ahogy fejmagasságba emelte lesújtani készen, ha a birtokháborító az ajtó túloldalán állna.

Ahogy azonban feltépte az ajtót, senki nem állt a túloldalán.

Kissé zavarodottan nézett rám vissza a hirtelen beálló csendben, majd amikor a rikoltozás ismét felharsant, olyan sebességgel fordult meg, hogy csak egy elmosódott csíkot láttam belőle.

Mindketten kirontottunk a ház elé, és döbbenettől elkerekedett szemekkel néztük, ahogy egy tyúk – vagy kakas, vagy valami olyasmi – félőrülten kotkodácsolva és a szárnyait csapdosva rohangált fel s alá a füvön, majd kiutat nem találva felugrott a meredeket szegélyező kőfalra, és onnan a mélybe vetette magát.

Tompa puffanás hallatszott lentről, a strandról, majd elmélyülő csend.

Felrémlett, hogy reggel még hallottam sirályokat is, és egyéb madarak vidám csiripelését.

Most semmi sem hallatszott.

Odarohantunk a falhoz, hogy megszemléljük, mi történt a tyúkkal, és amikor lenéztünk, megpillantottuk a mozdulatlan testet. Lélegzetvisszafojtva vártuk, hogy valami életjelet adjon, felálljon és továbbrohanjon, de nem mozdult.

Még mindig a történtek hatása alatt állva leroskadtunk a kőfalra és kérdőn néztünk egymásra.

– Mi volt ez? – kérdeztem visszafojtott hangon Nicktől, idegesen le-lepillantva a még mindig mozdulatlan állatra.

– Kettő könnyebbet kérdezz – mondta ugyanolyan hangon, idegesen markolászva a szobrot.

– Azt hiszem, fel kellene hívnunk a kedvenc menedzserünket – álltam fel a kőről a férfira pillantva.

– Azt hiszem, igazad van – pattant fel Nick is, még mindig körbe-körbe pillantva, mintha azt várta volna, hogy még több őrült tyúk jön elő valahonnan a fák és bokrok közül, hogy öngyilkos legyen.

Lassan visszaballagtunk a házba. Nick visszatette a szobrot a helyére, majd a fejét vakarva beballagott a hálóba, robotszerűen benyúlt a bőröndbe, és az első, kezébe akadó ruhadarabot magára húzta.

Fordultában végigsimított a karomon és biztató tekintettel válaszolt az én szemeimből kiolvasott kérdésekre, majd a nappaliba sietett. Ahogy én is ruhákat keresgéltem a bőröndben – mivel még mindig nem pakoltunk ki –, hallottam, hogy pergő nyelven beszél a telefonba odakint. Miután letette, elkezdte az ablaktáblákat kinyitogatni.

Mindketten elfoglaltunk egy-egy fürdőszobát, hogy gyorsan rendbe szedjük magunkat, aztán visszatértünk a nappaliba, hogy megvárjuk a menedzsert.

Közben én kimentem a konyhába valami kávéféle után kutatva, és valóban ott állt egy termoszban frissen illatozó forró kávé, és minden más kellék a hűtőben egy ízletes tejeskávéhoz.

Csináltam Nicknek is egy bögrével. Ő feketén itta, magamnak pedig jól felöntöttem tejjel, majd a két bögrével visszamentem az elülső szobába.

Nick a széles ablak előtt állt, háttal nekem, a pólón anyagán átsejlettek a stressztől megfeszült hátizmai.

A saját bögrémet lettem a kisasztalra mellette, majd a szabad kezemmel végigsimítottam a hátán, remélve, hogy a feszültséget ki tudom onnan űzni, de ez persze nem volt ilyen egyszerű.

A kezébe nyomtam a kávéját, majd csatlakoztam hozzá, és immáron ketten bámultunk komoran kifelé.

Nem tartott sokáig, amíg balról nyikorgást hallottunk, majd kopogó lépteket a járólapokon, és az igazgató barátságos, ám kissé nyúzott arca nézett vissza kintről.

Villámgyorsan elgaloppírozott a bejáratig, majd belépve udvarias, de nem éppen felhőtlen mosolyt megeresztve üdvözölt minket.

– Jó reggelt! Hogy aludtak? – kérdezte a kezét tördelve, ahogy belépett.

– Most, hogy kérdezi, nem olyan jól. Illetve úgy, mint akiket agyonvertek, de most úgy is érezzük magunkat – mondta homlokráncolva Nick.

– Őszintén sajnálom – érezte magát egyre kellemetlenebbül a férfi. – Talán az ágy keménysége a baj? Vagy a fények? A zajok? Esetleg valami más? – próbált megértőnek és konstruktívnak mutatkozni.

– Őszintén szólva, mi sem tudjuk – válaszoltam, mert kezdtem sajnálni szegény embert.

Úgy látszott, mintha a tegnapihoz képest, amikor még csupa derű volt az arca, most valamiféle árnyék lengte volna be.

– Nem az ággyal, vagy a levegővel, zajjal van a gond – válaszolt Nick is –, de valami baj van.

– Az van – helyeseltem én is.

– Úgy értem, mi is láttunk már furcsa dolgokat – kezdett bele Nick ismét, és rám nézett, biztosan a rémálmaimra utalva –, de hogy egy tyúk elkezdjen rohangálni a ház előtt, mint akibe az ördög maga bújt bele, majd levesse magát a mélybe... na, ilyet még nem láttam. Még filmben sem – folytatta.

A menedzser elkerekedett szemekkel hallgatott, az ördögös résznél élesen levegőt véve, majd a végén hevesen törölgetve gyöngyöző homlokát.

Összeszűkült szemmel figyeltem a férfi reakcióját, és világos volt, hogy ő többet tudott a történtekről, mint mi, de az is, hogy ezt nem szívesen osztaná meg a vendégeivel.

Egyértelmű volt, hogy ha elismeri, miszerint itt valami zajlik, akkor azzal a birtok hírnevét veszélyezteti, és ezt nem engedhette meg. Neki nem rossz hírekre, pletykákra volt szüksége az újonnan nyitott birtokról, hanem elégedett, boldogan távozó és visszajáró vendégekre. Az mondjuk nem volt tiszta, hogy ebben a helyzetben mivel érte volna ezt el: őszinteséggel, vagy az igazság elhallgatásával, de biztos voltam benne, hogy ez függött a helyzet súlyosságától és a vendégek személyiségétől is, és ahogy én nem lehettem biztos az elsőben, ő sem lehetett az a másodikban.

Így aztán egy kis ideig némán méregettük egymást.

– Szóval a tyúk lent van a strandon? – kérdezte még mindig kissé lihegve.

– Nos, ha nem történt azóta egyéb megmagyarázhatatlan esemény, akkor igen – mondta Nick vállat vonva.

– Azonnal utánanézek. Maguk addig nyugodtan maradjanak itt – fordult az ajtó felé a férfi, majd kiszaladt.

– Valamit eltitkol előlünk – mondtam halkan a színésznek, ahogy a partra vezető lépcső felé igyekvő férfit néztük.

– Az biztos – válaszolta homlokráncolva Nick.

– De vajon mit? – néztem fel rá, miközben egy elfojtott hörgést hallottunk, és egy „Frederick!" kiáltást, amire mindketten összehúztuk a szemöldökünket.

– Nem tudom, de őszintén szólva nem szeretném, ha ilyen hirtelen felbukkanó tyúkokkal kellene töltenünk a nyaralásunkat – mondta az arcomat vizsgálva. – Szeretnél elmenni máshova? Menjünk el egy szállodába inkább?

Nagy levegőt véve gondolkodtam a szituáción.

– Nem is tudom. Annyira örülök, hogy itt vagyunk. Nem csak annak, hogy ezen a szigeten, de hogy pont ezen a birtokon. Ha nem lenne semmi köze James Bondhoz vagy Ian Fleminghez, akkor is imádnám, mert egyszerűen fantasztikus. Nem szeretnék elmenni – hezitáltam. – Ugyanakkor halálra rémisztenek ezek a dolgok, amik itt történnek. Fogalmam sincs, mit akarok – néztem rá bizonytalanul.

– Pontosan tudom, miről beszélsz, én is így vagyok ezzel –
helyeselt a férfi

– Szerintem várjuk meg az igazgatót, és nézzük meg, mit
mond. Aztán esetleg menjünk el ma hajózni, egy kicsit távolabb
ettől a helytől, hátha felenged a feszültségünk, és majd később
eldöntjük, mit csináljunk. Mit szólsz? – kérdeztem, miközben
a kezét szorongattam, csak hogy valamivel foglalatoskodjak, és
érezzem, hogy itt van velem.

– Rendben, várunk egy kicsit, mielőtt behúzott farokkal el-
szaladunk – villantott meg egy szarkasztikus mosolyt és visz-
szafordult az ablak felé, ahol ismét feltűnt a menedzser alakja.

Később, amikor már a birtokhoz tartozó üvegaljú csónakon ül-
tünk, újra átgondoltam a reggel történéseit.

Amikor a menedzser visszajött a házba, még zavartabban
viselkedett, mint előtte. Csak pár szót szólt, hogy a szegény,
megboldogult, Frederick névre keresztelt kakast azonnal eltá-
volítják. A névre már rá sem mertünk kérdezni, majd a hajós ja-
vaslatunkra heves bólogatással válaszolt.

Nem is hagyott minket ott egyedül. Mialatt mi pár dolgot
összepakoltunk egy hátizsákba, ő idegesen kifelé pillantgatva
várt ránk a nappaliban, majd személyesen kísért minket el a kis
pavilonba, hogy egy piknikkosárba ételt rendezzen nekünk, és
még a kikötőhöz is velünk jött, hogy a partról integessen a tá-
volodó csónakunk után.

Igyekeztem a fejemből kiűzni a sötét gondolatokat, és él-
vezni a napot.

A tenger gyönyörű türkiz színe, a víz tisztasága és a mélyben
cikázó halak látványa rabul ejtett. Nick kezét szorongatva hol
felfelé néztünk, ki a nyílt vízre, hol lefelé bámultunk az üvegen
át. A lélegzetünk elakadt a fantasztikus látványtól.

A vízen vidáman ringó csónakban megreggeliztünk, majd
amikor már elég távol jutottunk a parttól, hogy az már csak
vékony vonalként látszott a horizonton, a sofőr, vagyis a csó-
nak kapitánya, vagy kormányosa, vagy nem is tudom, hogy
nevezik, javasolta, hogy ugorjunk be a vízbe, és akár komoly

búvárfelszereléssel, vagy csak pipával kukkantsunk a víz alá magunk is.

Először húzódoztam; nem voltam biztos benne, hogy ez olyan jó ötlet lenne, de aztán kezdett vonzónak tűnni a déli forróságban, és a jóember is olyan lelkesen győzködött minket, hogy ezt az élményt mennyire nem lehet kihagyni, hogy végül beadtam a derekam.

Becsobbantunk a gyönyörű kristálytiszta vízbe, majd számomra erőteljes mozdulatokkal eltávolodtunk kicsit az álló motorral libegő csónaktól.

Ahogy a víz tetején lebegtünk pipával a szánkban és a szivárványszínű halak cikázását figyeltünk alattunk a vízben, valamifajta béke szállt meg minket.

Órákig bírtam volna ott lebegni, és csak nézni őket. Csodálatosak voltak.

Néha felemeltem a fejem és meggyőződtem róla, hogy Nick itt ott van, néha ő is pont akkor nézett fel és összekacsintottunk.

Mikor már ronggyá áztak az ujjaim, szomjas is voltam, és a hátam is furán kezdett égni, egyszer csak felnéztem, feltoltam a homlokomra a szemüveget, kiköptem a pipát, hogy Nicknek is szóljak, de a csónakot sehol sem láttam. Elkezdtem vadul forogni a vízben, de így sem bukkantam a nyomára.

Nick persze még mindig a víz tetején feküdt. Gyorsan odakapálóztam hozzá, és megragadtam a karját.

– Nick! – kiáltottam, miközben ő is levette a fejéről a szemüveget. – Eltűnt a csónak! – mutogattam körbe heves tempózás közben.

– Na ne viccelj! – nevetett fel, de azért körbepillantott, és láttam, amikor ő is észrevette, hogy egy hajó sincs a környékünkön.

– Nem vicceltem – mondtam, és megpróbáltam a kalapáló szívemet lelassítani mély levegővételekkel.

– Jesszusom – válaszolta. – Most, ha paranoiás lennék, azt mondanám, valaki megpróbál minket eltenni láb alól – mondta, és láttam, ahogy a part felé tekintget.

– Mi az, hogy! – mondtam még mindig pánikolva. – Most mi a fenét csinálunk? – sikoltottam fel.

– Semmi gond. Nyugodj meg – mondta mély levegőt véve.

– Nyugodjak meg? – vágtam a szavába, de nem hagyta, hogy belelovaljam magam a pánikba, kétoldalról az arcomat tartva mélyen a szemembe nézett.

– Igen. Nyugodj meg. Ezzel nem megyünk semmire. Tartalékolnunk kell az erőnket arra, hogy kiússzunk – mondta lassan és tagoltan.

Sírás fojtogatta a torkomat. Úgy néz ki, nekem már nem jut a boldogságból. Az utóbbi időben amint egy kicsit is kezdtek alakulni a dolgaim, amint egy kicsit is megízleltem a boldogság édes ízét, mindig valami vagy valaki közbeszólt, és elrabolta azt tőlem.

Elhomályosult tekintetemen át is láttam a férfi feldúlt arcát, ahogy próbálta titkolni saját kétségbeesését, hogy bennem tartsa a lelket.

Már pont meg akartam törölni a szemem, amikor eszembe jutott, hogy a sós tengeri vizet talán jobb lenne nem belekeverni. Ugyan a könnyek is sósak voltak, mégis inkább pislogtam párat, hogy kitisztuljon a látásom, miközben Nick tovább kémlelte a horizontot.

– Azt hiszem, el kellene indulnunk kifelé. Minél előbb elkezdünk kiúszni, annál előbb érünk partot – mondta, miközben azt figyelte, hogy képes vagyok-e őt hallgatni, vagy újabb pánikroham tör rám.

Legszívesebben visszakérdeztem volna, ugyan mennyi esélyt lát arra, hogy valóban partot érünk, de inkább lenyeltem a kitörni készülő cinizmusomat.

Lassan bólintott felém, és mikor látta, hogy visszajelzek, elengedte az arcom, és félig háton – még mindig engem figyelve – elkezdett kifelé úszni.

Mély lélegzetet véve én is felfeküdtem a vízre, és a saját tempómban elkezdtem követni.

Nem mehettem gyorsabban, mert akkor nagyon rövid időn belül kifáradtam volna. Így is féltem, hogy hamarosan kifulladok. *De talán, ha egyenletes terhelést kapnak az izmaim, tovább bírják* – gondoltam.

Közben a fejemet iszonyatosan tűzni kezdte a nap, és a vízből kibukkanó vállaimon mindig jobban feszült a bőr.

Attól tartottam, hogy nem elég, hogy meghalok, de még ráadásul egy leégett vízihulla is lesz belőlem.

Fogalmam sem volt, mióta tempóztunk, de a part csak nem akart közelebb jönni. Már csak rutinból mozgattam a kezeimet és a lábaimat, de igazából nem éreztem, hogy haladtunk volna előre bármennyit is.

Nick ott maradt mellettem, de tudtam, hogy nélkülem sokkal előrébb lett volna.

– Nick, miért nem mész előre? – leheltem egyszer, amikor úgy éreztem, még van hozzá levegőm, és a szám sem volt még annyira kiszáradva. – Te előbb kiérnél nélkülem, és hívhatnál segítséget.

– Nem hagylak itt egyedül – mondta furán nézve rám.

– Ugyan már. Erre nem divat a cápa. Mi bajom lenne? Én addig elleszek itt – mondtam, de már abban sem voltam biztos, hogy egyáltalán mozognak a végtagjaim, vagy csak képzelem.

– Noree! – kiabálta közvetlen közelről, amitől összerezzentem. – Ne merészeld feladni! – folytatta .– Csak ússz tovább. Mindjárt elérjük a partot, csak ússz!

Én pedig csak úsztam.

A szemem előtt összefolyt a víz és az égbolt. Már a szárazföldet sem láttam, csak Nicket követtem. Vagy legalábbis azt hittem.

Aztán egyszer zajt hallottam, és azt is, hogy Nick őrült kiabálásba és csapkodásba kezd előttem. Nem tudtam mire vélni, én csak tovább tekertem a vizet.

Nemsokára mintha egy csónak húzott volna el előttünk, de nem tudtam, hogy valóságos-e, vagy csak a napszúrás miatt képzelek ilyeneket.

Aztán a csónak megállt előttünk.

Ahogy a megkönnyebbüléstől megálltam az úszásban, egyszer csak a víz alatt találtam magam. A füleimben hallottam a tenger moralását, a szemeimet csípte a sós víz, és láttam, ahogy a csónak egyre távolodik, de nem volt már erőm kapálózni.

Süllyedtem.

Lejjebb és lejjebb, az ég kékjét lassan felváltotta a víz kékje, a nap pedig már nem is látszott.

Gondoltam, itt a vég. Nem tudtam, milyen mély itt a víz, mikor érek az aljára, de végül is mindegy is volt.

Még átfutott az agyamon, hogy milyen ironikus dolog akkor meghalni, amikor itt van a csónak értünk, aztán behunytam a szemem.

Borzasztó fájdalomra ébredtem, és valami nagyon rázott.

Már pont mondani akartam, hogy hagyjanak már békében, kiszakad a tüdőm, amikor rájöttem, hogy az iszonyú köhögéstől van.

A csónak aljában feküdtem, és fuldokoltam, ahogy a tüdőmből lassacskán távozott a benyelt tengervíz.

Mikor már valamennyire csillapodott a köhögés, körülnéztem és láttam, hogy Nick ott térdel mellettem, támasztja a hátamat, hogy az oldalamon fekve jobban kapjak levegőt, és még két lábszárat láttam magam előtt.

A fáradtságtól visszahanyatlottam a hátamra, majd ahogy kirázott a hideg, kicsit megpróbáltam összegömbölyödni, de a mozdulattól mindenembe éles fájdalom nyilallt.

Most, hogy már nem köhögtem, hangosan felnyögtem, és a fogaim is összekoccantak.

– Van valahol egy törölközője vagy pokróca? – üvöltötte Nick a másik pár lábszár tulajdonosának, majd valószínűleg annak utasítására hátrafordult, és egy ládából előhúzott egy bordó pokrócot és elkezdett belecsavarni, majd az ölébe vett, és a pokrócon keresztül masszírozni kezdte a karjaimat, hogy felmelegítsen.

Ekkorra már annyira fáztam, hogy attól féltem, kiesnek a fogaim, ha még sokáig csapkodom őket egymáshoz.

Szorosan a férfihoz bújtam és a fejemet a mellkasához szorítottam, hátha akkor az állkapcsomnak nem marad annyi helye ugrálni.

– Vagy sokkot kapott, vagy napszúrást, vagy mindkettőt. Mikor érünk ki a partra? – jött az újabb kérdés a színésztől.

– Pár perc. A villához viszem magukat, már hívattam orvost is, ott vár minket.

– Rendben – hallottam a választ.

Fokozatosan kezdett alábbhagyni a reszketésem, és lassan úgy éreztem, hogy visszatér az élet a végtagjaimba. Ezzel egyidőben azt is éreztem, hogy a megerőltetéstől iszonyatosan fájnak. Izomlázam volt.

Hangosan felnyögtem, mire Nick nyugtatni kezdett, és azt mormogta a fülembe, hogy mindjárt itt lesz az orvos.

– Azt hiszem, egy masszőr is jól jönne – krákogtam neki, mivel a hangom a fuldoklás után nem volt az igazi.

– Mit mondtál? – nézett rám meglepődve.

– Masszőr – válaszoltam. – Az is kellene. Majd' leszakadnak a karjaim és a lábaim.

– Nem rossz ötlet – mondta egy kis félmosollyal. – És különben hogy vagy? – vizslatta az arcom.

Elhúztam a szám.

– Voltam jobban is. Gondolom, megpörkölődtem, mint grill-csirke a gyorsétteremben – mondtam némi szarkazmussal.

Láttam, ahogy gyors kárfelmérést tart, és a szemei végigpásztázták az arcomat és minden egyebet, ami kilátszott a pokrócból.

– Annyira nem vészes – vigyorgott, majd elnézett felfelé. – Mindjárt ott vagyunk a villánál. Hogy van a fejed?

– Azon kívül, hogy még mindig úgy érzem, mintha lebegnék a vízben, nem olyan rossz. De szerintem a fejfájás később jön – válaszoltam lemondó hangon.

– Na, majd kiderül – mondta Nick, és ekkor már éreztem, hogy lassul a csónak.

Elértük a villához tartozó kis kikötőt, ami a barlangok felé helyezkedett el, és Nick kisegített a csónakból, de miután látta bizonytalanul botladozó lépteimet, inkább felkapott, és úgy indult el velem a kőlépcsők felé.

– Nem kell ám cipelned – motyogtam a vállába. – Egyedül is fel tudnék menni.

– Ühüm… – válaszolta, de éreztem, hogy csukódnak is le a szemeim.

Fent a villában még láttam a félig lecsukódott szempilláim alól, hogy egy férfi hajolgat fölém, valamit kérdezgetett a többiektől, aztán filmszakadás volt.

Elnyelt az álom.

Vízihulla deluxe

Reggel arra ébredtem, hogy mindenem fáj.

Éppen csak egy kicsit mozdultam meg, de bár ne tettem volna.

Sajgott minden porcikám, még az is, amiről addig nem is tudtam, hogy létezik.

Az izmaim, illetve azok helye merev volt, mintha darab fák lettek volna.

Nagy nehezen megmozdítottam a karjaimat, és ahogy végigsimítottam a combomon, olyan kemény volt az izmom, hogy még ez a simítás is komoly fájdalmat okozott.

Nem bírtam tovább és felnyögtem.

Ekkor észleltem az eszeveszett fejfájásomat is.

Majd' behorpadt a homlokom.

Ezzel konstatáltam is, hogy valóban mindenem fáj.

Ahogy nagyon lassan oldalra fordítottam a fejem, hálásan gondoltam arra, aki odakészített egy hatalmas pohár teának látszó folyadékot az éjjeliszekrényre.

Összeszedtem minden erőmet, felkönyököltem, és reszkető kézzel a pohár után nyúltam.

Ahogy alaposabban körbenéztem, egy levél aszpirint is megláttam a pohár mellett.

Elrebegtem még egy fohászt a jóakaróm lelki üdvéért, és azt is magam mellé tettem.

Nagy nehezen kipattintottam belőle kettő pirulát, bekaptam, majd lassan leöblítettem őket a folyadékkal.

Ha jobban magamnál lettem volna, biztosan tudtam volna értékelni a gyümölcsös zamatú teát, de ebben az állapotomban csak addig jutottam el, hogy folyadék volt, és viszonylag finom.

Lassan, óvatosan visszaereszkedtem a párnára, majd behunytam a szemem, várva, hogy a fejfájás csillapodjon.

Nick persze nyugodtan hortyogott mellettem, az egészből semmit sem vett észre.

Behunyt szemmel feküdtem, és nagy sokára hallottam, hogy Nick is másként veszi a levegőt, majd elkezdett mocorogni, és onnan is némi elfojtott nyekergés jött.

Kinyitottam a szemem és óvatosan felé fordultam, de még mindig mintha szét akart volna repedni a koponyám.

– Hello – leheltem a férfi felé nagyon halkan.

– Hello – jött körülbelül ugyanolyan lelkesedéssel.

– Iszonyúan fáj mindenem, a fejemet is beleértve – folytattam az élménybeszámolót.

– Én is érzem a tagjaimat – jött a megerősítés a túloldalról. Minden nyomorúságunk ellenére is valami miatt hirtelen mulatságosnak találtam a szituációt, ahogy itt feküdtünk az ágyban mindketten. Nagy nehezen feljebb emeltem a fejem, és elnéztem Nick éjjeliszekrénye felé.

Ott is ott figyelt a hatalmas pohár tea és a levél aszpirin.

– Éjjeliszekrény – mondtam, majd még hozzátettem: – Elsősegély-tea aszpirinnel.

– Köszi – mondta, és láttam, ahogy óvatos mozdulatokkal megfordul és a pohár felé nyúl.

Én ezzel ki is merítettem az energiakészletemet. Újra visszahanyatlottam, behunytam a szemem, és vártam, hogy végre hasson az én adagom.

Rengeteg levegővétellel és homlokba nyilalló fájdalommal később Nick megint megmozdult.

– Nem tudom, mi folyik itt, de ha a kezeim közé kaparintom azt, aki ezt csinálja, tuti megfojtom.

– Segítek – válaszoltam. – Van pisztolyom. Sőt az egész céget ráállítom.

– Nem rossz ötlet – helyeselt. – Szerinted megkíséreljünk felkelni?

– Attól félek, a fejfájástól elhánynám magam – fogalmaztam meg a kételyeimet.

– Mondasz valamit – jött az újabb megerősítés. – Akkor még feküdjünk egy kicsit?

– Aha. Még feküdjünk – mondtam.

Megint eltelt egy csomó idő, néha félálomban, néha ébrenlétben, amikor már kicsit mintha kezdett volna javulni a helyzet, de legalábbis érettnek láttam a helyzetet arra, hogy újabb kettő aszpirint bevegyek.

Nick közben újra elaludt; csodáltam ezért, de én ilyen fejfájással nem tudtam.

Egy kicsit még feküdtem, majd óvatosan elkezdtem a lábaimmal az ágy széle felé közelíteni.

Egy darabig még szerencsétlenkedtem, majd enyhe szédüléssel küzdve az ágy szélére ültem, és lelógattam a lábaimat a földre.

Amikor a talpaimmal a hideg padlóhoz értem, jóleső érzés töltött el.

Lassan lecsúsztam az ágyról, és óvatosan egyensúlyozva a fürdőszoba felé araszoltam.

Most a benti fürdő mellett döntöttem, a napfényből nem kértem.

Alaposan átgondolt mozdulatokkal hideg vizet fröcsköltem az arcomra, ami jólesően hűsített, és miután a szemeim némileg kitisztultak, vetettem egy pillantást a tükörbe.

Semmi jóra nem számítottam, de az utóbbi időben egyébként is láttam már magamat karcolásokkal, véraláfutásokkal, zúzódásokkal, olimpiai karikákkal a szemeim alatt, beesetten, mindenhogyan, szóval már semmi sem kellett volna, hogy meglepjen, most mégis elkerekedett szemmel néztem.

Azt hittem, az arcbőröm le fog peregni, annyira leégett. Azt hittem, vérvörös lesz.

Ehhez képest kicsit ugyan piroskás volt, de inkább barnának tűnt.

Néztem a vállaimat – azokon sem látszott különösebben semmi extra.

El sem hittem.

Aztán ahogy visszapörgettem a tegnapi napot, az még felrémlett, hogy indulás előtt is vastagon bekentem magam magas faktorú krémmel, és a vízbe csobbanásunk előtt is.

Ezek szerint valamit mégis használt.

Még mindig csodálkozva folytattam a tisztálkodást, majd az arcomat vastagon bekrémeztem kiszáradás ellen, mert még ha nem is égett le, biztos voltam benne, hogy kikészült és kiszáradt a bőröm a tegnapi akcióban.

Visszamentem a hálóba, és túrtam magamnak egy strandruhát. Imádtam ezt a pánt nélküli, tengerészcsíkos pamut ruhácskát. Csak egy bikinit húztam alá.

Nick még mindig aludt; hagytam, hadd pihenje ki a fejfájást. Mezítláb átosontam a nappaliba, majd a konyha felé vettem az utam.

Ilyenkor még a kávé is szokott segíteni, így aztán az odakészített termoszból öntöttem egy bögrébe, felöntöttem tejjel, és visszaballagtam az előtérbe.

Kimondottan élveztem a csendet és a félhomályt, mivel a napsütés csak részben hatolt át a behajtott spalettákon.

Álltam a nappaliban, és próbáltam magamba szívni a hely varázsát a dupla aszpirin zsibbasztó hatásán keresztül.

Még így is fantasztikus volt.

A bútorok lenyűgöztek. Ugyan afrikai hangulatot árasztottak, mégis tökéletesen passzoltak ebbe a házba, erre a szigetre, ami nem is csoda, hiszen a lakosok is eredetileg Afrikából behurcolt rabszolgák, vagy spanyol, illetve angol telepesek leszármazottai voltak.

A színek a félhomályban és a réseken beszűrődő nap sugarainak vonalában még több élettel teltek meg, mint ahogy eddig észrevettem volna.

A szobrok és az egyéb kellékek, amik életre keltették a szobát, szintén nagyon kellemes összhatást teremtettek.

Ahogy végigsimítottam a kezemet a fa étkezőasztalon, láttam, hogy a közepén található tálban kis szövetzsákocskába potpourrit tettek. Már pont fel akartam emelni, hogy megszaglásszam, amikor kopogást hallottam az ajtón.

A hálóból még mindig szuszogás hallatszott; ezek szerint Nick nem ébredt fel rá.

Odamentem az ajtóhoz és résnyire nyitottam, hogy lássam, ki érkezett.

Természetesen a menedzser állt a küszöbön. Bár a mögüle érkező fény némileg elvakított, de így is ki tudtam venni a szemei alatt húzódó sötét árkokat.

– Jó reggelt! – üdvözölt fáradt hangon. – Hogy van?

– Jó reggelt – mondtam, miközben a fejemmel intettem, hogy jöjjön be. – Mára igazi vízihullának érzem magam. Beállt a hullamerevség is – tettem hozzá szarkasztikusan, amikor nem kapcsolt.

– Oh – mondta.

– Estefelé szerintem jólesne nekünk egy lazító masszázs – magyaráztam tovább. – Addigra, remélem, a fejfájásunk is csillapodni fog. Meg tudná szervezni ide a házba? – néztem rá kérdőn.

– Persze, persze – helyeselt a férfi. – Remek ötlet. Azonnal intézkedni fogok. – Ezzel elő is kapta a mobilját, és elkezdett valakinek hadarni bele mindenféle utasításokat.

Nem figyeltem, mit beszélt; úgy gondoltam, előbb-utóbb úgyis elmondja, mit akar, vagy esetleg sikerül valamit kiszedni belőle.

Visszasétáltam az étkezőasztal felé, mert eszembe jutott, hogy épp a potpourrit akartam megszagolni, mielőtt jött a férfi.

Megint pont nyúltam volna a zacskó felé, amikor kiáltást hallottam magam mögül.

Megfordultam, és a menedzser feldúlt arca nézett vissza alig egy méterről.

– Ne nyúljon hozzá! – mondta még egyszer, és a kezem felé nyúlt, hogy a levegőben elkapja azt.

Én még mindig mereven álltam az ijedségtől, amikor a szemközti ajtónyílásban Nick álmos arca jelent meg, és már épp felkapta a faszobrot a közeli komódról, amikor felismerte a vendégünket.

Most már hárman néztünk bambán egymásra.

– Azt hiszem, ez a mostani kiváló alkalom lenne arra, hogy beavasson minket abba, mi folyik itt – kezdtem bele a puhításba.

– Nem tehetem – nyögte a menedzser, és a homloka heves verítékezésbe kezdett.

– Dehogynem – búgtam megnyugtató hangon. – Csak rajta.

– Gondolnom kell a szálloda hírnevére – próbált tovább ellenállni.

357

- Nos, nem tudom, mi rosszabb... ha feltételezésekbe bocsátkozunk és azt meséljük el fűnek-fának, vagy ha tudjuk, mi történik, és esetleg nem mondunk semmit... - lebegtettem a lehetőségeket egy pillanatig, hátha sikerül a férfiból valamit kicsalnom. Nick közben álmos szemeit dörzsölte, majd keresztbe fonta a karjait a mellkasa előtt. Ő is várta a választ.

- Nem mindenkinek tetszik az, hogy megnyílt ez a birtok a villákkal, és nyaralókat fogadunk. Pláne, hogy adott esetben híres emberek is jönnek ide. Néhányan attól félnek, hogy ideszoknak a szenzációhajhász fotósok, és ellepik a környéket.

- Ennyi?

- És féltik a forgalmat. Ugyan most épp a turizmust akarják itt fellendíteni, de egyelőre túl sok szállodára viszonylag kevés vendég jut. Meg kell harcolni minden egyes itt nyaralóért, így aztán minden újabb hely, ami megnyit, még jobban rontja az esélyeket.

- Értjük. Ezért kellett minket tegnap kint hagyni a víz kellős közepén? - kérdeztem negédes hangon.

- El akarják magukat riasztani - válaszolta. - Gondolom, sikerül is. Megérteném, ha ki akarnának költözni. Szóljanak, ha azt szeretnék, hogy egy másik szállodában foglaljunk maguknak szobát - mondta összetörten.

- És mégis mennyire elszántak ezek a rosszakarók? - kérdeztem puhatolózva. - Esetleg ránk is fognak rontani felfegyverkezve, vagy milyen egyéb dolgokra számíthatunk?

- Sajnos erre nem tudok válaszolni. De a rendőrség már keresi őket, és remélhetőleg hamarosan el is kapják őket.

- Úgy legyen - válaszoltam. - Nézze, Rick, mi nagyon szeretnénk itt maradni, de az életveszélyes kalandok most nem igazán hiányoznak egyikőnknek sem, remélem, ezt megérti - néztem rá féloldalasan.

- Természetesen - bólogatott a férfi.

- Ma nem hinném, hogy kimozdulunk a fejfájásunkkal és a merev végtagjainkkal, de esetleg tudna valami biztonsági őrt ideszervezni a környékre? Akkor addig is sokkal jobban éreznénk magunkat.

– Hogyne, persze. Azonnal intézkedem – mondta az igazgató, és sebesen újabb telefont bonyolított le.

– Ezt a potpourrit pedig távolítsa el, ha valami baj van vele – mutattam a tálban lévő kis zacskóra, és a gondolataimban máris kezdett egy terv kibontakozni.

– Igen. Máris – válaszolta, és a tányérral együtt elindult kifelé. – Akkor én most el is megyek, de még később benézek. Ha bármiben segíthetek közben, csak szóljanak.

– Úgy lesz. Köszönjük – intettem a távozó férfi után.

Felhúzott szemöldökkel néztem Nickre, aki még mindig lefagyva állt a nappali kellős közepén, a hallottakon gondolkodva.

– Te értettél ebből valamit? – kérdezte álmosan, borostásan, morcosan.

Olyan édes volt, ahogy ott állt egy szál alsóban, hogy nem tudtam ellenállni neki, és odaszaladtam egy csókot lehelni a szájára.

– Azt hiszem, igen – válaszoltam, és elmosolyodtam, ahogy összevonta a szemöldökét.

– Oké. Akkor, ha megmosakodtam, felhomályosíthatsz engem is? Mert számomra ennek az egésznek semmi értelme nem volt.

– Rendben – bólintottam. – Használhatom addig a laptopodat? – kérdeztem a távozó férfitól.

– Persze. A hálóban van, az asztalon – mondta a szobaajtóból.

– Oké – mondtam, és utánaeredtem.

Miközben a fürdőszobából vízcsobogás hallatszott, én bekapcsoltam a laptopot és megnyitottam egy böngészőoldalt az interneten.

Első körben megnéztem, mit lehet Jamaicáról tudni a CIA nyilvános adattárában és a Wikipédián. Ezeken földrajzi atlaszhoz vagy lexikonhoz hasonló módon tároltak információt többek között országokról is, és mivel otthon ennyire alaposan nem néztem utána semminek – pláne, mivel nem tudtam, a sziget melyik részére jövünk –, így most bele akartam kukkantani.

Gyorsan végigfutottam a földrajzi és népességi adatokat a többi általánossággal együtt, amíg el nem jutottam ahhoz a részhez, ami igazán érdekelt.

Vallások.

Én magam nem voltam vallásos ember, de hallottam már erről-arról, és gyanítottam, hogy most is valami ilyesmivel kerültünk szembe.

A rohangáló tyúk; a megszállott csónakkapitány; a szövetszütyő... mind valami ilyesmire emlékeztetett. Épp elég filmet láttam már mindenféléről, hogy egy ilyen helyen elkezdjek gyanakodni.

Persze elsőre a vudu ugrott be, de ahogy a netet néztem, láttam, hogy azt errefelé obeah-nak hívták és illegálisnak számított.

Ahogy olvasgattam a cikkeket, kiderült, hogy a gyarmati korban az Afrikából idehurcolt emberek gyakran ijesztgették vele egymást vagy éppen a rabszolgatartóikat, és olyan sikeresen tették, hogy rövid úton be is tiltották. Akiket rajtakaptak, hogy gyakorolták a vallást vagy rontást akartak tenni valakire, keményen meg is büntették – nem ritkán halállal.

Most, hogy tudtam, létezik ilyen itt is, már konkrétan erre a kulcsszóra kerestem rá interneten, és találtam is rengeteg bejegyzést róla.

Számos oldal számolt be mindenféle jelenségekről, blogok emberek tapasztalatairól, és arról, hogy valóban még manapság is létezik, és páran aktívan gyakorolják.

– Mit találtál? – kérdezte a mögöttem felbukkanó színész, miközben a kezeit a vállamra tette.

– Vudu! – vágtam rá büszkén. – Illetve annak egy Afrikából származó fajtája, amit itt gyakorolnak. Obeah-nak hívják.

– Micsoda? – hökkent meg Nick. – Vudu? Ezt most nem mondod komolyan.

– De igen. És mielőtt azt hiszed, hogy ez is a napszúrásom utóhatása, azt kell mondjam, tévedsz.

– Döbbenet.

– Na igen. Pláne, hogy illegális. Vagy legalábbis a fekete mágia része biztosan az – osztottam meg vele az ismereteimet.

– Na ne! Fekete mágia? – hitetlenkedett még mindig.

– Hát persze! – csaptam a homlokomra. – Mint az egyik James Bond-filmben is! Az Élni és halni hagyni címűben! Ott is említették.

– Tényleg? – kérdezte kicsit szkeptikusan.

– Aha. Várj csak! – pattantam fel, és a könyvespolchoz rohantam, ahol az összes Bond-könyv sorakozott. – Itt is van. Ha gondolod, olvasd el. Vagy megnézhetjük a filmet is, annak is meg kell itt lennie valahol. Gondolom, a médiaszobában – intettem a különálló épület felé.

– Biztosan – válaszolta Nick elkínzottan.

– Mi a baj? – néztem meglepetten a férfira.

– Ugye nem hiszel ebben a hókuszpókuszban? – kérdezte.

– Persze, hogy nem – vágtam rá nevetve. – Nagyon jól tudom, hogy mi az általános koncepció mögötte. Megtévesztik a közönséget trükkökkel, hogy úgy nézzen ki, hatalmuk van minden felett, aztán az alanyok maguk beteljesítik a szörnyűségeket azzal, hogy rettegnek tőlük – mondtam vállat vonva.

– Aha. Nagyon felvilágosult vagy.

– Áh, dehogy, csak racionalista. Nem hiszek ilyesmikben. Totálisan két lábbal a földön járok.

– Akkor jó, de meg tudod magyarázni az eddigieket?

– A tyúknak biztosan adtak valamit, amitől megkergült. Belekeverték a kajájába, vagy csak elszórtak itt valamit, amiről tudták, hogy úgyis megeszi. Valami növényt vagy termést. Elég hatékonyan használnak mindenféle növényeket és az azokból kinyert drogokat. El bírom képzelni, hogy elő tudnak idézni mindenféle hallucinációt velük. És egy tyúknak kevesebb is elég lehet ahhoz, hogy megzavarodjon – magyaráztam lelkesen. – Olvastam, hogy arra is képesek, hogy halottnak tettessenek embereket. Azt is valami növényi főzettel csinálják. Aztán meg nagy csinnadrattával feltámasztják halottaiból, és bang, ők a leghatalmasabb varázslók! Ilyen egyszerű a dolog – hadartam.

Nicket láthatólag szórakoztatta a lelkesedésem.

– És a hajóskapitányunk? – kérdezte mosolyogva.

– Nos, őrá is van egy elméletem.

– Ebben biztos voltam, Miss Bond, Jane Bond – mondta, csak hogy cikizzen.

– Hé! – reklamáltam. – Én itt próbálkozom, hogy ne kelljen elmennünk! Kicsit több tiszteletet kérek!

– Jól van, jól van! Mondjad csak – hahotázott a férfi.

– Na szóval, a kapitány – folytattam. – Ő helybéli és feke-
te, tehát tökéletesen tisztában van a hagyományokkal, és va-
lószínűleg épp elég történetet hallott már ahhoz, hogy kellően
féljen is. Biztosan megfenyegették a rosszakarók. Persze nem
lehetett egyszerű neki dönteni az átok és a munkanélküliség
között, de ha elég szörnyűek voltak azok a családi mesék, ak-
kor gondolom, inkább koldul, mint hogy magára haragítson egy
ilyen varázslót.

– Aha. Mindenesetre akár igazad is lehet – bólogatott a szí-
nész elgondolkodva.

– Naná, hogy igazam van. És az a ma reggeli potpourri zacskó.

– Milyen zacskó? – nézett ismét bambán a férfi.

– Egy kis szövetzacskó volt az étkezőasztalon a tálban. Azt
hittem, potpourri, de a menedzser úgy megijedt tőle, mintha
legalábbis egy kifejlett krokodil lett volna ott.

– Hm... és vajon mi lehetett abban a zacskóban. Vagy meg is
nézted? – nézett most rám kétkedve.

– Gondolom, voltak benne tollak, kutya- és aligátorfogak, tö-
rött üveg, temetőföld, tojáshéj, vér... – soroltam, de félbeszakított.

– Micsoda? Vér? Jesszusom! Még jó, hogy nem nyúltál hoz-
zá! – ijedt meg a férfi.

– Nem, sajnos arra nem volt időm – válaszoltam.

– És azzal mit akartak? – kérdezte.

– Hát, az is hozzátartozik a varázsláshoz, átkokhoz. Gondo-
lom, attól függően kell összeállítani a zacskó tartalmát, hogy
milyen rontást akarnak emberekre hozni. De szerintem ez is
csak olyan hókuszpókusz, ami a látványra és a legendákra épít,
valós hatása nincs.

– Ha te mondod! – sóhajtott mélyet. – És most mi lesz?

– Semmi. Pihenünk. Aztán várjuk a fejleményeket – mond-
tam vállat vonva. – Mit kérsz reggelire?

– Huh? – kapta fel a fejét. – Hogy tudsz ezek után reggelire
gondolni? – értetlenkedett.

– Úgy, hogy éhgyomorra már bevettem négy aszpirint és megit-
tam rá egy bögre kávét, és ha nem eszem rá valamit sürgősen,

akkor vagy a gyomrom megy gallyra, vagy a májam – mondtam, miközben elindultam a konyha felé.

– Jesszus. Tönkreteszed magad – hallottam magam mögül, de nem volt kedvem válaszolni rá, inkább folytattam az utam a konyhába.

– Sült tojás jó lesz? – villantottam rá egy ártatlan mosolyt, majd elkezdtem kotorászni a hűtőszekrényben, miközben ő kávét töltött magának.

– Tökéletes – mondta, és nekidőlt az ajtófélfának. – Ne kérjünk egy szakácsnőt, hogy ne neked kelljen a nyaralás alatt főzőcskézni? – kérdezte, miközben a kávésbögre karimája fölül engem figyelt.

– Azt hiszem, egy sült tojást a nyaralásom alatt is meg tudok csinálni. De ha négyfogásos ebédre vagy vacsorára vágysz, akkor hívhatunk valakit.

– Nem vágyom arra – motyogta –, csak nem akarom, hogy neked kelljen itt a konyhában gürcölni.

– Amiatt ne aggódj. Mára nagy teveink egyébként sincsenek, gondolom – magyaráztam, miközben a tojásokat kutyultam öszsze egy tálban. – Jut eszembe, rendeltem két masszőrt estére.

– Jól tetted – bólogatott. – Angyal vagy.

– Ugyan már – hárítottam el a dicséretet.

Közben a vaj már elolvadt a serpenyőben, és rá is öntöttem a tojásos-tejes keveréket, majd hagytam, hadd melegedjen, és közben elkezdtem kipakolni a hűtőből az egyéb kellékeket, mint a zöldségeket, némi felvágottat.

A kenyértartóban friss, ropogós kenyeret is találtam; fordultamban Nick kezébe nyomtam, hogy vigye ki.

– Hol eszünk? – szóltam utána, mikor kiment a konyhából. – Itt, az étkezőasztalnál, vagy kint, a mandulafák alatt?

– Te hol szeretnél? – torpant meg a férfi, és nézett kérdő szemekkel.

– Azt hiszem, sötét napszemüvegben a mandulafák alatt. Mit szólsz hozzá? – merengtem el egy pillanatra.

Nagyon szépek voltak azok a fák, és teljesen meg tudtam érteni, miért az volt Fleming kedvenc helye.

Gyorsan kihordtunk mindent, és addigra a tojás is kellően átsült a serpenyőben, így aztán nekiláthattunk a reggelinek, miközben a tengeri szél simogatta arcunkat.

Fenséges látvány tárult a szemünk elé: a tenger békésen hullámzott alattunk, a madarak boldogan csicseregtek a fákon.

Ha ő nem megy pszichológushoz...

Reggeli után – ami egyébként lehetett volna korai ebéd is – elvonultunk kulturálódni.

Erősen csökkentett hangerőn, már majdnem némafilm jelleggel, némi horkolással és az ezzel járó filmszakadással egybevegyítve végignéztük a reggel emlegetett James Bond-filmet, hogy kibekkeljük a déli napot, majd délután, amikor már nem tűzött annyira, kifeküdtünk a medence mellé.

Kicsit elmerengtem a történeten, miközben feküdtem a nyugágyon. Jane Seymour szemtelenül fiatal volt a filmben, és remekül nézett ki. A film nem mostanában készült, és persze ő még mindig remekül néz ki, tehát nem meglepetés. Roger Moore pedig megért volna pár ajtócsapkodást, de azért nekem nem ő volt a kedvenc Bondom. Még mindig az eredetit kedveltem a legjobban, aki nem volt más, mint Sean Connery. És nem csak az eredeti Bondot, de az eredeti filmet is. Az pedig a Dr. No volt. Azt is meg kellene nézni valamikor.

Aztán Solitaire figurájára gondoltam ahogy a kártyákból jósolt. Vajon a mi esetünkben is figyeli valaki az eseményeket? *És vajon a „szeretők" kártyát hányszor húzza elő?* – gondoltam pironkodva. Közben azt is erősen reméltem, hogy a „halál" kártya rejtve marad.

Jólesett a lágyan lengedező szellőben a fák hűs árnyékában punnyadni és a történteken merengeni. Úgy nézett ki, ennél többet úgysem tehettünk pillanatnyilag. Különben is lesz egy őrünk, majd ő odafigyel a biztonságunkra. Ez már biztos kezdődő szakmai ártalom volt, hogy én próbáltam nyomozni. *Vagy csak a jó öreg női kíváncsiság* – gondoltam szarkasztikusan. Egy G.I. Joe-tanfolyam és három hónap alibi munka után kissé nagyképűség lenne szakmai ártalomról beszélni.

Nagyot sóhajtottam, és próbáltam a gondolataimat elterelni valami vidámabb téma felé.

Egy darabig a szemüvegem alól lestem a repkedő madarakat, a vonuló bárányfelhőket és a zizegő bogarakat, majd a monoton hangok lassan elálmosítottak.

Nem igazán akartam aludni, mert féltem, hogy este nem tudok, de nem volt mit tenni, lecsukódtak a szemeim.

Amint a nyugágyban feküdtem, egyszer csak éles zajt hallottam.

Mintha valami csapódott volna.

Semmi másra nem tudtam gondolni, mint a kerti kis ajtóra, de mivel nem voltam biztos benne, felegyenesedtem és a hangforrás felé néztem. Először nem láttam semmit, így elforogtam minden irányba, majd visszahanyatlottam.

Biztosan csak álmodtam a hangot.

Aztán férfihangokat hallottam, valamit nevetgéltek, beszélgettek, és a nevemet ismételték.

Megint megfordultam, hogy lássam, ki van itt, de megint csak nem láttam semmit.

Már kezdtem aggódni, hogy mi történhetett.

Talán képzelődöm?

Esetleg hallucinálok?

Vagy teljesen megőrülök?

Egyik sem volt szívderítő opció.

Mély levegőt vettem, hogy még egyszer körbenézzek, de amint megfordultam, a halállal néztem farkasszemet.

Közvetlenül mögöttem egy fekete ember állt fehér festékkel rémisztőre mázolt arccal és testtel, és vérvörös, kidülledő szemekkel nézett vissza.

Velőtrázó sikoly tört ki belőlem, majd az első, ami eszembe jutott, az volt, hogy el kell futnom, de furán rázkódni kezdett a testem.

Azt hittem, megátkozott a férfi, azért reszketek minden porcikámban, de mikor meghallottam egy bizonyos hangot, ami azt követelte, hogy kinyissam a szemem, némileg megnyugodtam.

Ismét csak álmodtam.

Hálásan borultam Nick nyakába, amikor végre kinyitottam a szemem és megbizonyosodhattam róla, hogy először is, ez tényleg csak egy álom volt, másodszor pedig ő rázott csak meg, hogy felébredjek.

Egy ideig még élveztem a testének melegét és a biztonságot a karjaiban, majd egy sóhajtással kibontakoztam az öleléséből. Ahogy felegyenesedtem, egy férfi alakjára lettem figyelmes Nick mögött, és amikor alaposabban megnéztem, még a lélegzetem is elakadt. A volt főnököm elképedt arca nézett vissza pár méterről. Akkor innen volt ilyen ismerős egy hang tegnapelőtt.

– Szia, Jack – köszöntem neki egy szégyenlős mosollyal. – Micsoda meglepetés!

– Szia, Noree! – jött a válasz, de még mindig elkerekedett szemekkel nézett. – Úgy is mondhatnánk. Mi újság?

– Hmm... Ha ez után az előadás után azt mondom, hogy semmi különös, úgysem hiszed el, nem igaz? – fészkelődtem kényelmetlenül a nyugágyon.

Nick ugyanolyan nyugodtan ült mellettem, mint előtte. Úgy tűnt, már összeismerkedtek, mialatt én aludtam.

Nekem biztosan ez a sorsom. Vagy inkább ez az ő sorsa mellettem. Akkor ismer meg mindenkit, miközben én alszom.

– Nem ám! – vágott vissza a férfi.

– És hány évre béreltél itt villát? Mennyire cenzúrázzam, hogy még nyaralásra is jusson időd? – kérdeztem enyhe szarkazmussal. – Tényleg, egyedül vagy? – jutott eszembe.

– Nászúton vagyok, ilyenkor jobb esetben az ember párosával van – kacsintott rám. – És nyugodtan előadhatod a rendezői verziót, van időm – utalt arra, amit annak idején a Titanicról mondtak, hogy a rendezői verziót valószínűleg egy napig tartana megnézni.

– Gratulálok! – lelkesedtem fel a boldogságán. – De akkor pláne rövidre fogom. Nem akarom, hogy a feleségednek egyedül kelljen töltenie a mézeshetet, vagy heteket. Mennyi ideig vagytok itt?

– Két hétig, de ne izgulj. Ő most épp az anyjával beszél telefonon. Ez eltart egy darabig – vigyorgott, és nem tudtam nem vele nevetni.

– Nickkel már összeismerkedtél? – kérdeztem biztos, ami biztos alapon.

– Igen, amíg aludtál – válaszolt.

– Rendben – sóhajtottam. – De miért nem ülsz le? – paskoltam meg a szomszédos ágyat.

Ekkor Nick felállt mellőlem, én pedig kérdőn néztem rá.

– Hagylak titeket beszélgetni, én elnézek az igazgató felé, megkérdezem, mikor lesz esti masszázs és személyi testőrünk – mondta kedvesen, és lehajolt, hogy puszit nyomjon a fejem búbjára.

Rámosolyogtam és bólintottam egyet.

Nem tudtam, hogy most tapintatból hagy minket egyedül, vagy csak nem bírná végighallgatni a történetet még egyszer. Talán jobb is volt így.

Nagyot sóhajtottam, mikor Nick eltűnt a látószögemből a bokrok között, Jack pedig ledobta magát a nyugágyra.

– Lemaradtam valamiről? – kérdezte arrafelé nézve, ahol Nick eltűnt. – Vagy megzavartam valamit?

– Jaj, dehogyis zavartál. Mit beszéltetek amíg aludtam? – kérdeztem, csak hogy ne ismételgessek feleslegesen dolgokat, amiket már esetleg tud.

– Igazából csak azt meséltem el, honnan ismerlek, meg egy-két sztorit a régi szép időkből – magyarázta egy kézlegyintéssel.

– És Nick nem mondott semmit? – faggattam tovább.

– Csak hogy együtt éltek, itt nyaraltok, és röviddel karácsony előtt mentek haza. Semmi konkrétumot – vont vállat. – Kellett volna neki még valamit mondania?

– Nem, nem hinném – gondolkodtam el, hogy mennyit zúdítsak ez egészből szegény pasi nyakába.

Nem mintha nem bíztam volna benne, vagy nem lettünk volna elég jó kapcsolatban korábban, csak épp nem akartam ilyen történetekkel nyomasztani a nászútján.

Észrevette a hezitálásomat, és kérdőn nézett.

– Jesszusom. Mi történt, mióta nem találkoztunk?

– Volt egy kis kalandom pár hónapja, aztán abból próbálok még mindig magamhoz térni – vezettem be a történetet.

– Mi történt? Összeverekedtél egy lesifotóssal, aki le akart kapni a csini napszemüvegedben? – viccelt.

Régen mindig azzal húzott, hogy a hatalmas napszemüvegeimben úgy nézek ki, mint egy filmsztár.

– Majdnem. De abban igazad van, hogy egy fényképpel kezdődött. – Én magam is meglepődtem, mennyire fején találta a szöget. – De nem én voltam rajta a sztár. Nicket találták be egy hokimeccsen, én meg pechemre pont vele voltam – húztam el a szám az emlékre.

– És még mindig nem csíped a hokit? – nevetett.

Érdekes módon Jack is jégkorongozott régebben, játszott amatőr csapatokban is.

– Hidd el, a hoki volt a legkisebb gondom. Az még hagyján, hogy a kép megjelent valami pletykalapban és anyám telefonált és érdeklődött, miről maradt le, de sajnos súlyosabb következményei is lettek.

– Micsoda? Meghívtak egy valóságshowba? – próbált találgatni Jack.

– Hát, nem. Egy labilis idegzetű nő megöngyilkolta magát, mivel Nick elkelt, erre a pasija bevadult és elrabolt engem.

Na, erre már csak elképedt arc nézett vissza.

– Ezt most komolyan mondod? Vagy ez Nick következő filmjének a forgatókönyve? Vagy valamelyik Castle vagy CSI New York-epizód tartalma? – rázta a fejét hitetlenkedve.

– Bár az lenne, de sajnos tényleg megtörtént – válaszoltam. – Mondanom sem kell, a pasi is kellően lökött és labilis volt. Fogva tartott majdnem egy hétig, és kipróbált rajtam minden kínzótaktikát, amit a középkor óta feltaláltak. Aztán valamikor megtalált minket a kommandó, de azt ő már nem élte túl. Én meg a kórházban bámulhattam a pókokat a sarokban egy darabig, mire nagyjából összeraktak és újra emberek közé engedtek. Már egész jól vagyok, csak néha rángatózik a szemem sarka… – mondtam, miközben rápillantottam oldalról a lehunyt szempillám alól, de szegény olyan ijedten nézett, hogy nem bírtam tovább kínozni. – Nem ám! – nevettem. – Csak viccelek. Bár néha tényleg elfog a pánik, ha sok ember van körülöttem, és hát a rémálmoktól sem nagyon tudok szabadulni – foglaltam össze röviden a helyzetet.

– Te jó ég! Veled tényleg mindig történik valami, nem igaz? – nézett még mindig bambán az információáradattól. – Ez szörnyű lehetett!

– Az volt, de remélem, lassan túlteszem magam rajta – vontam vállat.

– És Nick? – bökött a fejével megint abba az irányba, ahol eltűnt. – Ő hogy viselte?

– Nehezen. Persze akkor nem láttam, amikor el voltam rabolva és a kórházban altattak, de az biztos, hogy utána rosszul nézett ki. Rengeteget fogyott. És hát azt is igen nehezen viselte szegény, amikor még egy ideig élőhalottként tengtem-lengtem otthon. Nem részlezném. Arról nem is beszélve, hogy magát okolta az egészért.

– Akkor nem lehetett egyikőtöknek sem egyszerű – bólogatott elgondolkodva.

– Hát nem! – sóhajtottam fel.

– De már helyreálltak a dolgok, nem? – nézett rám kérdőn.

– Attól függ – lebegtettem egy kicsit a választ. – Már nem vagyok élőhalott, ez igaz. Kezdenek visszatérni a dolgok a normál kerékvágásba, bár még nem mentem vissza dolgozni. Azt nem tudom, mikor fogom megtenni. Eddig még nem éreztem hozzá elég erőt – még a gondolatra is elfogott a pánik. – De azért nem mondanám, hogy rózsás a helyzet. Az a baj, hogy már előtte sem voltam teljesen normális, és érthetően azóta sem javult a helyzet.

– Mire célzol? – kérdezte.

– Kapcsolatok, kötődés... – kezdtem bele. – Rájöttem, hogy nekem ezek az érzelmi dolgok nem nagyon mennek. Nem igazán engedek senkit közel magamhoz.

– Ugyan már, ne beszélj butaságokat. Nincs veled semmi baj – vágott közbe Jack.

– Dehogynem. Hidd el. Van baj gazdagon – válaszoltam. – A házasság meg ilyenek gondolatára kiver a víz, elfog a pánik. Rettegek a gondolatra, hogy lekössem magam.

– De hát szereted Nicket, nem? – kérdezte a világ legtermészetesebb módján.

– Látod, ez egy jó kérdés. Fogalmam sincs. Mert fogalmam sincs, hogy ezt honnan kellene tudom – magyaráztam, miközben izgalmamban vadul gesztikuláltam. – Mit jelent egyáltalán ez a szó? Mit takar valójában? Nem tudom. Talán az, hogy akárhányszor meglátom, mintha áram futna végig a testemen, mintha még egy nap elkezdene sütni, mintha minden rendben lenne onnantól kezdve? Vagy hogy akármiről el tudunk beszélgetni? Vagy hogy ő az első gondolatom felkelés után, és az utolsó elalvás előtt? Vagy ha valami bajom van, mindig hozzá futnék? Ez lenne az? Vagy még valami más? Honnan tudjam, hogy ez már az igazi, vagy nem? – hadartam, és kifogytam a szuszból.

– Hé, hé! – intett le Jack. – Nyugi!

– Hogy lennék nyugodt, ha egyszer nem tudom? Ha egyszer nem értem? – sikoltottam fel. – Én mindent racionálisan szoktam kezelni. Alaposan végiggondolom, aztán meghozom a legjobb döntést, de itt ez nem működik.

– Ssss... – csitított a férfi. – Ne pánikolj! Majd minden a helyére a kerül.

– És hogyan? Vegyük a te példádat – kezdtem bele újra. – Mikor először megnősültél, akkor is, gondolom, azt hitted, egy életre fog szólni, és mégsem úgy lett. Pedig biztos megvolt minden, aminek lennie kellett, de a végén nem működött. Most pedig másodszorra is megnősültél. Most ez mennyivel másabb? Most honnan tudod, hogy működni fog?

– Nem tudom, de ha nem adok esélyt neki, azzal megfosztom magam a boldogságtól – válaszolta egyszerűen.

– És ha megint akkora csalódás lesz, mint az első? – kérdeztem elhaló hangon.

– Akkor majd azt is túlélem valahogy, és megpróbálok megint mindent elölről kezdeni – vont vállat. – Noree! Nem zárkózhatsz el a kapcsolatok elől csak azért, mert attól félsz, hogy csalódással fog végződni.

– És mi van, ha nem magamat féltem? – mondtam alig hallhatóan.

– Mire gondolsz? – kérdezett vissza.

– Mi van, ha nem én szenvedek utána, hanem más? Mi van, ha én okozok csalódást másnak, miközben én megúszom minden különösebb szívfájdalom nélkül? – suttogtam, miközben a szememben gyülekező könnyektől egyre homályosabban láttam.

– Miből gondolod, hogy ez történne? – nézett rám, és valószínűleg próbálta kitalálni, miről hablatyolok.

– Volt már rá példa... – mondtam lehajtott fejjel. Nem voltam erre az epizódra büszke.

– Akkor most ne úgy csináld – vágta rá egyszerűen, mire én felhorkantam.

Dühösen megráztam a fejem, hogy elapadjanak a könnyeim, és pislantottam párat, hogy tisztábban lássak. Nem akartam sírni.

– Ja, könnyű azt mondani. Ahhoz tudnom kellene, akkor mit csináltam rosszul.

– És nem tudod? – faggatott tovább.

– Persze, részben sejtem, de biztosan vannak olyan dolgok is, amiket nem veszek észre.

– Biztosan. De senki sem tökéletes. És ha valami nem jól alakul, még nem kell, hogy ez a kapcsolat végét jelentse. Majd megbeszélitek, aztán folytatjátok – magyarázott türelmesen.

– Jesszusom! – kaptam fel a fejem hirtelen. – Csak most esik le, hogy te pszichológia szakon végeztél. – Körbeforgattam a szemeimet, mielőtt folytattam, de láttam, hogy őt már a röhögőgörcs környékezte. – Én meg pont neked magyarázom itt a bizonyítványt. Mikor otthon olyan sikeresen kerültem a kurkászokat.

– Hát, biztosan ennek is volt oka, hogy most itt összefutottunk.

– Biztosan. Még a nyaralásom alatt sem hagynak békén az égiek? – nevettem el magam én is.

A könnyeim már teljesen felszáradtak.

– Úgy néz ki, nagyon a szívükön viselik a boldogságodat, ha ennyire igyekeznek – hahotázott.

Egyszer csak mozgást érzékeltem a szemem sarkából, és Nick alakja tűnt fel a bokrok között.

Próbáltam olyan szemmel nézni, hogy rájöjjek, ő-e az igazi számomra. Hogy úgy érezzek, ahogyan azon az első napon, amikor a parton szeretkeztünk. De valahogy most nem ment.

Nem tudtam, miért nem. Azt sem tudtam, hogy vajon mindig úgy kell érezni, vagy ez változik.

Sok mindenre kellett még megtalálnom a választ – vagy csak egyszerűen elfogadnom, hogy sosem fogom –, de csak arra jöttem rá, hogy ez nem ma fog megtörténni, amikor még mindig kótyagos a fejem a tegnapi napszúrástól és a lórúgásnyi fájdalomcsillapítótól.

Még egy alak bontakozott ki a bokrok sűrűjéből. Fekete, magas, vékony, de izmosnak látszó férfi közeledett Nick oldalán sötét térdnadrágban és pólóban.

Ahogy félig elfordult, hogy körülnézzen, hátul az övére erősített pisztolyt vettem észre.

Szóval vagy egy rendőr érkezett, vagy a biztonsági őrünk.

Jack és én is felálltunk, hogy üdvözöljük őket.

– Ő itt Jamal. A rendőrség küldte, hogy nyomozzon a birtokon, és mivel a paranormális tevékenységek nálunk koncentrálódnak, így ő fog felügyelni a biztonságunkra – magyarázta Nick, a férfi pedig bólintott.

– Nagyon örvendek, Jamal – biccentettem felé. – Én Noree vagyok, ő pedig Jack, a szomszédos villában nászutazik – mutattam a volt főnökömre.

– Én is örülök – válaszolta a rendőr. – Maguknál nem fordultak elő furcsaságok? – kérdezte Jack felé fordulva.

– Nászúton vagyunk. Gondolja, bármi is feltűnt volna? – kuncogott egy sort, mire mindannyian mosolyogni kezdtünk. – Egyébként milyen természetű furcsaságoknak kellett volna feltűnni? – kérdezett vissza.

– Természetfelettieknek – válaszolta Jamal.

– Mármint UFO-knak? – kerekedtek el Jack szemei. – Na, ne mondjátok, hogy kis zöld emberek rohangálnak a környéken – nézett most ránk.

– Nem, nem UFO-k – válaszoltam. – Inkább megkergült tyúkok, furán viselkedő emberek, kis, bűzölgő potpourri zacskók, és ilyesmik. Nem vettetek semmi ilyet észre?

– Nem hinném. Bár most, hogy mondod, valami őrült szárnyas kotkodácsolását hallottuk a távolból... talán tegnap reggel. Egy darabig kárált, aztán elhallgatott – mondta elgondolkodva.

– Igen, arról tudunk – bólintottam neki, de úgy döntöttem, a részletektől megkímélem.

– Nos, ha mégis feltűnne valami, kérem, szóljanak. Itt leszek a környéken – mondta Jamal, és elindult a ház felé.

– Köszönjük – szóltam még utána, és a derekára erősített fegyvert figyeltem.

Nagyon reméltem, hogy őt nem babonázzák meg semmivel, mert a fegyver nélküli őrültek is veszélyesek tudtak lenni, hát még azok, akiknek az is volt, és még használni is tudták.

– Oké – nézett Jack a távozó alak után. – Majd egyszer ezt is elmesélitek, de azt hiszem, most megyek, mielőtt a nejem azt hiszi, máris dezertáltam.

– Persze, menjél csak. Hozd át őt is legközelebb. Valamikor húst is süthetnénk itt. Mit szólsz hozzá? – kérdeztem fellelkesedve.

– Az jó ötlet. Ha nem zavarunk – helyeslt némi kérdéssel a hangjában.

– Nem zavartok. A kérdés inkább az, hogy ti tudtok-e ilyesmi időre időt szakítani – kacsintottam rá.

– Ó, ha anyóspajtásra jut, akkor szerintem egy vacsora is belefér – nevetett.

– Oké. Majd megbeszéljük.

– Rendben. Sziasztok – integetett a kertkapuból.

– Szia – köszöntünk el tőle egyszerre.

– Szóval ő volt a főnököd valamikor? – nézett Nick, miközben visszaültünk az ágyakra.

– Igen. Mikor pénzügyi területen dolgoztam. Mielőtt megörököltem a céget. Csak ő felmondott még előttem. Nagyon sajnáltam, amikor elment.

– Rendes fickónak tűnik – mondta elgondolkodva.

– Igen, az is. Mennyit nevettünk együtt, te jó ég! Mindig mindenből viccet csináltunk. Nagyon egy hullámhosszon voltunk – idéztem fel a régi időket.

– Az jó – bólintott Nick.

– Igen. Sokkal könnyebb volt elviselni a hülyeségeket körülöttünk.

– Elhiszem.

– Mi a baj? Olyan szótlan vagy – kérdeztem tőle, és vártam, hogy mondjon valamit, de nem szólalt meg. – Az igazgató mondott valamit, vagy a rendőr?

– Miattad aggódom – nézett rám fürkésző tekintettel.

– Oh, már megint? Minő változatosság. És most éppen miért? – sóhajtottam.

– Az álmaid semmit nem változtak – válaszolta.

– Jaj, dehogynem változtak – legyintettem. – Már nem a Los Angeles-i muksót látom, hanem mindenféle vudupapokat.

– Ez nem vicces – mondta. – Nem így kellene változniuk, hanem el kellene tűnniük.

– Ebben egyetértünk. Gondolom, majd az is meglesz. De ez most miről jutott eszedbe? – kérdeztem.

– Most? Nem most jutott eszembe. Igazából minden alkalommal, amikor sikoltva ébredsz, eszembe jut.

– Ja, vagy úgy – válaszoltam, és elnevettem magam, mert ez a nagymamám kedvenc szófordulata volt.

– Most miért nevetsz? – kérdezte a fejét csóválva.

– Áh, semmi – legyintettem. – Nézd. Én már annak is örülök, hogy napközben minden oké. Persze ha nem hagynak kint a nyílt vízen, és éppen a szárnyasok is megkímélnek. Már az is haladás, hogy nem kell a nap minden pillanatában arra koncentrálnom, hogy ne mindenkiben az ellenséget lássam, és ne nézzek állandóan a hátam mögé. Mióta itt vagyunk, nyugodtabbnak érzem magam – még a furcsaságokkal együtt is. Valószínűleg tényleg jót tesz a helyváltoztatás, hogy kiszakadtam az otthoni tespedtségemből. Itt most nagyon is jól érzem magam – mondtam, és átmászva az ő ágyára szemben beleültem az ölébe a nyakát átkulcsolva.

– Tényleg így látod? – nézett csodálkozva.

– Igen! – válaszoltam lelkesen és megcsókoltam, hogy kisimítsam a gondoktól redőző homlokát – Abszolút így látom. Sokkal jobb a helyzet. Az álmok is el fognak tűnni, ebben biztos vagyok – mosolyogtam.

– Akkor jó – mosolygott vissza.

– Szóval, mikor jön a masszőr? – kérdeztem a napra pillantva, ami már erősen leszálló ágban volt.

– Hat óra felé. Úgy egy óra múlva – mondta a karórájára pillantva.

– Addig lustálkodunk? – néztem rá. – Vagy szeretnél enni? Vagy valami mást csinálni? – kérdeztem egy kicsit ficánkolva az ölében, és a hatás nem is maradt el.

– Szerintem ráérünk utána is enni – mondta sokat sejtetően, és a csípőmet megragadva közelebb húzott magához. – Remélem, nem bánod, de szóltam, hogy hozzanak nekünk valami frissen készült vacsorát, és az fél nyolc körül fog érkezni – folytatta, miközben az ajka már a fülem tövénél járt.

– Dehogy bánom – motyogtam.

Már csak egy dologra bírtam gondolni.

– Addig fel akartam hívni a stúdiót és az ügynökséget. Mióta itt vagyunk, nem is beszéltem velük – magyarázott tovább, ezúttal a kulcscsontom környékén.

Tényleg imádtam ezt a strandruhát, mert Nick most akadálytalanul csókolgathatta az egész dekoltázsomat.

– Tényleg – lihegtem, és hátrahajtottam a fejem, hogy jobban hozzáférjen. – Én sem hívtam még fel senkit, mióta itt vagyunk – nyögtem, és éreztem, ahogy a férfi egyik keze is vándorútra indult a ruha alatt, miközben én is mindenhol simogattam, ahol értem.

– Ha eddig tudtak várni, még egy kis időbe nem halnak bele – mondta Nick, és még közelebb húzott.

Nem volt szükség vetkőzésre sem, mivel csak a legminimálisabb mennyiségű ruhadarab volt rajtunk, amit könnyedén félretoltunk az útból, és így minden további késlekedés nélkül a testünk eggyé is vált.

Nem bonyolódtunk bele hosszadalmas előjátéba sem; mindketten ugyanazt akartuk, és a lehető leggyorsabban. Lendületes mozgással hamar a csúcsra jutottunk, és utána pihegve kapaszkodtunk egymásba.

– Ez nem volt szabályos – mondta mosolyogva, apró csókokat hintve a számra, továbbra is szorosan magához ölelve.

– Miről beszélsz? – kérdeztem ártatlan arcot vágva, és egy kicsit megmozdítottam a csípőm.

– Pontosan erről – mondta, és a fogai között szívta be a levegőt a mozdulatomra.

– Hm... úgy éreztem, témaváltásra volt szükség – nevettem, és ez is érdekes dolgokat művelt a testünkkel.

– Boszorkány – nevetett ő is, majd újra mozgásba lendültünk, de ezúttal megfontoltabb tempóban.

A szenvedély hullámai most cunami helyett lassan ostromoltak minket.

Ezúttal nem sajnáltuk az időt; lehántottuk a ruhákat egymásról, és végigsimogattuk a másik testének minden négyzetmilliméterét, bizonyos helyeken extra hosszú időt töltve.

Végicsókoltunk mindent, amit elértünk, és mivel levetkőztünk, már minden testrész szabaddá vált.

Nem tudtunk betelni egymással, és újra eljutottunk a csúcsra.

Utána csendesen pihegtünk egymás karjaiban.

Nem akartam megmozdulni, annyira jó volt így.

Ebben a pillanatban tényleg úgy éreztem, hogy ennél jobb már nem lehet. És ha ez így volt, akkor a logikám szerint megtalálhattam az igazit.

Felemeltem a fejem Nick válláról, és belenéztem csodálatos szemeibe.

– Mi az? – nézett a szenvedélytől még mindig sötét szemekkel.

– Azt hiszem, boldog vagyok – jelentettem ki büszkén.

Válaszként kuncogás jött a férfitól.

– Csak hiszed? – ugratott.

– Nos, egyelőre még csak hiszem. Még nem vagyok teljesen biztos benne. Egy kicsit még ízlelgetni akarom, mielőtt végső ítéletet mondok – vágtam rá a fejemet oldalra billentve.

– Oké. Ízlelgesd csak – nevetett. – De ha nem megyünk beljebb, akkor lassan szúnyogok fogják a legbecsesebb testrészünket ízlelgetni – folytatta, miközben játékosan rá is csapott.

Az ezzel járó jelenségeket most ignoráltuk, mivel egy másik dolog is beugrott.

– Basszus! – kiáltottam fel. – Hány óra van? – kerestem Nick kezét, amin a karóra volt, de szerencsére még volt vagy tíz percünk hatig.

Kicsit kínos lett volna a masszőrt ilyen pozitúrában fogadni. Óvatosan szétváltunk, majd a ruháinkat összeszedve beszaladtunk a házba.

Gyorsan lezuhanyoztunk – ezúttal is együtt, de most fegyelmeztük magunkat –, majd Nick egy szál rövidnadrágban, én pedig egy másik szellős nyári ruhában kimentünk a ház elé. Ő leült a kőfalra, én pedig az ölébe háttal, és onnan néztük, ahogy a nap utolsó sugarai is lebuknak a horizont mögött, miközben narancssárgára és lilára festették az előttünk elterülő tengert. Gyenge szellő lengedezett, és édes illatot hozott.

Nemsokára motoszkálás hallatszott a bokrok felől, majd két fiú jelent meg ágyakat cipelve, akiket két lány követett kis táskákkal.

– Jó estét! Én Dawn vagyok, ő pedig Megan. Masszázst rendeltek – mondta az egyik lány, és az ágyakra mutatott, amit a fiúk közben ügyesen és villámgyorsan fel is állítottak, Megan pedig letakarta őket hófehér lepedővel.

A medence mellett helyezkedtünk el. Míg mi felkecmeregtünk, a lányok meggyújtottak pár gyertyát, a fiúk pedig lágy muzsikát varázsoltak a házban lévő zenelejátszóba.

Készen is állt minden egy varázslatos és pihentető kényeztetéshez.

Az államat a karjaimra támasztva Nickre néztem. Ő is ilyen pózban feküdt. Mindkettőnkön csak egy alsó volt. A pislákoló fényben nagyon jóképű volt.

Még bírtam volna nézni egy kicsit, esztétikailag fantasztikus látvány volt, ahogy az izmai megfeszültek a hátán, a hosszú lábai pedig némiképp lelógtak az ágyról. Már éppen újra pajzán gondolataim kezdtek támadni, de ekkor megállt a két lány az ágy fejénél és megkértek minket, hogy a fejünket hajtsuk lefelé, és amennyire tudunk, lazuljunk el.

Még örültem is, hogy lehajthattam a fejem, mert biztos voltam benne, hogy megint elvörösödtem.

Belegondolva a helyzetbe, kezdtem nimfomániás lenni.

Nem igazán értettem, honnan volt ez a mérhetetlen vágy, de most, hogy újra ráéreztem a dolog ízére, legszívesebben mindig azzal töltöttem volna az időmet.

Nem mondom, régen sem volt rossz, régen is szívesen végeztem ezt a fajta testedzést, de akkor ilyen fokú örömökben nem volt részem.

Az sem volt rossz, de akkoriban nem éreztem úgy, mintha rám szakadt volna a csillagos ég, mintha én is belülről szétrobbannék, mintha minden porcikámon áramütés ment volna keresztül, de a jobbik fajtából. Jó volt az is, de nem ennyire. Ez annál több volt. És nem csak ez volt annál több. Nickkel tudtam beszélgetni. Kicsit még az érzéseimről is tudtam, pedig előtte soha senkivel nem voltam erre képes. Úgy tűnt, a problémáinkat is meg tudtuk oldani. Elvégre volt már rá példa, hogy összekülönböztünk, és még egyikünk sem dobta be ezek miatt a törölközőt.

Vagy inkább mondjam azt, hogy szerencsére ő elég kitartó, mert be kellett vallanom, ha csak rajtam múlott volna, már párszor feladom. Ez most szöget is ütött a fejemben. Mi lehetett az, ami hozzám kötötte? Mit látott bennem, amit eddig másban nem? Miért igyekezett minden alkalommal megmenteni a kapcsolatot? Ha magamba néztem, semmit rendkívülit nem láttam. Sőt. Szerintem egyáltalán nem vagyok nagy szám. Persze tisztában voltam azzal, hogy senki sem tökéletes, de én még ezzel a mércével sem soroltam volna magam az extra kategóriába. Nem tudtam elképzelni, ő milyen szemmel látott engem. A másik kérdés, ami felmerült, az volt, hogy belőlem mi hiányzott, ami miatt én nem harcoltam ennyire ezekért a kapcsolatokért. Miért volt az, hogy ugyan jól éreztem magam egy kapcsolatban is, de végeredményben az sem zavart volna, ha egyedül vagyok? Azt is túléltem volna valahogy. Ez az indifferens érzés volt az, amit nem tudtam hova tenni, de úgy döntöttem, inkább a masszázsra koncentrálok. Arany keze volt a lánynak, a hangulat mesés volt, nekem pedig nem volt kedvem tovább túráztatni az agyamat. Kikapcsoltam, és hagytam, hadd dögönyözzenek.

Utánfutót nem adtak

Reggel a szertartásos sikítozás után békésen feküdtünk az ágyban felpolcolt párnákkal, és az elénk táruló látványt néztük csendben. Los Angelesben sem volt rossz helyen az örökölt házam, és az ablakból is igazán pazar kilátás nyílt a parkosított udvarra, de ez mindent vitt.

Itt a tenger nézett vissza, illetve a gyönyörű mandulafák. Ahogy bámultam őket, először nem is tudtam, mire emlékeztetnek, csak némi töprengés után jöttem rá, hogy lámpabúrákra. Még San Franciscóban volt egy ilyen gomba alakú kislámpánk az asztalon. Szerettem azt a lámpát. A nagy állólámpa kistestvére volt, aminek egyszer leütöttem a búráját, és sehol sem találtunk helyette másikat.

De hogy ez most hogy jutott eszembe?

Még jó, hogy csak magamban elmélkedtem, és nem mondtam ki hangosan.

Ezek a belső eszmefuttatások egyébként érdekesek voltak.

Az egyetemi éveim jutottak most eszembe, amikor Virginia Woolfról és James Joyce-ról tanultunk. Ők alkalmazták a huszadik század elején újdonságnak számító agymenéses technikát – ahogy én hívtam –, és írtak le mindent olyan sorrendben, ahogy eszükbe jutott, és szabadon asszociáltak mindenféle dolgokra. Az egyetlen bökkenő az volt benne, hogy rajtuk kívül valószínűleg senki nem bírta követni.

Na, ezzel én is valahogy így lettem volna.

Ezeket az agymenéseket még a nővérem sem mindig értette, pedig ő aztán tudott mindenről, amire asszociálhattam, de néhány agyi tekervényem még neki is túl kacskaringós volt.

Ahogy eddig jutottam a gondolataimban, oldalra fordítottam a fejem, hogy megnézzem, Nick milyen állapotban van, és hogy áll hozzá a felkeléshez.

A mai napra még nem voltak terveink, de eddig is feltaláltuk magunkat.

Azért azt elhatároztuk, hogy ma már megpróbálunk kommunikálni a külvilággal és elintézzük azokat a telefonokat, amik tegnap elmaradtak, így felkelés után elvonultunk mindketten, és végigtelefonáltuk a legfontosabb embereket.

Miután én felhívtam a szüleimet, a nővéremet és Claire-t az irodában, és mindannyiuknak beszámoltam a sziget szépségéről, és arról, milyen remekül érezzük magunkat, visszatettem a telefont a táskámba, és kisétáltam a ház elé.

Nick még nem fejezte be a hívását; valakinek szélsebesen magyarázott valami a stúdióban, ahol, úgy tűnt, nem egészen az eredeti tervek szerint haladtak valamiféle munkálatokkal.

A hálóból kihallatszott Nick hangja. *Még mérgesen is milyen dallamos és vonzó hangja van!* – gondoltam.

Egy kicsit hallgattam még kint ülve a mandulafák alatt, majd elindultam befelé. Úgy tűnt, lassan befejezi a beszélgetést.

Mivel már megreggeliztünk, úgy döntöttünk, a telefonok után elmegyünk kirándulni.

Úgy gondoltuk, ma csak autókázunk, és élvezzük a tájat. Aztán ha valami szépet látunk, később visszamegyünk. A közelben is rengeteg látnivaló akadt, amit mindenképp meg akartunk nézni még a két és fél hét alatt, az elutazásunkig.

Nyugati irányban volt az Ocho Rios városa. Magára a városra is kíváncsiak voltunk, terveztünk, hogy esetleg egy-két boltba bemegyünk szuvenírt venni, és a város környékén is akadtak látnivalók.

Errefelé volt az a magánbirtok, ahol a Dr. No film egyik, ha nem a leghíresebb jelenetét forgatták, amikor Ursula Andress a Mangófák alatt című dalt dúdolva emelkedik ki a tenger vizéből, kagylókkal a kezében, Bond pedig megpillantja a parton. És ugyebár ez volt az egyetlen jelenet a Bond-filmek történetében, amikor a 007-es ügynök maga is énekelt.

Imádtam.

Tegyük hozzá, hogy Sean Connery sem volt utolsó az égszín-kék, szűk szabású nadrágjában és pólójában. Nick pedig megígérte, hogy mindenképpen ellátogatunk oda. Már összekészítettem a táskámat, csak őrá vártam. Megbeszéltük a szállodaigazgatóval, hogy a rendelkezésünkre bocsájt egy autót, amivel bejárhatjuk a környéket. Alig vártam. Ellenőriztem a fényképezőt is, ami a repülőtér óta előkerült Nick táskájából, kikészítettem két üveg ásványvizet, naptejet, és újra leültem. Kisvártatva elcsendesült a ház, majd Nick lépett ki az ajtón.

– Mehetünk? – néztem fel rá.

– Aha. Mindent bepakoltál? – kezdte el összeszedni a táskákat.

– Azt hiszem, igen – bólintottam. – De ahogy ez lenni szokott, úgyis indulás után fogunk rájönni arra, hogy mit felejtettünk itt.

– Az biztos. De fél napra megyünk, csak megleszünk ennyi cuccal. És szerintem utánfutót nem kapunk az autóhoz – nézett a kezében lévő három táskára, és az én kezemben lévő számtalan ruhadarabra.

– Ne cikizz! – fenyegettem meg a mutatóujjammal.

Tudtam, hogy félig őrültnek tart, és már korábban is rendszeresen megmosolyogta a táskáim tartalmát, mert nálam aztán minden eshetőségre mindig minden volt, a nedves arctörlőtől a csavarhúzóig.

Elindultunk a főépület felé, és nem is csalódtunk: egy csillogó-villogó autócsoda várakozott a ház mellet. Ahogy közelebb mentem, már láttam, hogy egy Aston Martinról volt szó. Tehát valódi Bond-autót kapunk. Én valószínűleg ezért vigyorogtam, Nick pedig a szimpla élvezet miatt, hogy ilyen autót vezethet az elkövetkező órákban, és úgy közelítettünk, mint két gyerek karácsony reggelén az ajándékok felé.

– Íme, a kicsike! – mutatott az autóra az épületből kilépő menedzser. – Remélem, megfelel.

– Fantasztikus! Ez tényleg egy Aston Martin V8 Vantage Volante? – lelkendezett Nick.

Nem tudtam, hogy ennyire jól ismeri a régi autókat. Nekem is csak azért mondott valamit a szárnyas logó, mert pár filmben már láttam, de őszintén szólva nem erre koncentráltam azokban sem.

– Igen! Egy eredeti – mosolygott az igazgató is. – A fordított kormány nem fog gondot okozni? – ráncolta a homlokát.

Jamaicán fordított közlekedés volt, úgy, mint az angoloknál – valószínűleg a gyarmati múlt miatt –, és ezt már volt alkalmunk tapasztalni amikor megérkezésünk után a sofőr elhozott minket a birtokra.

– Megoldjuk – válaszolta a színész, majd beléptünk a recepcióra papírügyeket intézni.

Amíg Nick kitöltögette a biztosítási és a kölcsönzési formulát, addig a menedzserrel a lehetséges úticélokat beszéltük meg.

– Merre szeretnének menni? – kérdezte.

– Azt beszéltük, hogy teszünk nagyobb kirándulásokat meszszebbre is, és ha útközben meglátunk valamit, amire több időt is szánnánk, akkor oda majd célirányosan visszamegyünk máskor.

– Jó ötlet – helyeselt a férfi. – Ha gondolják, én is tudok pár helyet ajánlani, amire érdemes időt szánni.

– Azt megköszönjük. Ma nyugat felé indulunk. Úgy néztük interneten, hogy Negrilig körülbelül három óra alatt el lehet érni.

– Igen, ez így van, ha nem jön közbe semmi.

– Oké. Akkor ma arra teszünk egy jó nagy kört, a parti úton megyünk odafelé, visszafelé pedig Savanna La Mar felé továbbmegyünk, és onnan befelé kanyarodunk a szárazföld felé, és Montego Baynél jövünk vissza az A3-asra.

– Rendben. Remélem, élvezni fogják. És vezessenek óvatosan.

– Köszönjük.

– És ha bármi történne, csak hívjanak fel.

– Azt fogjuk tenni.

Az igazgató adott egy térképet is, amin még az irodában felvázoltuk az útvonalat, és biztonsági okokból minden mobilba beleplántáltunk minden létező telefonszámot is, amire szükségünk lehet, valamint a kezünkbe nyomott egy rongyosra használt útikönyvet is, ami hasznos információkat tartalmazott.

A régi autó meglepő módon sok modern berendezéssel volt felszerelve. Többek közt GPS is volt benne. Mielőtt elindultunk, még a parkolóban betápláltunk pár városnevet, amit érinteni akartunk, így már kétszeresen is biztosítva voltunk, hogy nem tévedhettünk el.

Mikor mindennel megvoltunk, integettünk még a recepción dolgozóknak, majd fel is berregett a motor alattunk, és kigördültünk a birtokról kivezető útról az A3-as főútra nyugati irányba. Nem akartam arra gondolni, hogy esetleg veszélyben lennénk. Már egy napja semmi megmagyarázhatatlan nem történt körülöttünk, ami lassan új csúcsnak számított. Reméltem, hogy a rendőrünk elijesztette a varázslónkat.

Inkább a kirándulásra akartam összpontosítani.

Kezemben a térképpel ültem az anyósülésen, ami itt fordítva helyezkedett el. Irtó fura volt.

– Nick? – fordultam oda hozzá. – Tényleg nem furcsa fordítva vezetni? – kérdeztem.

– Egy kicsit. De nem vészes – válaszolta. Nem mentünk kimondottan gyorsan, élvezni akartuk a tájat, és így a huzat sem volt olyan nagy a nyitott autóban. – Egyszer forgattam egy filmet, ami Angliában játszódott, abban vezettem jobbkormányos autót.

– Komolyan? – néztem rá meglepetten. – Melyik film volt az?

– Szerintem nem láttad. Még régen, Kanadában készült. Talán senki nem látta, de nem veszítettek vele sokat. Nem volt nagy szám – válaszolta egy vállrándítással.

– Ugyan már. Biztosan nagyon értékes film volt, mély értelemmel, kiváló színészi alakításokkal és stábmunkával – kacsintottam.

– Pont úgy, ahogy mondod – kacagott fel a férfi.

Annyira vonzó volt, amikor nevetett, hogy a táj helyett az arcán felejtettem a tekintetemet, és csak akkor ocsúdtam fel, amikor már elhaladtunk a hatalmas bauxitgyár mellett, ami szintén díszlet volt a Bond-filmben.

Nem volt szép építmény, sőt kimondottan csúnya volt szögletes formáival, ahogy a víz fölé emelkedett, és nem igazán tudtam eldönteni, a bauxit rakódott rá, rozsdás, vagy eredetileg is ilyen vöröses-barnás színűre festették.

Ami a Bonddal kapcsolatos látnivalókat illette, ez nem izgatott fel különösebben. Úgy emlékszem, azt olvastam, most cukornádszállításkor használták ezt a kikötőt.

Ezen az útvonalon számos másik látnivaló is akadt, de úgy beszéltük meg, hogy ezeket majd később nézzük meg, ugyanis csodálatos módon rengeteg félnapos program szervezésére alkalmas hely volt a közelben, amiket végig szerettünk volna nézni.

Elsuhantunk a cápatartályok, a Delfin-öböl és a Kacagó vízesés mellett is, mielőtt Ocho Rios városába értünk. Ez az út alig több mint húsz percet igényelt. Ismét eszembe jutott, amit az interneten olvastam, hogy bár a neve azt sejteti, hogy a város neve spanyol nyelven nyolc folyó jelentett, de kiderült, hogy valójában a szintén spanyol „Las Chorreras", vagyis „vízesések" kifejezés elferdítéséből keletkezett.

A városba beérve az Amerikában megszokott benzinkutak és gyorséttermek logói köszöntek vissza, mire Nickkel össze is néztünk, de azért bőven akadt helyi hangulatot árasztó kis étterem, bár, boltocska is. A házakat vidám színekre festették, az utcákon rengeteg, szintén színesbe öltözött ember kavargott.

Mivel most először mozdultunk ki a birtokról, és Kingstonban már sötét volt, amikor áthajtottunk az utcákon autóval, így most látszott először, mekkora különbség volt a városok egyes részei között.

A normál belvárosok szegényes jellegűek voltak, a karibi szigetekre jellemző, tornácos házak sorakoztak egymás mellett, nem ritkán még ennél is szegényesebb, összetákolt faházak, míg pár méterre tőlük luxusszállodák emelkedtek a magasba.

Hatalmas volt a kontraszt, de a helyieket mintha nem zavarta volna, vidáman jártak-keltek fel-alá.

Ahogy a víz felé elnéztünk, hatalmas óceánjáró luxushajót fedeztünk fel a kikötőben. Jamaica kedvelt megállóhely volt a karibi hajóutakon, egész biztosan most is rengeteg turistát hozott, akik lelkesen költötték a pénzüket mindenféle szuvenírekre, ezzel is segítve a helyi gazdaság fellendülését és a kézművesek üzletét.

Úgy döntöttünk, majd visszafelé állunk meg körülnézni, most inkább tovább hajtottunk nyugati irányba.

Ahogy haladtunk sorban keresztül a part menti városokon, mindig belekukkantottam az útikönyvbe, érdemes-e megállni, vagy valamit tudni ezekről a helyekről, nem is beszélve arról, hogy esetleg később visszatérjünk-e.

Így tudtuk meg, hogy a csupán negyedórányira lévő, St. Ann's Bay-ként ismert város volt a sziget első települése, és a helyi legenda szerint a rendőrség épülete mellett csörgedező patakocska vize éghető, és ha meggyújtják, csak a saját vizével lehet eloltani. Emellett pedig természetesen gyógyító erővel is rendelkezik a víz.

Ha kicsit több affinitásom lett volna a vegyészethez illetve kémiához, egészen biztosan rájöttem volna, milyen ásványban kell egy víznek gazdagnak lennie ahhoz, hogy efféle kunsztokra legyen képes – már ha tényleg létezik ilyen –, ennek hiányában viszont megmaradt számomra is szép legendának. Mindenesetre ki nem próbáltuk.

Tovább a parton következett a Runaway Bay, vagyis „Menekülő-öböl", ahol állítólag annak idején a spanyol katonák menekültek az angolok elől, vagy egy másik verzió szerint az afrikai rabszolgák menekültek innen Kubába. Ez a hely pillanatnyilag a barlangjairól volt híres, Jamaica legnagyobb kiterjedésű, sztalaktitokban és sztalagmitokban gazdag barlangjai is itt voltak.

Még csak körülbelül félórája autóztunk, amikor elhagytuk ezt a várost is.

Itt tényleg egymást érték az érdekességek.

Nagyon jól működött az, hogy Nick vezetett, én pedig figyeltem, merre megyünk, és a legérdekesebb információkat megosztottam vele is.

Közben még arra is volt időnk, hogy a sűrűn változó tájban gyönyörködjünk.

Az út időnként teljesen a tengerparton haladt, ilyenkor gyönyörködhettünk a kristálytiszta vízben, a parti növényzetben, vagy épp sziklákban, de rengeteg helyen akadt fürdőzésre alkalmas partszakasz is, ahol csónakok várták, hogy a tulajdonosaik halászni induljanak velük.

Időnként pedig enyhén a szárazföld felé kanyarodtunk, és egészen sűrűvé váló haragoszöld, buja növényzet, vagy kicsit ritkásabb között folytattuk utunkat.

Újabb egy óra elteltével számos másik várost hagytunk magunk mögött, amikről borzasztóan sok érdekes dologgal nem szolgált az útikönyv, amikor elértük Montego Bay városát. Egy újabbat, aminek az „öböl" szó szerepelt a nevében. *Micsoda meglepetés* –gondoltam. Az első, ami feltűnt, az két hatalmas szállodakomplexum volt lent a parton.

– Nézd csak, mekkora hatalmas épületek! – kiáltottam fel.

Szó se róla, szemkápráztató látvány volt a két hatalmas, hófehér épület a szikrázó napsütésben, de őszintén megvallva roppant hálás voltam, hogy nem egy ilyen monstrumban laktunk Nickkel, hanem a meghitt kis házikóban a Fleming-birtokon.

– Nem semmi. Tényleg óriásiak – bólogatott Nick, miközben azért a forgalmat figyelte. – Szerettél volna te is inkább ilyenben lakni szobaszervizzel, kábeltévével, és minden igényt kiszolgáló konyhával, elegáns étteremmel? – nézett most rám kíváncsian.

– Isten ments! – kiáltottam fel. – Pont most gondoltam, hogy micsoda mázli, hogy nem itt lakunk. Szerintem Fleming háza sokkal bájosabb – magyaráztam a megfelelő szavakat keresve. – Nekem nincs szükségem Michelin-csillagos étteremre és száz kábelcsatornára ahhoz, hogy jól érezzem magam – soroltam. – És azt hiszem, az itteni strandokon nem lehetne annyi mindent csinálni – utaltam bizonyos dolgokra, amiket szokatlan helyeken műveltünk az elmúlt napokban.

Nem voltam biztos benne, hogy elpirultam-e, de miután kimondtam, szégyenlősen lesütöttem a szemeimet. Nem voltam hozzászokva, hogy ilyen dolgokról beszéljek, most is csak véletlenül kicsúszott a számon lelkesedésemben.

A férfi hahotázó nevetéssel válaszolt.

– Szóval egészen eddig ezért örültél neki legjobban, hogy ott lakunk? A szex miatt? – kuncogott még mindig. – Nem is Fleming a lényeg, hanem a privát strand, valld be!

Erre már én is felnevettem. Az utóbbi időben tényleg csak a szexen jár az agyam, és kis híján szóltam neki, hogy álljunk meg és tegyen rögtön a magáévá, de azért az utolsó pillanatban sikerült visszafognom magam.

– Erre ügyvéd nélkül nem válaszolok, mert később még felhasználhatod ellenem.

– Én ügyvéd vagyok – vágta rá, és akkor esett csak le nekem is. – Mondhatod! – szólított fel vigyorogva.

– Hogyne! – tettettem felháborodást. – Független képviseletet szeretnék. Te elfogultság miatt ki vagy zárva – feleseltem.

– Na jó. Ha nem, hát nem. Nem kell bevallanod, hogy szexmániás vagy. Anélkül is tudom – válaszolta egy könnyed vállrándítással.

Erre a megjegyzésére én ijedten pillantottam fel.

Lehet, hogy tudja a sötét titkaimat?

De hát azt senkinek nem mondtam el.

Még a testvéremnek sem.

Oldalt pillantottam, bele a nevető szemeibe.

Csak viccelt. Kicsit megnyugodtam.

És mi van, ha tényleg az vagyok?

Egyáltalán, mi a normális?

Azt mondják, a férfiak állandóan a szexre gondolnak. Náluk ez normálisnak számított, és társadalmilag teljesen elfogadottnak is.

De mi van a nőkkel?

Ugyan nem gondoltam mindig arra, és már rég volt az az időszak, amire nem szívesen gondoltam vissza, mert rettenetesen szégyelltem. És ha jól belegondoltam, az utóbbi időt tekintve volt mit behozni, de tény, hogy akárhányszor Nickre néztem, bizsergett minden porcikám, és a kezeit akartam érezni mindenhol a testemen.

Éreztem, hogy most is elborít a vágy már a gondolattól, de mivel az erősen kanyargós útvonal, amin éppen haladtunk, semmi ilyen jellegű tevékenységre nem volt alkalmas, inkább gyorsan megráztam a fejem, szippantottam pár jó mélyet a friss levegőből, és megpróbáltam az ölemben nyitva lévő útikönyv szövegére koncentrálni.

– Nagyon elhallgattál – nézett felém Nick, tekintetét levéve az útról.

– Elgondolkodtam kicsit – kezdtem, de nem folytattam. Jobb lett volna az egész témát nem folytatni, mielőtt fény derül az aberráltságomra.

– Azon, amiről beszéltünk?

– Ühüm – hümmögtem.

– Remélem, nem gondolod már megint, hogy valami nem stimmel veled – mondta.

Upsz. Ha ez ilyen nyilvánvaló, akkor valami tényleg nem stimmel velem – lombozódtam le.

– Mondták már neked, hogy túl sokat gondolkodsz? – kockáztatott meg egy újabb oldalpillantást.

– Párszor – néztem rá grimaszolva.

Ezt speciel magamtól is tudtam.

– Na jó. Egyszerűsítsük le a dolgot. Élvezed a szexet? – kérdezte.

– Igen – motyogtam, és bele sem mertem gondolni, hol fogunk kilyukadni.

– Élvezed velem is a szexet? – kérdezett újra, mire nem tudtam megállni, hogy ne nézzek rá furán.

– Ki mással élvezném?

– Csak válaszolj a kérdésre – mondta.

– Igen – vágtam rá. Ezen nem kellett gondolkodni.

– Akkor nincs semmi baj.

– Ennyi? Mr. szexológus, lélekbúvár és miegyéb. Probléma megoldva? – néztem rá bambán.

– Részemről igen – vont ismét vállat – Te is élvezed, én is élvezem, akkor miért ne élvezhetnénk együtt, és minél többször? Ez ilyen roppant egyszerű, kisasszony! És teljesen normális.

– Tényleg?

– Tényleg. De miközben ilyen roppant fontos témákról beszélgetünk, letekertünk vagy harminc kilométert, és fogalmam nincs, hol járunk – kacsintott.

– Oh, igen. Nézem – motyogtam.

Nem bírtam követni a témaváltásait.

Nem tudtam ilyen könnyedén kezelni ezeket a témákat. Pláne az én múltammal.

Nekem ez nem volt ilyen természetes.

Nem mintha menet közben is ilyeneken rágódtam volna, de amikor épp nem azzal voltunk elfoglalva, akkor furcsa volt gondolkodni rajta vagy beszélni róla.

Mielőtt még jobban belelovaltam volna magam a kétségbeesésbe, inkább ránéztem a GPS-re, hogy hol vagyunk.

– Nos, már elhagytuk a Sandy Bay-nek, vagyis Homokos Öbölnek nevezett helyet, de azt mondják, ez a város igen alulfejlett, viszont azt kell tudni róla, hogy egy pap itt alapított rabszolgáknak szabad települést, és van egy híres klub, amit Nyalókának hívnak.

– Nyalóka? – nézett a férfi.

– Azt írják. Vicces név – mosolyogtam rajta.

– Az biztos.

– Most pedig Luceánál járunk, félúton Montego Bay és Negril között.

– És mit írnak Luceáról?

– Hogy valaha innen látták el mezőgazdasági termékekkel szinte egész Jamaicát.

Itt már egymást érték a hatalmasabbnál hatalmasabb szállodakomplexumok, amelyek részben takarták a kilátást a tenger felé, ahogy áthaladtunk a településeken. Érdekes látvány volt, de egyre jobban kezdtem megszokni, ahogy a luxus megfért a szerényebb épületek mellett.

– Szerintem már nem érdemes megállni Negrilig, majd ott kinyújtóztatjuk a végtagjainkat. Mit szólsz hozzá? – érdeklődött Nick.

– Hihetetlen, hogy már több, mint két órája jövünk. Észre sem vettem, hogy szalad az idő!

– Igen, pláne úgy, hogy egyik település követte a másikat, nem nagyon volt időnk unatkozni.

– Nem ám! És már jön is a következő a könyv szerint – pillantottam fel. – Ezt Bloody, vagyis Véres öbölnek hívják.

– Na és a történelem melyik epizódját asszociálják ezzel?

– Ezzel a kalózcsatákat. Calico Jack rumtól lerészegedve itt futott a vesztébe.

– Kalózok. Ez már tetszik. Végre valami kalandos dolog.

– Igen, végre egy kis izgalom. Mit szólnál hozzá, ha itt állnánk meg? Azt mondják, gyönyörű a partvidék, vannak nyilvános szakaszok remek grilléttermekkel.

– Nekem mindegy. Megállhatunk itt is – kezdett is rögtön lassítani, ahogy az első szállodák megjelentek a parton. Ezek szerencsére kisebbek voltak, bár privátnak ezeket sem lehetett volna nevezni.

Megálltunk az egyik épület mellett a parkolóban, és csak a mikor kiszálltunk, akkor vettük észre, hogy valójában mennyire elgémberedtek a tagjaink.

– Huh, de elmacskásodtak a virgácsaim – nyújtogattam a lábaimat.

– Nekem is egy kicsit. Sétálunk egyet? – nézett rám kezében a kocsikulccsal, indulásra készen.

– Egy pillanat. Csak teszek naptejet, vizet és kendőt a táskámba – mondtam, és rögtön el is kezdtem szorgoskodni a hátsó ülésen.

– Az ütvefúrót se felejtsd itt – figyelmeztetett Nick, majd tüntetően elfordult, amikor kinyújtottam rá a nyelvem.

– Nem fogom – válaszoltam, majd átvetettem a vállamon a táskát, amit magammal akartam vinni, a többit pedig behajítottam a csomagtartóba. – Mehetünk.

Ahogy átvágtunk a strandon, ámulva figyeltem az emberek színes kavalkádját.

Családok kisgyerekekkel a homokban játszottak a varázslatos partszakaszon, szerelmespárok simultak össze, szállodai alkalmazottak egyenruhában jöttek-mentek, messziről zene hallatszott, az egész part zsongott az emberektől, és a tenger finom illata keveredett a gyümölcsök és sült húsok bódékból jövő mennyei zamatával.

Látszólag mindenki boldog volt, hogy itt lehetett.

Én is az voltam.

Imádtam ezt a helyet. Az egész szigetet. A vidámság sugárzott mindenhonnan, a nyugalom, a lazaság. Amolyan „mañana" hangulat, ami a spanyol nyelvterületekre volt jellemző, és nagyjából azt jelentette, hogy ami eddig ráért, az holnapig is ráér, semmit nem kell elsietni.

Észre sem vettem, és már én is a reggae zene ritmusára lépegettem a puha homokban, vidáman mosolyogva.

A hófehér homokfövenyen, ahol sétáltunk, le is vettem a kis papucsomat, hogy a lábujjaim között érezhessem a puha homokszemcséket, és a türkiz kristálytiszta víz simogatta a bokánkat, miközben csendesen andalogtunk kézen fogva a napsütésben, az embereket kerülgetve.

Szerencsére nem volt zsúfolt a part.

– Most szeretnél enni, vagy egy kicsit pihenjünk? – kérdezte a férfi, amikor már számtalan étterem előtt elhaladtunk.

– Lehet, hogy most inkább úsznék egyet. Mit szólsz? Rajtad is rajtad van a fürdőnadrág? – néztem rá, mert nem emlékeztem, mi van neki a bermuda alatt.

– Aha. Akár most rögtön csobbanhatunk – kapott az alkalmon.

Gyorsan lepakoltuk a cuccot egy szabad napágyra, majd ledobtuk a ruháinkat és belegázoltunk a langyos vízbe.

– Hmmm... Ez jó – mondtam, ahogy nyakig elmerültem. – Egész nap erre vártam.

– Tényleg csodálatos. De emiatt nem kellett volna idáig elautóznunk – mondta Nick vigyorogva, mire jó nagy adag vízzel lefröcsköltem.

Rögtön rájöttem, hogy ez óriási hiba volt, ugyanis duplán kaptam vissza. Mikor már szemem-szám telement, és a víz alá is lerántott egyszer, megadtam magam, és kijjebb jöttünk egy kicsit pihenni.

Persze ha már közelebb kerültünk egymáshoz, nem bírtuk ki, hogy ne tekeredjünk egymás köré, és amikor már nem csak a birkózástól lihegtünk, megálljt kellett parancsolnunk magunknak.

– Nick! – leheltem kifulladva. – Lassíts, mielőtt bevisznek minket közszeméremsértésért – mondtam, de közben sokkal, de sokkal többre vágytam.

– Ühüm – dünnyögte a kulcscsontomba, miközben nyelvével izgató köröket rajzolt a tengervíztől nedves bőrömre.

– Nick! – mondtam nagyobb nyomatékot adva, vagy csak szerettem volna, mert ez is csak egy kéjes nyögésnek hallatszott.

– Hmmm? – jött a válasz ezúttal a fülem mögül.

– Állj már le, ezt itt nem lehet – mondtam cérnavékony hangon, és megpróbáltam eltolni magamtól, de abból is inkább simogatás lett.

– Francba – mondta Nick, ajkait pengevékonyra összeszorítva. Nem tudtam megállni, hogy ne simítsak végig az arcán.

– Mi a baj? – kérdeztem, mire kinyitotta a szemét és kérdőn nézett.

– Mi a baj? Épp próbálom lebeszélni magam arról, hogy itt, a parton, ennyi ember előtt tegyek valami nagyon megbotránkoztatót, és arról is, hogy most rögtön kivegyek itt egy szobát a hotelben – mondta összepréselt fogakkal.

– Oh, értem.

– Ennek örülök – mondta jó néhány mély levegővétel után, majd a hátára fordult, és kényelmesen elhelyezkedett a homokban a pár centis vízben.

Csodáltam, hogy ilyen gyorsan el tudott lazulni; én csak ültem mellette a bokáig érő vízben felhúzott lábakkal.

Én is olthatatlan vágyat éreztem.

Már a nyelvemen volt, hogy vegyük csak ki azt a szobát.

Már majdnem én tepertem le őt, hogy simogasson, harapdáljon, csináljon, amit akar, csak csinálja!

Ehelyett inkább még szorosabban átöleltem a lábaimat, mielőtt a kezeim önállósították volna magukat.

Ez már félelmetes!

Nem ilyennek ismertem magam.

Ilyet sosem éreztem korábban.

– Mit nem adnék érte, ha tudnám, mire gondolsz ebben a pillanatban – sóhajtotta mögöttem a férfi, mire hátranéztem. – Bár úgy általában is nagyon szeretném tudni – tette még hozzá.

– Tiszta mázli, hogy nem hallod – motyogtam a vállamba, ahogy hátrafelé néztem, aztán visszafordultam a tenger felé és

a homlokomat a térdeimre hajtottam, úgy beszéltem tovább. –
Akkor aztán végképp nem tudom, mit gondolnál rólam.
– Valószínűleg csak te hiszed, hogy valami baj van a gondo-
lataiddal – válaszolta.
– Az épp elég – sóhajtottam.
– Hát igen.
– De mondd csak, miért mindig ide lyukadunk ki? Miért nem
beszélgetünk mi politikáról vagy filmekről vagy zenéről, vagy
akármiről? Miért mindig a zűrös lelkemet boncolgatjuk? – fa-
kadtam ki.
Csak nemrég tűnt fel, hogy egyfolytában én vagyok a téma
az utóbbi időben. Már nekem is kezdett unalmas lenni, el bír-
tam képzelni, hogy neki milyen lehet állandóan ugyanazt a le-
mezt végighallgatni.
– Nem tudom, arra talán nagyobb szükség van – mondta. –
Van valami más, amiről szívesen beszélgetnél? Felőlem megbe-
szélhetjük a dollár árfolyamváltozását is az utóbbi egy hónap-
ban az euróhoz képest... – vigyorgott –, kivéve, hogy szerintem
egyikünk sem tudja, milyen volt.
– Azt hiszem, bármi másról szívesebben beszélgetnék, mint
a kattanásaimról. Gyakorlatilag a nap huszonnégy órájában azt
magyarázom, milyen hülye vagyok. Ez nem túl biztató. Az egyet-
len pozitívum, hogy gyakran ismétlem magam – ráztam meg a
fejem hitetlenkedve.
– Ugyan már. Ez nem így van – mondta nevetve.
– Nem vagyok hülye, vagy nem ismétlem magam? Tudod
mit? Inkább ne is válaszolj. Lehet, hogy nem így van, de én így
érzem – fordultam ismét hátra, és meglepődve néztem, milyen
figyelmesen követte minden rezdülésem, majd kivette a feje alól
az egyik kezét és végigsimított a hátamon.
– Minden rendbe jön. Ne aggódj – duruzsolta nyugtató hangon.
– És hogyan? – Aztán ahogy kimondtam, eszembe is jutott
valami, amire felnevettem.
– Mi az? – kérdezte ő is újra elmosolyodva.
– Csak eszembe jutott egy film. Amiben ez a párbeszéd több-
ször is elhangzott. Láttad a Szerelmes Shakespeare-t?

– Igen, nagyon jó film – bólogatott.

– Az egyik kedvencem. Ott is mindig minden rendbe jött rejtélyes körülmények között. Jesszusom, mennyi poén van benne! Akárhányszor nézem, hiába szomorú a története, és hiába nincs happy end, engem mindig felvidítanak az elrejtett vicces fordulatok – merengtem magam elé.

– Jól összerakták, az biztos – helyeselt.

– Elsősorban jól megírták! – vágtam rá. – Jó forgatókönyv nélkül nem mentek volna semmire. Shakespeare adott volt, és a többiek is kimagasló munkát végeztek. Bár nekik volt hozzá múltjuk. Mégiscsak kortárs drámaírókról beszélünk.

– Valóban. És még milyen filmeket kedvelsz? – kérdezte.

– Rengeteg van.

– Tudom, az összes James Bond. És rajtuk kívül?

– Még úgy is rengeteg van. Majdnem mindent megnézek, a hangulatomtól függően. Bár a nagyon drámaiakat nem bírom.

– Na jó, de mi az, amit többször is megnéztél?

– Lássuk csak. Ott volt az a film Sean Conneryvel, amiben antiszociális Pulitzer-díjas írót játszott, aki összebarátkozik egy fekete sráccal és bevezeti az írás rejtelmeibe. Az tetszett, és már többször is láttam. A címe most nem ugrik be.

– Ühüm, arra emlékszem. És még? – faggatott tovább.

– Good Will Hunting. Az is nagyon jó film.

– Egyetértek. Bár kicsit sokat használják benne a „b" betűs szót – nevetett fel.

– Lehet, de attól még jó. Van értelme, amit sok más filmről nem lehet elmondani – húztam el a szám.

– Ebben igazad van. Még további filmek?

– Szeretem a Mamma Miát. A musical filmet – vigyorogtam rá. – Nincs is annál jobb, amikor az embernek valami baja van. Csak beteszem a lejátszóba és leülök a tévé elé egy bödön jégkrémmel, feltekerem a hangerőt és énekelek.

– Na, azt megnézném – mosolygott ő is. – És különben tudsz is énekelni?

– Nem különösebben, bár jobban, mint a nővérem – válaszoltam. – És te? Kellett már valaha filmben énekelned?

– Nem. Bár nem tudatosan kerültem, de eddig nem kellett.

– De tudsz? Mert táncolni igen, azt volt alkalmam megtapasztalni.

– A jó ég tudja. Nem mondom, hogy nem szoktam dúdolgatni, de énekelni nem igazán. Képzett hangom biztosan nincs. Bár annyira talán nekem is megy, mint Pierce Brosnannek.

– Mi bajod van Pierce Brosnannel?

– Hogy nem tud énekelni? – kérdezett vissza. – De nem vagy megfelelő személy a megítélésére – folytatta.

– Ugyan miért nem? – néztem rá bambán.

– Elfogult vagy, mert ő az egyik Bond.

– Hmm. Az lehet – ismertem el. – Azért egyszer megmutathatnád, mire vagy képes – kacsintottam rá.

– Majd egyszer – zárta le a témát. – És mit szólnál, ha valami ebéd mellett folytatnák ezt a remek eszmecserét?

– Örülnék neki. Kezdek éhes lenni.

A nap további részében szinte repült az idő.

Először isteni finom, úgynevezett jerk csirkét ettünk az egyik étteremnek nevezett, harsány színekre festett fabódé elé kihelyezett kényelmes műanyag székeken. Már akkor megmosolyogtam az étel nevét, amikor ideértünk és először hallottam róla, ugyanis otthon ez a szó egészen más jelentéssel bírt. Illetve számos különbözővel, bár nekem elsőre természetesen az ugrott be, hogy ezzel a jelzővel látják el a totál szerencsétlen egyéneket is. Ez persze igaz volt a csirkékre is, akik szegények a tányérunkon végezték egyébként is rövid életüket. Bár összehasonlítva még talán így is jobban jártak, mint Konrád vagy Frank vagy Frederick, vagy akárhogy is hívták az öngyilkos szárnyasunkat.

Falatozás után lustán leheveredtünk még egy kicsit a strandon egy napernyő árnyékába, majd elhatároztuk, hogy még kora délután tovább is indulunk Negrilbe, mivel ott is szerettünk volna eltölteni egy kis időt, felfedezni a partot.

Mivel a pár perces út Negrilig nem lett volna elegendő elolvasni, mit érdemes tudni a városról, így már előtte, a parton megnéztük az útikönyvet.

– Nos, itt van a híres hétmérföldes strand, és a Royal Palm Reserve, ami egy hatalmas természetvédelmi terület mocsárral és erdővel. Azt írják, a hely vagy a délre található fekete sziklákról kapta a nevét, vagy a fekete angolnákról. Jaj, angolnák. Fuj – rázott ki a hideg a hőség ellenére. – Nem tehetnek róla, de olyan gusztustalanul néznek ki.

– Engem is a kígyókra emlékeztetnek – helyeselt Nick.

– Ja. Na, mindegy. Van itt más is: korallszigetek, ahol lehet búvárkodni; van egy világítótorony, topless napozási lehetőség... húha, és sziklaugrás. Mi az a sziklaugrás? – néztem fel.

– Nem írják, hol vannak a topless strandok? – kérdezett viszsza figyelmen kívül hagyva az én kérdésemet.

– Honnan tudjam? Nincs megjelölve piros kereszttel a térképen. Egyáltalán, mit akarsz te ott? – kérdeztem a kezeimet csípőre téve, felháborodást imitálva.

– Megnézném a felhozatalt. Vagy megpróbálok tehetségeket felkutatni a filmiparnak – vigyorgott, mire megcsaptam a könyvvel, de nem üthettem nagyot, mert továbbra is csak hahotázás hallatszott a könyv alól, ami a fején landolt.

– Adok én neked tehetséget! – kiáltottam.

– Jól van, na! – vette le az arcáról a könyvet és nyújtotta viszsza. – Megadom magam. Olvasd tovább.

– Hol is tartottunk? – vettem el a könyvet, aztán bevillant, miről volt szó a meztelen felsőtestek előtt, – Tényleg. Szóval mi az a sziklaugrás?

– Ja, igen. Vízfelület fölé magasodó szikláról vízbe ugrás. Lehet kunsztokat csinálni, mint a toronyugrók, de lehet csak simán talppal vagy fejessel ugrani is.

– Anyám! És ezt konkrétan sportként űzik? Vagy hobbiként?

– Aha – bólintott.

– És ehhez mennyire kell hülyének lenni? Úgy értem, és ha a víz alatt sziklák vannak? Bele is lehet halni! – képedtem el teljesen, meddig mennek emberek egy kis adrenalinlöketért.

– Azért általában meg szokták nézni, hova ugrálnak. És gondolom, egy ilyen üdülőhelyen pláne megnézik, hol engedélyezik az ilyesmit.

Hát nagyon remélem is! – mondtam még mindig hitetlenkedve. – Oh, nézd már, mit írnak itt. Eszembe sem jutott – kiáltottam fel, ahogy újabb információ keltette fel a figyelmemet.

– Micsoda? – nyitotta ki egyik szemét a lelkesedésemre.

– Az egyik James Bond-filmnek volt köze Negrilhez. Hát persze! – csaptam a homlokomra. – *A férfi az arany pisztollyal* címűben a rosszfiú, egy bizonyos Scaramanga itt akart hotelt építeni. És Thunderbird, vagyis viharmadár lett volna a neve.

– Nahát – csukta vissza a szemét. – Van ilyen autó is. Thunderbird.

– Igen. A Hegylakónak volt ilyen a sorozatban.

– Látom, hihetetlenül kiművelt vagy macsó fegyverforgatókból, akiket nem lehet kinyírni – kuncogott.

– Elvileg mindkettőt ki lehet – vágtam rá.

– Elvileg – jegyezte meg szarkasztikusan. – De nekem néha olyan benyomásom van, hogy golyóállók, robbanásállók és minden-állók.

– Van benne valami – kuncogtam most már én is. – Nos, enynyit tudtunk meg Negrilről. Nem indulunk lassan? – csaptam össze a könyvet.

– Indulhatunk. Pláne, ha onnan még nem is visszafelé akarunk rögtön jönni, hanem tovább, délnek.

– Különben sosem érünk vissza Oracabessába, igaz? – álltam fel a táskám után nyúlva.

– Így van. Minden megvan? – nézett rám, ahogy összekapkodtam a dolgaimat.

– Igen. Mehetünk – mondtam, és még egyszer visszanéztem a víz felé. – Kár, hogy el kell már mennünk, olyan szép itt.

– Maradhatunk is, ha gondolod.

– Nem. Menjünk – mondtam határozottan. – Ennek a szigetnek minden szeglete gyönyörű. Nem ragadhatunk le az első helynél, amit megláttunk – mosolyogtam rá.

– Ebben igazad van.

Komótosan visszabaktattunk a homokos strandtól a szállodák között a parkoló felé, majd az autóba beszállva tovább is hajtottunk Negril felé.

Az út ismét a parthoz közel vezetett, és ahogy lassan elhaladtunk a hét mérföld hosszú strand mellett és egyre több épület tűnt fel, egyre hangosabban hallottunk reggae zenét is.

Nem kellett sokat tűnődnünk, miért, ugyanis plakátok hirdették mindenfelé a Reggae Marathon rendezvényt, amit pont ezen a hétvégén tartottak. Nem igazán tudtuk, ez mit jelent, honnan jön a zene, de volt egy kis időnk kideríteni.

Megint leparkoltuk az autót, és elindultunk abba az irányba, ahonnan a zene szólt. Találtunk is egy bárt a parton, ahol leültünk először a csodálatos kilátást élvezni, aztán a felszolgált koktélokat, a messziről ideszűrődő zenével együtt.

– Csodálatos ez a délután – sóhajtottam –, bárcsak sosem érne véget!

– Nem kell, hogy véget érjen – válaszolta Nick.

– Ezt hogy érted? – néztem rá.

– Ha akarod, veszünk itt egy házat, és ideköltözünk – mondta mosolyogva.

– Most viccelsz? – pislogtam.

Nekem ez nem volt ennyire egyértelmű.

Még nem szoktam hozzá, hogy mennyit örököltem.

Mi sosem szórtuk a pénzt. Megvettük, amit meg kellett venni, de semmi extra dolgot. Az összes többit ki kellett érdemelni. És a nyaralások mindig véget értek a hazaúttal. Sosem felejtettük magunkat sehol. Mindig visszatértünk a dolgos hétköznapokba.

Persze sokszor álmodoztam arról, milyen lehet az, ha annyi pénze van az embernek, hogy nem kell dolgoznia, de igazából sosem jöttem rá, és alkalmam sem volt kipróbálni.

Most sem igazán tudtam rákattanni a témára. Az első gondolatom az volt, hogy akkor mit csinálnánk.

– És mit csinálnánk? – mondtam ki az aggályomat. – Egész nap?

– Semmit. Kirándulnánk, fürödnénk, búvárkodnánk, szeretkeznénk, fogalmam sincs – válaszolta a férfi mosolyogva, álmodozó tekintettel a horizontot figyelve, mintha onnan kiolvashatná a választ.

– Nem. Ezt nem tudom elképzelni – ráztam a fejem. – Valamit csak kell csinálni. Ideig-óráig persze, hogy lehet henyélni, de örökké nem. Megőrülnék.

– Tudom – bólintott Nick. – Csak tudni akartam.

– Tudni? – értetlenkedtem. – Mit?

– Hogy hogy vagy.

– Ezt most nem értem – néztem rá továbbra is bizonytalanul.

– Az utóbbi időben nem igazán zavart, hogy nincs mit tenned. Amiért persze nem hibáztatlak. És nem is bírállak. Bár próbáltunk segíteni, de tényleg csak te magad tudhatod, milyen nehéz egy ilyen szituációból talpra állni – mondta, és a tekintete megint elkalandozott egy időre, de inkább nem szóltam közbe, hadd mondja el, mi bántja – Mindenesetre örülök, hogy már eljutottál oda, hogy szeretnél valamit csinálni. Az egy hónappal ezelőtti Noreenak fel sem tűnt volna, hogy hol van, vagy hogy nincs mit tennie. Jó látni, hogy visszanyerted az életkedvedet – zárta le végül a monológot mosolyogva, és belekortyolt a koktélba, ami eddig érintetlenül állt előtte.

– Most, hogy mondod, tényleg így van – eszméltem fel. – Eddig fel sem tűnt, annyira természetesnek tűnik, hiszen mindig ilyen voltam. És megint ilyen vagyok! – kiáltottam fel kicsit hangosabban, mint kellett volna, és egyből páran oda is fordultak, hogy megnézzék, mi az izgalom tárgya.

Pirulva hajtottam le a fejem, és inkább én is belekortyoltam a hűsítő italba, mielőtt még nagyobb feltűnést keltettem volna.

Ezek után ezt a témát nem boncolgattuk tovább, elvégre ha nem kell valamiről beszélni, az azt jelenti, hogy jól van úgy, ahogy van.

Még elsétáltunk a gyönyörű parton a napfürdőző emberek között, megcsodáltuk a bátor – vagy éppen öngyilkosjelölt – sziklaugrókat, ahogyan a magasba törő szikláról a mélybe vetették magukat mindenféle kunsztokat bemutatva, és végül büszke fejessel csobbanva a tajtékzó habokba. Minden egyes ugrót izgatottan vártam, hogy felszínre bukkanjon és meggyőződjek róla, hogy valóban túlélte, de Nick csak nevetett.

Valamikor öt óra felé, amikor a nap már bőven leszálló ágban volt és megannyi, pislákoló mécsesre emlékeztető aranyhidat festett a tengerre, elszakítottuk a tekintetünket a csodálatos látványtól és nehéz szívvel az autó felé indultunk.

Még délnek vettük az irányt; Savanna La Mar felé indultunk, ahol a szürkület leszállta előtt még épp sikerült egy pillantást vetnünk a tizennyolcadik században épített erődítményre, ami a kalózok ellen védte a várost, de sajnálatos módon egy ugyancsak ebben a században a sziget ezen részén végigsöprő hurrikántól nem tudta, így az majdnem teljes mértékben elpusztította a várost. Egyébként természetesen ennek a városnak is jelentéssel bírt a neve. Azt jelentette spanyol nyelven: a síkság a tenger mellett, és manapság Jamaica egyik legjobb iskolájának adott otthont.

Innen már a sziget belseje felé vettük az utunkat, majd Montego Bay-nél értünk vissza arra az útra, ahol délelőtt már egyszer végigautóztunk – igaz, akkor tűzött a nap, most pedig sötétedett.

Eseménytelen hazautunk volt, és valamikor kilenc óra után le is parkoltunk a recepció mellett a Bond-járgánnyal, majd öszszekapkodtuk a számtalan táskánkat és a napközben vásárolt kis emléktárgyakat tartalmazó zacskókat, és enyhén elmacskásodott végtagokkal elbotladoztunk a házig.

Mindketten fáradtak voltunk, de egy újabb közös zuhany és a délutáni móka folytatása felvillanyozott minket, és már dobáltuk is lefelé a ruhadarabokat a fürdő felé menet.

Kedvem lett volna rögtön a közepébe vágni, de Nick nem akarta elsietni a dolgot, így lassan barangoltuk be egymás testét kezeinkkel, közben persze megfelelő mennyiségű szappant is felhordva, hogy rögtön a tisztálkodást is megoldjuk. A simogatások szenvedélyesebbé válásával egy időben a szappanhab is kezdett megfogyatkozni a testünkről a felülről folyó víz hatására, és amikor már csak a tiszta víz folyt rajtunk, Nick el is zárta a csapot.

Karjába kapva bevitt a szobába, és lefektetett a hatalmas baldachinos ágyra.

Ahogy az ablakon beáramló hűvös levegőt megéreztem a testemen, minden szőrszálam égnek állt és erősen megremegtem.

Nick kérdőn nézett, majd ahogy végigsimított a lábamon és megérezte a libarücsköket, felkacagott.

– Ezt nem én hoztam ki belőled, ugye? – suttogta szenvedélyesen a fülembe.

– Nem – mondtam, miközben a fogaim enyhén összekoccantak. Ezt még mókásabbnak tarthatta, mert további kacagás jött, majd egy határozott mozdulattal kirántotta alólam a takarót és magunkra terítette.

Pillanatok alatt jótékony meleg lett alatta, és ahogy a fogaim már nem vacogtak, úgy éreztem azt is, hogy a világ összes szenvedélye sem tud ébren tartani, és miközben Nick kezét éreztem a csípőmön felfelé siklani, elnyelt a sötétség.

Satuba fogva

Éjszaka megint favágós barátunk ébresztett.

Reggel pedig madárcsicsergés.

Ahogy a ködön keresztül borzasztó lassan magamhoz tértem, Nick szuszogását hallgatva azon gondolkodtam, miért van az, hogy még a szokásosnál is kómásabbnak érzem magam. Oké, nem volt még reggeli kávé, fárasztó volt a tegnapi nap, hajnalban megint felébredtem, és nehezen aludtam vissza, de még így is különös volt.

A fejemet a párnába fúrva pörgettem lassú fordulatszámon az agytekervényeimet, hátha még valami beugrik, ami értelmesebb magyarázatot ad erre a felettébb különös jelenségre, de semmi más nem jutott eszembe.

Amikor a gondolkodást egy pillanatra feladva kibújtam a párna alól, Nick szintén vonalnyi szeme nézett vissza.

– Jó reggelt – mondta.

– Jó reggelt – válaszoltam.

– Kóma? – kérdezte.

– Kóma – ismételtem meg.

Ezek után mindketten a hátunkra vergődtük magunkat, és lihegve dörgöltük az oldalunkat egymásnak, amikor végre sikerült nyugalmi pozícióba kerülnünk.

Pár perc néma meditáció után Nick szólalt meg először.

– Nem vagy szexmániás – mondta.

– Tessék? – hüledeztem a kijelentésen, és nem tudtam hova tenni.

– Mondom. Nem vagy... – Nem tudta befejezni, mert közbevágtam.

– Hallottam. Köszönöm – mondtam gyorsan, nehogy megismételje. – Már csak azt nem tudom, ez hogy jutott eszedbe.

– Emlékszel a tegnapi napra? – kérdezte.

– Persze – válaszoltam. – Kirándultunk.

– És este? – faggatózott tovább.

– Este hazajöttünk – mondtam, felidézve a nap többi részét is –, lezuhanyoztunk, és utána behoztál az ágyra, és... – itt egy pillanatra elakadtam – és fáztam, és utána... – Megint elakadtam, de hiába gondolkodtam, nem tudtam a maradékot felidézni.

– És utána elaludtál – jött a válasz a fejem fölül. – Én lelkesen simogattalak, mire egyszer csak kéjes nyögések helyett egyenletes szuszogás és hortyogás jött válaszként.

– Oh, te jó ég!

Bárcsak elnyelne a föld! – gondoltam.

– Hozzáteszem, őrülten ellazultál, még csodálkoztam is – kuncogott, miközben én a kezeimbe temettem az arcom szégyenemben.

– Ne haragudj, Nick! – motyogtam a kezeim mögül.

– Semmi gond – nyomott egy megnyugtató puszit a fejem búbjára. – Fáradt voltál.

– Nem – mondtam határozottan. – Nem voltam fáradt. Már emlékszem. Emlékszem, hogy fáztam, de fáradtnak nem éreztem magam.

– Hirtelen is rád törhetett – próbált még mindig mentegetni.

– És nem furcsa, hogy milyen hirtelen tör rám mindig? – ültem fel az ágyon.

– Nem feltétlenül – vonta meg a vállát és simogatni kezdte a karomat, amitől én egészen megmagyarázhatatlan vágyat éreztem.

Megmagyarázhatatlant, mert reggel még sosem éreztem ilyet. Azt hittem, képtelen vagyok reggel bármire, erre pedig különösen.

– És lenne kedved ott folytatni, ahol abbahagytuk? – fordultam felé egyik kezemmel máris a paplan alatt matatva, és úgy tűnt, Nick egy bizonyos testrésze nincs ellene az ötletnek.

– Csak azért nem kell feltétlenül folytatnunk, mert kárpótolni akarsz – mondta, miközben elkapta a kezem a takaró alatt és magához húzott.

– Nem azért akarom – mondtam két csók között.

– Oh, az egészen más – mondta, miközben már ő is kezdett belelendülni.

Nem sokat teketóriáztunk. Ha már én kezdeményeztem, úgy döntöttem, nem is engedem ki a kezeim közül az irányítást, és fölébe kerültem.

Nagyon vágytam rá, hogy magamban érezzem, de úgy döntöttem, nem sietek el semmit.

Miközben a csípőmmel az övé fölött köröztem, az ajkaimmal előbb az arcát, nyakát, mellkasát nyalogattam, csókolgattam, elidőztem kicsit a megkeményedő mellbimbóknál, majd lejjebb siklottam, és a köldökénél folytattam. Nyelvem hegye sebesen siklott végig a férfi észbontó testén, s éreztem, ahogyan az izmok megmerevednek a nyomában.

A kezeimmel sem álltam meg egy pillanatra sem.

Mindig egy kicsit a szám előtt jártak, lefelé haladva, és amikor elérték a férfi alhasát, mély sóhaj tört fel belőle a cirógatásomra. Egy pillanatra felnéztem a vágytól izzó tekintetébe.

Ha már ennyire lecsúsztam a férfi testén, azt sem hagyhattam ki, hogy a melleimmel dörgölőzzek az ágaskodó férfiasságához.

– Nagyon jól csinálod – nyögte Nick, és éreztem, hogy az izmai újra és újra megfeszülnek simogató kezeim alatt.

Jó érzés volt ilyen hatalommal bírni fölötte; jó érzés volt tudni, milyen vágyat ébresztek benne, hogy milyen örömet tudok szerezni neki.

Hihetetlenül izgató volt számomra is ez az előjáték, és a lábam között egyre jobban éreztem a feszülést, egyre jobban sóvárogtam a beteljesülés után.

Még mindig nem kegyelmeztem meg magunknak, és megcsókoltam a férfit ott, ahol később a testünk egyesülni fog.

Ő erre felkönyökölt és rám nézett, majd az arcomat az övéhez húzta, és szenvedélyesen megcsókolt.

Miközben én szétvetett lábakkal a csípőjére ültem, az ujjai a legérzékenyebb testrészemet dédelgették, majd amikor megbizonyosodott róla, hogy készen állok, magához húzott és lassan egyesültünk.

Mindkettőnkből megkönnyebbült sóhaj szakadt fel, és egy pillanatra megálltunk, hogy élvezzük a pillanatot. Nagyon finom érzés volt, ahogy végre teljes valójában magamban éreztem a férfit, és nem is akartam egyhamar elengedni. Gyengéden, de határozottan körülöleltem, amennyire csak tudtam, amiről azt gondoltam, hogy neki is jó, és nem is tévedtem, mert Nick elégedetten mormogott a kulcscsontomba.

– Ez nagyon jó – lihegte, és szorosan magához ölelt pár pillanatra. – Most lazíts egy kicsit – mondta, majd nagyon lassan felemelte a csípőmet odáig, hogy majdnem megszűntünk érintkezni, majd ugyanolyan lassan visszahúzott mélyen az ölébe.

Erre már én is csak sóhajtozni tudtam. Még sosem éreztem ilyen édes kínt; zsibogott minden porcikám.

Hátravetettem a fejem és behunyt szemmel nyöszörögni kezdtem, miközben a férfi ajkai a melleimmel játszottak, ő pedig továbbra is őrült lassú ritmusban emelgette a csípőmet.

Úgy döntöttem, én is újra beszállok az irányításba; finom csípőmozgással tetéztem nem csak a saját vágyamat, de a férfi arckifejezéséből ítélve az övét is, hol felgyorsítva a mozgást, hol kissé lelassítva.

Ezután már pillanatok alatt eljutottunk a csúcspontra, és ahogy a testemen végigfutó vágytól hátravetett fejjel felpillantottam, az örömteli sóhaj helyett vérfagyasztó sikoly hagyta el a szám, majd Nick ordítását is hallottam.

Összerándult a testem és éreztem, hogy Nick keményen megragadja a derekam, és heves zihálás közben a nevemet ismételgeti.

Nagy nehezen sikerült összpontosítanom, és ahogy lenéztem rá, fájdalomtól gyötört arc nézett vissza.

– Lazíts! Lazíts!

Először nem értettem, mire mondja, majd mikor leesett a húszfillér, lazítottam a szorításon az ölemben.

Megkönnyebbült sóhajjal váltunk szét, és Nick falfehér arccal hanyatlott hátra a párnán, miközben én az iménti szeretkezés utáni kábaságomon keresztül szégyenérzettel és sírással küszködtem.

Mély levegővételek után, miközben Nick karjával a szemei előtt még mindig nem szólalt meg, én pedig nem nagyon tudtam, mit mondhattam vagy tehettem volna, tanácstalanul ültem mellette a sarkaimon.

Aztán eszembe jutott, mi is váltotta ki belőlem ezt a reakciót, és riadtan néztem újra a plafon felé.

A baldachin sarkában érdekes kompozícióban csontok és tollak lógtak lefelé. Lassan feltérdeltem, hogy közelebbről is szemügyre tudjam venni, de hozzá nem nyúltam.

Ahogy újra lenéztem, láttam, hogy közben Nick arcába is visszatért a szín és ő is felpillantott oda, ahova én néztem.

– Szóval emiatt kerültem... öhm... satuba – jegyezte meg még mindig fátyolos hangon.

– Annyira sajnálom, Nick – kezdtem bele a bocsánatkérésbe. – Mikor megláttam ezeket, egyszerűen megijedtem, és nem is vettem észre, hogy mit csinálok. Én... nem is tudom, mit mondjak... – csuklott el a hangom, miközben lehajtott fejem köré jótékonyan borult a kibontott hosszú hajam.

– Mondanám, hogy rá se ránts... – kezdett bele a férfi – ... pláne most, ha érted, mire célzok. Na de félre a tréfával, csak nem lett semmi maradandó baja – emelte a karját a szemei elé. – Csont nincs benne, de azt olvastam, el tud törni... – nyögött fel. – Nézd meg. Fel van dagadva, vagy kezd kékülni? – nyöszörgött a plafont fixírozva.

– Nem látszik rajta semmi – mondtam, miközben megkockáztattam egy sanda pillantást az említett testrész felé.

Szerencsére külsőleg semmi rendellenesség nem látszott rajta, már amennyire én ezt meg tudtam állapítani. Legalábbis nem nyeklett fura szögben semerre.

– Még mindig fáj? – kérdeztem a férfi arca felé pillantva, amibe kezdett visszatérni a szín.

– Nem tudom – vonta meg a vállát. – Így most elvan, de ha hozzányúlok... – hagyta félbe a mondatot.

– Esetleg hozzak jeget, vagy fájdalomcsillapító bogyót, vagy krémet, vagy bármit? – fogytam ki a javaslatokból.

– Azt hiszem, fekszem még egy kicsit és erőt gyűjtök – ejtette le a karját a párnára.

Én továbbra is ott ültem mellette, a mellkasán nyugtatva a kezeimet.

Tehetetlennek éreztem magam, és még ráadásul az én hibám is volt.

Aztán beugrott valami.

Nick is valami ilyesmit érezhetett, mikor én feküdtem a kórházban. Ő is csak annyit tehetett, hogy mellettem volt, kiszolgált, amennyire tudott, de érdemben a fájdalmat csökkenteni nem tudta.

Mennyivel más szemmel néztem most rá ez után a felfedezés után!

Én önző módon csak a saját fájdalmammal voltam elfoglalva, pedig ő is legalább annyira szenvedett.

Mekkora idióta vagyok!

Megint sírni tudtam volna.

– Mire gondolsz? – kérdezte Nick, mire felkaptam a fejem, mint a cica, akit rajtakaptak, hogy megdézsmálta a tejszínes köcsögöt.

Annyi szeretet és aggódás sugárzott a szemeiből, amit fel sem foghattam, és mielőtt még erőt vehettem volna magamon, ki is buggyantak az első könnyeim, amit aztán több is követett, míg már zokogás rázta a vállaimat.

– Ugyan már, nem ilyen szörnyű a helyzet, ne sírj! – ölelt át Nick, miközben kedves szavakat duruzsolt a fülembe, én pedig hálásan kapaszkodtam belé. – Shh... minden rendben van. Nem lesz semmi baj – ringatott a karjaiban hosszú ideig, amíg a könnyeim elapadtak.

– Ne haragudj – mondtam, amikor már meg tudtam szólalni.

– Nem haragszom. Már jobban vagy? – kérdezte.

– Igen. Köszi – válaszoltam szipogások között. – És te?

– Én is.

– Akkor jó. Ilyet még sosem csináltam – motyogtam tovább.

– Velem sem történt ilyen, elhiheted – jött a válasz. – Mit szólnál hozzá, ha felkelnénk, és megszabadulnánk ezektől a csecsebecséktől itt a sarokban?

– Jó ötlet – mondtam újra felfelé pillantva, de a könnyektől még mindig fátyolos volt a látásom.

– Lehet, hogy egészen eddig ettől éreztük magunkat ilyen furán? – kérdezte Nick elgondolkodva.

– Lehet – válaszoltam elgondolkodva. – Nem emlékszem, mikor néztem körül utoljára igazán. Akár az elejétől fogva itt lehettek, és észre sem vettük.

– Az sincs kizárva – bólogatott.

– Na de ezeknek nem kellene, hogy valós hatása legyen. Ezek csak tárgyak – mondtam kétkedve.

– És mégis van, látod.

– Látom – mondtam elgondolkodva. – És ez nem tetszik.

– Hogy érted? – nézett rám.

– Nem tudom, mi aggasztana jobban; ha tényleg ezektől éreznénk ilyen furcsán magunkat, vagy ha valami mástól – gondolkodtam el.

– Mi mástól? – kérdezte Nick.

– Mi van, ha tényleg nem ezek okozzák, hanem az ételbe vagy az italba tesznek valamit? – kérdeztem.

– De hát tegnap nem is itt ettünk – legyintett Nick.

– Azt nem, de a gyümölcsteából ittunk, amikor hazaértünk – idéztem fel a további történéseket.

– Tényleg – válaszolt. – És gondolod, van benne valami?

– Nem tudom, sajnos nem vagyok sem vegyész, sem MacGyver. De azt hiszem, üvegezett ásványvizet kellene innunk, amíg ki nem derül, mi folyik itt.

– Részemről rendben – bólintott. – És hogy adagoljuk be az ittenieknek? Mégsem mondhatjuk, hogy attól tartunk, megmérgeznek minket.

– Majd azt mondjuk, nagyon finom, de sajnos hasmenésünk lett a teától – vontam vállat.

– Hmm... ez jó – értett egyet. – Veszélyes nőszemély vagy te – mondta vigyorogva.

– Veszélyes? Én? – hüledeztem. – Aztán miért?

– Úgy tűnik, még a hazugságtól sem riadsz vissza. Borzasztó, hogy ilyen feslett nőt szeretek – jelentette ki könnyedén, egy sóhajjal és némi szemforgatással kísérve.

Meg sem tudtam szólalni.

Persze nem amiatt, hogy rajtakapott egy hazugságon.

Azt mondta: szeret.

Csak így, lazán.

– Na mi az? Elvitte a cica a nyelvedet? – nevetett.

– Nem – dadogtam. – Azt hiszem, fel kellene kelnünk, és tenni valamit ezekkel a csontokkal – mondtam zavaromban, és kiegyenesítettem az időközben elzsibbadt lábaimat. Borzasztó zavarban voltam megint. Nem tudtam, hogy reagáljak a spontán szerelmi vallomásra.

– Oké. Mindjárt felcsörgetem a haverunkat – kászálódott fel Nick óvatosan az ágyról.

– Rendben – válaszoltam a fürdőszoba felé menet.

Szegény menedzser persze a rengeteg bocsánatkérésen kívül mást nem mondott, de az ásványvizet még aznapra megígérte. Kérdeztük a biztonsági őrről is, amire újabb zavart arckifejezés jött válaszként.

– Nos, Jamal már nincs velünk – mondta tömören, mire megállt bennem az ütő.

– Uramatyám! Csak nem halt meg? – kérdeztem enyhén hisztérikus felhanggal.

– Jaj, dehogy is! – válaszolta meglepetten az igazgató. – Csak ő sem bírta a gyűrődést – próbálta lezárni a témát.

– És most mi lesz? Ki nyomoz tovább? Vagy ő jutott valamire, amíg itt volt? – faggattam.

– Nem sokra jutott, az emberek nem akarnak beszélni – válaszolt. – De Mr. Blackwell már elintézte, hogy Kingstonból küldjenek valakit, aki az USA-ból költözött ide, így nem befolyásolják ezek a helyi babonák.

– Az a Mr. Blackwell? – kérdeztem bizonytalanul.

Nem tudtam, egy emberre gondolunk-e.

– Igen. Chris Blackwell. Hallottak már róla? Ő a birtok tulajdonosa – bólintott.

– Hogyne hallottunk volna róla. És a zenemágnás, és a sörgyáros, és a rumgyáros, és még sorolhatnám.

– Így van – mosolygott a menedzser. – Ő is idejön, hogy személyesen felügyelje a nyomozást.

– Komolyan? – lepődtem meg. – Nahát!

– Igen. Addig is javasolnám, hogy tegyenek még kirándulásokat a szigeten. Úgy tűnik, az bevált.

Ezzel nem tudtam vitatkozni, bár szívesen henyéltem volna a parton is, de inkább nem mondtam ellent.

– Valóban, jól is éreztük magunkat, és nem is történt semmi baleset velünk – értettem egyet. – Nick? Mit szólsz? Elmenjünk ma is valamerre? – néztem kérdőn a férfira.

– Elmehetünk. Megint egy nagy körre? – kérdezte a fejét vakarva.

– Nem. Ma csak valahova a közelbe, és több időt tölthetnénk egy helyen. Mit szólsz? – vontam meg a vállam.

Akkora távolságot nekem sem volt kedvem megint megtenni, és Nicket sem akartam azzal terhelni, hogy nap mint nap levezessen több száz kilométert, ráadásul a rossz oldalon. Kimerítő lehetett neki is, és mégiscsak nyaralni voltunk.

Lehet, hogy nekem nem kellett különösebben semmit sem kipihennem, hanem inkább kicsit fel kell pörögnöm, neki viszont nem lehetett könnyű az elmúlt hónapok feszültségét munka mellett kibírnia, így ráfért némi kikapcsolódás.

– Remek ötlet – helyeselt lelkesen az igazgató. – Esetleg ajánlhatok is valami úticélt? – kérdezte, mire bólintottunk, hiszen mégiscsak ő ismerte jobban a környéket. – Ha a közelben szeretnének egy egész napot eltölteni valahol, akkor tudom ajánlani a Dunn folyó vízeséseit, és a mellette található Delfin-öblöt, ahol delfinekkel, cápákkal és rájákkal is lehet úszkálni, ez itt van pár kilométerre nyugatra, tegnap el is mentek mellette – magyarázta, mi pedig bólintottunk. – Tudom még ajánlani Port Antoniót is, ahol szintén változatos napot tölthetnek. Hallottak róla valamit? – kérdezte, de mi csak ráztuk a fejünket. – Körülbelül nyolcvan kilométerre van keletre, szintén part menti város. A sziget leggazdagabb emberei laknak ott, nagyon felkapott, és ennek megfelelően igen előkelő környék. Van ott modern bevásárlóközpont, de helyi kézműveseknek is van egy remek piaca. Nagyon jó minőségű tárgyakat lehet beszerezni, ha valami emlékre vágynak. Gyönyörű a strandja, és a Rio Grande folyón szerveznek rafting túrákat. Persze nem a vadvízi evezésre kell gondolni. Ezek az úgynevezett bambusz raftingok, vagyis bambusz tutajokon vezetővel ereszkednek le a békés folyón. Nagyon romantikus. De ha itt nem is neveznek be egy ilyen túrára, akkor esetleg, ha legközelebb nyugat felé mennek, Falmouthnál, a Martha Brae folyón is lesz rá lehetőségük. Az még talán szebb is – magyarázta –, és itt, Port Antoniónál van a Kék Lagúna is, aminek a vize változtatja a színét. Mindenképpen érdemes megnézni. Ja, és kiváló rumpuncsot szolgálnak fel – zárta le egy kacsintással az idegenvezetést.

– Köszönjük az információt, Rick – mondtam elgondolkodva.

– Szívesen, máskor is – bólintott. – Az autó mindenesetre most is rendelkezésükre áll.

– Rendben. Akkor majd jelentkezünk érte – mondtam, miközben némi motoszkálás zaját hallottam a konyhából, és hirtelen nem bántam volna, ha az igazgató magunkra hagy minket, így el is kezdtem a kijárat felé terelgetni. – És köszönünk mindent.

– Nincs mit – mondta búcsúzóul, és erőteljes terelgetésemre végre ki is lépett a házból.

Ezzel a lendülettel a konyha felé vettem az utamat, ahol egy sötét bőrű, alacsony és némiképp zömök asszonyságot találtam hosszú fehér szoknyában, színes felsőben, és a fejére tekert, szintén színes kendővel. Igencsak meglepődött, amikor beléptem.

– Jó napot – mosolyogtam rá, remélve, hogy bizalmat sugároz az arckifejezésem.

– Jó nap – válaszolt még mindig megilletődve.

– Noree vagyok – mutattam magamra. – Örülök, hogy megismerhetem – csicseregtem tovább, hogy kicsit megbarátkozzunk.

– Tiana – mutatott magára, és bólintott.

– Régóta dolgozik itt a birtokon, Tiana? – folytattam tovább a beszélgetést.

– Dolgozik sok év – válaszolta.

– És szereti ezt a munkát, a birtokot? – kérdeztem. – Szerintem gyönyörű a hely, és Mr. Simmonds is olyan kedves ember – soroltam, hátha leolvasok az arcáról valami reakciót.

– Gyönyörű hely – bólintott újra, majd kis szünet után furcsa tekintettel folytatta: – Aligátor rak tojás, de nem madár.

Többet nem fűzött hozzá, én pedig nem tudtam mire vélni. Talán a menedzserrel van valami konfliktusa? Vagy mire mondhatta ezt?

Láthatóan nem akarta jobban kifejteni a témát, így újabb kérdéssel bombáztam. Hátha valamelyik nyerő lesz.

– A környékről származik különben? Varázslatos lehetett egy ilyen helyen felnőni – beszéltem tovább.

– Itt lak közel. Család is – válaszolgatott tőmondatokban, némiképp kelletlenül.

Már láttam, hogy őt nem fogom tudni pletykálkodásra bírni.

– És hallott róla, mik történtek itt az elmúlt napokban? Miért ment el az őr? Nem tudja véletlenül? – fogalmaztam meg kicsit konkrétabb kérdéseket, hátha mond végre valami használhatót is, de elsötétülő tekintetéből láttam, hogy ennek a beszélgetésnek ezzel vége is van.

– Lát ördög jön, megy másfelé – vakkantotta pergő nyelvvel, elfordult a hűtő felé, és úgy tűnt, nem vett tudomást rólam tovább.

Kicsit meglepődtem ezen, de igazából nem is számítottam másra.

A helyiek valószínűleg vagy benne vannak a dologban, vagy úgy félnek tőle, mint a tűztől, és akkor inkább nem is emlegetik.

Ahogy megfordultam, hogy elhagyjam a terepet, ahol számomra több babér nem terem, Nick összezavart arca nézett vissza az ajtóból.

Intettem neki, hogy menjünk, és egy gyors „viszlát" után ki is mentünk a nappaliba, majd kisétáltunk a ház elé a mandulafák alá, és a kilátásban gyönyörködve próbáltam összefoglalni magamban, mit tudtam meg.

Nem tartott sokáig, mert gyakorlatilag semmit.

Csupán annyit, hogy tudtak róla, hogy valami zajlik itt.

De hogy például Tiana, aki az ételeket pakolta a hűtőnkbe, is nyakig benne volt vagy nem, azt nem.

– Te értettél ebből valamit? – kérdezte Nick a konyhai jelenetre utalva.

– Mire gondolsz? – tértem magamhoz révedésemből.

– Egyszer arra az aligátoros szövegre – idézte fel.

– Aligátor rak tojás, de nem madár. Azt jelenti, hogy nem minden az, aminek látszik – magyaráztam. – Vajon mire gondolhatott? A menedzsert említettem előtte. Valami baj lehet vele? De hát olyan kedvesnek tűnik, vagy nem? – néztem rá kérdőn.

– De, nekem is úgy tűnik. Persze azon kívül, hogy nem mondja el, mi folyik itt, illetve, hogy a megoldással sem nagyon jut előbbre.

– Lehet, hogy jut valamire, csak nem mondja el. De még az érthető is. Mi itt vendégek vagyunk, nem nyomozóosztag – válaszoltam vállrándítással.

– Ez igaz. De van még valami, amit nem igazán értettem a hablatyolásból.

– Ja, igen. Azt is mondta: „Lát ördög jön, megy másfelé" – ismételtem az asszony szavait. – Vagyis, ha látod az ördögöt közeledni, akkor kitérsz az útjából, tehát távol tartod magad a bajtól. Ez egy újabb jamaicai közmondás. Ezzel valószínűleg azt akarta mondani, hogy ő nem kíván beleavatkozni abba, ami itt megy.

– Wow. Honnan tudod ezeket? – nézett csodálkozva.

– Olvastam az útikönyv hátuljában. Párat felsorolnak – magyaráztam.

– Mindig meglepődöm rajtad, tudod? – mondta Nick mosolyogva. – Tényleg igazi nyomozó vagy. Nem lehet, hogy ezért hagyta rád a bácsikád a céget?

– Fogalmam sincs. Nem is ismert igazán. Honnan tudhatta volna? – válaszoltam elgondolkodva.

– Nem tudhatod. Talán mégis ismert – titokzatoskodott.

– Mindenesetre ezt már nem fogom megtudni. De az itteni rejtélyt még van esélyem felgöngyölíteni. Persze ahhoz kellene valaki, aki hajlandó beszélni – sóhajtottam.

– Az is meglesz, Miss Sherlock, de most menjünk kirándulni. Mit szólsz? – javasolta.

Még mielőtt bármit mondhattam volna, Jacket láttam bejönni a kertkapun egy hosszú hajú nő társaságában.

– Sziasztok. Nem zavarunk? – kérdezte a férfi közeledtében. – Még nem találkoztatok a feleségemmel. Ő Kerry – mutatott rá. – Ők pedig Noree, akiről már olyan sokat meséltem, és Nick.

– Sziasztok – mondta mosolyogva Kerry. – Mi már találkoztunk – fordult felém. – Emlékszel? A reptéren.

– Persze! – kiáltottam megkönnyebbülten, amikor beugrott a mosdós jelenet.

– Gondoltuk, átjövünk megkérdezni, milyen terveitek vannak mára – folytatta a fiatalasszony. – Jack mondta, hogy említettetek valami kirándulásokat. Esetleg elmehetnénk valahova négyesben, ha nem zavarunk – nézett várakozón.

– Nahát! – kiáltottam fel. – Épp most beszéltük, hogy elmegyünk valahova a környékre. Talán Port Antonióba. Igaz? – néztem Nickre, aki bólintott. – Mehetünk együtt – folytattam. *Nem is lenne rossz egy kis társaság* – gondoltam.

Nem mintha Nick társasága nem lett volna elég, vagy elég jó, de néha azért nem árt másokkal is kommunikálni.

– Szuper! – lelkendezett Kerry. – Akkor gyorsan visszaszaladunk összeszedni a motyónkat. Honnan indulunk, és mikor?

– Mi lenne, ha félóra múlva találkoznánk a recepción? – javasoltam.

– Oké! Ott leszünk. Gyere, Jack! – mondta, és már vonszolta is maga után az urát, aki eddig szóhoz sem jutott forgószél neje mellett.

Ezzel erre a napra fel is függesztettem a nyomozást, de azért végig ott mocorgott a gondolataimban.

A Bond-járgányban négy ember is kényelmesen elfért, így azzal mentünk. Most is Nick vezetett. A férfiak elöl ültek, hátul volt a női szakasz.

Rögtön, ahogy kiértünk Oracabessából, keletre az A3-as úton, a part mentén érdekes, szürke színű homokkal vagy apró kőzettel borított partszakasz mellett mentünk el, ami némi változatosságot nyújtott a szebbnél szebb hófehér homokos strandokhoz képest. Más volt, de ez is szép volt a maga nemében.

Ahogy már nyugat felé is tapasztaltuk, egyik település a másikat érte, így egy pillanatig sem volt unalmas az út.

Kellemesen elbeszélgettünk Kerryvel – vagy inkább ő beszélt mindenféléről, miközben én sokszor a tájat szemléltem, és akárhányszor szóba került Jack, mérhetetlen szerelem sugárzott az újasszonyka arcáról és olyan csodálattal nézett újdonsült urára, amit én el sem tudtam eddig képzelni. Jó volt látni a szerelmeseket, és tiszta szívemből kívántam, hogy örökké tartson a boldogságuk.

Kerry úgy csüggött Jacken, mintha egy pillanatra sem szeretné elengedni; hol a haját borzolta meg kedvesen, hol a tarkóján vagy a kezén simított végig. Ezzel szemben én lazán hátradőltem az ülésen, és a tájat szemléltem Nick tarkója helyett. Persze mondhattam volna, hogy mégsem zavarhatom vezetés közben, de tudtam, hogy itt másról van szó. Bennem egészen egyszerűen nem égett ilyen tűz. Nem Nickkel volt baj. Nem ő volt kevésbé szerethető Jackhez képest. Biztos voltam abban is, hogy a kapcsolatunk is elég erős. Egyszerűen nem voltam ilyen szenvedélyes. Vagy talán az voltam, de csak a felszín alatt. Míg másoknak az arcára volt minden írva, és minden mozdulatukkal ki is fejezték, én nem tettem. Én ezeket elrejtettem. Talán nem direkt, talán csak így alakult, és ezt szoktam meg.

Nem tudtam, de ahogy egy huppanó után magamhoz tértem a merengésből, úgy döntöttem, inkább a tájra koncentrálok – és persze Kerry végeláthatatlan mondókájára.

Egy szakaszon Galina után gyakorlatilag pár méterre gurultunk a tengertől és fantasztikus kilátásunk volt a végtelen vízre. Meg is álltunk egy pillanatra, és leszaladtunk a partra bolondozni és pár fényképet készíteni.

Port María után aztán eltávolodtunk a víztől, és csak Annotto Bay-nél láttunk újra tengert, ami azt jelentette, hogy már fele utat megtettük Port Antonióig.

Buff Bay-nél már vagy a harmadik folyón átívelő hídon mentünk keresztül, és eddig ez a folyó volt a legszebb, ahogy türkiz színű vizével beleömlött a tengerbe, hófehér habot képezve. Buff Bay belvárosában kissé megtépázott tetejű régi templom mellett haladtunk el egy éles kanyarban, és nem sokkal később már ezt is magunk mögött hagytuk.

A Spanish, vagyis Spanyol folyó után már Orange Bay, azaz Narancs-öböl következett, ami egy szétszórt házakból álló, álmos kis település volt.

Az út itt ismét elkanyarodott a partszakasztól, hogy utoljára vágjon át valami földcsücskön, mielőtt a Hope, azaz Remény-öbölbe ér.

Errefelé kevesebb volt az esőerdőre emlékeztető dzsumbujos zöld, helyette megművelt földek mellett haladtunk el.

A kisvárosból kiérve megálltunk egy kicsit és sétáltunk egyet a gyönyörű Somerset-vízeséseknél, amit tábla jelzett az út mentén.

– Láttatok már ilyen gyönyörűt? – kérdezte Kerry, akit ugyanúgy lenyűgöztek a természet csodái, ahogy engem is.

– Tényleg meseszép – válaszoltam.

Piknikre és sziklaugrásra is invitáltak minket a helyiek, de mi mindenre mosolyogva nemet intettünk. Addigra már több mint egy órája csodáltuk a szebbnél szebb vízeséseket és a mindent beborító színes virágokat, és rengeteg kockát elfényképeztünk a fényképezőnkkel.

Ilyenkor mindig eszembe jutottak a digitális fényképezés előnyei, mert már jó pár tekercset kellett volna cserélni a régi módszerrel.

Valóban érdemes lett volna hosszabb időt is itt tölteni, de közösen megszavaztuk, hogy lassan elszakítjuk magunkat ettől a látványtól, és továbbindulunk az eredeti úticélunk felé.

Közeledtünk Port Antonio felé, és a Ken Jones repülőtér majd St. Margaret városka után el is értük a Rio Grandét, és egy jellegtelen – vagy még inkább csúnyácska – vasszerkezetű hídon átkelve beautóztunk a városba.

Leparkoltuk az autót a városközpontban egy barnára meszelt, fehér tornácos ház és egy hatalmas óra szomszédságában, aztán ellátogattunk a szomszéd utcában lévő piacra, ahol beszereztünk pár apróságot, majd gyalogosan andalogtunk tovább, hogy megcsodáljuk az Errol Flynn kikötő jachtjait, és a mögötte lévő homokos strandra letelepedve néztük az elénk táruló látványt.

Más strandokkal ellentétben itt nem a végtelen tengert láttuk, hanem az úgynevezett Tengerész-szigetet, ami egy kicsi, buja növényzetben gazdag szigetecske nem messze a nagy sziget partjaitól, és a nevét onnan kapta, hogy egykor az angol tengerészet használta.

Rövid tépelődés után úgy döntöttünk, felszállunk az egyik kompra, ami a kis szigetre tartott, és pár perces út után már meg is érkeztünk a pálmafákkal szegélyezett kikötőbe, ami persze nem volt más, mint egy fából ácsolt stég a parton.

Kicsit körülnéztünk a szigetecske csücskén, innen megcsodáltuk a nagy szigetet, majd vissza is tértünk, hogy mielőtt ellátogatunk a Kék Lagúnába, még fürödjünk egyet a strandon.

Igazán jól éreztük magunkat Jackkel és Kerryvel, és úgy tűnt, ők is jól szórakoztak, amikor felidéztünk pár vicces esetet, ami még akkor történt, amikor együtt dolgoztunk. Jóízűeket nevettünk, és az idő gyorsan repült.

Nem sokkal később összeszedtük a motyónkat, és Port Antonióból tovább keletre kifelé menet még megálltunk a Folly világítótoronynál – mivel imádtam a világítótornyokat –, és csak úgy mentünk tovább Port Antonio külvárosán keresztül, pár öböllel odébb, a Kék Lagúnába.

A helyiek azt állították, a filmet is itt forgatták, de az emlékeim szerint mindkettőt Fidzsi szigetén készítették, így ezt inkább csak turistacsalogató információnak lehetett tekinteni.

Csodálatos délutánt töltöttünk a lagúnánál; gyönyörködtünk a víz színében, a lagúnát körülvevő őserdő szépségében, és persze élveztük a helyi konyha varázslatos ízeit. A lagúna éttermét ugyanis a víz mellé építették, így egyszerre élvezhettünk mindent.

A szinte kötelező, különlegesen pácolt sült csirke mellett még a titkos recept szerint készült Kék Lagúna-koktélt is megkóstoltuk, ami gyümölcslevekből, rumból, és titkos fűszerekből nyerte egyedi, ám nagyon finom ízét.

– Te jó ég, hogy teleettem magam! – sóhajtott fel Jack, és végigsimított tökéletesen lapos hasán.

Már elmúlt negyvenéves, de a sok sportnak köszönhetően fitt volt és izmos. Egy deka felesleg sem látszott rajta.

– És hogy ismerkedtetek meg? – kérdeztem, remélve, hogy nem vagyok túl kíváncsi.

– Hát, az nagyon izgalmas volt – nézett Jack csillogó szemekkel Kerryre.

– Én inkább fájdalmasnak nevezném – kontrázott Kerry nevetve.

– Igazad lehet. Rossz szót használtam. Nem izgalmas, hanem roppant kínos volt – helyeselt a férfi megadóan. – Épp hokimeccsünk volt – magyarázta. – Emlékszel, hogy játszottam, ugye?

– Persze – bólogattam. – Amatőr csapatokban.

– Igen – válaszolta. – Szóval épp meccsünk volt, és akármilyen hihetetlen, szoktak lenni nézők is a lelátókon. És ahogy kapura lőttem...

– De hát te hátvéd voltál, nem? – vágtam a szavába, nem egészen értve, mit is csinált pontosan.

– Igen, hátvéd, de azért ők is lőnek néha – nevetett.

– Kék vonalról, úgy igazán? – szólt közbe Nick is.

– Úgy ám! A kék vonalról jól megcsűrtem, és erre bang! – csapott egy nagyot a tenyerébe. – A korong a kapuvasnak csapódott, ahonnan kivágódott a nézőtérre, és Kerryt pont fejbe találta.

– Jesszus! – kiáltottam fel. – Nagyon megsérültél? Egy olyan tömör gumikorong nagyot tud ütni, nem?

– Igen – nevetett Kerry. – Nagyot tud, de szerencsére az én homlokomon nagyjából elcsúszott, nem nagyon vert fejbe. Persze így is csillagokat láttam egy darabig, de legalább koponyatörésem nem lett.

– Kicsit fel is repedt a homlokán a bőr. Még a mérkőzést is megállítottuk, amíg elállt a vérzés – emlékezett vissza.

– Igen, az egész csapat ott állt a palánk mellett, elég kínos volt – fintorgott. – Jack saját maga hozott törölközőt, amit a sebre szorítottam, és a mérkőzés lefújása után oda is jött megkérdezni, hogy vagyok, és meghívott egy kávéra kiengesztelésképpen.

– Ahova másnap el is mentünk, és mivel lila volt a fél homlokod, mindenki azt hitte a kávézóban, hogy verlek – mondta nagy sóhajtások közepette. – Én meg ott éreztem magam kínosan, úgyhogy kvittek voltunk – rázta a fejét.

- Gondolod, én jobban éreztem magam lila homlokkal és fejfájással? De semmi pénzért nem hagytam volna ki – mosolygott Kerry.

- Hát, ez a mi történetünk – zárta le Jack a mesét. – És ti? Hol ismerkedtetek meg? A múltkor csak nagyon röviden említettétek, hogy kezdődött.

- Nos, nem kevésbé kínosan, de nálunk nem az eleje volt fájdalmas – válaszoltam enyhe szarkazmussal.

- Gyanútlanul elmentem ehhez az ügynökséghez, ami állítólag gorillákat közvetít ki biztonsági őröknek, erre Noree-ba botlottam – kezdett bele Nick, de nem tudtam, mennyire fogja cenzúrázni.

- Én pedig majdnem a saját lábamba – pirultam el, ahogy eszembe jutott az eset. – Még csak a második napomat töltöttem az igazgatói székben, azt sem tudtam, hogy hívják a céget, amit valami véletlen folytán megörököltem, erre berobogott Nick, és az ujjai köré csavart mindenkit – köztük engem is. Azt sem tudtam, hova legyek szégyenemben, úgy csapta a szelet.

- Elbűvölő voltál, ahogy zavarodban a jegyzetfüzetedbe kapaszkodtál az irodában. De ne feledd, hogy utána teljesen önként jöttél el hozzám terepszemlére! Ott nem kényszerített senki – mosolygott a férfi, elegánsan ignorálva az utolsó megjegyzésemet, mire kiöltöttem rá a nyelvem, de csak nevetett.

- Pillanatnyi elmezavar volt részemről – mondtam somolyogva.

- Aha, értem. Az is, hogy átvertél? – nézett Nick a szemöldökét viccesen felvonva.

- Jó, elfelejtettem közölni, hogy nem titkárnő vagyok, de azt hiszem, ez abban a helyzetben nem sokat számított – vontam meg a vállam.

- Dehogynem számított! – kiáltott fel a férfi. – Azt hittem. azért nem akarsz belemenni egy kapcsolatba, mert az állásodat féltetted. Erre kiderült, hogy te vagy az egyetlen, akit ki sem lehetne onnan robbantani, mivel tiéd az egész kóceráj.

- Ja, már vagy negyvennyolc órája az enyém volt – válaszoltam. – Na mindenesetre Nick addig ostromolt és vetett be minden aljasabbnál aljasabb trükköt, amíg beadtam a derekam – sóhajtottam.

– Aljas trükköt? – kérte ki magának. – Mi volt neked aljas? – Például Napa? Amikor hívatlanul beköltöztél a szüleim házába? – kérdeztem vissza hasonló stílusban.

– Na jó, az tényleg az volt – egyezett bele, és halvány csókot lehelt a számra. – De már megbocsátottál azért, ugye? – kérdezte mélyen a szemembe nézve, amitől persze egy kukkot nem bírtam kinyögni, csak bólintani tudtam.

– Mi történt Napában? – kérdezte Kerry, kiszakítva a transzból. Csak a kérdésre ocsúdtam fel a kábulatból.

– Miért nem meséled el, Nick? Úgy szeretném tőled hallani – mosolyogtam negédesen a férfira, és tüntetően felemeltem a koktélomat, hogy belekortyoljak.

– Szóval, Napa – kezdett bele a férfi a mesélésbe. – Jack, gondolom, te tudod, hogy Noree szülei ott élnek egy gyönyörű birtokon – nézett a férfira, várva a visszaigazolást.

– Igen, szőlőt termesztenek, ha jól emlékszem – bólintott. – Mondjuk mi mást termesztenének azon a környéken? – kuncogott.

– Úgy van. Én ezt nem tudtam, de amikor újabb egyeztetésre bementünk az irodába – ami persze teljesen fölösleges volt, az ügynököm hülyének is nézett, hogy minek koslatunk oda anynyiszor –, Noree nem volt sehol. Addig faggattam az operatív igazgatót, aki a megrendelt riasztók felszerelését felügyelte, míg az kikotyogta, hogy Noree a szülei farmjára felügyel három hétig. Erre én megjátszottam a különc sztárt, és követeltem, hogy amíg a munkálatok folynak, biztosítsanak valami szállást, mert abban a zajban és koszban nem tudok meglenni, ami a házamban volt. Aztán már csak addig kellett nyafognom, és a dolgokat csűrnöm-csavarnom, amíg kiötlötték, hogy elküldenek engem is Napába, csak hogy ne idegesítsek mindenkit Los Angelesben.

– Gondolom minden színészi tehetségedet bevetetted – jegyeztem meg szarkasztikusan.

– Természetesen. És amilyen istenáldotta tehetség vagyok, sikerült is elérnem, amit akartam, és másnap már landolt a gépünk Oaklandben – vigyorgott büszkén.

– És miért nem szállásoltak el egy hotelben? Minek kellett ez a felhajtás? – kérdezte Kerry, rögtön rátapintva a lényegre.

– Volt egy rajongóm... – kezdett bele a férfi – ...aki egy kicsit elvetette a sulykot. Akkoriban persze még csak leveleket irkált, de az ügynököm teljesen berezelt, és új biztonsági rendszert telepíttetett a házamba. Személyes védelmet is akart mellém felvenni, de én ódzkodtam tőle. Mindenesetre ez is közrejátszott abban, hogy végül Napában kötöttem ki – zárta rövidre a magyarázatot.

– Értem. És elfogták ezt az embert? Vagy mi lett vele? – kérdezte Kerry, aki ezek szerint nem volt tisztában a történet folytatásával.

Jack egy pillanatra mocorogni is kezdett a széken és aggódva nézett rám, de én nem szóltam semmit.

Hagytam Nicket mesélni.

– Később elfogták. De előtte még becserkésztem Noree-t.

– Hmm... milyen választékosan tudsz fogalmazni – jegyeztem meg viccelődve.

– Nagyon muris volt, ahogy pipiskedett a birtokon és kioktatott, hogy mihez tartsam magam – kacagott fel Nick. – Azt sosem felejtem el. És az első éjszakát sem... – hagyta félben a mondatot, de én már az elején félrenyeltem az italt és hangos fuldoklásba kezdtem, mire Nick lelkesen megcsapkodta a hátam, miközben folytatta a történetet. – Ki akartam menni a fürdőbe éjszaka és nem kapcsoltam fel a villanyt, erre a visszaúton úgy belerúgtam az ágy lábába, hogy elterültem a padlón. Ahogy szitkozódtam a fájdalomtól összegörnyedve a földön, Noree rontott be őrült fejjel, pisztolyt szorongatva. Azt hittem, lelő.

– Nem sok híja volt – jegyeztem meg, ahogy ismét meg tudtam szólalni.

– Aztán reggel, amikor szegény kutyák már órák óta csaholtak az ajtó előtt a reggelijüket követelve, de a kisasszony még mindig nem mutatkozott, elindultam, hátha találok nekik valami ennivaló félét. De megint zajt csaptam, és egy még őrültebben kinéző nővel találtam magam szemben. Ezután a reggeli alatt nem szólt hozzám egy szót sem, majd a kedves mamával folytatott egy roppant érdekes telefonbeszélgetést egy bizonyos Kevinről. Ott majdnem feladtam – sóhajtott.

– Tényleg? – lepődtem meg. – Nekem nem úgy tűnt.

– Tényleg. Egy hajszál választott el tőle. Nem tudhattam, milyen kaliberű ez a Kevin legény, és még az is benne volt a pakliban, hogy meg kell küzdenem vele – mesélte viccelődve.

– Na, ettől nem kellett tartanod – ráztam a fejem.

– Jó titeket hallgatni. Úgy vitatkoztok, mint egy veterán házaspár – kuncogott Kerry.

– Tényleg? – kérdeztem, csak hogy ne kelljen semmi értelmeset mondani, mert igazából nem tudtam volna.

– Aha. Mintha a nővéremet hallanám. Már tizenhat éve házasok – mesélte tovább gyanútlanul.

– Nahát! – csodálkoztam egy halvány mosoly kíséretében. – Milyen szerencsések.

– Igen. Azok – nevetett vissza. – És ti, tervezitek már az esküvőt? – kérdezte.

– Kerry, drágám, ne légy ilyen kíváncsi! – szólt közbe Jack, mielőtt még jobban belelendül a neje.

Nem is tudtam, mit mondjak.

Ahogy belegondoltam, hogy esetleg Nick megkéri a kezem, végigfutott rajtam a hideg. Nem tudtam megmagyarázni, miért, de ez volt az első reakcióm.

Vajon igent mondanék? – kérdeztem magamtól, de választ nem tudtam rá adni.

– Elég rövid ideje ismerjük egymást. Ez még így nem merült fel – válaszoltam, remélve, hogy ezt a témát lezárhatjuk, de Kerry nem az a fajta volt, akit ennyivel le lehetett volna rázni.

– Nem attól függ, hogy milyen régóta ismeritek egymást, hanem hogy mit éreztek egymás iránt. És úgy nézem azzal nincs baj – állapította meg.

Egyre kínosabban éreztem magam, Nick meg egy szót sem szólt.

Nem tudtam, mire gondolt, de igazán mondhatott volna valamit.

Jack egy darabig szótlanul nézte a vergődésemet, és esküszöm, mintha még élvezte is volna, aztán nagy kegyesen odafordult cserfes oldalbordájához, és elterelte a szót valami kevésbé veszélyes vizekre.

Még beszélgettünk egy kicsit arról, hogy hova lenne érdemes kirándulni, aztán lassan összeszedtük a dolgainkat, kifizettük a számlát, és elindultunk hazafelé.

Majdnem lánykérés

Szinte egészen héten mászkáltunk összevissza, csak aludni jártunk a birtokra.

Nagyon jól éreztük magunkat mindenhol, rengeteg emléktárgyat szereztünk be, és Nick már azzal ugratott, hogy egy bőröndöt is vennünk kell, hogy ezt mindet haza is tudjuk vinni. Ezzel a résszel nem is lett volna baj, végtére is pihenni és szórakozni jöttünk, de nem tudtam száműzni a gondolataimból a vudu-rejtélyt, a nyomozással viszont nem jutottam semmire. Átmenetileg átköltöztünk egy másik hálószobába, mivel több is volt belőlük a villában, és úgy tűnt, ott nem hat ránk semmilyen átok. Ugyan nem élvezhettük a tengerre nyíló kilátást, de erről hajlandóak voltunk átmenetileg lemondani, én ugyanis meg voltam győződve róla, hogy még az elutazásunk előtt kiderítem, mi folyik itt.

Próbáltam minél több helyi emberrel beszélgetni, hogy valamit megtudjak, de kezdtem azt hinni, hogy Jamaicán vagy mindenki benne van a buliban, vagy mindenki közmondásokban beszél, vagy egyáltalán senki nem akar semmiről sem beszélni, tekintve, hogy olyan válaszokat kaptam, mint:

– Alul lyukas vödör nem való folyópart. – Azaz törődj a magad dolgával, a partot takarító férfi tolmácsolásában.

– Cótány ninc keresnivaló tyúkok harc. – Vagyis, ha nem tudsz hozzátenni semmit egy szituációhoz, akkor inkább maradj ki belőle, mert ha nem teszed, utólag még megbánod –figyelmeztetett egy újabb asszonyság, aki a konyhában sertepertélt valamelyik nap.

– Ha patkány szeret szaladgál macka állakapoc körül, egy nap macka állakapoc végez vele – magyarázta a fiú, aki a kajakokat hozta egyik nap, ami durván azt jelenti, hogy aki sokat flörtöl a veszéllyel, megégeti magát.

És amikor azt hittem, már mindent hallottam, amit közmondásokkal ebben a szituációban el lehetett mondani, akkor még megbombáztak néhány újabbal:

– Csirke vidám, de sólyom van közel – közölte a recepció előtt a járdát takarító fiú, ami gyorsfordításban annyit tesz, hogy ha a dolgok túl jól mennek, a veszély közel van.

Illetve:

– Tűz van egérfarok, gondol van hűvös szellő – amit hosszas gondolkodás után arra fordítottam, hogy nem látja, hogy veszélyes vizekre evez, mivel a lány, aki az új ágyneműt hozta, nem volt hajlandó további magyarázattal szolgálni.

És nem csak a közmondások idegesítettek, de a ragozás teljes hiánya is. Nem mindig volt egyszerű megfejteni, miről beszélnek. Végül ez a módszer csúfosan megbukott, viszont adott egy tippet is.

Ha az összes helyi ember ennyire összetartott és ugyanúgy nyilatkozott, vagyis inkább nem nyilatkozott róla, akkor valami olyan dologról lehetett szó, ami mindannyiuknak jelentéssel bírt. Ez pedig nálam kizárta azt, hogy valami konkurenciaharcról legyen szó puccos szállodák között.

Miközben én ezen agyaltam, Nick egyre többször forgatta a szemeit, amikor én rácuppantam az újabb és újabb áldozatokra valami információ után kutatva, de nem szólt közbe. Gondolom azért nem, mert nem akart félbeszakítani, mikor láthatóan végre lelkesedtem valami iránt. Vagy csak szimplán nem akart jelenetet rendezni.

És egyébként sem volt nagy dolog, épp csak szokásommal ellentétben mindenkivel leálltam csevegni, akivel csak összefutottunk. Persze ezek a csevegések rekordidő alatt véget is értek, ami viszont nem volt újdonság, de itt talán nem a személyes kisugárzásom fojtotta az emberekbe szót; itt valami nagyobb titok miatt történt.

Ahogy teltek-múltak a napok, és még mindig nem tudtam semmit, és egyre jobban frusztrált a dolog, Nick időnként megpróbált kirángatni ezekből a letargikus hangulataimból, és vagy áthívta Jacket és Kerryt egy kis sütögetésre, vagy elvitt kirándulni, bármennyire is tiltakoztam.

Ilyen alkalmakkor tettünk pár kirándulást a környéken hol kettesben, hol Jack és Kerry társaságában, de szerencsére Kerry nem hozta elő újra a házasság-témát. Talán Jack leállította, talán csak nem érdekelte ennyire, nem tudom, mindenesetre én hálás voltam ezért.

Remekül éreztük magunkat a terepjárós szafarin, amire beneveztünk, a Bob Marley-emlékhelyen, a katamaránkiránduláson, ahol folyamatosan koktélokkal kínálgattak minket, a teveszafarin is, amire sikerült rábeszélnem Nicket, és a Delfin-öbölben is, ahol együtt úszhattunk ezekkel a bájos állatokkal. Egy alkalommal jártunk kettesben Kingstonban is, ahol hétvégén pont karácsonyi vásár volt.

Persze amerikai szemmel, ami temérdek karácsonyi dekorációhoz szokott, egy darabig nem is igazán tudtam felfedezni, mitől karácsony itt a karácsony, de aztán csak megpillantottunk egy feldíszített fának látszó tárgyat az egyik téren, a vízparthoz közel. Errefelé ugyanis nem kizárólag fenyőfákat öltöztettek ünnepi díszbe, hanem arra emlékeztető szerkezeteket is. Ez például egy fa oszlopról lefelé csigavonalban haladó és egyre táguló girland- és fényfüzér segítségével készült, és nagyon eredetinek tűnt.

Ezen kívül még abból látszott, hogy ünnepekre készülnek, hogy egyesek fején mikulássapka volt, amit én ebben a hőségben fel nem tettem volna, de itt úgy tűnt, egyre megy, hogy ezt teszik fel, vagy a színes kötött sapkákat.

Ahogy az utcákat róttuk, félelmetes maszkokat vagy éppen színes ruhákat viselő énekes és táncos csoportokkal is találkoztunk, és a szokásos dalok szóltak a magnókból és hangszórókból, csak éppen néha reggae verzióban, néha pedig kissé átköltve, amin jókat nevettünk.

Nick nem csak a különféle karácsonyi alakokat hiányolta, hanem a hideget és a havat is, ami miatt saját bevallása szerint Los Angelesben sem bírt megmaradni az ünnepek alatt, és el is utazott mindig Kanadába.

– Tudod, aki úgy nőtt fel, hogy karácsonykor mindig szánkózni vitték, hóembert épített és hatalmas hokimeccseket játszott a helybéli srácokkal a befagyott tavon a kert végében, annak borzasztóan nagy trauma mindezt rövidnadrágban ünnepelni harminc fokban Los Angelesben – magyarázta.

– Nem is szokott harminc fok lenni, csak tizenöt – vitatkoztam.
– Nálunk is annyi szokott lenni, csak mínuszban – mondta tovább. – Ez sem az igazi – mutatott körbe.
– Dehogynem az, csak te nem ebben szocializálódtál – válaszoltam, mielőtt valaki meghallja a tömegben, és megsértődik.
– Valóban nem – törődött bele.
– És a mostani karácsonyt hol fogod tölteni? – kérdeztem. Most jöttem csak rá, hogy itt van a nyakunkon, és én ebbe még bele sem gondoltam.

A mi családunkban minden napnak megvolt a speciális programja, és évek óta – illetve amióta az eszemet tudtam – az úgy is volt, kisebb változtatásokkal.

Valahogy eddig egyrészt bele sem gondoltam, hogy ez megváltozhat, másrészt nem is nagyon tervezgettem idénre.
– Hol fogom? – kérdezett vissza. – És te hol fogod? Vagy nem együtt fogjuk valahol? – állt meg a tömeg kellős közepén.
– Nem tudom – jöttem zavarba. – Még nem beszéltünk erről.
– Nem gondoltam, hogy kellene. Olyan egyértelmű volt számomra. De látom, számodra nem – nézett összeszűkült szemmel, kicsit eltávolodva tőlem.
– Tényleg nem tudom! – mondtam kicsit hisztérikusan. – Én... nálunk ennek hagyománya van. Valahogy azt feltételeztem, hogy én most is a szüleimnél fogom tölteni, ahogy eddig mindig – néztem rá bambán.

Eddig tényleg bele sem gondoltam, egy kapcsolat mennyire átrendezi az ember életét.

Nem mintha ne lettek volna kapcsolataim korábban – ott volt például Kevin –, de ez a része eddig nem tudatosult bennem.

Sőt az sem, hogy Kevinnel például nem is töltöttem együtt a karácsonyt annak idején. Ő is hazament, én is, aztán ennyi volt.

Jesszusom. Az a kapcsolat tényleg minden volt, csak igazi nem – eszméltem rá.

Amikor Nick frusztrált arccal hátat fordított és elindult a tömegben, utánarohantam, megragadtam a karját, és megállásra kényszerítettem.

– Tudod, néha tényleg azt hiszem, hogy reménytelen vagy – mondta mérgesen a férfi. – Hogy nem is akarsz beengedni az életedbe.

Hogy amíg a dolgaiddal és a programjaiddal nem ütközik, addig elvagy mellettem, vagy épp elviselsz magad mellett, nem tudom, melyik a helyesebb kifejezés, de aztán amikor a jól bejáratott szokásaid veszélybe kerülnek, rögtön visszavonulót fújsz – ömlött belőle a szó.

Egyre kényelmetlenebbül éreztem magam.

Nem csak azért, mert a forgatag kellős közepén, az utcán, rengeteg ember között rendeztünk jelenetet, hanem azért is, mert tudtam, hogy igaza van.

– Nézd Nick. Ne haragudj... – kezdtem volna magyarázkodni.

– Ne kérj állandóan bocsánatot. Nem furcsa, hogy állandóan ezt mondogatod? Mindent nem lehet ezzel megoldani. Minden fölött nem lehet egy *ne haragudj*jal elsiklani. És itt egyébként sem arról van szó, hogy haragszom vagy sem – szakított félbe. – Itt arról van szó, hogy végre hajlandó vagy kitartani egy kapcsolatban, vállalni az ezzel járó változásokat, vagy ezt is felrúgod, amikor felborítaná a megszokott, ámde tökéletesen unalmas és üres életedet. Erről van szó – hadarta. – És bármennyire is türelmes vagyok, egy fallal nem tudok kommunikálni; át kell, hogy engedj, mert egyszer talán feladom – tárta szét a kezeit.

Sírás fojtogatta a torkomat.

Nem tudtam, mit mondjak, és a sós érzésből következtettem, hogy az első könnycseppek könyörtelenül el is indultak szaporán lefelé az arcomon.

Csak álltam a tömeg kellős közepén, amit már csak elmosódottan egy színes pacának láttam, és nem tudtam, mit mondjak.

Ebben sosem voltam jó.

Az érzéseimet sosem tudtam kifejezni.

Még ha valahol mélyen belül tudtam is, mit éreztem, kimondani képtelen voltam, és nem tudtam, mi frusztrál jobban: az, hogy ilyen konfliktusba keveredtünk, vagy az, hogy nem bírtam kimondani az érzéseimet.

A félelmet. A bizonytalanságot.

Illetve a tehetetlenségemet ezek ellen.

Még úgy sem, hogy tudtam, Nick valószínűleg az igazi, vagy-is AZ IGAZI, de még így sem tudtam kimondani.

És még így sem tudtam átérezni.

Egyszerűen egy érzelmi csődtömeg voltam. És ez nem az elrablás után alakult ki. Mindig is az voltam. Csak eddig nem jöttem rá. Vagy legalábbis nem fogalmaztam meg. Megálltam a tömeg kellős közepén, és csüggedten néztem magam elé.

Elbaltáztam.

Pedig anyukám előre figyelmeztetett, hogy ne tegyem. A gondolatra majdnem hisztérikusan fel is nevetettem, de az utolsó pillanatban visszafogtam magam.

Hirtelen egyedül éreztem magam a világ legsűrűbb forgatagában.

Körülöttem mindenhol emberek százai igyekeztek valahova az árusok között; énekeltek, vásároltak, vitatkoztak, alkudoztak, táncoltak, jól érezték magukat, ahogy ezt Jamaicán szokták, én pedig olyan egyedül éreztem magam, mint a kisujjam.

Lehunytam a szemem, hogy még csak ne is kelljen szembesülnöm a totális csőddel, és reméltem, hogy egyszerűen elnyel a föld, hogy eltűnök, és soha többé nem kell szembesülnöm sem magammal, sem a tetteimmel.

Ehhez képest teljesen más történt.

Az éreztem, hogy valaki megölel.

Aztán ahogy az izmaim feszültsége kicsit engedett és újra mertem levegőt venni, ismerős illat lengett körül.

– Ne haragudj rám! – suttogta Nick a fülembe. – Nem is tudom, mi történt velem – magyarázkodott tovább. – Látod, most én mondtam ezt – nevetett fel kényszeredetten.

– Oh, Nick – sóhajtottam, ahogy az arcomat a vállgödrébe temettem. – Én... – kezdtem volna, de félbeszakított.

– Nem, Noree! Tudom, hogy ez neked nem egyszerű. Nem kellett volna így rád ripakodnom – mondta.

– Hmm... – nevettem fel kicsit. – Most azzal fogjuk tölteni az időt, hogy egymást túllicitálva elnézést kérünk? – néztem fel egyenesen Nick bűnbánó szemeibe.

– Nem kellene. Igaz? – kérdezett vissza Nick is halvány mosollyal.
– Hát nem – válaszoltam. – Mi lenne, ha most hagynánk ezt a témát, és helyette inkább élveznénk ezt a forgatagot, aztán este folytatnánk ezt a beszélgetést? – javasoltam remegő hanggal, mert még mindig nem tudtam, Nick vagy akár én túl tudunk-e jutni azon, ami épp történt.

Némi tétovázás után Nick nyugodt hangon válaszolt:
– Részemről rendben – lazított az ölelésen.
– Oké – bólintottam, megtörölve az arcomat.

Persze ezek után már nem volt olyan a kingstoni karácsonyi vásár, mint előtte, de legalább békét kötöttünk. A gondolataim azért sokszor visszakanyarodtak arra, amiket Nick mondott, főleg arra, hogy esetleg feladja, de aztán újra és újra elhessegettem a betolakodni kívánó sötét felhőket.

Megkóstoltunk pár karácsonyi különlegességet, mint a helyi tradicionális sütemény, ami leginkább az angol karácsonyi pudinghoz hasonlított, mert olyan volt, mint egy eláztatott gyümölcskenyér, csak éppen itt úgy rendesen rumba áztatták. Ha másra nem is, arra jó volt, hogy kicsit oldotta a hangulatot köztünk, és egy rövid ideig újra önfeledten tudtunk örülni a körülöttünk lévőkkel.

Még arra is volt időnk, hogy pár nevezetesebb helyen szétnézzünk, ha már idáig autóztunk, aztán ahogy a szürkület megérkezett, mi elindultunk vissza a birtokra.

Ezen az estén több szót már nem fecséreltünk a kapcsolatunkra vagy a jövőnkre, inkább hagytuk, hogy a testünk kommunikáljon.

Órákon keresztül kényeztettük egymást minden elképzelhető módon, míg végül kimerülten és szótlanul feküdtünk egymás mellett a hatalmas ágyon a sötétben, amíg az álmok világa el nem nyelt minket.

Reggel aztán persze már nem halogathattuk tovább a beszélgetést.

Miután megkávéztunk és megreggeliztünk a mandulafák árnyékában, jelentőségteljes pillantások után előjöttem a témával.
– Nick, ami a tegnapi napot illeti, és amit mondtál... – kezdtem bele kicsit körülményesen.

– Ja, igen, amit mondtam – hajtotta le a fejét a férfi. – Azt nem úgy gondoltam – nézett fel ismét.

– De még ha úgy is gondoltad, igazad van – mondtam meglepően higgadtan, bár a szívem vadul kalapált.

– Most melyik részéről beszélsz? – kérdezte a férfi feszülten.

– Tulajdonképpen mindegyikről – vontam vállat. – Arról, hogy minden hülyeségemet elintézem egy bocsánatkéréssel, és hogy a viselkedésem milyen frusztráló neked, mert mindenből kizárlak. Tényleg csak azért vagyunk együtt, mert... – nem tudtam, hogy fogalmazzam meg – ... a kórház után odaköltöztél hozzám. De ha rajtam múlott volna... – hagytam félbe. Azt nem tudtam kimondani, hogy egészen eddig nem költöztünk volna össze, vagy esetleg már el is hagyott volna.

Kimondta helyettem ő.

– Úgy érted, nem akarsz velem együtt élni? – kérdezte a férfi résnyire zárt szemmel.

– Nem! – kiáltottam. – Nem úgy értem! Veled akarok élni! Tényleg – folytattam. – De ha ezt a döntést nekem kellett volna meghoznom, biztosan még mindig vacillálnék rajta. Így volt ez jó. Úgy tűnik, jobb, ha bizonyos döntések nem rám maradnak, mert akkor sosem születnek meg – grimaszoltam.

– Lehet, de mégsem kellett volna úgy rád támadnom – rázta a fejét.

– Honnan tudod? – kérdeztem.

– Ezt most miért mondod? – értetlenkedett.

– Nézd. Ha valamiben jó vagyok, akkor az az objektív szemlélet – húztam el a számat. – Sajnos az esetek többségében még a saját életemet is kívülállóként szemlélem. Vagy legalábbis úgy néz ki – magyaráztam. – Mi van, ha nem a türelem a helyes taktika? Mi van, ha így nem is fog semmi sem történni, ha csak türelmes vagy, és várod, hogy megváltozzak? – kezdtem egyre jobban belelendülni. – Tudom, hogy már így is túl sokat kérek tőled, de lehet, hogy kicsit több fenékberúgásra lenne szükségem, ha érted, mire gondolok – néztem rá várakozón.

– Azt hiszem, nem teljesen – bámult rám úgy, mintha egy elmebeteg ülne vele szemben.

– Azt próbálom elmagyarázni, hogy ha nincs kellő nyomás, akkor nem fogok változni. Ha többször rávezetnél arra, hogy milyen reakciót tartanál normálisnak tőlem, akkor talán könnyebben szocializálódnék ebben az érzelem-témában – válaszoltam.

– Hmm... – vakarta meg a fejét. – Értem, mit szeretnél. De tudod, ez nem feltétlenül így működik.

– Gondoltam, hogy nem lesz ilyen egyszerű – szontyolodtam el megint.

– Először is, ennek belülről kell jönnie. Magadtól. Szóval nem lenne semmi értelme.

– Ettől tartottam – bólogattam. – De mi van, ha onnan nem jön?

– Majd jön – nyugtatott.

– Ebben nem vagyok biztos, de legyen. És mi van másodszor? – kérdeztem elkínzottan.

– Őszintén szólva ez az egyik dolog, amit imádok benned. Hogy semmire sem úgy reagálsz, ahogy az ember várná. Illetve mostanra lassan már tudom, hogy nem úgy fogsz, és nagyjából azt is, hogy hogyan. De azért még így is újra és újra meg tudsz lepni – mosolygott kisfiúsan. – Pont ettől vagy olyan rejtélyes. Érdekes.

– Hah! – néztem meglepetten. – Nem erre számítottam.

– Ha akarod, elárulok egy nagy titkot – mondta a férfi cinkos kacsintással.

– Ühüm – hajoltam közelebb.

– A férfiak mindig a lehetetlent akarják becserkészni. És szerintem ebben a témában utolérhetetlen vagy – kacagott.

Erre már én is elnevettem magam.

– Értem – bólintottam. – A lehetetlenről jut eszembe. Egyre jobban idegesít, hogy nem tudom, mi folyik itt körülöttünk. Azt hiszem, meglátogatom Mr. Simmonds-t. Lassan adhatna némi felvilágosítást.

– Ahogy gondolod. Addig én felhívom az otthoniakat. Nem is tudom, mikor beszéltem velük utoljára – vakarta a fejét.

– Tényleg. Én sem tudom. Igazad van – döbbentem le én is. – Miért nem jutott ez előbb eszünkbe? Vagyis az eszembe. Vajon mit gondolhatnak?

– Szerintem azt, hogy jól érezzük magunkat. Ne izgulj. Ha valami történt volna velük, már tudnánk róla. És ez fordítva is érvényes – vonta meg a vállát.

– Gondolom, de akkor is. Azt hiszik, két hete nem is gondoltunk rájuk – hasított belém a felismerés.

– Nem hiszik – puszilta meg a fejem búbját, aztán felpattant az asztaltól és besétált a házba.

Én még ülve maradtam, és a ruganyos lépteit néztem, illetve ahogy a nadrágon keresztül kirajzolódtak az izmai, miközben felszaladt a pár lépcsőfokon a bejárat előtt.

Forróság öntött el, és ennek semmi köze nem volt az egyre melegedő hőmérséklethez.

Nagyot sóhajtottam, hogy kicsit rendezzem a gondolataimat, és aztán felállva elkezdtem összeszedni a reggelink romjait az asztalról.

Ahogy csörömpöltem a tányérokkal, hátulról valami zajt hallottam.

Felegyenesedtem, majd a fák felé pillantva először egy aszszonyságot pillantottam meg, aki hevesen mutogatva közeledett serény léptekkel, majd egy idősödő, őszes hajú, tekintélyt sugárzó testalkatú férfit mögötte, aki lassabban közeledett.

Odaérve a nő kikapta a kezemből a tányérokat, és lendületes mutogatásokkal tarkítva pergő nyelven magyarázott valamit, amiből ezúttal nem sokat értettem, így az addigra odaérő férfira néztem kérdőn, hátha tud tolmácsolni.

– Martha majd elpakol. Ne fáradjon vele – válaszolt is a fel nem tett kérdésre. – Chis Blackwell vagyok – nyújtotta a kezét köszönésképpen. – Üdvözlöm a Fleming-birtokon – mosolygott.

Hirtelen azt sem tudtam, mit mondjak. Egy legenda állt velem szemben, aki ezen a szigeten a siker fogalmát testesítette meg.

– Nagyon örülök, Mr. Blackwell – hadartam zavaromban. – Elsinore Jones – nyújtottam én is a kezem. – Mr. Simmonds mondta, hogy hamarosan ellátogat ide a birtokra.

– Igen, hallottam, mik történtek, és rettenetesen sajnálom ezeket az incidenseket, de már azon vagyunk, hogy megoldjuk a problémát. Remélem, ennek ellenére élvezik a nyaralást.

– Oh, igen, Mr. Blackwell. Kiválóan érezzük magunkat, az apróbb közjátékoktól eltekintve – húztam el egy kicsit számat, ahogy a legutóbbi eszembe jutott.

Nicknek talán más lett volna a véleménye, majd később ő is kifejtheti, ha akarja, bár nem voltam benne biztos, hogy fel akarta volna idézni a történetet, kiváltképp idegenek előtt.

– Kérem, szólítson Chrisnek – mondta, miközben intett, hogy üljünk le és úgy folytassuk az eszmecserét. – Köszönettel tartozom önöknek – kezdett bele, miután leültünk a fehér fa székekre, félig a tenger felé fordulva.

A víz felől érkező lágy szellő finoman lengette a hajamat, és a férfi álmodozva nézett a víz felé. Ahhoz képest, hogy már hetvenen túl volt, nagyon megnyerő férfi benyomását keltette.

– Ugyan miért? – kérdeztem vissza, mert nem értettem pontosan, mire gondol.

– Nos, nem olyan szolgáltatást nyújtottunk, amit jogosan elvárhatnak. Ezért is gondoltuk, hogy kárpótolni fogjuk önöket egy újabb nyaralással, persze ha hajlandóak visszatérni – sóhajtott fel elfelhősödő tekintettel.

Gondterheltnek tűnt, és hirtelen a kora is sokkal jobban meglátszott rajta, ahogy kissé meggörnyedt a székben.

Nem tudtam megállni, hogy ne tegyem a karjára a kezemet némi vigasztalást nyújtva.

– Jaj, Chris, ne gondolja, hogy nem éreztük jól magunkat – mondtam. – Csodálatos volt az elmúlt két hét! Ez itt maga földi Paradicsom – mutattam körbe. – Fantasztikus a birtok, az emberek, az egész sziget – lelkesedtem.

– Ennek örülök, de ne higgyék, hogy errefelé a professzionális vendéglátás vudupapokat és csónakos cserbenhagyásokat jelent – rázta a fejét.

– Nos, igen, azok valóban kellemetlen élmények voltak – bólintottam.

– Ezért jöttem ide, hogy személyesen felügyeljem a további nyomozást – folytatta.

– Ez remek – kezdtem bele óvatosan, és arra gondoltam, soha többé nem lesz ilyen tökéletes alkalmam, hogy első kézből szerezzek be információt a történésekről. – És mondja csak, Chris, azt lehet tudni, hogy pontosan ki csinálja ezt, vagy miért? – billentettem kissé oldalra a fejem, hogy még jobban tudjam követni az arckifejezéseit.

– Az eddigi nyomozások nem derítettek ki semmit – vonta fel a szemöldökét. – Persze nem is voltak kellően alaposak. Mr. Simmonds nem nyomozó, így tőle mégsem várhatom, hogy részletekbe menően felgöngyölítse az ügyet, az a rendőr pedig, aki itt volt, sajnos túl rövid ideig tartózkodott a birtokon ahhoz, hogy eredményt tudjon elérni. És a történtek tükrében valószínűleg túl nagy elánnal nem is dolgozott rajta.

– Milyen történtek? – folytattam tovább a kérdezősködést, remélve, hogy nem vagyok túl tolakodó, és nem látszom túl kíváncsinak.

Nem tudtam, a férfi meddig hajlandó mesélni, mibe lesz hajlandó beavatni.

– Nem olyan fontos – jött is rögtön a visszautasítás, de nem szegte kedvem.

Gondoltam, még egyszer megpróbálom, azután ha akkor sem jutok semmire, akkor feladom.

– Kérem, Chris, avasson be. Ha már így nyakig belekeveredtünk, szeretném tudni, mi történik – küldtem felé egy reményeim szerint biztató mosolyt.

Valahogy most úgy tűnt, mintha egy nagypapa mesélt volna az unokájának a háborús történetekről, ahogy ott ültünk a part menti fal mellett.

– Valóban megérdemlik, hogy tudják, mi történik, de gondolnom kell a birtok jó hírére is – ingadozott.

– Ha attól fél, továbbadjuk valami pletykalapnak, megnyugodhat, sosem tennénk ilyet. Viszont én Los Angelesben egy biztonsági cégnél dolgozom... – kezdtem bele – ...illetve az enyém a cég, foglalkozunk nyomozással, személyvédelemmel, események biztosításával, szóval, ha segítség kell, még akár azt is megoldhatjuk, csak szóljon – magyaráztam, és komolyan is gondoltam.

Ha hazatelefonálnék, már holnapra itt lehetne egy-két ember, hogy objektív szemléletükkel segítse az itteniek munkáját, vagy némi őrzési feladatot lásson el – gondoltam. Persze nem az üzlet reményében. Inkább a birtok miatt. Sajnáltam volna, ha egy ilyen nagyszerű embernek és ennek a birtoknak a hírneve sérül a történtek miatt.

– Ez nagyon kedves magától, Elsinore – válaszolta a férfi. – De ezt a részét, azt hiszem, már megoldottuk. Egy régi barátom vette a kezébe az ügyet.

– És hogy halad vele? – faggattam tovább.

– Nem is tudom – rázta a fejét összeráncolt homlokkal. – Fogalmunk nincs, honnan közelítsük meg a dolgokat. Az elején felvázoltuk az összes lehetőséget arra vonatkozóan, hogy miféle motiváció állhat a háttérben, de egyik hajmeresztőbb, mint a másik – mondta elhúzva a száját.

– Mik ezek a motivációk? – kérdeztem.

– Lehet a személyem elleni tiltakozás egy formája is, de anynyira szerteágazó kapcsolataim vannak, hogy azt sem tudjuk, hol álljunk neki a kutatásnak – vonta meg a vállát.

– Van erre utaló nyom? Hogy ön ellen tennének valamit? Üzenetek? Vagy történtek önnel is valami furcsaságok az elmúlt időben? – faggattam.

– Nem, de ha a nyaralókat bántják, végül az is nálam fut össze.

– Ez igaz, de véleményem szerint ha a személye ellen lenne bárkinek kifogása, akkor valószínűleg önt bántották volna, esetleg a közelebbi családjából valakit – magyaráztam azt, amit megtanultam nyáron a cégnél, és előtte a kiképzésen.

– Gondolja? – nézett érdeklődve.

– Nézze, nem zárhatjuk ki, de szerintem nem ez lehet a fő motiváció. És az sem elhanyagolandó, hogy gyakorlatilag itt nőtt fel, köztiszteletben álló családból származik, ön helyezte el Jamaicát a világtérképen. Nagyon sokat tett ezért a szigetért. Kinek lenne ez ellen kifogása? – kérdeztem.

– Oh, az üzleti életben mindig vannak ellenségei az embernek, de valóban, még soha senki nem akart az életemre törni – bólintott a férfi.

– És ezek a jelenségek csak most kezdődtek, nem?

– De igen – válaszolta. – Eddig soha semmi nem történt.

– Akkor, még ha az ön személye ellen szólna is, szerintem csak a közelmúlt történései között kell keresgélni – folytattam a hangos gondolkodást. – Az üzleti életében mostanság történt valami? – Hogy érti? – nézett rám bizonytalanul. – Volt valakivel valami konfliktusa? Rúgott ki egy alkalmazottat valahonnan, aki ezt esetleg meg akarná torolni? Happolt el valami üzletet egy konkurens cég vagy személy elől?

– Nem tudok róla – mondta, miközben látszott rajta, hogy erősen próbál mindent visszaidézni, ami a közelmúltban történt. – A cégeimmel semmi olyan nem történt, ami éveken keresztül ne történt volna. Minden a megszokott mederben zajlik a sörrel és a rummal kapcsolatban is – rázta a fejét.

– És a birtokon? – intettem a fejemmel a ház felé.

– Most fejeztük be a beruházást – vonta meg a vállát.

– Kifizették az összes alvállalkozót, akik a házakat építették, terepet rendezték? – folytattam.

– Természetesen! – válaszolta határozottan.

– Rendben – nyugtattam meg kicsit a megsértett önérzetét.

– És munkát adtunk egy csomó embernek – folytatta.

– Igen, ez is dicséretes – bólogattam. – És mi van a környékbeli szállodákkal? Ők hogyan fogadták a beruházásról szóló híreket?

– Hogy fogadták volna? – nézett rám.

– Nos, akárhogy is nézzük, a birtok jó darabig nem üzemelt. Ez idő alatt a vendégek a környékbeli szállodákba mentek. Most viszont, hogy megnyitott, náluk potenciálisan csökkenni fog a vendégek száma.

– Ez igaz, de eddig ez sosem jelentett gondot. És különben is, évről évre egyre több turista jön Jamaicára.

– Az lehet, de ettől függetlenül zabosak lehetnek a konkurenciára. És ha valami vudu pap segítségével el tudják üldözni a vendégeket innen, és a vendégek még rossz hírét is keltik a birtoknak, akkor az megoldja az ilyen problémáikat.

– Gondolja, a környékbeliek állnak mögötte? – nézett kérdőn rám. – Nem hinném – rázta a fejét.

– Miből gondolja? Ön ismeri jobban a helyi viszonyokat, lehet, hogy így van – vontam most meg én a vállamat.

A lehetőség adott volt, de valóban nem feltétlenül volt ez a helyzet.

– Ismerem a környékbeli szállodák vezetőit. Nem tennének ilyet. Itt inkább az összefogás jellemző, nem a széthúzás. Mint a hurrikán után, az újjáépítés alatt is. Itt mindenki segített mindenkinek.

– Nos, akkor ha ez a szál sem tűnik hihetőnek, még újabb motívumok után kell kutatni – sóhajtottam fel.

– Oh, de nem akarom feltartani – akart felpattanni a székből, de a karjára téve a kezem marasztaltam.

– Ugyan, Chris, kérem, nem menjen. Ez a dolog engem legalább annyira izgat, mint magát, és szívesen segítek megoldani is.

– De nem ezért jöttek ide – mosolygott a férfi a lelkesedésemen.

– Nem, de ha az utolsó hetünkön nem találkoznánk minden sarokban csontokkal és madártollakkal, nekem már az is elég lenne.

– Még egyszer sajnálom – süllyedt újra letargiába a férfi.

– Ugyan már! – legyintettem. – Mondja csak! – egyenesedtem ki a székben, ahogy új ötlet merült fel bennem. – Tulajdonképpen mennyire elterjedt errefelé a vudu? Illetve az obeah? – kérdeztem.

– A helyiek tiszteletben tartják a hiedelmeket, és az idősebb korosztály még komolyan is veszi. A fiatalok is tudnak róla, hiszen úgy nőnek fel, hogy látják az öregeket, amint betartanak mindenféle fura szabályt, sokan láttak is mindenféle furcsaságot, tapasztaltak dolgokat.

– De teljesen legálisan aktívan űzik is? Úgy tudtam, betiltották, és már büntetendőnek számít.

– Igazából nem maga az obeah gyakorlása számít büntetendőnek. Valóban, egykor az volt, de mostanság már csak akkor, ha valami bűncselekménnyel hozható összefüggésbe. Különben nem – magyarázta. – Miért kérdi?

– Csak azért, hogy megtudjam, mennyire szokványos ez a fajta fenyegetés. Illetve ezek a dolgok, amik itt mennek.

– Értem. Nos, egyáltalán nem különleges. Az öregek azért még tisztában vannak a hagyományokkal, és ha kell, be is vetik őket. Persze eddig a környéken nem hallottam arról, hogy a törvényesség határát átlépték volna vele.

– Ez érdekes – gondolkodtam el egy pillanatra.

– Micsoda? – nézett rám a válaszra várva.

– Az, hogy az öregek azok, akik inkább erre képesek lennének.

– Nem feltétlenül, azért vannak fiatalabbak is, akik továbbviszik a hagyományokat – vágott közbe.

– Igen, de mégis valami azt súgja, hogy ez és a birtok megnyitója valahogy összefügg – járattam erősen az agyam, hátha valami bekattan. – Mondja csak, Chris, pontosan mi változott itt az elmúlt időben?

– Nos, nagyberuházásba kezdtünk pár éve – kezdte mondani. – A már meglévő öt villa mellé tizennyolc, strandra néző kis házikót terveztünk a birtokra. Ebből tizenegy az étterem felé meg is épült – gondolom, már látták is őket – mutatott el balra. – A másik hét pedig a terveink szerint a SPA-falu része lesz, a wellnessközpont mellett, a másik irányban. Ezzel egyidőben pedig felújítottuk az eredeti öt villát is – magyarázta.

– De a földterület eddig is az ön tulajdonában volt, ugye? Nem kellett hozzá vásárolnia extra területet, hogy megvalósítsa ezt a tervet.

– Nem. Huszonegy hektáron terül el a birtok, nem kellett bővíteni, erre dolgoztuk ki a tervet.

– Értem. Azt hiszem, már kérdeztem, de amikor felmerült a beruházás ötlete, senki nem tiltakozott?

– Mire gondol? – kérdezett vissza.

– Környezetvédőkre, hagyományőrzőkre, helyiekre... – soroltam. – Akárkire.

– Nem rémlik. Nem mindig tartózkodtam itt, csak néha jöttem el megnézni, hogy haladnak a munkálatokkal, de nem mondták az alkalmazottaim soha, hogy valami incidens lett volna.

– Ez felettébb különös. És a tervek mindig így néztek ki, vagy esetleg változtattak rajta?

– Mindig ezek voltak a terveink – vonta meg ismét a vállát. – Először létre akartuk hozni a strandfalut, aztán a

wellnessközpontot. Bár abba még nem kezdtünk bele. Meg akartuk mindenképp nyitni a birtokot közben, azt pedig egy második ütemben felépíteni. A múltkori megnyitón jelentettük be.
– Valóban? Ezek szerint erről eddig nem is tudott senki? – pillantottam most fel szagot fogva.
– Dehogynem. Rengetegen tudtak róla. Hiszen a tervezés során készült látványtervek ott vannak mindenhol az irodáinkban. Szó is volt róla.
– Hmm... – gondolkodtam el egy pillanatra – ...és végig teljesen biztos is volt, hogy megvalósul?
– A mai világban mi tejesen biztos? – nézett megfáradt tekintettel a férfi. – A gazdasági világválságot itt is megéreztük. Illetve itt már előbb jött. Nem tudom, mennyit tud Jamaica történelméről, illetve a közelmúltjáról, de az 1962-es függetlenség utáni gazdasági fellendülés után a hetvenes években erős visszaesést tapasztaltunk. Bár ez máshol is így volt. A hetvenes évek senkinek sem feküdt igazán – húzta el a száját. – Mindenesetre Jamaica gazdasága viszonylag kevés területen alapszik: bauxit és alumínium, turizmus, pénzügyi szektor és a mezőgazdaság – számolta az ujjain. – Ebből a bauxitbányászat és alumíniumgyártás a nyolcvanas években olyan mélypontra került, ami alapjaiban megrázta a gazdaságot. Azóta ugyan újra meghatározó szerepet játszanak a sziget gazdaságában, de azért nagyban visszavetette a fejlődést. A turizmus annyit nem szenvedett miatta, de tény, hogy jobb gazdasággal fejlettebb infrastruktúra épülhetett volna ki a szigeten, ami segítene a szolgáltató szektornak is. És aztán nemrég jött az újabb válság, így azt azért nem mondhatnám, hogy ez a beruházás az elmúlt pár év minden pillanatában megvalósíthatónak tűnt.
– Tehát ha valakinek ezzel van baja, akkor joggal reménykedhetett abban, hogy örökre lemondanak róla?
– Akár. Nem tudom – rázta a fejét. – De kit zavarna ez a projekt? – nézett kérdőn.
– Tudom, hogy egyszer már elvetettük a konkurenciát, de esetleg nincs a közelben másik wellnesshotel, ami konkurenciának tekinthetné?

– Ilyen hotelek inkább nyugatra vannak: Montego Bay, Runaway Bay, vagy Negril felé. Itt nem jellemző – vonta fel a vállát.

– Hmm… – akadtam el ismét. – Pedig valószínűleg ezzel függ össze, de nem tudom, merre kellene nyomozni – sóhajtottam nagyot. – Sajnálom, hogy nem jutottunk előrébb – néztem az idős férfi megfáradt szemeibe.

– Ugyan már! – válaszolta, és a huncut szikrák kezdtek visszatérni a tekintetébe. – Már így is többet tett, mint amit kellett volna. És különben sem szeretném rabolni az idejüket. Pihenjenek.

– Köszönjük – mosolyogtam.

– Terveztek valami programot mára? – kérdezte felállva a székből, indulásra készen.

– Azt hiszem, kirándulunk egyet a környéken. Még nem jártunk a Kacagó vízesésnél – mondtam, miközben én is felálltam és a ház felé indultunk.

– Az valóban csodálatos hely. Mindig is irigyeltem a tulajdonosát, hogy ilyen fantasztikus partszakaszt birtokol.

– Magánterület? – néztem ijedten. – Akkor nem is tudunk bemenni?

– Csak volt magánterület. A hölgy pár éve elhalálozott. Nyugodjék békében. Most részben állami tulajdonban van, de van ott egy konferenciaközpont is. Szabad a bejárás a vízeséshez. De nem sokan látogatják. Érezzék jól magukat – mondta már búcsúzóul.

– Köszönjük – mosolyogtam rá. – És kérem, nézzen be hozzánk máskor is. Vagy ha valamit még segíthetünk a nyomozással kapcsolatban, csak szóljon.

– Köszönöm – mosolygott a férfi távoztában.

Még egy darabig néztem az elhaladó alakot, majd bementem a házba, ahonnan Nick hangja szűrődött ki. A hangszínéből kiindulva a stúdióval beszélt, és nem teljesen terv szerint mentek a munkálatok.

Úgy döntöttem, amíg ő telefonál, addig bekapcsolom a számítógépét, és egy kicsit kalandozok a világhálón. Régen olvastam már híreket; amennyire tájékozott voltam a napi eseményekben, akár ki is törhetett volna a harmadik világháború, azt sem vettük volna észre.

Gyorsan elolvastam azokat az oldalakat, amiket máskor is szoktam, még egy kis hollywoodi pletyka is belefért, persze szigorúan szakmai érdekből, aztán rövid gondolkodás után megnyitottam egy böngészőt, beírtam Jamaicát, és kíváncsiságból kinyitottam pár oldalt, amit kihozott.

Persze többnyire a szokásos oldalak jöttek ki a legáltalánosabb információkkal.

Ahogy nézegettem őket – többek között egy turisztikai látványosságot felsorolót is –, szembetűnők voltak azok témái.

Leginkább három részre lehetett őket osztani: természeti csodák – mint folyók, vízesések, mocsarak, erdők stb. –, vagy piacok, ahol az kézművesek a portékáikat kínálhatták, illetve történelmi emlékhelyek, amelyek az őslakos indiánokkal, a később betelepült spanyol vagy angol telepesekkel, vagy az általuk behurcolt rabszolgákkal volt kapcsolatban.

Ezen egy pillanatra elgondolkodtam és felidéztem valamit magamban, amit a tulajdonos mondott.

Az öregek ismerték az obeaht és a hagyományokat is.

Mi van, ha itt történt valami annak idején, ami miatt ez a darabka föld jelent nekik valamit?

Mi van, ha ezért megéri nekik még a törvénnyel is összetűzésbe kerülni?

Az egyetlen bökkenő ebben az volt, hogy ez valószínűleg nincs feltéve az internetre helyrajzi számmal ellátva. Ezek a történetek szájhagyomány útján terjedtek a családokban, ahol az idősebb generáció elmesélte a fiatalabbnak, és azok így értesültek egy-egy ősük hősi tetteiről, vagy szörnyűséges múltjáról.

Az pedig világosan látszott, hogy itt senki nem beszélne róla idegeneknek.

Ezzel gyakorlatilag keresztet is vethettem a dologra.

Nagy sóhajtással becsuktam a megnyitott oldalakat és kikapcsoltam a gépet.

Nick is már épp elköszönt a telefonban valakitől, úgy gondoltam, lassan úgyis felkerekedünk.

Hamar odaértünk a vízeséshez, és miután letelepedtünk a homokos parton egy pokrócra, elégedetten szemléltem magam körül a tájat. Szerencsére épp senki nem volt ott, így magunkban élvezhettük a terület varázsát.

Elképzelni sem lehetett ennél szebbet.

Más strandokhoz képest itt a homokot nem egyszerűen öszszefodrozta a tenger vize. Itt kis dűnék sorakoztak egymás után, és köztük pedig türkiz vizű folyó kanyargott és csatlakozott útja végén a tengerbe.

A pokrócot a dűnék és a kissé beljebb kezdődő fák közé terítettük le; itt még volt némi árnyék a pálmafák alatt, de a tengerhez és a folyó vizéhez is közel voltunk.

Miután ettünk pár falatot a kosárból, úgy döntöttünk, felgyalogolunk a folyón egy darabig, úgy Bond-módra, ahogy a filmben is láttuk a múltkor.

A víz kellemesen langyos volt, a fák árnyékában pedig, ahol nem tűzött a nap, kimondottan jólesett a vízben gyalogolni.

Volt, ahol csak bokáig ért a víz; volt, ahol térdig vagy még tovább, de nagyon jól éreztük magunkat. Szerencsére semmilyen vadállattal nem találkoztunk, bár fogalmam sem volt, hogy errefelé honos-e a krokodil vagy az aligátor, mint a sziget más részein.

Már egy ideje gyalogoltunk, amikor újabb vízesésre bukkantunk, és le is telepedtünk a sziklákra, hogy kicsit kifújjuk magunkat.

Ahogy ott ültünk, majdnem csuromvizesen, akkor néztem csak meg alaposabban, milyen szexi látványt nyújt Nick.

Farmer rövidnadrágja izgatóan rásimult a combjaira, és a pólója is nedvesen simult a mellkasára, ami nem is csoda, hiszen párszor nyakig merültünk a vízben, amikor elbotlottunk az aljnövényzetben.

Lassan elszakítottam a magam ettől a látványtól, de ahogy a tekintetünk találkozott, láttam, hogy neki is hasonló dolgokon járhat az esze, mert az ő tekintetéből is vágy sütött.

A kezeink már maguktól indultak vándorútra. Simogattuk, csókoltuk egymás testét mindenhol, ahol csak értük, és rövid időn belül kapkodva vettük mindketten a levegőt. A ruhák feleslegessé kezdtek válni, és bár nem volt könnyű lefejteni egymásról, azért egyenként, rengeteg csókkal és simogatással megszakítva, sikerült megszabadulnunk az összestől. Ahogy egyre nagyobb felületen érezhettük egymás bőrének bársonyosságát és egyre több helyen simogathattuk egymást, a vágy is úgy fokozódott, és nem is tudtuk sokáig visszafogni magunkat.

Nick leült egy sziklára, a két lába közé húzott, aztán egyenként a szájába vette a mellbimbóimat és azokat kényeztette minden elképzelhető módon. Apró sikolyok hagyták el a számat az élvezettől, amit nyújtott, a térdeim egészen elgyengültek, és a férfiba kellett kapaszkodnom, hogy el ne essek. Közben a kezei is fürgén jártak-keltek a testemen, egy négyzetcentimétert sem hagytak ki. Amikor a combjaim tövénél éreztem őket, óriási sóhaj tört fel belőlem.

Közben persze én is igyekeztem mindenfelé simogatni, ahol csak értem, és a hálás nyögésekből ítélve neki is jólesett.

Amikor érezte, hogy a szenvedély már olyan magas hullámokban ostromolt, hogy alig bírtam megállni a lábaimon, felállt, és engem ültetett a sziklára, majd szemből közelített, és amire már annyira vágytam, végre megtörtént: egyesültünk.

Nem volt könnyű a kissé csúszós sziklákon egyensúlyozni, de úgy tűnt, Nick viszonylag biztosan tudta tartani a pozícióját és engem is, én pedig szabadon ficánkolhattam, ami csak még izgatóbbá tette a játékot. Isteni érzés volt, ahogy spanyol táncosokat is meghazudtoló csípőmozgással kergettem Nicket az őrületbe újra és újra, vagy épp ő kínzott azzal, hogy hol lassabb, hol gyorsabb, hol gyengédebb, hol erőteljesebb mozdulatokkal ostromolt. Időnként kis szüneteket tartva szinte a végtelenségig nyújtottuk az élvezetet, aztán amikor már egyikünk sem bírta tovább, Nick felgyorsította a mozgást és óriási robbanással a belsőmben jutottunk el a csúcspontig, és hátát megfeszítve szorította egymásnak a csípőinket a végső pillanatban.

Lihegve kapaszkodtunk egymásba, miután a csillagok lassan kitisztultak a szemünk elől, Nick pedig ölbe kapva engem telepedett le a sziklára, hogy kicsit kifújja magát, és lágyan ringatott az ölében. Még egy kicsit így maradtunk, élveztük a közelséget és azt a bágyadtságot, amit ilyenkor mindig éreztünk, majd lassan magunkhoz térve, további gyengéd simogatások között lassan elváltunk egymástól.

– Lassan vissza kellene öltöznünk – mondta Nick mély, rekedt hangon, és újabb csókot lehelt a kulcscsontomra, amitől rögtön újra felizzott bennem a szenvedély lángja.

– Ühüm – dünnyögtem hátrahajtott fejjel, hogy tovább élvezhessem a férfi érintését és csókjait.

Ahogy lassan kinyitottam a szemeimet, hirtelen minden olyan fényes volt, bár kissé elmosódott is. Aztán ahogy lejjebb hajtottam a fejem, Nick szenvedélytől bódult arcába néztem. Az ő szemei is csillogtak; nem tudtam megállni, hogy ne csókoljam meg mindkettőt.

Éreztem, hogy a becézgetések és egy kis mocorgás hatására újjáéledt a férfiassága, így aztán lassú mozdulatokkal újra az egekig tornáztam a feszültséget a testünkben, és újabb kisülés után jóleső fáradtsággal kapaszkodtunk egymásba.

– Ehhez nagyon értesz, azt meg kell hagyni – motyogta a vállgödrömbe csukott szemmel.

– Mihez? – kérdeztem vissza pihegve.

– Az ismétléshez – kuncogott. – Nem is emlékszem, mikor volt olyan, amikor csak egyszer jutottunk el a csúcsra.

– Én sem – válaszoltam megvonva a vállam.

Kicsit megmozdítottam a zsibbadni kezdő lábaimat, hogy kényelmesebb testtartást vegyek fel. Eszem ágában nem volt felállni; akár az idők végezetéig így maradtam volna.

– Harmadikra játszol? – kérdezte a férfi mély levegővételek után. – Bestia! – suttogta a fülembe.

– Csak elzsibbadtam – válaszoltam.

– Én is – mondta a férfi, kicsit eltávolodva a felsőtestével tőlem.

A mellbimbóim rögtön újra megkeményedtek a váratlan hűvös szellőtől, ami így akadálytalanul érhette a testemet. Nick figyelmét persze nem kerülte el, de miután mindkettőre hintett egy gyors csókot, óvatosan felemelt. Kitapogattam a talpammal a talajt, kicsit bizonytalanul ugyan, de felálltam, hogy megkeressük a ruháinkat.

Ahogy magam köré néztem, keresve a fekete bikinim darabjait, a kék rövidnadrágomat és a fehér trikót, amiben jöttünk, egyre zavarodottabb pillantásokkal kellett észrevennem, hogy egyiket sem láttam sehol.

Felpillantva Nick ugyanilyen arckifejezéssel nézett rám viszsza, mert az ő nadrágja és pólója sem volt sehol.

Egy darabig csak álltunk ott a térdig érő vízben szótlanul, majd olyan elemi erővel tört ki belőlünk a röhögőgörcs, hogy percekig csak rázkódtunk tőle.

– Szerinted... szerinted is elúsztak a ruháink? – kérdeztem a férfitól a nevetéstől fulladozva.

– Aha! – jött a válasz. – Elvitte a víz – kacagott tovább, aztán egyszer csak mintha elvágták volna, őrületes káromkodásba kezdett.

– Mi a baj? – néztem rá én is döbbenten, és magam elé rántottam a kezeimet, mert azt hittem, meglátott valakit közeledni.

– A zsebe – mondta, és hosszú léptekkel gázolt a vízben, hogy minél előbb utolérje a szökött ruhadarabokat.

– A kocsikulcs? – kérdeztem, mert az elég kínos lett volna, ha pótkulcsért kell telefonálni.

– Nem csak az – kiabálta vissza, de aztán megállt, bevárt, és kézen fogva mentünk tovább.

Muris látvány lehetett, ahogy anyaszült meztelenül térdig gázoltunk a folyóban egy turisták által látogatható területen, és csak remélhettük, hogy a továbbiakban sem téved erre senki, vagy legalábbis előbb be tudjuk cserkészni a ruháinkat.

Már percek óta mentünk visszafelé a folyón a sodrás irányába, amikor végre az egyik sekélyebb részhez értünk, és Nick egyszer csak elkezdett rohanni az egyik part felé. Ahogy jobban megnéztem, tényleg valami sötétebb rongydaraboknak tűnő dolgok himbálóztak a vízben, és amikor Nick odaért, diadalittasan emelte fel a bikinialsómat, a trikómat, és az ő rövidnadrágját. A többit viszont sajnos nem láttuk.

– A maradék hol lehet? – néztem körül, miután a bugyit már magamra rángattam, és a komfortérzetem is kicsit jobb lett.

– Nem tudom, az én pólóm sincs még meg – mondta, miközben a nadrág zsebeit kutatta.

– És megvan a kulcs? – kérdeztem, miután jobb híján a vizes pólót is magamra húztam. Persze ahogy a hideg anyag a testemhez ért, a hatás nem maradt el, de most nem azzal akartam foglalkozni. Nick szemei is csak egy pillanatig időztek a látványon, ami a pólón átsejlett, majd ő is felöltözött.

– Igen – válaszolta.

– Akkor jó – sóhajtottam nagyot. – Gyere – nyújtottam a kezem a férfi felé –, keressük meg a többit is.

Arra számítottam, hogy megfogja a kezemet és elindulunk, de a férfi nem mozdult, csak furcsán nézett rám, a kezét még mindig a zsebében tartva.

Oldalra fordított fejjel, kérdőn néztem rá, majd a kezemet leengedve közelebb mentem hozzá.

– Nick? Mi a baj? – futtattam végig rajta a szememet, majd körbepillantottam, hátha más döbbentette így meg.

– Talán őrültséget követek el, de meg kell próbálnom – mondta, amit én abszolút nem tudtam mire venni.

– Tessék? – kérdeztem vissza, mert fogalmam nem volt, hogy miről beszél.

– Ahogy itt állsz, ahogy az előbb hozzám simultál... – kezdett bele akadozva – nem tudom megállni, hogy ne mondjam el – rázta a fejét.

– Micsodát? – néztem rá továbbra is bambán, és az arcát a kezeim közé fogtam.

Egészen meggyötört arc nézett vissza rám, én pedig legszívesebben lecsókoltam volna a gondokat róla.

Lefejtette a kezeimet, majd egy lépést hátrálva folytatta.

A szívem már a torkomban dobogott, úgy éreztem, levegőt sem kapok a feszültségtől, de mielőtt fekete pontok kezdtek volna el táncolni a szemeim előtt, mély levegőt véve kicsit magamhoz tértem.

– Szeretlek Noree – mondta a férfi mélyen a szemembe nézve. – Tudom, hogy ez neked nem könnyű, de úgy döntöttem, nem várok tovább. Részben persze azért sem, mert azt mondtad, szükséged van néha egy kis fenékberúgásra. Persze ez nem kicsi lesz, de azért remélem, nem foglak miatta örökre elveszíteni.

– Miről beszélsz, Nick? – suttogtam elkínzottan, mert nem bírtam rájönni, mire akar kilyukadni.

– Arról, hogy szeretlek. Mérhetetlen szerelemmel szeretlek. Minden pillanatban. Mindent szeretek benned. Szeretem, amikor reggel együtt ébredünk, de azt is, amikor én előbb kinyitom a szemem, és az alvástól rózsás arcodat figyelhetem egy darabig. Szeretem a bőrödet simogatni, aminél bársonyosabbat még sosem tapintottam és illatosabbat még sosem éreztem. Szeretem, ahogy hozzám simulsz, ahogy a hosszú ujjaiddal a hajamba túrsz. Szeretem, ahogy mozogsz, ahogy a csípődet billegeted, ahogy a végtelenül hosszú lábaidat rakosgatod egymás elé, ahogy a karjaiddal átölelsz. Szeretem a hangodat hallgatni, miközben hozzám beszélsz, a nevetésedet, ami szinte csilingel. Szeretem a kifejező szemeidet, amik a világ összes történetét képesek elmesélni. Szeretek elveszni a mélységükben. Olyankor úgy érzem, valahol belül eggyé válunk. Szeretem az arcodat. Az orrodat és szádat, és azt, ahogy az arckifejezéseid változnak, ahogy le tudok róla olvasni minden érzelmet, minden gondolatot. Ennek ellenére mindig meglepsz valamivel, de ezt is szeretem benned. Szeretem az életet melletted; azt, hogy sosem unatkozom; azt, hogy sosem fogyunk ki a témákból; azt, hogy veled úgy tudok beszélgetni, ahogy senki mással. Szeretem azt az érzést, ami minden nap végén elfog, amikor hazaérek hozzád, amikor a karjaimba simulsz. Szeretem az éles eszedet, a munka iránti szenvedélyedet, a humorodat. – Nagy levegőt vett, és kicsit megszorította a kezeimet. – Szeretlek, és szeretnék mindent megtenni azért, hogy újra úgy mosolyogjanak a szemeid, ahogyan azt a szüleid birtokán tették. Ha hagysz, akkor mindenekelőtt szeretnélek olyan boldoggá tenni, amilyen boldoggá a te jelenléted tesz engem.

– Oh, Nick – suttogtam elérzékenyülve, és éreztem, ahogy a látásom elhomályosul, és legördülnek az arcomon az első könnycseppek.

Még sosem hallottam ilyen szépet.

Még sosem vallott nekem így senki szerelmet.

– Nem kell semmit mondanod. Tudom, hogy nem fair tőlem ezt így rád zúdítani – szegte le a fejét egy pillanatra, és amikor én elengedtem a kezét, hogy letöröljem a könnyeimet, egy kis bársony szütyőt húzott elő a nadrágja zsebéből. – Ezt szeretném, ha elfogadnád tőlem – mondta, miközben egy gyűrűt húzott elő belőle. – Eredetileg ezzel akartam megkérni a kezedet egy alkalmas pillanatban, de tudom, hogy ettől a gondolattól kiver a víz, így szimplán a szerelmem jelképéül fogadd el tőlem – folytatta, miközben a bal kezemet megfogta, és a gyűrűsujjamra húzta az ékszert. – Aztán majd egyszer, ha te is úgy érzed, megbeszéljük a többit is. Én akár itt helyben elvennélek feleségül, de nem fogunk semmit elsietni, megvárjuk, amíg te is biztos leszel benne – mosolygott.

Záporozó könnyeimen keresztül már csak elmosódottan láttam a férfi alakját, és a gyűrűt is az ujjamon.

Nick óvatosan a karjaiba vett és csendesen ringatott, amíg a zokogásom csillapodott.

Csak nagy sokára tudtam megszólalni.

– Ilyen csodálatosat még sosem mondott nekem senki – mondtam még mindig a könnyeimmel küzdve a meghatottságtól.

Sűrű pislogással próbáltam a látásomat kitisztítani.

– Ne haragudj, hogy így megríkattalak – mosolygott a férfi bágyadtan. – Nem egészen ez volt a tervem. Azt szeretném, ha mosolyognál – mondta.

– Én ilyet még sosem éreztem – válaszoltam elgondolkodva. – Ilyen hihetetlen érzelmek sosem kavarogtak bennem, mint amik az elmúlt percekben. Szinte felrobbant a belsőm – magyaráztam a férfinak elképedve. – Úgy éreztem, mintha ragyogott volna körülöttünk az egész világ. Mintha csak nekünk énekeltek volna a madarak. Még most sem hiszem el. Még most sem tudom felfogni, mi történt – ráztam a fejem.

Ahogy felpillantottam, Nick mosolygó arca nézett vissza rám.

– És jó érzés volt? – kérdezte.

– Fantasztikus! – válaszoltam mosolyogva.

– Akkor jó – mondta, és átölelt.

Ahogy ott álltunk, eszembe jutott, hogy még jól meg sem tudtam nézni a gyűrűt, amit az ujjamra húzott.

Kibontakoztam az ölelésből, és kicsit elhúzódva felemeltem a bal kezemet, majd az ujjaimat kinyújtva szemügyre vettem az ékszert, és szinte abban a pillanatban elállt a lélegzetem. Egy gyönyörűen kimunkált margaréta nézett vissza az ujjamról. A karika és a szirmok ezüstösen csillogtak a napfényben, a virág közepében pedig sárga kő ragyogott, pontosan úgy, ahogy a valódi virágban.

– Ez gyönyörű! – suttogtam ismét a meghatottságtól.

– Örülök, hogy tetszik. Azért ilyet választottam, mert ez a kedvenc virágod. És azért is, hogy legyen egy saját aranyszemünk is, ami majd mindig emlékeztet minket az itt eltöltött időre – mondta, utalva a Fleming-birtokra, amit az író Goldeneye-nek hívott. – Persze ha szeretnél később egy másikat kiválasztani... – kezdett bele, de nem hagytam, hogy folytassa: egy csókkal beléfojtottam a többi mondanivalóját.

– Nem kell másik. Ez tökéletes. Köszönöm, Nick – néztem mélyen a szemébe.

Ahogy ott álltunk egymás szemébe nézve, egyik pillanatról a másikra megint nevethetnékem támadt.

– Már kezdem megszokni, hogy minden szerelmi vallomásom után először könnyekben törsz ki, aztán nevetőgörcsöt kapsz – engedte le a kezeit, miközben a testem rázkódott. – Vagy most van valami értelmes magyarázat is rá?

– Igen – bólintottam, miközben az oldalamat fogtam, ami kezdett megfájdulni. – Amit mondtál – fűztem még hozzá levegő után kapkodva.

Nick körbeforgatta a szemeit, mintha el sem hinné, miről beszélek, aztán elindult a folyón lefelé.

– Amit mondtam? – kérdezett vissza. – Shakespeare is megirigyelné ezt a monológot, amit előadtam neked, erre kiröhögsz? – mondta tettetett kétségbeeséssel.

– Jaj – tértem megint magamhoz, és elindultam Nick után. – Nem a monológ miatt nevettem. Hanem amit utána mondtál arról, hogy a megfelelő pillanatot vártad, hogy átadd a gyűrűt – itt megálltam és körbemutattam –, és a legmegfelelőbbnek azt találtad, amikor fele ruhánkat elhagyva kóricálunk egy folyóban? – vigyorogtam rá, mire már ő is elnevette magát.

– Hát, ez valóban eléggé röhejesnek hangzik – értett egyet velem. – De igazából azért ez volt a legmegfelelőbb, mert már hetek óta a zsebemben hordtam, és nem akartam tovább kockáztatni, hogy egyszer csak elhagyom – vigyorgott. – Na, menjünk, keressük meg a többit ruhánkat is, aztán száradjunk meg a parton. Mit szólsz?

Csendes egyetértésben lépegettünk tovább a vízben kéz a kézben, a kétoldali partot szemlélve annak reményében, hogy előbb-utóbb megkerülnek a ruháink is, és valóban: pár kanyarral odébb előbb a bikinifelsőmet, aztán Nick pólóját, majd végül a rövidnadrágomat is megtaláltuk.

A partra visszaértve kiterítettük őket egy fa ágára, és amíg azok száradtak, mi a dűnéknek vetve a hátunkat beszélgettünk a végtelen tengert szemlélve.

A fejszés fickó

Másnap reggel Jack jelent meg az ajtóban. Jött elbúcsúzni; nekik letelt a kéthetes nyaralásuk, délután indultak vissza Kingstonba, a repülőtérre. Azt mondta, Kerry a bőröndöket pakolja, ő pedig jobbnak látta, ha addig nincs láb alatt. Mivel Nick megint a telefonon lógott és serényen osztotta a munkatársait, úgy döntöttünk, sétálunk egyet a parton.

– Na, nézd már! – kiáltott fel egyszer a férfi. – Nem is mondod, hogy gratulálhatok!

– Mihez? – kérdeztem csodálkozva.

Ekkor Jack megragadta a bal kezemet, és felemelte, hogy szemmagasságba kerüljön a gyűrű.

– Vajon mihez? – kérdezte a szemét forgatva. – Tudom, hogy nem vagy egy nagy romantikus, de azért a frissen eljegyzett emberek ennél kicsit jobban emlékeznek az eseményre – vigyorgott.

– Ja! – vontam meg a vállam. – Erre gondolsz? – pillantottam rá a gyűrűre.

– Hát persze, hogy erre – nevetett. – És mikor lesz a nagy nap?

– Nem tudom – válaszoltam. – Ez nem egészen az, aminek látszik – magyaráztam.

– Oh, ne etess! – vitatkozott. – Ez pont az, aminek látszik.

– Nem, úgy értem, nem jegyeztük el egymást, vagy mi – ráztam a fejem.

– Tessék? – torpant meg a férfi a homokban. – Hogy érted, hogy nem jegyeztétek el egymást? Itt a gyűrű, nem? – mutatott megint az ujjamra.

– Igen, az van – emeletem fel a kezem és nézegettem elérzékenyülten, ahogy a nap sugara megcsillant rajta.

– Akkor nekem ez eléggé egyértelmű, hogy ő megkért, te igen mondtál, én pedig végre gratulálhatok – magyarázta.

– Nos, ez nem pont így történt – néztem rá.

– Hmm... Vajon miért nem lepődöm meg azon, hogy a te esetedben ez sem ilyen egyszerű történet? Mesélj – telepedett le egy kőre a víz partján, majd megpaskolta maga mellett a szabad helyet.

Egy kicsit még hezitáltam, aztán egy mély levegő után leültem és is, majd a horizontot szemléltem, hátha abból ki tudok olvasni valami cenzúrázott verziót a történetről.

– Nem is tudom, hol kezdjem – ingattam a fejem. – Olyan hihetetlen volt az egész szituáció – torpantam meg ismét.

– Ezek már csak ilyenek – kotyogott közbe a férfi.

– Az biztos – bólintottam.

– És hol történt? – kérdezte, miután érezhette, hogy sehogy sem tudok belekezdeni.

– Tegnap elmentünk ide, nem messze, a Kacagó vízeséshez – válaszoltam.

– Kacagó vízesés? – nézett. – A Dunn folyó mellett?

– Igen. Emlékszel az első James Bond-filmre? Amikor Ursula Andress kijön a vízből, Bond pedig énekel? – kérdeztem, amire a férfi lelkesen bólogatott. – Na, azt ott forgatták.

– Hűha! És még mindig olyan szép a környék?

– Csodálatos – mondtam egy elvarázsoltan.

– Azt elhiszem – válaszolta elnéző mosollyal. – Szóval ott adta át a gyűrűt?

– Elmentünk felfelé a folyón sétálni... – kezdtem, de mivel a sikamlós részeket nem nagyon akartam az orrára kötni, egy nagy ugrás után folytattam – ... és amikor már visszafelé jöttünk, Nick egyszer csak megállított, és...

– És? – biztatott.

– És szerelmet vallott.

– És te? – kérdezett tovább.

– Én mi? – értetlenkedtem, hogy időt nyerjek.

– Te mit reagáltál erre?

– Elsírtam magam a meghatottságtól – vontam vállat.

Éreztem, hogy az emlékektől megint könnyek kezdtek gyülekezni a szemeimben, ezért inkább elkezdtem a messzeséget fürkészni.

– Még mindig nem értem. Most akkor megkérte a kezed, vagy nem? – fordult oda Jack.

– Nos, igen is meg nem is – válaszoltam. – Azt mondta, megkérné, de tudja, hogy ettől kiver a víz, így inkább csak szerelmet vallott, és azt mondta, a többit megbeszéljük, amikor készen állok rá.

– Ez az ember egy szent. Ugye tudod? – lökött oldalba a könyökével. – És nem gondoltad, hogy most az egyszer megleped, és szimplán igent mondasz?

– Képtelen voltam – suttogtam.

– Mitől félsz? – kérdezte a férfi. – Attól, hogy mégsem ő az igazi?

– Nem tudom – hunytam be a szemeimet.

– Mit éreztél? – kérdezgetett tovább.

– Azt hiszem, boldog voltam.

– Akkor mi a probléma?

– Az, hogy ez mindig el is múlik. Amilyen hirtelen jön, úgy el is múlik – ingattam a fejem. – Én sem értem, miért van ez így – szontyolodtam el. – Innentől kezdve hogy bízhatnék az érzéseimben, ha egyszer szinte percenként változnak?

– És amikor elmúlik, mit érzel? – folytatta tovább. – Akkor már nem szeretsz Nickkel együtt lenni?

– Dehogynem! – kiáltottam. – Persze, hogy szeretek.

– Na látod! – válaszolta a férfi. – Hidd el, a szerelem nem csak arról szól, hogy a nap huszonnégy órájában repkednek a pillangók a gyomrodban. Persze, ha úgy hozza a helyzet, vannak pillangók, de az idő java részében egészen egyszerűen jól érzed magad valakivel, és kész.

– De miért van az, hogy amikor kellene azoknak a fránya pillangóknak repkedni, akkor sem teszik? Az enyémek miért ilyen lusták? – néztem rá kétségbeesetten.

– Nem lusták, csak mindig leállítod őket – vigyorgott.

– Hogyhogy leállítom őket? – pislogtam.

– Úgy, hogy túl sokat használod ezt itt – bökte meg a halántékomat. – Sosem kapcsolod ki. Egyfolytában járnak az agytekervényeid.

– Tessék? – fordultam felé teljesen. – De hát mit csináljak?

– Lazíts! – nevetett. – Nézd, elég jól ismerlek. Dolgoztunk pár évig együtt, annyi idő elég volt ahhoz, hogy átlássak rajtad.

Mindig észnél vagy. Kontrollmániás vagy. Mindent ellenőrizni akarsz. Mindent te akarsz irányítani. Egy pillanatra sem engeded el magad. Ne érts félre, ez nagy erény, és mint korábbi főnököd ezt nagyra értékeltem benned. Tudtam, hogy teljesen megbízhatok benned, hogy mindig kiválóan végzed a munkádat. Soha nem találtam benne semmi kivetnivalót, sosem követtél el hibát. Szinte hihetetlen volt, amit produkáltál. De ezt akkor is elmondtam neked. Ott csak az előnyödre vált, hogy az eszed irányított. Ettől tudtad megőrizni a hidegvéredet a legdurvább szituációkban, ettől tudtál objektíven mérlegelni és dönteni, ettől tudtál olyan jól tárgyalni. De ez a magánéletben nem annyira kifizetődő, hidd el. Meg kell tanulnod megbízni a szívedben is. Hagyni, hogy néha az irányítson. Hidd el, az sem fog félrevezetni.

– Ennyi az egész? – néztem nagyon nyelve.

– Ha egyszer sikerül, és a szíved tud diktálni, hidd el, sokkal könnyebben elboldogulsz majd ezekben a szituációkban.

– Gondolod? – kétkedtem.

– Tudom – bólogatott.

– És ezt hogy csináljam? – kérdeztem.

– Bízz meg magadban. És bízz meg Nickben is. És ne félj végre azt csinálni, amit szeretnél. Ne a helyes utat keresd, ne gondolkodj rajta, csak tedd azt, amit jólesik. Merj boldog lenni.

– Megpróbálom – mosolyogtam halványan.

– És küldj fényképet az esküvőtökről – nevetett a férfi.

– Majd figyeld a pletykalapokat – nevettem vele.

– Igazad van – sóhajtott, és felállt a szikláról. – Azt hiszem, lassan mennem kell.

– Köszönöm, Jack – álltam fel én is.

– Ugyan mit? – nézett rám.

– Hogy segíteni akarsz. Hogy meghallgattál. Hogy ilyen okosakat mondtál – soroltam.

– Majd kiszámlázom. Borsos óradíjjal... – vigyorgott.

– Oké! – kacagtam fel én is. – Tégy úgy!

– Aztán majd ha Boston felé jártok, hívj fel, és összefuthatunk – mondta, ahogy elindult a lépcső felé.

– Mindenképpen – bólintottam. – Te is szólj, ha Los Angeles felé jártok – szóltam még utána.

– Rendben. Minden jót, Noree!

– Nektek is, Jack! – búcsúztam integetéssel, és néztem a távozó férfi alakját. Visszaültem a sziklára, néztem a vizet, és azokon gondolkodtam, amiket a férfi mondott. Tényleg ilyen egyszerű lenne a dolog? Csak meg kell tanulnom jól érezni magam? Eddig is jól éreztem magam, bár az tény, hogy sosem engedtem el magam. Például még sosem voltam részeg. Bár az osztálytalálkozó után közel voltam hozzá, de nem voltam akkor sem öntudatlan. Azt sosem hagytam, hogy addig eljussak. Sosem engedtem ki a kezeim közül az irányítást. És most meg kellett tanulnom engednem a szívemnek.

Nagyot sóhajtva felálltam, hogy visszamenjek a házhoz, de ahogy megfordultam, Nicket láttam közeledni. Egyből mosolyra húzódott a szám a közeledő alakja láttán.

– Jack már elment? – kérdezte, ahogy odaért.

– Épp most búcsúztunk el. De ha gondolod, még benézhetünk hozzájuk. Kerrytől is elköszönhetnénk, ha már szegény a pakolással bajlódott egész délelőtt.

– Jó ötlet. Sétáljunk át – mondta, és kézen fogott.

Kerry nagyon örült, amikor meglátott minket, és egyfolytában azt magyarázta, hogy nem kellett volna ennyi mindent vásárolnia, ugyanis alig bírja behúzni a bőröndök cipzárjait. Jack meg csak somolygott a sarokban, de nem szólt semmit.

Gyorsan elbúcsúztunk még egyszer, amíg a csomagokat bepakolták a szálloda autójába, majd Laurel, aki minket is hozott, amikor ideértünk, szólt, hogy indulhatnak.

Miután az autó kifordult a birtokról és eltűnt a szemünk elől, lassan visszabandukoltunk a villához.

Megegyeztünk, hogy egy könnyű ebéd után egyszerűen lustálkodni fogunk a parton. Már annyit kirándulgattunk mindenfelé, hogy egy kicsit heverészni is szerettünk volna. És lássuk be, egyik-másik kirándulás eléggé kalandosra is sikerült.

A nap hátralévő része viszonylag eseménytelenül zajlott, bár volt pár forró pillanat, amikor a parton végigkrémeztük egymást leégés ellen, repkedtek a szikrák a levegőben, és sütött a szenvedély a tekintetünkből, de most megelégedtünk az édes kínzással, a beteljesülést nem kerestük.

Estefelé aztán eszembe jutott, mit vásároltam indulás előtt a papírboltban. Feltúrtam a bőrönd alját, kibányásztam belőle a jegyzetfüzetet, aztán leballagtam a strandra és leültem a kőterasz szélére. A naplementét szemlélve próbáltam ihletet gyűjteni, és úgy döntöttem, nem az eseményeket jegyzetelem le, hanem a hangokat, illatokat, ízeket, amiket itt tapasztaltunk az elmúlt két hét során.

Fogalmam sem volt, mennyi ideje ültem a parton, azon kívül, hogy egyre jobban kellett erőltetnem a szemem, hogy még lássam, mit írok, amikor egyszer csak Nick érintését éreztem a vállamon.

Meglepődve néztem, hogy számtalan oldalt telekörmöltem addigra, bár az írásomat később nem biztos, hogy el tudom majd olvasni, de vállat vonva becsuktam a füzetet, magam mellé raktam, és hagytam, hogy a férfi mellém telepedve átöleljen.

– Mit csinálsz? – kérdezte, miközben az arcát a hajamba temette.

– Úgy döntöttem, megpróbálom leírni azt, amit nem tudok elmondani – emeltem rá a tekintetemet, és csak bátorítást láttam a szemeiben.

– És hogy megy?

– Meglepően könnyen – válaszoltam őszintén. – Még keresem a szavakat, de talán minél többször írom le őket, annál jobban összebarátkozom velük, és akkor majd nem lesz olyan nehéz kiejteni sem.

– Jól hangzik – mosolygott, és a lehelete az arcomat simogatta. Szavak nélkül is értettük egymást.

Először csak egymás közelségét élveztük, csak egymás testmelegét éreztük a hűvösödő éjszakában, aztán még feljebb tekertük a hőmérsékletet.

Nyaraláskor az egyik legjobb dolog az, hogy viszonylag kevés ruha van az emberen, ami akadályokat gördítene a szenvedélyes percek elé, de még azt is a magunk javára fordíthatjuk.

Nincs is annál izgatóbb, amikor pólón keresztül izgatja Nick a mellbimbókat, vagy nadrágon keresztül ismerkedünk egymás érzékenyebb pontjaival.

Hamar feltüzeltük egymásban a szenvedélyt olyan magasra, hogy már nem zavart minket a hűvös levegő, és így levethettük a feleslegessé váló ruhadarabokat.

Először ülve becézgettük egymás testét, mindent, amihez hozzáfértünk. A legnagyobb kéjt persze a mellek összedörzsölése okozta, miközben az alsótestünkkel is kerestük egymást.

Aztán Nick a hátamra fordítva fölém hajolt, majd kissé eltávolodtunk egymástól, és a hűvös fuvallattól még jobban meredeztek a mellbimbóim. Ezt követően olyan szenvedéllyel csapott le rájuk, amitől kis híján elaléltam. Nem emlékeztem rá mikor borotválkozott utoljára, de miközben a nyelvével erotikus táncot lejtett a bimbók körül, a borostái is megtették a hatást, én pedig nem bírtam visszafojtani a kéjes sikolyaimat. Szerencsére a haja is kissé megnőtt, így abba kapaszkodva irányíthattam ezt a földöntúli táncot.

Lefelé haladva előbb a hasam vonalán időzött egy kicsit, majd a legrejtettebb zugokat is felkeresve szította az egekbe a vágyaimat.

Aztán egyre rohamosabban közeledtünk a csúcspont felé. Pillanatokon belül úgy felkorbácsolta a már addig is hihetetlen magasságokban lévő szenvedélyemet, hogy szinte földöntúli robbanásként érzékeltem, amikor mindketten eljutottunk a beteljesüléshez.

Kis ideig bódult boldogságban lebegtünk, és csak egymás zihálását hallottuk, amikor végre eljutott a tudatomig, hogy egyrészt fázom, másrészt nagyon nyomnak a hátam alatt a kövek, harmadrészt Nick súlya is rám nehezedett.

Egy utolsó csók után elváltunk egymástól, és a szenvedély utóhatásától még mindig rogyadozó léptekkel elindultunk felfelé a lépcsőn.

A villában aztán együtt beálltunk a zuhany alá. Miközben Nick a vállaimat szappanozta, egyszer csak megfordított, hogy háttal legyek neki, és úgy ölelt át. Már épp kéjesen hozzá akartam dörgölőzni, mert a teste és a meleg víz együttesen olyan izgatóan hatott rám, amikor a kezei megálltak, és fojtott káromkodást hallottam.

Nem értettem, mi a baj, zavart tekintettel pillantottam hátra összezavarodott arcára.

– Ezt én tettem veled? – kérdezte, és finom ujjaival végigsimított a hátamon.

Nem tudtam, miről beszél, csak az ujjaira tudtam koncentrálni.

– Mit? – kérdeztem nagyot sóhajtva, és a hátsómmal a csípőjét kerestem, hogy hozzádörgölőzhessek.

– Noree! – állított meg, majd a tükör felé fordított. – A sziklákon sérültél meg? – mutatott pár piros csíkra és foltra a hátamon.

– Lehet, nem tudom – vontam meg a vállam, és szembefordultam vele.

Őszintén szólva nem érdekelt. Egyáltalán nem fájt, és különben is azt hallottam, hogy a szex a legjobb fájdalomcsillapító. Biztosan ezért nem éreztem belőle semmit.

– Csókolj meg! – szólítottam fel, és lábujjhegyre álltam, hogy felérjem.

– Komolyan mondom – állított meg a szájától pár milliméterre. – Sajnálom – hunyta be a szemét, és láttam, hogy tényleg komolyan gondolja.

– Nick! – simítottam végig a homlokán és a kezeim közé fogtam meggyötört arcát. – Semmi baj. Egyáltalán nem fáj – duruzsoltam. – És különben is, a szex kiváló fájdalomcsillapító – folytattam. – Csak csókolj! – kértem, szinte könyörögve a folytatásért.

– Noree... – lihegte, és láttam, hogy magával viaskodik; nem tudja eldönteni, engedjen, vagy megálljt parancsoljon.

Végül győzött a mindent elsöprő vágy. Újra megfordított, hogy ne a hátam nyomódjon a zuhany falának, és átölelve kényeztette a mellbimbóimat, miközben a csípőjét a fenekemnek nyomta. Szája egy pillanatra sem állt meg, a nyakam hajlatát csókolta, a kezei pedig bebarangolták a melleimet, a hasamat és a lábaim közét.

Aztán egyszer éreztem, ahogy a lábfejével a bokáimhoz ért, majd belépett közéjük és kissé széjjelebb tolta őket.

– Dőlj kicsit előre – mormogta a fülembe vágytól rekedt hangon. Miközben kutató kezei tovább szították a vágyamat, kissé előrébb dőltem, pucsítottam, és magamba fogadtam a férfit.

Megkapaszkodtam a zuhany falában és homorítottam, hogy minél jobban magamban érezzem, és minél jobban össze tudjam hangolni a mozdulatait az enyémekkel.

Miközben hátulról ostromolt, az ujjaival sem állt le egy pillanatra sem, és hamarosan éreztem, hogy a mindent elsöprő vágy hullámokban végigörvénylik a testemen, az izmaim megrándulnak, és olyan extázis söpör végig rajtam, hogy egy pillanatra féltem, hogy összecsuklanak a térdeim a gyönyörtől, de a férfi kezeit éreztem a derekamon, és ahogy finoman magához ölelt, már nem kellett ettől tartanom és hálásan dőltem neki.

Kicsivel később, miután megtörölköztünk és felöltöztünk, a nappaliba vackoltuk be magunkat, a kanapéra.

Találtunk pár gyertyát, amiket a felállítottunk a szobában, romantikus zenét tettünk a lejátszóba, és békésen ücsörögtünk a kanapén, miközben sült húst, zöldségeket és gyümölcsöket falatoztunk és rumos koktélt szürcsöltünk hozzá.

Talán a rum tette, de hirtelen felbátorodva félig szembefordultam a férfival a kanapén, a karomat a háttámlára támasztottam és megkérdeztem azt, ami már egy ideje foglalkoztatott.

– Nick?

– Hmmm? – nézett fel csillogó szemekkel.

– Nem gondolod, hogy túl sokat, hm... szeretkezünk? – nyögtem ki végül szemlesütve, aztán Nick hahotázására felkaptam a fejem.

– Te úgy gondolod? – kérdezte pajkosan.

– Hááát – kezdtem bele –, kár lenne tagadni – sóhajtottam. – Mióta itt vagyunk, gyakorlatilag mást sem csinálunk.

– És inkább sakkozni szeretnél? – folytatta az ugratást, és egy szőlőszemet dugott a számba.

– Nem, csak olyan zavarba ejtő az egész – mormogtam a szőlőt rágcsálva.

– Mi olyan zavarba ejtő benne? – faggatott mély, búgó hangon, aminek nem tudtam ellenállni, és szerintem időközben erre már ő is rájött.

Amikor ilyen hipnotikusan beszélt hozzám, sokkal jobban megeredt a nyelvem, sokkal nyíltabban tudtam beszélni vele.

Tartottam tőle, hogy ha tökélyre fejleszti ezt a kihallgató módszerét, mindent ki tud majd szedni belőlem, azt is, amit nem követtem el.

– Hááát, hogy csak egymásra nézünk, csak egymáshoz érünk, és már másra sem tudunk gondolni, csak arra.

– És ez baj? – folytatta.

– Nem! – kiáltottam fel. – Épp csak sosem tekintettem magamra úgy, hogy ez az érzés ennyire eszemet tudná venni – néztem rá szinte kétségbeesetten. – Mindig sokkal józanabbnak gondoltam magam. Büszke voltam arra, hogy engem nem az ösztöneim vezérelnek.

– És most boldogtalannak érzed magad amiatt, hogy az ösztöneid felülkerekedtek a józan eszeden? – kérdezte Nick.

– Nem! – kiáltottam, és meglepődtem, milyen gyorsan átlátott rajtam. – Sosem voltam ilyen boldog! Csak valahogy akkor is furcsa ez nekem.

– Hm... – búgta tovább. – Akkor csak szégyenlős vagy?

– Hát, lehet – sóhajtottam.

– Ugye tudod, hogy nincs miért szégyenkezned? – kérdezte, és megszorította az ölemben lévő kezem.

– Hát... – suttogtam, és reméltem, hogy sosem kell elmesélnem neki azt, ami miatt talán mégis szégyenkeznem kellene.

– Hidd el, hogy nincs – mondta még egyszer. – Szóval akkor mi a baj? – lehelte finoman a fülembe. – Hidd el, mindenki így csinálja. Ez teljesen természetes.

– Talán ez a baj – húztam el a szám, mire meglepetten felnézett.

– Hogy érted? – húzódott kicsit távolabb, hogy többet tudjon leolvasni az arcomról.

– Vizuális típus vagyok – legyintettem. – És igyekszem nem gondolni ilyesmikre, amikor másokra nézek. Talán ezért is kerülöm ennyire ezt az egész témát.

Nick megkönnyebbülve nevetett fel.

– Már azt hittem, nagyobb a baj – törölgette a szemét, de aztán a rosszalló pillantásomat látva újra nekifutott. – Persze, megértem, hogy nem akarsz mindenkit úgy elképzelni a zuhany alatt, ahogy pár perccel ezelőtt mi voltunk – kacsintott rám –, de ettől még nincs semmi rossz abban, amit csinálunk, vagy mások csinálnak. Tény, hogy az ember nem beszél ezekről a dolgokról mindenkivel, de attól még teljesen normális, ami kettőnk között történik.

– Hát jó – sóhajtottam.

– Szóval, élvezed, amit csinálunk? – búgta a férfi újra mélyen szemembe nézve, amitől hirtelen levegőt venni is elfelejtettem.

– Igen – leheltem, amikor végre sikerült.

– És hogyan élvezed legjobban? – kalandozott a nyelvével a fülem mögött, miközben a hüvelykujjával az arcomat cirógatta.

– Mindenhogyan – lihegtem, miközben a vér vadul áramlott a testemben és mindent elsöprő vágy kerített hatalmába már a gondolatra is, hogy miket műveltünk az utóbbi időben.

– Mondd el – biztatott tovább.

– Amikor megcsókolsz, és hozzád dörgölőzhetek – lihegtem tovább és már nem érdekelt, hogy én korábban ilyet sosem mondtam volna senkinek.

– Így? – térdelt fel a kanapén majd közelebb húzott magához, míg összeért a testünk és közben a nyelvével utat tört magának a számba, majd szenvedélyes kergetőzésbe kezdett az enyémmel.

A csípőmet az övéhez nyomtam, és éreztem, hogy őt sem hagyta hidegen az elmúlt pár perc. Izgalma tovább szította a vágyamat.

– Igen – lihegtem, amikor kissé eltávolodott.

– És még hogyan? – kérdezte, egy pillanatra sem engedve el.

– Amikor simogatsz mindenhol, és én is megérintelek – suttogtam.

Nick elvette a kezét az arcomról, és vándorútra indult a pólóm alatt.

– Erre gondolsz? – kérdezte, és a tenyerébe zárta a mellemet.

– Igen – sóhajtottam fel.

– Mutasd meg, hogyan szeretsz megérinteni – mormogta, miközben lágyan simogatott a póló alatt.

A kezeim szinte automatikusan mozdultak, és kihúztam a pólóját a rövidnadrágból. Egyik kézzel felfelé indultam felfedezőútra, a megkeményedett mellbimbóját cirógatva, a másikat pedig a nadrág derékrészét kihúzva lefelé csúsztattam. Először az alhasán időztem egy kicsit, finoman körözve bársonyos bőrén, simogatva az alatta megfeszülő izmait, majd még lejjebb nyúltam, kitapintva kézzel fogható izgalmát.

– Hm… – mormogta a férfi hátravetett fejjel. – Örülök, hogy ezt szereted, mert én is.

– Hm… – nyöszörögtem én is, ahogy a megkeményedő mellbimbómat becézgette.

– Mit szeretsz még? – hintett apró csókokat az arcomra, miközben a kezét kihúzta a pólóm alól.

– Amikor te is megérintesz a lábaim között – ziháltam, de a kezeimet nem húztam vissza, egyikkel a derekába kapaszkodtam, nehogy felboruljak, a másikkal pedig továbbra is a nadrágjában matattam.

– Így? – kérdezte, és most ő is becsúsztatta a kezét a nadrágomba, és a lábaimat kissé szétfeszítve előbb a combjaim belsejét, majd a legérzékenyebb testrészemet simogatta a bugyi anyagán keresztül.

Már majd az eszemet vette a vágy, de nem akartam, hogy vége legyen. Élveztem az édes kínzást, élveztem, hogy szavaimmal irányíthatom.

– Igen – lihegtem. – Érints meg – irányítottam tovább.

– Hol? – kényszerített, hogy konkrétabban fogalmazzak.

– A bugyimban – válaszoltam, és a csípőmet a kezéhez szorítottam.

Ujjai felfelé siklottak, egészen a köldökömig, majd amikor újra lefelé indultak, már akadálytalanul éreztem őket, amint tovább szították bennem a vágyat.

Hatalmas sóhaj szakadt fel a mellkasomból, és a fejem Nick vállára omlott.

Nem sok választott el attól, hogy a gyönyör legmagasabb foka hatalmasodjon el rajtam, de még mindig kivártam.

Nickkel együtt akartam elérni a csúcsot.

Tovább bátorodva felemeltem a fejem, lassan kihúztam a kezem a nadrágjából, mire Nick hangosan kifújta a levegőt, aztán ő is kivette a kezét a bugyimból, én pedig vágytól izzó szemébe nézve incselkedtem vele.

– És te hol szeretnéd, hogy megérintselek? – riszáltam egy kicsit a csípőmön, hogy továbbra is érezzem a vágy hullámait, miközben Nick izgalma az alhasamnak feszült.

Pillanatnyilag egy szexistennőnek hittem magam, akinek óriási hatalma volt a férfi fölött, és elképesztő módon élveztem is.

– Ahol csak akarsz – válaszolta zsivány mosollyal a száján, és az arcomat a kezei közé véve forró csókot hintett az ajkaimra.

Hihetetlen volt, de még egy ruhadarab sem került le rólunk, mégis egy hajszál választott el minket a beteljesüléstől.

Lassan felálltunk a kanapéról, de ajkaink egy pillanatra sem váltak el egymástól, majd kézen fogva besétáltunk a hálóba.

Biztosan találtunk volna megfelelő pozitúrát a kanapén is, de mindketten a kényelmes és hatalmas ágyra vágytunk, ahol kedvünkre hancúrozhattunk.

Nick leült az ágy szélére, és amikor megálltam előtte, izzó tekintettel felnézett rám.

A csípőmet átölelve közelebb húzott magához és csókot lehelt a hasamra, ahol a póló és nadrág között szabadon maradt a bőröm. Beleremegtem a vágyba.

Kábultan kapaszkodtam a hajába, és onnan továbbhaladva a széles vállait simogattam.

Elkezdtem a pólót felfelé ráncigálni rajta, és kisvártatva el is engedett egy pillanatra, hogy lehámozza magáról az útban lévő ruhadarabot. Amikor az övé a padlóra hullott, a derekamhoz nyúlt, majd lassú mozdulatokkal az oldalamat simogatva rólam is lehámozta.

Így már akadálytalanul érintkezhettek a felsőtesteink, és csakhamar forró ajkait éreztem az izgalomtól meredező mellbimbóimon. Nyelve őrült táncot járt előbb az egyik, majd a másik mellemen, miközben én a hajába kapaszkodtam meg-megroggyanó térdekkel, mert a kezei sem álltak meg egy pillanatra sem, és a combjaim között szították a vágyam.

Végül megkönyörült, letolta rólam a maradék ruhát, átölelt és az ágyra fektetett, majd miután ő is meztelenre vetkőzött, mellém feküdt és hosszan hozzám dörgölőzött. Az arcunk egyvonalban volt egymással, és miközben nyelveink vad kergetőzésbe kezdtek, a térdével a lábaim közé nyomult, a kezével pedig a hasamat cirógatta. Én sem álltam meg egy pillanatra sem; a hátát és az izmos vállait simogattam, majd a mellkasára és végül a csípőjére siklott a kezem és a hátára döntöttem.

Fölé kerekedtem, és szétvetett lábakkal a combjára ütem, onnan néztem mosolygó arcába.

Úgy tűnt, tetszett neki a felállás.

Miközben gerincem mentén cirógatott, addig én a nyakát csókolgattam végig, majd lefelé indultam a mellkasán. Elidőztem a mellbimbóinál, amik hálásan meredtek az égbe a törődéstől, és Nick szaggatott légzése is arra utalt, hogy élvezetét leli abban, amit teszek vele.

Egy pillanatra sem álltak meg az ujjaim, végigsimogattam a bordáit, majd a köldökét csókoltam körbe, miközben a melleimmel köröztem az öle felett.

Ezen a ponton a férfi már annyira izgatottnak tűnt, hogy egy pillanatra megálltam, levegőhöz juttatva, hiszen még most jött volna a lényeg.

– Mit szeretnél, Nick? – kérdeztem édesen cirógatva a vágytól kipirosodott arcát. – Folytassam? – incselkedtem.

– Igen, folytasd – nyögte levegő után kapkodva, és a kezemet a lába közé vezette. – Érints meg – mondta, és én nem ellenkeztem.

Lehajoltam, és vágytól duzzadó férfiasságát kezdtem dédelgetni, miközben a férfi sóhajai betöltötték az éjszakát.

Mikor mindketten úgy éreztük, hogy nem bírjuk tovább, fölém került, majd először lassan, finoman belém hatolt, aztán másodszorra nagy sóhajjal teljesen elmerült bennem. A lábaimat a csípője köré fontam, hogy még jobban magamban érezhessem, és hogy fel tudjam venni a ritmusát. Néhány erőteljes mozdulat után finomabbra váltott, közben lehajolt, érzéki csókokat hintett a szemöldökömre és az orromra, majd újra gyorsabb ütemre váltott, és már nem is álltunk meg a beteljesülésig. Utána a hátára fordult, magára húzott, és percekig pihegtünk egymás lélegzetvételét hallgatva.

– Ez valami földöntúli volt – mormogta Nick a fülembe kisvártatva.

– Hm... – nyöszörögtem.

Teljesen egyetértettem vele, de a rám törő álmosságtól már nem tudtam válaszolni, és elnyelt a sötétség birodalma.

Valami zajra tértem magamhoz, és kinyitottam a szemem. Egy nagyon furcsa, lefüggönyözött helyiségben találtam magam, hatalmas ágyon. *Ahhoz képest, hogy eddig valami ablaktalan pincében raboskodtam álmaimban, elég előkelőnek tűnik az új fogdám* – gondoltam szarkasztikusan. A kezeimre nézve meglepődve állapítottam meg, hogy nincsenek megkötözve, és valóban még mozgatni is tudtam őket, és azt is meglepődve néztem, hogy meztelen vagyok. Amennyire tudtam, körbenéztem a helyiségben, de nem láttam senki mást. Lassan lekászálódtam az ágyról, felkaptam az ágy mellett heverő rövidnadrágot és pólót, és csendben ellopóztam az ajtóig.

Arra gondoltam, ha valahol a közelben van a fogva tartóm, akkor nem akarom felhívni magamra a figyelmet.

Talán most el tudok szökni előle, és akkor örökre magam mögött hagyom ezeket a rémálmokat.

Kifelé osontam a nappaliba, azt fürkészve, merre lehet a kijárat, amikor Nick alakját fedeztem fel, ahogy nekem háttal állva kifelé nézett egy ablakon. Már épp szólni akartam neki, hogy jöjjön velem, meneküljünk, amikor egy másik férfi is feltűnt, és egyenesen Nick felé haladva egy kést tartott fenyegetően a feje fölé, szúrásra készen. Kővé dermedve figyeltem a szituációt, de abban a pillanatban, ahogy egy sikoly hagyta el az ajkaimat, Nick megperdült, a támadó pedig elinalt az oldalsó ajtón kifelé.

Csak álltam megigézve a számra szorított kezekkel, nehogy újabbat sikítsak. Nick szaladt oda hozzám, ölelt át, majd bevitt a hálóba és az ágyra fektetett.

Éreztem, hogy a szívem hevesen kalapál az átélt izgalomtól, de Nick megnyugtató suttogásának és simogatásának hatására lassan visszacsukódtak a szemeim.

Reggel madárcsicsergés ébresztett.

Ahogy megmozdultam, rögtön feltűnt, hogy Nickkel összegabalyodva fekszünk, ezért aztán nem is nagyon mocorogtam, nehogy felébresszem. Röpke pillantást vetve az arcára úgy tűnt, még ráfér egy kis alvás, így aztán inkább én is becsuktam a szemem, de visszaaludni már nem tudtam.

Úgy döntöttem, szimplán csak élvezem a férfi közelségét és az ölelését.

Az előző este fantasztikus volt, és olyan dolgokra vett rá a férfi, amit még sosem csináltam, úgy beszéltem, ahogy még sosem, de mindezzel egymásnak hatalmas örömet szereztünk, így aztán nem éreztem lelkiismeret-furdalást. Persze, zavarban voltam, ha visszagondoltam az este történtekre, nem is kicsit, de nem szégyelltem magam miattuk.

Így feküdtünk egy ideig, amikor a szuszogásából arra következtettem, hogy lassan felébred, és tényleg, nemsokára nagyot sóhajtott és kinyitotta a szemét.

– Jó reggelt – köszöntöttem mosolyogva és közben a hajába túrva.

– Jó reggelt – válaszolt egy csókkal, és hasra fordulva a mellkasomra feküdt és befúrta az arcát a vállgödrömbe, a kezét pedig keresztben átvetette a hasamon.

Jó érzés volt, a súlya pedig egyáltalán nem nyomott.

Egy darabig így feküdtünk. Az ujjaimmal a hajában kalandoztam és a hátán köröztem, amíg teljesen magához tért. Közben eszembe jutott valami, amit feltétlenül el akartam mesélni neki.

Általában nem szoktam az álmaimat elmesélni, főleg az utóbbi időben, mivel mindegyik egyforma volt, és már így is betéve ismerte ő is őket, de a legutóbbi megváltozott.

Feltétlenül el akartam mondani.

Már a gondolattól izgalom futott végig a gerincemen, hogy talán történik valami.

Talán a gyógyulás útjára léptem.

– Nick! – kezdtem bele.

– Hm... – jött egy nyögés a kulcscsontomba, amitől rögtön teljesen másfajta izgalom is úrrá lett rajtam.

– Képzeld el, megint megváltozott az álmom! – folytattam izgatottan, de csak egy újabb nyögés követte. – Tudod, eddig mindig tehetetlen voltam álmomban, meg sem tudtam mozdulni, csak néztem kiszolgáltatva, ahogy rettenetes alakok közeledtek felém – meséltem. – Most viszont fel tudtam állni, és ahogy elindultam kifelé, elijesztettem a támadót – lendültem bele. – Bár az is furcsa volt, hogy most te is szerepeltél benne. Ez nem tudom pontosan mit jelent, de végre nem történt semmi rossz. És csak egy egész kicsikét sikoltottam, de nem kellett felébreszteni! – lelkesedtem. – Hát nem fantasztikus? – kérdeztem végezetül.

Először észre sem vettem, hogy Nick teste megfeszült, csak amikor felkapta a fejét, akkor tudatosult bennem, mennyire feszültek az izmai az egész testén, amit ilyen közelségben pontosan érzékelni lehetett.

– Az nem álom volt – mondta, szeméből pedig olyan rémület sugárzott, hogy bennem is meghűlt a vér.

– Micsoda? – néztem rá kalapáló szívvel, és nem értettem, miről beszél. – Mit mondasz?

Ülő testhelyzetre váltott, majd a kezeimet megfogva a szemembe nézett.

– Amit most mondtál. Az nem álom volt. Az éjjel kimentem, mert zajt hallottam, és egyszer csak, amint az ablakon néztem kifelé a sötétbe, sikolyt hallottam magam mögül. Ott álltál te, egy alak meg átsuhant a nappalin. Noree, az nem álom volt. Utána behoztalak az ágyra, lefektettelek, és te elaludtál, én pedig hívtam az igazgatót, és még egy órán keresztül őrködtünk, hátha visszajön a besurranó, de már nem történt semmi. Reggelig itt körözött a ház körül a rendőr is elvileg, hátha bármi gyanúsat lát.

– Oh, te jó ég! – suttogtam, majd ahogy Nick átölelt, hálásan szorítottam magamhoz.

Nagyon megdöbbentem.

Olyannyira, hogy szabályosan reszketni kezdtem.

Először csak a belsőmet éreztem remegni, aztán már a fogaim is össze-összekoccantak, míg végül Nick visszafektetett, kiszaladt a szobából, és egy pohárral tért vissza, aminek a tartalmát lassan belém erőltette.

A takaró alatt feküdtem, Nick átölelve tartott és karjaimat masszírozta, hogy felmelegítsen, de én egy darabig csak iszonyú hideget éreztem.

Aztán a rum megtette a hatását, és lassan melegség terjedt szét a gyomromban, majd a remegés is alábbhagyott.

Pár perccel később, amikor már jobban éreztem magam, elkezdtem mocorogni, és Nick el is engedett.

Felültem az ágyon a hajamat rendezve, és nem igazán tudtam, mit mondjak.

– Most mit csinálunk? – kérdeztem a riadalomtól rekedt, erőtlen hangon.

– Mi semmit sem csinálunk – válaszolta a férfi. – Mi maximum összecsomagolunk, és elköltözünk egy másik szállodába.

– Ne! – kiáltottam fel.

– Drágám! – ragadott meg két oldalról a vállaimnál. – Értem, hogy szeretsz itt lenni, hogy tetszik a hely, de nem vagyok hajlandó az életedet kockáztatni csak azért, hogy ebben a házban lakjunk. Legalább költözzünk át egy másik villába.

– Nem! – válaszoltam határozottan. – Azt mondtad a rendőr itt maradt őrködni reggelig. Majd megkérjük, hogy a következő éjjel is maradjon.

– Tudom, hogy még meg fogom bánni, ha most engedek neked – rázta a fejét.

– Kérlek! – könyörögtem. – Ne menjünk el.

– Hát jó, de ha még egyszer felbukkan itt valaki éjszaka, rögtön utána kiköltözünk. Rendben? – nézett mélyen a szemembe.

– Rendben – bólintottam, bár reméltem, hogy a maradék öt nap már békésen fog eltelni.

Kicsit ugyan el is szomorodtam a gondolatra, hogy már csak öt napig maradunk, és az sem lelkesített, hogy esetleg anélkül utazunk el, hogy a titok megoldódna.

Rögtön el is határoztam, hogy ha mégis így lenne, el fogom kérni az igazgató e-mail címét, és majd később érdeklődöm az ügy állásáról. Már csak kíváncsiságból.

Én magam is meglepődtem, milyen gyorsan napirendre tértem a dolgok fölött, de csakhamar már a reggeli mellett ültünk a mandulafák alatt.

Nekem különösen szükségem volt arra, hogy egyek pár falatot, ugyanis az éhgyomorra megivott rum elég erősen éreztette a hatását, és a fejem kicsit szédült is tőle.

Pár falat szilárd étel után kezdett javulni a helyzet, és a kávé után pedig már majdnem teljesen visszatért minden a normális kerékvágásba.

Úgy döntöttünk, hogy újabb napot fogunk a ház körül és a parton tölteni, és miután Nicket mindenféle módszerrel meggyőztem arról, hogy a reggeli rumtól nem rúgtam be, vagy ha igen, akkor is már elmúlt a hatása, beleegyezett, hogy kajakokkal kievezzünk a vízre, és egy kis túrára induljunk a környéken.

Tettünk a hajóba csokoládés energiaszeleteket, ásványvizet és naptejet, aztán elindultunk nyugatra a part mentén.

Csodálatos volt a villákat a part felől megszemlélni, valóban szenzációs látványt nyújtottak, ahogy a hullámoktól változó távolságban fa alapanyagainak és formájuknak köszönhetően részben beleolvadtak a környezetükbe, részben viszont vidám színeikkel ki is tűntek.

Volt, amelyik gyakorlatilag a vízre épült, és volt olyan is, amit lépcsőfokok választottak el a sziklás partszakasztól.

Ahogy tovább eveztünk, eljutottunk az étteremig, és azon túl pedig az újonnan épült házikókat nézhettünk végig, amik szintén hívogatón sorakoztak a part mentén.

Remek idő volt a kajakozáshoz: a szél alig fújdogált, a víz pedig teljesen sima volt, így egyáltalán nem éreztem fáradtságot, de úgy döntöttünk, kievezünk a partra, és a birtok túlsó szélén tartunk egy kis pihenőt.

Kis regenerálódás után visszaültünk a kajakokba és elindultunk visszafelé, de mivel még mindig nem éreztem fáradtnak magam, rövid győzködéssel rávettem Nicket, hogy a másik irányban is nézzünk szét.

Megkerültük a sziklákat és elindultunk kelet felé, ahol meglepetésre nagyobb hullámokkal kellett megküzdeni, de nem éreztük magunkat egy pillanatig sem veszélyben.

Errefelé nem épültek házak, csak jóval messzebb, a következő sziklaszirten állt egy nagyobb épület, de innen nem lehetett kivenni, hogy szálloda vagy magánház volt-e.

Egy darabig csodáltuk a vízből a part menti sziklákat és a fölöttük emelkedő sűrű, bozótszerű növényzetet, majd a kajakokat megfordítva elindultunk vissza.

Még egy utolsó pillantást akartam vetni a partszakaszra, és ahogy a pillantásom végigfutott az erdőszélen, mintha valami csillogást, utána pedig egy elsuhanó alakot láttam volna a fák mögött.

Annyira meglepődtem, hogy elveszítettem az egyensúlyomat, és a kajak vészesen inogni kezdett alattam, de szerencsére Nick közvetlenül mögöttem jött, és egy erőteljesebb lapátolással mellém terelte a hajóját és megfogta az enyémet.

– Mi a baj? – kérdezte, elnézve ugyanabba az irányba.

– Semmi – válaszoltam. – Csak egy kicsit megbillentem. Talán kezdek fáradni.

Nem akartam beavatni abba, amit láttam, több okból sem.

Egyrészt nem voltam biztos benne, hogy valóban volt ott valaki, vagy már csak odaképzeltem.

Másrészt pedig, ha elmondom neki, akkor biztosan összepakoltat velem, és elköltözünk a sziget másik csücskébe.

Lehettem mazochista vagy akármi, de ezt a pár napot már itt akartam eltölteni.

A helyzet az volt, hogy nagyon a szívemhez nőtt ez a birtok, és előző este a strandon jegyzetelés közben olyan érzésem volt, hogy most nem csak a nyaralásról tudnék írni.

Itt olyan ihlet szállt meg, hogy erőt éreztem magamban arra is, hogy megvalósítsam azt a bizonyos másik álmomat is, és regényírásba fogjak.

Mielőtt előző este Nick félbeszakított, rengeteg ötletem akadt, és úgy éreztem, képes lennék papírra vetni őket, ha komolyan nekiállnék.

Lehet, hogy a hely szelleme tette, elvégre született itt pár nem is akármilyen regény, de ki akartam használni a maradék időt és magamba akartam szívni ezt a különleges levegőt, hátha ad annyi lendületet, ami otthon is ki fog tartani.

A furcsaságokról aznap már nem ejtettünk szót.

Este kötelességtudóan megjelent a rendőr az ajtó előtt, egy kicsit elbeszélgettünk vele, de miután sajnálkozva kijelentette, hogy semmi újdonságról nem tud beszámolni a nyomozással kapcsolatban, hagytuk, hogy felvegye odakint az őrhelyét, mi pedig behúzódtunk a házba.

– Olyan hülyén érzem magam – szólalt meg Nick a kanapén ücsörögve, laptoppal az ölében.

– Miért? – néztem rá meglepetten.

– Itt ülünk bent, miközben a szegény fickó kint mászkál, és valószínűleg elátkoz minket, hogy róhatja a köreit egész reggelig – mutatott az ablak felé.

– Ugyan már, ez a dolga – vontam meg a vállam. – Az nem zavart, amikor én vigyáztam rád? – kacsintottam.

– Az más volt. Neked nem kellett kint strázsálnod az ajtóm előtt.

– Valóban. De az csak a ház sajátossága, illetve a helyzet miatt volt. Ha nagyobb lett volna a veszély, akkor bizony azt kellett volna tennem – sóhajtottam.

– Azt sosem hagytam volna – hajolt oda, hogy csókot nyomjon az ajkaimra.

– Hm... – nyögtem válaszként. – Talán én sem bírtam volna ki, hogy kint ácsorogjak, amíg te a meleg takaró alatt fekszel odabent, és bekéredzkedtem volna melléd.

– Igen, az nagyon valószínű lett volna, így visszagondolva – nevetett a férfi, majd újra hevesen, forrón megcsókolt. – Szeretnél megint felül lenni? – suttogta a fülembe, miközben hevesen ölelt.

– Hm... – nyögtem.

Újabb csók után már pont kezdtünk volna belelendülni a simogatásba, amikor kintről bokorrezgést hallottunk, és mindketten megfagytunk a mozdulat közepette.

Elváltunk egymástól, majd nagy sóhajjal nekidőltem Nick mellkasának és bevackoltam magam az ölébe.

Egy darabig csak pihegtünk, próbáltunk lecsillapodni, de még hosszú perceken keresztül levegő után kapkodtunk, és a beteljesületlen vágy érzése kavargott bennünk.

– Ez ma már nem fog menni – mondtam a hasát cirógatva, aminek hatására megfeszültek a hasizmai és árulkodóan dudorodott a nadrágja.

– Én is azt hiszem – jött a válasz. – Viszont akkor, ha megkérhetlek, ne hergelj tovább, mert különben akkor is magamévá teszlek, ha fejszés haverunk közben itt ácsorog mellettünk – mondta visszafojtott hangon, és elkapta a kezeimet.

Ezután közös egyetértésben elvonultunk a hálószobába, és némi halk beszélgetés után lassan álomba merültünk.

Kinyitottam a szemeimet. Sötét volt.

Szomjas voltam.

Kikászálódtam az ágyból és elindultam a konyha felé, de mivel az utóbbi időben annyi különböző ágyban aludtunk, így nem is tudtam hirtelen, merre van a konyha.

Elindultam a fény felé, bár nem tudtam, mi világíthatna ilyenkor. Mintha mindent lekapcsoltunk volna lefekvéskor.

Remek. Biztos megint álmodom – gondoltam szarkasztikusan.

Egyáltalán, szoktam szarkasztikus lenni álmomban? – tettem fel magamnak a kérdést, de válaszolni nem tudtam.

Egy vállrándítással elintéztem a dolgot, és továbbmentem.

Ahogy elhaladtam a külső kis dísztavacska mellett, láttam, hogy a halak ijedten cikáznak a vízben. Máskor mindig nyugodtan libegtek, most meg száguldoztak egyik tavirózsalevéltől a másikig, mintha egy rejtekhely sem lett volna igazi.

Nem tudtam mire vélni a dolgot, így inkább otthagytam őket.

Beléptem a nappaliba, és akkor már világosabban láttam a fény forrását. Úgy tűnt, a bejárati ajtón keresztül szűrődött be, és még pislákolt is.

Megálltam, és azon gondolkodtam, mi lehet, amikor faropogást hallottam.

És még valami mást is.

Lihegést.

Valaki nehezen és nagyon gyorsan szedte a levegőt.

Egy pillanatra hezitáltam, de aztán arra gondoltam: mi van, ha valaki segítségre szorul odakint.

Odaszaladtam az ajtóhoz, feltéptem, és egy tábortűz lángjait láttam alig két méterre vidáman lobogni.

Gyorsan körülnéztem, de senkit nem láttam odakint, viszont a tűz furcsa módon elkezdett színt váltani. A kezdeti pirosas-narancsos-sárgásból átment kékes-lilás-zöldesbe, és ahogy egy pillantásnyira alábbhagytak a lángok, mögöttük felbukkant a halálfejes alak, akit az utóbbi időben láttam az álmaimban.

A festék most is elkenődött az arcán, szemeitől lefolyt, szája körül elmázolódott, de ettől csak még ijesztőbb volt.

Ahogy ott álltam az ajtóban, úgy éreztem, megmerevedtek a végtagjaim, mintha jéghideg kezek tartottak volna vissza.

Nem tudtam elfutni.

Rémület lett úrrá rajtam, a légzésem felgyorsult, az izmaim megfeszültek, éreztem, hogy bármikor vérfagyasztó sikoly törhet ki belőlem, de visszatartottam.

Meg kellett őriznem a hidegvéremet, különben sosem győzöm le az álmaimat.

Meg kellett szabadulnom tőlük egyszer s mindenkorra, nem cipelhettem magammal őket mindörökre.

Erőt vettem magamon, mélyet lélegeztem, és álltam a horrorisztikus figura tekintetét, ahogy lassan végigmért.

Ezután lassan, egymás előtt keresztezett lábakkal előjött a tűz mögül, a kezeivel szaporán hadonászva közeledett, amit én még mindig egyfajta transzban figyeltem mozdulatlanul.

Amikor elém ért, és már csak centiméterek választottak el tőle, furcsa kiáltást hallottam magam mögül.

Nem is értem, hogyan tudtam elszakítani a tekintetemet a szörnytől, de hátrapillantva Nick alakját láttam, ahogy alsónadrágban egy szobrot szorongatva közeledett, és egyfolytában az én nevemet emlegette, és valamit az álmokról.

Ahogy kicsit kitisztult a fejem, felfogtam, hogy azt mondogatja: vigyázzak.

Kicsit elmosolyodva néztem rá.

– Ugyan, Nick, ez csak egy újabb álom. Látod? – mondtam a figurára mutatva. – Vele álmodtam a múltkor is, de most nem is kiabáltam vagy sikoltoztam – folytattam büszkén, de Nick arcáról csak további rémületet tudtam leolvasni.

– Ez nem álom! – kiabálta közeledtében. – Fuss!

Ekkor fogtam fel, hogy valós szörny áll mögöttem.

Mintha lassított felvételen keresztül láttam volna a jelentet, ahogy fordultamban elsuhant mellettem a sötétség, majd újra az ördögi arc vigyorgott rám.

Még épp láttam, ahogy a jobb kezét felemeli és egy baltával készült lesújtani, de mintha reflexből jött volna, felemeltem a bal kezemet, és erőtejes mozdulattal megállítottam a lecsapni készülő kezét, majd jobbal a tarkója felé nyúltam, határozott mozdulattal megragadtam, magam felé húztam, miközben felemeltem a jobb térdemet, és azzal a lendülettel jó alaposan hasba rúgtam.

Még jól fel sem ocsúdhatott, de a fájdalomtól a baltát már kiejtette a kezéből, amikor újra a tarkójánál fogva megragadtam, és magam felé húzva, ezzel egyidejűleg a lábait kitámasztva, arccal előre földre teremtettem.

Az egész jelenet egy szempillantás alatt játszódott le, de ezt is mintha lelassítva éltem volna át, ahogy a férfi zömök teste a föld felé zuhan, majd leérve hatalmasat puffan, az arca pedig félelmetes hanggal csattan a járdalapon.

Gyorsan megfogtam a két kezét, hátracsavartam, és a hátára térdeltem, hogy még véletlenül sem tudjon felállni, majd felpillantva Nick tétovázó alakjára lettem figyelmes, aki pont eddigre ért oda, és a szobrot leengedve ijedten nézett rám.

– Nick! – kiáltottam oda neki. – Hozz gyorsan valamit, amivel meg tudjuk kötözni. Vagy gyere, tartsd, addig én keresek valamit, rendben? – hadartam, amikor belém hasított a felismerés.

Mi van, ha sérülést okoztam neki?

Mi van, ha úgy odavágtam a járdalaphoz, hogy valami baja lett?

Vagy meghal?

Gyorsan előrehajoltam, hogy lássam a fejét, és megnyugodva tapasztaltam, hogy egy kis orrvérzéstől eltekintve ép volt az arcberendezése, és amilyen tempóval káromkodott, valószínűleg nagy baja sem lett.

Megkönnyebbülten lélegeztem fel, és amikor Nick szintén rátérdelt, hogy lefogja, el is engedtem, és berohantam a házba valami kötözőanyagot keresni.

Jobb híján a baldachinos ágy függönyét nappal összefogó kis szalagot kaptam le a bambusz oszlopról és futottam ki vele, útközben a mobilt is felkapva, és már tárcsáztam is a menedzser telefonszámát.

Kiérve láttam, hogy rémemberünk feleslegesen kínozva magát ficánkolt Nick térde alatt, de semmire sem ment vele, maximum a hasáról is lenyúzta a bőrt a járdalap szegélyén.

A telefont a vállammal a fülemhez szorítva gyorsan leguggoltam, miközben az álmos menedzser hangja jelentkezett a vonal túloldalán.

– Üdv. Noree vagyok a villából. Megfogtuk a vudupapot. Jöhetne valaki begyűjteni – mondtam. – És hozzon poroltót is – tettem hozzá a tábortűzre pillantva, ami megint egészséges pirosas, hatalmas lángokkal lobogott.

Órákkal később, amikor a tábortűz helyén már csak egy kupac szürke hamu füstölgött, a rendőrség a fickót kihallgatta, és minden szemtanút is kifaggatott a legapróbb részletekről, fáradtan ültünk a kerti napozóágyakban.

Gondolkodtunk, hogy visszafekszünk, de aztán elvetettük az ötletet: aludni úgysem tudtunk volna az izgatottságtól.

Azért lezuhanyoztunk, mert mire a tűz leégett, kormosak voltunk az orrunk csücskéig, meg is reggeliztünk, aztán megnéztük a napfelkeltét a sziklák fölött.

Sosem voltam korán kelő típus, így ritka látványban volt részem. Csak ültünk Nickkel kéz a kézben, és szótlanul bámultuk a varázslatos természeti jelenséget. Elképzelhetetlen színekben pompázott az égbolt és a tenger, ahogy a nap első sugarai fénynyel borították el a tájat.

Egy darabig nem szólaltunk meg, csak élveztük a látványt és a békét.

– Hogy csináltad? – kérdezte egyszer Nick, kibillentve a bambulásból.

– Mit? – fordultam oda hozzá, elszakítva a tekintetemet a tengerről.

– Ahogy lefegyverezted azt a fickót – válaszolta. – Bámulatos volt. Nem is tudtam, hogy ilyenekre vagy képes.

– Hát, én sem tudtam – húztam el a számat. – Csak úgy jött.

– Ezt nem mondod komolyan? – húzta fel a szemöldökét. – Vagyis szimplán kockáztattad az életedet? És ezt csak így mondod? – ült fel, miközben szúrós tekintettel nézett.

– Ne nézz így! – egyenesedtem fel én is. – Nem kockáztattam. Vagyis nem tudatosan – magyaráztam. – Tanultunk ilyeneket azon a Rambo-kiképzésen, de élesben sosem csináltam – vontam meg a vállamat. – Mindenesetre megnyugtató a tudat, hogy nem feleslegesen kidobott pénz volt.

– Engem még nem nyugtattál meg – nézett továbbra is sötéten a férfi. – Soha többé ne csinálj ilyet! – folytatta. – A szívinfarktus kerülgetett.

– Mert te mire készültél? – kérdeztem vissza mosolyogva. – Miután én sikoltva elrohantam, te rá akartál rohanni a fa termékenységi szoborral, hogy terméketlenségit csináljon belőle a fejszéjével? – kacagtam.

– Ez nem vicces – biggyesztett, miközben továbbra is a kezemet szorongatta. – Rettenetesen féltem, hogy valami bajod lesz. Sosem bocsátottam volna meg magamnak, ha másodszor is... – hagyta abba.

– Másodszor is mi? – kérdeztem vissza.

Nem igazán értettem, mire akar kilyukadni, aztán ahogy a szemébe néztem és a fájdalom nézett vissza, leesett.

– Tudod... – kezdett volna bele, de nem hagytam.

– Nick! Ezt nem gondolhatod komolyan! – kiáltottam fel. – Az első sem a te hibád volt, és ez meg pláne nem lett volna. Nem is értem, hogy gondolhatod – ráztam a fejem.

– Én hoztalak ide – mondta bánatosan.

– Oh, igen. De ennyi erővel a szüleink hibája is, hogy összehoztak minket. Mármint, tudod, hogy értem... külön-külön... – néztem rá jelentőségteljesen. – Mert ugyebár minden baj ott kezdődött, hogy megszülettünk – ugrattam.

– Te mindenből viccet csinálsz, ugye? – sóhajtott a férfi.

– Igyekszem – bólintottam. – Különben már rég megőrültem volna.

– Aha – feküdt vissza a nyugágyra mosolyogva. – És mit csináljunk ma, hogy kiheverjük a sokkot?

– Nem tudom – hanyatlottam én is vissza. – Csak heverésszünk. Képtelen lennék bármi mozgalmasabbra.

– Jól van. Akkor heverészünk – feküdt vissza ő is, és közel húzott magához.

Ebéd után elvonultunk a médiaszobába, hogy a déli nap elől elbújjunk, és egyébként is némi helyváltoztatásra volt szükségünk.

Nick arra szavazott, hogy a Casino Royale című Bond-filmet nézzük meg, nekem pedig nem volt ellenvetésem.

Kényelmesen bevackoltuk magunkat a hatalmas, kék színű kanapéra, behúztuk a spalettás ajtókat, hogy a beszűrődő napfény ne zavarjon minket, aztán már fel is tűnt Daniel Craig alakja a vásznon.

Láttam már ezt filmet is, mint ahogy mindet, és csakhamar alig bírtam a szememet nyitva tartani az álmosságtól. Egy darabig még harcoltam a fáradtság ellen, aztán nem volt mit tenni, megadtam magam a sötétségnek.

Amikor legközelebb kinyitottam a szemem, sötét volt.

Már a nap sugarai sem világítottak be az ablakon. Úgy gondoltam, éjszaka lehetett.

Nick békésen szuszogott a kanapén, a film már rég lefutott.

Egy darabig csak feküdtem az ágyon, aztán kintről valami motoszkálás hallatszott.

Óvatosan felálltam a kanapéról, hogy Nicket ne ébresszem fel, és az ajtó felé osontam. Résnyire kinyitottam, kilestem, de nem láttam semmit. Úgy tűnt, a bokrok felől jön a zaj, de a sötétben nem láttam el odáig.

Csendben kinyitottam az ajtót, hálát adtam az égnek, hogy nem nyikorog, és mezítláb kiosontam a ház elé.

Ahogy megkerültem a medencét, már tisztábban láttam, melyik bokor felől jön a mocorgás, de azt még mindig nem tudtam kivenni, hogy miért mozog.

Lassan, óvatosan közeledtem, az idegeim pattanásig feszültek, a szívem a torkomban dobogott.

Amikor végül megálltam a bokortól körülbelül egy méterre, a mocorgás abbamaradt.

Levegőt is alig mertem venni, nehogy eláruljam magam.

Épp még egy lépést akartam tenni, amikor egy alak elém pattant, és sátáni vigyorral nézett rám. Most is ijesztőre festett arccal nézett rám, ahogy már korábban többször is, és az elkenődött festéken mintha vérnyomok látszottak volna.

Mintha transzban néztem volna végig, ahogy lassú léptekkel körbejárt magasra emelt fejszével, és aztán meghűlt az ereimben a vér, amikor a mozdulataiból azt olvastam ki, hogy lesújtani készült.

Szinte gondolkodás nélkül, reflexből lendítettem a jobb kezemet, és ökölbe szorított kézzel olyan lendülettel és erővel találtam orron, amekkorával csak tudtam.

Még láttam, ahogy a teste megrándul, majd hanyatt beesik a bokorba, de közben már én is éreztem a kézfejembe és a csuklómba nyilalló iszonyú fájdalmat.

Hangosan fújtattam, és a fájdalomtól felsikoltottam.

– Noree! – hallottam egy hangot, de nem tudtam, honnan jött. – Jézusom, mit csinálsz? Ébredj fel! – jött a sürgetés.

Nem tudtam mire vélni, hiszen ébren voltam.

– Itt állok a bokroknál – akartam visszakiáltani, de aztán ahogy a pislogtam párat, tényleg rá kellett jönnöm, hogy álmodtam. Kinyitottam a szemem, és még nem volt sötét odakint. Még mindig a médiaszobában voltunk, és a filmnek sem volt még vége. Daniel Craig küzdött az életéért. Ja igen, kapcsoltam, mindjárt véget ér a film.

Ahogy idáig eljutottam és kellőképp magamhoz is tértem, Nickre pillantottam, és nem értettem a riadalmat a szemében.

– Mi az? – kérdeztem, és vadul körbeforgattam a fejem a veszélyforrást keresve.

– A kezed – suttogta, és egy tétova mozdulatot is tett felém, de aztán meggondoltam magát.

Lenéztem a hasamon keresztben átvetett jobb kezemre, de már ahogy meg akartam mozdítani, kegyetlen fájdalom hasított bele az ujjaimtól a könyökömig.

Lassan felemeltem, kissé hozzászokva a sajgáshoz, és döbbenten néztem a kézfejemen a horzsolásokat és a vérnyomokat. A csuklóm kissé megdagadt, az ujjaimat pedig pillanatnyilag nem tudtam kinyújtani.

– Mi történt? – néztem értetlenül Nickre.

Nick egy darabig hallgatott, aztán csak annyit mondott:

– Belebokszoltál a falba. Egy hatalmasat – mondta összeráncolt homlokkal. – Akkorát csattant! Nagyobbat szólt, mint a filmben a robbanások.

– Oh – nyögtem ki, még mindig a kezemet szemlélve.

– Nem szívesen mondom, és tudom, hogy csak ismétlem magam, de aggódom – mondta reszkető hangon Nick. – Ez már nem lehet normális. Álmodni egy dolog, de kárt tenni magadban... – hagyta félbe a mondatot.

– Én... nem is értem... – dadogtam, közben ülő helyzetbe verekedve magam. – Ilyen még sosem történt velem – ráztam a fejem.

– Nem is voltál soha alvajáró sem? – kérdezte a férfi.

– Nem! – válaszoltam.

Tényleg nem értettem, mi történt.

Az álmaim változtak.

Először csak a bénult rettegés volt, aztán már változott a környezet; a szoba, ahol fogságba estem. Azután itt a szigeten – ki tudja, pontosan miért – még a támadó személye is megváltozott. Lehetett vudu, vagy csak a tudatalattim, nem tudom. De eddig passzív szereplője voltam az eseményeknek. Csak elszenvedtem őket.

Most viszont olyannyira aktívvá váltam, hogy a mozdulataimat a valóságban alvás közben is kivitelezem.

Ez vajon jó vagy rossz? – tettem fel magamnak a kérdést.

Most ezzel előrébb jutottam, felvettem a harcot a támadómmal szemben, és legyőztem őt, vagy inkább még mélyebbre sülylyedtem az őrületben?

– Hívom a menedzsert – szakította félbe Nick a gondolkodásomat. – Látnia kellene egy orvosnak a kezedet.

– Ugyan már! – akartam legyinteni, de amikor csillagok jelentek meg a szemeim előtt, inkább félbehagytam a suta mozdulatot.

– Ne mozgasd. Nagyon rondán néz ki – mondta a férfi, és elindult kifelé. – Addig maradj itt. Vagy hozzak előtte valamit? – kérdezte az ajtóból, de nemet intettem a fejemmel.

Reméltem, hogy nagy baja nem lett; törött kézzel nem nagy élmény nyaralni, márpedig abból még visszavolt pár nap. Az úszásnak vagy bármi más aktív pihenésnek így is lőttek.

Azt sem értettem, miért épp most álmodtam ilyet.

Azért, mert most kaptuk el a fickót?

Legyőztem az életben, most pedig álmomban is?

A kérdések most is megvoltak, csak a válaszok nem.

Csakhamar a menedzser feje bukkant fel az ajtóban.

– Oh, te jó ég! – sóhajtott. – Ez borzasztó! Hívom is az orvost – hadarta, aztán villámgyorsan tárcsázni kezdett a mobilján.

Közben Nick is megérkezett, egy törölközőt tartott a kezében, a másikban pedig jégkockatartó rekeszek sorakoztak egymás tetején.

– Addig is jegeljük – mondta, és elkezdte a jégkockatartók tartalmát a törölközőre üríteni. Amikor végzett, szépen elegyengette őket az egyik felén, majd a törölköző másik felét ráhajtotta, és az egészet a jobb felemhez húzta. – Lejjebb tudsz csúszni? – nézett rám. – Akkor kényelmesebben tudnád rátenni a jégre a karodat.

– Persze – mondtam, de ahogy megmozdultam és automatikusan a jobb kezemre akartam nehezedni, felsikoltottam.

– Várj, segítek – ajánlotta fel rögtön, és segített megtámaszkodni, hogy lejjebb tudjak araszolni a kanapén.

Amikor már majdnem feküdtem, csak a fejem volt feltámasztva, Nick óvatosan a törölközőre emelte a kezem.

Próbáltam koncentrálni, hogy ezúttal ne sikoltsak fel, a férfi arca már így is túl sok feszültséget sugárzott. A homlokán számtalan ránc sorakozott, a száját pengevékonyra préselte össze. Már az ő látványától rosszul voltam, és akkor még nem beszéltem a kezemről.

– Hozzak egy fájdalomcsillapítót? – kérdezte a menedzser. – Vagy bármit?

Látszott, hogy kellemetlenül érzi magát, csak téblábolt az ajtóban, nem nagyon tudta, mit kezdjen magával.

– Nem kellene bevennie semmit, amíg az orvos ide nem ér – válaszolt Nick. – Inkább ő adjon valamit, egyetértesz? – pillantott rám. – Ne haragudj, de nem akarom, hogy utána esetleg a két gyógyszer miatt legyen valami bajod.

– Ühüm… – nyögtem, és éreztem, hogy egyre rosszabb a helyzet. – Miért fáj ennyire? – préseltem ki magamból.

– A fal rücskös, és azon toltad végig az öklödet – mondta a színész. – És összeverődhettek a csontjaid és az ízületeid, ahogy szemből belevágtad a falba. Mégis hozzak valamit?

– Nem – válaszoltam csukott szemmel, mert már nem bírtam a szenvedő arcának látványát tovább elviselni. – Kibírom. – Ezután próbáltam a légzésemre koncentrálni, hátha attól javul a helyzet.

Az időt nem érzékeltem, vagy legalábbis nem úgy, ahogyan szoktam.

Nekem egy örökkévalóságnak tűnt, mire megjött az orvos, pedig a férfiak épp csak elkezdtek csendben beszélgetni.

Sajnos a doki azt mondta, először tekergetnie kell a kezem, aztán ad fájdalomcsillapítót, hogy addig is lássa, hogy a vizsgálataira hogyan reagálok.

Nos, mindenféle reakcióból kijutott bőven: nyüszítettem, sikítottam, ordítottam, mire az egész karomat végigtapogatta, de végül azt mondta, eltörve nincs, csak zúzódásaim vannak, persze azok dögivel, és valóban, a csontok egymásnak ütődése és a csonthártya sérülése okozhatja a fájdalmat.

Az orvos végül befáslizta a karomat végig az ujjaimtól a könyökömig, majd kaptam egy nagy löketnyi injekciót, amitől pillanatok alatt elzsibbadtam. Ennyi elég is volt. Mire idáig jutottunk, elfáradtam, és még örültem is, hogy a fájdalomcsillapítótól aludhatok egy kicsit.

Egy darabig még hallottam félálomban, ahogy a férfiak beszélgetnek, bár a szavak értelme nem jutott el az agyamig, aztán újra körülvett a sötétség.

Máris haza kell menni?

A nyaralás utolsó pár napja sajnos a bekötött kezem jegyében telt el. Eleinte még a legegyszerűbb mozdulat is fájdalmat okozott, még a legegyszerűbb tevékenység is nehézségekbe ütközött. Ez több dolog miatt is rendkívül frusztráló volt. Az első napon a fájdalomcsillapítóktól állandóan álmos voltam, azt sem tudtam, az idő nagy részében hol vagyok vagy mi történik körülöttem.

A tengerben való lubickolásnak búcsút inthettem: a kezem sem bírta volna, és biztosan a sebeim sem örültek volna a sós víznek. Ezzel egyidőben a szexnek is befellegzett: még egyszer nem akartam megkockáztatni, hogy elalszom közben.

Ha még legalább jegyzetelni tudtam volna a füzetembe, talán egy kis vigasszal szolgált volna a jelen helyzetemben, de mivel a jobb kezemmel gyaláztam meg a falat és csak azzal tudok írni, ezt is elvetettem.

Kizárásos alapon legtöbbször csak heverésztünk a parton vagy a ház mellett.

Aztán egy-két nap elteltével, amikor a kötés egy része lekerült és már csak a kézfejem volt csuklóig bekötve, legalább kirándulni elmentünk.

Az egyetlen pozitív hatás az volt, hogy a sok fájdalomcsillapító ismételten megszabadított az álmaimtól. Nem volt ellenvetésem; kezdtem én is unni a dolgot, és őszintén szólva tényleg ijesztő volt, hogy már nem csak láttam a dolgokat, hanem ezek szerint csináltam is.

Az elutazásunk előtti napon az orvos még egyszer ránézett a kezemre. Azt mondta, nagyon szépen javul, és ugyan használni nem tudtam teljes mértékben még most sem, de legalább a sebeim szépen behegedtek.

Már csak egy egész kis kötést tett a csuklómra, és elbúcsúzott. Azt mondta, ha visszatérek Los Angelesbe, keressem majd fel az orvosomat. Én persze csak legyintettem egyet; már sokkal jobban éreztem magam, és nem nagyon akartam felbukkanni egy újabb sérüléssel az ortopédusomnál, aki az ősszel kezelt. Valahogy sejtettem, milyen képet vágna, milyen kérdéseket tenne fel, és milyen sebességgel irányítana megint a pszichológushoz, de abból most nem kértem. Most nem akartam a rémálmaimmal foglalkozni.

Az elutazás napján aztán nehéz szívvel búcsúztunk a szigettől, de Nick azzal vigasztalt, hogy majd visszajövünk.

Persze azzal a kikötéssel, hogy addigra a birtokra saját vudupapot szerződtetnek, aki mindenféle külső rontást és őrültet eltérít a közelből. A menedzser erre jóízűen mosolygott, és megígérte, hogy kárpótolnak minket a kellemetlenségekért.

A visszaút a repülőtérre eseménytelen volt, Laurel amolyan jamaicai stílusban száguldozott velünk a kanyargós utakon, és mielőtt felocsúdhattunk volna, már a repülőn ültünk.

December 21-én érkeztünk haza, késő este, és mire átverekedtük magunkat a csomagellenőrzésen és a poggyászfelvételen, majd taxit szereztünk magunknak, már erősen éjfél felé ballagott az idő, nekem pedig megint sajgott a csuklóm.

Röviddel tizenkettő előtt fékezett a ház előtt a taxi. Úgy döntöttünk, hozzám megyünk. Időközben Nick is megszerette a házat, és már azt is megemlítette, hogy talán eladja a sajátját.

Miközben én végigjártam, és mindenhol felgyújtottam a lámpákat, a férfiak behordták a bőröndöket, ami csak eggyel lett több, mint amennyivel elmentünk.

Mikor az utolsó villanyt is felkapcsoltam, megcsillant a fényben a gyűrű sárga köve. Gyönyörű volt, és olyan páratlan ajándék, amit még most sem hittem el. Közben azt is megtudtam a férfitól, hogy a karika és a foglalat fehéraranyból készült, a margaréta szirmait laposra csiszolt apró fehér gyémántok, a közepét pedig sárga gyémánt díszítette. Minél többet nézegettem, annál inkább a szívemhez nőtt a varázslatos ékszer, de még mindig nem tudtam, mikor jutok el odáig, hogy – viccesen szólva – igénybe vegyem Nick szolgálatait, és tisztes férjet csináljak belőle.

Csak álltam a hálószoba közepén a gyűrűt forgatva az ujjamon, és az egész utóbbi három hét egy álomnak tűnt. Némi rémálommal fűszerezve természetesen, ahogy az nálam megszokott volt, de ezekre az apró közjátékokra már nem is figyeltem. Az elmúlt hónapok igazi borzalmai után végre rátaláltam a magam tündérmeséjére és reméltem, hogy sosem fogok felébredni belőle.

Mozgást észleltem a hátam mögött, majd először Nick karjait éreztem a derekam körül, aztán forró ajkait a nyakamon. Ahogy a szájával bebarangolta az egész nyakamat, és a füleim mögött az érzékeny területeket, perzselő vágy kerített hatalmába. Szembefordultam vele, és ajkaink egymásra találtak. Kapkodva csókoltuk egymást, ahol csak értük, és ott, ahol voltunk, a szoba közepén leereszkedtünk a puha szőnyegre.

Láthatóan Nick viszont odafigyelt a problémára: óvatosan hámozta le rólam a ruhákat, és a hátamra fektetve nem is engedte át az irányítást egy pillanatra sem. Mindenhol simogatott, és amikor viszonozni akartam, csak mosolyogva eltolta a kezem, mondva, hogy most ő akar engem kényeztetni. Persze egy idő után, ahogy a kényeztetés folytatódott, bennem pedig egyre jobban forrt a vágy, egyre kevésbé vettem tudomást a környezetemről, és már csak a férfi kezeit és ajkát éreztem a testemen.

Mindenhol csókolgatott, mindenhol cirógatott, és szinte önkívületben simultam, dörgölőztem hozzá, követelve, hogy végre egyesüljünk, hogy végre megszabadítson az édes kíntól.

Nem kellett sokáig várnom rá: értette a célzást, és csakhamar rám nehezedett.

Lassú mozgásba kezdett, tovább szítva a tüzet bennem, és csak utána gyorsult fel, de újra és újra megállt, hogy a végsőkig kínozzon.

Mikor már szinte könyörögtem, akkor édesen kuncogva megkegyelmezett, és csakhamar óriási robbanással jutottunk el együtt a csúcsra.

Ahogy lassan magunkhoz tértünk a bódulatból, engem is magával gördítve megfordult, hogy ő kerüljön alulra, és még véletlenül se nyomja a kezemet. Annyira meghatódtam ettől a fajta gondoskodástól, hogy könnycseppek jelentek meg a szemem sarkában, és csakhamar Nick mellkasára potyogtak kéretlenül.

– Szívem? – kérdezte. – Valami baj van? Fájdalmat okoztam? – simogatta az arcomat aggódva.

Megráztam a fejem, mert képtelen lettem volna akár egy szót is kinyögni.

– Akkor mi a baj? – suttogta a fülembe, miközben lágyan ringatott.

– Én... nem is tudom... – hebegtem a sírástól szipogva – ... nekem ez olyan szokatlan... hogy az érzések így elborítsanak – nyögtem ki végre.

– Milyen érzések? – nézett furcsán.

– Jó érzések – válaszoltam. – Úgy érzem, át tudnám ölelni az egész világot. Hogy ennél jobb már nem is lehet.

– És emiatt sírsz? – mosolygott rám, miközben letörölte a könnyeimet.

– Igen – bólintottam. – És mert azt hiszem, boldog vagyok – folytattam, majd nagy levegőt vettem és kimondtam azt, amit eddig talán még egyszer sem. – És szeretlek – néztem a szemébe a könnyeimen keresztül.

– Én is szeretlek – válaszolta, majd egy hihetetlenül puha csókot lehelt az ajkaimra. – És most mi lenne, ha felmásznánk az ágyra, mert kezdi nyomni a padló a derekamat? – kérdezte vigyorogva, majd nevetve felálltunk, bevackoltuk magunkat a takaró alá az ágyon, és pillanatokon belül egymás karjában el is aludtunk.

Másnap reggel besütött az ablakon a nap, ami vidám színekbe öltöztette a szobát. Hirtelen balgaságnak tűnt, hogy korábban le akartam cserélni a függönyt. Most gyönyörű volt, ahogy a sárga és zöld színei a hálószoba fehér falaira és bútoraira vetültek.

Ahogy elfordítottam a fejem, egyenesen Nick boldogságtól sugárzó kék szemeibe pillantottam.

– Jó reggelt – mondta, de akármilyen boldog is voltam pillanatnyilag, számomra ez a két szó még mindig ellentmondásnak tűnt és egy pillanatra el is húztam a számat, mire a férfi arcán még szélesebb mosoly terült el.

– Neked is – válaszoltam.

Ahogy megmozdultam, egy pillanatra tompa sajgást éreztem a derekam környékén, és erre elfintorodtam.

– Mi az? – nézett Nick. – A kezed?

– Nem, a derekam – sóhajtottam – Bármilyen jó is volt az a kaland a szőnyegen, azt hiszem, már kiöregedtem ebből.

Nick csak hahotázott, mire én szúrós szemmel néztem rá, és erre már próbált úgy tenni, mint a bűnbánó kölyök, de nem vert át.

Kis lustálkodás után inkább felkeltünk, és nekiálltunk kipakolni a bőröndöket.

Ez volt az a rész, amit mindig utáltam.

Egy dolog volt nyaralás előtt összeszedni mindent, amit az ember el akart vinni magával, és egy teljesen más azokat visszapakolni hazaérkezés után.

A kazalnyi szennyesről nem is beszélve.

Az sem lelkesített, hogy a jobb kezemet elég sután bírtam csak használni, és így még lassabban ment minden.

És nem mellesleg hiába nem akartam erre gondolni, sajnos ilyen tevékenységek közben elkalandoztak a gondolataim, és újra és újra visszatértek ahhoz, amiről éjjel beszélgettünk, vagy amin reggel gondolkodtam. A legzavaróbb viszont az volt, hogy ezzel persze előrébb nem jutottam, csak rágódtam rajta, mint egy rosszul elkészített marhasteaken.

Később, számtalan mosás elindítása és kiteregetése után a medence mellett ültünk le bekapni egy könnyű ebédet.

– Beszéltél azóta a testvéreiddel a karácsonyról? – kérdeztem két falat között, mert akárhogy is néztem, két nap múlva karácsony volt.

– Igen, felhívtam őket, hogy lenne-e kedvük eljönni, de azt mondták, hogy nem kaptak már egy repülőjegyet sem karácsony előttre – ráncolta a homlokát.

– Sajnálom – hajtottam le a fejem. Be kellett vallanom magamnak, hogy ez az én saram volt. – Most miattam nem látod a családodat.

– Hogy érted, hogy miattad? – nézett meglepődve a férfi.

– Ha már korábban megbeszéltük volna, akkor talán még tudtak volna foglalni helyet – pislogtam.

– Ugyan már! – legyintett a férfi. – És ne okold mindig mindenért magadat. Ha olyan fontos lett volna, akkor megemlítettem volna. Így viszont, ha te is szeretnéd, együtt tölthetjük az ünnepeket a szüleiddel, aztán majd elrepülünk mi Kanadába karácsony után. Mit szólsz ehhez a verzióhoz? Kettő repülőjegyet szerintem előbb találunk, mint ők annyit – kacsintott. Erre felcsillant a szemem.

– Tényleg elmegyünk a szüleimhez? És a testvéreidhez is? – lelkesedtem, illetve a terv második felétől egy kicsit féltem is.

– Ha ők sem ellenzik, miért ne? Vagy szeretnél kettesben karácsonyozni velem? – kérdezte.

– Természetesen az ellen sincs semmi kifogásom, de szerintem a karácsony is olyan, hogy minél többen vesznek körül a családtagok közül, annál jobban érzed magad. És biztosan te is szeretnéd a családodat látni. Az enyémekkel bőven volt alkalmad találkozni az elmúlt időben.

– Na igen. Volt, de nem baj az. Kedvelem őket – bólintott a férfi mosolyogva. – És nem hiába a szeretet ünnepe. Erről szól.

– Tényleg. Akkor biztosan ezért – helyeseltem.

– Javíthatatlan vagy – forgatta a szemeit. – De egyszer majd csak megérem, hogy ezekre nem csodálkozol rá. Örök optimista vagyok – zárta le egy mosollyal.

– Az kell is hozzá – feleseltem.

Ebéd után, amíg én mosogattam, Nick intézkedett is repülőjegy-ügyben. Sikerült karácsony utánra két jegyet lefoglalni Vancouverbe. Azt még nem tudtuk, hol szilveszterezünk – nem mintha ez akkora gond lett volna. Részemről bármi megfelelt volna, még az otthon ücsörgés is. Nick erre csak hümmögött, az állát vakargatta, és közölte, hogy azért minden eshetőségre számítva pakoljak be valami flancosabb ruhát is, hátha mégis elmegyünk valahova.

A nap hátralevő részében csak pihenni akartunk, de aztán valamikor délután egy telefon ráébresztett arra, hogy a cégnél ma tartották a karácsonyi ünnepséget, nekem pedig teljesen kiment a fejemből, de Claire addig könyörgött, hogy végül beadtam a derekamat és biztosítottam róla, ott leszünk.

Gyorsan lezuhanyoztam, hajat mostam, beszárítottam, rábeszéltem Nicket, hogy kísérjen el, felöltöztünk, és már robogtunk is a belváros felé, hogy a megnyitóra odaérjünk.

Tulajdonosként egyébként is illett megjelennem, az embereknek megköszönni az egész éves munkájukat, és biztosítani őket arról, hogy fontos, amit tesznek, és ez a jövőben sem fog változni, akármi is lesz.

Jó sokan összegyűltek az előcsarnokban, ahol ízléses karácsonyfa díszelgett.

A nagyobbik tárgyalóban állították fel a büfét, az irodákban pedig szórakozási lehetőségek is voltak. Az enyémben például egy pókerasztal állt, de volt, ahol biliárdozni, vagy épp csocsózni lehetett.

Egy pillanatra meg is lepődtem, de Claire csak elintézte egy legyintéssel, miszerint ez hagyomány, ne is foglalkozzak vele, a fiúk pedig imádják.

Mindenki kedvesen fogadott, a rögtönzött beszéd és a kötelező körök után még maradtunk egy kicsit, jól éreztük magunkat mi is, és csak valamikor éjfél felé mentünk el, de akkor a buli még javában tartott.

Másnap reggel viszonylag korán keltünk, Nicknek elintéznivalója volt a stúdióban, és én is be akartam még nézni az irodába.

Úgy beszéltük meg, hogy este összepakolunk, és másnap korán reggel autóval megyünk a Napa-völgybe, repülővel nem is próbálkozunk.

Claire előző este azt mondta, még bemegy, elintéz mindent, amit tud, hogy a két ünnep között minél kevesebbet kelljen dolgozni, és segíteni szerettem volna.

Kényelmes, de elegáns kötött ruhát vettem fel arra az esetre, ha még a takarításba is be kell szállnom, és el is indultam.

Azon kívül, hogy az irodába be akartam menni, volt még egyéb elintéznivalóm is mára, ezeket az ebédszünetre tartogattam. Egyrészt be kellett vásárolnom pár dolgot, mielőtt újra elutazunk, másrészt volt valami, amit el akartam intézni.

Kicsit ideges is voltam miatta, de nem szóltam senkinek, ezt is egyéni akciónak terveztem, így reméltem, kívülről nem látszik rajtam semmi.

Az irodában semmi nem volt, szó szerint. Mondhatni, a fű sem nőtt. Amikor beértem kilenc óra felé, szinte üres volt az épület. Emberekkel csak elvétve futottam össze befelé menet, a liftben egyedül utaztam, és az iroda előtti térbe belépve is csak üresség fogadott.

A bútorok még mindig a tegnap esti felállás szerint lapultak a falakhoz, hogy minél nagyobb hely maradjon az ünneplőknek, de ezen kívül semmi nem emlékeztetett arra, hogy itt hajnalig buli lett volna. Minden csillogott-villogott a tisztaságtól. Ennyit a takarításról.

Az irodámba belépve sem a pókerasztal látványa fogadott; ott is a megszokott rend uralkodott. Illetve megszokásról nagyon nem beszélhetek – javítottam ki magam gondolatban –, maximum emlékezetem szerintire.

Gyorsan lepakoltam a cuccaimat – hoztam Jamaicáról pár csecsebecsét a kollégáknak –, aztán elővettem a laptopot a fiókból.

Amikor kinyitottam a levelezőrendszert, szegény kiakadt a terheltségtől: már vagy két hónapja nem foglalkoztam érdemben az üzenetekkel.

El is szégyelltem magam. Ez a cég jobbat érdemelt volna, mint egy olyan valakit, aki elsősorban nem ért az irányításhoz, másodsorban pedig szinte be sem tette a lábát az irodába, a harmadikra pedig most inkább nem is akartam gondolni.

Azért, hogy egy kicsit javítsak a helyzeten, áthúzkodtam a leveleket külön mappákba, hogy legalább ne blokkolják a forgalmat, és egy későbbi időpontban megnézhessem őket, amikor aktuális lesz.

Gyorsan végigfutottam a havi riportokat. Amit meg tudtam állapítani a lebutított összefoglalókból, úgy tűnt, a cégnek nem voltak problémái semmilyen téren, ami kifejezetten megnyugtatott.

Amikor legközelebb felnéztem a monitorról, már majdnem dél volt, és úgy döntöttem, itt az ideje elintézni, amit akartam.

Újra kinyitottam a páncélszekrényt és kivettem belőle a fegyvert, amivel úgy egy hónapja egyszer már farkasszemet néztem. Belerejtettem a táskámba, és elindultam a szemközti pláza felé. Úgy döntöttem, most is taxival megyek, sokkal egyszerűbbnek tűnt.

Bemondtam a címet, és elgondolkodva néztem ki a kocsi ablakán a déli forgalomtól sűrű útra.

Reméltem, most jobban fogom viselni a dolgot.

Reméltem, hogy most meg tudom tenni azt, amit korábban nem sikerült.

Talán már sikerült annyi objektivitást összeszednem a történtekről, hogy most végig tudom csinálni.

Csakhamar fékezett az autó a nagy kapu ajtajánál, és a viteldíjat kifizetve már be is léptem az Angelus Rosedale temetőbe, és jobbra vettem az irányt.

Pontosan emlékeztem, hova kellett mennem, mintha csak tegnap jártam volna itt. Pedig nem is tegnap volt, és csak egyszer. Nem is beszélve arról, hogy csak a befelé útra emlékeztem, kifelé nem igazán voltam öntudatomnál.

Lassan közeledtem az ismerős sírok felé, és aztán meg is láttam azt, amit kerestem.

Ahogy megálltam a sír előtt, újra megakadt a szemem a két néven és a dátumokon.

Szörnyű volt belegondolni, egyeseknek milyen rövid idő jut, és az hogyan ér véget.

Persze másnak sincs semmi megígérve, de azért a remény mindig ott van bennünk, hogy a mi életünk teljes lesz és boldog. Nekik nem sikerült.

Próbáltam magam elé idézni a férfi arcát, de csak elmosódottan sikerült. Inkább csak az alakját láttam, a sziluettjét, de ennél pontosabban már nem tudtam előhívni.

Részben persze nem bántam, de azért meg is lepődtem. Korábban minden éjjel szembetalálkoztam vele, persze rendszerint sötét volt az álmaimban is, de azért az arckifejezését mindig láttam.

Most pedig már fel sem bírtam idézni.

Próbáltam elképzelni, hogy itt fekszik valahol a mélyben. Már ami még volt belőle.

Ennél jobban nem akartam belemenni a képzelgésbe.

Elég volt annyi, hogy már soha többé nem jön ki onnan.

Ez a gondolat kicsit megnyugtatott.

Éreztem, hogy a feszültség kissé alábbhagy, már nem kapkodva veszem a levegőt.

Belenyúltam a táskába. Ha már idáig eljöttem, nem akartam úgy távozni, hogy ne tettem volna meg azt, amiért jöttem. Kitapintottam a fegyver hűvös fém részét, valósággal belesimult a kezembe. Kivettem a táskából, és magam előtt tartva, lehunyt szemmel, hosszan mély levegőt véve próbáltam megnyugtatni kalapáló szívemet. Ezek után már nem lesz oka arra, hogy így zakatoljon, gondoltam.

Ahogy felemeltem a pisztolyt, egy elfojtott kiáltást hallottam.

– Ne! Ne tegye! Kérem! – jött valahonnan messziről a zaklatott női hang.

Ahogy kinyitottam a szemem és körbepillantottam, egy futva közeledő idősödő nőt pillantottam meg, aki vadul integetett.

Nem is értettem, ki lehet, vagy mit akar.

Amikor végre odaért, látszott, hogy nem igazán tudja mit mondjon.

– Elnézést... – hebegtem még mindig meglepődve –, valami gond van? – kérdeztem.

– Ne tegye! – ismételte. – Ne ölje meg magát! – mutatott a pisztolyra.

– Tessék? – néztem rá elképedve. – Honnan veszi, hogy azt tenném?

– Tudom, ki maga – mondta lehajtott fejjel. – Tudom, mit tett magával a fiam. De akkor se tegye – rázta a fejét, s a könnyek addigra már feltartóztathatatlanul peregtek az arcán.

– Te jó ég! – suttogtam én is.

Még a lélegzetem is elállt.

A gyűlölt ember édesanyja állt előttem.

Az egyetlen, aki még nálam is többet veszített el októberben. Aki egyszerre az egyetlen fiát és a menyét is eltemethette ahelyett, hogy unokáknak örült volna a közeljövőben.

Nem tudtam, mit mondjak.

Nem tudtam, ilyenkor mit illik, vagy mit tudnék. Hogy „sajnálom"? Persze, azt mindenképp, hogy a fia ilyet tett, de hogy meghalt, azt nem. Vagy talán egy kicsit, hiszen ennél azért mindenki jobbat érdemelt volna. Vagy mondjam azt, hogy „részvétem"? Részben talán így is gondolom. Elveszítette a családját, de ezt csak a fiának köszönhette. Illetve a menye is elég labilis volt.

Csak álltunk egymással szemben, kezemben még mindig ott volt a pisztoly, ő pedig láthatóan egyre jobban megrémült.

– Mrs. Conrad – kezdtem bele –, én nem akartam megölni magam.

– Nem? – kérdezte felpillantva. – És az? – mutatott a fegyverre.

– Nos abban igaza van, hogy korábban futólag megfordult a fejemben, és akkor bele is tettem egy töltényt a csőbe. Akkor is kijöttem ide... – hagytam félbe a mondatot – ... de most nem ezért jöttem.

– Akkor miért? – faggatott a hölgy.

– Hogy végre leszámoljak a démonjaimmal, amik azóta is üldöznek. Hogy végre megszabaduljak a rémálmaimtól. Hogy végre magam mögött hagyjam ezt az egészet – mutattam magam mögé a sírra.

– De akkor mit akart tenni? – kérdezte elkerekedett szemekkel.

– Ki akartam venni ezt az egy töltényt, és itt hagyni. Itt hagyni neki, hogy ha meg akar ölni, azzal kell megtennie, de ha erre nem képes, akkor örökre hagyjon békén – mondtam indulatosan, mire a hölgy kicsit hátra is hőkölt.

– Kérem – szólalt meg bátortalanul. – Adja nekem. Majd én megőrzöm. És nem engedem, hogy bárki is használja.

– Miért tenné? – néztem rá most én furcsán.

– A fiam volt, szerettem, de rettenetes dolgot művelt – mondta elfúló hangon. – Nem erre neveltem.

– Sajnálom – mondtam, és a hölgyet tényleg sajnáltam.

– A legtöbb, amit megtehettem érte, hogy tisztességesen eltemettem, és azóta mindennap imádkozom, hogy a lelke békére találjon. Békére a menyasszonya mellett – tette hozzá.

Ezt én is reméltem, bár nem voltam biztos, hogy nem a háborgó, nyugalomra nem lelő szelleme kísértett-e rémálmaimban.

Még mindig az asszonyt figyelve kipattintottam a csőből a töltényt, az éles hangra összerezdült az asszony törékeny teste, majd rövid hezitálás után felé nyújtottam. Ő is legalább olyan bátortalanul nyúlt érte, aztán amikor a tenyerébe pottyantottam, ő egy darabig nézte, majd beletette a táskájába.

Nem tudtam, mit mondjak.

Ő sem szólalt meg.

Aztán egy pillanatra hátranéztem a sírra és eltettem a fegyvert a táskába. Úgy döntöttem, itt az ideje elmenni.

– Minden jót – köszöntem el az asszonytól, és még egy halvány mosolyt is sikerült kipréselnem magamból.

– Magának is, kedvesem – bólintott. – Imádkozni fogok magáért is.

– Köszönöm, igazán nem szükséges – dadogtam, majd sietősen elindultam a temető kijárata felé.

Nem néztem vissza.

Nem akartam soha többé ide betenni a lábam, vagy arra a két, vagy inkább egy emberre emlékezni, aki ott feküdt.

Új életet akartam kezdeni.

Minden szempontból.

Hazaérve senkit nem találtam a házban. Nem is bántam, mert még mindig zaklatott voltam a temetőben történtektől.

Gyorsan bikinire vetkőztem, és bár kint nem volt gatyarohasztó meleg, de a medence vizének így is kellemes hőfoka maradt, én pedig belecsobbantam, hogy kicsit kikapcsoljam magam, és a megfeszült izmaimat kilazítsam.

Észre sem vettem, mióta róttam a hosszokat, meglepődtem, a kezem mennyire nem zavart, pedig azt hittem, fájni fog, aztán egyszer csak egy pár lábat láttam meg az egyik fordulónál. Megálltam, és akkor jöttem rá, hogy mégiscsak eléggé sajogtak a vállaim és a csuklóim. Talán nem kellett volna ennyit úsznom. Felpillantottam; Nick állt a medence szélénél egy fürdőlepedővel. Ahogy kibotorkáltam a lépcsőn, szerencsére körbe is tekert vele, mert az első fuvallatra libabőrös lettem. Hálásan néztem rá, és a testem köré szorítottam a bolyhos törölközőt, majd amikor el akartam indulni, éreztem csupán a fáradtságot.

Egy pillanatra meg is torpantam, mire Nick is megállt és kérdőn nézett rám.

– Hány óra van? – néztem fel rá.

– Négy – válaszolta. – Most értem haza. Gondoltam, ha még kell valami, visszamehetünk vásárolni, vagy vacsorázni elmehetünk valahova. Persze ha pakolni szeretnél, akkor maradhatunk is – vont vállat.

– Hű! – ámuldoztam. – Akkor közel egy órát úsztam. – Ezen még én is meglepődtem.

Egy óránál többet fénykoromban sem szoktam, nemhogy zúzott csuklóval. Addigra általában el is fáradtam, az izmaim is kimerültek, és igazság szerint egész napi munka után időm sem volt több.

– Tessék? – hüledezett a férfi is. – Biztos, hogy jó ötlet volt a kezednek?

– Hát, nem tudom – bizonytalanodtam el. – Majd kiderül. De annyira jólesett, aztán meg valahogy belefeledkeztem. Nem is gondoltam volna, hogy ennyi idő eltelt. Csak mentem, mentem, mentem – ráztam a fejem, én magam sem hittem el.

– Értem – billentette oldalra a fejét a férfi. – És mondd csak, mit csináltál délelőtt?

– Délelőtt? – kaptam fel a fejem. – Délelőtt az irodában voltam – vágtam ki magam.

A temetős történetet nem feltétlenül akartam elmondani, de hazudni sem akartam.

– És mi volt odabent? Rumli? – vigyorgott.

– Én is arra számítottam, de képzeld, minden a helyén volt.
Mintha tegnap semmi nem lett volna – vontam meg a vállam.

– Tényleg? – torpant meg Nick.

– Aha – bólogattam. – Nem tudom, milyen cég takarított,
és főleg, hogy mennyiért, de értik a dolgukat, az szent – vigyorogtam én is.

– Nahát. Jól van. És akkor mivel töltötted a délelőttöt? –
faggatott tovább.

– Csak a levelimet rendezgettem. Januárban nagyon bele
kell vetnem magam a munkába, mert eszméletlenül el vagyok
maradva. Gyorsan átfutottam, amit lehetett, de így sincs teljes
képem a cégről.

– Azt hiszem, ezért senki sem zabos rád. Nem kell rögtön
túlzásba vinni. Majd belelendülsz megint – magyarázott a férfi.

– Talán. Majd meglátjuk. Amennyire kell, biztosan – hárítottam el.

Egy gondolat kezdett kibontakozni bennem, de még senkit
nem akartam beavatni. Egyelőre úgy döntöttem, megtartom
magamnak, és majd csak ha már úgy érzem, biztos vagyok a
dologban, akkor árulom el. Egy idő után úgysem titkolhattam,
de addig is csak az enyém volt. Lelkesített a gondolat. Felszabadultnak éreztem magam tőle. Majdhogynem boldognak. Azért
csak majdnem, mert éreztem, akkor fog kiteljesedni, ha másokkal is megoszthatom a titkot. Ha már nem csak én örülök neki.
Addig viszont még időre volt szükségem, időre, hogy biztos legyek benne, időre, hogy magamban is az legyek.

Utószó

Karácsony napján késő délután értünk a birtokra. Addigra a többiek már ott serénykedtek a konyhában a tűzhely, vagy épp a nappaliban a kandalló körül.

Este aztán – a közeli rokonokkal együtt összesen tízen – vidám hangulatban ültük körül az asztalt, ami roskadásig megtelt finomabbnál finomabb étkekkel. Nem hiányozhatott a nagymamám pulykája és a fahéjas sült gyümölcsök, amiket imádtam, édesanyám sült hala, vagy épp nagynéném gesztenyés süteménye. Persze édesapám is kitett magáért, és a legfinomabb borokat hozta ki a pincéből, amiket évek óta őrzött.

Nem tudtam nem észrevenni a kíváncsi tekinteteket, amik a gyűrűsujjamra vándoroltak, de megkérdezni végül senki nem merte, mit jelent a margaréta, én pedig nem akartam magyarázatba bonyolódni.

Nem is tudtam mire vélni a dolgot; biztosra vettem, ez lesz az első, hogy érdeklődnek róla, de vagy csak már semmilyen tekintetben nem bíztak bennem, vagy Nick leadta a drótot, hogy ne örüljenek.

Persze azért a nagymamámat nem kellett félteni, a maga egyenes, vagy inkább mondjam, nyers stílusában a gyűrűre vetett pillantás után ránézett Nickre, és egy bólintással kísérve megosztott vele egy újabb ír közmondást:

– Tudod, Nick, Írországban azt mondják: Egy férfi nem teljes addig, míg meg nem házasodik. Utána válik csak azzá.

Nick csendben bólogatott mellette, nem szólt egy szót sem, én pedig előrelátón bele sem kortyoltam addig az innivalómba, amíg nagyanyám be nem fejezte a mondanivalóját, arra gondolva, hogy így is kínos lesz, hát még ha félre is nyelek valamit közben.

Vacsora után átvonultunk a nappaliba, és miután megtartottuk az élménybeszámolónkat a jamaicai nyaralásról, persze erősen cenzúrázva a gyengébb idegzetűek kímélése érdekében, kedélyesen és békésen néztük, ahogy a fahasábok ropognak a kandallóban, a tűznyelvek pedig vidám táncot lejtenek, amint lassan bekebelezik őket. Az egész házban fahéj, narancs és szegfűszeg illata terjengett, és rövid idő után még valamit ki tudtam venni. Fenyőgyanta.

Kíváncsian szimatoltam tovább, mert biztosra vettem, hogy csak hallucinálok, de amikor újabb és újabb levegővétellel is igazi fenyőillatot szívtam be, kíváncsian felálltam, és közelebb mentem a szoba sarkában pompázó óriási fenyőfához.

Ahogy végigsimítottam az ágán, nagyon is igazinak tűnt, majd amikor közelebb hajoltam és mélyet lélegeztem, már éreztem. Igazi volt.

Széles mosollyal az arcomon fordultam a többiek felé, de nem kellett semmit mondanom, tudták, minek örülök ennyire.

– Nick kedvéért állítottuk – magyarázta az apukám, amire még a színész is meglepődött.

– Az én kedvemért? – pislogott.

– Igen – bólintott anyukám is. – Ha már itt ragadtál, és nem tudtál hazamenni Kanadába, gondoltuk, legalább a fa legyen igazi. A havat sajnos nem tudtuk elintézni, pedig írtunk a Télapónak – nevetett.

– Igazán nem kellett volna – mondta zavarában Nick, de azért ő is mosolygott.

– Hát, tényleg kár érte... – kezdett volna bele a nagynéném, de a nagybátyám gyorsan oldalba lökte, mire elhallgatott.

Ahogy ott álltam a szoba sarkában a fenyő mellett, olyan belső békét éreztem, amilyet korábban még sosem.

Ott volt körülöttem az egész családom, mindenki egészséges és boldog volt, persze a saját módján.

Mosolyogtam.

Később, még a szobában is jó kedvem volt, és ennek semmi köze nem volt a tojáslikőrhöz vagy a borhoz, amit megittam.

Egyszerűen jól éreztem magam. És erről persze valaki gondoskodott is.

Hajnalban ébredtem.

Még nem kelt fel a nap, minden szürke volt odakint.

Nick békésen szuszogott mellettem, este egymást átölelve aludtunk el, úgy néztem, reggelig ezen nem sokat változtattunk.

Kicsit meglepő volt, hiszen én alapjáraton is rengeteget izegtem-mozogtam, hát még az utóbbi időben a rémálmaimnak köszönhetően. Gyakran ébredtem úgy, hogy egy csomóban a földön volt a lepedő, úgy letornáztam.

Ahogy eddig jutottam a gondolataimban, akkor esett csak le az, aminek már korábban le kellett volna.

Nem álmodtam az éjjel.

Illetve valami képek felrémlettek, de semmi szörnyűség, semmi borzalom.

Sem az elrablóm, sem a sámánom nem ugrált előttem késekkel hadonászva, vicsorogva. Semmi verejték a homlokomon, semmi sikoltozás.

Nem tudtam mire vélni.

A nyaralás utolsó hetében ugyan nem álmodtam, mert gyógyszert szedtem, de mióta hazajöttünk, már nem vettem be semmit.

Kacagni támadt volna kedvem.

Magamhoz akartam ölelni az egész világot.

Aztán rögtön elbizonytalanodtam, mert hiába jó hír ez, én sem tudtam, így marad-e, vagy csak átmeneti.

Azt hiszem, emiatt mégsem kellene mindenkit felkukorékolni.

Óvatosan kibújtam Nick öleléséből, hogy ne ébresszem fel, majd az oldalsó ablakhoz mentem, kinyitottam, és kilöktem a spalettát.

Kissé csípős levegő áramlott be, és amint a hold megvilágította az íróasztalt, egy nagy masnival átkötött lapos tárgyra lettem figyelmes.

Az ajándékokat még tegnap este levittük a fa alá, és majd csak reggel, ha mindenki felébredt, akkor fogjuk kibontani, így nem tudtam, mire véljem ezt.

Leültem a székre, hogy közelebbről szemügyre vegyem, és ahogy a kezembe fogtam, rájöttem, hogy egy hordozható számítógép az. A masniban pedig egy fehér kártya állt hívogatón.

Kivettem a kártyát, és a fény felé tartottam.

„Remélem, elég ihletet adott az elmúlt pár hét. Szeretlek, Nick"

El sem hittem.

Ezek szerint végig tudta.

Persze egyszer beszéltem neki róla, beszéltem neki az írás iránt érzett szenvedélyemről, és látott engem Jamaicán is jegyzetelni, de honnan tudhatta a szándékaimat vele, ha nem sokkal ezelőttig én magam sem voltam tisztában vele?

Hátrapillantottam a békésen alvó férfira. Legszívesebben azonnal megköszöntem volna neki, de nem akartam felkelteni. Szegény épp eleget éjszakázott miattam, megérdemelte a nyugodt alvást.

A kíváncsiságom nem hagyott nyugodni, és a kártyát az asztalra téve a masni után nyúltam.

Lassan kibontottam, és felpattintottam a monitort.

Már a gép gyönyörű volt; hófehér burkolatán megcsillant a holdfény, és csak amikor kinyitottam, akkor vettem észre a cirádás monogramot a sarkán.

Hitetlenkedve ráztam a fejem: még ezt is elintézte.

Én sem akartam lemaradni, bár nem sejtettem, hogy ő is készül.

Hosszas internetes kutatással és e-mailezéssel sikerült kapcsolatba lépnem pár filmstúdióval, és eredeti borítóval együtt megszereznem a férfi édesanyjának filmjeit. Reméltem, örömet okozok neki ezzel. Pár óra múlva mindenesetre kiderül.

Alaposan szemügyre véve a laptopot megtaláltam rajta a bekapcsoló gombot, és mivel nem dobozban hevert az asztalon, gondoltam, üzemkész állapotban lehet.

Megnyomtam a gombot, és rövid, halk kerregés után halvány fény kezdett derengeni a képernyőn, majd elindult.

Hihetetlen izgalom futott végig a gerincemen, ahogy a különböző alkalmazások megjelentek rajta, és amikor a homokóra eltűnt és szemügyre tudtam venni az ikonokat, láttam, hogy egy nagyon jól felszerelt kis gépet kaptam.

Rákattintottam a szövegszerkesztő emblémájára, és amíg az megnyílt, behunytam a szemem.

Az elmúlt időszakban sokat jegyzeteltem, és otthon a korábbi füzeteimet is előkotortam, beleolvastam egyik-másikba, és vidám emlékek törtek rám.

Azon is sokat gondolkodtam, miről írhatnék.

Mi az, amit ismerek; mi az, ami érdemes arra, hogy papírra vessék.

Aztán rájöttem, hogy ez nem erről szól.

A legegyszerűbb történetből is kerekedhet valami, és különben sem irodalmi Nobel-díjra hajtottam.

Csak írni akartam. Az írás kedvéért. Azért, mert volt mondanivalóm. Volt mondanivalóm egy lányról, akiből az évek során szép lassan nő lett. Aki éretlenből éretté vált. Aki megtalálta a hivatását, a boldogságot, még ha az nem is volt mindig egyértelmű vagy könnyű. És még nem is ért a végére.

Úgy döntöttem, az elején kezdem.

Kinyitottam a szemem és elkezdtem gépelni.

Egy osztályteremben kezdődött a történet, egy kígyóval...

Mosolyogtam, miközben sebesen siklottak az ujjaim a billentyűzeten. Nem is kellett gondolkodni, a szavak szinte maguktól jelentek meg a képernyőn. A képzeletem szárnyalt, a betűk pedig szaporodtak a fehér háttér előtt.

Egyszer arra eszméltem, hogy világos van körülöttem.

Ahogy felpillantottam, az ablak üvegében az ágy tükröződött. Nick ott ült, és mosolygott.

Sosem láttam ennél szebbet.

Visszamosolyogtam, majd gyorsan rákattintottam a mentés gombra, és elindultam az ágy felé, miközben két közmondás járt a fejemben.

Az írek azt mondják: „a távoli hegyek mindig zöldnek látszanak", amit én mindig egy optimista jövőképpel azonosítottam.

Jamaicán pedig úgy hangzik: „tehén nem döglött, míg ráz farok", amit pedig úgy értelmeztem, hogy amíg élet van, remény is van.

A lényeg ugyanaz volt. Megtaláltam azt, amiért érdemes volt élni és küzdeni, és sosem fogom egyiket sem feladni.

Vége

A szerző

Nora Roth Budapesten született 1980.05.15-én. Gyerekkorát Lovasberényben töltötte, az egyetemet Veszprémben végezte, míg Székesfehérváron élt. A mai napig pénzügyi területen dolgozik, mellette ír. A városi évek után visszatért gyerekkora helyszínére, ahol párjával él.

Kedvenc időtöltései az olvasás, írás, sütés-főzés, kertészkedés. Irodalmi előzményként egy szakkönyve (Angol szóbeli gyakorlatok érettségizőknek és nyelvvizsgázóknak 2008, 2016) jelent meg, az Elsinore Jones című regény az első szépirodalmi alkotása, melynek tervezi a folytatását. Érdekes képessége is van: tud jobbról balra kézzel tükör-írni.

novum ▲ KIADÓ A SZERZŐKÉRT

A kiadó

" Aki feladja,
hogy jobbá váljon,
feladta,
hogy jobb legyen!

E mottó alapján a novum publishing kiadó célja
az új kéziratok felkutatása, megjelentetése,
és szerzőik hosszútávú segítése. Az 1997-ben
alapított, többszörösen kitüntetett kiadó az egyik
legjelentősebb, újdonsült szerzőkre specializálódott
kiadónak számít többek között Ausztriában,
Németországban és Svájcban.

**Valamennyi új kézirat rövid időn belül egy
ingyenes, kötelezettségek nélküli kiadói
véleményezésen esik át.**

További információkat a kiadóról és
a könyvekről az alábbi oldalon talál:

www.novumpublishing.hu